DESTIN DE SANG

La Trilogie du Tearling ***

Erika Johansen a grandi dans la Baie de San Francisco où elle vit encore aujourd'hui. Elle a fréquenté le Swarthmore College, a obtenu un diplôme d'études supérieures à l'Iowa Writers' Workshop, et a fini par devenir avocate, mais sans jamais cesser d'écrire.

Paru au Livre de Poche :

La Trilogie du Tearling
1. Reine de cendres
2. Révolte de feu

ERIKA JOHANSEN

Destin de sang

La Trilogie du Tearling ***

ROMAN TRADUIT DE L'ANGLAIS (ÉTATS-UNIS)
PAR VALÉRIE ROSIER

JC LATTÈS

Titre original :
THE FATE OF THE TEARLING
Publié par HarperCollins Publishers, New York.

Ce livre a paru aux éditions Jean-Claude Lattès
sous le titre *Le Sort du Tearling*.

Carte : Rodica Prato

ISBN : 978-2-253-08314-6 – 1re publication LGF

Pour Shane, qui ne me demande jamais
d'être quelqu'un d'autre.

MER FAIRWITCH
MONTAGNES FAIRWITCH
North Tear
Bolton
Chaumière
Forêt Reddick
OCÉAN DE DIEU
La Lewiston
Lewiston
Mont Ellyre
Plaine d'Almont du Nord
MORTMESNE
LE TEARLING
Route Mort
Défilé d'Argive
New Dover
La Crithe
Haven
Mont Willingham
Montagnes Clayton
La Caddell
Crossing's End
Plaine d'Almont du Sud
Terres sèches
Petaluma
GOLFE DU TEARLING
CADARE
NORD
EST
OUEST
SUD
50 Miles

L'Orphelin

Bien avant que la Reine rouge de Mortmesne accède au pouvoir, le Glace-Vert était déjà une terre déshéritée à l'herbe rare, une taïga oubliée à l'ombre du Fairwitch, dont les quelques villages n'étaient que de simples huttes regroupées autour d'étangs boueux. L'on évitait autant que possible de s'aventurer au nord de la Cité Marche tant la vie était âpre sur ces plaines. L'été, on y crevait de chaud ; l'hiver, de froid et de faim.

Cette année-là pourtant, les villageois avaient un nouveau sujet de crainte. Les hameaux avaient renforcé leurs barrières défensives, et derrière ces barrières, les hommes faisaient le guet, leur couteau de chasse toujours à portée de main. Des nuages masquaient la lune, mais la neige n'était pas encore tombée sur le Fairwitch. Sur les contreforts au-dessus résonnaient les hurlements des loups ; eux aussi se plaignaient du manque de nourriture dans leur langage étrange. Bientôt le désespoir pousserait leurs hordes vers les forêts du sud pour y chasser des écureuils, des hermines, ou les gamins assez étourdis pour s'aventurer seuls dans les bois en hiver. Mais voilà qu'à deux heures passées de dix minutes, les loups se turent soudain. On n'entendit plus aucun son sur le Glace-Vert à part les gémissements du vent.

Le long des contreforts, quelque chose bougea : une ombre noire grimpait la pente escarpée. Cet homme avait le pied sûr, mais il se déplaçait prudemment entre les rochers, comme pour se prémunir d'éventuels périls, et à part sa respiration rapide, légère, il était invisible. Pour venir, il était passé par Ethan's Copse et s'y était arrêté pendant deux jours avant de continuer vers le nord. Durant son séjour au village, il avait entendu toutes sortes de récits sur le fléau dont ses habitants étaient affligés : une mystérieuse créature qui venait de nuit emporter les plus jeunes. Dans les hauteurs du Fairwitch, on l'appelait d'un nom ancien : l'Orphelin. Le Glace-Vert n'avait encore jamais eu à s'inquiéter de pareils phénomènes, mais voilà que les disparitions s'étaient récemment propagées vers le sud. Au bout de deux jours, le visiteur en avait assez entendu. Si les villageois l'appelaient l'Orphelin, lui connaissait le vrai nom de la créature, et il avait beau courir aussi vite que le vent, il ne pouvait échapper au sentiment de responsabilité qui le tenaillait.

Il est libre, songeait sombrement le Fetch en grimpant à travers les taillis d'aubépines. Je n'en ai pas fini avec lui quand j'en avais l'occasion, et à présent, il est libre.

L'idée le tourmentait. Durant bien des années, il ne s'était pas soucié de la présence de Row Finn dans le Fairwitch car il le savait sous contrôle. Tous les deux ou trois ans, un enfant disparaissait ; certes c'était désolant, mais il y avait des maux pires que celui-là à combattre. À commencer par le Tearling, où près de cinquante enfants disparaissaient chaque mois avec l'approbation officielle de l'État. Même avant cette abomination qu'était le chargement, ce pays avait toujours été un enfant capricieux qu'il fallait surveiller sans relâche. Les Raleigh alternaient entre indifférence et rapacité, et les nobles se disputaient les restes tandis que le peuple mourait de faim. Durant trois longs siècles, le Fetch avait vu le rêve de William Tear traîné dans la boue. Personne dans le Tearling ne voyait plus le monde meilleur de Tear, ni n'avait le courage de l'extirper de la fange où il s'était enfoncé. Seuls le Fetch et ses partisans en avaient encore conscience, eux seuls se la rappelaient. Ils ne vieillissaient pas, ne mouraient pas. Le Fetch volait pour se distraire. Il prenait un malin plaisir à tourmenter les pires des Raleigh tout en surveillant la lignée Tear du coin de l'œil, sans trop y croire. Le sang Tear était facile à repérer, car certaines de ses qualités finissaient par se manifester : intégrité, intelligence, volonté de fer. Quelques Tear avaient été pendus comme traîtres au fil des années, mais même la corde au cou, ils ne perdaient jamais cette grandeur d'âme qui semblait distinguer cette famille du commun des mortels. Le Fetch la reconnaissait : c'était l'aura de William Tear, ce magnétisme qui avait persuadé deux milliers de personnes ou presque à le suivre sur l'océan vers l'inconnu. Même cette chienne de Mort, aussi vicieuse fût-elle, en portait en elle un infime soupçon. Mais la Reine rouge n'enfantait pas. Longtemps, le Fetch avait cru la lignée perdue.

Alors la jeune fille était apparue.

Le Fetch grinça des dents quand une épine s'enfonça dans sa main. Elle ne transperça pas la peau ; cela faisait une éternité qu'il n'avait pas saigné. Maintes fois il avait essayé d'en finir, mais c'était peine perdue. Row et lui avaient été punis, et il comprenait maintenant combien il avait été aveugle. Rowland Finn n'avait pas cessé un instant de comploter. Lui aussi avait attendu la jeune fille.

C'était la première des héritiers Raleigh à n'avoir pas grandi dans le Donjon. Le Fetch l'observait souvent, visitant la chaumière en secret à ses moments perdus ou gagnés… Au départ, il n'avait rien remarqué de spécial. Kelsea Raleigh était une enfant tranquille, plutôt introvertie. Son éducation était presque totalement confiée à cette virago de Dame Glynn, pourtant le Fetch sentait aussi la patte de Bartholomew, l'ancien Garde de la Reine, modeler discrètement mais sûrement la personnalité de la petite. En grandissant, elle s'était entourée de livres, et ceci plus que tout le reste avait convaincu le Fetch qu'elle méritait qu'on s'intéresse à elle. Les souvenirs qu'il avait des Tear s'estompaient de plus en plus en perdant de leur éclat. Mais de cela au moins il se rappelait : les Tear avaient toujours aimé les livres. Un jour, il avait observé la jeune fille : assise sous un arbre devant la chaumière, elle avait dévoré un gros volume durant cinq ou six heures de suite. Le Fetch avait beau être caché dans les arbres à une dizaine de mètres d'elle, il avait pu constater son pouvoir de concentration ; il aurait pu ramper pour s'asseoir juste face à elle sans qu'elle le remarque. Elle était comme les Tear, il l'avait compris alors. Elle vivait dans sa tête autant qu'en dehors.

Depuis ce jour-là, il avait placé la chaumière sous surveillance. Si un voyageur s'intéressait d'un peu trop près à ses habitants, on n'en entendait plus parler. C'était arrivé plusieurs fois à des hommes qui avaient suivi Bartholomew revenant du marché jusque chez lui. Le Fetch ne savait pas au juste pourquoi il déployait tant d'efforts. C'était une drôle de sensation qui le prenait aux tripes, et s'il y avait bien une chose que William Tear leur avait enfoncée dans le crâne depuis le début, c'était de se fier à son instinct. Le Fetch sentait que la jeune fille était différente. Importante.

— Elle pourrait bien être une Tear, dit-il à ceux de sa bande une nuit, autour du feu de camp. Oui, ça se pourrait.

C'était possible. Il ignorait les origines de plusieurs membres de la garde d'Elyssa. Tear ou pas, la jeune fille méritait d'être observée de près, et au fil des années, il avait subtilement changé d'approche. Dès que Thomas Raleigh semblait sur le point de forger une alliance avec l'un des puissants nobles du Tearling, le Fetch s'acharnait sur ce noble en détroussant ses convois, vidant ses entrepôts, volant son bétail pour disparaître dans la nuit. Toutes ces rapines, alors que la sécurité du pays était sous la responsabilité de Thomas, faisaient que l'alliance potentielle tournait vite court. Parallèlement, le Fetch avait commencé son travail de sape à Mortmesne, juste sous les pieds de la Reine rouge. Si la jeune fille réussissait à accéder au trône, le chargement serait son épreuve du feu, le Fetch le savait. Mortmesne était un terrain facile à exploiter pour les fauteurs de troubles, et après des années d'un travail patient, une bonne rébellion couvait aujourd'hui. Oui, il avait eu tant et tant de choses à s'occuper qu'il en avait négligé Row Finn.

Une forme surgit soudain des rochers, interrompant son ascension. Pour tout autre que lui, elle n'aurait été qu'une vague silhouette, mais le Fetch était doué d'une remarquable vision nocturne, et il vit que c'était un enfant : un jeune garçon de cinq ou six ans, vêtu de haillons, pieds nus, la peau blême de froid. Ses yeux sombres étaient impénétrables.

Le Fetch contempla l'enfant un moment, glacé jusqu'à la moelle des os. J'aurais dû en finir avec lui quand je le pouvais, songea-t-il encore.

Le gamin allait foncer sur lui quand le Fetch lui cracha dessus comme un chat. Les yeux du petit, tout brillants d'excitation l'instant d'avant, se ternirent soudain, et il scruta le Fetch d'un air ahuri.

— Pas touche, dit le Fetch d'un ton mordant. Va donc chercher ta pitance ailleurs et ramène ton maître.

Le garçonnet disparut dans les rochers. Le Fetch se couvrit les yeux, en proie à un vertige intérieur. Quand la jeune fille avait fait exploser le pont de New London, il avait soudain été empli d'une certitude sans faille, mais depuis, tout n'était que doute. Elle était prisonnière des Mort, et d'après le dernier message d'Howell, ils avaient clairement l'intention de la transférer à Demesne. La Vraie Reine était enfin venue… trop tard.

Quelque chose descendait la pente. C'était presque imperceptible dans l'obscurité, mais le Fetch ne se laissait plus surprendre depuis longtemps. Il resta sur place, en attente. À quand remontait leur dernière rencontre ? À plus de deux siècles, sous le règne de James Raleigh. Le Fetch avait voulu vérifier si Row Finn pourrait le tuer. La rencontre avait tourné au pugilat, mais aucun d'eux n'avait perdu ne serait-ce qu'une goutte de sang.

Nous étions amis, se rappela-t-il soudain. Bons amis, même.

Mais cette époque était révolue, engloutie dans le lointain passé. Tandis que la forme noire se matérialisait devant lui, le Fetch s'arma de courage. Les colons du Fairwitch avaient inventé un bon nombre de légendes autour de l'Orphelin, mais une partie du moins était vraie : on disait que la créature avait deux faces, l'une claire et l'autre sombre. Laquelle verrait-il aujourd'hui ?

La face claire. Ce visage était celui qu'il avait toujours connu : pâle, autoritaire. Astucieux, aussi. Row avait toujours su embobiner les gens ; il y a longtemps, il avait poussé le Fetch à prendre la pire décision de sa vie. Ils s'observèrent en silence, sur la pente venteuse, avec Mortmesne s'étendant derrière eux.

— Que veux-tu ? demanda Row Finn.

— Je veux te dissuader de continuer dans cette voie, répondit le Fetch en balayant de la main le flanc de montagne en dessous. Rien de bon n'en sortira, pas même pour toi.

— Qu'en sais-tu ?

— Tu étends tes territoires de chasse vers le sud, Row. J'ai vu tes créatures rôder la nuit en quête de proie dans les villages situés sous le Glace-Vert. J'ignore ce que tu cherches au bout du compte, mais les pauvres villageois Mort n'ont sûrement rien à y voir. Pourquoi ne pas les laisser tranquilles ?

— Mes enfants ont faim.

Le Fetch sentit du mouvement sur sa droite : encore l'un d'eux, une petite fille d'une dizaine d'années, perchée sur le rocher et qui les observait sans ciller.

— Combien d'enfants as-tu maintenant, Row ?

— Bientôt ils seront légion.

Le Fetch se figea en sentant le gouffre noir s'ouvrir un peu plus en lui et son vertige s'accroître.

— Et ensuite ?

Row ne dit rien, il se contenta de sourire. Il n'y avait aucune humanité dans ce sourire, et le Fetch combattit son envie de reculer.

— Tu as déjà causé une fois la perte du royaume Tear, Row. As-tu vraiment besoin de récidiver ?

— Disons plutôt que j'ai aidé à causer sa perte, mon ami. Est-ce donc si vieux que tu as oublié, ou bien t'es-tu donné l'absolution ?

— Non, je me sens responsable de mes fautes. J'essaie de les réparer.

— Et puis-je savoir comment tu t'y prends ? s'enquit Row en déployant le bras vers le pays en contrebas. Mortmesne est un égout à ciel ouvert. Quant au Tearling, il continue de sombrer.

— Non. Il remonte la pente.

— Grâce à la fille ? se moqua Row avec un rire lugubre qui sonna creux. Allons, Gav. Elle n'a pour atout qu'un loyal serviteur et un certain don pour les relations publiques.

— Je ne suis pas dupe, Row. Toi aussi, tu la crains.

Row demeura un long moment silencieux, puis il lui demanda :

— Que viens-tu faire ici, Gav ?

— Servir sa cause.

— Ah ! te voilà encore en train de changer de camp ? ironisa Row en cherchant à le piquer au vif, mais le Fetch ne mordit pas à l'hameçon.

— Elle a ton saphir, Row. Et elle a le saphir Tear, le sang Tear. Elle y est allée.

Row hésita, mais ses yeux demeurèrent indéchiffrables.

— Où ça ?

— Dans le passé. Elle a vu Lily. Elle a vu Tear.

— Qu'en sais-tu ?

— Elle me l'a raconté, et ce n'est pas une menteuse. Bientôt, elle parviendra jusqu'à Jonathan. Jusqu'à nous. Ce n'est qu'une question de temps.

Row ne répondit pas. À voir son regard fuyant, le Fetch sentit qu'il avait enfin réussi à briser son mur d'indifférence. Ravalant sa colère, il poursuivit sur sa lancée.

— Ne vois-tu pas, Row, en quoi cela change la donne ?

— Cela ne change rien du tout.

Le Fetch soupira. Il avait gardé par-devers lui une dernière information pour ne s'en servir qu'en cas d'absolue nécessité. C'était une manœuvre désespérée, et elle mettrait Row en chasse. Mais la situation elle-même était désespérée. La Reine était captive des Mort, et sans elle, le Fetch craignait que le Tearling ne se délite, avec ou sans Row.

— La couronne a refait surface.

Row dressa soudain la tête tel un chien flairant une piste dans le vent.

— La couronne ?

— Oui.

— Où est-elle ?

Le Fetch ne répondit pas.

— Comment sais-tu que ce n'est pas la couronne Raleigh ?

— Parce que celle-là, je l'ai détruite il y a des années, pour m'assurer que Thomas ne pourrait jamais la porter. Celle-ci est la vraie couronne, Row.

— Ma couronne.

Le Fetch sentit son cœur se serrer. Autrefois, il avait aidé cet homme, non seulement de son plein gré, mais avec ardeur. Ils avaient tous deux commis de terribles crimes, mais seul le Fetch s'était repenti. Row s'emparait de ce qu'il convoitait, sans jamais regarder en arrière. Un instant, le Fetch se demanda pourquoi il avait pris la peine de venir jusqu'ici, mais il chassa l'idée et poussa son argumentation.

— Si nous récupérions la couronne, Row, nous pourrions la donner à la jeune fille, et réparer ainsi les erreurs du passé.

— Tu passes ton existence à te torturer l'esprit en te complaisant dans la culpabilité, et tu supposes que les autres font pareil. Ne m'encombre pas la tête avec tes scrupules. Si ma couronne est à portée de main, je la reprendrai.

— Et après ? Tous les royaumes du monde ne changeront rien à notre sort.

— Ah, je vois où tu veux en venir. Tu penses que la fille pourrait mettre fin à tes jours.

— C'est possible.

— Le fera-t-elle pour autant ? répartit Row avec une moue malicieuse. C'est une enfant facile à déchiffrer, et elle s'est entichée de toi.

— Elle ne voit qu'un beau jeune homme.

— Pourquoi es-tu venu jusqu'ici ? insista Row, et comme il s'approchait de lui, le Fetch aperçut une lueur rougeâtre dans ses yeux. Qu'espères-tu donc ?

— J'espérais parvenir à un accord. Aide-moi à retrouver la couronne. Aide-moi à redresser le Tearling. Il n'est jamais trop tard, Row. Même aujourd'hui.

— Trop tard pour quoi ?

— Pour racheter tes crimes.

— Je n'ai commis aucun crime ! cracha Row avec hargne, et le Fetch fut ravi de constater qu'il avait touché un point sensible. J'ai agi pour le mieux, c'est tout.

— Et Katie ?

— Tu ferais mieux de t'en aller, lui lança Row.

Dans son visage blêmissant, ses yeux jetèrent des éclairs.

Au moins il éprouve toujours des sentiments, se dit le Fetch. N'empêche. Aucune émotion au monde ne pourrait l'emporter sur sa faim.

— Et si je ne pars pas ? défia le Fetch.

— Alors je te livrerai à mes enfants.

Le Fetch jeta un coup d'œil à la petite perchée sur le rocher tout près de là, dont les yeux brillaient d'une sorte de fièvre. Malgré lui, il se sentit mal à l'aise. Les pieds nus de la petite, ses orteils crispés sur la roche gelée, l'émurent profondément, sans qu'il sache bien pourquoi.

— Qui sont-ils, Row ?

— Tu n'as jamais été un grand devin, Gav. C'est de la magie, une magie plus ancienne que la Traversée, antérieure même au Christ. Ce sont des créatures d'un autre âge, mais elles sont à mes ordres.

— Et tu les lâches sur le Glace-Vert ?

— Elles en ont le droit, autant que n'importe quel animal.

Cette déclaration lui ressemblait tellement que le Fetch faillit en rire. Row et lui auraient pu se retrouver sur les rives de la Caddell, âgés respectivement de quinze et quatorze ans, une canne à pêche à la main.

— Pars, maintenant, répéta Row d'une voix basse et venimeuse, le visage si pâle à présent qu'il semblait exsangue. Et ne te mets pas en travers de mon chemin.

— Sinon, Row ? Je ne demande qu'à mourir.

— Toi peut-être, mais les autres ? La fille ?

En le voyant hésiter, Row sourit.

— Elle m'a rendu ma liberté, Gav, elle a levé la malédiction qui me frappait. Je n'ai plus besoin d'elle, dorénavant. Alors si elle ou toi me barrez la route, je la supprimerai. Rien de plus facile.

— Ne fais pas ça, Row répliqua le Fetch en s'étonnant lui-même de son ton implorant. Pense à Jonathan.

— Jonathan est mort, Gav. Tu m'as aidé à le tuer.

Armant son bras, le Fetch frappa, et Row alla s'écraser sur un rocher, mais le Fetch savait que quand il se relèverait, il n'aurait rien, pas la moindre égratignure.

— Ah, Gav, murmura Row. N'en as-tu pas assez de ce petit jeu ?

— Non.

— Fais donc ton monde nouveau, moi je ferai le mien. Nous verrons lequel de nous deux aura le dessus.

— Et la couronne ?

— C'est ma couronne. Puisqu'elle a ressurgi, elle sera pour moi.

Le Fetch tourna le dos et s'éloigna en chancelant, perdant presque l'équilibre sur la pente. Dix pas plus loin, il s'aperçut que ses yeux étaient mouillés de larmes. Le vent le transperçait. Il ne pouvait songer à Tear sans pleurer, aussi dirigea-t-il son esprit vers la suite des événements.

Le prêtre avait disparu depuis plus d'un mois, et la piste s'était refroidie. Les partisans du Fetch étaient dispersés sur tout le Mortmesne du nord et du centre, mais il lui faudrait en faire revenir certains. Lear et Morgan, peut-être Howell. Le Fetch avait passé beaucoup de temps à fomenter la rébellion qui faisait rage à travers Mortmesne à présent, mais la couronne passait avant tout le reste. Il leur faudrait se mettre en chasse pour la retrouver. Et puis il y avait la jeune fille…

Sentant des yeux braqués dans son dos, il se retourna. Transi de froid et d'épouvante, il vit que la pente derrière lui était couverte de petits enfants aux visages blêmes et aux yeux sombres. Pieds nus.

— Seigneur, murmura-t-il.

La nuit semblait remplie de fantômes, et il entendit la voix de Jonathan Tear, à des siècles de distance et pourtant toute proche.

Nous n'échouerons pas, Gav. Comment le pourrions-nous ?

— Si, nous avons échoué, et comment, murmura le Fetch.

Tournant le dos aux enfants, il recommença à descendre en dévalant la pente, cette fois sans aucune précaution. À plusieurs reprises, il faillit trébucher, et quand enfin il fut arrivé en bas, il se mit à courir éperdument en coupant à travers les contreforts vers le bosquet où il avait attaché son cheval.

Sur le flanc de la colline, les enfants attendaient en silence, telle une déferlante figée dans son élan, qui recouvrait la pente sauvage. On les entendait respirer tous au même rythme, en une sorte de râle rauque qui résonnait contre les rochers, sans qu'aucune vapeur ne sorte de leurs lèvres, malgré le froid. Posté devant eux, Row Finn observait la petite silhouette en contrebas. Jadis, Gavin était l'homme le plus facile du monde à manipuler. Cette époque était depuis longtemps révolue, tout comme Gavin lui-même avait disparu, sa véritable identité engloutie sous la mythologie entourant l'homme qu'on appelait le Fetch. Cet homme-là risquait fort de contrarier ses projets, mais Row demeura optimiste en contemplant la marée d'enfants blêmes qui l'entourait. Perpétuellement affamés, jamais rassasiés, ils étaient dociles et n'attendaient que ses ordres.

— La couronne, murmura-t-il, sentant une grande excitation courir dans ses veines, qu'il reconnut pour l'avoir éprouvée jadis : la chasse commençait, et à la fin, le sang coulerait.

Voilà près de trois siècles qu'il attendait.

— Allez.

LIVRE I

1

Le Régent

Quand on l'examine avec le recul, la Régence Glynn ne fut en réalité pas du tout une régence. Le rôle d'un régent se borne à garder le trône des éventuels usurpateurs en l'absence du souverain légitime. Guerrier par nature, Massue était tout désigné pour cette tâche, mais sous le guerrier se cachait aussi un fin politique, animé en outre d'une foi sans faille en la vision de la Reine Glynn. À la suite de la deuxième invasion Mort avortée, le Régent ne se contenta pas d'attendre tranquillement le retour de sa maîtresse, il employa tous ses nombreux talents à servir la vision et le Tearling de la Reine Glynn.

Histoire ancienne du Tearling,
TELLE QUE RACONTÉE PAR MERWINIAN

Au début, Kelsea s'était entraînée à ouvrir les yeux dès que le chariot cahotait ou faisait une embardée. Cela semblait une bonne façon de marquer le passage du temps que de voir le paysage changer par éclairs.

Mais voilà qu'il avait cessé de pleuvoir, et l'éclat du soleil lui faisait mal à la tête. Quand un cahot la réveilla en sursaut de sa somnolence, elle s'efforça de garder les yeux fermés en écoutant tout autour d'elle les mouvements des chevaux, les cliquetis des brides et le martèlement des sabots.

— Même pas une petite pièce d'argent, grommela en Mort un cavalier sur sa gauche.

— Nous recevons un salaire, répliqua un autre.

— Une misère, tu veux dire.

— Ça, c'est bien vrai, intervint un troisième. Ma maison aurait besoin d'un nouveau toit. Mais ce salaire de misère n'y suffira pas.

— Arrêtez de ronchonner !

— Et toi alors ? Sais-tu pourquoi nous rentrons les mains vides ?

— Je suis un soldat. Ce n'est pas à moi d'en juger.

— J'ai entendu dire que tous les généraux et colonels, Ducarte en tête, auront leur part du gâteau, marmonna sombrement le premier.

— Quelle part ? Il n'y a pas eu de butin !

— Elle va les payer directement en puisant dans le trésor, et nous laisser le bec dans l'eau !

— Je n'y crois pas une seconde. Pourquoi les paierait-elle alors qu'ils n'ont rien fait ?

— Qui connaît les raisons d'agir de la Dame écarlate ?

— Ça suffit ! Vous voulez peut-être que le lieutenant nous entende ?

— Mais…

— La ferme !

Kelsea écouta encore un instant, mais n'entendant rien de plus, elle exposa son visage tuméfié à la caresse du soleil. Malgré sa migraine lancinante, elle avait l'impression que la lumière qui filtrait à travers sa peau aiderait à guérir ses contusions. Cela faisait un bon moment qu'elle ne s'était pas regardée dans une glace, mais son nez et ses joues étaient encore gonflés au toucher, et elle devait vraiment avoir une sale tête.

La boucle est bouclée, songea-t-elle en étouffant un petit rire amer tandis que le chariot cahotait de nouveau. En plus de voir Lily et de devenir Lily, voilà que j'ai aussi hérité de ses coups.

Kelsea était captive depuis dix jours : elle avait passé les six premiers ligotée au piquet d'une tente Mort, et les quatre derniers enchaînée dans ce chariot. Les cavaliers en armure qui l'entouraient rendaient toute idée de fuite inenvisageable, mais pour l'heure, ce n'était pas son plus gros problème. Assis de l'autre côté du chariot, le problème en question la fixait obstinément en plissant les yeux contre l'éclat aveuglant du soleil.

Où les Mort avaient-ils déniché cet homme ? Il n'était pas vieux, environ l'âge de Pen, avec une barbe taillée en collier. Il n'avait pas l'allure d'un geôlier en chef ; en fait, Kelsea commençait à se demander s'il avait une quelconque fonction officielle. Peut-être lui avait-on tout bonnement jeté les clefs de ses entraves en lui confiant sa garde ? Plus Kelsea y réfléchissait, plus elle en devenait certaine. Elle n'avait pas aperçu une seule fois la Reine rouge depuis ce matin-là, dans la tente. Il se dégageait de toute cette opération une impression de grande improvisation.

— Comment vas-tu, ma jolie ? demanda le geôlier.

Elle l'ignora, malgré la crispation qui lui nouait le ventre. Oui, elle était jolie maintenant, le sosie ou presque de Lily, mais elle aurait tout donné pour retrouver son ancien visage, sans savoir si cela lui aurait permis d'échapper aux attentions insistantes de cet homme. Après leur troisième jour dans la tente, il l'avait tabassée consciencieusement en la frappant au visage et sur le torse, sans raison apparente. Tout au long de cette raclée, il avait gardé le même air vide, inexpressif.

Si seulement j'avais mes saphirs, songea-t-elle en soutenant son regard, car l'éviter ou baisser les yeux aurait pu passer pour un signe de faiblesse. Or la faiblesse le stimulait. Durant ce périple, Kelsea avait passé des heures à imaginer ce qu'elle ferait si jamais elle récupérait ses saphirs. Pendant sa courte vie de Reine, elle avait connu bien des formes de violence, mais la menace que présentait le geôlier était inédite, car cette violence-là semblait gratuite, issue de nulle part, ne cherchant rien. Ce sentiment d'absurdité engendrait chez elle une sorte de désespérance, et il lui rappelait aussi Lily. Une nuit, environ une semaine plus tôt, elle avait rêvé de Lily, de la Traversée, un cauchemar aux couleurs flamboyantes, d'océan en furie et d'aube rose. Mais la vie de Lily était enfermée dans les saphirs comme en un flacon hermétique, et les ayant perdus, Kelsea se demandait à présent, avec une sorte de rancœur, pourquoi diable elle avait dû en passer par là, en voir autant. Elle avait les traits de Lily, ses cheveux, ses souvenirs. Mais cela dans quel but, si elle ne pouvait voir la fin de l'histoire ? Row Finn lui avait révélé qu'elle était une Tear, mais quelle valeur cela avait-il sans les joyaux ? Même le diadème de Lady Andrew avait disparu à présent, égaré dans le camp. Tout ce qui appartenait à son ancienne vie était resté en arrière.

Pour le bon motif, se dit-elle.

Oui. C'était important de garder le Tearling en tête. Sa mort se profilait quelque part à la fin de ce voyage (elle ne comprenait d'ailleurs pas très bien à quoi elle devait d'être encore en vie), mais elle laissait derrière elle un royaume libre, gouverné par un homme de bien. Son esprit évoqua une image de Massue, avec son air revêche, et un instant, il lui manqua si cruellement qu'elle sentit les larmes sourdre sous ses paupières closes. Elle lutta pour les refréner, sachant que l'homme qui était assis de l'autre côté du chariot prendrait plaisir à sa détresse. Elle était certaine que s'il l'avait tabassée si méchamment, c'était, entre autres, parce qu'elle refusait de pleurer.

Lazarus, songea-t-elle en s'efforçant de lutter contre son désarroi. Massue était sur son trône à présent, et même s'il ne voyait pas tout à fait le monde comme elle, il serait un bon dirigeant, juste et respectueux de sa fonction. Pourtant Kelsea ressentait une angoisse diffuse qui croissait au fil des kilomètres. Elle n'était jamais sortie de son royaume. Elle ignorait pourquoi elle était encore en vie, mais elle allait presque certainement à Mortmesne pour y mourir.

Quelque chose glissa le long de son mollet, la faisant tressaillir. Son geôlier lui caressait la jambe.

À ce contact, Kelsea éprouva la même répulsion que si une saleté de tique lui avait foré la peau pour lui sucer le sang. Le geôlier souriait en haussant les sourcils, comme s'il attendait une réaction.

Je suis une morte en sursis, se rappela Kelsea, car dans l'absolu, elle aurait dû être depuis des mois à l'état de cadavre, et cette idée libéra son esprit. Elle ramena ses jambes sous elle comme pour se recroqueviller dans le coin du chariot, puis, au dernier moment, cambra le dos et décocha un coup de pied à son geôlier, en pleine face.

Il s'affala par terre sur le flanc, dans un bruit sourd. Les cavaliers qui les entouraient éclatèrent d'un rire moqueur, qui montra à Kelsea combien ils tenaient son geôlier en piètre estime, mais en l'occurrence, cela ne lui serait d'aucun secours. Elle replia ses jambes sous elle et leva ses mains enchaînées pour se défendre de son mieux. Le geôlier se releva, sans prendre la peine d'essuyer le sang qui coulait de son nez.

— C'était juste histoire de rigoler un peu, dit-il d'un ton grognon. Alors, ma jolie, on n'aime pas s'amuser ?

Kelsea ne répondit pas. Elle avait déjà constaté ses rapides sautes d'humeur et en avait déduit qu'il n'avait pas toute sa tête. Il n'y avait rien de prévisible dans son comportement. Colère, confusion, badinage… chaque fois, il réagissait différemment. L'homme avait enfin remarqué qu'il saignait du nez, et il s'essuya d'un revers de manche, en tachant le fond du chariot.

— Tu ferais mieux de te tenir à carreau, ma jolie, la tança-t-il d'un ton de tuteur s'adressant à une élève indocile. C'est moi qui m'occupe de toi, maintenant.

Kelsea se roula en boule dans le coin du chariot. Elle songea encore avec regret à ses saphirs, et se rendit compte alors avec étonnement qu'elle comptait en fait survivre à ce voyage, d'une manière ou d'une autre. Le geôlier n'était qu'un obstacle à surmonter parmi tant d'autres. À la fin, elle avait bien l'intention de rentrer au pays.

La Reine rouge ne le permettra jamais.

Alors pourquoi me ramène-t-elle à Demesne ?

Pour te tuer. Sans doute avec l'intention d'exhiber ta tête sur la Route Pike.

Mais Kelsea n'y croyait pas. La Reine rouge était quelqu'un de direct. Si elle avait souhaité sa mort, le corps de Kelsea pourrirait déjà sur les rives de la Caddell. Il devait y avoir autre chose, une chose que la Reine rouge voulait obtenir d'elle, et s'il en était ainsi, elle pourrait peut-être rentrer chez elle.

Chez elle. Cette fois, ce ne fut pas au pays qu'elle songea, mais aux gens. Lazarus. Pen. Le Fetch. Andalie. Arliss. Elston. Kibb. Coryn. Dyer. Galen. Wellmer. Le Père Tyler. Un moment, Kelsea les vit tous comme s'ils étaient rassemblés autour d'elle. Puis l'image disparut, et il n'y eut plus que l'éclat du soleil lui blessant les yeux et ravivant son mal de tête. Pas de vision, seulement son esprit, essayant de se libérer. C'en était fini de la magie ; la réalité, c'était ce chariot poussiéreux qui roulait en l'éloignant inexorablement de son foyer.

Massue ne s'asseyait jamais sur le trône.

Parfois Aisa croyait qu'il allait le faire. C'était déjà devenu une plaisanterie parmi la Garde : la façon dont Massue grimpait sur l'estrade de sa démarche volontaire… pour s'asseoir sur la marche du haut en laissant ses énormes bras reposer sur ses genoux. Si la journée avait été longue, il condescendait parfois à utiliser le vieux fauteuil installé non loin de là, mais le trône lui-même demeurait vacant. Ce monolithe d'argent dressé au point culminant de la salle leur rappelait à tous l'absence de la Reine, et Aisa était convaincue que c'était précisément l'intention de Massue.

Aujourd'hui, il avait boudé l'estrade en choisissant de s'asseoir au bout de la table qui servait aux repas. Aisa était postée juste derrière sa chaise. Malgré la longueur imposante de la table, plusieurs personnes étaient restées debout, faute de place. Aisa estimait qu'en ces lieux, les risques d'agression étaient minimes, pourtant elle gardait la main sur son couteau. Il en était presque toujours ainsi, même quand elle dormait. La première nuit d'après le pont (pour Aisa, la vie se divisait dorénavant entre Avant et Après le pont), Massue lui avait attribué une chambre, à la lisière des quartiers de la Garde. Certes Aisa avait beaucoup d'affection pour ses frères et sœurs, pourtant elle était soulagée d'en être libérée. Cette part de sa vie, l'ancienne, la familiale, semblait se détacher d'elle quand elle travaillait avec la Garde, faute d'espace. Même si Aisa ne s'était jamais sentie autant en sécurité que dans sa nouvelle chambre, il lui arrivait encore de se réveiller le couteau à la main.

Arliss était assis à côté de Massue. La cigarette au bec, il farfouillait dans le tas de paperasses posé devant lui. La vie d'Arliss tournait autour de rapports et de chiffres, mais Aisa ne voyait pas bien ce que ces dossiers lui apporteraient, en l'occurrence. Le problème de la Reine ne pourrait se résoudre sur du papier.

À côté d'Arliss était assis le Général Hall, accompagné de son second, le Colonel Blaser. Les deux hommes étaient encore en armure, car ils rentraient tout juste du front. Durant la semaine passée, ce qui restait de l'armée Tear avait suivi la piste de l'armée Mort tandis qu'elle traversait la Caddell pour entamer sa lente progression vers l'est, à travers l'Almont. Aussi improbable que ce soit, les Mort se retiraient avec tout leur matériel de guerre et leurs tours de siège pour rentrer chez eux.

Mais pourquoi ?

Nul ne le savait. L'armée Tear avait été décimée, et d'après Elston, les Mort auraient pu déchirer les défenses de New London comme du papier, tant elles étaient fragiles. L'armée surveillait les envahisseurs de près pour parer à tout piège éventuel, mais à présent, même Massue semblait convaincu que la retraite était bien réelle. Contre toute logique, les Mort s'en allaient. De plus, le Général Hall avait pu constater que les soldats Mort ne se livraient même pas au pillage, durant le trajet de retour.

Autant de bonnes nouvelles, donc, pourtant l'ambiance autour de la table n'avait rien d'exubérant. Il n'y avait toujours aucun écho de la Reine. Suite au départ des Mort, on n'avait pas retrouvé son corps. D'après Maman, elle était prisonnière, et à cette idée, Aisa sentait bouillir son sang. Le premier devoir de la

Garde royale était de protéger la souveraine de tout mal, et la Reine avait beau être en vie, elle était à la merci des Mort. Même Maman était incapable de dire ce qu'il advenait d'elle dans leur camp.

Pâle, les traits tirés, Pen était assis de l'autre côté de Massue. Quels que soient les tourments qu'enduraient Aisa et les autres gardes, aucun ne souffrait autant que Pen, qui était le garde du corps de la Reine… et davantage, songeait Aisa. Ces derniers temps, on ne pouvait pas en tirer grand-chose, car il semblait incapable de rien faire, à part boire et se morfondre. Le jour où le pont s'était rompu, Pen avait perdu une part de son être, et s'il occupait toujours la place de garde du corps près de Massue, il restait les yeux fixés sur la table, relevant la tête d'un air hagard quand on l'appelait. Assis à côté de lui, Coryn semblait avoir conservé sa vivacité, aussi Aisa ne s'inquiétait-elle pas pour lui. En revanche, elle se demandait si Elston tolérerait encore longtemps l'attitude de Pen. Quand quelqu'un se déciderait-il enfin à dire à haute voix la vérité, à savoir qu'il n'était plus apte à assumer cette fonction ?

— Commençons, déclara Massue. Quelles nouvelles ?

Le Général Hall se racla la gorge.

— Il serait bon que je fasse mon rapport en premier, monsieur.

— D'accord. Où en sont les Mort ?

— Ils sont à présent au centre de l'Almont et se rapprochent des sources de la Crithe. Ils parcourent au moins huit kilomètres par jour, et près du double depuis que les pluies ont cessé.

— Ils n'ont rien laissé dans leur sillage ?

— Non. Je crois qu'ils battent vraiment en retraite, sans dissimuler ni pièges, ni autres intentions belliqueuses.

— Eh bien, voilà qui est positif.

— Certes, mais monsieur…

— Et les réfugiés ? s'enquit Arliss. Pouvons-nous commencer à les renvoyer chez eux ?

— Ce serait les mettre en danger que de les renvoyer juste sur les talons du convoi militaire Mort, remarqua Hall.

— La neige a déjà commencé à tomber sur le Reddick du nord, Général. Si nous n'engrangeons pas bientôt la moisson, il n'y aura plus rien à récolter, dit Arliss, puis il s'interrompit le temps de souffler un nuage de fumée malodorant. Nous souffrons aussi de tous les problèmes d'hygiène que rencontre une cité surpeuplée : traitements des eaux usées, maladies… Plus tôt nous évacuerons la ville de ces réfugiés, mieux cela vaudra. Peut-être que si vous…

— Nous avons repéré la Reine, le coupa le Général Hall.

Toute la table retint son souffle. Même Pen sembla émerger de sa torpeur.

— Que ne le disiez-vous ? Faites votre rapport ! tonna Massue.

— Nous l'avons repérée hier matin, au bord de la Crithe. Elle est en vie, mais menottée, et enchaînée à un chariot. Elle n'a aucune possibilité de s'enfuir.

— Elle a brisé en deux ce fichu pont de New London ! pesta Arliss. Quelles chaînes pourraient la retenir ?

— Nous n'avons pas pu la distinguer nettement, répondit froidement Hall. La cavalerie Mort forme bloc autour d'elle. Mais j'ai parmi mes hommes un certain Llew, qui a le regard perçant d'un faucon. Il est à peu près certain que la Reine ne porte plus les saphirs Tear.

— Et dans quel état est-elle ? intervint Pen.

Hall se rembrunit et il se tourna vers Massue.

— Peut-être vaudrait-il mieux discuter de cela en privé…

— Non, faites-le maintenant, gronda Pen d'une voix menaçante. Est-elle blessée ?

Hall jeta un regard désespéré à Massue, qui hocha la tête.

— Oui. Elle a le visage tuméfié, même moi j'ai pu le constater à travers ma lunette d'approche. Elle a été rouée de coups.

Pen s'affala sur sa chaise et resta prostré. Un silence s'abattit sur toute l'assistance.

— Au moins, elle était assez vaillante pour rester debout dans le chariot, avança Hall. Je ne crois pas qu'elle ait quelque chose de cassé.

— Où se trouve ce chariot ? demanda Massue.

— Au beau milieu de la cavalerie Mort.

— Une attaque directe aurait-elle une chance d'aboutir ?

— Non, aucune, même si mon armée n'était pas réduite à une peau de chagrin, les Mort ne prennent aucun risque. Des cavaliers en rangs serrés entourent la Reine de toutes parts. Ils avancent rapidement sur la route Mort en distançant l'infanterie. Je ne peux que supposer qu'ils se rendent tout droit à Demesne.

— Les cachots du Palais, maugréa Pen d'un air accablé. Comment diable pourrons-nous la faire sortir de là ?

— La rébellion Mort va bientôt gagner Demesne, lui rappela Massue. Les partisans de Levieux nous seront utiles.

— Comment savez-vous que nous pouvons nous fier à lui ?

— Je le sais.

Aisa haussa les sourcils, dubitative, car ce Levieux, qui avait quitté le Donjon une semaine plus tôt, ne l'avait guère impressionnée. Certes il était bel homme, et alors ? Quant à Alain, son compagnon d'armes, il connaissait de bons tours de carte, mais ils ne valaient pas un clou, comparés à ceux de Bradshaw. Un magicien pourrait bien être capable de s'introduire dans les cachots du Palais Mort… Hélas, les magiciens n'inspiraient aucune confiance à Massue.

— La Reine rouge va sûrement faire face à un problème sur son flanc droit, réfléchit Arliss à haute voix. Il n'y a pas de butin… pas d'or, pas de femmes. J'ignore comment elle a obtenu de ses soldats qu'ils se retirent, mais la grogne doit certainement se répandre dans leurs rangs.

— Justement, Levieux compte là-dessus. Des soldats frustrés font d'excellents rebelles. Il s'attend à pouvoir recruter largement, quand l'armée sera rentrée.

— Et à quoi cela nous avance-t-il, si nous n'avons toujours pas la Reine avec nous ? s'enquit Pen d'un ton rageur.

— Tout doux, Pen. Nous en discuterons plus tard, le tança Massue.

Aisa fronça les sourcils. Massue continuait à dorloter Pen en essayant de le sortir de ses humeurs noires, sans relever ses impertinences. Elle trouvait qu'il aurait mérité une longue mise à pied ou, à défaut, une bonne gifle.

— Continuez à m'envoyer des rapports sur la retraite, dit Massue à Hall, mais concentrez-vous sur la Reine. Choisissez deux de vos meilleurs hommes pour la suivre jusque dans Mortmesne. Surtout ne la perdez pas de vue. Rompez.

Hall et Blaser se levèrent, s'inclinèrent, puis gagnèrent la sortie.

— Nous devons parler de l'Arvath, dit Arliss.

— À quel sujet ?

Arliss rassembla ses papiers et les mit de côté.

— Il y a eu du grabuge dans la cité, ce matin. Des gens en grand nombre se sont apparemment rassemblés sur la Grand-Place et de là, ils ont marché jusqu'à Bethyn's Close.

— Il y a toujours des attroupements de ce genre.

— Non, celui-ci était spécial. Leur principal sujet de mécontentement était le manque de sens moral qui régnerait au sein du gouvernement royal.

Massue parut soucieux, et Aisa aussi fronça les sourcils. À peine le problème Mort s'estompait-il qu'un autre surgissait pour prendre sa place : le Saint-Père. Le jour même où la Reine avait quitté la cité, l'Arvath avait rendu public son refus de payer l'impôt foncier, ainsi que son intention d'absoudre tout laïc qui ferait de même.

— Qu'est-ce qui relie ces manifestants à l'Arvath ? demanda Coryn.

— Rien, répondit Arliss. La foule s'est dispersée bien avant que les gendarmes de la ville puissent s'en approcher, et il n'y a plus d'armée pour assurer la paix civile, à présent. Mais les fauteurs de troubles ont pénétré par effraction dans une maison située au bord de l'enceinte et brutalisé les deux femmes qui y vivaient. Pour leur mode de vie immoral.

Un tic nerveux fit tressaillir la joue de Massue.

— Le Saint-Père s'imagine que sous la pression, je renoncerai à collecter les impôts royaux. Il se trompe.

— Les nobles refusent toujours de payer les leurs, à part Meadows et Gillon. La Crèche va mettre la main sur le plus gros du Trésor. Nous avons perdu les revenus venant des péages du Pont. D'ici quelques mois, nous serons vraiment dans la mouise.

— Ils paieront, affirma Massue avec un sourire si féroce qu'Aisa en frémit, mais son visage redevint presque aussitôt impassible. Et les deux prêtres, aucune nouvelle ?

— Rien, pas le moindre écho. Ils se sont évanouis dans la nature. Mais l'Arvath a appris que nous offrions une prime à hauteur de la leur, dit Arliss en farfouillant de nouveau dans sa pile de papiers. Un message du Saint-Père datant d'hier nous adjure au nom du ciel de retirer la récompense que nous offrons pour le Père Tyler…

— Au nom du ciel, répéta Massue. Un jour, j'espère bien l'y expédier, qu'il rencontre son Créateur pour lui rendre des comptes.

— Un autre rapport contrariant. Il y a deux jours, l'un de mes messagers a repéré plusieurs prêtres quittant New London par la petite route de campagne qui court derrière la cité.

— Où allaient-ils ?

— À Demesne, probablement. Mon homme les a pistés jusque sur la route Mort.

Le visage de Massue s'assombrit.

— Devrions-nous creuser davantage ? demanda Elston.

— Non, répondit Massue après un moment de réflexion. Si le Saint-Père traite avec la Reine rouge, l'informateur que j'ai au Palais nous dira ce qui se passe. Quoi d'autre ?

Arliss consulta sa liste.

— Nous devons rentrer les récoltes avant la neige. Tout le royaume manque cruellement de fruits et de légumes frais. Je me disais que les premiers fermiers à retourner sur leurs terres pour la moisson et les récoltes pourraient fixer eux-mêmes leurs prix.

— Ce n'est guère motivant pour ceux qui cultivent les terres des nobles.

— Certes, mais tous les nobles sont encore à New London, remarqua Arliss avec un sourire si rusé qu'Aisa ne put s'empêcher de l'aimer en cet instant, même s'il empestait l'air de ses cigarettes. Si Lord machin chose n'est pas capable de veiller sur ses propres terres tandis que les Mort la traversent, qui pourra dire où les récoltes seront passées ?

— Et si les Mort se livrent au pillage en rentrant chez eux ? remarqua Elston.

— C'est curieux, mais ils s'en abstiennent. Je me suis renseigné auprès du second de Hall. Ils ne touchent pas aux récoltes, Dieu sait pourquoi. Laissons donc les fermiers rentrer chez eux pour grappiller ce qu'ils pourront. Même quelques jours de récoltes les aideront à tenir le coup cet hiver, s'ils réussissent à être les premiers sur le marché. Et leur réussite servira d'exemple aux autres.

Massue acquiesça lentement.

— Vous avez carte blanche.

— Merritt attend toujours dehors, monsieur, lui rappela Elston.

— Combien de Caden a-t-il avec lui ?

— Trois.

— C'est tout ?

— Oui, monsieur. Mais pas n'importe lesquels. Les frères Miller.

— Ah…

Massue réfléchit un moment à cette information. Aisa ignorait qui étaient les frères Miller, mais ce sujet avait soulevé une amère controverse : fallait-il ou non laisser des Caden entrer dans l'Aile de la Reine ? Elston était contre, comme presque toute la Garde, mais Massue était bien décidé à s'adjoindre leur concours, et Aisa espérait qu'il gagnerait les autres à sa cause. Elle avait hâte de voir des Caden en chair et en os.

— Eh bien, faites-les entrer.

Comme Massue grimpait sur l'estrade, Aisa retint son souffle, mais sans un regard vers le trône, il se contenta de s'asseoir sur la plus haute marche tandis que Devin introduisait les Caden.

Merritt, le chef, était très grand, pourtant il avait, comme Massue, la démarche souple d'un homme capable de bouger très vite, en cas de besoin. Une vilaine cicatrice lui barrait le front. Aisa avait elle-même reçu plusieurs coups de couteau sur les mains et les bras au cours de son entraînement, mais à son avis, cette cicatrice-là n'était pas assez nette pour venir d'une lame. On aurait plutôt dit des coups de griffe. Comme tout le monde, elle avait entendu parler de Merritt, car même parmi les Caden, il jouissait d'un certain prestige. Mais les trois hommes derrière lui restaient une énigme.

Ils entrèrent dans la salle en triangle, une formation qu'Aisa reconnut comme défensive. Leurs capes rouge sang tranchaient sur les murs en pierre grise du Donjon. Les trois hommes étaient de taille différente, avec des cheveux châtain plus ou moins foncé. Pourtant ils avaient quelque chose en commun, qu'Aisa n'arrivait pas à définir. Quand l'un bougeait, les autres faisaient de même ; ils se déplaçaient comme une triade, sans parler ni se faire signe, et Aisa devina qu'ils travaillaient ensemble depuis très longtemps. En sa qualité de Capitaine provisoire, Elston avait décrété qu'aucun des Caden ne devrait s'approcher à moins de trois mètres de Massue, et Aisa se félicitait de cette précaution. Ces trois-là pourraient bien leur donner du fil à retordre.

Merritt présenta tour à tour ses compagnons.

— Les Miller. Christopher, Daniel, James.

Massue les considéra un moment avant de s'adresser à eux.

— J'ai entendu dire que vous aviez été tous les trois exclus de la guilde.

— La guilde s'est ravisée, répondit doucement Christopher, le plus grand.

— Pourquoi ?

— Nous sommes utiles, Lord Régent.

— Vous étiez utiles il y a six ans. Depuis, je n'ai plus entendu parler de vous.

— Pourtant nous n'avons pas chômé, dit James.

— Certes non, répliqua Massue d'un ton mordant. Vous étiez occupés à traquer la Reine.

Les trois hommes demeurèrent silencieux tout en le fixant sans aménité, et Massue finit par se laisser fléchir.

— Bon, le passé est le passé. J'ai du travail pour vous, et pour tous ceux de votre guilde qui voudront y participer.

— Notre guilde est très occupée, répliqua James, une réponse qu'Aisa trouva machinale, comme si c'était pour eux une façon d'entamer toute transaction.

— Ça oui, vous êtes très occupés, riposta Massue avec une certaine ironie. Nous en avons entendu parler. Les Caden bandits de grand chemin, les Caden gigolos, les Caden organisant des combats de chiens, et pire encore.

— Et alors ? Il faut bien vivre.

— Ces activités vous discréditent. Elles portent atteinte au prestige de votre guilde. Ce n'est pas pour cela que vous vous êtes engagés. J'ai mieux à vous offrir. Un travail difficile et dangereux, qui requiert aussi un peu de finesse. Même si j'avais encore une armée intacte sous mes ordres, je ne confierais pas une telle mission à des soldats.

Daniel, le troisième Caden, prit la parole pour la première fois.

— De quel travail s'agit-il ?

— Nettoyer la Crèche.

— C'est facile, ricana James. Il suffit d'avoir une citerne.

— Oh non, ce n'est pas facile, répliqua Massue sans sourire. Des femmes et des enfants y vivent dans la plus grande promiscuité, en état de danger permanent. Des hommes aussi d'ailleurs, et la Reine voulait que j'en tienne compte. Je veux qu'on sorte les innocents de ce cloaque en assurant leur sécurité, et qu'on arrête les souteneurs et autres malfrats en vie pour les jeter en prison.

— Combien ?

— Un salaire fixe. Dix mille livres par mois pendant trois mois. Si votre guilde n'y parvient pas au bout de trois mois, je doute qu'on puisse y aboutir un jour.

— Y aura-t-il une prime si on finit le boulot avant l'heure ?

Massue regarda Arliss, qui acquiesça de mauvaise grâce.

— Si vous réglez ça en deux mois, de façon efficace et définitive, nous vous paierons trois mois de salaire.

Les Miller se concertèrent en se repliant tandis que la salle attendait. Merritt ne se joignit pas à eux, il se contenta de rester à côté, impassible. Il avait déjà accepté d'aider gratuitement ; d'après Massue, il avait une dette envers la Reine. Mais Aisa avait des doutes. De quel genre de dette un Caden pouvait-il s'acquitter en travaillant pour rien ?

Au-dessus d'elle, Massue observait les trois frères d'un air indifférent, mais Aisa ne s'y trompait pas. Elle devinait combien cette question lui tenait à cœur. Avant l'épisode du pont, elle n'avait jamais entendu parler de la Crèche sinon à mots couverts, mais cela avait suffi pour qu'elle s'en fasse une idée : un labyrinthe tortueux caché sous la cité, où les pires vices étaient tolérés, où des enfants plus jeunes qu'elle étaient vendus au plus offrant pour servir de distraction. Ces images la hantaient. Certes son père était un mauvais sujet, mais elle croyait son cas isolé. Depuis qu'elle savait que tant d'autres se livraient à ces abominations et qu'il existait un monde souterrain où des enfants vivaient le même cauchemar, cette idée la rongeait, au point qu'elle n'en dormait plus la nuit. Massue aussi semblait obsédé par ça, car Arliss et lui consacraient toute leur énergie ou presque à régler ce problème, même si Arliss rechignait à la dépense. Massue ne rencontrait en l'occurrence aucune opposition, mais rien n'allait assez vite pour lui, et Aisa croyait presque voir l'ombre de la Reine lui souffler à l'oreille des paroles d'encouragement, histoire de l'aiguillonner un peu.

Les Caden étant parvenus à s'entendre, ils se tournèrent vers Massue, et Christopher parla en leur nom.

— Nous présenterons votre proposition à la prochaine réunion de la guilde. Entre-temps, nous étudierons tous trois cette mission, ceci sans paiement de votre part ni engagement de la nôtre.

— Parfait, répliqua Massue. Puisque vous travaillez gratuitement, je ne vous fixerai pas de délai à respecter. Mais le temps est un élément essentiel, et j'aimerais que ce travail soit bouclé avant le retour de la Reine en ses foyers.

Les trois Caden dressèrent brusquement la tête.

— Qu'est-ce qui vous fait croire qu'elle va rentrer ? demanda James.

— Je le sais, répliqua Massue d'un ton qui mit fin à toute discussion.

— Si vous acceptez, c'est moi qui serai chargé de vous payer, leur dit Arliss. Il n'y aura aucune avance ni autre foutaise de ce genre, alors ce n'est même pas la peine d'essayer.

— Eh bien je demanderai quand même une petite avance, répliqua Daniel. Cette fille-là, dit-il en désignant Aisa. Nous avons entendu parler d'elle. On dit qu'elle est habile au couteau, et cela m'intrigue fort. Avant de repartir, pourrais-je avoir la faveur d'une démonstration ?

— Vous voulez vous battre contre une enfant ? s'indigna Massue en fronçant les sourcils.

Aisa se renfrogna. Elle détestait qu'on lui rappelle son âge.

— Je ne parle pas d'un vrai combat, Lord Régent, répliqua Daniel. Juste d'une petite démonstration.

Massue interrogea Aisa du regard, et elle s'empressa d'acquiescer. Se mesurer à un Caden ! Même un match nul serait déjà un exploit extraordinaire.

— Si tu te reçois un mauvais coup, diablesse, ce sera à toi de l'expliquer à ta mère, murmura Massue en se penchant vers elle.

Aisa tirait déjà sur les sangles de son armure pour l'ôter, puis elle sortit son couteau de son fourreau.

Fell avait commandé ce couteau spécialement pour elle, d'après l'ancien modèle Nelland ; plat avec un bord tranchant incurvé, c'était celui de tous les couteaux utilisés par la Garde. Mais Aisa ayant de petites mains, Venner avait pensé qu'il lui fallait un manche moins large, ainsi qu'une lame plus fine. Fell avait confié ce travail à son fourbisseur d'armes préféré, et le résultat était un couteau solide qu'Aisa avait grand plaisir à manier. Venner disait toujours que l'arme devait faire partie de sa main, c'était là le secret, mais Aisa avait parfois l'impression d'avoir dépassé ce stade, que le couteau ne faisait pas seulement partie de sa main, mais d'elle-même, et qu'il tenait ses démons à distance. Même son père reculait et s'effaçait, quand elle était armée.

Quant à Daniel, le Caden, il s'était défait du reste de ses armes et son couteau luisait, à demi caché dans sa main. Il avait une lame plus longue que la sienne, ce que Venner ne manqua pas de remarquer.

— Ce n'est pas un combat loyal ! protesta-t-il en désignant l'arme de Daniel.

— Le désavantage fait partie du jeu, répliqua Daniel en s'adressant à Massue. Je mesure aussi au moins trente centimètres de plus qu'elle. Pourtant, puisque c'est encore une enfant, je tiendrai le manche plus haut que je ne le ferais en temps normal. Ça vous va ?

Massue consulta Aisa du regard et elle hocha la tête. Elle aurait combattu l'homme même avec d'autres handicaps ; la gloire n'en serait que plus grande.

— Prends garde à toi, fille ! lui lança Venner. Sers-toi de tes dons !

Aisa assura sa prise sur le manche en orientant le bord tranchant de la lame vers le bas. Venner lui avait dit et répété que sa taille la désavantagerait toujours au combat, mais qu'elle pourrait la compenser par sa vivacité et ses feintes. Les autres gardes s'étaient rassemblés pour leur libérer un espace circulaire, et Aisa perçut vaguement que l'on prenait des paris tout autour d'elle.

— Je n'ai pas l'intention de te blesser, lui dit Daniel en se plaçant à trois mètres d'elle. Je veux juste me rendre compte de ton habileté.

Cette déclaration n'avait aucun sens. Venner et Fell non plus n'avaient pas l'intention de la blesser, mais Aisa avait déjà plusieurs cicatrices sur les mains et les bras. Le combat, c'était le combat.

— Vas-y, attaque, lui ordonna Daniel, pourtant elle s'en abstint, car Venner lui avait enseigné que c'était toujours une erreur d'attaquer le premier ; le faire alors qu'elle n'avait pas l'avantage exposerait ses côtes et sa gorge.

— Prudente, hein ? lui lança Daniel.

Aisa ne répondit pas ; elle était trop occupée à le jauger. Il gardait les bras serrés contre ses côtes, pour mieux conserver son énergie. Son allonge serait supérieure à la sienne. Si elle devait s'approcher de lui, elle devrait au moins encaisser un coup sur l'avant-bras. Elle commença par une série de mouvements avant contrôlés, en bougeant le plus lentement possible, sans aller au bout de son allonge réelle. Son sang chantait dans ses veines ; d'après Venner, c'était l'adrénaline, mais Aisa savait qu'en réalité, c'était le chant de la bataille, le fait d'être seule en ne pouvant compter que sur elle-même et sa lame. Aisa avait un goût de métal dans la bouche.

Le Caden bondit soudain en avant en agitant un bras pour la distraire tout en frappant de l'autre. Mais Aisa avait appris à garder l'œil sur la main du couteau, et elle para le coup facilement en faisant une roulade pour se redresser d'un bond.

— Rapide, constata Daniel.

Aisa ne répondit pas, car elle avait remarqué un détail alors que le Caden se retournait pour la suivre : sa jambe gauche était faible. Une légère claudication, ou plutôt une blessure récente. Il protégeait sa jambe en la tenant subtilement hors de la zone de contact. Aisa feinta en faisant mine de chercher à l'atteindre à la gorge, et siffla entre ses dents quand le couteau de son adversaire lui entailla l'avant-bras. Mais au même instant, elle lui décocha un vif coup de pied dans la rotule gauche, en pointant l'orteil comme Massue le lui avait appris. Grognant de douleur, le Caden vacilla et s'affala à terre.

— Ah ! Bien joué, fille ! s'exclama Venner. Vas-y, profite du fait qu'il est à terre !

Elle sauta sur le dos du Caden en cherchant à atteindre sa gorge, mais il avait déjà bougé pour parer à ses coups, et elle ne parvint pas à assurer sa prise. En ahanant, il se releva et l'envoya valser par-dessus ses épaules. Ce fut au tour d'Aisa de grogner de douleur quand elle atterrit sur le dos en se cognant la tête sur les dalles de pierre.

— Ça va, Aisa ? lança Massue.

Elle l'ignora et se releva en gardant les yeux sur le Caden, qui tournait en cercle autour d'elle. Elle lui avait fait mal en le frappant au genou, mais lui aussi l'avait touchée ; l'entaille sur son avant-bras était profonde, et sa main couverte de sang devenait glissante. Venner l'avait entraînée à accroître son endurance, mais elle sentait la fatigue ralentir ses réflexes et la tonicité de ses muscles. Elle affermit sa prise en cherchant une nouvelle ouverture. Le Caden ne la laisserait plus jamais approcher de sa jambe affaiblie, mais ses feintes maladresses l'avaient peut-être abusé, car il ne protégeait plus ses côtes aussi bien qu'avant. Elle pourrait tenter une attaque, à condition de ne pas rater son coup, mais elle n'en sortirait pas indemne.

— Attention où tu mets les pieds, lui conseilla Daniel. Il y a du sang par terre.

— Vous aimeriez bien que je baisse les yeux, hein ?

En grimaçant un sourire, il fit passer son couteau de la main gauche à la droite. Les gardes autour d'eux grommelèrent un peu, mais Aisa ne s'en inquiéta guère, car Venner aussi était ambidextre. Elle évita de regarder l'endroit précis qu'elle visait derrière son avant-bras gauche, là où saillaient ses côtes et où son armure ne le protégeait pas. Certes elle affrontait un adversaire supérieur à elle, plus grand, plus rapide, plus doué, et dans un combat à mort, elle n'aurait eu aucune chance. Mais en l'occurrence, elle demandait juste à marquer une touche.

Elle devina l'instant où il comptait passer à l'attaque, car il inspira plus profondément avant de fendre l'air de son couteau en un grand arc qui visait son épaule. Aisa plongea en portant son coup, mais elle ne fit que lui érafler les côtes et son arme faillit bien s'échapper de sa main tandis qu'au même instant, le couteau de son adversaire lui entaillait le biceps. Mais elle entendit également Daniel siffler de douleur entre ses dents, juste avant qu'il la saisisse et la fasse tournoyer. Aisa perdit l'équilibre et elle se retrouva coincée dans son étreinte, impuissante, le couteau pointé sur sa gorge. Haletante, elle se força à rester immobile. Quant au Caden, il n'était même pas essoufflé.

— Lâchez-la, ordonna Massue.

Daniel la libéra, et Aisa se tourna face à lui. Ils restèrent un moment à se dévisager, tandis que les gardes autour d'eux commençaient à discuter et que les pièces de monnaie changeaient de mains.

— Comment t'en sors-tu avec une épée ? s'enquit Daniel.

— Moyennement, admit Aisa, piquée au vif, car la lenteur de ses progrès à l'escrime était pour elle un sujet sensible.

— Je t'ai eue, fille, mais pas si facilement que ça, or je suis l'un des meilleurs manieurs de couteau de la guilde, déclara-t-il, puis il la considéra un long moment. Douée au couteau, médiocre à l'épée… tu n'as pas l'étoffe d'un Garde de la Reine, enfant. Mais celle d'un surineur, autrement dit d'un assassin. Dès que tu auras atteint ta taille adulte, tu devrais quitter ce mausolée et venir nous parler.

Il toucha ses côtes, là où elle l'avait éraflé, puis leva vers Massue ses doigts trempés de sang.

— Merci du spectacle, Lord Régent. Ce fut un bon moment.

Saisissant son armure, Aisa retourna à son poste sous l'estrade. Kibb lui fit un clin d'œil au passage.

Quand la réunion serait terminée, Massue lui permettrait sans doute d'aller trouver Coryn pour qu'il soigne son bras, mais pas tout de suite, car elle avait demandé à se battre. Ce n'était que justice, pourtant elle perdait du sang. Après réflexion, elle releva le bas déchiré de sa manche et le noua bien serré autour de son bras.

— Nous n'avons plus rien à faire ici, dit Christopher à Massue. Nous reviendrons quand la guilde aura donné sa réponse.

— Si la guilde accepte, je pourrai vous adjoindre au moins vingt Gardes de la Reine pour vous aider.

— Non merci. Nous ne voulons pas nous encombrer d'amateurs.

Un murmure de mécontentement parcourut la salle, mais les Miller s'éloignaient déjà.

— Je ne porte pas ces trois-là dans mon cœur, Lord Régent, ironisa Merritt, mais ils serviront votre but. Quant à moi, je me tiens prêt à servir la Reine quand vous voudrez, déclara-t-il, avant de suivre les autres Caden vers les portes.

Aisa sentit ses muscles se détendre. Elle ne l'aurait jamais reconnu devant quiconque, mais les paroles de Daniel lui trottaient dans la tête.

— Et Queenie dans tout ça ? demanda Arliss. Comment la secourir ?

Il était demeuré à la table durant tout le combat, ce qui surprit Aisa ; elle aurait cru qu'Arliss serait le premier à prendre des paris.

— Nous irons la récupérer, répliqua Massue. Mais elle me tuerait si je laissais le royaume s'effondrer derrière nous. Chaque chose en son temps.

Sentant quelqu'un lui effleurer le bras, Aisa se retourna et vit Coryn, venu examiner ses blessures.

— C'est vilain, mais pas trop profond. Relève ta manche. Je vais te recoudre ça, ma fille.

Elle déchira ce qui restait du tissu de sa manche.

— Tu t'en es bien sortie, et ce fut un bon combat, diablesse, remarqua Massue. Mais tu l'as laissé te déséquilibrer.

— Je sais, répliqua Aisa en grinçant des dents tandis que Coryn commençait à désinfecter ses blessures. Il était plus rapide que moi.

— La maladresse de la jeunesse. Ça passera, tu verras.

Mais Aisa n'en pouvait plus d'attendre. Elle se sentait prise dans un terrible entre-deux : trop âgée pour être une enfant, trop jeune pour être une grande personne. Elle avait hâte de s'assumer comme adulte en travaillant et en gagnant de l'argent. Certes elle apprenait l'art du combat, mais parmi les leçons de la Garde, beaucoup n'étaient pas tant enseignées qu'acquises par imprégnation : comment se comporter en public, comment penser à la Garde avant de penser à soi, et à la Reine avant tout. C'étaient des leçons de maturité, et Aisa les prenait comme telles. Pourtant il lui arrivait encore d'avoir envie de courir rejoindre sa mère, se blottir contre elle, poser sa tête sur son épaule pour réclamer un câlin, comme quand elle était une enfant traquée.

On ne peut pas tout avoir.

Comme l'aiguille de Coryn perçait son avant-bras, elle inspira profondément. Personne dans la Garde n'abordait ce sujet, pourtant elle savait que la façon dont on supportait ses blessures comptait autant que celle dont on se comportait au combat.

— Massue a dit que les trois Caden avaient été exclus, demanda-t-elle, histoire de penser à autre chose. Qu'est-ce que ça veut dire ?

— Effectivement, ils furent exclus il y a six ans, pour avoir fait perdre beaucoup d'argent à la guilde.

— Aïe ! s'écria Aisa, car l'aiguille de Coryn avait dû toucher un nerf. Qu'avaient-ils fait de mal ?

— Il y avait une jeune dame de la noblesse, Lady Cross. Lord Tare en pinçait pour elle, et il convoitait aussi les terres de sa famille, mais Lady Cross s'était fiancée en secret à un jeune homme de l'Almont, un pauvre métayer, et elle refusait chacune de ses demandes. Lord Tare finit par l'enlever, il l'emmena jusqu'à son château à l'extrémité sud du Reddick, et l'enferma dans la tour. Il jura qu'elle y resterait tant qu'elle n'accepterait pas de l'épouser.

— Quelle idiotie, le mariage, maugréa Aisa en grinçant des dents tandis que Coryn tirait sur le fil. Jamais je ne m'y laisserai prendre.

— Aucun risque, acquiesça Massue en ricanant. Mais n'étant pas une guerrière, Lady Cross désirait se marier, et elle voulait épouser son promis. Elle resta prostrée dans le château de Lord Tare durant deux mois sans changer d'avis. Alors ce diable de Lord Tare eut l'excellente idée de la priver de nourriture.

— Il l'affama pour l'obliger à l'épouser ? s'étonna Aisa, puis elle fit la grimace. Pourquoi n'a-t-elle pas accepté pour s'enfuir aussitôt après le mariage ?

— L'Église de Dieu n'autorise pas le divorce, enfant. Un mari a toujours le droit de ramener sa femme de force à la maison.

C'est ce que Papa a fait, se rappela Aisa. Plusieurs fois durant son enfance, Maman avait voulu s'enfuir avec ses enfants et leurs maigres bagages, mais l'équipée s'était toujours terminée par un retour à la maison, têtes basses.

— Et alors ?

— Eh bien, Lady Cross s'obstinait et dépérissait à vue d'œil, au point que cette affaire donna lieu à des discussions enflammées dans tout le royaume.

— Et son fiancé, il ne réagissait pas ?

— Qu'aurait-il pu faire ? Il avait proposé à Tare de lui donner les rares économies dont il disposait. La famille de Lady Cross avait également essayé de payer une rançon pour la récupérer, en vain. Lord Tare était sous emprise : sa fierté était en jeu, comprends-tu. Il fallait qu'il fasse céder la femme. Beaucoup de nobles plaidèrent la cause de Lady Cross auprès du Régent, mais lui refusa d'envoyer sur place l'armée Tear pour régler ce qu'il considérait comme une affaire privée. Finalement, quand il fut clair que Lady Cross mourrait si l'on n'intervenait pas, les Cross réunirent leur argent et engagèrent les Caden pour la faire sortir de cette tour.

— Et ils réussirent ? demanda Aisa, aussi captivée que lorsqu'elle écoutait Maman raconter l'un de ses contes de fées.

— Oui, et l'affaire fut rondement menée, poursuivit Elston. James se fit passer pour le cousin de la dame, venu la supplier de céder, et Christopher et Daniel pour ses deux serviteurs. Ils restèrent une heure avec la dame, et quand ils sortirent de cette entrevue, elle avait accepté d'épouser Lord Tare. Au comble de la joie, ce dernier organisa la cérémonie de mariage pour la semaine suivante.

Une feinte, songea Aisa. Parfois elle en arrivait à penser que la vie tout entière n'était en fait qu'un long combat.

— Durant la semaine qui précéda le mariage, Lord Tare mit Lady Cross sous bonne garde, mais tout le royaume croyait qu'elle avait cédé pour de bon. Seul le Capitaine ici présent assurait que non, précisa Elston en saluant Massue, mais nous autres, nous avons tous marché, et d'ailleurs, notre estime pour Lady Cross n'en fut en rien diminuée. C'est une mort horrible que de mourir de faim.

— Et ensuite ? demanda Aisa.

Coryn travaillait maintenant sur son biceps, mais elle le remarqua à peine.

— Le jour du mariage arriva, et Lady Cross parut dans ses plus beaux atours. L'Arvath envoya l'évêque de la région conduire la cérémonie. Lord Tare invita la moitié du royaume à assister à son triomphe, et l'église était remplie à craquer de ses gardes et invités. Les Cross refusèrent d'être présents, mais tout le reste de la noblesse était là, y compris le Régent. Lady Cross remonta l'allée jusqu'à l'autel et la cérémonie se déroula sans incident. Elle dura deux heures.

— Quoi ?

— Oui, le mariage se conclut paisiblement. Lord Tare voyait la fin de ses soucis et tous ses désirs comblés : il avait les terres et le titre de sa femme.

Il resta en bas à s'enivrer avec sa Garde personnelle tandis que Lady Cross montait se changer. Une heure plus tard, il monta la rejoindre, mais elle avait disparu comme par enchantement. Le temps pour lui de rassembler une équipe de recherches, elle avait déjà traversé la moitié du Reddick.

— Mais elle était mariée.

— Oui, apparemment ! Lord Tare piqua une crise de rage, il partit derrière les Caden en lançant sur leur piste de féroces chiens de meute, et comme il ne put les retrouver, il fit appel au Régent. Deux jours se passèrent avant que quelqu'un pense à consulter l'évêque, et on le découvrit alors pieds et poings liés dans son palais, ainsi que ses gardes. Affamé, furieux, c'était en vérité un homme très différent de celui qui avait conduit la cérémonie de mariage.

— C'était là toute l'astuce, diablesse, intervint Massue. Je ne parle pas le latin, mais je connais plusieurs personnes qui le savent, et elles m'ont raconté que toute la cérémonie n'était qu'une comédie. Il y eut un long sermon sur les vertus de l'ail, un autre sur les règles du rugby, Dieu sait quoi d'autre encore. Lady Cross promit d'aimer et de servir la bière toute sa vie. Elle comprenait le latin, vois-tu, mais pas ce lourdaud de Lord Tare.

— Et les gens qui assistaient à la cérémonie ? s'enquit Aisa, perplexe.

— Beaucoup d'entre eux parlaient le latin, dont certains étaient même les amis de Lord Tare. Mais ils n'en soufflèrent mot. Plus tard seulement, ils témoignèrent que le mariage avait été une imposture. Ces trois Caden avaient pris de gros risques, mais c'était bien joué. À la fin, tout le royaume prit fait et cause pour Lady Cross. Pour seuls partisans, Tare n'avait que quelques sadiques et autres misogynes, et les Caden étaient prêts à parier qu'aucun d'entre eux ne parlait le latin.

— Bien joué, ça dépend pour qui, grommela Arliss. J'ai perdu gros dans cette affaire de mariage.

— Et que fit Lord Tare quand il découvrit le pot aux roses ?

— Oh, il jura à travers tout le Tear qu'il se vengerait d'eux tous : Lady Cross, les Caden, le faux évêque, qui ne fut jamais retrouvé. Mais il n'avait aucun droit légal sur la dame, et quand enfin l'affaire fut résolue, elle était déjà avec son fermier.

— L'a-t-elle épousé ?

— Oui, et elle fut en conséquence déshéritée par sa famille. C'est alors que les Miller s'attirèrent des ennuis, car au lieu de rendre la dame à sa famille, comme ils étaient censés le faire, ils l'emmenèrent rejoindre son fermier. Les Cross ne payèrent que la moitié de la somme promise. Furieux, les Caden exclurent les frères de la guilde. Les Miller furent aussi excommuniés par l'Église de Dieu, mais à mon avis, cela leur fut bien égal.

— Donc ils ont réussi, conclut Aisa. Ils ont sauvé la dame. Et Lord Tare ? Qu'est-il devenu ?

— Oh, il est toujours dans son château à se morfondre, aussi amer que de la bière d'hiver, répondit Massue. Il s'est mêlé de comploter contre la Reine, et si j'avais pu prouver qu'il était dans l'Argive au printemps, il aurait déjà fini au bout d'une corde. Mais jusqu'à présent, je l'ai laissé tranquille.

Ça, c'était décevant. Dans un vrai conte de fées, le méchant aurait été puni.

— Est-ce qu'ils travaillent toujours ensemble ? demanda-t-elle. Ces trois frères ?

— Oui. Beaucoup de Caden travaillent par petits groupes, en particulier quand ils ont des talents complémentaires. Mais ils peuvent aussi travailler en commun. Tous les Caden œuvrant dans un même but, voilà un spectacle qui vaudrait le coup d'œil.

— Mais pourquoi la Crèche, monsieur ? demanda Coryn. Je croyais que la Reine passait avant tout.

— En effet, mais elle ne me le pardonnerait jamais, si je faisais d'elle la seule et unique priorité. Elle m'en a chargé, comprenez-vous, expliqua Massue, puis il cligna des paupières, et un instant, Aisa crut voir briller des larmes dans ses yeux. Sur le moment, je n'ai pas bien saisi ses intentions, mais elle m'a chargé de nettoyer cet endroit. De veiller sur les petits autant que sur les grands, et cette tâche ne peut attendre son retour.

Des coups violents frappés sur la porte à double battants de l'Aile de la Reine firent sursauter Aisa. La Garde se rapprocha pour faire bloc autour de Massue. Devin et Cae entrouvrirent la porte, mais la seule personne qui se faufila par l'entrebâillement était une servante du Donjon toute vêtue de blanc. Depuis l'autre bout de la salle, Aisa ne distingua pas ses propos, seulement qu'elle était sous le coup d'une forte émotion qui la rendait presque hystérique et la faisait balbutier.

— Que se passe-t-il, Cae ? lança Massue.

— Il y a un problème en bas, monsieur. Avec la sorcière de Thorne.

— Quel problème ?

Une femme d'un certain âge, servante du Donjon, fixait Massue, livide, les yeux écarquillés.

— Parle !

— Elle a disparu, répondit la femme d'une voix étranglée.

— Et Will ? Celui qui la gardait ?

Mais la femme fut incapable de répondre. En poussant un juron, Massue sauta à bas de l'estrade et quitta l'Aile de la Reine en trombe. Aisa le suivit dans le couloir, puis en bas des trois volées de marches qui descendaient à la résidence surveillée. Elle craignait Brenna, comme tous les membres de la Garde, y compris les plus courageux. Une visite en ces lieux était considérée comme dangereuse, mais Aisa n'avait en tête que les paroles du Caden : quand tu auras atteint ta taille adulte, viens donc nous voir.

À trois mètres de la chambre de Brenna, Massue s'arrêta net. La porte était grande ouverte, mais seule une mare de sang en gardait l'entrée. L'odeur frappa Aisa comme une gifle. Un essaim de mouches tournait déjà autour du sang, et elle en chassa une qui bourdonnait autour de sa tête.

Massue allait s'avancer quand Elston le retint en posant une main sur sa poitrine.

— Monsieur. Laissez-nous y aller en premier.

Massue hocha la tête, même si Aisa le sentit irrité par cette restriction. Elston et Kibb entrèrent dans la chambre et Aisa traîna un peu en arrière, tiraillée entre l'envie et la crainte. Elle jeta un coup d'œil en s'abritant derrière Elston, puis recula en apercevant une masse sanglante affalée dans un coin.

— L'endroit est-il sûr ?

— Oui, monsieur, répondit Elston d'une drôle de voix, et il s'effaça devant Massue, laissant Aisa découvrir toute la scène, ce qu'elle regretta.

Will gisait par terre, le cou déchiré comme si un animal lui avait sauté à la gorge. Aisa n'avait encore jamais vu de cadavre ; elle craignait d'avoir la nausée, mais son estomac accepta la chose sans regimber. Massue n'avait jamais permis à Aisa d'être seule avec Brenna ; les deux fois où elle était descendue ici pour assurer son quart, elle était accompagnée de Coryn ou de Kibb. Will était un gardien correct, mais pas à la hauteur de sa prisonnière, manifestement. Peut-être auraient-ils dû toujours tenir ce rôle à deux.

Accroupi près de Will, Kibb souleva l'un de ses bras pour examiner ses mains, qui étaient couvertes de sang.

— Il y a des lambeaux de peau et de chair sous ses ongles, monsieur, déclara-t-il en levant les yeux. Je crois qu'il s'est fait cela lui-même.

Aisa revint au cadavre non sans éprouver une sombre fascination. Pourquoi un homme déchirerait-il sa propre gorge avec ses ongles ? Elle prit alors conscience que jamais elle n'avait été aussi forte. Je puis le supporter. Un jour, peut-être, je serai capable de tout encaisser, se dit-elle.

— Faites venir quelques serviteurs au cœur bien accroché pour nettoyer ça, ordonna Massue. Et assurez-vous qu'Ewen ne descende pas ici.

— Devrions-nous envoyer une équipe de recherches sur les pas de la sorcière ?

— Non. Offrez une récompense pour sa capture ; c'est une femme facile à repérer. Mais à mon avis, cela ne donnera rien. Ce fut un vrai coup de chance pour Coryn d'avoir réussi à s'en emparer, la dernière fois.

— Je parie sur mon épée que je sais où elle se rend, murmura Coryn. Doux Jésus, regardez ça.

Aisa se força à détacher son regard du gisant qui baignait dans son sang. Sinon luxueuse, la chambre de Brenna était propre et confortable, très spacieuse et correctement meublée. Sur la table, les restes d'un repas vieux de quelques heures étaient couverts d'une nuée de mouches. Mais c'était du mur du fond que Coryn parlait, et en le découvrant, Aisa eut du mal à respirer. Il était marqué d'étranges symboles qui semblaient danser sur la pierre, telle une constellation tournant follement autour d'un seul mot écrit avec du sang.

GLYNN

2

La Ville

Le groupe d'utopiens engagés qui firent à l'origine la Traversée avec William Tear partageait le rêve grandiose d'une société pacifique et égalitaire. Près de deux milliers, ils s'installèrent à l'ombre des montagnes Clayton, sur le bord des hauts contreforts qui deviendrait le New London des temps modernes. Ils apprirent à cultiver la terre, et leurs représentants furent élus par l'assemblée générale des habitants, dans le souci mutuel du bien commun. Dans ce cadre idyllique, la ville grandit à pas de géants ; la population explosa, doublant presque durant la génération qui suivit la Traversée. La religion était une affaire strictement privée, et la violence interdite. Pour un œil extérieur, William Tear avait su incarner sa vision.

Histoire ancienne du Tearling,
TELLE QUE RACONTÉE PAR MERWINIAN

La montée de la colline était un vrai calvaire.

Katie Rice l'avait gravie un nombre incalculable de fois en suivant le sentier qui sinuait de la rivière jusqu'à la Ville. Elle en connaissait chaque repère : le rocher dont la face déchiquetée l'accueillait comme un poteau indicateur après le troisième lacet, le bosquet de jeunes chênes qui commençaient tout juste à se rejoindre par-dessus le sentier, à mi-chemin, l'endroit sur le flanc exposé où le sentier s'était érodé à force de subir l'assaut des vents qui soufflaient des plaines. À la réunion de la semaine passée, William Tear avait d'ailleurs parlé de cet endroit en disant qu'il faudrait le consolider et le renforcer d'une manière ou d'une autre. Quand il avait fait appel à des volontaires, une centaine de personnes avait spontanément levé la main.

Katie avait beau connaître le chemin, elle détestait faire ce long trajet à pied avec ses propres pensées pour seule distraction. Mais la bergerie était au pied de la colline, et Katie aimait la laine autant qu'elle haïssait la marche. Elle avait trois ans quand Maman lui avait mis pour la première fois des aiguilles à tricoter dans les mains, et aujourd'hui, à quatorze ans, en plus d'être la meilleure tricoteuse de la Ville, elle était aussi l'une des meilleures fileuses et teinturières. Or, pour fabriquer et teindre sa propre laine, cette marche était le prix à payer.

Lorsqu'elle sortit de la lisière des arbres, la Ville lui apparut : des petites maisons en bois par centaines couvraient le sommet doucement arrondi de la colline puis continuaient dans le vallon jusqu'au bord de l'eau, là où la rivière s'incurvait vers la ville avant de continuer ses méandres vers le sud, puis l'ouest.

D'après Maman, les colons Tear avaient découvert ces lieux à l'origine en remontant la rivière depuis l'océan. Katie essayait de s'imaginer la première vision qu'ils en avaient eue : un simple groupe de collines arborées. Seize ans avaient passé depuis la Traversée : une longue période pour Katie, dont elle savait pourtant qu'elle était en réalité très brève.

Elle se retourna pour revenir sur ses pas, car c'était son point de vue préféré : les rangées d'arbres tapissant le flanc de la colline, puis la rivière d'un bleu étincelant tranchant sur le vert et l'or de la plaine agricole. De là, Katie pouvait voir les paysans : ils étaient une bonne cinquantaine à travailler le large rectangle de cultures qui s'étendait de l'autre côté de la rivière. Ils continueraient jusqu'au coucher du soleil, au besoin à la lueur des lampes, s'ils n'avaient pas terminé leur tâche. Avant sa naissance, il y avait eu deux années de terrible famine, comme Maman l'appelait, quand les colons n'arrivaient pas à faire croître ce qu'ils avaient planté. Plus de quatre cents personnes étaient mortes, à savoir près d'un quart de la population. D'où l'importance que la Ville accordait aujourd'hui à tout ce qui concernait l'agriculture.

L'an prochain, Katie serait enfin en âge d'entrer en apprentissage, et elle pourrait travailler aux champs si tel était son choix, mais c'était peu probable. Elle n'aimait pas le travail manuel, qui supposait de soulever et de porter des charges. Pourtant en septembre et octobre, tout le monde devait s'y mettre, sauf les bébés et les vieillards arthritiques. Il n'y avait pas encore assez d'agriculteurs de métier, et les récoltes devaient être rentrées avant le gel. Si quelqu'un se plaignait, ce qui ne manquait jamais, les adultes évoquaient inévitablement la famine, et les vieilles histoires ressortaient : ils avaient dû tuer et manger tous les chiens à part les chiots ; plusieurs groupes s'étaient enfuis de nuit pour chercher ailleurs de la nourriture, et avaient sans doute péri dans la neige ; William Tear avait cédé ses portions aux autres jusqu'à ce qu'il devienne si maigre et sous-alimenté qu'il avait attrapé une pneumonie et avait failli en mourir. À présent les récoltes étaient abondantes, pommes de terre, carottes, fraises, choux et courges, et ils avaient aussi un cheptel sain et varié de vaches, moutons et volailles. Plus personne ne souffrait de la faim. Néanmoins chaque automne, à l'époque de la moisson, Katie était forcée de revivre le temps de la famine, au point qu'elle en était écœurée.

À la réunion de l'an dernier, William Tear avait dit une chose que Katie n'oublierait jamais : qu'un jour toutes les plaines seraient cultivées à perte de vue. Katie avait du mal à imaginer cette immense prairie aménagée en rangées rectilignes. Elle espérait ne pas voir ça de son vivant, car le paysage lui plaisait tel qu'il était.

— Katie !

Se retournant, elle vit Row, qui était une centaine de mètres plus haut sur le sentier. Katie se hâta de le rejoindre en sentant quelque chose frémir en elle. Le trajet semblerait plus court en sa compagnie. Row avait toujours des choses intéressantes à raconter.

— D'où viens-tu ? lui demanda-t-elle.

— De la pente sud. Je cherchais du métal.

Katie hocha la tête d'un air entendu. Ferronnier et orfèvre, Row était l'un des meilleurs artisans de la ville. Il s'était formé dans l'atelier de Jenna Carver, et les gens lui apportaient toujours des bijoux à réparer, ainsi que des objets usuels comme des bouilloires et des couteaux. Mais ce que Row aimait vraiment, c'était fabriquer lui-même ses propres créations : ornements et bracelets, tisonniers et couteaux ouvragés, petites statuettes décoratives. Pour son dernier anniversaire, Row lui avait offert une statuette en argent représentant une femme assise sous un chêne. Le détail des feuilles à lui seul avait dû lui prendre des jours entiers, et de toutes ses possessions, c'était la statue que Katie chérissait le plus ; elle était posée sur sa table de chevet, juste à côté de sa pile de livres. Row était un artiste de génie, mais il était difficile de se procurer en ville le métal qu'il aimait façonner. Et donc il partait souvent, parfois pour plusieurs jours, prospecter en dehors de la ville dans les bois et les plaines. Une fois, il avait marché vers le nord pendant une semaine et découvert au bord d'une immense forêt un impressionnant gisement de cuivre. Row avait hâte d'y retourner, et il avait même demandé à William Tear l'autorisation de conduire une expédition vers le nord. Jusqu'à présent, Tear ne lui avait pas donné de réponse.

Ils longèrent le cimetière, un arpent de terre aplanie sous une pinède, entouré d'une barrière en bois construite récemment. Car il y avait eu des intrus dans le cimetière, des loups, ou peut-être juste des ratons laveurs ; ces dernières semaines, Melody Banks, qui était responsable des lieux, avait trouvé plusieurs tombes éventrées, dont le contenu avait été dispersé à travers le cimetière. Melody refusait de dire de quelles tombes il s'agissait, et les cadavres avaient été inhumés de nouveau. Katie n'avait pas particulièrement peur des cimetières ni des morts, mais elle n'aimait pas l'idée de ces animaux déterrant les cadavres. Elle avait été soulagée quand la Ville avait voté en assemblée plénière d'enclore le cimetière d'une barrière protectrice.

— Un jour, quand ce sera à moi d'en décider, je retournerai ce terrain et je ferai tout incinérer.

— Qu'est-ce qui te fait croire que ce sera à toi d'en décider ? remarqua Katie. Ce sera peut-être à moi.

— Ou peut-être à nous deux, répliqua Row avec un petit sourire, non dénué d'une certaine gravité.

Pour sa part, Katie n'était pas du tout tentée de devenir responsable de la Ville, et d'avoir à distribuer comme William Tear les huit cents corvées quotidiennes que supposaient sa gestion et son entretien. Mais Row avait de solides ambitions. À quinze ans, il s'indignait du manque d'efficacité qui régnait dans la Ville, certain que lui saurait mieux la diriger. Il avait hâte d'avoir des responsabilités, et Katie pensait qu'il saurait les assumer ; Row était doué pour résoudre les problèmes, c'était chez lui un don inné. Mais jusqu'à présent, aucun des adultes de la Ville ne semblait lui avoir reconnu cette qualité, et ce manque de reconnaissance était pour Row un sujet sensible.

Quant à Katie, son sentiment d'insatisfaction venait d'ailleurs. Elle aimait la Ville, aimait la simple et belle idée qu'ils prenaient tous soin les uns des autres. Mais ces dernières années, elle s'était parfois sentie oppressée par la communauté et cette sollicitude de rigueur. Katie n'appréciait guère certains de ses voisins qu'elle trouvait ennuyeux, stupides ou, pire, hypocrites ; ils feignaient d'être gentils parce que c'était ce qu'on attendait d'eux, et parce que Tear y veillait. Katie préférait la sincérité, serait-ce même au détriment de la civilité. Elle avait envie que tout sorte au grand jour, qu'on puisse s'exprimer plus librement.

Cette part d'elle-même qu'elle appelait la gentille Katie, elle l'attribuait à Maman, qui était l'un des conseillers les plus proches de William Tear et croyait dur comme fer à son idéal. Katie ignorait qui était son père ; Maman aimait les femmes, non les hommes, et Katie était presque sûre qu'elle avait fait appel à un gars bien disposé pour lui servir de géniteur, puis l'avait oublié. Katie n'en faisait pas toute une histoire, pourtant elle se demandait souvent si cet inconnu n'était pas à la source de son insatisfaction, cette vague d'impatience qu'elle sentait monter en elle, et qui frôlait parfois le dépit. L'autre Katie.

— Alors, toujours à couper les cheveux en quatre ? demanda Row, ce qui la fit rire.

— Mais non, je réfléchis, il n'y a pas de mal à ça.

Row haussa les épaules. Le besoin qu'avait Katie de considérer les deux côtés d'un problème en soupesant le pour et le contre, bref de couper les cheveux en quatre, comme disait Row, n'était pas du tout dans sa nature à lui. Row était toujours sûr de son fait, et jamais il ne se creusait la cervelle ni ne regardait en arrière en se demandant s'il avait bien ou mal agi, s'il n'avait pas été injuste. S'il lui arrivait de commettre de petites erreurs, elles ne l'empêchaient pas de dormir tranquille. Parfois cette assurance exaspérait Katie, mais elle y puisait aussi du soulagement.

Ils tournèrent le coin pour entrer dans la Grand-Rue et passèrent devant la bibliothèque. Mme Ziv, la maîtresse des lieux, mettait les derniers visiteurs à la porte. Imposante, la bibliothèque était le seul édifice de deux étages dont la Ville pouvait se targuer. Contrairement à la plupart des bâtiments, qui étaient en chêne, elle avait été construite en brique. Sombre, calme, rempli de livres, c'était le lieu préféré de Katie. Row aussi s'y plaisait bien, même si ses goûts différaient des siens ; il avait déjà épuisé le petit rayon de livres sur l'occultisme, mais il y revenait régulièrement. Il y avait un règlement très strict sur la façon de manier les livres, et quand Mme Ziv surprenait un lecteur en train de corner les pages ou, comble d'hérésie, de sortir un livre de sa jaquette en plastique, elle fondait sur lui tel un oiseau de proie. Katie lui avait une fois demandé combien de livres il y avait en tout, et Mme Ziv lui avait répondu à voix basse qu'ils se montaient à près de vingt mille. Si elle pensait impressionner Katie, c'était raté. Katie lisait en moyenne deux ou trois livres par semaine. À ce rythme-là, elle aurait de quoi lire toute sa vie durant. Mais si la plupart des ouvrages ne lui plaisaient pas ? Et si ceux qu'elle n'avait pas encore lus étaient empruntés par d'autres ? La réserve de livres était limitée, tandis que le nombre de gens ne ferait que croître. Seule

Katie semblait comprendre que vingt mille livres, ce n'était pas grand-chose, tout compte fait.

Mme Ziv finit par se débarrasser des derniers traînards. Katie lui fit un signe de la main et la bibliothécaire lui répondit par un petit salut d'un air harassé, avant de disparaître à l'intérieur du bâtiment en refermant la porte derrière elle.

— Row !

Se retournant, Katie découvrit Anita Berry qui dévalait les marches de son perron pour s'avancer vers eux. Katie n'avait guère de sympathie pour elle, pourtant elle sourit, car l'effet que Row faisait aux filles ne manquait jamais de l'amuser. Row était extrêmement séduisant, même elle s'en rendait compte ; cela lui venait à l'esprit les rares fois où elle considérait Row de l'extérieur, et non pas à travers le prisme de leur amitié. La nature l'avait doté d'un visage d'ange au modelé délicat, avec de hautes pommettes et une belle bouche généreuse. Ses épais cheveux brun foncé lui tombaient sur le front en cachant presque ses yeux noirs. Son magnétisme lui attirait un cercle d'admirateurs, dont tous n'étaient pas des adolescents. Katie avait vu des femmes lui tourner autour, et même des hommes mûrs.

— Salut, Anita, répondit Row. Nous sommes pressés, on se parlera à l'école.

Katie réprima un petit sourire tandis qu'ils s'éloignaient en laissant une Anita dépitée. Row lui donna un coup de coude dans les côtes, et elle lui décocha un petit sourire en coin. Row était conscient de son pouvoir de séduction, c'était comme un jeu pour lui. Quant à Katie, elle tirait une étrange fierté de toutes ces attentions, sans qu'elle sache très bien pourquoi. Row et elle avaient complètement dépassé le stade de l'attirance physique pour passer à quelque chose de plus subtil et de plus fort que le sexe : un lien d'amitié loyal, intense, qui n'avait rien à voir avec le copinage en vigueur parmi les autres filles de son âge, de petites sournoises qui ne semblaient s'intéresser qu'aux potins et vous faisaient de mauvais coups dans le dos. Katie n'avait jamais fait l'amour, juste un peu de frotti-frotta maladroit avec Brain Lord, mais l'amitié qui l'unissait à Row était telle que, selon elle, le sexe ne ferait que les diviser.

Quand ils arrivèrent devant chez Row, il s'arrêta pour regarder avec répugnance le seuil de la maison, où sa mère attendait. Malgré la popularité de Row, personne n'appréciait Mme Finn. C'était une femme nerveuse et geignarde, qui parlait toujours à tort et à travers. Aux yeux de sa mère, Row ne faisait jamais rien de mal, mais il ne lui était pas reconnaissant de son soutien inconditionnel, et n'éprouvait pour elle qu'une sorte d'indifférence méprisante.

— Tu n'as pas envie de rentrer ? demanda Katie.

Row sourit tristement en baissant la voix.

— Parfois j'ai juste envie d'aller vivre ailleurs, tu sais ? Me construire un chez-moi à l'autre bout de la ville... sauf qu'elle m'y suivrait à coup sûr et viendrait frapper à ma porte de jour comme de nuit.

Katie ne répondit pas, mais elle était du même avis. M. Finn, le père de Row, était l'un des meilleurs amis de Tear, mais il était mort juste après l'Atterrage, et Mme Finn s'accrochait à Row avec un désespoir qui devenait franchement embarrassant.

Cependant le comportement de Mme Finn aidait Katie à relativiser ; sa mère à elle ne lui passait rien, mais elle était forte, juste, et l'une des femmes les plus respectées de la ville. Certes elle lui serrait la vis, mais elle ne l'étouffait pas et ne lui faisait jamais honte en public.

— On pourrait s'enfuir, lança Katie à l'étourdi. Avancer sur les plaines et camper en plein air. Elle ne nous retrouverait jamais.

— Ah, Rapunzel, dit Row en posant une main sur sa joue, et Katie sourit malgré elle.

Lors de leur première rencontre, elle pleurait derrière l'école parce que Brain Lord lui avait tiré les cheveux très fort, et qu'elle n'avait pas envie de retourner en classe après la récréation car il était assis juste derrière elle et la harcelait sans arrêt de cette manière. Mme Warren avait chapitré le garçon, mais aussitôt qu'elle regardait ailleurs, il recommençait. Révoltée par tant d'injustice et de cruauté, la petite Katie de six ans pleurait à chaudes larmes, et elle envisageait même de se couper les cheveux tout courts comme Tante Maddy quand Row s'était assis à côté d'elle, contre le mur de l'école. Katie avait eu peur de lui, car c'était un grand, un élève d'une classe supérieure à la sienne, mais il avait attentivement écouté sa complainte, examiné sa tête, puis il lui avait raconté l'histoire de Rapunzel, qui avait pu s'évader de prison grâce à ses longs cheveux.

Si seulement nous le pouvions, songea Katie en éprouvant à nouveau cette impatience que lui inspirait la Ville. Si seulement.

— Row ! lança Mme Finn qui s'était avancée sur le perron.

C'était une femme décharnée aux yeux quémandeurs et aux lèvres pincées. Katie, qui avait songé à s'inviter à dîner, se ravisa soudain.

— Row, rentre maintenant !

— Ma mère ne nous retrouverait peut-être pas, mais la tienne si, remarqua-t-il à voix basse.

— Tu as raison. Maman est un vrai limier.

— Row ! insista sa mère. Où étais-tu passé ?

Piégé, Row lui sourit, puis remonta l'allée qui menait chez lui. Katie continua à parcourir le sentier. Row habitait sur l'une des plus hautes pentes de la colline, mais la maison de Katie se trouvait au sommet, juste à côté de celle de William Tear. Tear était décidément bien protégé, entre la maison de Maman et celle de Maddy Freeman. Personne en ville n'avait envie d'entrer en conflit avec aucune de ces deux femmes.

— Katie !

C'était Mme Gannett qui l'appelait du porche de sa maison. Katie eut envie de continuer sa marche pour échapper à cette commère, mais son impolitesse serait sans nul doute rapportée à sa mère. Elle s'arrêta donc pour lui adresser un petit signe de la main.

— Il est chez vous, déclara Mme Gannett.

— Qui ça ?

— Tu le sais bien ! Lui, Tear, ajouta-t-elle en baissant la voix.

Katie se retint à grand-peine de lever les yeux au ciel. Elle savait qu'elle était censée adorer Tear comme tout un chacun, mais dès qu'elle entendait quelqu'un prononcer son nom avec cette révérence obligée, la friponne en elle se rebellait, et elle avait envie de lui trouver des surnoms un tantinet moqueurs pour montrer que ce n'était pas Dieu descendu sur terre. Mais elle n'osait pas. Quelque chose la retenait ; peut-être cette façon qu'il avait de la regarder de ses yeux gris. Ces yeux perçants effrayaient Katie. Ils semblaient voir à travers elle, jusqu'au tréfonds de son être, des choses qu'elle voulait garder bien cachées. Elle évitait tant qu'elle pouvait d'avoir affaire à lui directement.

En revanche, elle aimait beaucoup Lily, l'épouse de Tear ; enfin non, pas son épouse, puisqu'ils n'étaient pas mariés. D'ailleurs tout le monde appréciait Lily. C'était l'une des rares femmes que Katie trouvait sincère dans son entourage, mais elle sentait que Lily avait gagné cette honnêteté de haute lutte, car il émanait aussi d'elle une sorte de mélancolie douloureuse, que Katie percevait fugitivement, quand Lily ne se croyait pas observée. William Tear la percevait-il aussi ? Sûrement, car rien ne lui échappait.

Le soleil commençait juste à se coucher tandis qu'elle gravissait la colline, mais toutes les lampes étaient déjà allumées, et le vent léger du soir faisait trembloter la flamme des bougies qu'elles contenaient. Encore un autre apprentissage que Katie pourrait choisir : apprendre à faire des bougies. Elle ne s'intéressait pas du tout à l'apiculture ni aux ruches de la Ville, mais Maman lui avait dit qu'on avait juste besoin de la cire pour la fabrication des bougies et qu'elle ne serait pas obligée d'apprendre à faire du miel pour autant. Pourquoi ne cessait-elle pas de penser à ces histoires d'apprentissage, aujourd'hui ? Elle avait encore des mois devant elle pour se décider. Peut-être parce que ce serait le signe qu'elle avait grandi et se rapprochait de l'âge adulte. Elle en avait tellement assez, d'être jeune.

— Katie !

Levant les yeux, elle découvrit sa mère qui l'attendait sur le perron, les mains sur les hanches. Elle avait attaché ses cheveux en une sorte de chignon à moitié défait, et sa chemise était éclaboussée de taches de gras. Certains jours, Katie la trouvait exaspérante, mais d'autres jours comme aujourd'hui, elle ressentait un soudain élan d'amour pour sa mère, qui était si bornée qu'elle refusait même de mettre un tablier pour cuisiner.

— Allez viens, mijaurée, lui dit Maman en l'étreignant, puis en la poussant à l'intérieur. Nous avons de la compagnie.

Toutes les lampes de la maison étaient déjà allumées, et ses yeux s'adaptant à la semi-pénombre du salon, elle découvrit William Tear et Tante Maddy assis à côté de la cheminée, qui discutaient à voix basse.

— Katie ma fille, dit Tante Maddy en se retournant. Comment vas-tu ?

Katie répondit chaleureusement à son étreinte ; Maddy Freeman n'était pas vraiment sa tante, mais Katie l'aimait presque autant que sa mère. Tante Maddy savait toujours comment mettre de l'ambiance ; aussi loin qu'elle s'en souvienne, c'était toujours elle qui trouvait une bonne idée de jeu, ou imaginait comment s'amuser à la maison durant un après-midi pluvieux. Mais elle savait aussi écouter. C'était Tante Maddy qui avait parlé de sexe à Katie quand elle avait neuf ans, deux ans avant que Mme Warren aborde le sujet à l'école et bien avant que Katie ose questionner sa mère à ce propos.

Maddy l'écrasa presque en la serrant contre elle. Elle était assez costaude pour travailler à la ferme ou dans les enclos à bétail, mais sa véritable occupation, c'était de conseiller William Tear. Maman, Tante Maddy, Evan Alcott… Tear n'allait jamais quelque part sans emmener au moins deux de ces trois-là avec lui, et malgré les sentiments mitigés qu'il lui inspirait, Katie ne pouvait s'empêcher d'être fière, quand elle voyait Maman ou Tante Maddy à ses côtés.

— Viens, Katie, accompagne-moi dehors, dans la cour, lui dit Tante Maddy, et Katie la suivit derrière la maison, non sans une certaine appréhension, car Tante Maddy n'ayant pas elle-même d'enfants, elle avait tendance à la surveiller d'un peu trop près.

Leur cour était un espace découvert, séparé des autres maisons par une barrière en bois que Maman avait construite afin de tenir le chien des Caddell à l'écart. Le soleil était une boule orange aveuglante qui rasait l'horizon. On entendait encore des cris d'enfants, mais bientôt, ils se calmeraient. La nuit, le silence régnait toujours sur la Ville.

Il y avait un banc de bois sous le pommier. Tante Maddy s'y assit et l'invita à l'y rejoindre. Katie obéit, de plus en plus inquiète. Il lui arrivait rarement de mal se conduire, et dans ce cas, c'était généralement Tante Maddy qui l'attrapait.

— Tu vas commencer ton apprentissage l'année prochaine.

Ah, se dit Katie, elles allaient donc parler du futur et non du passé. Elle acquiesça, un peu rassérénée.

— As-tu une idée de ce que tu aimerais faire ? reprit Tante Maddy.

— Je voudrais bien travailler à la bibliothèque, mais Maman dit que tout le monde veut faire pareil et que c'est la foire d'empoigne pour y arriver.

— C'est vrai. Mme Ziv a plus d'aides qu'il ne lui en faut. Quel est ton second choix ?

— Je n'ai pas de préférence.

— Cela t'est donc égal ?

Levant les yeux, Katie découvrit à son grand soulagement qu'elle n'avait pas affaire à la sévère Maddy, férue de discipline. Car il y avait aussi deux Maddy, et en l'occurrence, c'était la gentille qui lui parlait aujourd'hui, celle qui l'avait aidée à cacher une robe qui s'était déchirée durant un combat de boue, quand elle avait sept ans.

— En fait, je m'en fiche un peu, admit Katie. Il y a certains apprentissages que j'aurais en horreur, comme l'apiculture. Quant aux autres, aucun ne m'intéresse vraiment.

De façon tout à fait inattendue, Tante Maddy lui sourit.

— Moi, j'en ai un à te proposer, et je crois qu'il te plaira. Ta mère a donné son approbation, mais cela doit rester secret.

— Quel genre d'apprentissage ?

— Tu ne devras en parler à personne.

— Même pas à Row ?

— Surtout pas à Row, répliqua Tante Maddy d'un air on ne peut plus sérieux, et la protestation que Katie allait formuler mourut sur ses lèvres.

— Je sais tenir ma langue quand il le faut, assura-t-elle.

— Bien, approuva Tante Maddy, puis elle prit le temps de réfléchir en choisissant ses mots. Au moment de traverser l'océan, reprit-elle, nous sommes partis sans emporter aucune arme avec nous, ce qui a diminué gravement notre capacité à nous défendre contre d'éventuelles violences. Nous étions persuadés qu'ici, nous n'en aurions pas besoin. Tu as déjà lu des livres où il est question d'armes, n'est-ce pas ?

Katie le confirma en songeant à l'un de ses livres de chevet, dans lequel des hommes se tuaient à coups de revolver. Il n'y avait pas d'armes à feu dans la Ville, seulement des couteaux et des flèches ne servant qu'à la chasse ou à dépecer la viande. Personne n'avait le droit d'aller dans les rues avec un couteau sur lui.

— Avant la Traversée, ta mère et moi avons suivi un entraînement, murmura Tante Maddy, le regard fixé au loin. Nous n'avions pas besoin d'armes pour nous battre. Nous avons appris à tuer à mains nues.

— Tuer des gens ?

Sidérée, Katie cligna des yeux en essayant d'appréhender cette idée. Certes les livres étaient remplis de ce genre d'histoires, mais cela restait pour elle de la fiction. Elle essaya d'imaginer Tante Maddy ou Maman mettant quelqu'un à mort, en vain. À sa connaissance, le seul homme en ville à avoir péri de mort violente avait été tué par un loup en maraude sur les plaines, des années plus tôt. À l'époque, on en avait discuté en assemblée, mais Katie était trop jeune pour suivre les débats. Plusieurs personnes avaient exigé que des archers soient postés autour de la Ville. De telles décisions se prenaient toujours démocratiquement, mais William Tear s'était prononcé contre cette motion, et dès lors, le résultat du vote était acquis. Katie scruta les mains de Tante Maddy, puis ses bras musclés, couverts de cicatrices.

— C'est pour ça que tu accompagnes toujours William Tear partout ? demanda-t-elle. Au cas où tu devrais tuer quelqu'un ?

Cette fois, ce fut Tante Maddy qui cligna des yeux.

— Bien sûr que non. Nous voulons juste être présentes en cas de besoin.

Elle ment, se dit Katie. Pourtant elle ne s'en offusqua pas ; les adultes mentaient sans arrêt, pour des raisons souvent aussi stupides que celles des enfants. Mais pourquoi Tante Maddy avait-elle éprouvé le besoin de mentir à ce sujet, alors que leur conversation se déroulait à cœur ouvert, en toute sincérité ? C'était étrange.

— Il serait bon que tu commences ton apprentissage au plus tôt, Katie. Le mois prochain. Nous voulons t'entraîner comme ta mère et moi l'avons été, pour faire face à des actes de violence en cas de besoin.

— Pourquoi ? Quelle violence ?

Soudain le visage de Maddy se ferma, et son regard se vida de toute expression.

— Peut-être aucune, Katie. C'est juste par précaution.

Encore un mensonge. Katie sentit la colère remuer en elle tel un animal tapi dans un recoin de son esprit.

— Cela aurait-il un rapport avec le cimetière ? demanda-t-elle en songeant aux tombes éventrées.

On disait que c'était dû à une ou plusieurs bêtes sauvages, mais Katie s'était interrogée. Dans ce cas-là, toute la terre aurait été creusée et retournée, sans distinction. Or l'intrus, quel qu'il fût, avait manifestement pris pour cibles trois ou quatre tombes bien précises.

— Non, répondit Tante Maddy. Mais il peut exister d'autres dangers. Considère-toi comme une mesure préventive.

— Moi toute seule ? s'étonna Katie.

Elle était de taille moyenne, et plutôt menue. Si elle devait combattre quelqu'un à mains nues, elle ne ferait sans doute pas le poids, avec ou sans entraînement.

— Non. Nous avons choisi plusieurs jeunes gens. Ton amie Virginia. Gavin Murphy. Jonathan Tear. Lear Williams. Jess Alcott. Quelques autres.

— Mais pas Row ?

— Non. Rowland Finn n'en fera pas partie, et il ne doit se douter de rien.

Un moment, Katie sentit sa colère bien près de bondir. Row était tellement doué. Pourquoi les adultes ne lui reconnaissaient-ils pas ses nombreux talents, au moins une fois ? Ce manque de reconnaissance blessait Row, même s'il faisait de son mieux pour le cacher, et cette blessure atteignait également Katie.

— Alors, qu'en dis-tu ? s'enquit Tante Maddy.

La gorge nouée, Katie tenta de réprimer sa colère. Oui, elle en avait envie, mais cela signifierait cacher quelque chose à Row. En serait-elle capable ? Ils n'avaient aucun secret l'un pour l'autre. Row savait tout d'elle.

— Puis-je y réfléchir ?

— Non, répondit Tante Maddy avec une douceur implacable. Tu dois te décider maintenant.

L'esprit en ébullition, Katie resta un moment les yeux fixés à terre, très tentée d'accepter. Elle voulait en être. Certes elle n'avait jamais rien caché à Row, mais pour une fois… cette fois seulement, se dit-elle.

— D'accord.

Tante Maddy sourit, puis elle fit un geste vers la maison. Se retournant, Katie vit alors William Tear, qui s'avançait vers elles. Sans réfléchir, elle se leva d'un bond. Tante Maddy lui pressa gentiment l'épaule avant de s'en aller, mais Katie remarqua à peine son départ. Dans son souvenir, la seule fois où elle s'était trouvée seule avec William Tear, c'était l'an dernier à dîner, quand ils s'étaient tous deux rendus en même temps à la cuisine pour se resservir. Katie s'était figée, ne sachant que dire, et elle avait été grandement soulagée quand il était retourné à table.

— N'aie pas peur, Katie, lui dit Tear en prenant la place de Tante Maddy sur le banc. Tu n'as aucune raison de t'inquiéter. Je voulais juste te parler.

Katie hocha la tête. Une fois rassise, elle sentit l'une de ses cuisses trembler de façon incontrôlable.

— Alors, tu as envie de suivre cet apprentissage ?

— Oui.

Paradoxalement, Katie sentit des mots lui venir aux lèvres, qui ne demandaient qu'à sortir : comment elle saurait garder le secret, comment elle serait une bonne combattante, et ne ferait jamais rien qui nuise à la Ville.

— Je sais, dit Tear, ce qui la fit tressaillir. C'est en partie pour cela que nous t'avons choisie. Mais il ne s'agit pas juste de se battre et de manier le couteau, Katie. Tout l'entraînement du monde ne vaut rien sans la confiance. Je t'observe depuis des années. Tu as un don, un don que nous avons tous pu constater, celui de voir à travers les apparences et les faux-semblants. La Ville en aura besoin, et je ne serai pas toujours là.

Katie le considéra, stupéfaite. Elle n'avait jamais réfléchi à l'âge de Tear, comme cela lui arrivait parfois au sujet d'autres adultes habitant la Ville. Il devait avoir au moins cinquante ans, mais ce n'était qu'un chiffre ; Tear n'avait pas d'âge, il existait, c'était tout. Pourtant on ne pouvait se méprendre sur le ton de ses paroles.

— Seriez-vous malade, monsieur ?

— Non, répondit Tear en lui souriant. J'ai encore des années devant moi, Katie. C'est juste par précaution. Ce qui nous amène à ceci.

Glissant une main sous son pull, Tear en sortit un petit sac fermé par une lanière en peau de daim. Katie n'avait encore jamais remarqué cette pochette, et elle regarda avec intérêt Tear l'ouvrir pour en faire tomber le contenu dans la paume de sa main : une pierre précieuse d'un bleu étincelant, un saphir, pensa Katie, dont les nombreuses facettes reflétaient le soleil mourant. Beaucoup de gens en ville possédaient des bijoux qu'ils avaient emportés avec eux pour la Traversée, mais Katie n'avait encore jamais vu de gemme de cette taille. Tear le lui tendit, pourtant elle fut seulement capable de le contempler.

— Vas-y, prends-le.

Elle prit donc la pierre et découvrit qu'elle était tiède. Collée contre la poitrine de Tear, elle avait dû en conserver la chaleur, se dit Katie, sans pouvoir s'empêcher de penser que la pierre était vivante, qu'elle respirait presque. Quelle drôle d'idée.

— Je veux que tu me fasses une promesse, Katie. Mais attention, c'est sérieux, ce n'est pas une promesse qu'on fait à la légère. Le joyau que tu tiens a le don de faire regretter aux gens leurs mensonges.

Katie serra le saphir dans son poing et sentit sa main se réchauffer à son contact, tandis que son sang circulait plus vite dans ses veines. Levant les yeux, elle vit, effarée, une larme couler sur la joue de Tear.

— Promets de toujours agir pour le bien de cette ville. Promets-le-moi, Katie.

Cette promesse-là ne serait pas tellement difficile à tenir, se dit Katie. Soulagée, elle sentit ses épaules se détendre. Mais Tear était visiblement si ému qu'elle s'obligea à parler lentement et solennellement, en pesant bien chaque mot.

— Je promets de toujours agir pour le bien de la Ville…

Mais ces mots lui semblèrent insuffisants.

— Et si jamais des gens essayaient de lui nuire, je les arrêterais, ajouta-t-elle. Je… je les tuerais.

Tear haussa les sourcils.

— Ta mère m'avait bien dit que tu étais une petite bête féroce. Mais ne parlons plus de tuer, d'accord ? proposa-t-il en lui tendant sa main, où Katie déposa le saphir. J'espère qu'on n'en viendra jamais à tant de violence. Ce pays n'a pas été fondé pour être le théâtre de nouveaux massacres.

— Monsieur, puis-je vous poser une question ?

— Je t'en prie.

Katie rassembla son courage.

— Il vous arrive d'avoir des visions. En tout cas, c'est ce que tout le monde dit.

— En effet.

— Si la Ville est en danger, alors de qui vient-il, ce danger ? Le savez-vous ?

— Mes visions sont souvent très floues, Katie. Ce n'est peut-être rien du tout.

— Mais vous ne le croyez pas.

— Non. Même quand je ne vois que des ombres, elles représentent quelque chose de réel, répondit-il, puis il leva le saphir en l'offrant au dernier rayon du soleil couchant. Ce joyau est puissant, mais il a ses limites. Il ne fonctionne pas sur commande. Je puis m'en servir, pas le contrôler.

— Où l'avez-vous trouvé ? Vient-il de l'ancien monde ?

— Oui et non.

Elle le scruta d'un air perplexe.

— Un jour, peut-être, je te raconterai son histoire, Katie. Pour l'heure, sache seulement que tu m'as fait une promesse. Une grave promesse. Nous commencerons la semaine prochaine, mais jusque-là, je te demanderai de ne pas en souffler mot. Pas même à tes amis. Nous n'en avons encore informé personne.

— Puis-je en parler avec Maman ?

— Bien sûr. Mais personne d'autre.

Elle eut envie de demander pourquoi Row ne faisait pas partie des jeunes gens choisis. C'était sans nul doute l'adolescent le plus intelligent de la ville, à part peut-être Jonathan Tear… mais Katie se rappela alors que Tante Maddy avait aussi mentionné Jonathan. Il n'avait qu'un an de plus qu'elle, mais il était en avance de trois classes, et quasiment inaccessible. Jonathan n'accompagnait jamais ses parents quand ils venaient dîner à la maison, et il avait beau habiter la maison d'à côté, Katie l'apercevait à peine. Il était d'une intelligence redoutable ; Katie avait entendu dire que même après lui avoir fait sauter plusieurs classes, il avait fallu créer des cours particuliers de mathématiques, que lui seul pouvait suivre. Mais il n'avait pas d'amis, et il passait aux yeux des autres élèves pour un genre d'inadapté social. Personne ne s'en prenait à lui, car c'était le fils de William Tear ; n'empêche, il était différent, à part. Pourquoi l'avait-on choisi lui, et pas Row ?

— Katie ?

Se retournant, elle vit que Tear lui souriait d'un air compatissant, comme s'il avait deviné son trouble. Le joyau et sa pochette avaient déjà disparu sous son pull, mais Katie le remarqua à peine tant elle était frappée par les yeux de Tear, qui n'étaient pas gris, mais d'un éclat presque argenté, au soleil couchant.

— Tu n'auras plus peur de moi, lui dit Tear. D'accord ?

Katie hocha la tête, sans pouvoir s'empêcher de lui sourire en retour. Elle songea à toutes les pensées sournoises qu'elle avait eues sur Tear et ses adeptes, et soudain elle eut honte. C'était un homme bon, d'une bonté innée ; un moment, Katie ressentit cette bonté si puissamment qu'elle fut presque comme une corde les liant l'un à l'autre, et elle comprit alors pourquoi Maman avait suivi cet homme à travers vents et marées.

Il ne souhaite qu'une chose, le bien commun, songea-t-elle. Sous l'idolâtrie et toutes les rumeurs, voilà la vérité. Si seulement je pouvais en parler à Row.

— Merci, dit Tear.

Tout le restant de ses jours, Katie n'oublierait jamais ce moment : cet homme de haute stature qui lui souriait, le flanc de la colline, la rivière qui serpentait plus loin, et le soleil rougeoyant au-dessus d'eux. Cette fois, elle ne lui rendit pas son sourire, comprenant que cela nuirait à la gravité du moment, et au souvenir qu'elle en garderait.

— Rentrons, maintenant.

Marchant à côté de lui, elle perçut le crissement de leur pas dans l'herbe drue et rêche, mais elle avait la tête ailleurs. Tear avait raison ; cette affaire devait demeurer secrète. Combats, armes… c'étaient là des choses si étrangères aux règles de la Ville que Katie n'arrivait même pas à imaginer ce qui se passerait, si des gens le découvraient. Virginia Warren, Lear Williams, Gavin Murphy, Jess Alcott, Jonathan Tear, elle-même, quelques autres. Mais pas Row.

Pourquoi pas lui ? se demanda-t-elle en regardant du coin de l'œil les longues jambes de Tear et ses épaisses chaussures en feutre et laine. Que sait-il que j'ignore ?

Adossée à un mur juste à côté de la porte de la cuisine, sa mère les attendait.

— C'est réglé, lui dit Tear en posant une main sur son épaule. Une vraie bête féroce, Dori. Comme sa mère.

Il entra, et Katie regarda sa mère. Maman était imprévisible ; elle pouvait rester étonnamment calme et posée quand Katie faisait des bêtises ou se trompait, mais les choses les plus improbables la mettaient parfois en rogne. En l'occurrence, Maman lui souriait, mais ses yeux étaient vigilants.

— De toute ta vie, tu n'as jamais gardé un secret aussi important que celui-là, Caitlyn Rice.

— Je sais, Maman... Mais Row est si intelligent ! s'exclama-t-elle après un instant d'hésitation. Pourquoi ne l'ont-ils pas choisi aussi ?

— Ah..., fit sa mère en se radossant au mur, et Katie vit qu'elle cherchait ses mots. Row est un garçon... imprévisible.

— Qu'est-ce que cela veut dire ?

— Rien. Rentrons donc mettre le couvert.

Katie la suivit en silence en s'efforçant encore de percer cette énigme. Certes Row avait un côté espiègle, il prenait plaisir à se jouer des autres. Mais il n'y avait là aucune malveillance, et après coup, ils ne pouvaient qu'en rire sans honte ni regret. Elle aurait voulu éprouver de la colère en pensant à Row, mais elle ne ressentait que de la tristesse.

Elle seule voyait sa réelle valeur, d'habitude, cela ne lui déplaisait pas, c'était comme un secret entre eux. Mais là, elle aurait donné toute cette précieuse intimité pour que le reste de la Ville le connaisse et le voie tel qu'il était. Comment allait-elle lui cacher tout cela ? Un apprentissage prend beaucoup de temps. Comment ferait-elle pour empêcher Row de le découvrir ?

Tear y veillera.

La voix était venue d'une part d'elle-même, profonde, étonnamment adulte, et Katie sut qu'elle disait vrai. Oui, Tear y veillerait. Il y avait là bien plus qu'un seul et unique secret ; Katie sentait hors d'elle-même des ondes s'élargir en cercles de plus en plus grands, révélant sous la surface faussement lisse de la Ville la présence d'une multitude de choses cachées. Songeant au saphir, elle frémit. Elle avait promis de protéger la Ville, et c'était sincère, mais en elle, l'autre Katie se récriait, celle qui était lasse de se soucier des autres et aurait voulu ne plus penser qu'à elle-même.

Je pourrai faire les deux, se dit-elle avec une assurance qui sonna faux, car au fond, elle savait qu'une telle ambiguïté ne tiendrait pas, et qu'un jour ou l'autre, il lui faudrait choisir.

Kelsea s'éveilla en sursaut dans l'obscurité. Percevant la présence toute proche de son geôlier, elle se crispa, mais peu après, en constatant que la tête et le buste de l'homme se balançaient au même rythme que le chariot, elle comprit qu'il dormait. Le ciel était d'un noir d'encre ; il n'y en avait encore aucun signe visible, pourtant elle sentait l'aube approcher.

J'ai eu une vision, se dit-elle.

Il y eut soudain de la lumière au-dessus du chariot. Levant les yeux, Kelsea vit qu'elle provenait d'un réverbère et prit conscience au même moment que l'allure cahotante du chariot à laquelle elle s'était habituée avait cédé la place à une progression égale, sans à-coups. L'air nocturne était presque glacial, et Kelsea ramena les pans de sa cape sur ses épaules. Comme ils croisaient un autre réverbère, sa lumière projeta une myriade d'ombres qui se succédèrent sur le fond du chariot à mesure qu'ils avançaient. Kelsea aurait dû se redresser pour tenter de découvrir où elle se trouvait, mais elle demeura allongée, sans bouger.

— J'ai vu, souffla-t-elle, comme si ces mots pouvaient donner plus de corps à sa vision.

Instinctivement, elle posa une main sur sa poitrine pour vérifier, mais les saphirs n'y étaient pas, évidemment. Cela faisait longtemps qu'elle les avait perdus, pourtant, quand elle fermait les yeux, c'était là, juste devant elle : la Ville, la forêt, la Caddell, l'Almont dans le lointain. Comment était-ce possible ? Même le monde de Lily n'avait jamais été aussi net.

Ce n'est pas Lily, songea-t-elle.

Non. C'était quelqu'un d'autre, une enfant qui avait grandi dans le Tearling bien avant que le royaume ait été connu sous ce nom-là. Sa mère était Dorian Rice, qui avait jadis basculé par-dessus le muret dans la cour de Lily Mayhew, avec une balle dans le ventre. Quant à la jeune fille, elle s'appelait Katie Rice. Cette scène se passait quelques années après la Traversée, alors que Jonathan Tear n'avait que quatorze ans. Cette idée lui serra le cœur, car Kelsea savait que cinq ou six ans plus tard, Jonathan Tear serait assassiné, et que l'utopie de William Tear s'abîmerait dans le chaos.

Comment avait-elle pu s'effondrer en si peu de temps ?

Une énigme sans solution, à moins que Kelsea y retourne pour trouver les réponses par elle-même. Mais elle savait d'amère expérience que ces petites incursions dans le passé étaient parfois chèrement payées.

N'est-ce pas ce que tu fais, en ce moment même ?

Cette pensée un tantinet pragmatique lui rappela Massue et lui arracha un petit sourire désabusé. Certes, sa marge de manœuvre était bien réduite, coincée comme elle était dans ce chariot. Hier, la cavalerie avait franchi la frontière pour descendre par le défilé d'Argive en laissant le plus gros de l'armée Mort loin derrière. La Reine rouge était-elle restée avec son armée, ou les avait-elle devancés durant la nuit ? Kelsea contempla le ciel qui commençait tout juste à s'éclaircir du noir au bleu profond, et l'espace d'un instant, son pays lui manqua tellement que les larmes lui vinrent aux yeux. Oui, elle avait confié le Tearling à Massue, et c'était une pensée réconfortante. Mais elle avait la sensation que son royaume courait de grands dangers, et ne parvenait pas à y échapper.

Un autre réverbère passa au-dessus de sa tête en oscillant un peu dans le vent du petit matin. Les lampes devaient être allumées la nuit et éteintes le jour, pour ne pas gâcher l'huile. Qui donc venait là, au milieu de nulle part, pour s'en occuper ? Ce seul petit indice montrant combien la société Mort était bien organisée exaspéra Kelsea, car il fallait en tirer cette leçon : la peur engendre l'efficacité. Elle pleura encore sur ses saphirs perdus.

Ils ne sont pas perdus.

Ces mots la firent tressaillir, car la voix venant du fond de son esprit était incontestablement celle de Lily. D'accord, les saphirs n'étaient pas vraiment perdus, mais la Reine rouge les avait en sa possession. Ils auraient pu tout aussi bien se trouver sur la lune. Certes la Reine rouge ne pouvait s'en servir, mais Kelsea non plus.

Pourquoi ne peut-elle s'en servir ? La voix de Lily était à des lieues de distance, enfouie dans son esprit, pourtant Kelsea y décela une intonation pressante. *Réfléchis bien, Kelsea. Pourquoi ne peut-elle s'en servir ?*

Kelsea eut beau se creuser la cervelle, rien n'en sortit. Row Finn lui avait dit quelque chose au sujet du sang Tear ; elle s'efforça de fouiller dans sa mémoire, au point d'en avoir mal au crâne. La Reine rouge avait du sang Tear, avait précisé Finn, mais celui de Kelsea l'emportait. *Puisque j'ai cédé les saphirs, comment puis-je encore voir le passé ?* s'interrogea-t-elle. Elle se rappela soudain le rêve qu'elle avait fait une semaine plus tôt : la Traversée, les navires, et le ciel noir avec une trouée de lumière à l'horizon. William Tear avait ouvert une voie, un passage dans le temps, et à sa façon limitée, Kelsea avait fait de même en forçant une brèche pour scruter dans le passé. Serait-il possible que cette brèche soit restée ouverte, alors même qu'elle n'avait plus les saphirs ? Si la Traversée qu'elle avait vue était réelle, elle correspondait parfaitement à la vision qu'elle venait d'avoir : Maddy Freeman, la sœur de Lily, avec quelques années de plus, mais saine et sauve.

Plus tôt Kelsea descendrait de ce chariot, mieux cela vaudrait. Massue et Pen lui avaient appris qu'elle perdait le contrôle d'elle-même, durant ses fugues. Elle se tortilla pour s'allonger sur le dos, sentant les lamelles de bois s'enfoncer dans sa cape. Si seulement elle parvenait à les atteindre, à joindre William et Jonathan, pour leur révéler l'avenir sombre qui les attendait et changer le cours de l'histoire, au lieu de juste la voir se dérouler…

Un crâne apparut au-dessus de sa tête.

Elle se redressa d'un bond en plaquant une main sur sa bouche pour étouffer un cri et vit alors que le crâne était en fait planté en haut d'une pique qui se trouvait entre deux réverbères. Quelques lambeaux de chair étaient encore accrochés à la mâchoire. Les orbites étaient remplies d'une croûte de sang noirci. Elle perdit le crâne de vue tandis que la lumière du réverbère s'estompait derrière eux, mais alors un autre réverbère prit le relais, et juste après, un autre crâne, celui-là très ancien, rongé par le vent et les intempéries.

Eh bien, voilà au moins une réponse. Elle se trouvait sur Pike Road.

Pour faire le moins de bruit possible, Kelsea se leva en retenant ses chaînes afin que leurs cliquetis ne réveillent pas son geôlier. L'aube pointait, l'horizon oriental était souligné de rose, mais le paysage en dessous n'était qu'une vaste étendue sombre, que seule rompait la route bordée de piques et de réverbères. Ils avançaient vers la pente légèrement descendante d'une colline, mais au loin, Kelsea voyait que la route s'inclinait brusquement vers un haut mur fortifié, un rempart qui se détachait sur le ciel éclairci. Au-dessus du mur, Kelsea aperçut les silhouettes de nombreux édifices et, dominant le tout, une vaste construction surmontée de pointes de fer et de tourelles rectangulaires.

Demesne, se dit-elle en sentant son ventre se nouer. Jadis c'était Evanston, la capitale de la Nouvelle Europe, une cité construite brique par brique sur un plateau par les colons. Aujourd'hui, on aurait dit une vision de cauchemar.

Kelsea se rassit au fond du chariot et, tout en tenant à l'œil son geôlier qui commençait à remuer, elle s'enveloppa de sa cape. Elle essaya de se donner du courage, mais ce puits-là semblait s'être tari.

Me voilà au milieu de ma propre Traversée, songea-t-elle, sauf qu'elle n'a rien de commun avec celle de William Tear. Ce voyage-là me mène au pays des ténèbres.

Quand Ducarte franchit le seuil, la Reine devina à sa mine qu'il était porteur de mauvaises nouvelles. Elle attendait ce rapport depuis des jours en s'efforçant à la patience, une qualité qui allait contre sa nature, comprenant qu'il fallait à Ducarte un peu de temps pour évaluer la situation, car elle l'avait renvoyé de la frontière dans ses foyers depuis seulement deux semaines. Après la scène qui l'avait opposé à la fille,

Ducarte ne valait plus rien comme commandant en chef des armées, il semblait déjà avoir beaucoup de mal à s'assumer. Il sursautait au moindre bruit, et la Reine devait souvent le rappeler deux ou trois fois à l'ordre avant d'obtenir son attention. Elle avait espéré qu'en retrouvant son ancienne fonction, et la position à laquelle il s'était élevé à la force du poignet, il se ressaisirait. Mais dès que Ducarte s'avança dans la salle du trône, elle vit que rien n'avait changé. Son état semblait même s'être aggravé. Quoique la jeune fille ait pu lui faire, elle avait réussi son coup… peut-être en garderait-il toujours les séquelles. Sans Ducarte, la position de la Reine s'affaiblissait encore.

Or, elle était confrontée à une révolte. Malgré tous ses efforts, la rumeur de son départ s'était propagée, et Levieux, le chef des rebelles, avait mis la Cité Marche en état de siège. Aucun des petits crétins auxquels elle avait confié des responsabilités n'avait réussi à arrêter ce Levieux, ni même à découvrir son identité. Son armée avait fini par rentrer du Tearling, en progressant encore plus lentement qu'à l'aller, et cette lenteur avait pour la Reine une odeur de trahison. Avant son départ, elle avait ordonné expressément au général Vine, le remplaçant de Ducarte, que tout homme surpris à se livrer au pillage dans le Tear devrait être pendu au premier arbre venu. Mais le Général Vine manquait d'envergure, et l'armée ne risquait pas de trembler devant lui. Seule la peur qu'elle-même inspirait aux soldats évitait la débandade, et elle sentait cette peur s'éroder peu à peu. Ses colonels et généraux restaient loyaux, sachant que dès leur retour, ils toucheraient des dédommagements importants en compensation du manque de butin. Quant au reste de l'armée… bon sang, c'était maintenant plus que jamais qu'elle aurait eu besoin de Ducarte ! Et voilà qu'il choisissait ce moment pour s'effondrer !

Mais la Reine ne laissa rien transparaître de sa rancœur. Ducarte était accompagné de deux de ses lieutenants, qui restaient sagement en arrière, les yeux respectueusement rivés à terre.

— Quelles nouvelles, Benin ?

Ducarte rejeta sa cape et s'affala dans un fauteuil. C'était mauvais signe, car il n'avait jamais aimé s'asseoir, et voilà qu'il cherchait toujours le siège le plus proche pour s'y laisser choir.

— La Cité Marche est en plein chaos, Majesté, répondit-il enfin. La semaine dernière, une bande de rebelles a surgi dans les entrepôts de la Couronne pour s'emparer de toutes nos réserves en nourriture, verre, acier et armes. Les soldats qui étaient censés être de garde avaient disparu. Givene, le Maire, semble aussi s'être envolé, et sans lui, personne n'a l'autorité nécessaire pour mobiliser les milices de la cité.

— Moi, je l'ai.

— Certes, Majesté. Je ne voulais en aucun cas insinuer que…

— Faites appel aux milices pour qu'elles récupèrent ce qui m'appartient.

— Cela ne sera peut-être pas aussi simple, Majesté. Nous avons bien arrêté quelques personnes qui avaient sur elles du verre et de l'acier, mais en très petite quantité. Ce bâtard de Levieux avait déjà tout distribué en le dispersant à travers la cité, semble-t-il. La nourriture a dû déjà disparaître, et il nous faudrait arrêter la moitié de la population pour récupérer le reste.

— Il aurait volé pour tout donner sans rien garder ?

— Apparemment, Majesté.

La Reine demeura immobile, même si à l'intérieur, son corps vibrait de fureur rentrée. Non seulement elle avait dépensé une fortune pour organiser une invasion qui ne lui avait rien rapporté, mais voilà ce qui l'attendait à son retour !

— Quand vous aurez retrouvé Givene, je veux qu'on le pende aux murailles de la Cité Marche.

— Bien, Majesté… Vous parlez de planter sa tête sur une pique ?

— Non ! s'écria-t-elle. Je veux qu'on le suspende vivant, Benin ! Et quand les corbeaux auront fait leur travail, nous verrons s'il se sent toujours dans la peau d'un rebelle !

— Bien, Majesté, répéta Ducarte d'une voix atone, et elle dut se retenir de ne pas bondir de son trône pour le gifler.

Autrefois, presque vingt ans plus tôt, Ducarte avait un jour capturé un traître de Callae et il l'avait écorché vif, lentement, méthodiquement, insensible à ses cris, en usant de son couteau comme un sculpteur taillant et modelant de l'argile. L'ancien Ducarte aurait tout de suite compris. Se sentant bien près d'exploser, la Reine inspira profondément.

— Et Demesne ?

— Pour l'instant, Demesne paraît relativement calme, Majesté. Mais je crains fort que cela ne dure guère.

— Pourquoi ça ?

— J'ai dépêché plusieurs de mes agents dans la campagne alentour, pour évaluer la probabilité d'une révolte d'esclaves. Ils n'ont rien trouvé d'inquiétant à ce sujet.

La Reine hocha la tête. Les sanctions contre les esclaves fugitifs étaient depuis toujours suffisamment sévères pour avoir un effet dissuasif.

— Mais ?

— On constate qu'une étrange migration est en cours, Majesté. Les villages du Glace-Vert ont été abandonnés. Les gens emmènent leur bétail et tous les objets de valeur qu'ils peuvent emporter pour aller vers le sud. Beaucoup d'entre eux se sont déjà entassés dans la Cité Marche.

— Pourquoi ?

— Mes gens étaient trop dispersés pour mener de vrais interrogatoires, Majesté. C'est tout ce qu'ils ont pu glaner de-ci de-là d'après divers témoignages. Il existe une vieille superstition dans le Fairwitch… Une créature dont on dit qu'elle hante les montagnes et les contreforts en quête de proies… en particulier de jeunes enfants.

— L'Orphelin, murmura la Reine.

— Pardon Majesté ?

— Rien. Je connais cette superstition, Benin. Elle est très ancienne. Qu'est-ce qui a changé ?

— Il y a de nouveaux rapports sur des villages attaqués non pas seulement par une créature, mais par une armée de ses semblables. L'agent que j'ai placé à Devin's Copse a trouvé du sang et des os sur les sols des maisons vides. D'autres ont découvert huit villages ainsi désertés. Deux de mes agents ont eux-mêmes disparu depuis plus d'une semaine.

— Quelle est l'autre explication possible ? demanda la Reine d'une voix qui sonna creux, car c'était une question sans objet.

La sombre chose était en chasse. Elle pourrait le dire à Ducarte, mais alors il voudrait en savoir plus, et quelle histoire pourrait-elle bien lui raconter ?

Jadis, il y a longtemps, une jeune fille effrayée s'enfuit d'un village du Glace-Vert. Déjà en exil, elle s'était réfugiée dans le Nord pour se cacher. Mais au lieu du réconfort qu'elle espérait trouver dans les villages du Glace-Vert, elle y fut si mal traitée qu'elle préféra aller mourir de faim dans les montagnes. Elle s'y préparait quand une nuit, elle vit une sorte de feu follet…

— Comme je vous l'ai dit, je n'avais aucun moyen d'interroger ces gens, mais ils croient à ce qu'ils disent, je puis vous l'assurer. Un être malfaisant répand le sang et la terreur dans le Nord, et si cette chose continue à descendre vers le sud, tout le pays viendra frapper à votre porte pour demander asile.

La Reine se radossa dans son trône, avec un battement sourd dans les tempes. Deux semaines plus tôt, elle s'était réveillée d'un cauchemar, le plus terrible de sa vie, où la sombre chose, non pas fantomatique mais bien réelle et affranchie du feu, la poursuivait inlassablement à travers les couloirs de son château…

Elle est libre, comprit-elle. Qu'on l'appelle la sombre chose ou l'Orphelin… Il fallait bien que ces pauvres villageois du fond du Fairwitch lui donnent un nom, à cette malédiction, et nomment ainsi la raison pour laquelle leurs enfants disparaissaient sans laisser de trace. Et voilà que cette créature était lâchée, à présent, elle pouvait rôder en toute liberté… et si elle se dirigeait par ici ? Mais oui, c'était une évidence.

Evie !

La voix résonna dans sa tête, mais la Reine la chassa pour considérer tristement son plus vieux et plus fidèle allié. Ducarte était penché en avant, ses bras croisés reposant sur ses genoux, les yeux fixés à terre. Il n'avait pas encore soixante ans, mais on aurait dit un vieillard usé, épuisé. L'ancien Général Ducarte, Chef de la Sécurité intérieure, dont le nom faisait trembler tout son royaume, cet homme était mort, et la Reine le pleurait. Ducarte avait écrasé la rébellion Callaen, il l'avait aidée à tenir Mortmesne sous son emprise d'une main de fer. Mais il était brisé, et la Reine prenait seulement conscience qu'envoyer Ducarte au Tearling avait été une grave erreur, peut-être la plus grave qu'elle ait jamais commise. Sans lui, il n'y avait plus personne pour la protéger, pas même de son armée.

Ai-je commis d'autres erreurs ? Combien ? se demanda-t-elle en sentant la panique la gagner.

— Que voulez-vous faire, Majesté ?

La Reine tapota un moment le bras de son fauteuil, puis elle demanda d'un ton presque désinvolte :

— Et la fille, où est-elle ?

Ducarte ne changea pas d'expression, mais l'espace d'un instant, il pâlit, et sembla encore vieillir de dix ans. La Reine non plus n'aimait guère penser à la jeune fille ; le souvenir de cette scène dans la tente était terrible, si terrible qu'elle l'avait enfoui tout au fond de son esprit. Cette fille en savait tellement…

Evie !

… de ces choses que la Reine comptait emporter avec elle dans la tombe.

— Ils l'ont ramenée ici hier, Majesté. Elle est au cachot, saine et sauve, déclara Ducarte, mais il tiqua tout en parlant.

— Je veux qu'elle soit bien gardée, ordonna la Reine.

— Vous craignez une tentative d'évasion, Majesté ?

— Mais non. Je ne voudrais pas qu'elle meure en captivité. Vos gens n'ont pas très bonne réputation dans ce domaine-là, Benin, hein ? J'ai besoin qu'elle reste en vie.

— Son nom est un cri de ralliement pour les rebelles. Ne vaudrait-il pas mieux l'exécuter tout simplement ?

La Reine frappa du poing sur l'accoudoir du trône, et elle eut le plaisir de le voir sursauter.

— Qu'est-ce que je viens de dire, Benin ?

— Oui, Majesté. J'ai compris.

Mais la Reine n'avait plus confiance en lui. Ducarte se retournerait-il contre elle ? Aucune loyauté ne semblait plus acquise, désormais. Elle songea avec regret à Beryll, son ancien chambellan, qui se serait immolé par le feu, sur sa demande. Mais Beryll était mort, et Juliette avait pris sa place. Juliette, toujours à chuchoter, à faire des messes basses. En ce moment même, nonchalamment adossée à un mur, elle faisait de l'œil à l'un des gardes du palais. Quant à ses autres suivantes, elles étaient éparpillées dans la salle et ne lui prêtaient aucune attention.

— Quoi d'autre ?

— L'armée, Majesté, avança Ducarte en jetant un coup d'œil gêné aux deux hommes postés derrière lui. C'est un problème. Beaucoup de soldats ont refusé de rentrer chez eux après avoir été rendus à la vie civile. De grands groupes de soldats tiennent des réunions qu'ils croient secrètes. Demesne est, paraît-il, le théâtre de scènes de bagarres et d'ivrognerie avec tout ce qui s'ensuit : saccages, femmes violées... Or les gens en rejettent la faute sur vous.

La Reine sourit et laissa filtrer un peu de son dépit dans sa voix.

— Eh bien, Benin, qu'attendez-vous pour intervenir ?

— C'est que je n'ai plus guère d'emprise sur mes hommes, Majesté, admit Ducarte avec raideur. Ils ne veulent plus entendre parler de dévouement ni de patriotisme. Ils réclament leur part de butin, l'infanterie y compris. Et à défaut, ils veulent être payés en argent sonnant et trébuchant.

La Reine hocha la tête, mais ce que Ducarte demandait était impossible. Elle gérait elle-même le trésor du royaume, et connaissait donc précisément le contenu de ses coffres. Certes, elle avait des réserves, mais le flux d'argent s'était considérablement ralenti depuis que la livraison Tear avait cessé. Il n'y avait certes pas de quoi payer aux milliers de soldats mécontents l'équivalent de ce qu'ils avaient espéré tirer de l'invasion Tear. Un bref instant, la Reine envisagea de leur en verser une petite partie ; cela viderait les caisses, mais parfois, de tels gestes s'imposaient. La Reine y avait eu recours à plusieurs reprises, et cette manœuvre avait toujours été payante.

Mais l'idée lui restait en travers. Après tout, elle non plus n'avait rien gagné. Elle portait les deux saphirs Tear sous ses vêtements, mais ce n'étaient que de jolis colifichets. Tout le pouvoir, l'invincibilité qu'elle avait espéré retirer de l'invasion Tear s'étaient réduits à des trophées vides de sens, qui pendaient maintenant entre ses seins. Dès son retour au Palais, elle avait tout essayé en recourant à chaque sortilège qu'elle connaissait, mais les joyaux refusaient de lui parler. C'était exaspérant. Elle avait du sang Tear dans les veines, du moins la sombre chose le lui avait assuré, et donc, elle aurait dû être capable d'en user. Où leur pouvoir était-il passé ?

Ducarte attendait toujours, mais la Reine n'avait aucune solution à lui proposer. Ses soldats n'étaient que des enfants. Elle avait octroyé de généreuses compensations à son haut commandement. Ce qu'ils choisissaient de faire de cet argent ne la concernait pas.

— C'est mon armée, finit-elle par répondre. Ils travaillent pour moi. S'ils l'oublient, je m'en vais le leur rappeler.

— La peur, ça ne marchera qu'un moment, Majesté.

— Vous verrez, Benin.

Visiblement, Ducarte aurait bien voulu prolonger la discussion, mais il finit par s'affaler de nouveau, tête baissée. Qu'est-ce que cette fille a bien pu lui faire ? se demanda la Reine pour la centième fois. Cet homme dont elle avait cru qu'il ignorait la peur n'était plus aujourd'hui qu'une masse de chair tremblotante.

— Autre chose ?

— Un rapport inquiétant. Quand vos soldats se rencontrent en secret, mes gens les surveillent de près. Il y a deux jours, un groupe de dix lieutenants s'est réuni dans une maison abandonnée du quartier sud.

— Et ?

— Ils y ont retrouvé deux prêtres.

— Des prêtres Tear ?

— Oui, Majesté. Nous n'avons pas reconnu le deuxième, mais le premier, celui qui conduisait l'entrevue, était le Père Ryan, l'homme qui est devenu la main droite du pape quand Frère Matthew a été exécuté.

De rage, la Reine grinça des dents. Le pape Tear n'avait rien d'un homme de principes, et le marché qu'il avait passé avec elle était caduc. Lui n'avait pas réussi à tuer la fille, et elle-même avait retiré son armée. Elle ne toucherait plus au Tearling ; même si les joyaux semblaient inertes, elle avait prêté serment sur eux, un serment qu'elle n'oserait pas mettre à l'épreuve. Mais elle aurait dû savoir que le maître de l'Arvath chercherait dorénavant à servir ses propres intérêts. Elle aurait volontiers tordu le cou à ce sournois.

— Et la teneur de cette réunion ?

— Je l'ignore encore, Majesté. Deux des lieutenants sont en détention, mais même sous la question, ils n'ont pas avoué.

— Forcez-les.

— Bien, Majesté, répondit Ducarte d'un ton découragé, et elle devina aisément ses pensées : il était dur d'empêcher les gens de comploter dans l'ombre. Pour ne pas dire impossible.

Evie !

— Bon sang, tu vas la fermer ! murmura-t-elle.

— Pardon Majesté ?

— Rien.

La Reine se frotta les tempes en claquemurant son esprit. La fille avait infligé un sacré coup à Ducarte, mais il n'était pas le seul. Elle croyait avoir tué Evelyn Raleigh il y a longtemps, et voilà que son fantôme inquiet surgissait à tout moment dans sa tête. Elle avait besoin de paix, de temps pour réfléchir posément à ce qu'elle devrait faire. Du thé, un bain chaud, et les réponses viendraient d'elles-mêmes. Sinon, elle ferait au moins une sieste réparatrice, qui lui éclaircirait peut-être un peu les idées. Elle avait l'esprit tellement embrouillé, embourbé même, ces temps-ci. Dire qu'elle comptait sur les saphirs Tear pour guérir ses insomnies ! Chaque jour se passait à rattraper le manque de sommeil de la nuit précédente…

Il y eut soudain dans l'air comme un cliquetis métallique. Instinctivement, obéissant à un vieux réflexe, la Reine bondit de son trône pour sauter à bas de l'estrade sur un divan. Quelque chose heurta le dossier de son trône, mais elle se réfugiait déjà derrière l'un des énormes piliers circulaires qui s'élevaient de chaque côté de l'estrade. Son esprit enregistra par éclairs ce qui se passait autour d'elle : Ducarte, luttant avec l'un de ses lieutenants ; un couteau gisant par terre, au pied des marches ; l'autre lieutenant avançant droit sur elle, l'épée à la main.

Une tentative d'assassinat, se dit-elle, presque intriguée. Cela faisait longtemps que personne ne s'y était risqué. Elle se colla contre le pilier, l'esprit en ébullition. Les soldats étaient mécontents, d'accord, mais le seul mécontentement ne les aurait jamais poussés à un acte aussi radical. Ils la croyaient vulnérable, à présent. Pensaient-ils qu'elle avait laissé le Tearling intact par faiblesse ? C'était intolérable. Et Ducarte, y était-il mêlé ? Non, se dit-elle. Personne ne l'appréciait, pas même ses propres troupes.

Elle sentit le deuxième soldat qui cherchait à l'atteindre, perçut ses battements de cœur légers et rapides, de l'autre côté du pilier. Elle aurait pu le tuer facilement, mais ces deux lieutenants n'avaient sûrement pas ourdi ce complot à eux seuls ; il lui fallait en capturer au moins un vivant. Du centre de la salle elle entendit des gargouillis étranglés et espéra que ce n'était pas Ducarte. Le tueur tournait en l'approchant sur sa gauche, et la Reine se tendit, s'apprêtant à le désarmer. Mais alors quelque chose heurta le pilier, un impact que la Reine ressentit même à travers trois mètres de pierre massive. L'épée de l'homme tomba avec fracas par terre, devant elle.

— Majesté ? Vous allez bien ? entendit-elle dire, avec un fort accent Tear.

Passant la tête pour regarder de l'autre côté du pilier, elle découvrit l'une de ses suivantes ; c'était la nouvelle que Juliette avait engagée quand Mina était morte. La Reine ne se rappelait plus son prénom. La jeune fille coinçait le lieutenant contre le pilier en lui tenant un couteau sous la gorge. La Reine ne put s'empêcher d'en être impressionnée. Cette fille avait beau être grande et musclée comme toutes ses suivantes, elle était quand même plus petite que son adversaire et réussissait malgré cela à l'immobiliser.

L'état de la salle du trône en disait long. Juliette n'avait pas bougé, ni les autres suivantes. Ghislain, le Capitaine de la Garde, s'occupait d'extirper Ducarte, coincé sous le corps de son assaillant, et même de là où elle se trouvait, la Reine vit que la gorge de son général en chef était toute tuméfiée. L'autre lieutenant était mort, un couteau planté dans le dos. Presque tous les membres de sa Garde personnelle étaient restés alignés le long des murs, guettant le moindre de ses mouvements. Ils n'avaient pas bougé d'un pouce.

Grands Dieux ! se dit la Reine. Ma propre garde !

Elle se tourna vers la nouvelle suivante.

— Comment t'appelles-tu ?

— Emily, Majesté.

— Benin ! Êtes-vous en état d'emmener un prisonnier ?

— Mais oui, ça va ! cracha Ducarte avec rage. Il m'a pris par surprise.

La Reine serra les lèvres, car jamais Ducarte ne se serait laissé avoir de la sorte, auparavant. Elle revint à Emily et la jaugea du regard : de la graine Tear à n'en pas douter, grande et blonde, avec des bras aux muscles saillants. Jolie, mais sans éclat, avec ce côté terne que la Reine associait depuis toujours aux classes pauvres du Tearling.

— Tu as fait partie d'une des livraisons, remarqua la Reine.

— Oui, Majesté, répondit la fille dans un mélange de Tear et de Mort très approximatif. On m'a engagée comme suivante il y a juste un mois.

Une suivante, qui ne parlait même pas bien le Mort ! Juliette devait être à bout de ressources. Étant donné les derniers événements, la Reine aurait eu bien tort de s'en plaindre. Certes elle aurait eu raison de ces assassins, mais l'essentiel n'était pas là. De toutes les personnes présentes dans la salle, seules deux avaient réagi : Ghislain et l'esclave. Les gens qui parlaient bien le Mort ne manquaient pas, mais la loyauté se faisait rare, ces temps-ci. Quel dommage que cette fille soit Tear !

— Confie le prisonnier au Général Ducarte, dit-elle à Emily. Benin ! Je veux des noms !

— Oui, Majesté, répondit Ducarte en se relevant avec peine.

La nouvelle suivante lui remit donc le prisonnier tandis que la Reine tenait à l'œil Juliette, qui cachait mal son inquiétude. Serait-elle complice elle aussi ? Comment savoir. La traîtrise semblait l'entourer de toutes parts. C'était comme la vieille légende Tear : le dictateur solitaire, en sécurité dans son château, si bien gardé qu'il ne peut plus en sortir. Ducarte l'avait prévenue qu'obliger l'armée à battre en retraite lui vaudrait de graves ennuis, et elle se rendait compte à présent qu'il comprenait mieux ses hommes qu'elle-même. Elle aurait dû l'écouter. Tandis que Ducarte escortait son prisonnier vers la sortie, la Reine dut faire face à une vérité déplaisante : cet homme pitoyable était ce qui se rapprochait le plus pour elle d'un ami. Seul, ni lui ni elle ne survivrait longtemps.

— Benin !

— Majesté ! dit-il en se retournant.

La Reine inspira profondément tant les mots qu'elle devait prononcer lui restaient dans la gorge. Demander de l'aide… rien de plus difficile, de plus terrible. Mais elle n'avait guère le choix.

— Il n'y a plus que vous et moi maintenant, Benin. Vous me suivez ?

Ducarte hocha la tête avec un tic nerveux, et la Reine prit alors douloureusement conscience que l'aversion qu'il lui inspirait était réciproque. Il faudrait y réfléchir, mais plus tard, quand cette crise serait terminée, quand elle aurait enfin passé une bonne nuit de sommeil.

— Rompez.

Ducarte sortit en poussant le lieutenant devant lui. Il n'y aurait probablement pas grand-chose à en tirer ; on recrutait facilement parmi les rangs d'une armée frustrée, mais un conspirateur intelligent ne révélait jamais rien au simple exécutant, et son adversaire invisible, ce Levieux, était tout sauf bête. La Reine se rassit et contempla de son trône la faune de traîtres potentiels exposée devant elle : gardes, suivantes, soldats, courtisans, au moins une trentaine de personnes, toutes complotant sa chute. Juliette s'occupait de faire enlever le cadavre, tout en lui jetant des regards craintifs.

La Reine chercha des yeux la jeune fille Tear, qui s'était retirée pour se poster contre le mur avec les autres suivantes. Il lui faudrait creuser un peu, voir d'où elle venait, découvrir où une femme Tear avait ainsi appris à manier le couteau. Mais ce serait pour plus tard ; il y avait plus urgent. Des villages entiers avaient disparu, fuyant le Glace-Vert. La Reine ne commandait plus une armée, seulement une bande d'assassins. Quel que soit le nom qu'on lui donne, Orphelin ou sombre chose, la créature arrivait, et elle n'avait aucun moyen de l'arrêter. La fille pourrait lui être utile, mais c'était une dangereuse incertitude, et la Reine détestait par-dessus tout l'incertitude. Elle eut soudain envie de hurler, de balancer quelque chose sur tous ces gens qui la regardaient en attendant qu'elle fasse encore une erreur.

— Emily, c'est ça ? demanda-t-elle à l'esclave.

— Oui, Majesté.

La Reine la scruta encore un moment. Puisqu'elle ne pouvait se fier à personne, une esclave Tear ne serait peut-être pas un si mauvais choix. En général, les Tear faisant partie du chargement n'éprouvaient aucune loyauté envers leur pays d'origine, plutôt une haine tenace. C'était un risque, et non des moindres, de permettre à une esclave Tear d'approcher la Reine Tear, mais cette fille avait réagi, au moins… et on ne pouvait en dire autant du reste de l'assistance, y compris ses propres gardes. Elle songea encore avec nostalgie à Beryll, à une époque où le mot loyauté ne signifiait pas d'avoir à choisir entre deux maux.

— Tu n'es plus suivante désormais, lui dit la Reine. Voici quelle sera ta mission : descends aux cachots. Je veux un rapport complet sur la situation de la Reine Tear. Le lieu où elle se trouve détenue, et dans quelles conditions. Renseigne-toi sur les demandes éventuelles qu'elle a pu faire à ses geôliers.

La jeune fille hocha la tête tout en jetant un regard triomphal à Juliette, dont le visage s'assombrit encore. Apparemment, le courant ne passait pas, entre elles. C'était bon signe.

— Et trouve-toi un professeur de Mort. Apprends vite. Je ne veux plus entendre aucun mot de Tear sortir de ta bouche.

Autre bon signe : Emily ne répondit pas, ne posa pas de question, elle se contenta de hocher la tête et s'en fut.

De son trône, la Reine fixait obstinément les taches de sang sur le sol. Rébellion, révolte. Aucun monarque n'avait jamais jugulé longtemps ce genre de mouvement par la seule force. Levieux et la sombre chose… seraient-ils de mèche ? Mais non, la sombre chose ne condescendrait jamais à travailler avec quiconque. La Reine avait cru qu'elles étaient associées, mais elle lui avait juste servi de pion. La sombre chose attendrait qu'elle soit affaiblie, que la rébellion qui faisait rage à travers Mortmesne ait fait le maximum de dégâts, alors elle viendrait lui régler son compte.

Je pourrais m'enfuir, songea la Reine, mais c'était au mieux une idée vaine. Elle était haïe autant en Cadare qu'en Callae. Restait le nord, où la sombre chose attendait, et l'ouest, la pire des options. Si les Tear s'emparaient d'elle, ils la dépèceraient vivante pour le plaisir de la voir hurler. Et même si elle pouvait se réfugier au fond d'un trou perdu, quel genre de vie y mènerait-elle, elle qui était habituée à voir des royaumes valser sur son ordre ?

Evie ! viens ici !

— Non, murmura-t-elle.

Bien avant que les Tear aient livré leur première cargaison, elle avait été esclave, et jamais elle ne pourrait y revenir. Plutôt mourir. Elle songea au cauchemar qui la hantait depuis des mois : la fuite ultime, la fille, le feu menaçant, et l'homme en gris qui la poursuivait. Tu t'enfuiras, lui avait dit la sombre chose, et peut-être le ferait-elle, mais seulement à la toute fin, en dernière extrémité. Relevant le menton, elle contempla la salle remplie de traîtres.

— Au suivant.

3

Demesne

Comme ces gens sont fiers de leur haine ! Haïr, c'est choisir la facilité, c'est bon pour les paresseux. C'est aimer qui exige de nous des efforts, et nous coûte. Oui, pour chacun de nous, l'amour a un coût ; c'est ce qui fait sa valeur.

Les Dires de la Reine Glynn,
RECUEILLIS PAR LE PÈRE TYLER

Durant toutes ces années passées à entrer et sortir subrepticement de tous les lieux possibles et imaginables, le Fetch avait découvert que la clef de ce talent, c'était d'adopter la bonne allure. Trop vite, cela paraissait suspect. Trop lent, c'était déjà s'avouer vaincu. Mais aller d'un pas mesuré avec l'assurance de celui qui se trouve à sa place, rien de tel pour endormir la méfiance des gardes et des sentinelles. L'effet en était quasi magique.

Il montait donc l'escalier avec la démarche d'un homme bien plus lourd qu'il ne l'était en réalité, et apparemment peu pressé d'arriver à destination. Il portait la cape de l'un des gardes de l'Arvath, mais sous la capuche, ses yeux fusaient dans toutes les directions, à l'affût du moindre mouvement. À 3 h 30 du matin, presque tout l'Arvath était endormi. Mais pas tout à fait ; le Fetch entendait de l'activité au-dessus de lui, un brouhaha de voix venant des étages supérieurs et résonnant jusqu'à lui par la cage d'escalier. La nouvelle clique du Saint-Père. Quand Anders avait été consacré pape, les dévots de la cité avaient salué l'événement en menant un jeûne de trois jours devant l'Arvath. Ils pensaient que le Saint-Père restaurerait la gloire de l'Église, une gloire qui ne cessait de s'éroder depuis que la Reine Glynn était montée sur le trône. C'était dans cette réserve que le Saint-Père avait puisé pour reconstituer ses troupes.

Je pourrais vous en dire, songea le Fetch sombrement, et soudain il vit Row, à la place du Saint-Père, tout de blanc vêtu. Je pourrais vous en dire sur l'Église de Dieu.

Depuis que les membres de cette clique sévissaient, ils avaient déjà massacré plusieurs « pécheurs » dans divers coins de la cité. Mais le pire était à venir. Le nouveau Saint-Père avait engagé plus de vingt-cinq comptables pour l'Arvath, mais même aux yeux d'un observateur non averti, il était évident que ces soi-disant comptables étaient en fait des hommes de main, des exécuteurs. Howell en avait suivi quelques-uns dans la cité, dans le Gut et le quartier des bordels, et même en bas, dans la Crèche, où ils trempaient dans les trafics les plus obscènes pour en tirer de juteuses commissions. Son intuition disait au Fetch qu'un vaste empire criminel était en train de se constituer, ici, dans l'obscurité des bas-fonds.

Certes, la pègre sévissait aussi dans le Tearling ; le trésorier de la Reine en faisait partie. Mais là, il s'agissait de l'Église, et pour le Fetch, qui était jadis membre de l'Église de Dieu à ses tout débuts, il y avait une grande différence. Criminels, flagorneurs… il ignorait pourquoi ce constat continuait à le surprendre. Mais la honte qu'il en éprouvait était toujours aussi vive.

Avant de mourir, Thomas Raleigh avait confié au Fetch que la couronne était entre les mains du Saint-Père. Thomas avait offert toutes sortes de pots-de-vin pour la récupérer, mais il avait eu au moins la présence d'esprit de refuser ce que l'ancien Saint-Père réclamait : une exemption d'impôts permanente pour l'Église. Ce n'était qu'une couronne, après tout, même si le Fetch, qui avait toujours su percer Thomas à jour, avait vu une vérité bien différente dans les yeux de l'homme condamné : il avait ardemment désiré la couronne. Détenait-elle un pouvoir particulier ? Pas plus que le Fetch, Thomas n'aurait su le dire, pourtant le cercle d'argent avait pour lui une haute valeur symbolique. En l'instant ultime qui avait précédé l'exécution, le Fetch avait eu pitié de lui, mais pas assez pour retenir la hache.

Plusieurs semaines auparavant, juste avant la capture de la Reine, Howell avait appris par mégarde qu'un objet avait été dérobé dans l'Arvath. Les sbires du Saint-Père ignoraient ce que cela pouvait être, ils savaient juste que l'objet en question était conservé dans un coffret en bois de merisier ; c'était cette information qui avait éveillé l'attention d'Howell. Les hommes du Fetch n'avaient jamais vu ce coffret, mais le Fetch oui, il y a longtemps, entre les mains de l'homme qu'il croyait être son ami. Surtout il fallait empêcher Row de s'en emparer, mais le coffret risquait de tomber aux mains d'autres gens qui ne valaient guère mieux. Toute l'Église était à la recherche du Père Tyler, le Prêtre du Donjon, et la récompense pour sa capture augmentait de jour en jour. Si vraiment le Prêtre du Donjon s'était emparé de la couronne, le Fetch ne la trouverait pas en rôdant furtivement dans l'Arvath. Mais hier, il avait glané un détail intéressant, et si la vie lui avait appris quelque chose, c'était qu'on n'avait jamais trop d'informations. Les faits anodins en apparence qu'on apprenait par hasard s'avéraient souvent très utiles.

Devant lui, dans le couloir qui longeait les dortoirs des frères, une femme brune était assise sur un banc, le visage tailladé comme par une lame de rasoir. Les entailles n'avaient pas été recousues, et la peau était un patchwork de sang séché et de chair infectée. Tandis que le Fetch approchait, elle resta les yeux fixés à terre.

Howell n'avait rien dit au sujet de cette femme, mais le Fetch grâce aux commérages dans les cuisines savait qu'elle s'appelait Maya, et qu'elle était l'une des concubines du Saint-Père. Le Fetch, qui repérait un ambitieux au premier coup d'œil, surveillait depuis des années le Cardinal Anders ; ce dernier avait toujours eu deux ou trois femmes à disposition. Quoique bien cachées de la population, ces femmes n'étaient point un secret au sein de l'Arvath. C'étaient à l'origine des prostituées, qui retournaient généralement à leur ancien métier quand Anders s'en était lassé. Mais Maya ne serait plus jamais capable de travailler. Comme toutes les femmes du Saint-Père, c'était une morphinomane, et le Fetch devinait que seule cette dépendance la tenait docilement assise sur le banc. Elle ne voyait sans doute pas plus loin que sa prochaine piqûre, et le Fetch devinait que sa mort ne tarderait guère.

Pourtant, c'était une énigme. Anders n'avait jamais été sadique avec ses femmes. Certes c'était un homme violent, mais il avait toujours réservé cette violence pour ses démonstrations anti-sodomites. Or Maya n'était pas cachée, au contraire, elle était exhibée en public pour faire un exemple. Et le Fetch était bien décidé à découvrir pourquoi.

Le Fetch lui tapa sur l'épaule, et elle leva les yeux. Même à la faible lueur des torches, les balafres étaient effroyables : l'une traversait l'arête de son nez jusqu'au coin de l'œil. On aurait dit qu'elle avait pleuré des larmes de sang, et cela lui fit de nouveau penser à Row. Tout excité d'avoir découvert cette femme, il avait oublié l'enfer qui se déchaînait en ce moment même aux confins nord des deux royaumes, Tear et Mortmesne. C'était l'un des nombreux dangers concernant Row ; on avait fâcheusement tendance à l'ignorer, jusqu'au moment où il était trop tard.

— Vous êtes le Fetch, murmura Maya.

D'abord sidéré, il se rappela qu'il portait son masque. Il était si habitué au contact du cuir que le masque était pour lui comme une seconde peau.

Loin, dans les entrailles de l'Arvath, il entendit une horloge sonner le quart.

— Que voulez-vous de moi ? demanda-t-elle.

Le Fetch lui effleura les cheveux en les écartant de son front. Il avait souvent usé de ce stratagème pour obtenir ce qu'il voulait, en particulier avec les femmes, mais là, c'était un geste gratuit. Certes le Tearling était le théâtre de nombreuses violences, mais le Fetch avait rarement vu une femme aussi maltraitée. Un moment, il crut entendre la voix de William Tear résonner dans les profondeurs de son esprit.

Dieu ne reste pas les bras ballants. Croyez, ou pas ; la croyance de votre voisin vous blessera aussi sûrement que la vôtre le heurtera.

Le Fetch grogna. Ils avaient tous entendu maintes fois William Tear prononcer ces paroles, ou quelque chose d'approchant, mais ils n'avaient jamais écouté. Pour eux tous qui étaient nés après la Traversée, sans cadre de référence, les paroles de Tear n'étaient pour ainsi dire que du vent. Le Fetch avait appartenu à l'Église de Dieu assez longtemps pour savoir que le carnage qui se déroulait devant lui n'avait rien à voir avec Dieu, ni le bien. La brutalité trouvait sous la croix un si bon camouflage.

Nous n'avons pas écouté.

Non, vous n'avez pas écouté. Katie a écouté.

C'était vrai. Et elle l'avait payé cher, contrainte à l'exil, alors qu'elle portait l'enfant de Jonathan. Voilà ce qu'il aurait désiré par-dessus tout, se dit-il soudain : cinq minutes avec Katie, juste le temps de s'excuser, lui dire qu'elle avait eu raison. Le jeune Gavin était trop fier pour même songer à s'excuser, mais le Fetch avait découvert qu'avec l'âge, le besoin vous venait de réparer vos fautes, de redresser les torts. Mais il était bien trop tard pour demander pardon à Katie. Ne restait que la femme en face de lui, le visage tailladé à coups de rasoir.

— Pourquoi vous a-t-il fait ça ? demanda le Fetch.

— Parce que j'ai laissé le Prêtre du Donjon s'enfuir.

— Pourquoi ?

— Le vieux était gentil. Il écoutait. Il disait que la Reine était bonne…

Elle s'interrompit pour regarder autour d'elle, et le Fetch se rendit compte qu'il s'était trompé ; si elle restait immobile, ce n'était pas sous l'effet de la morphine, mais parce qu'elle était en état de manque. Son cou et ses épaules étaient luisants de sueur.

— Il disait qu'elle était bonne, poursuivit Maya d'une voix rauque, agitée de spasmes qui contractaient ses cordes vocales. Et j'ai pensé, eh bien, si elle est bonne, alors Anders ne devrait pas la garder pour lui. Il devrait la lui rendre.

— Garder quoi ?

— La couronne. Il aimait la mettre en privé, quand personne ne regardait, et j'avais beau être droguée jusqu'aux yeux, je me suis dit : ce n'est pas à lui de la porter, elle appartient à la Reine.

En la voyant cligner lentement des paupières, le Fetch devina qu'elle allait bientôt sombrer dans l'inconscience.

— Alors quand le vieux est venu, j'ai saisi l'occasion, conclut-elle.

Le Fetch avait besoin de lui poser d'autres questions, mais le temps manquait.

— Cette couronne. À quoi ressemblait-elle ?

— Un cercle d'argent, avec des saphirs bleus. Dans un joli coffret.

— Et le Prêtre du Donjon l'a emportée ?

Elle hocha la tête.

— Où est-il ?

— Je ne sais pas. On dit qu'il s'est enfui en emmenant le Père Seth avec lui. Quand Anders l'a découvert, il m'a tailladée.

Le Fetch fronça les sourcils, l'estomac noué. Peu de gens du Tear savaient que le cercle d'argent que les Raleigh avaient porté pendant des siècles n'était qu'une imitation. La vraie couronne avait disparu, ainsi que son coffret en bois de merisier. Le Fetch soupçonnait Katie de les avoir emportés avec elle, mais il n'en avait jamais été certain. Qu'importe où la couronne était à présent, elle s'était trouvée ici, dans l'Arvath, et il l'avait perdue. Deux moines de l'Arvath, errant à l'aventure dans New London ? L'idée le fit frémir.

— Est-ce qu'on vous en donne ? demanda-t-il à Maya.

— Oui. Presque rien, une dose minuscule par jour… Vous ne voulez pas rester pour me tenir compagnie ? Votre masque ne me fait pas peur.

— Vous seriez bien la première, murmura le Fetch.

Lui-même en avait peur, car il ne savait plus quel était véritablement l'homme qui se cachait dessous. Le hors-la-loi ? Le traître à la triste figure qui avait été contraint de se cacher, revêtant le masque juste parce qu'il ne supportait pas l'idée qu'on le reconnaisse ? Ou était-ce un jeune garçon nommé Gavin, qui avait tant voulu avoir raison et jouer au plus fin qu'il avait fait une cible facile pour le manipulateur le plus roué d'eux tous ?

Lequel es-tu ?

Il l'ignorait. Depuis plus de trois cents ans qu'il arpentait le Tear, il avait parfois l'impression de n'être pas un seul homme, mais un curieux assortiment de plusieurs individus différents menant chacun leur propre existence.

Mais lequel es-tu, maintenant ? martelait son esprit sans relâche. Quel homme es-tu devenu ?

Ah, bonne question. Le garçon, Gavin, aurait laissé la femme mutilée devant lui sur le banc une fois son but atteint, après lui avoir soutiré les informations désirées. L'homme, le Fetch, aurait pu la secourir, mais seulement pour glorifier encore sa légende, comme lorsqu'il avait ravi à Thomas Raleigh une concubine malheureuse juste sous son nez.

Plongeant la main dans la poche de sa chemise, il en sortit un paquet enveloppé d'un linge, qui contenait plusieurs aiguilles et une bonne quantité de morphine de première qualité. Il ouvrit le tissu et claqua des doigts devant le visage de Maya.

— Écoute, dit-il en déposant les flacons dans sa main. C'est pour toi. Cache-les bien.

La femme s'étonna en voyant les aiguilles.

— Pour moi ?

— Oui. En cas de besoin, répondit-il, puis il lui tapota la joue pour l'obliger à le regarder. C'est de la qualité Grandmile. Très forte, bien plus que celle que le Saint-Père te fournissait. Si tu prends tout d'un coup, tu ne passeras pas la nuit.

Elle leva les yeux vers lui sans ciller, en serrant le paquet dans son poing.

Le Fetch s'en alla sur la pointe des pieds, la laissant sur le banc. L'espace d'un instant, il envisagea de monter pour régler son compte au Saint-Père, mais il ne pouvait se le permettre ; il aurait peut-être besoin de lui à la fin, et même si ce n'était pas le cas, il ne manquait pas de prêtres avides, peut-être pires que lui, qui seraient ravis de prendre sa place. Non, mieux valait tout simplement disparaître, s'évanouir dans la nature, comme il le faisait toujours. Pourtant il ne pouvait s'empêcher de se détester.

— Mon Dieu, murmura-t-il, tout en sachant qu'il ne s'adressait à personne, même s'il arpentait le plus ancien lieu de culte du Nouveau Monde.

Si Dieu avait jamais été présent dans le Tearling, il l'avait depuis longtemps déserté.

Javel ne tenait pas en place. Il avait passé presque toute la matinée à faire les cent pas devant la fenêtre couverte de gouttelettes. Une pluie froide était tombée par intermittence sur Demesne durant les deux dernières semaines, et les rues non pavées de ce quartier, le Breen, n'étaient qu'un immense bourbier. L'hiver était arrivé sur la capitale Mort avec plusieurs semaines d'avance par rapport à New London ; Galen avait eu raison d'insister pour qu'ils emportent des vêtements chauds. Parfois la prudence de Galen était énervante, on avait l'impression d'avoir tout le temps une maman sur le dos, mais le plus souvent, elle était justifiée. Javel avait appris à se fier aux instincts de cet homme, et quelques jours plus tôt, quand Galen avait suggéré que le moment était venu d'aller élire domicile ailleurs, ils avaient fait leur paquetage et s'étaient installés dans le Breen.

Javel n'aurait pas cru que Demesne lui plairait. Même avant qu'on lui eût enlevé Allie, Mortmesne était un royaume sombre et malfaisant dans les contes de fées qu'il avait entendus durant toute son enfance. En fait Demesne était une cité, avec ses maisons, rues et ruelles, et Javel était depuis toujours un citadin. Elle était plus grande que New London, et arborait fièrement d'imposants édifices dont la plupart étaient construits en brique et non en bois. Ici, le verre était presque aussi bon marché que la brique, conséquence d'un surplus de fourniture venant de Cadare, aussi toutes les maisons ou presque étaient équipées de fenêtres vitrées, ce qui n'était pas considéré comme un luxe. La Reine rouge n'était pas idiote, elle avait fait en sorte que le verre soit abordable, même pour les pauvres de Mortmesne. De même la cité s'ornait de grandes places et de jardins publics, signes extérieurs d'une certaine qualité de vie. Cette façade d'un pays facile, ouvert, détonait singulièrement avec l'image que Javel s'était toujours faite de Mortmesne.

Mais les places et les jardins publics étaient placés sous l'étroite surveillance de la Sécurité intérieure de la Reine, ainsi que les gens qui s'y retrouvaient.

— Tiens-toi tranquille, Garde des Portes, murmura Galen du bureau où il écrivait un message à Massue. Tu vas user ces tapis jusqu'à la trame à force de faire les cent pas.

Javel s'arrêta donc devant la fenêtre. Une fois immobile, il sentit des coups réguliers vibrer sous ses pieds. Les fonderies d'acier, les fours à briques et toutes sortes d'industries fonctionnaient dans les sous-sols en faisant un terrible vacarme. De ce fait, les rez-de-chaussée des maisons étaient extrêmement bon marché, et cela faisait deux jours qu'ils habitaient au Meiklejohn's Pub en versant chaque jour un loyer au patron, un type peu commode doté d'un fichu caractère. Galen, toujours circonspect, avait exprimé son inquiétude : était-il sage de demander à Javel d'habiter dans une taverne ? Mais il n'avait pas à s'inquiéter. Les tavernes de Demesne n'étaient pas comme à New London des bouges où un homme pouvait se noyer dans l'alcool. Et de toute sa vie, jamais Javel n'avait eu moins envie de boire. Dyer était parti toute la nuit, mais bientôt, il serait de retour, et si ses recherches avaient été fructueuses, il reviendrait en sachant où Allie habitait.

Ils formaient décidément un trio bien mal assorti. Garde de la Reine ou pas, Galen était trop vieux pour une telle entreprise. Quant à Dyer et Javel, ils étaient parvenus à un équilibre précaire entre courtoisie et méfiance, mais Javel savait qu'au fond, Dyer serait ravi de le trucider. Il l'asticotait souvent, et c'était facile, car Javel ne pouvait contester les deux thèmes que Dyer évoquait à loisir : Javel était un traître, doublé d'un ivrogne. Plusieurs fois, Galen les avait séparés alors que, la discussion s'échauffant, ils allaient en venir aux mains, même si Javel savait qu'il n'aurait pas eu le dessus, loin de là. Mais toute trêve entre eux n'était que temporaire. Dyer le haïssait, et Javel envisageait souvent de lui confier cette vérité pour lui éviter de perdre son temps : il ne pouvait le détester autant que Javel s'abhorrait lui-même.

Pourtant leur drôle d'association était souvent efficace. Galen, qui avait grandi dans un village frontalier, parlait assez bien le Mort pour se mélanger aux habitants de la cité. Ils le laissaient donc la plupart du temps prendre la parole, car si Dyer parlait bien le Mort, c'était avec un léger accent qu'une ouïe fine risquait de repérer; Javel ne le parlant pas du tout, il n'était pas autorisé à s'exprimer. Il fallait aussi reconnaître que Galen était un fin négociateur. Il leur avait obtenu les chambres au Meiklejohn's pour presque rien, et surtout, il avait fait en sorte que le propriétaire les laisse tranquilles.

Quant à Dyer, Javel avait supposé qu'on l'avait choisi pour cette mission surtout pour son talent d'escrimeur, car il était connu pour être l'une des meilleures lames de la Reine. Mais il avait d'autres cordes à son arc : il ne lui avait fallu que deux jours pour séduire une fille travaillant au Bureau du commissaire-priseur. Depuis lors, il avait eu plusieurs rendez-vous galants, dont Dyer revenait chaque fois avec un air de martyr qui s'est sacrifié pour la Reine et le pays, ce qui avait le don d'exaspérer Javel. Tous trois se faisaient passer pour des marchands venant du sud, et Dyer feignait d'éprouver une sorte d'intérêt pervers pour la traite des esclaves. La nuit dernière, la fille devait lui faire visiter le Bureau du commissaire-priseur, mais quand Javel s'était réveillé ce matin, Dyer n'était toujours pas rentré. Alors Javel tournait en rond devant la fenêtre en guettant son retour. Le registre du commissaire-priseur contenait le nom, le lieu de résidence et l'origine de chaque esclave de Mortmesne, car les services de Gain Broussard étaient presque aussi efficaces que l'ancien Bureau de recensement de Thorne. La nouvelle de la mort de Thorne était parvenue à Demesne presque un mois auparavant. La Reine Glynn l'avait exécuté, et même ici, l'opinion générale estimait que ce n'était pas une grande perte. Quant à Javel, la nouvelle de la mort de Thorne ne lui avait pas apporté la satisfaction escomptée, seulement un sentiment de futilité. Il aurait parié son dernier sou que Thorne était mort persuadé de son bon droit ; et en admettant qu'il ait éprouvé un genre de repentance en ses derniers instants, le monde était peuplé de gens de son espèce.

— Voilà que tu recommences, remarqua Galen. Si tu n'arrêtes pas, je vais t'attacher à une chaise.

— Désolé, marmonna Javel en s'obligeant à rester tranquille.

L'espoir est une chose terrible. Parfois il regrettait presque les six dernières années passées à New London. Certes il était malheureux, mais au moins, il savait à quoi s'en tenir, au lieu de se débattre comme maintenant dans une cruelle incertitude.

Dehors, la bruine s'était muée en une pluie drue, et de chaque côté de la rue, les vendeurs ambulants s'étaient mis à ranger leurs étals. Juste en contrebas, sur le bord du trottoir, il y avait un tas de crottin de cheval que personne ne prenait la peine d'enlever. Malgré toutes ses fenêtres, ce quartier n'était pas reluisant. Il n'y avait pas à Demesne de zone comparable au Gut, peuplée de gens sans foi ni loi, mais en explorant la cité Mort, Javel avait découvert beaucoup de quartiers laissés pour compte, où la décrépitude s'était installée. Il avait cartographié ces lieux dans sa tête. C'était là son utilité, ce pourquoi il n'avait pas tout à fait l'impression d'être un poids mort dans cette mission. Dyer avait passé presque toute sa vie dans le Donjon ; quant à Galen, c'était à l'origine un gars de la campagne. L'un comme l'autre étaient intimidés par la taille de Demesne, la difficulté qu'il y avait à s'y repérer, et dès qu'ils s'interrogeaient sur la géographie de la cité, ils s'en remettaient à Javel.

Depuis une demi-heure qu'il faisait les cent pas près de la fenêtre, Javel avait déjà vu passer trois troupes de soldats Mort. Malgré l'absence d'un quartier comme le Gut, sous certains aspects, une grande partie de la cité y ressemblait : chacun vaquait à ses affaires, le regard fuyant. Si les gens de Demesne ne semblaient pas se considérer comme soumis à la loi martiale, les forces de police de la cité patrouillaient les rues sans relâche. Javel n'avait constaté aucune agitation proprement dite dans la cité, mais Galen avait fait remarquer que le Tearling, y compris sous le règne de Thomas Raleigh, avait toujours fait preuve d'une plus grande tolérance que Mortmesne à l'égard des troubles civils. Selon lui, la présence constante des soldats était une mesure d'anticipation, et il avait raison. Même trois étrangers comme eux pouvaient sentir l'ambiance changer, et le mécontentement couver dans des quartiers tranquilles. Galen, qui n'oubliait jamais qu'il était Garde de la Reine, aimait s'asseoir dans les tavernes la nuit en faisant durer un bock de bière pendant des heures pour récolter mine de rien une foule d'informations. En fait, il était un peu l'oreille de Massue. Dernièrement, la récolte avait été féconde. La Reine du Tearling, que Demesne voyait généralement comme une féroce sorcière, avait pénétré dans le camp Mort pour faire battre en retraite l'armée Mort aux portes mêmes de New London, tout comme l'avait fait sa mère, même si personne ne savait au juste comment elle s'y était prise. Aurait-elle proposé de nouvelles livraisons d'esclaves en échange de la paix ? se demanda Javel, mais il rejeta aussitôt cette idée. Il ne vouait pas une adoration sans borne à la Reine comme Galen et Dyer, pourtant il n'avait jamais oublié la femme qu'il avait vue sur l'esplanade du Donjon, celle qui avait ouvert les cages. Cette femme-là se serait tranché la gorge plutôt que de restaurer le trafic d'esclaves.

Tout en le cachant, Dyer et Galen s'inquiétaient tous deux pour la Reine, mais ils n'avaient récolté aucune information récente à son sujet, dans les tavernes. Au lieu de ça, les gens se plaignaient des difficultés de Mortmesne, et elles étaient nombreuses. Un genre de fléau frappait le nord du pays, vidant les villages et dispersant les habitants. Une rébellion faisait rage dans les cités du nord, Cité Marche et Arc Nord. Ce mouvement se propageait vers Demesne, et les habitants attendaient incessamment l'arrivée des rebelles. Le trafic d'esclaves s'étant tari, beaucoup avaient perdu leur emploi, et les industries souffraient du manque de main-d'œuvre fournie par la Couronne. La fille qui travaillait au Bureau du commissaire-priseur avait confié à Dyer qu'elle vivait dans la crainte d'être renvoyée. L'économie de Demesne était très ébranlée, et de tous les coins de la cité, les gens en rejetaient la faute sur la Reine. L'invasion du Tearling, qui aurait dû injecter au retour de l'armée un flux de richesses dont la cité avait bien besoin, n'avait rien rapporté.

Javel avait supposé que le retour des soldats calmerait l'agitation de la cité. En fait, la Reine rouge avait vu ses problèmes s'aggraver. Les deux gardes semblaient penser que tout ce chaos était une bonne chose, qu'il faciliterait leur mission. Javel espérait qu'ils avaient raison.

— Monsieur !

On frappa à la porte. En reconnaissant la voix de Dyer, Javel en conclut avec rage qu'il avait réussi à passer sans qu'il s'en aperçoive. Avec l'assentiment de Galen, il alla déverrouiller la porte et fut presque projeté en arrière tandis que Dyer se ruait dans la pièce en haletant.

— Venez, monsieur. Maintenant.

Galen se leva et attrapa sa cape au passage. C'était une qualité chez la Garde de la Reine que Javel avait appris à admirer : en cas d'urgence, il n'y avait pas de question, pas de contestation. Il eut envie de demander des nouvelles d'Allie, mais le professionnalisme de Galen le contraignit au silence. Personne ne l'y avait invité, pourtant il les suivit quand même, en prenant soin de fermer la porte de leurs chambres à clef derrière lui. Il dut se hâter pour rejoindre les deux gardes, qui étaient passés à toute allure devant le patron médusé pour gagner la rue. Une fine bruine avait de nouveau remplacé la pluie. L'air était âcre à cause des vapeurs qui montaient des fonderies. Au-dessus des bâtiments sur leur droite, Javel apercevait juste les tourelles les plus hautes du Palais, dominées par le drapeau écarlate qui claquait au vent, afin que les gens de Mortmesne n'oublient pas que le règne de la Reine rouge avait débuté dans le sang.

Les deux Gardes de la Reine allaient au pas de course, au point que Javel avait l'impression que ses poumons allaient éclater, mais au bout d'un moment, environ un kilomètre plus loin, ils ralentirent leur allure. Ils approchaient de la rue Grange, l'immense boulevard qui coupait Demesne en deux. Javel aimait bien explorer la cité, mais il évitait autant que possible la rue Grange, car c'était l'entrée principale de Demesne et le portail ouest ouvrait sur le début de Pike Road. Javel ne pouvait oublier qu'Allie avait remonté ce boulevard enfermé dans une cage, des années auparavant. Mais Dyer les menait dans cette direction, et Javel était bien obligé de suivre. La foule devint plus nombreuse alors qu'ils approchaient du boulevard ; les rues latérales étaient bourrées à craquer, mais les deux Gardes de la Reine avaient assez d'envergure pour jouer des coudes et se frayer un chemin, entraînant Javel dans leur sillage.

Quand ils s'engagèrent sur le boulevard lui-même, ils furent contraints de s'arrêter, faute d'espace. Le milieu en était dégagé car des chevaux approchaient par centaines, avançant en rangs serrés vers le Palais. Le sol tremblait sous le martèlement de leurs sabots, mais Javel n'entendait rien par-dessus le grondement de la foule.

— Qu'est-ce qui se passe ? cria-t-il dans l'oreille de Dyer.

Il craignit que Dyer se retourne pour lui filer une beigne, car c'était déjà arrivé, mais l'autre ne lui en tint pas rigueur, les yeux rivés sur les rangées de chevaux.

— Là ! s'écria-t-il.

Javel se dressa sur la pointe des pieds pour voir par-dessus les larges carrures des deux hommes et repéra un chariot non bâché, enfoui au centre de la colonne Mort. En sautillant un peu, il discerna une silhouette assise dans le chariot, qui faisait face à l'arrière, avec une capuche ramenée sur son visage.

— Qu'est-ce que c'est ? s'écria-t-il encore, et cette fois Dyer daigna lui répondre, avec une moue de dédain.

— C'est la Reine, ivrogne.

Javel eut envie de protester, car cela faisait maintenant six mois qu'il était sobre. Mais il y avait plus important.

— La Reine ?

— Oui, la Reine, qui a été capturée pendant que nous étions coincés ici comme des couillons, confirma Dyer avec hargne.

Javel se dressa encore sur la pointe des pieds en scrutant le chariot, qui se trouvait maintenant presque devant eux. À la ligne des épaules, et à la finesse des poignets enchaînés au chariot, on devinait que c'était une femme. À son approche, les rugissements de la foule augmentèrent, et ce qui ressemblait à un morceau de viande crue vola depuis l'autre côté du boulevard, manquant de peu la tête de la captive.

— Que faisons-nous ? cria Dyer à Galen.

Javel sentit un effleurement au niveau de sa taille. Baissant les yeux, il découvrit un pickpocket, encore un gamin, qui fouillait sous sa cape. Il le repoussa.

— Bon Dieu ! s'écria Galen.

Quand il revint au chariot, il les avait dépassés, de sorte qu'ils purent voir le visage de la prisonnière sous la capuche. On l'avait tabassée ; elle avait la lèvre inférieure éclatée et l'œil droit poché. Mais de son regard vert qui ne pouvait se confondre avec aucun autre, elle parcourait la foule, alors même que les gens l'injuriaient et lui lançaient des mottes de boue. Soudain le temps fut comme suspendu, et Javel fut certain que ses yeux étaient passés sur eux trois pour s'arrêter sur lui. Puis le chariot fut hors de vue.

Dyer dégainait déjà, et Javel sentit la panique lui serrer le cœur. L'armée Mort s'abattrait sur eux trois, et alors, que deviendrait Allie ?

Une main surgit de derrière eux pour saisir le poignet de Dyer, et une voix leur souffla en Tear, « N'en faites rien ! »

Ils firent volte-face pour découvrir un groupe d'hommes vêtus de noir. Leur chef n'était pas grand, mais il était entouré d'hommes plus imposants que lui, dont l'un bien trop costaud pour que Dyer ni Galen soient de taille à lutter contre lui. S'il s'agissait d'une patrouille Mort, alors ils étaient fichus. Javel envisagea de supplier Dyer de lui dire où Allie se trouvait, au cas où ce serait sa dernière chance de la retrouver.

Galen avait tiré son couteau, mais l'étranger se contenta de le fixer un instant avant de revenir à Dyer.

— Pour le moment, tu ne peux rien pour elle, Garde de la Reine. Réserve-toi pour plus tard. Elle fait peine à voir, mais elle n'est pas brisée. Regarde !

Tous les trois se tournèrent, mais le chariot avait depuis longtemps disparu. Le défilé de la cavalerie Mort semblait n'avoir pas de fin.

— Qui êtes-vous ? exigea Galen en se retournant.

Mais l'homme et ses compagnons s'étaient déjà fondus dans la foule.

Le cachot de Kelsea était un carré de deux mètres cinquante de côté. Elle l'avait découvert en longeant chaque mur tout en comptant ses pas. Trois des murs étaient en pierre, sans aucune fissure apparente. Le quatrième mur était une porte munie de barreaux de fer, donnant sur un couloir de longueur indéterminée. Les bruits qui en provenaient n'étaient guère plaisants à l'oreille : hurlements, gémissements, avec en fond la voix lancinante d'un homme qui discutait sans cesse avec un certain George. Le fait que George ne fut pas là pour participer au dialogue n'avait pas l'air de gêner ce pauvre diable, qui tenait apparemment à convaincre son ami invisible qu'il n'était pas un voleur.

Il n'y avait aucun moyen de mesurer le temps. On lui avait pris sa montre dans le camp, et Kelsea découvrait que c'était peut-être ce qu'il y avait de pire, dans ce genre de situation : perdre toute notion du temps. Car même les repas ne semblaient correspondre à aucun horaire précis ni régulier. C'étaient généralement des légumes servis froids, accompagnés à l'occasion d'une sorte de viande que Kelsea n'arrivait pas à identifier. Elle se forçait quand même à avaler. Pour les rations d'eau, c'était tout aussi aléatoire, elle avait donc appris à l'économiser.

Elle n'y voyait goutte ; les Mort ne fournissaient même pas de bougie aux prisonniers. Certains des détenus étaient manifestement gardés en vie contre leur volonté, car Kelsea en avait entendu plusieurs supplier qu'on les achève. Comme le manque de repère temporel, cette obscurité était également un tourment permanent, et il y avait dans tout cela une cruauté délibérée. Elle-même avait mieux traité ses propres prisonniers, Thorne y compris.

Mais elle avait tort de songer à Thorne. Autant qu'elle puisse en juger, Kelsea était ici depuis quatre jours, et elle avait découvert qu'un lieu comme ce cachot n'était pas propice à grand-chose, sinon à la réflexion. Les dernières semaines qu'elle avait passées au Donjon à voir les Mort se rapprocher ne laissaient guère de temps à l'introspection, mais ici, il n'y avait rien d'autre à faire, et elle revoyait souvent Arlen Thorne, agenouillé sur l'estrade, les traits déformés par la souffrance. Oui, c'était un traître et un trafiquant de chair humaine, un homme brutal, qui n'hésitait pas à recourir à la torture. Et il représentait un danger évident pour le Tearling. Pourtant…

— George, il faut me croire ! protesta l'homme du bout du couloir. Je ne l'ai pas pris !

N'y a-t-il donc personne ici pour le faire taire ? se demanda Kelsea. Elle ne voyait que les geôliers et les domestiques qui apportaient la nourriture. Lors de leurs visites, les torches qu'ils portaient fournissaient assez de lumière pour que Kelsea voit l'espace d'un instant l'ensemble de sa cellule et son sol nu, à part les deux seaux. Depuis son arrivée, elle n'avait pas revu son geôlier, et c'était tant mieux. L'obscurité, la monotonie, le rythme irrégulier des repas… cela formait malgré tout une sorte de routine, sinistre, mais prévisible, alors que ce geôlier représentait un élément d'incertitude inquiétant. Kelsea préférait la solitude.

Il faisait froid et humide, ici… elle n'avait pas vu de douves autour du Palais, mais cette humidité venait forcément de quelque part. Heureusement, Kelsea portait une robe chaude, à l'aube de son excursion sur le pont ; la laine épaisse n'avait pas trop souffert du long trajet en chariot, et elle ne sentait le froid qu'en de rares occasions, quand le vent gémissait à travers les cachots. Ces courants d'air indiquaient, soit qu'il y avait de nombreuses entrées et sorties, soit un défaut de construction quelque part. Elle passait presque tout son temps près des barreaux, à écouter, en essayant de cerner les dimensions de l'espace qui l'entourait. Le Palais n'était pas aussi haut que le Donjon, mais il couvrait une immense surface au sol. Elle se trouvait peut-être à plusieurs centaines de mètres des murailles extérieures.

Assise à côté des barreaux, elle s'efforçait de deviner ce que pouvaient signifier ces grattements répétitifs qu'elle entendait de l'autre côté du mur. D'après ce qu'elle avait aperçu à la faible lueur des torches le jour de son arrivée, il y avait une autre cellule voisine de la sienne. Les Mort n'aimaient pas gaspiller d'espace, ni octroyer aux prisonniers la moindre intimité. Il y avait là quelqu'un, et ce quelqu'un grattait le mur avec quelque chose, de façon répétée, mais sans régularité.

Kelsea se racla la gorge, car elle n'avait rien bu depuis plusieurs heures.

— Il y a quelqu'un ? appela-t-elle en Mort, d'une voix rauque.

Les grattements cessèrent, puis reprirent, plus lentement. Kelsea sentit que l'individu qui se trouvait là le faisait exprès, pour lui montrer qu'il avait entendu, mais ne voulait pas répondre.

— Depuis combien de temps êtes-vous ici ?

Les grattements continuèrent, et Kelsea soupira. Certains des détenus devaient être enfermés depuis des années, et avoir perdu tout intérêt pour le monde extérieur. Mais elle-même ne pouvait se défaire de son sentiment d'urgence. Le Tearling était en sécurité pour les trois années qu'elle avait obtenues en marchandant, alors quelle importance, si elle pourrissait sur place ? De vagues pensées de William Tear lui traversaient l'esprit, des images de son utopie, de sa Ville, qui commençaient déjà à se corrompre de l'intérieur. Mais cela arriverait, que Kelsea fût enfermée ou non. Elle pouvait voir le passé dans sa tête, mais elle n'y pouvait rien changer.

Pourquoi pas ?

Kelsea tressaillit, mais elle n'eut pas le temps d'approfondir cette idée, car elle perçut au loin des bruits de bottes, venant de la droite. À leur approche, les grattements contre le mur cessèrent. Elle entendit les pas descendre deux petites volées de marches, des escaliers qui devaient se trouver au bout du couloir. Devinant qu'on venait pour elle, Kelsea se redressa, de sorte que quand la lueur de la torche passa le coin, elle se tenait debout, bien droite, fièrement campée dans sa cellule.

Ils étaient deux. L'un était le geôlier de Kelsea, avec son regard empli d'une folle jubilation, et l'autre une femme habillée de velours bleu. Elle était très grande, avec une vivacité dans le regard et les mouvements qui fit penser à Kelsea qu'elle était entraînée, peut-être au combat. Kelsea retrouva dans sa mémoire une information que Massue lui avait donnée, il y a longtemps : les suivantes de la Reine rouge devaient savoir se défendre en cas d'agression.

— Visiblement, vous ne lui avez pas permis de se laver, remarqua la femme en Mort, avec un fort accent. N'est-ce pas ?

Le geôlier secoua la tête avec un embarras qui ravit Kelsea.

— À quand remonte son dernier repas ?

— À hier, je pense.

— On peut dire que vous faites honneur à votre profession, hein ?

Le geôlier prit un air confus, alors Kelsea devina qu'il jouait la comédie. Il y avait quelque chose qui ne tournait pas rond chez lui, une sorte de trouble profond, viscéral, mais il était loin d'être bête.

— Donnez-moi ça ! ordonna la femme d'un ton mordant en saisissant la torche qu'il portait, et elle plissa les yeux pour mieux examiner Kelsea.

— Cette femme a été battue, déclara-t-elle.

— Elle ne filait pas droit, se justifia le geôlier en haussant les épaules, les yeux fixés à terre.

— C'est une prisonnière de grand prix. Un sous-fifre comme toi ne doit jamais poser la main sur elle, sauf pour lui sauver la vie. Tu saisis ?

Le geôlier hocha la tête d'un air renfrogné, une lueur de colère couvant dans ses yeux. Mais ce ne fut pas tant la colère qui effraya Kelsea que son talent de dissimulation.

— Attache-lui les mains et mène-la au troisième étage, ordonna la femme.

Le geôlier déverrouilla la cellule, et Kelsea se crispa tandis que la femme en bleu s'éloignait dans le couloir.

— Ma jolie est spéciale, marmonna le geôlier dans sa barbe. Mais pas autant pour eux que pour moi. C'est ma jolie à moi.

Kelsea fit une moue de dégoût. Le moment semblait bien choisi pour le défaire de ses illusions, puisqu'il ne pourrait plus la tabasser de nouveau sans encourir le courroux de la femme en bleu.

— Je n'appartiens qu'à moi, déclara-t-elle en Mort, distinctement.

— Taratata ! Si ma jolie est enfermée ici, c'est parce qu'elle est pour moi, rien que pour moi.

Kelsea réprima à grand mal son envie de lui décocher un coup de pied dans la rotule. Elle avait vu Massue en faire la démonstration, car c'était l'un des coups les plus douloureux qu'un homme désarmé pouvait infliger, juste sur la couronne, ce qui réduisait en miettes l'os du genou. Finie la magie, Kelsea n'avait plus que sa force physique à disposition, mais cela devrait suffire, et entendre cet homme hurler de douleur la tentait infiniment. Mais que deviendrait-elle ensuite ?

— Vos mains, exigea l'homme en fichant la torche dans son support.

Kelsea tendit les mains et le laissa refermer les menottes sur ses poignets.

— Ma jolie ne bouge pas assez vite.

— Peut-être pas, répliqua Kelsea. Mais avant que ta jolie quitte ce cachot, elle va s'occuper de toi. Tu peux en être sûr.

Il leva les yeux, déconcerté.

— Mais non. Ce n'est qu'une prisonnière.

— Non. C'est une Reine.

— Oui, confirma-t-il en bouclant les menottes. Ma Reine à moi, susurra-t-il en lui caressant les cheveux.

Il aurait pu choisir de la toucher de manière plus offensante, mais ce geste possessif la hérissa. Kelsea leva les yeux au ciel, écœurée.

— Bon sang, on y va, oui ou… ?

— Les femmes, ça ne devrait pas jurer.

— Va te faire foutre.

De surprise, il cligna des yeux, mais se contenta de la prendre par le bras pour la faire sortir du cachot. En cet instant, Kelsea aurait tout donné pour avoir ses saphirs. Il aurait suffi d'intimer à son esprit une petite poussée pour que le geôlier se torde de douleur. Et elle aurait pu faire durer le plaisir au gré de son envie.

Autant de brutalités, lui murmura son esprit, et le visage d'Arlen Thorne passa fugitivement devant ses yeux. Tu voulais laisser tout cela derrière toi, tu te souviens ?

Oui, elle s'en souvenait ; ce moment passé dans la tente de la Reine rouge avait mis un terme à toutes les illusions que Kelsea pouvait encore nourrir sur le recours à la violence. Mais la haine était plus forte que la mémoire, infiniment plus forte, et dans sa haine, Kelsea trouvait un écho de la femme qu'elle était devenue durant ces dernières semaines passées au Donjon : la Reine de pique. Cette femme-là, Kelsea avait eu l'intention de l'enterrer, mais elle avait la peau dure.

Au bout du couloir, ils montèrent plusieurs volées de marches. Ce trajet était différent de celui qui l'avait conduite le premier jour aux cachots. Arrivée en haut de l'escalier, elle fut découragée de voir une lourde porte munie de barreaux de fer et gardée par quatre sentinelles, deux devant, deux derrière.

Au diable mes idées d'évasion, songea-t-elle sombrement. Elle resta les yeux baissés tandis que les premiers gardes déverrouillaient la porte. Quand la main du geôlier lui effleura les fesses, elle sursauta, et ses saphirs lui manquèrent tant que ce fut comme une fièvre, un manque physique, douloureux.

Ils se retrouvèrent dans un long et haut vestibule drapé d'une soie rouge qui chatoyait à la lumière des torches. L'effet était beau, et de nouveau, cette beauté correspondait mal à l'image qu'elle s'était faite de la Reine rouge, cette reine sorcière dont Kelsea avait entendu parler toute son enfance, cette femme sans cœur et sans pitié.

Mais non, murmura son esprit. Elle a un cœur, et tu sais même les troubles qui l'habitent.

Oui, Kelsea les savait, du moins en partie. Tandis que le geôlier lui faisait encore monter un étage, elle se demanda si la Reine rouge avait finalement décidé de l'éliminer. Kelsea avait épargné sa vie, mais elle était bien certaine que cela n'entrerait pas en ligne de compte. La Reine rouge la considérait sûrement comme un problème gênant, car Kelsea savait trop de choses qu'elle s'était efforcée d'enfouir. Entre autres son vrai nom.

Il faut que je survive, songea Kelsea, sinon, comment rentrerai-je un jour au pays ? Et comment apprendrai-je la fin de l'histoire ? Une question subsidiaire peut-être, mais exprimant un désir tout aussi tenace. La Reine rouge voulait quelque chose, sinon elle l'aurait fait tuer sur place, au lieu de la transporter sur un chariot pour la mettre au cachot. Presque machinalement, Kelsea s'y préparait, en adoptant son attitude de femme dure en affaires. Elles avaient déjà passé un marché, et Kelsea l'avait emporté, mais c'était un coup de chance. Elle ne sous-estimait pas son adversaire, loin de là.

Arrivée au troisième étage, la suivante de la Reine rouge attendit et congédia le geôlier d'un geste de la main.

— À partir d'ici, je me charge d'elle.

Le geôlier fronça les sourcils, avec la moue d'un enfant privé de friandise.

— Je devrais rester avec elle.

— Tu devrais faire ce qu'on te dit.

Ses yeux lancèrent des éclairs, et Kelsea, qui s'apprêtait à lui tirer la langue, se ravisa. Elle résisterait autant que possible à la possessivité maniaque de cet homme, mais mieux valait ne pas s'en faire un ennemi.

Si j'avais les saphirs rien qu'un instant, je t'en ferais voir, pensa-t-elle tandis que le geôlier remettait de mauvaise grâce la clef de ses menottes à la femme en bleu.

— Venez. Je vais vous faire couler un bain et vous donner des vêtements propres, lui dit la suivante en passant au Tear, qu'elle parlait parfaitement.

Cette perspective réjouit tant Kelsea qu'elle accéléra le pas pour rejoindre la suivante et marcher à côté d'elle. Le geôlier lui avait au moins laissé ses bottes, les bonnes bottes de cavalerie qu'elle portait ce matin-là, quand elle avait traversé le Pont de New London. Ce pont, Massue le reconstruirait-il ? Il y avait très peu d'argent dans les caisses du royaume, et un projet architectural aussi énorme semblerait bien excessif.

Regarde-toi ! Voilà que tu te mêles de gouverner, même d'ici ! se moqua son esprit.

Prendre un bain devant la suivante fut un moment pénible. Kelsea avait depuis longtemps banni Andalie de sa salle de bains, mais au moins Andalie savait se rendre utile, tandis que cette femme se contentait de rester adossée au mur en la regardant d'un air impassible.

— Quel est votre rang ? finit par demander Kelsea.

— Je suis la suivante de Sa Majesté.

Donc Kelsea avait eu raison. Elle-même n'avait pas de suivantes à proprement parler, Andalie remplissant à elle seule cette fonction. Mais une suivante Tear pour la Reine rouge, qui vouait un mépris bien connu pour tout ce qui était Tear ? Cette femme devait avoir quelque chose de spécial.

— Comment vous appelez-vous ?

— Emily.

— Comment vous êtes-vous retrouvée ici ? Avez-vous fait partie du tirage au sort ?

— Lavez-vous les cheveux, s'il vous plaît. Nous vérifierons si vous n'avez pas de lentes quand vous sortirez de votre bain.

Kelsea la scruta encore un instant avant de plonger la tête dans l'eau. Ses cheveux, qui étaient longs et raides à présent, comme ceux de Lily, formaient une tignasse qui lui arrivait au milieu du dos. Il fallut un temps fou pour les démêler, mais au grand soulagement de Kelsea, elle n'avait pas de poux. On lui donna une robe noire. Par hasard ou à dessein ? Kelsea l'ignorait, mais elle accepta la robe avec gratitude et découvrit qu'elle était en laine, une belle laine moelleuse.

— Venez, lui dit la suivante. La Reine attend.

Kelsea la suivit au bout d'un long corridor bordé de foyers tous éteints. Il y avait des sentinelles partout, mais ces hommes avaient beau porter le rouge de la Reine, ils n'avaient pas l'allure de gardes du corps. Contrairement à Kelsea, la Reine rouge n'avait pas à se barricader dans une seule aile de son Palais avec un groupe de personnes triées sur le volet. Quel sentiment éprouverais-je en tant que souveraine, si je jouissais d'une aussi grande sécurité ? se demanda Kelsea.

Elles se dirigeaient vers une porte noire à deux battants tout au bout du corridor, devant laquelle un homme était posté. Il lui était vaguement familier. Fièrement campé, lui faisait visiblement partie de la garde rapprochée et il était conscient de l'importance de sa charge. Sur un hochement de tête de la suivante, il frappa deux fois avant d'ouvrir la porte.

Kelsea s'était attendue à entrer dans une sorte de salle du trône, mais c'étaient en fait des appartements privés. Les murs, les plafonds, tout était tendu de soie écarlate, y compris l'immense lit qui trônait au milieu de la pièce. Il y avait aussi un grand bureau en chêne et un divan recouvert de velours rouge. Ici, pas de dorures, ce qui poussa Kelsea à revoir encore son opinion sur la Reine rouge. Certes le velours et la soie étaient synonymes de luxe, mais le décor n'avait rien de tapageur. C'était une pièce raffinée, reflétant une forte personnalité.

— Kelsea Glynn.

La Reine rouge se tenait debout, dans le coin le plus éloigné. Sa robe était si bien assortie aux tentures que Kelsea ne l'avait pas vue de prime abord. À présent qu'elle la détaillait du regard, elle constata que la Reine rouge n'avait pas l'air en forme : elle avait le teint cireux, comme si elle avait la fièvre, et les yeux cernés de quelqu'un qui manque cruellement de sommeil.

Comme ça, on est deux, songea Kelsea.

— Ce sera tout, Emily. Ghislain, vous pouvez nous laisser.

Pen ne se serait pas fait congédier aussi facilement, il aurait résisté… mais penser à Pen était aussi une erreur ; jamais Kelsea n'effacerait de sa mémoire l'air dévasté qu'il avait eu sur le Pont de New London.

Quant à Ghislain, il se contenta de s'incliner et quitta la pièce. C'était lui qui l'avait menottée dans la tente, se rappela soudain Kelsea. Elle avait cru qu'il voulait lui trancher la gorge, mais il s'était contenté de l'entraver et de l'emmener. Ce jour semblait déjà si lointain…

— Asseyez-vous, ordonna la Reine rouge en Mort en lui indiquant le divan cramoisi.

Peut-être était-elle malade, mais ses yeux noirs demeuraient impénétrables, et elle conservait un calme olympien. Comment fait-elle ? se demanda Kelsea en admirant cette apparente sérénité. Elle-même s'y efforçait, mais c'était difficile. Ses saphirs étaient là, quelque part, et même si Kelsea les avait cédés de son plein gré, la Reine de pique désirait ardemment les récupérer.

Elle s'assit donc assez gauchement, ayant les poignets menottés, et s'enfonça mollement dans le velours rouge. Jamais elle n'avait connu de siège aussi voluptueux que ce divan. La Reine rouge prit place dans un fauteuil non loin de là, et elle se mit à la scruter un long moment, jusqu'à ce que Kelsea se sente passablement mal à l'aise.

— Vous étiez une fille plutôt quelconque, quand je vous ai vue en rêve, remarqua la Reine rouge. Mais vous ne l'êtes plus, à ce que je vois, n'est-ce pas ?

— Vous non, plus, Dame rouge.

La Reine rouge releva le menton, un signe d'irritation.

— Comment êtes-vous logée ?

— Rien de très confortable, mais j'ai connu pire.

— Vraiment ?

Le regard de la Reine rouge s'aiguisa, et Kelsea se rappela à l'ordre. Dans la tente, la Reine Mort l'avait reconnue d'après le portrait de Lily. Elle ne connaissait pas Lily, mais la fascination que le portrait exerçait sur elle, ainsi que son sujet, pouvait être un élément important du marchandage à venir. Quel serait au juste ce marché ? Qu'est-ce que Kelsea pouvait bien avoir à offrir pour que cette femme accepte de la libérer ?

— C'était pire que d'être coincée dans une cité condamnée en ayant les mains liées, ajouta-t-elle.

— Vous n'aviez pas les mains liées.

Oui, mais je l'ignorais, faillit répondre Kelsea, alors elle songea à Massue, qui ne dévoilait jamais ses cartouches quand il traitait avec un ennemi avéré. Penser à lui la calma et lui permit de retrouver un peu d'aplomb. À moins de rentrer au pays, elle ne reverrait jamais Massue.

Enfonçant la main dans la poche de sa robe, la Reine rouge en sortit les deux saphirs, qu'elle laissa pendre à ses doigts.

— J'aimerais savoir ce que vous leur avez fait. Pourquoi ne fonctionnent-ils pas avec moi ?

Kelsea contempla les deux pierres précieuses en s'efforçant d'analyser ses propres sentiments. Depuis des jours, ils lui manquaient cruellement, chaque fois qu'elle songeait à l'enfer qu'elle aurait pu déchaîner, si seulement elle pouvait les récupérer. Mais à présent qu'elle les avait sous les yeux, elle ne ressentait rien, tout comme elle n'avait rien ressenti en les ôtant. Qu'est-ce que cela signifiait ?

Voyant qu'elle ne répondrait pas, la Reine rouge haussa les épaules.

— Personne ne les comprend, ces joyaux Tear. Pas même ceux qui les portent. Elyssa n'en a jamais eu la moindre idée. Elle les considérait juste comme de jolis pendentifs, pourtant elle s'y était attachée. Je n'ai jamais pu obtenir d'elle qu'elle les enlève, pas même en échange de son royaume.

— J'ai entendu dire bien des choses sur la Reine Elyssa, mais je suis curieuse de connaître votre opinion.

— On aurait jamais dû lui confier un royaume à gouverner.

— Ça, c'est l'évidence même. Mais comment était-elle ?

— Une écervelée. Superficielle.

Les termes mêmes qu'aurait choisis Kelsea. Elle se renfonça dans les coussins.

— Laissez-moi vous donner gracieusement un avis, Glynn. Cela vous préoccupe beaucoup trop. Les liens du sang n'ont que la force qu'on veut bien leur donner. Certains parents sont de vrais poisons, et il vaut mieux tout simplement les laisser de côté.

— Cela vous a-t-il été aussi facile ?

— Oui, répondit la Reine rouge en allant s'asseoir à l'autre bout du divan. Ma mère, tout comme la vôtre, n'aurait jamais dû avoir d'enfants. Quand je l'ai compris, je l'ai laissée sans un regard en arrière.

Elle ment, se dit Kelsea. Car elle était entrée dans l'esprit de cette femme, fugitivement, certes, mais la Belle Reine y était partout présente.

— Qui est votre père ? demanda la Reine rouge. J'avoue que je suis curieuse de le savoir.

— Et moi donc.

— Vous l'ignorez aussi ? Ah, cette Elyssa, ironisa la Reine rouge en secouant la tête avec un petit sourire narquois.

— Vous ne m'atteindrez pas en dénigrant ma mère.

— Je ne la dénigre pas. Moi-même, je change d'homme toutes les nuits. Nous ne sommes pas le Tear, pour exiger que les femmes ignorent tous les plaisirs de ce monde. Mais cela ne ressemblait pas à Elyssa de garder un secret. Et ce qui est encore plus étrange, c'est qu'eux non plus ne vous l'aient pas révélé, ajouta-elle d'un air songeur, en levant les saphirs.

Kelsea haussa les épaules.

— Peut-être n'est-ce pas si étrange que ça. Je n'ai jamais tellement tenu à le savoir.

— Vous ne vous en souciez pas ?

— Pourquoi le devrais-je ? Il ne m'a pas élevé. D'autres se sont chargés de mon éducation.

— Mais bon sang ne saurait mentir, Glynn, remarqua la Reine rouge en souriant tristement, et Kelsea se rendit compte avec une certaine inquiétude que cette femme lui inspirait presque de la compassion.

Elle ne creuserait pas davantage dans la mémoire de la Reine rouge, mais elle ne pouvait défaire les liens qu'elle avait déjà établis. La Belle Reine s'était débarrassée de sa fille comme on vend un bouvillon au marché, et cette trahison hantait toujours l'esprit de la Reine rouge, le brûlant comme une terre sur laquelle rien de bon ne peut plus pousser.

— Le sang nous façonne, même si nous ne comprenons pas encore de quelle manière, déclara la Reine rouge.

— Ah oui… J'ai entendu dire que vous vous considériez comme une généticienne.

— Ce n'est qu'un mot. En vérité, je sais très peu de choses sur les gènes proprement dits. Nous n'avons pas récupéré cette science ni ses techniques, du moins pas encore. Mais les traits de caractère, Glynn… je les observe, je les analyse. Nous en sommes revenus au niveau de Mendel, mais il reste beaucoup à apprendre et à comprendre sur le comportement.

— Mendel prenait en compte les caractéristiques physiques.

— Il n'était pas assez ambitieux. Les caractéristiques mentales sont aussi importantes.

— C'est drôle, venant de la femme qui me dit que le sang ne signifie rien.

La Reine rouge sourit comme si elle admettait cette contradiction, pourtant ce sourire ne dissipa guère le malaise de Kelsea. Que lui voulait cette femme au juste ?

— Vous avez dit vous-même que personne ne comprenait ces joyaux. Qu'est-ce qui vous fait croire que moi, je les comprends ?

— C'est à cause de vous qu'ils ont perdu tout leur pouvoir. Qu'avez-vous fait ?

— Je l'ignore, répondit Kelsea avec sincérité. Pourquoi ne pas le demander à Row Finn ?

— Qui est Row Finn ?

Kelsea plissa les yeux, méfiante. Si cette femme comptait se jouer d'elle, elle refuserait tout dialogue. Mais alors, en fouillant dans ce qu'elle avait entrevu dans l'esprit de la Reine rouge, elle se rendit compte que c'était tout à fait possible : la Reine rouge ne connaissait peut-être pas le vrai nom de Row Finn. Pourtant ces deux personnages étaient en rapport, et Kelsea avait aperçu quelque chose au sujet d'un enfant mort… mais son incursion dans l'esprit de la femme qui lui faisait face avait été trop brève. C'était déjà effacé.

— Arrêtez ça, ordonna la Reine rouge en lui saisissant le poignet. Je sais ce que vous faites. Ce n'est pas juste.

— Pas juste ? Vous-même me tenez enfermée dans une cellule.

— Ce que vous examinez ne vous appartient pas. C'est du vol. Moi, je ne m'introduis pas dans votre esprit pour fouiller ce qu'il contient.

— Mais vous le feriez si vous le pouviez, Dame en rouge.

— Ce n'est pas une raison.

Cette réponse désarma Kelsea. Parce qu'elle le pouvait et que d'autres l'auraient fait à sa place, cela légitimait-il la chose ? Massue aurait répondu que oui, mais Kelsea n'en était plus aussi certaine.

— On me fait un rapport hebdomadaire sur l'état de votre royaume, poursuivit la Reine rouge d'un ton ironique. Kelsea Glynn, une femme de principes. Votre gouvernement vante la valeur de la vie privée, le respect de l'individu. Votre nouvelle magistrature, ridicule à souhait, a même déjà statué sur des affaires traitant de ce sujet. La vie privée est la vie privée, Kelsea Glynn. Avez-vous des principes, oui ou non ?

Kelsea fit la grimace, car c'était bien joué. Certes il y avait de l'hypocrisie dans les arguments de la Reine rouge, mais cela n'enlevait rien à la logique qui les étayait. Elle-même ne pouvait d'une part tenir à la protection de la vie privée et de l'autre la violer. Elle finit donc par relâcher sa pression sur les souvenirs de la Reine rouge, qui coulèrent au fond de son esprit comme une robe défaite s'étale à vos pieds.

— Les principes vous affaiblissent, Glynn, commenta la Reine rouge en hochant la tête, d'une voix où perçait une nuance de triomphe. On s'en servira contre vous au plus mauvais moment.

— Le manque de principes est pire.

— Il y a un juste milieu.

— Ce doit être le style Mort, je suppose. On écarte tout ce qui est gênant.

— Qu'avez-vous fait à ces saphirs ? J'exige de le savoir.

— Quelle valeur accordez-vous à cette information ?

— N'abusez pas de ma patience, Glynn. Vous êtes à ma merci.

Elle veut quelque chose, comprit Kelsea, pas juste des informations, mais autre chose. Galvanisée par cette idée, elle se renfonça dans le divan et croisa les jambes.

— Vous ne répondez pas.

— Pourquoi le devrais-je ? répliqua Kelsea. J'attends toujours votre offre.

Un rictus déforma les traits de la Reine rouge. On aurait dit un chien attaché bavant devant un os placé juste hors de sa portée.

— Vous avez de sacrés cernes sous les yeux, Dame en rouge. De quoi souffrez-vous ?

— Vous avez raison, admit à regret son interlocutrice. Je ne dors pas bien. Je suis tourmentée par des visions.

— Qu'y voyez-vous ?

— L'avenir, évidemment. Que voulez-vous que ce soit ?

Le passé, faillit répliquer Kelsea, mais elle se tint coite.

— Un fléau s'est abattu sur mon pays.

— Une épidémie ?

— Non, du moins pas comme vous l'entendez. Ce fléau est issu du Fairwitch.

Kelsea sentit une main glaciale lui étreindre le cœur.

— Dans votre Tear, on l'appelle l'Orphelin. C'est une créature monstrueuse très ancienne, pleine de dépit, déclara la Reine rouge, puis elle la scruta en plissant les yeux. Mais je crois que vous l'avez vue sous une autre forme, Glynn. Un jeune homme, peut-être ? D'une beauté à se damner.

Kelsea ne broncha pas, mais malgré elle, son esprit retourna dans le lointain passé, où un garçon nommé Row Finn s'était senti gravement offensé par la ville de William Tear.

Il est là depuis toujours, songea Kelsea. Là, attendant d'anéantir mon royaume, peut-être même tout le Nouveau Monde. Et c'est moi qui l'ai libéré.

— Une horreur se répand dans le Nord, qui fait fuir mes gens vers le sud. Des villages entiers ont disparu.

— Quel genre d'horreur ?

— Ce sont des enfants, répondit la Reine rouge, avec une moue de dégoût mêlé d'autre choses… de la culpabilité ? Ils vont de village en village, traquant les jeunes, massacrant les vieux.

Kelsea ferma les yeux. À l'instant où elle avait pardonné à Finn, elle avait senti que c'était un mauvais marché, que cette fois encore, l'urgence du moment lui faisait prendre une terrible décision. Derrière ses paupières closes, elle aperçut les cages rassemblées devant le Donjon, dont les cages spéciales destinées aux petits enfants. Ce souvenir ne lui apporta aucun réconfort, seulement un sentiment de grande futilité. Avait-elle seulement fait quelque chose de bien depuis son accession au trône ? Une chose qui garderait tout son sens et sa valeur à long terme ?

Ozymandias, roi des rois, lui souffla son esprit, tel un vent dévastateur qui balaie tout sur son passage en laissant derrière lui une terre déserte, inculte, comme dans le poème de Shelley que Carlin lui avait fait apprendre par cœur. Kelsea en comprenait maintenant la raison.

— Pourquoi des enfants ? demanda-t-elle.

— Je l'ignore. Cet homme a toujours réclamé des enfants. Depuis des années, j'ai dû lui réserver une partie du chargement pour les moments où j'avais besoin de son aide.

— Quel genre d'aide ?

— Il sait des choses. Il les sait, tout simplement. Quand une rébellion couvait quelque part, il le savait, et je pouvais réagir avant qu'elle se répande. Si j'avais besoin de retrouver quelqu'un, un fugitif, un traître, il savait où chercher. Vous êtes l'exception, Glynn. Il vous a protégée votre vie durant. Il me fournissait volontiers des informations sur tout autre sujet, moyennant un prix, bien entendu ; mais il n'a jamais voulu me donner le moindre indice sur vous, ni sur l'endroit où vous vous trouviez. Pourquoi, à votre avis ?

Kelsea se détourna, écœurée.

Un mauvais marché... Un marché de dupes ! Et pire encore.

— Le feu lui permettait de voyager là où je ne le pouvais pas, mais à présent, il n'en a plus besoin, ajouta la Reine rouge. Il va et vient, et les enfants l'accompagnent de village en village, en faisant de mes gens leur pâture.

Ces mots furent comme un couteau planté dans sa poitrine, transperçant ses côtes pour atteindre la chair tendre en dessous, mais Kelsea se contenta de hausser les épaules.

— Que voulez-vous que ça me fasse ? Ce n'est pas moi, l'objet de sa haine.

— Est-ce Mortmesne ?

— Non, c'est vous, Dame en rouge. Alors que m'importe, s'il s'en prend à vous ?

— Ne soyez pas idiote, jeune fille. Les dégâts que ces enfants provoquent ne sont pas dus au hasard. Ils détruisent avec méthode, un village à la fois. Maisons en ruines, champs dévastés, tombes éventrées... Ils cherchent quelque chose.

Des tombes éventrées... encore un écho de la Ville. Passé et présent étaient censés ne pas se rencontrer. Aussi puissante que fût sa vision, même l'époque de Lily était toujours restée distincte. Qu'est-ce que les gens de Tear avaient à faire dans le monde actuel ?

songea-t-elle avec angoisse. Elle secoua la tête pour s'éclaircir les idées.

— Que cherchent-ils ?

— Qui peut le dire ? Mais s'ils ne le trouvent pas dans mon royaume, ils passeront au vôtre.

— Finn ne peut être aussi puissant que vous le pensez.

— Si, et vous le savez. Cet être survit depuis des siècles en ruminant sa malfaisance.

— Eh bien, qu'ai-je à voir avec lui ?

— Vous, les idéalistes, vous êtes tous les mêmes, remarqua la Reine rouge avec hargne. Parce que vous ne souhaitez faire aucun mal, vous supposez que vos décisions sont toujours inoffensives. Cette chose était contenue, Glynn… pieds et poings liés par une magie si sombre que même moi je n'ai pu en découvrir la source. Voilà que ce sort a été rompu, l'Orphelin est libre, et je sais que c'est vous qui en êtes responsable. Ce fléau, c'est à vous qu'on le doit.

Kelsea sentit la colère gronder sous le calme qu'elle affichait, et elle l'accueillit comme une vieille amie frappant à sa porte.

— Vous avez un sacré toupet, Dame Écarlate. Vous voulez discuter responsabilités ? Parlons un peu des vôtres. Des gens par milliers, hommes, femmes et enfants, emmenés de force de mon royaume jusqu'ici, à Mortmesne, pour qu'on use et abuse d'eux jusqu'à ce que mort s'ensuive. Et combien en avez-vous fourni à Finn, de ces enfants ? Vous en préleviez toujours en surnombre, depuis le début du chargement, et je parierais ma couronne que c'est là qu'ils ont fini. Si j'ai du sang sur les mains, vous, vous baignez dedans.

— Et donc, vous dormez la nuit sur vos deux oreilles ?

Kelsea grinça des dents. Discuter avec cette femme était exaspérant, car l'hypocrisie et la mauvaise foi semblaient ne pas la gêner le moins du monde.

— Peut-être pas, mais moi, je n'ai pas besoin de la peur pour gouverner. Je n'ai pas de police secrète, pas de Ducarte.

— Mais vous le regrettez.

— Quoi ? Vous me croyez jalouse de vous ? demanda Kelsea, incrédule.

— Moi, je garantis à mon peuple sécurité et subsistance depuis plus d'un siècle. C'est une réussite dont vous ne pouvez même pas rêver. Vous, vous avez causé notre perte à tous, sans y réfléchir à deux fois.

— Vous ne me connaissez pas. Je me ronge les sangs pour chaque décision que je prends.

— Il n'existe aucune décision aussi désastreuse que celle-ci. La sombre chose…

— Elle s'appelle Row Finn. Décidément, vous ne savez pas grand-chose à son sujet, n'est-ce pas ?

— Vous non plus.

— Mais si, répliqua Kelsea tout en voyant soudain un chemin se dessiner. J'en sais plus sur lui que vous ne pouvez l'imaginer. Il a grandi dans la ville de William Tear. C'était un ferronnier talentueux. Sa mère s'appelait Sarah.

— Vous mentez.

— Non.

— Jamais il ne vous aurait révélé ces choses.

— Ce n'est pas de lui que je les tiens.

La Reine rouge la contempla un long moment.

— D'où les tenez-vous ?

— Vous n'êtes pas la seule à être assaillie par des visions…, commença Kelsea, puis elle hésita, car c'était devenu chez elle un réflexe, de ne rien dire sur ses fugues, mais elle poursuivit. Je vois l'Atterrage, l'époque où New London n'était encore qu'un village perché sur une colline, régi par William Tear.

— En quoi une vision du passé peut-elle être utile ?

— Bonne question, en tout cas, voilà ce que je vois : quinze ans après l'Atterrage, la ville de Tear a commencé à pourrir de l'intérieur.

En disant ces mots, Kelsea se rendit compte que l'histoire avait truqué la réalité des faits : dans les cours que lui donnait Carlin, la chute de l'utopie de Tear correspondait à la mort de Jonathan Tear. En vrai, elle avait commencé bien plus tôt, tous les vieux vices de l'humanité rampant insidieusement pour refaire surface. Kelsea les sentait, même en Katie, qui avait été élevée par une femme qui était l'un des plus anciens et des plus loyaux lieutenants de Tear. Oui, même Katie avait des doutes.

Peut-être sommes-nous incapables de nous estimer satisfaits, songea Kelsea, une idée qui ouvrit comme un gouffre en elle. Peut-être l'utopie est-elle hors de notre portée.

Mais non, elle ne le croyait pas.

— Et l'Orphelin, Finn, comme vous l'appelez, il était là ? demanda la Reine rouge.

— Oui, c'était un jeune garçon à peine sorti de l'enfance.

— Vulnérable, donc, murmura la Reine rouge, les yeux brillants. L'enfance est toujours vulnérable.

— Peut-être. Mais je dois vivre assez longtemps pour découvrir quelle est cette vulnérabilité. Mes visions ne sont pas unifiées. Elles progressent parfois dans le temps à pas de géants, sautant d'une époque à l'autre. Comme une histoire découpée en chapitres.

— C'est étrange, commenta la Reine rouge d'un air songeur, mais alors son regard s'aiguisa. Ces visions, en avez-vous encore, alors que je détiens les saphirs Tear ?

— Oui.

— Comment est-ce possible ?

— Je l'ignore.

— Ce Row Finn. Serait-il possible de le tuer ?

— Je le crois, répondit sincèrement Kelsea, car elle sentait qu'il en était ainsi.

Malgré son jeune âge, Katie avait une grande lucidité d'esprit. Ce garçon était indéniablement arrogant, mais il y avait aussi de la peur chez lui, soigneusement dissimulée. Quelle en était l'origine ?

— Mais vous ignorez comment le tuer.

— Mes visions viennent malgré moi. Je ne les contrôle pas. Il faut me donner du temps.

— Du temps, alors que je sens le souffle de cette créature sur ma nuque ?

La Reine rouge se détourna, mais Kelsea aperçut ses mains crispées, nouées, aux jointures si blanches que leur peau fine semblait près de se rompre.

— De quoi avez-vous peur ? s'enquit doucement Kelsea.

Contre toute attente, la Reine rouge lui répondit, et ses paroles lui parvinrent étouffées, tandis qu'elle restait le dos tourné.

— Vous croyez que le sort de mon peuple m'indiffère, mais je m'en soucie autant que vous vous souciez du vôtre. J'ai bâti ce royaume à partir de rien ; d'une pagaille sans nom, j'ai créé une société remarquablement organisée. Je ne veux pas qu'on la détruise. Mes sujets comptent pour moi.

Moins que toi-même, songea Kelsea, mais elle garda cette remarque pour elle.

— J'ai besoin de temps, insista-t-elle. Pour découvrir de quoi il a peur. Et je ne veux plus de ce geôlier.

La Reine rouge la scruta un instant en plissant le front, puis elle appela : « Emily ! »

La suivante entra, fit une révérence.

— Oui, Majesté ?

— Qui est son geôlier ?

— Strass, Majesté.

— Et alors ?

— Il y a trois ans, Majesté, il y a eu un incident, répondit la suivante en mauvais Mort. Je n'étais pas là, mais j'en ai entendu parler. Une prisonnière.

— Ah..., grimaça la Reine rouge, puis elle désigna Kelsea. Est-ce lui qui a fait ça à son visage ?

— Oui, Majesté. Sans parler du reste.

La Reine rouge secoua la tête, puis revint à Kelsea.

— Cela n'aurait pas dû se produire. Je vais vous attribuer une gardienne, une femme qui n'aura pas ce genre de tendances.

— Quoi qu'il en soit, pourquoi garder un tel geôlier ?

La Reine rouge congédia Emily d'un geste, et attendit que les deux battants de la porte se soient refermés.

— Parce qu'il fait bien son travail. Sous sa férule, les prisonniers ne s'échappent pas.

Kelsea songea à Ewen, le geôlier du Donjon : lui non plus n'avait laissé aucun prisonnier s'échapper, mais il n'aurait jamais maltraité quelqu'un délibérément.

— Ce n'est pas une excuse, dit-elle.

— Qui êtes-vous pour en juger ? Vous avez un fou furieux comme Capitaine de votre Garde.

— Un autre mot sur Lazarus, et je vous laisse tomber. Geôlier ou pas.

Les yeux de la Reine rouge flamboyèrent. Comme ce doit être dur pour elle, de demander de l'aide, avec son tempérament, se dit Kelsea.

— Si vous voulez que je vous aide à neutraliser Row Finn, l'échange va dans les deux sens. Vous devez me dire ce que vous savez de lui, déclara-t-elle.

La Reine rouge hocha la tête, et Kelsea fut stupéfaite de voir que ses mains tremblaient.

Je ne suis pas la seule à avoir peur du passé, songea-t-elle. Elle a encore plus de regret que moi.

— Et je veux qu'on me rende mes saphirs.

— Pas encore.

— Pourquoi pas ? Ils ne vous servent à rien.

— Mais vous, ils vous servent, et comment, Glynn. Nous devons d'abord établir entre nous une certaine confiance.

Kelsea se mit à rire.

— Il ne peut y avoir de confiance, Dame en rouge, seulement un intérêt mutuel.

La Reine rouge fronça les sourcils, et Kelsea eut l'étrange impression qu'elle avait envie de lui faire confiance. Manifestement, durant la brève incursion qu'elle avait opérée dans son esprit, Kelsea avait raté beaucoup de choses. Sous la maîtrise de façade de la Dame en rouge, elle sentait un profond désespoir. Serait-elle solitaire ?

La Reine rouge lui tendit la main. Kelsea resta un instant à la fixer, mal à l'aise. Si le récent passé avait démontré quelque chose, c'était son incapacité à reconnaître un mauvais marché.

— Eh bien ?

L'instinct est ton meilleur conseiller. La voix de Barty résonna dans sa tête, posée, sans rien d'autoritaire ; tout l'opposé de celle de Carlin. Ce que l'on ressent dans ses tripes vaut mieux que tout le savoir du monde.

— Contemplez mes œuvres, ô Puissants, et désespérez, murmura Kelsea.

Avec en tête le poème de Shelley, elle serra la main de la Reine rouge.

4

Brenna

Plus de larmes désormais. Je vais songer à la vengeance.

MARY STUART (ANGLAIS PRÉTRAVERSIEN)

Elle avait du sang sur les mains.

Elle contempla ses paumes en essayant de se souvenir des derniers jours, mais tout semblait dans le flou. Il en était ainsi depuis la mort du maître. Le temps n'était plus concret ni mesurable, il l'emportait, telle une rivière dont le courant lui faisait parfois toucher brutalement le rivage. Elle se rappelait avoir tué le Garde de la Reine, mais pas comment elle s'était échappée par la suite, ni comment elle était arrivée jusqu'ici.

Sur sa gauche, il y avait un ruisseau. Brenna s'y pencha et se rinça les mains en récurant ses ongles croûtés de sang séché. Elle avait tué un homme à Burns Copse, elle s'en souvenait maintenant, pour lui prendre des vivres et un peu d'argent. Elle l'avait surpris sans qu'il ait le temps de sortir une arme, et il l'avait fixée, médusé, juste avant qu'elle lui enfonce un couteau entre les côtes. Il avait aussi un cheval, mais elle ne savait pas monter, et il n'y avait aucun moyen de vendre le cheval sans attirer l'attention. Tout le Tear croyait qu'elle était albinos, et le maître avait dit que c'était une bonne chose, un secret à garder précieusement. Mais elle n'était ni folle, ni albinos, et depuis que le maître était mort, elle avait déjà commencé à retrouver un peu de couleur, un peu de vie. Pas assez toutefois pour vendre un cheval sans se faire remarquer. Pas assez pour se fondre dans la foule.

Le maître.

Elle n'avait pas versé de larmes ; pleurer était une façon tellement lâche de porter le deuil. D'abord, on cherche à se venger puis, des années plus tard, une fois les comptes réglés, on peut s'abandonner au chagrin. Les hurlements du maître résonnaient toujours dans sa tête ; elle ne parvenait pas à les faire taire. Elle l'avait senti mourir, senti son agonie, pire, sa panique absolue au dernier moment, quand il avait compris qu'il n'y avait pas d'issue, qu'il avait fini par rencontrer une force avec laquelle il ne pourrait transiger. Depuis qu'ils étaient enfants, toute sa vie durant, elle avait pris sur elle sa douleur à lui, au point d'en perdre toute couleur en devenant blanche comme un linge.

Elle se releva du ruisseau pour se tourner de nouveau vers l'est, cherchant sa proie. Elle n'utilisait pas son odorat, pas précisément ; c'était plutôt comme si elle franchissait la distance en se frayant un chemin à travers des milliers d'êtres, et leurs myriades de sentiments ; comme si elle pataugeait dans de l'eau boueuse tant qu'elle n'avait pas trouvé exactement ce qu'elle cherchait. Ce don particulier avait été fort utile au maître, car dès que quelqu'un essayait d'échapper au chargement, il n'avait aucun moyen de se cacher du pisteur que Brenna avait dans la tête. C'était un talent puissant, et quand elle était jeune, les Caden avaient essayé plus d'une fois de se l'approprier, en la séparant du maître. Elle en avait tué trois avant qu'ils finissent par y renoncer. L'an dernier, ils avaient réessayé ; plusieurs d'entre eux étaient venus trouver le maître pour lui emprunter provisoirement Brenna et ses services, afin de retrouver l'héritière Raleigh. Mais ils n'avaient pas voulu payer la somme exigée.

Si seulement ils avaient accepté ! songeait farouchement Brenna. Tant et tant de fois cette pensée lui était venue, sans jamais perdre de son amère acuité. Si seulement ils avaient accepté, peut-être que le maître serait toujours en vie !

Elle tourna son visage face au vent pour goûter sur sa langue ce que portaient ses courants. La garce était encore là-bas, mais elle ne bougeait plus. À présent, elle se trouvait dans une pièce sombre et froide. Toujours sur sa langue, Brenna en éprouva les murs : ils étaient épais, en pierre de taille.

« Alors comme ça, tu es en prison ? » murmura-t-elle.

Elle ne pouvait en être sûre, mais elle caressait l'idée que la garce pouvait l'entendre. Il y avait du pouvoir en elle, un grand pouvoir ; Brenna pouvait le sentir en ce moment même, faible et distant, tout comme elle avait toujours senti la force là-haut, dans le Fairwitch. Elle avait même envisagé un moment de diriger ses pas vers le nord en remontant jusqu'aux montagnes pour demander de l'aide. Quoi que ce fût, ce qui était là-haut était puissant, à n'en pas douter ; Brenna en sentait la force d'attraction sous ses pieds. Mais il y avait un genre de soulèvement dans le Fairwitch à présent, et elle percevait aussi que les lignes de force qui sous-tendaient depuis toujours le Tearling commençaient à bouger. C'était trop incertain, et rien ne devait la distraire de ce qu'elle s'était fixée. Elle avait assez de vivres pour aller jusqu'à la frontière Mort. D'ailleurs, elle se suffisait de peu. La rage la rassasiait amplement.

Mais si la garce se trouvait bien dans les cachots de Demesne, elle risquait d'être hors d'atteinte. Cela ne servirait pas le maître que Brenna meure en essayant d'entrer dans le Palais. Il devait exister un autre moyen.

Après un moment de réflexion, Brenna se mit à fureter dans les bois alentour. Presque tous les animaux avaient fui à son approche, mais ils ressortaient furtivement de leurs trous et de leurs terriers, maintenant qu'elle était immobile. Elle finit par repérer un écureuil gris, un petit curieux qui l'épiait de derrière un arbre. En un éclair, elle le saisit, et il eut beau la mordre, Brenna l'ignora et lui tordit le cou ; la douleur n'était qu'illusion, après tout. Avec le couteau du mort, elle fendit l'écureuil de la gorge au ventre, laissant le sang couler par terre pour former une petite flaque. Elle devait se hâter. Le sang attirerait d'autres prédateurs, et ils risquaient eux-mêmes d'attirer un chasseur. Certes elle serait de taille à lui régler son compte, mais elle ne souhaitait pas laisser de traces derrière elle. Brenna était libre à présent, mais le maître lui avait souvent dit qu'elle ne devrait jamais sous-estimer Massue.

Jetant l'écureuil, elle se pencha sur la petite flaque de sang à l'odeur cuivrée, en inspirant profondément. Savoir où quelqu'un se trouvait, c'était facile. Savoir où cette personne allait être était plus difficile, mais faisable, et sans doute bien plus aisé que de s'introduire dans les cachots Mort.

Et si elle mourait là-bas ?

Brenna refusa d'y songer. La mort de la garce dans une prison Mort ne serait pas jolie jolie, mais ce serait une partie de plaisir comparée à ce que Brenna lui réservait. Brenna avait souffert, le maître avait souffert, et l'avenir ne leur volerait pas leur vengeance.

Les yeux écarquillés, elle demeura longtemps immobile, à regarder dans la flaque écarlate tout en respirant péniblement. À quatre cents mètres d'ici, sur la route Mort, ça circulait toujours beaucoup, un flux continu de chariots et de cavaliers coulant vers l'est, des réfugiés partis de New London pour regagner leurs foyers sur la frontière. Aucun ne vit Brenna, mais tous frémirent en passant, comme s'ils avaient traversé une poche d'air glacial.

Quand Brenna finit par se redresser, elle souriait. Un peu de couleur était revenu à ses joues. Elle saisit le couteau ensanglanté et le sac de vivres, puis dirigea ses pas vers le sud-est.

Javel s'enveloppa plus étroitement dans sa cape, afin de mieux se fondre dans les ombres du bâtiment en surplomb. Une autre patrouille Mort l'avait croisé quelques minutes plus tôt. Tôt ou tard, quelqu'un allait remarquer qu'il restait planté là, sans bouger, et supposer qu'il mijotait quelque mauvais coup.

L'adresse que Dyer avait découverte était une maison en brique imposante de trois étages, située juste en face de lui, et entourée d'un haut mur de pierre avec un portail en acier. Javel ne pouvait même pas jeter un coup d'œil par l'une des fenêtres, car deux gardes étaient postés juste derrière le portail, qu'ils n'ouvraient qu'à des visiteurs connus. D'après Dyer, la personne qui avait acheté Allie était une certaine Mme Arneau, mais c'était la seule information que Javel avait pu obtenir. Depuis que Dyer et Galen avaient vu la Reine sur la rue Grange, Allie ne comptait plus du tout. Ils avaient encore déménagé pour s'installer dans un entrepôt désaffecté situé dans le quartier des fonderies, et leurs soirées semblaient exclusivement consacrées à des expéditions mystérieuses et à des réunions secrètes avec des hommes que Javel ne connaissaient pas. C'étaient des Mort et ils portaient des armes, pourtant ce n'étaient pas des soldats. Il y avait donc une opération de secours en préparation, et Javel avait plus que jamais l'impression d'être un gêneur, un poids mort encombrant.

De l'autre côté de la rue, un chariot non bâché fit le tour de la maison par l'arrière. Il devait y avoir des écuries là-bas, car quand des visiteurs arrivaient, l'un des portiers s'empressait d'emmener leurs chevaux de l'autre côté. Javel avait déjà vu plusieurs hommes aller et venir. Deux d'entre eux étaient ivres. Une terrible prise de conscience pointait peu à peu dans son esprit, qui lui retournait l'estomac et lui coupait les jambes.

Ce peut être n'importe quel genre de maison, se disait-il. Mais ça ne tenait pas debout. Ce quartier était peut-être moins sordide que le Gut, mais les hommes étaient partout les mêmes, et il savait bien au fond ce qu'il avait en face de lui. Se passant une main sur le front, il s'aperçut qu'il était couvert de sueur, même dans la froidure de cette fin d'automne. Il avait su d'avance qu'il y avait de fortes chances pour que ce soit le cas, se rappela-t-il. Personne n'achèterait une jolie fille comme Allie pour en faire une simple domestique, et il s'était efforcé d'accepter qu'elle puisse être devenue prostituée. Mais il commençait à se demander si ses efforts suffiraient. Quand il imaginait son épouse couchée sous un autre que lui, il avait envie de frapper et de tout casser.

Des éclats de rire lui firent lever les yeux. Un groupe de cinq femmes était sorti sur le devant de la maison en bavardant joyeusement, portant des sacs à l'épaule. Toutes étaient fardées, vêtues de tissus chatoyants, les cheveux remontés sur le sommet de la tête.

Allie se trouvait au milieu d'elles.

Un long moment, Javel fut incapable de bouger. C'était son Allie, pas d'erreur ; il voyait ses boucles blondes, réunies en un haut chignon. Mais son visage était si différent. Plus mûr, certes, avec des rides aux coins des yeux, mais ce n'était pas tant ce qui la changeait. Son Allie était douce. Cette femme-là avait l'air… dure. Elle riait avec autant d'entrain que les autres, mais ce n'était pas le rire franc et spontané que Javel avait connu : celui-ci manquait de naturel et de chaleur. Stupéfié, Javel la regarda monter dans le chariot de son plein gré et s'asseoir à côté des autres femmes, toujours en riant.

Un grand costaud les avait suivies au-dehors. Quand il monta avec elles, Javel vit luire un couteau sous son manteau. Encore un garde, donc. Pourtant, lors de ses explorations de Demesne, Javel avait remarqué que la plupart des prostituées étaient bien mieux traitées ici qu'à New London. Même les filles des rues n'étaient pas molestées. Il ignorait pourquoi cinq putains haut de gamme avaient besoin d'être escortées dans Demesne, mais compte tenu du garde et du cocher, Javel ne pouvait prendre le risque de s'approcher.

Le cocher fit claquer sa langue et les chevaux sortirent de l'enceinte des murs. Comme en rêve, Javel suivit, en s'obligeant à rester plus de trente mètres en arrière. Un gouffre noir s'était ouvert dans son esprit. Durant les six dernières années, il avait souvent imaginé la vie d'Allie, et les foules d'images qui se bousculaient alors dans sa tête le poussaient vers la taverne aussi sûrement qu'un homme mène ses chèvres au marché. Mais il ne se l'était jamais imaginée hilare.

Quand le chariot fit halte au croisement, arrêté par la circulation, Javel se rapprocha subrepticement pour plonger dans une ruelle adjacente, et il fit alors une deuxième découverte désagréable : les cinq femmes, Allie comprise, parlaient le Mort. Le chariot tourna pour s'engager dans la rue Grange, et Javel suivit le plus discrètement possible. C'était la section commerciale de la rue, et elle était toujours très animée, entre les étals des vendeurs et les clients venus faire leurs courses. Il commençait à perdre le chariot de vue quand, miraculeusement, le cocher ralentit pour se garer sur un côté afin que les femmes puissent descendre. Deux d'entre elles traversèrent la rue, et Javel se rendit compte avec stupéfaction qu'elles étaient en fait venues faire des courses. Quant à Allie, elle se dirigea tout droit vers l'officine d'un apothicaire.

Le cocher resta près du chariot en compagnie du garde, dont les yeux ne cessaient de scruter la rue. Javel eut l'impression qu'il était prêt à bondir au moindre problème. Il se glissa plus près, sans plan bien défini. Il avait presque envie de s'enfuir pour retrouver la sécurité de l'entrepôt, revenir au temps où il ne connaissait rien du destin d'Allie.

Tout en surveillant du coin de l'œil le garde et le cocher, il s'avança d'un pas désinvolte vers l'officine. Des gens le bousculaient, mais il les contournait, le regard braqué sur la porte. Profitant du fait que le garde écoutait complaisamment le cocher raconter une histoire, Javel les dépassa pour entrer dans la boutique.

Il trouva Allie attendant devant le comptoir, dans un coin sombre. Il n'y avait pas d'apothicaire en vue, mais Javel entendit un bruit de bouteilles entrechoquées derrière un petit rideau vert. Il aurait préféré que cette rencontre ait lieu dans d'autres circonstances, sans qu'un témoin risque de réapparaître à tout instant, mais il comprenait aussi que cette chance ne se représenterait peut-être plus. C'était maintenant ou jamais.

— Allie.

Elle leva les yeux, alarmée, et Javel sentit le monde s'ébranler quand il vit son regard, froid et méfiant, sous les paupières fardées de mauve. Elle le considéra un long moment.

— Que veux-tu ?

— Je suis venu…

Javel sentit sa gorge se serrer, et un instant, il fut incapable de prononcer un mot. Il évoqua ses souvenirs : ces nuits passées dans les tavernes dans un état second, avec le visage d'Allie flottant derrière ses yeux, et cette haine envers lui-même, qui le submergeait en vagues sans fin. Durant six longues années, il avait abandonné Allie à son triste sort, et voilà ce qu'elle était devenue. S'il la laissait encore, comment pourrait-il supporter de vivre ensuite ?

— Je suis venu pour te ramener chez nous, bredouilla-t-il.

Allie eut un petit rire de gorge.

— Pourquoi ?

— Parce que tu es ma femme.

Alors elle rit sans retenue, et ce fut comme s'il recevait une gifle en plein visage.

— Nous pouvons te sortir d'ici, lui dit-il. J'ai des amis. Tu seras en sécurité.

— En sécurité, murmura-t-elle. Comme c'est gentil.

Javel rougit.

— Allie…

— Je m'appelle Alice.

— Je suis venu ici pour te porter secours !

— Un chevalier en blanche armure ! s'exclama-t-elle avec entrain, mais ses yeux ne changèrent pas, et Javel perçut une bonne dose de colère derrière cette fausse gaieté. Où étiez-vous donc il y a six ans, noble chevalier, quand votre bravoure aurait pu me sauver ?

— Je t'ai suivie ! protesta Javel. Je t'ai suivie sur la route Mort.

Elle le scruta un long moment froidement.

— Et alors ?

— Les sbires de Thorne étaient trop puissants. Je n'ai rien pu faire. Nous n'avions aucune chance de nous en sortir.

— Et toutes les années qui ont suivi ?

— J'étais…

Mais c'était sans issue. Qu'aurait-il pu lui raconter ? Qu'il avait passé sa vie dans les tavernes à se cuiter à mort ?

— J'ai essayé, finit-il par dire, d'une voix entrecoupée.

— D'accord, tu as essayé, répliqua Allie. Mais tu n'as toujours été qu'un poltron, alors ne viens pas faire le courageux maintenant. Tu arrives six ans trop tard. J'ai construit une vie, ici. Et j'en suis contente.

— Contente ? Tu n'es qu'une putain !

Allie lui lança un long regard. Sous ce regard-là, il s'était toujours senti devenir tout petit, mais c'était rarement arrivé durant leur vie commune, généralement quand il avait promis de faire quelque chose, puis oublié. Il eut l'impression qu'on avait jeté un sort à son Allie ; si seulement il parvenait à la faire sortir d'ici, il pourrait le conjurer, et elle redeviendrait celle qu'elle était autrefois.

— Un problème, Alice ?

Se retournant, Javel découvrit le grand costaud qui avait escorté les femmes plantées sur le seuil de la boutique. L'air qu'il vit dans ses yeux le fit frissonner. Cet homme l'aurait volontiers réduit en bouillie.

— Non, non, rien du tout, répondit Allie avec entrain. Ça traîne, c'est tout.

En entendant ces mots, Javel en resta bouche bée, et il comprit soudain pourquoi ces femmes étaient si bien habillées et maquillées. Elles n'étaient pas seulement venues dans ce quartier pour faire des courses.

— Bon. Prévenez-moi en cas de besoin.

Visiblement déçu, le garde sortit de la boutique.

Javel prit soudain conscience qu'il avait parfaitement compris ce que l'homme avait dit, qu'en fait, il parlait le Tear. Malgré la violence latente et prête à exploser qu'on sentait en lui, il avait montré à l'égard d'Allie beaucoup de déférence. Javel regretta les derniers mots qu'il avait proférés, tout en sentant qu'au fond, cela n'avait guère d'importance.

— Oui, je suis une putain, répliqua Allie au bout d'un long moment. Mais je travaille, Javel. Je gagne ma vie, et je n'ai de compte à rendre à personne.

— Même pas à ton maquereau ? riposta-t-il en détestant le ton venimeux de sa voix, incapable de le contrôler.

— Je paie un loyer à Mme Arneau. Une somme raisonnable, bien inférieure à ce que coûterait pareil endroit à New London.

Javel fut incapable de répondre. Cette Mme Arneau, il lui aurait volontiers tordu le cou.

— En contrepartie, j'ai un bel appartement de plusieurs pièces et trois repas par jour, poursuivit Allie. Je suis protégée des mauvais plaisants, je travaille quand ça me chante, et je choisis mes clients.

— Quel genre de bordel accorde à une putain autant de liberté ? lança-t-il avec hargne. C'est mauvais pour les affaires.

Allie plissa les yeux, et sa voix se fit encore plus mordante.

— Le genre de bordel, comme tu dis, qui comprend qu'une prostituée heureuse et en bonne santé rapporte davantage. Je gagne trois fois l'équivalent de ton salaire de Garde des Portes.

— Mais nous sommes toujours mari et femme !

— Non. Tu m'as abandonnée quand tu m'as regardée entrer dans la cage il y a six ans. Je ne veux rien de toi, et tu n'as aucun droit sur moi.

Javel ouvrit la bouche pour protester ; le sacrement du mariage ne pouvait être dissous aussi facilement, même à Mortmesne, mais alors, l'apothicaire surgit de derrière le rideau vert. C'était un petit homme au crâne dégarni avec des lunettes, et il tenait une boîte dans ses mains.

— Voici, madame, dit-il en tendant la boîte à Allie.

Lui aussi parlait en Tear, et cela déconcerta Javel, car il n'avait jamais entendu parler Tear dans les rues de Demesne, et s'était efforcé de saisir le peu de mots Mort qu'il connaissait.

— Vous en avez pour deux mois de traitement, et astreignez-vous à prendre chaque dose avec un repas substantiel. Sinon cela risquerait d'augmenter vos nausées.

Allie hocha la tête et sortit une bourse bien remplie.

— Merci.

— Revenez dans deux mois et je vous préparerai un autre paquet, mais vous devrez arrêter le traitement après le sixième mois, autrement cela risque de nuire au bébé.

En entendant ce dernier mot, Javel sentit une vague d'irréalité le submerger. Il remarqua à peine qu'Allie tendait quelques pièces et fourrait la boîte dans son sac. L'apothicaire les regarda tour à tour, puis, sentant de la tension dans l'air, il disparut derrière le rideau.

— Tu es enceinte, dit Javel, pour tenter de s'en convaincre.

— Oui, confirma-t-elle en le défiant du regard.

— Que vas-tu faire ?

— Je vais avoir mon bébé et bien l'élever.

— Dans un bordel !

Allie le transperça du regard.

— Mon enfant sera choyé puis éduqué par trois femmes que Mme Arneau a engagées dans ce but, et quand il grandira, il n'éprouvera aucune honte à l'idée que sa mère était une putain. Que dis-tu de ça ?

— Je dis que c'est criminel.

— Libre à toi, Javel. Moi aussi, je l'aurais pensé autrefois. Mais les femmes sont bien mieux traitées ici qu'à New London. Peut-être est-ce valeureux de ta part d'être venu, je l'ignore. Mais tu n'as jamais brillé par ton courage, et je méritais mieux que ça. Si tu tiens à ta peau, n'essaie plus jamais de m'approcher.

Elle sortit en coup de vent en claquant la porte derrière elle, laissant Javel toujours dos au mur. Soudain il étouffa, dans cette boutique qui lui parut minuscule, mais il n'oserait pas en ressortir, tant qu'il ne serait pas certain qu'Allie était bien partie. Il pria pour que l'apothicaire ne sorte pas de derrière son rideau, et par miracle, il s'en abstint. Enfin, après ce qui lui sembla durer des heures, Javel scruta à travers la porte vitrée de la boutique et vit que le chariot s'en était allé.

Une fois dehors, il constata avec un sentiment d'étrangeté que la rue était la même. Comment la cité pouvait-elle continuer à fonctionner normalement, alors que tout avait changé ? Une suave odeur de pâtisserie flottait dans l'air, venant du boulanger du coin, mais Javel la trouva écœurante, à l'image de cette cité qui n'était, sous sa belle apparence, qu'un tas d'immondices. Il avait passé six années de sa vie à s'angoisser pour Allie. Que faire, à présent ? Retourner d'où il venait n'était pas supportable. Continuer à avancer semblait pire. Et la nuit tombait.

Planté sur le trottoir, il se tenait la tête comme un homme plongé dans ses pensées, mais son esprit était vide. Écartant les mains, il leva les yeux et vit l'enseigne d'une taverne. Alors tout s'éclaircit.

Même Massue ne réussissait pas à retrouver les deux prêtres.

Les Gardes de la Reine étaient censés veiller sur lui en permanence. C'était la Reine qui leur avait confié cette mission, et Aisa ne pouvait s'imaginer qu'aucun des autres la prenne moins au sérieux qu'elle-même. Mais Massue étant Massue, s'il avait envie de disparaître, personne ne pouvait l'en empêcher. Il l'avait fait toute la journée d'hier, et voilà qu'il avait ressurgi, aussi soudainement, par la porte secrète des cuisines, où Milla était à ses fourneaux, en la faisant hurler de peur.

Certes ces disparitions étaient exaspérantes, mais même Aisa comprenait que leur présence constante l'était tout autant pour Massue, car sa vocation était de protéger, non d'être protégé. Il lui fallait parfois prendre le large, tout simplement. Elle avait supposé qu'il s'échappait pour aller boire un coup ou espionner, mais une conversation qu'elle avait entendue par mégarde entre Elston et Coryn laissait entendre tout autre chose : en fait, il recherchait le Père Tyler, ainsi qu'un deuxième prêtre, le Père Seth, dont les têtes étaient mises à prix par l'Arvath.

— Les Caden aussi les recherchent, remarqua Coryn. Ils veulent toucher la récompense, que ce soit la nôtre ou celle de l'Arvath, peu leur importe. Qui aurait cru que ces deux vieillards puissent rester si bien cachés ?

— Ils finiront par se faire repérer, avait grommelé Elston. Et chaque fois que le Capitaine quitte le Donjon, il y a plus de chance que le Saint-Père l'apprenne.

Aisa aurait aimé en entendre davantage, mais alors Coryn l'avait remarquée, postée sur le seuil de la pièce, et il lui avait fait signe de dégager.

Massue revenait bredouille de ses expéditions, l'air toujours plus découragé. Le Père Tyler devait être mort, se disait Aisa, car il semblait peu probable qu'il ait pu se cacher longtemps, timide comme il était. Elle n'était pas la seule à partager ce point de vue, mais personne n'osait s'en ouvrir à Massue. En de tels moments, ils avaient appris à le laisser tranquille. À peine se fut-il affalé sur l'une des chaises disposées autour de la table que Massue se mit à beugler d'une voix tonitruante, qui résonna dans toute la salle d'audience.

— Arliss ! Ramène-toi !.. Arliss !

— Un peu de patience, gros lourdaud ! répondit Arliss en criant depuis le couloir. Je n'ai plus mes jambes de vingt ans !

À voir Massue la tête rentrée dans les épaules, et son air mauvais, Aisa se doutait que ce n'était pas seulement parce qu'il était incapable de retrouver les deux prêtres. Non, le vrai problème, c'était ce trône vide. L'absence de la Reine leur pesait à tous, mais plus encore à Massue. Sous ses dehors impassibles, le Capitaine en souffrait au moins autant que Pen.

Arliss se traîna de l'entrée de la salle jusqu'à la table.

— Oui, sieur Massue ?

— Quelles sont les dernières nouvelles du Saint-Père ?

— On a encore reçu un message de lui ce matin. Si nous ne lui livrons pas le Père Tyler et que nous ne renouvelons pas l'exemption de l'impôt foncier pour l'Arvath, il menace de tous nous excommunier.

— Qui ça, nous ?

— Tous les habitants du Donjon, du plus humble serviteur jusqu'à la Reine.

Massue gloussa en frottant ses yeux rougis par le manque de sommeil.

— Il n'y a pas de quoi rire, sieur Massue. Dieu, ce n'est pas mon affaire, mais ici, ça grouille de dévots. Il y a des chrétiens pratiquants au sein même de la Garde. Vous vous en fichez peut-être, mais pas eux.

— S'ils sont assez bêtes pour croire que la parole de Dieu sort de cette pourriture qu'est l'Arvath, tant pis pour eux.

Arliss haussa les épaules, pourtant Aisa devina qu'il aurait aimé en dire davantage.

— Ils ne réclament que le Père Tyler ? Pas le Père Seth ?

— Seulement le Père Tyler, répondit Arliss. Et la récompense a encore doublé.

— C'est étrange. On n'a toujours aucune information sur ce qui s'est passé, quand il s'est enfui de l'Arvath ? s'enquit Massue.

— Il y a eu du remue-ménage. Un genre d'alerte dans les appartements du Saint-Père. C'est tout ce que j'ai pu dénicher.

— Étrange, répéta Massue.

— Au fait, dans les charmants mots doux qu'il nous envoie, le Saint-Père ne l'appelle plus Père Tyler, encore moins Prêtre du Donjon. Il lui a donné un nouveau nom.

— Lequel ?

— L'Apostat.

Massue se contenta de secouer la tête.

— Rien d'autre pendant mon absence ?

— Un autre village des contreforts a été attaqué.

— Quel genre d'attaque ?

— Il n'y a que deux survivants, monsieur, et leurs rapports parlent de monstres et de fantômes… Bref, ce n'est qu'un tissu d'absurdités. Donnez-moi quelques jours de plus pour tirer ça au clair.

— Bien. Quoi d'autre ?

Arliss se tourna vers Elston, qui sembla soudain très mal à l'aise.

— Nous devrions parler de Pen, monsieur, marmonna-t-il.

— Eh bien, vas-y.

Elston baissa les yeux, cherchant ses mots, et Arliss dut prendre le relais.

— Ce garçon boit trop…

— Ça, je le sais.

— Laissez-moi finir. La nuit dernière, il a été mêlé à une bagarre. Dans un lieu public.

Aisa ouvrit de grands yeux, mais elle ne dit rien, de crainte qu'ils se rendent compte de sa présence et l'éloignent, comme Coryn avait fait l'autre jour. Pen, pensa-t-elle, navrée.

— Par chance, il se trouvait dans l'un de mes tripots, sinon il aurait pu se faire tuer. Il s'est attaqué à cinq hommes à mains nues, cet idiot. Et il a reçu une sacrée raclée. J'ai essayé que l'incident ne s'ébruite pas, mais vous savez comment c'est.

— Où est-il ?

— Dans les quartiers des gardes, en train de roupiller.

Massue se leva, l'air sombre.

— Je regrette, monsieur, dit Elston d'un air malheureux. J'ai essayé de le sermonner, mais…

— Ne t'en fais pas, El. Tu n'y es pour rien. C'est moi qui ai provoqué ce gâchis.

Massue prit le couloir en se dirigeant à grandes foulées vers les quartiers des gardes. Elston lui emboîta le pas, suivi de Coryn et de Kibb, puis d'Aisa. Lorsqu'ils parvinrent au bout du couloir, ils s'arrêtèrent en entendant claquer une gifle magistrale.

— Lève tes fesses !

Pen marmonna quelque chose.

— On t'a assez dorloté, l'amoureux transi. Lève-toi tout de suite, sinon je vais te sortir du lit à coups de pied, et tant pis pour la casse. Tu te fais honte, grand couillon. Tu es une honte pour la Garde ! Et tu me fais honte à moi, personnellement !

— Pourquoi ?

— Parce que c'est moi qui t'ai ramassé, petit merdeux ! rugit Massue. Tu crois peut-être que tu étais le seul gamin des rues à être doué à l'épée ? Je t'ai choisi ! Et c'est maintenant que tu jettes l'éponge, au moment où j'ai le plus besoin de toi !

Pen bredouilla encore quelques mots indistincts. Il n'a toujours pas dessaoulé, se dit Aisa, ou alors il a une fameuse gueule de bois. Elle avait bien souvent entendu son père parler comme ça, d'une voix pâteuse.

— Je suis un garde du corps, et tu n'en as pas besoin, tonna Pen en haussant soudain le ton. On reste assis, sans rien faire, alors qu'elle est là-bas, détenue prisonnière ! Je n'ai personne à protéger !

On entendit du bois éclater, et il y eut un coup sourd, suivi d'un long gémissement de Pen.

— Est-ce qu'on ne devrait pas entrer ? murmura Aisa, mais Elston secoua la tête et lui fit signe de se taire.

Il y eut un drôle de bruit, comme un glissement. C'était Massue qui traînait Pen sur le sol, en ahanant.

— Dire que c'était toi le plus brillant, celui qui était censé devenir Capitaine de cette Garde quand nous autres serions trop vieux et trop lents. Et te voilà, à te vautrer dans le malheur comme un porc dans la fange.

Aisa sentit qu'on tirait sur un pan de sa chemise et, baissant les yeux, elle découvrit Glee.

— Glee ! murmura-t-elle. Tu sais bien que tu n'as pas le droit de descendre ici.

Comme Glee continuait à la regarder sans la voir, Aisa comprit que sa petite sœur était plongée dans l'une de ses transes.

— Glee ? Est-ce que tu m'entends ?

— C'est ta chance, murmura Glee, le regard vague. Elle s'offre à toi, presque elle te tend les bras. Ils tournent au coin de la rue et là, tu saisis ta chance.

Aisa ne pouvait s'occuper de Glee maintenant ni tenter de découvrir ce qu'elle voulait lui dire, car cela s'envenimait sérieusement entre Massue et Pen ; il y eut encore des bruits de meubles fracassés, suivis d'un coup de poing.

— Va voir Maman, Glee, lui dit-elle en l'obligeant à faire demi-tour, puis elle la poussa doucement en direction du couloir.

Après avoir suivi sa petite sœur du regard, perplexe, elle revint aux quartiers des gardes. Elston et Kibb penchaient la tête par l'ouverture de la porte, et Aisa, rassemblant son courage, se mit à quatre pattes pour se faufiler entre les jambes d'Elston et jeter un coup d'œil dans la pièce.

Pen était plié en deux, la tête dans l'une des bassines alignées contre le mur au fond. Planté au-dessus de lui, Massue lui appuyait sur la nuque, et si Pen avait essayé de se relever trop tôt, il lui aurait sans aucun doute replongé la tête dans la bassine. Elston lui fit un petit signe pour lui demander s'ils devaient se retirer, mais Massue se contenta de hausser les épaules.

Pen se redressa enfin en inspirant une grande goulée d'air, ses boucles brunes plaquées contre son crâne. Aisa tressaillit en découvrant son visage tuméfié, ses yeux pochés, sa joue zébrée d'une large entaille dont le sang avait séché. Massue ne semblait pas s'en inquiéter.

— Es-tu dégrisé, maintenant, mon gars ?

— Pourquoi restons-nous sans réagir ? brailla Pen. On est là, les bras ballants, à attendre alors qu'elle est là-bas et qu'on la…

Massue le gifla.

— Tu as un sacré culot, Pen. Si tu voyais juste un peu plus loin que tes petits états d'âme, tu comprendrais. Nous avons une cité remplie à ras bord de gens qui doivent rentrer chez eux. Une Église qui veut abattre ce trône en le fendant par le milieu. Et un furoncle suppurant sous le Gut. Tu connais la Reine, Pen. Si nous laissons tout ce foutoir aller à vau l'eau sans nous en occuper, en nous souciant juste de la faire revenir, elle nous tuera tous les deux.

— Sans elle ici, tout empire, l'Église…

— Justement. Tu pourrais nous être d'un grand secours, au lieu de noyer ton chagrin dans l'alcool et de chercher la bagarre. Tu crois que la Reine serait contente de te voir dans cet état ? Serait-elle fière de toi ? Elle te trouverait pathétique, Pen, comme moi… Bon, ajouta Massue en croisant les bras, tandis que Pen restait les yeux rivés au sol. Va te laver et change-toi. Puis sors d'ici. Fais ce que tu as à faire, et réfléchis pour savoir si tu veux encore faire partie de cette Garde ou pas. Tu as deux jours. Reviens en pleine forme, ou ne reviens pas. Compris ?

Pour toute réponse, Pen inspira vivement, une respiration sifflante, les yeux injectés de sang, Aisa espéra que Massue le gifle encore, mais il se dirigea juste vers la sortie, en leur faisant signe à tous de quitter les lieux.

— Je suis désolé, monsieur, répéta Elston.

— Tu n'y es pour rien, El, répondit Massue en refermant derrière lui la porte des quartiers de la Garde. J'ai enfreint une ancienne règle, et je n'aurais pas dû.

— Pensez-vous qu'il reviendra ?

— Oui, se contenta de répondre Massue.

Arliss les attendait devant son bureau, une liasse de papiers à la main, comme toujours, mais Ewen les avait rejoints, et il jetait timidement des coups d'œil par-dessus les épaules d'Arliss.

— Voici quelques estimations concernant les récoltes, commença Arliss, mais Massue l'interrompit.

— Ewen, qu'est-ce qui ne va pas ?

Ewen émergea de derrière le Trésorier, tout rougissant.

— J'aimerais vous parler, monsieur.

— Vas-y.

Ewen inspira profondément, comme s'apprêtant à faire un discours.

— Je ne suis pas un Garde de la Reine. Vous avez été très gentil envers moi, monsieur, vous et la Reine, de me laisser porter la cape et jouer ce rôle. Mais je ne suis pas un vrai Garde de la Reine, et je ne le serai jamais.

Massue jeta un regard acerbe à Elston.

— Est-ce que quelqu'un t'a parlé à ce sujet, Ewen ?

— Non, monsieur. Tout le monde s'est montré aussi gentil que vous, répondit Ewen en rougissant encore. Cela m'a pris un peu de temps, mais j'y ai réfléchi, et c'est un fait : je ne suis pas un vrai Garde de la Reine, et j'aimerais à nouveau me rendre utile.

— Et comment comptes-tu t'y prendre ?

— Comme je l'ai toujours fait, monsieur : en tant que geôlier. Une prisonnière s'est évadée.

— Une prisonnière..., répéta Massue, puis il le scruta un long moment. Bon Dieu, Ewen. Non.

— J'aimerais me rendre utile, répéta Ewen d'un air entêté.

— Ewen, sais-tu seulement comment nous avons capturé Brenna, la première fois ? Coryn est tombé sur elle par hasard, elle était sous morphine, complètement sonnée, dans l'un des antres de Thorne. Tu as entendu parler de ce qui est arrivé à Will, en bas. Sachant ce que nous savons maintenant, je crois que

Coryn a eu une sacrée chance que Brenna ne l'ait pas vu venir. Je n'enverrais pas la meilleure lame du Tear s'emparer de cette sorcière. Alors pas question de t'envoyer toi.

Ewen se redressa de toute sa hauteur en carrant les épaules.

— Je sais ce qu'elle est, monsieur. Je l'ai su dès que je l'ai vue. Et j'ai entendu parler de ce qu'elle a écrit sur le mur. Elle a l'intention de faire du mal à la Reine.

Massue fronça les sourcils.

— En as-tu parlé à ton père ?

— Mon père est mort, à présent, monsieur. Mais alors qu'il était mourant, il m'a dit de faire tout ce que je pourrais pour protéger la Reine.

Massue resta un long moment sans répondre, et Aisa devina son trouble.

— Ewen, ce n'est pas une prisonnière ordinaire, reprit-il enfin. Tu ne pourras pas la tuer, car la Reine a donné sa parole de la garder en vie. Mais si tu essaies de prendre vivante une pareille sorcière, tu mourras à coup sûr. J'apprécie ton courage, mais je ne puis t'y autoriser. La Reine dirait de même. Je regrette.

Ewen resta silencieux, les yeux fixés au sol.

— Nous te trouverons autre chose à faire. Quelque chose qui aidera la Reine. Je te le promets.

— Oui, monsieur.

— Tu peux disposer.

Ewen s'éloigna vers la salle d'audience, la tête basse.

— Peut-être que vous auriez dû le laisser faire, remarqua posément Arliss.

— Oh oui, ce serait un acte d'éclat de ma Régence, à transmettre à la postérité, hein ? Envoyer un gamin en mission suicide.

— Il a envie de faire quelque chose d'honorable, monsieur, intervint Elston sans qu'on s'y attende. Ce pourrait être bien de le lui permettre.

— Non. Plus question pour moi d'être un tueur d'enfants.

Aisa se figea sur place, interloquée, mais personne d'autre ne parut s'étonner de cette déclaration.

— C'était il y a bien longtemps, murmura Arliss, mais Massue ricana amèrement, en secouant la tête.

— C'est gentil à toi, mon vieux, mais quoi qu'on fasse pour distancer le passé, il vous rattrape et ne vous lâche pas. Oui, j'en ai fini avec cette époque, mais cela ne signifie pas qu'elle en ait fini avec moi.

— Vous êtes devenu quelqu'un de bien.

— Ouais, peut-être, convint Massue, le regard comme hanté. Cela n'efface pas tout ce qui a précédé.

Ils avancèrent dans le couloir en discutant des récoltes, mais Aisa resta en arrière. Elle ne cessait de passer et de se repasser cet échange dans sa tête, en essayant de lui donner du sens. En vain. Pour elle, Massue était le meilleur homme de l'Aile de la Reine, à part Venner, peut-être, et elle ne parvenait pas à réconcilier le Capitaine de la Garde qu'elle connaissait avec l'image que ses paroles avaient évoquée : un homme qui avançait à travers une forêt de petites silhouettes en brandissant une faux.

Un tueur d'enfants.

Deux heures plus tard, ils se réunissaient dans la salle du trône pour l'audience du Régent. Elston, Aisa, Coryn, Devin et Kibb étaient regroupés autour de l'estrade, et le reste de la Garde dispersé dans la salle. Massue s'assit dans un fauteuil placé sur l'estrade, et Arliss à côté de lui dans un autre, tandis qu'on commençait à faire entrer les requérants. Le trône vide luisait à la lueur des torches.

— Que Dieu me vienne en aide, marmonna Massue. Dire que je me suis souvent demandé pourquoi la Reine ne parvenait pas à garder son calme durant ces réunions. À présent je me demande comment elle faisait pour ne pas exploser.

— Oui, la colère de Petite Reine, c'était quelque chose, renchérit Arliss avec un petit rire. Décidément, cette fille me manque.

— Elle nous manque à tous, répondit Massue d'un ton bourru. Bon, occupons-nous de ses affaires.

Aisa se tourna vers la porte à double battants, en affichant le détachement qu'Elston recommandait. Les nobles entrèrent en premier, une vieille coutume que Massue et Arliss avaient envisagé plus d'une fois d'abandonner. En fait, cela dégageait le terrain pour la suite. Les nobles étaient à présent beaucoup moins nombreux à assister aux audiences de Massue, et aujourd'hui, il n'y en avait que deux, requérant chacun un allégement d'impôts. Il n'y avait personne pour travailler aux champs, et même Aisa comprenait qu'il fallait y remédier de toute urgence ; non seulement parce que la nourriture manquerait, mais aussi parce que les champs et les fermes désertés donnaient aux nobles du royaume un prétexte pour éviter de payer les impôts. Lady Bennett et Lord Taylor écoutèrent d'un air maussade Massue leur expliquer avec une louable patience que le cours fluctuant des événements l'empêchait pour l'instant de trancher la question. Aisa savait qu'Arliss s'occupait activement d'organiser le retour des réfugiés en leurs foyers, mais ce n'était pas une mince affaire que d'approvisionner des familles entières en prévision d'un aussi long trajet. Les deux requérants s'en repartirent donc les mains vides et l'air mécontent, comme tant d'autres avant eux.

Après les nobles venait le tour des pauvres. Ils avaient la préférence d'Aisa, car leurs problèmes à eux étaient réels. Crimes et abus non réparés, bétail manquant, litiges sur des questions de propriété... Massue trouvait souvent des solutions auxquelles Aisa n'aurait jamais songé. La Garde avait tendance à se détendre un peu durant cette partie de l'audience, et Aisa s'amusait assez, jusqu'au moment où, la foule s'écartant, elle se retrouva face à son père.

Sa main alla d'instinct à son couteau, et elle fut assaillie par un tel mélange d'émotions qu'au début, elle fut incapable de discerner entre elles. Il y avait du soulagement, car elle avait pris plusieurs centimètres depuis le printemps, et son père ne lui paraissait plus aussi grand qu'avant. De la haine, un feu couvant devenu plus ardent avec la distance et le temps, qui la brûlait de l'intérieur. Mais ce qui dominait, c'était un sentiment d'urgence, celui de trouver Glee et Morryn, ses sœurs cadettes, pour les protéger de tout ce qui les menaçait, à commencer par leur père.

Manifestement, Massue avait aussi reconnu son père, car un tic nerveux s'était mis à tressauter dans sa mâchoire. Il se pencha pour lui demander tout bas :

— Tu préfères t'en aller, diablesse ?

— Non, monsieur, répondit Aisa avec une assurance qu'elle était loin d'éprouver.

Son père ne la dominait plus, d'accord, mais il n'avait pas changé. Il gagnait sa vie comme maçon et tailleur de pierre, et son torse puissant semblait deux fois plus large que les jambes qui le soutenaient. Comme il approchait du trône, Aisa tira son couteau et le serra dans son poing, qui fut soudain moite de sueur.

Massue fit signe à Kibb.

— Assure-toi qu'Andalie ne vienne pas ici, lui murmura-t-il.

En fait, son père n'était pas seul ; il était sorti de la foule accompagné d'un prêtre qui portait la robe blanche de l'Arvath, mais Aisa ne distinguait pas ses traits, sous la capuche ramenée bas sur son front. Après lui avoir jeté un bref coup d'œil qu'Aisa ne put déchiffrer, son père l'ignora pour concentrer toute son attention sur Massue.

— Te revoilà, Borwen, constata Massue d'un ton las. Qu'est-ce qui t'amène aujourd'hui ?

Son père s'apprêtait à répondre quand le prêtre s'avança et rejeta sa capuche en arrière. Aisa entendit Massue siffler entre ses dents, et elle assura sa prise sur son couteau tandis qu'Elston bondissait en avant. Les autres gardes s'avancèrent pour entourer le bas de l'estrade, et Aisa sauta deux contremarches pour se poster derrière Cae et Kibb.

— Votre Sainteté, dit Massue. Que me vaut l'honneur de votre visite ? La dernière s'était avérée riche en rebondissements.

Le Saint-Père en personne ! Aisa s'efforça de ne pas le dévisager, mais elle ne put s'en empêcher. Elle avait cru qu'il serait vieux, mais il était bien plus jeune que le Père Tyler, avec des cheveux noirs juste striés de gris, et un visage à peine ridé. D'après Massue, il n'allait jamais nulle part sans escorte, mais Aisa ne voyait aucun garde dans la foule autour de lui. Pourtant, elle imita ses collègues, qui s'étaient placés en posture défensive autour de Massue.

— Je suis venu demander justice au gouvernement de la Reine, déclara le Saint-Père d'une profonde voix de basse, alors Aisa remarqua ses yeux dénués de toute expression, qui faisaient penser à ceux d'un reptile. Borwen, notre frère d'église, est venu nous trouver avec une plainte il y a deux semaines. La Reine l'avait privé de ses droits parentaux.

— Ah oui ? remarqua Massue en se renfonçant dans son fauteuil. Et pourquoi aurait-elle fait cela ?

— Par pur intérêt. Elle souhaitait garder l'épouse de Borwen à son service.

Massue dévisagea longuement Borwen.

— C'est ta dernière invention ? Quelle blague. Andalie n'est la servante de personne.

— J'ai confiance en la parole de Borwen, répliqua le Saint-Père. C'est un membre fidèle de la paroisse du Père Dean depuis plusieurs années et…

— Vous n'êtes pas venu ici pour plaider cette cause absurde. Que voulez-vous ?

Le Saint-Père ne marqua qu'une légère hésitation.

— Je suis également venu en personne exiger le retour de l'Apostat, déclara-t-il.

— Comme je vous l'ai dit à maintes reprises, il n'est pas ici.

— Je n'en crois rien.

— Eh bien, ce ne serait pas la première fois que vous refusez de croire à l'évidence, n'est-ce pas ? répartit Massue d'un ton moqueur, mais une grosse veine s'était mise à battre sur son front. Le Père Tyler n'est pas ici, nous ignorons où il se trouve, et je ne débattrai pas de ce sujet plus longtemps.

— Quant à Borwen ?

— Borwen est un pédophile. Souhaitez-vous vraiment que l'Arvath défende sa cause ?

— C'est de la calomnie, répliqua posément le Saint-Père, avec un sourire contraint.

Peut-être avait-il cru que Massue n'oserait pas aborder ce sujet durant une audience publique. Fallait-il s'en réjouir ou non ? Aisa n'aurait su le dire.

— Borwen mène la vie d'un bon chrétien, poursuivit le Saint-Père. Chaque matin, il assiste aux laudes. Le soir, il consacre son temps aux…

— Borwen est bien obligé d'être un bon chrétien, grommela Massue. Il sait pertinemment que sur mon ordre, un gendarme de New London lui colle aux basques depuis six mois. Au grand soulagement de ses voisins, m'a-t-on dit.

Aisa en fut surprise. Elle n'aurait pas cru que Massue s'intéresserait à quelque chose qui ne concernait pas directement la Reine. Maman était-elle au courant ? En vérité, son père n'avait rien d'un paroissien modèle ; du temps où ils vivaient sous le même toit, leur famille n'allait à l'église qu'une ou deux fois par an.

— Borwen s'est repenti sincèrement de toutes ses actions passées, répliqua le Saint-Père. Il s'est amendé, et dorénavant, il ne désire plus qu'une chose : être avec son épouse et ses enfants.

— Amendé, répéta Massue d'un ton sarcastique. Tu peux dire ce que tu veux, Borwen. Tôt ou tard, nous savons tous les deux que tes bas instincts referont surface, et la prochaine fois qu'on te prendra sur le fait, je te coffrerai pour de bon.

— Mes enfants sont à moi ! mugit son père. Vous n'avez pas le droit de me les enlever !

— Tu as renoncé à tes enfants à l'instant où tu les as maltraités, ainsi que leur mère.

Il y eut du mouvement au fond de la salle, ce qui attira le regard d'Aisa : Maman se trouvait à l'entrée du couloir, les bras croisés. Kibb ne l'avait pas remarquée, sciemment ou non. Comment Massue pouvait-il être au courant, pour Maman ? Lui avait-elle parlé de cette époque ? Cela semblait peu probable. Ils ne s'entendaient guère, tous les deux.

— Ma fille est là ! beugla son père. Demandez-lui si elle était maltraitée !

Aisa se figea, car tous les regards furent soudain braqués sur elle.

— Ta fille travaille pour moi, s'empressa de répliquer Massue, et Aisa devina qu'il n'avait pas prévu le tour que prenait cette conversation. Elle parle sur mon ordre, pas sur le tien.

Croisant le regard de son père, Aisa y vit une lueur de triomphe. Il la connaissait bien. Il avait pris un risque calculé, pariant qu'elle ne voudrait pas révéler ce qu'elle avait enduré. Comment aurait-elle pu le raconter sans honte à tous ces inconnus qui la regardaient ? Même s'ils la croyaient, comment continuer à vivre en sachant que ce serait la première chose qui leur viendrait en tête dès qu'ils la verraient ? Qui en serait capable ?

La Reine, lui répondit soudain son esprit. La Reine parlerait et en assumerait les conséquences.

Mais Aisa en était incapable.

— Aisa en a déjà assez supporté, dit Massue. Et aucun chrétien digne de ce nom ne l'obligerait à raconter ici ce que tu lui as fait subir.

— En vérité, Dieu aime les enfants, répliqua le Saint-Père en hochant la tête d'un air sentencieux. Sauf les menteurs.

— Prenez garde, Anders, riposta Massue d'une voix soudain beaucoup plus grave, un signe de danger pour ceux qui le connaissaient.

Le Saint-Père cherche-t-il à nous provoquer afin qu'on s'en prenne à lui, ou qu'on l'arrête ? se demanda Aisa. Cela arrangerait bien l'Arvath. Mais Massue était trop intelligent pour lui rendre ce service… du moins l'espérait-elle. Cette colère rentrée était bien pire que ses emportements. Elle sentit de nouveau le regard de son père sur elle, et résista à l'envie de le croiser.

— Si cette enfant avait des motifs de se plaindre de son père, elle les dirait, remarqua le Saint-Père avec dédain. Ces accusations sans fondement contre Borwen ont pour but de dissimuler le fait que les lois de la Reine sont arbitraires, et conçues pour servir ses propres intérêts. Tous les hommes de Dieu devraient le défendre.

— Ses propres intérêts. Quand les Mort sont venus, la Reine a ouvert le Donjon à plus de dix mille réfugiés. Combien l'Arvath en a-t-il accueilli ?

— L'Arvath est sacré, répliqua Anders, mais Aisa constata avec soulagement que Massue avait réussi à le déstabiliser. Aucun laïc ne peut entrer dans la maison de Dieu sans la permission du Saint-Père.

— Comme c'est pratique, à la fois pour Dieu et pour Votre Sainteté. Et le Christ, que dit-il sur l'accueil des sans-abri ?

— J'aimerais revenir à l'Apostat, Lord Régent, s'empressa de répondre le Saint-Père.

Aisa jeta un bref coup d'œil sur la foule. Les gens avaient-ils remarqué comment le Saint-Père s'était dérobé à cette question ? Non, apparemment. Pour la plupart, ils se contentaient de contempler la scène d'un air hébété.

— Alors, que voulez-vous dire au sujet du Père Tyler ? répondit Massue.

— S'il ne nous est pas rendu d'ici vendredi midi, l'Église excommuniera tous les employés de la Couronne.

— Je vois. Quand tous les autres moyens de pression ont échoué, il reste le chantage.

— Absolument pas. Mais Dieu est profondément déçu par la Couronne et son laxisme face au péché qui règne dans le Tearling. Nous avions espéré que vous profiteriez de l'absence de la Reine pour criminaliser des comportements contre nature.

Aisa sentit Elston tressaillir à côté d'elle. Mais quand elle leva les yeux vers lui, il était impassible, les yeux toujours fixés sur la foule.

— Et qu'en est-il du prochain paiement de l'impôt foncier ? demanda soudain Massue. Où en êtes-vous ?

— Je ne vois pas où vous voulez en venir, répliqua le Saint-Père, avec une certaine gêne.

En entendant Massue éclater de rire, Aisa se détendit, et ses épaules se relâchèrent un peu. Projetant son regard, elle vit que Maman gardait les yeux rivés sur Massue, un petit sourire aux lèvres.

— Vous savez, Anders, ajouta Massue, durant quelques minutes, je me suis demandé ce que vous veniez vraiment faire ici. À présent je le comprends on ne peut mieux. Laissez-moi profiter de l'occasion pour vous le dire simplement : vous pouvez amener sur nous toutes les foudres du ciel, cet impôt devra être acquitté au 1er février.

— Ce n'est pas une question d'argent, Lord Régent.

— Tout est toujours une question d'argent. Vous imposez une dîme aux Tear, puis vous vous accaparez le tout pour vivre dans le luxe, en exploitant les crédules et en dépouillant les miséreux. C'est vous qui servez vos propres intérêts.

— Les gens donnent de leur plein gré pour une sainte cause.

— Ah oui ? ironisa Massue en se fendant d'un sourire qui tenait plus du rictus. Moi, je sais exactement où va l'argent. Nous avons cueilli deux de vos hommes de main dans la Crèche, la semaine dernière. Vous y aviez des affaires à régler, apparemment.

En entendant ces mots, il y eut des murmures dans la foule, et le sourire du Saint-Père se crispa quelque peu.

— Accusations sans fondement ! s'écria-t-il. Je suis le messager de Dieu...

— Alors votre Dieu est un trafiquant de chair humaine, d'enfants en particulier.

Un grand silence s'abattit sur la foule, sidérée.

— Quant à toi, Borwen, reprit Massue. Je comprends maintenant pourquoi tu es venu aujourd'hui. Tu as cru que tu aurais plus de chance d'obtenir gain de cause avec un homme sur le trône. Si tu cherches à t'approcher de ta femme et de tes enfants, je te...

— Quoi ? Vous me tuerez ? s'écria Borwen. Vous parlez d'une menace ! Je suis déjà mort, j'ai perdu mes enfants, et où que j'aille, on me rejette avec mépris. Pourquoi ne pas me tuer maintenant ?

— Non, je ne te tuerai pas, répondit posément Massue. À la moindre incartade, je te mettrai en prison et laisserai ta femme décider de ton sort.

Aisa vit son père blêmir.

Massue descendit alors de l'estrade pour s'adresser au Saint-Père.

— Vous ne réussirez pas à faire pression sur moi en usant de menaces, et vous ne me détournerez pas du programme établi par la Reine. Abstenez-vous dorénavant de nous importuner avec ces absurdités. Le prochain prêtre à mettre le pied ici n'en sortira peut-être pas indemne. Quant à toi, Borwen... disparais. Que je ne te revoie plus jamais.

Aisa sentit son cœur près d'éclater. Certes Maman et Wen l'avaient toujours défendue contre son père quand ils le pouvaient, mais c'était autre chose que quelqu'un d'extérieur à leur famille s'en charge. Si elle avait pu, Aisa aurait sauté au cou de Massue, car soudain, elle l'aima, de cet amour farouche, viscéral, qu'elle n'éprouvait que pour sa mère.

— Venez, Frère Borwen, ordonna le Saint-Père. Dieu connaît cette injustice, et nous porterons votre affaire devant les tribunaux. Ainsi cet endroit inique et l'orgueil démesuré de la couronne Glynn seront exposés au grand jour.

— Essayez donc, répliqua Massue sans se départir de son calme. Mais attention, votre Sainteté. Les enfants de Borwen seront loin d'être ses seuls accusateurs.

— Personne ne l'a jamais accusé de quoi que ce soit, Lord Régent.

— Moi, je l'accuse.

Les mots s'étaient échappés de sa bouche. En sentant les regards se braquer sur elle, Aisa aurait voulu les ravaler. Trop tard.

— Vous avez dit quelque chose, mon enfant ? s'enquit le Saint-Père d'une voix doucereuse, mais ses yeux brûlaient de fureur.

Étrangement, cela poussa Aisa à continuer. Elle croyait que ce serait de plus en plus pénible, mais une fois lancée, elle découvrit avec soulagement que c'était le contraire : les premiers mots avaient été les plus durs à sortir, et tout ce qui suivit coula facilement, comme si un barrage s'était rompu dans sa gorge.

— J'avais trois ou quatre ans quand vous avez commencé, déclara-t-elle en s'efforçant de regarder son père dans les yeux, mais elle ne réussit qu'à se fixer sur son menton. Puis vous vous en êtes pris à Morryn au même âge. Nous devions nous cacher dans la cave pour vous échapper.

Aisa entendit sa propre voix gagner en volume à mesure que la détresse montait en elle, comme un cheval emballé.

— Vous n'arrêtiez pas de nous harceler, sans jamais nous laisser tranquilles…

— Mensonges ! lança le Saint-Père d'un ton mordant.

— Non ! hurla-t-elle. C'est la vérité, seulement vous ne voulez pas l'entendre !

— Diablesse, lui dit doucement Massue, et elle s'interrompit, fulminante, haletante.

— Tu ne risques rien, ma petite. Mais je préfère que tu t'en ailles, maintenant. Coryn, conduis-la auprès de sa mère.

Coryn la tira doucement par le bras, et Aisa finit par se laisser emmener. Jetant un dernier coup d'œil en arrière, elle vit que toute l'assistance la suivait des yeux. Son père était toujours à côté du Saint-Père, la face empourprée de colère.

— Ça va ? lui demanda Coryn à voix basse.

Aisa ne sut que répondre. Elle avait mal au cœur. Derrière elle, elle entendit Massue renvoyer les deux hommes.

— Aisa ? insista Coryn.

— J'ai mis le Capitaine dans l'embarras.

— Pas du tout, répondit-il avec une gravité dont elle lui fut reconnaissante. Tu as fait quelque chose d'utile. L'Arvath n'osera plus présenter ton père comme plaignant devant les tribunaux. Il y avait trop de témoins gênants, aujourd'hui.

Tout le monde le saura, se dit-elle, sentant la honte la brûler de l'intérieur.

— Les Caden s'en ficheront, remarqua Coryn d'un ton placide, et Aisa s'arrêta.

— Pourquoi dis-tu ça ?

— C'est gravé sur ton visage, ma fille. Je sais qu'un jour, tu nous quitteras. Mais que ta cape soit grise ou rouge, rends-toi ce service : ne laisse pas le passé gouverner ton avenir.

— Est-ce si facile ?

— Non. Pour le Capitaine, c'est un combat de chaque jour.

Un tueur d'enfants, se rappela Aisa. Soudain Maman fut là, les bras grands ouverts, alors, grâce au ciel, ses tensions se relâchèrent. Toutes ces années, elle s'était préparée à tuer son père, mais elle se rendit compte avec stupéfaction qu'elle venait de faire quelque chose de bien plus difficile : elle avait parlé à haute voix.

Tyler ne croyait pas à l'enfer. Il avait décidé longtemps auparavant que si Dieu voulait les punir, ce n'était pas les possibilités qui manquaient ici bas. L'enfer était bien superflu.

En tout cas, s'il y avait un enfer sur terre, Tyler l'avait trouvé.

Seth et lui étaient cachés dans les entrailles de la terre, dans le renfoncement d'un profond tunnel. Ils s'y étaient faufilés par une fente à peine visible dans la pierre. À la faible lueur de l'allumette qu'il tenait entre ses doigts, il vit d'abord le sol et les murs couverts de moisissure, puis, juste avant que l'allumette s'éteigne, le visage de Seth. Il avait une mine affreuse, les joues enfiévrées, le blanc des yeux jauni par l'infection. Cela faisait plusieurs jours que Tyler n'avait pas examiné sa blessure, mais il devinait que les vilaines stries rouges de son ventre avaient dû gagner du terrain en remontant vers sa poitrine. Quand ils s'étaient échappés de l'Arvath, Tyler avait emmené Seth chez un médecin à qui il avait laissé presque toutes ses économies. Mais ce n'était pas un vrai médecin, et même s'il avait donné à Seth un sédatif pour soulager sa douleur quelques jours, il n'avait pas été capable de stopper l'avancée de l'infection.

L'allumette s'éteignit juste au moment où des bruits de pas résonnèrent, ceux de plusieurs hommes courant dans le tunnel, à l'extérieur du renfoncement où ils étaient tapis.

— La branche est ! haleta l'un d'eux. Direction la branche est, ensuite on se retrouve sur la route.

— Ce sont des Caden, je le sais, dit un autre d'une voix apeurée. Ils arrivent.

— Qu'est-ce que des Caden viendraient faire ici ? Il n'y a pas d'argent à gagner.

— Tous à la branche est, vite !

Ils se remirent à courir et s'éloignèrent. Tyler s'adossa contre le mur du renfoncement, le cœur battant. Seth et lui étaient déjà dans un fameux pétrin, mais si vraiment il y avait des Caden ici, en bas, ce serait le début de la fin. Les premiers jours de leur fuite, Tyler était plusieurs fois remonté à la surface pour acheter nourriture et eau potable, et il avait appris que l'Arvath avait mis leurs têtes à prix. Tyler et Seth s'étaient depuis longtemps dépouillés de leurs robes de prêtres, mais même habillés en laïcs, ils ne pouvaient sans risque circuler librement. Cela faisait plus de deux semaines que Tyler n'était pas ressorti des tunnels, et leurs réserves étaient presque épuisées.

— Ty ? demanda Seth dans un souffle. Tu crois que c'est nous qu'ils recherchent ?

— Je l'ignore.

Il avait cru être en lieu sûr, ici, en bas, mais cette sécurité avait un prix. Durant ses excursions dans les tunnels, Tyler avait vu bien des choses, et à mesure qu'il comprenait ce qu'était vraiment ce labyrinthe, il était retombé dans les affres spirituelles qui l'avaient tourmenté durant ses dernières semaines dans l'Arvath.

Mon Dieu, pourquoi permets-tu ces choses ? Ce monde est le tien. Pourquoi tolères-tu qu'il existe de telles gens ?

Il n'avait pas eu de réponse, ce qui n'était guère étonnant.

Il savait qu'il devait faire sortir Seth d'ici, et vite. Il avait cherché une voie souterraine qui mène au Donjon ; Massue devait à coup sûr en avoir emprunté une pour entrer subrepticement dans l'Arvath et en ressortir, quand il venait prendre ses leçons. Mais Tyler craignait d'abandonner la sûreté de leur cache. La tête de Seth n'était mise à prix que pour mille livres, mais durant sa dernière sortie à la surface, la prime pour sa propre capture atteignait cinq mille livres. Aucun Caden ne laisserait passer une telle occasion. D'après les rumeurs que Tyler avait glanées dans une obscure taverne, il savait que cette prime était promise pour sa tête, mais aussi pour tout ce qu'il aurait sur lui, et il en avait déduit que si le Saint-Père voulait leur mort, et qu'il paierait cher pour l'envoyer lui-même Tyler *ad patres*, son intérêt premier, c'était le coffret en bois de merisier que Tyler conservait dans sa sacoche. Tyler avait très envie de le sortir pour l'ouvrir, mais ils ne pouvaient se permettre de gaspiller des allumettes – ils en étaient à leur dernière boîte. Néanmoins, il serrait la sacoche contre lui, pour sentir les contours réconfortants du coffret.

Après plusieurs semaines passées dans les tunnels, Tyler avait rassemblé quelques éléments épars et mieux comprit l'affaire de la couronne Tear. Elle n'était pas réapparue depuis la mort de la Reine Elyssa, qui devait en avoir fait don à l'Église ; un geste étrange, pour une souveraine qui n'allait pas à la messe plus d'une fois l'an, mais Elyssa ne serait pas la première à avoir retrouvé la foi sur son lit de mort. Tyler n'avait jamais rencontré la mère de la Reine Glynn, mais d'après ce qu'on disait d'elle, c'était bien le genre de femme à tenter de s'acheter sa place au paradis. Certes la couronne d'argent massif ornée de saphirs était précieuse, mais pour Tyler, sa valeur allait bien au-delà. Cette couronne était passée sur les têtes de chaque souverain monté sur le trône depuis Jonathan Tear, et elle avait été l'enjeu de maintes batailles de succession, souvent sanglantes. La rumeur insistait aussi sur ses pouvoirs magiques, mais pour Tyler, cela tenait de la fable. Il voyait surtout la couronne comme un objet emblématique de l'extraordinaire épopée Tear, et Tyler ne pouvait pas plus négliger un tel symbole que laisser Seth derrière lui. En outre, il avait une promesse à tenir. Penser à Maya lui broyait le cœur. Cette femme lui avait donné la couronne, et il l'avait laissée là-bas, assise devant les doses de drogue disposées sur la table. Il ne pouvait l'emmener, car la partie aurait été perdue d'avance ; il le savait, mais cela ne le rassérénait nullement. Anders n'était pas du genre magnanime, et Tyler frémissait en se demandant quel sort il avait réservé à Maya, après sa fuite. En tout cas, il avait l'intention de tenir sa promesse et de remettre la couronne à la Reine. Seulement, dans l'état actuel des choses, coincé au fond de cette crevasse, il en était empêché.

En entendant de nombreux pas résonner sur la pierre au-dessus de sa tête, il frissonna. C'était peut-être les Caden, ou un autre groupe de ces âmes damnées et perdues que Tyler avait vues ici-bas. Mais les pas s'éloignèrent, et il se rappela une autre information qu'il avait glanée dans la taverne : des foules hurlantes déferlaient dans les rues de New London en brandissant des épées et des crucifix en bois, invoquant Dieu et menaçant de violences tous ceux qui ne voulaient pas les rejoindre. Rien d'évident ne reliait ces débordements à l'Église de Dieu, pourtant Tyler y reniflait l'odeur du Saint-Père, chargée pour lui de pestilence. Il aurait parié sa Bible que les meneurs recevaient leurs ordres de l'Arvath.

C'était une bonne église, jadis, songeait Tyler, et c'était vrai. Après l'assassinat des Tear, l'Église de Dieu avait aidé à rétablir l'ordre. Elle avait agi de concert avec les premiers Raleigh, pour empêcher la colonie de William Tear de s'éparpiller aux quatre vents. Durant le deuxième siècle après la Traversée, un prêcheur nommé Denis avait embrassé le catholicisme, convaincu que la théâtralité et les rituels de ce dogme aidaient à frapper et canaliser les imaginations. Denis avait supervisé la conception et la construction de l'Arvath, l'œuvre de toute une vie, qui avait vidé les coffres de l'Église et vieilli cet homme avant l'âge. Denis était mort juste trois jours après la pose de la dernière pierre, et l'Église le reconnaissait aujourd'hui comme le premier souverain pontife ; pourtant avant lui, beaucoup d'hommes avaient guidé l'Église de Dieu sur le même chemin. Tyler, qui avait rassemblé autant d'histoire orale qu'il le pouvait, savait que son église était loin d'être parfaite. Mais le chapitre même le plus sombre de son histoire n'approchait pas l'état actuel de l'Arvath.

Jamais le Saint-Père n'aurait osé agir de la sorte, avec la Reine en résidence. Anders craignait la Reine Kelsea, à tel point qu'il n'y avait pas si longtemps, il avait tendu à Tyler une fiole de poison en le chargeant d'une terrible mission. Depuis, la Reine s'était rendue et livrée à Mortmesne, une nouvelle stupéfiante que Tyler avait apprise durant l'une de ses brèves remontées à la surface, et c'était Massue qui gouvernait le royaume. Mais le peuple du Tearling n'aimait pas Massue, il le craignait seulement, et la peur étant bien moins dangereuse que la vénération, en l'absence de la Reine, le Saint-Père avait pris de l'audace.

Il faut qu'elle revienne, songea Tyler, presque sous la forme d'une prière. Il le faut.

D'autres pas résonnèrent dans le tunnel, et Tyler se colla contre le mur. Plusieurs hommes coururent en croisant la fissure qui ouvrait sur la crevasse, et à leur façon de se déplacer, sans faire aucun bruit ou presque, avec une efficacité de militaires entraînés tous unis dans un même but, Tyler devina que c'étaient des Caden. Mais qui recherchaient-ils ? Étaient-ils là pour Tyler et Seth, ou pour quelqu'un d'autre ? Peu importe. Il suffirait d'un regard perçant pour repérer l'étroite faille dans le mur du tunnel, et ils seraient découverts.

Les pas dépassèrent la fissure sans ralentir, et Tyler se détendit. Comme Seth se blottissait contre lui en tremblant, il l'entoura de ses bras. Seth se mourait, lentement, douloureusement, et Tyler ne pouvait rien faire pour lui. Il avait aidé Seth à s'échapper de l'Arvath, mais à quoi bon ? Ils avaient contre eux la terre entière.

Mon Dieu, pria Tyler, tout en étant certain que ces mots n'iraient nulle part, qu'ils ne feraient que tourner en rond autour du gouffre noir de son esprit. Mon Dieu, je vous en prie, éclairez-nous.

Mais il n'y avait que l'obscurité, avec le bruit continu de l'eau tombant goutte à goutte et, un peu plus loin, les pas allant s'estompant d'une bande d'assassins.

5

Le Pays Tear

L'erreur de l'utopie, c'est de supposer que tout sera parfait. Si l'on peut tendre vers la perfection, nous ne sommes que des humains, et même en utopie, nous apportons tout ce qui nous habite, souffrance, erreurs, jalousie, chagrin. Nous sommes bien incapables de nous défaire de nos défauts, même dans l'espoir du paradis. Or donc, préfigurer une nouvelle société sans prendre en compte la nature humaine et ses travers voue cette société à l'échec.

Les Dires de la Reine Glynn,
RECUEILLIS PAR LE PÈRE TYLER

Indéniablement, quelque chose tracassait William Tear.

Voilà presque un an que Katie travaillait avec lui, pourtant elle n'avait guère l'impression de bien le connaître. C'était un homme secret qui tenait ses distances et que personne ne parvenait à cerner ;

même pas ma mère, pensait Katie. Certains jours, elle croyait presque voir ce qui pesait sur les épaules de Tear en le faisant paraître plus vieux, et parce qu'il était inquiet, Katie aussi s'inquiétait.

Elle était assise par terre au milieu de la Ceinture, l'étroite bande boisée qui bordait le côté nord de la ville. Ici, la voûte des arbres était si dense que seuls quelques rares rayons de soleil s'y infiltraient, en parsemant de-ci de-là l'herbe sèche de taches de lumière.

— Vas-y ! lança Tear d'un ton rogue. Tu vois bien qu'il perd l'équilibre, profites-en ! C'est le moment ! Utilise le poids de ton corps pour te refermer sur lui et le faire tomber. Si tu maintiens fermement un homme au sol avec un couteau à la main, c'est gagné.

Katie entoura ses genoux de ses bras en essayant de se concentrer sur l'aire d'entraînement devant elle, où Gavin et Virginia luttaient corps à corps. Chacun avait en main un couteau, mais pour l'instant, c'était secondaire ; cette leçon portait sur l'équilibre et l'effet de levier. Katie n'était pas très douée au maniement du couteau, et elle n'était guère taillée pour terrasser qui que ce soit, mais elle avait pour elle de très bons réflexes et une grande vivacité de réaction. Virginia avait beau être plus grande et plus musclée, elle ne réussit pas à saisir le bon moment pour pousser son avantage, et peu après, Tear décréta une pause, puis se mit à préciser où elle avait failli. Virginia parut déçue, mais Katie ne pensait pas que cette épreuve-là jouerait en sa défaveur. Ils étaient neuf à s'entraîner : Katie, Virginia Warren, Gavin Murphy, Jess

Alcott, Jonathan Tear, Lear Williams, Ben Howell, Alain Garvey et Morgan Spruce. Ils avaient tous des potentialités différentes, pourtant Virginia était la mieux lotie, car elle ne craignait absolument rien ni personne. Katie avait beaucoup appris durant l'année écoulée, mais cette qualité-là ne pouvait s'enseigner, et elle la lui enviait.

— Virginia, assieds-toi et observe. Essaie de repérer l'instant précis où tout se joue, cette fois, déclara Tear, puis il claqua des doigts. Alain et Gavin, à vous.

Alain se leva de la place qu'il occupait autour du cercle et s'approcha de Gavin avec méfiance. Ils étaient tous deux bons amis, mais Alain était le moins bon combattant du groupe, et Gavin le savait. En voyant une lueur de suffisance passer dans ses yeux, Katie secoua la tête. Certes, c'était un bon lutteur, mais il avait trop d'arrogance, et cela lui avait plus d'une fois attiré des ennuis.

— Ramasse-toi, Garvey ! lui cria Tante Maddy, assise à côté de Tear. Sinon il va t'envoyer valser !

Alain se courba en avant et sortit un couteau de l'étui qu'il avait à sa ceinture. Leurs couteaux étaient des objets rudimentaires, comme on en utilisait pour abattre le bétail. Mais Katie avait surpris par mégarde une conversation entre Maman et Tante Maddy : Tear leur avait fait de vrais couteaux de combat. De telles armes devaient être fabriquées et portées en secret (Katie avait parfois l'impression que sa vie s'était remplie de secrets comme un seau sous une fuite d'eau, depuis qu'un an plus tôt, elle s'était assise sur le banc avec William Tear), mais ils ne recevraient les couteaux que quand on les jugerait prêts. Katie avait hâte que ce moment arrive.

Alain était plus grand que Gavin, mais Gavin savait mieux qu'eux tous manier le couteau, et il avait en outre l'agilité d'un lézard. En l'espace de quelques secondes, il s'était glissé derrière son adversaire et, saisissant la main d'Alain qui tenait le couteau, il se mit à lui taper à répétition le poignet sur son genou, afin de lui faire lâcher prise.

— Stop ! lança Tear en entrant dans le cercle, suivi de la mère de Katie.

— Qu'arriverait-il durant un vrai combat, Gavin ? s'enquit-elle d'un air désapprobateur.

— Je lui aurais cassé le poignet, puis éclaté le genou.

— L'échec ne signifie pas grand-chose dans cette arène, dit Tear à Alain. Mais dans un vrai combat, c'est la mort assurée. On a tout intérêt à s'en rendre compte et à s'en souvenir.

Du coin de l'œil, Katie vit Virginia hocher la tête. Elles s'étaient liées d'amitié, mais Virginia avait un caractère par trop féroce pour être une véritable amie. La semaine dernière, au cours du grand débat sur la distribution des récoltes, elle avait saisi M. Ellis à la gorge, et si plusieurs adultes ne l'avaient pas retenue, elle l'aurait étranglé à mains nues. Dans la Ville de leur enfance, il n'y avait pas de bagarres : si les gens avaient des différents à régler, ils le faisaient à coups d'arguments. À présent, chaque semaine ou presque donnait lieu à un incident, et Katie se demandait souvent s'ils s'entraînaient pour protéger la paix, ou en prévision des conflits que William Tear pressentait.

Assis à côté de Virginia, Jonathan Tear observait attentivement les deux silhouettes qui se battaient au centre du cercle. Physiquement, c'était le portrait de son père, à part ses grands yeux presque noirs, qui ressemblaient de façon frappante à ceux de Lily. Comme lutteur, Jonathan n'était ni bon ni mauvais ; Katie l'avait déjà battu, même s'il avait un an de plus qu'elle. Mais c'était sans importance. Chaque instant de sa vie, Jonathan apprenait. Katie le voyait, elle voyait ses yeux enregistrer les informations et les envoyer pour être analysées dans l'immense pièce qu'était son cerveau. En fait de pièce, c'était plutôt toute une maison.

— Gavin, laisse ta place. Lear, à toi d'entrer en lice contre Alain.

Lear se releva, et Katie vit presque Alain grogner de dépit. Lear n'était pas le meilleur lutteur parmi eux, mais c'était celui qui avait droit au plus de respect, pour sa grande intelligence. Son père, qui était mort durant la Traversée, était l'un des seconds les plus fiables de William Tear, et la mère de Katie disait souvent que Lear avait hérité de son intelligence. Il faisait son apprentissage chez le vieux M. Welland, l'historien de la Ville, et travaillait sur sa propre histoire de la Ville. Pas sur la Traversée ; aucun d'eux n'en savait assez sur cette période, et les réponses qu'ils obtenaient des adultes étaient d'un flou exaspérant. Mais d'après Gavin, Lear avait l'intention de faire la chronique de l'histoire de la Ville tout au long de sa vie, avant de publier le document à sa mort. Qui aurait envie de combattre un garçon capable de penser à si long terme ?

— Resserrez un peu le cercle, ordonna la mère de Katie. Pour laisser moins de place à l'erreur.

Ils s'empressèrent d'obéir.

— C'est parti.

Lear tournait autour d'Alain, qui restait sans bouger, comme figé sur place. C'était le maillon faible de leur groupe, et Katie ressentait mal cette faiblesse, qui n'avait pas sa place ici.

Ça, c'est ce que Row dirait.

Elle se renfrogna, en regrettant de ne pouvoir forcer son esprit à se taire. Ces temps-ci, ses pensées avaient quelque chose de schizophrénique, comme si chaque idée pouvait être attribuée individuellement à Row ou à Tear. Certes, Alain n'était pas un grand combattant, mais comme tant d'enfants de la Traversée, il avait d'autres talents, en particulier un don phénoménal pour les tours de passe-passe. On ne battait jamais Alain aux cartes, à moins de se targuer d'absurdes prétentions ; il avait gagné plusieurs écheveaux du meilleur fil chiné de Katie, avant qu'elle arrête de parier. Chaque automne, à la fête des récoltes, Alain donnait un spectacle de magie qui impressionnait les adultes et ravissait les petits. Or c'était très précieux, d'avoir tant de gens divers au sein d'une communauté, chacun ayant sa part de dons, d'intérêts et d'étrangeté. Ils créaient à eux tous une tapisserie, à la manière des personnages d'un livre. C'était la leçon de la Ville, enseignée aux enfants avant même qu'ils sachent marcher : Tu es unique, chacun est unique. Mais tu n'es pas meilleur. Tous sont précieux, chacun à leur façon.

Katie en était consciente, mais Row était incapable de comprendre la valeur de cette tapisserie. Elle essayait souvent de le lui expliquer, en doutant d'y parvenir. Row ne supportait pas l'inefficacité, il n'avait pour elle aucune patience, aucune indulgence, et parfois ses pensées s'entremêlaient à celles de Katie, en étouffant la voix de Tear jusqu'à la faire taire.

Lear arrêta de tourner en rond et s'élança, rapide, silencieux. En l'espace d'un instant, il s'était glissé derrière Alain et lui avait enserré le cou de ses bras en le cravatant.

— Stop.

Debout les bras croisés, William Tear fixait Alain d'un œil froid, sinon impitoyable, et Katie devina alors que le jeune garçon était en fâcheuse posture.

— Ça suffit pour aujourd'hui. Retournez tous à vos occupations habituelles.

Lear relâcha Alain, qui recula en chancelant et en se frottant la gorge. Son camarade posa une main sur son dos, et Alain lui sourit aimablement, cachant sa déception, car lui aussi devait se douter qu'il s'était mal sorti de cette mise à l'épreuve. Gavin ne l'avait pas ménagé, avec une outrecuidance qui frisait parfois la cruauté. L'an dernier, Gavin avait demandé à Katie de l'accompagner au pique-nique d'été, et même s'il était beau gosse, Katie avait refusé. Il y avait en lui quelque chose d'implacable, il semblait prêt à écraser tout ce qui se trouverait en travers de son chemin. Katie doutait fort qu'il soit capable de faire passer quoi que ce soit avant sa propre personne.

Allons ! se moqua son esprit. Et Row, tu crois peut-être qu'il vaut mieux que lui ?

Non, mais Row se connaissait, il ne se faisait aucune illusion sur son propre compte, et cela faisait une énorme différence. Row était peut-être méchant, mais Gavin était bête. Il n'aimait même pas lire.

Tear, Tante Maddy et Maman quittèrent la clairière vers l'ouest, en direction de la Ville. En partant, Maman fit un petit signe à Katie pour lui faire comprendre qu'elle s'en était bien sortie, aujourd'hui. Gavin, Howell, Alain et Morgan disparurent dans les arbres en filant vers l'est pour contourner la colline et descendre vers le sud jusqu'à la bergerie. Jess descendit la colline vers la coupe de bois, suivi de Virginia ; elle faisait partie d'un grand groupe qui commençait tout juste à explorer et à cartographier la vaste terre à l'extérieur de la Ville, le Pays Tear, comme on l'appelait maintenant, même si Katie savait par sa mère que cela n'était guère du goût de William Tear. Ils suivaient tous des apprentissages pour camoufler ces séances d'entraînement, même Jonathan, qui travaillait à la laiterie. Mais aucun apprentissage ne pouvait égaler les leçons de Tear. Car il ne leur apprenait pas seulement à se battre. D'une façon indéfinissable, Katie sentait que Tear leur apprenait aussi, non par des mots, mais par l'exemple, à s'améliorer sur un tout autre plan. Devenir meilleurs, pour mieux servir la communauté. Durant leurs séances, la voix de Row était encore présente dans la tête de Katie, mais assourdie. Dans le monde de Row, Alain aurait été éliminé depuis longtemps, mais les idées de Row sur les personnalités d'exception et sa vision d'un monde régi par la seule loi de la jungle semblaient n'avoir aucune place dans cette clairière.

Katie se leva sans hâte et brossa son pantalon où s'accrochaient des herbes piquantes. Elle pouvait se permettre d'arriver un peu en retard à la bergerie ; elle travaillait dur, et M. Lynn, qui était responsable des fileurs et teinturiers, la portait aux nues. Elle aurait pu sécher toute une semaine de son apprentissage sans qu'il n'y trouve rien à redire.

De l'autre côté de la clairière, Jonathan Tear, toujours assis par terre, regardait droit devant lui, l'air complètement ailleurs, comme s'il dormait à moitié. Katie s'éloigna en le laissant seul ; bon sang, Jonathan était si bizarre ! Même dans une communauté qui valorisait les individus, Katie ne savait pas très bien comment le situer. Il était le fils de William, ce qui aurait pu lui donner une position privilégiée, pourtant Jonathan n'acceptait rien de l'adulation que la Ville aurait voulu lui témoigner ; il semblait ne savoir qu'en faire. Il passait tout son temps libre dans la bibliothèque, roulé en boule dans un recoin sombre du deuxième étage, avec pour seule compagnie une pile de livres. Même durant leurs séances d'entraînement, Jonathan s'isolait en s'excluant de la joyeuse camaraderie qui unissait les autres et les définissait comme faisant partie d'une élite. Décidément, il était bizarre, et la première impulsion de Katie fut de le laisser seul.

Mais alors qu'elle atteignait le bord de la clairière, elle ralentit le pas et finit par s'arrêter. La voix de sa mère parlait dans sa tête, la voix de son enfance, qui lui disait que lorsqu'on voyait son voisin dans l'ennui, qu'on l'apprécie ou pas, on s'arrêtait. On aidait.

Or Jonathan Tear ne paraissait pas bien du tout.

Avec un soupir d'exaspération, Katie revint sur ses pas et s'approcha de lui.

— Est-ce que ça va ?

Jonathan ne répondit pas, il se contenta de rester le regard fixé droit devant lui. Katie s'accroupit, et en le scrutant, elle se rendit compte que ce qu'elle avait pris pour une sorte d'abrutissement était en fait une intense concentration, comme si Jonathan voyait quelque chose dans le lointain. Katie regarda derrière elle : il n'y avait que le rideau d'arbres, de l'autre côté de la clairière.

— Jonathan ?

Elle claqua des doigts devant ses yeux, mais il ne cilla même pas. Ses pupilles étaient dilatées, et Katie se demanda s'il avait un genre de crise, si elle devait appeler quelqu'un. Il n'y avait plus aucun signe de la présence des autres ni aucun bruit, juste la mélodie des bois, faite de chants d'oiseaux et du doux bruissement des feuilles caressées par le vent d'après-midi.

Lentement, en hésitant, Katie posa la main sur l'épaule de Jonathan. Il tressaillit, mais ses pupilles restèrent dilatées, et quand il se tourna vers elle, son regard la traversa, tout aussi fixe et lointain qu'auparavant, au point qu'elle en frémit.

— Ça a mal tourné, murmura-t-il. Mauvaise ville, mauvais pays. Toi et moi, Katie. Toi, moi, et un couteau.

À ce dernier mot, Katie sursauta, et sa main alla machinalement au couteau passé à sa ceinture. Jonathan lui saisit alors le poignet de ses doigts glacés, avec un sourire qui lui fit froid dans le dos.

— Nous avons essayé, Katie, murmura-t-il. Nous avons fait de notre mieux.

Poussant un petit cri, elle dégagea son poignet. Jonathan cligna des yeux et ses pupilles rétrécirent enfin, dans la lumière tamisée du soleil.

— Katie ? dit-il en fronçant les sourcils.

Elle recula, le cœur battant, ne supportant pas une trop grande proximité physique. Elle sentait le danger émaner de lui telles des ondes de chaleur.

— Tu rêvais, hasarda-t-elle.

Tu parles d'un rêve, ironisa son esprit. Il était en transe, oui, un genre de transe comme Annie Fowler en a parfois quand on lui demande quel temps il fera demain.

Mais Annie se contentait de fermer les yeux un moment avant de prédire le temps, en général correctement. Ce qui arrivait à Jonathan était bien différent. C'était presque comme si…

— L'entraînement est fini ? demanda-t-il.

— Oui.

Elle se redressa, puis lui tendit la main. Elle l'aiderait à se relever, et puis basta. Elle aurait fait sa B.A. du jour. Elle partirait, descendrait à la bergerie, teindrait un peu de fil, et oublierait toute cette horrible scène. Mais au lieu de ça, elle resta un moment comme hébétée.

— Qu'est-ce que tu as vu ? finit-elle par demander.

Le visage de Jonathan parut soudain se fermer.

— Que veux-tu dire ?

— Ton père entre en transe, parfois. Maman m'en a parlé. Toi aussi, tu étais en transe. Qu'as-tu vu ?

— Tu ne dois en parler à personne.

— Pourquoi ? Ce n'est pas ma faute si tu as décidé d'entrer en transe au beau milieu de la séance.

Il la prit par les épaules et Katie se crispa, se rendant compte soudain qu'il la dépassait de trente bons centimètres. Elle allait sortir son couteau quand Jonathan la relâcha et recula.

— Excuse-moi, dit-il avec raideur. Mais je tiens à ce que personne d'autre ne le sache.

— Pourquoi ? insista Katie, intriguée. Moi, j'aimerais tellement avoir le don de double vue. Je n'ai reçu aucun don de la Traversée.

Jonathan la regarda longuement, comme pour la jauger.

— Toute ma vie, les gens m'ont observé en attendant que je devienne mon père en miniature, dit-il. Et je comprends leurs raisons. Mais les dynasties sont dangereuses. Quelle que soit la personne qu'ils éliront pour diriger cette ville, ils ne devraient pas la choisir uniquement parce qu'il ou elle est le fils ou la fille d'untel. Ils prendront une meilleure décision, s'ils croient que je suis comme tout le monde.

— N'est-ce pas difficile, de le cacher ?

— Pas vraiment. Je passe presque tout mon temps seul.

Katie baissa les yeux, embarrassée. Elle avait toujours supposé que l'isolement de Jonathan était juste dû à son manque de sociabilité ; il ne lui était jamais venu à l'idée qu'il avait pu se l'imposer à lui-même. En songeant aux commentaires narquois que Row et elle avaient échangés sur son compte, elle eut honte.

— Non, n'aie pas honte, dit Jonathan, ce qui la fit tressaillir. C'est justement l'impression que j'ai cherché à donner.

Katie recula, à nouveau effrayée. Avait-il deviné ses pensées ? Plusieurs adolescents en ville avaient un peu de ce talent ; Katie avait entendu par mégarde sa mère et Tante Maddy en parler, une fois. Maman disait que William Tear leur avait interdit d'évoquer ces dons particuliers, pour éviter que les enfants de la Traversée se sentent par trop singularisés. Row était capable de faire des choses extraordinaires avec le feu ; c'était son don, tout comme Ellie Bennett savait trouver de l'eau et Matt van Wye faire disparaître des objets. Row non plus ne faisait pas montre de cette faculté, seule Katie, et peut-être la mère de Row, savaient que c'était ce qui faisait de lui un aussi bon ferronnier. Katie, qui était née presque deux ans après l'Atterrage, n'avait pas de dons semblables, et elle les leur avait souvent enviés. Toutefois les enfants de la Traversée, avec leurs petits pouvoirs magiques qui parsemaient la Ville comme des œufs cachés à la Fête du Printemps, étaient très différents de Jonathan. Le pouvoir qui émanait de lui était si grand qu'elle en avait la chair de poule. Elle garda sa main posée sur son couteau.

— Tu n'as rien à craindre de moi, lui dit Jonathan.

Peut-être pas, mais il y avait malgré tout du danger en lui, et Katie s'efforça de l'analyser. Ne venait-elle pas juste de penser que la Ville était un lieu où chacun était d'égale valeur, où tous leurs dons s'assemblaient pour former une précieuse tapisserie ?

D'égale valeur ? Et William Tear, alors ?

Qu'est-ce que Row dirait, s'il apprenait ce qu'elle avait découvert ? La réponse lui vint aussitôt.

Nous n'avons pas besoin d'un autre William Tear.

Oui, c'était la voix de Row, mais Row n'était pas là le soir où, assise sur le banc près de Tear, elle avait senti sa grandeur, sa majesté. Tear avait convenu avec leurs patrons de stages respectifs de masquer les heures qu'elle et ses camarades consacraient en secret à leurs séances d'entraînement, et pour l'instant, cela semblait tenir. Mais cacher quelque chose à Row, c'était une autre paire de manches ; il savait que Katie n'était pas complètement loyale, et cela avait creusé entre eux un petit fossé. Katie détestait ce fossé, mais elle ne pouvait rien y faire. Même si elle s'irritait à l'occasion des restrictions imposées par la Ville et de son hypocrisie foncière, elle savait qu'elle ne pourrait jamais s'opposer à William Tear. Tear ne voulait pas être adoré comme un dieu, ni même un roi, il y avait là du danger, quelque chose d'hostile par nature à la démocratie qu'il chérissait. Mais Katie l'adorait quand même. Et voilà que le fils de Tear, qui faisait figure de drôle d'oiseau à leur école, un garçon qu'elle avait toujours rejeté comme étant sans importance, était là devant elle, avec le pouvoir de William Tear coulant de lui par vagues. Une nouvelle pensée lui vint, qui ne l'avait encore jamais effleurée : qu'adviendrait-il de la Ville, quand William Tear ne serait plus de ce monde ?

— Tu veux bien ôter ta main de ce couteau ? demanda Jonathan, et elle obéit.

Jonathan se détendit, et quand il s'accroupit, Katie se rappela soudain qu'il n'avait qu'un an de plus qu'elle. L'espace d'un instant, on aurait dit que des décennies les séparaient.

— Je ne le dirai à personne, déclara-t-elle.

Levant les yeux vers elle, il lui sourit, et Katie détourna la tête tant ce sourire était éclatant de bienveillance, presque aveuglant. Un moment, elle eut envie d'implorer son pardon, et songea à nouveau à ce soir-là, quand, assise à côté de Tear sur le banc dans sa cour, elle avait compris qu'elle ferait tout ce qu'il lui demanderait. Oui, les Tear étaient dangereux, une sorte de danger bien particulier.

— Merci, dit Jonathan.

Elle aurait dû gagner depuis longtemps la bergerie, mais quelque chose la retenait encore, et quand elle comprit d'où venait cette hésitation, elle en fut sidérée : elle attendait que Jonathan la congédie.

— Vas-y, lui dit-il, alors Katie s'éloigna d'un pas chancelant vers le bord de la clairière, comme égarée, toute frémissante.

Un peu comme un arbre qui vient d'être frappé par la foudre, pensa-t-elle.

Lorsqu'elle regarda en arrière, Jonathan avait déjà disparu. Katie continua son chemin en coupant régulièrement vers l'est, cherchant le sentier sinueux qui la ramènerait sur Hill Road. Elle finit par le trouver, mais l'impression d'avoir été frappée par la foudre persistait.

Que m'est-il arrivé ? se demanda-t-elle, tout en sachant qu'elle n'obtiendrait pas de réponse. Qu'est-ce qui m'est arrivé là-bas ?

Elle l'ignorait, mais un fait, au moins, s'était cristallisé dans son esprit : elle avait un autre secret à garder, désormais. Pas de la Ville, cela, c'était facile, mais de Row. Un autre secret qui les diviserait, et Katie sentit le fossé se creuser un peu plus dans son esprit : Tear et Row, si éloignés maintenant qu'ils auraient pu se trouver sur les deux bords opposés d'un ravin… Où Katie irait-elle planter son drapeau ?

Je puis concilier les deux ! protesta-t-elle, mais dans son esprit, sa voix avait le timbre aigu, anxieux, de quelqu'un qui n'y croit pas lui-même.

Les tapotements répétés finirent par pénétrer sa conscience et Katie se réveilla en sursaut d'un rêve où elle fuyait, pour se retrouver dans le noir. Comme le bruit continuait, un moment, elle eut l'impression que son rêve se muait en autre chose, avec fluidité et sans à-coups ainsi que le font souvent les rêves : un poème que Maman lui avait lu quand elle était petite. C'était un corbeau qui tapotait de son bec sur sa fenêtre, et elle ne devait surtout pas lui ouvrir, de peur de laisser la folie entrer dans la maison.

Encore des tapotements. Elle se rendit compte qu'elle était réveillée, que quelqu'un tapait des doigts sur sa fenêtre. En fait de fenêtre, c'était juste une grande planche construite par Maman pour ouvrir vers l'extérieur en tournant sur des charnières.

Contrairement aux fenêtres vitrées décrites dans ses livres, celle-ci était opaque, et Katie ne pouvait voir ce qui se trouvait derrière.

Rien, lui murmura son esprit. Rien de bon. N'y fais pas attention. Rendors-toi.

Mais les tapotements se firent plus forts, plus insistants, et ils finiraient bientôt par réveiller sa mère. Katie inspira profondément en rassemblant son courage, tira le verrou, et ouvrit la fenêtre.

Accroupi sous le rebord, Row la scruta à la lueur de la lune.

— Prépare tes affaires et suis-moi.

— Où ça ?

— Dehors.

— Quelle heure est-il ? s'enquit-elle en tâtonnant sur sa table de chevet pour trouver sa montre.

— 2 h 30, répondit Row. J'ai apporté deux capes, ajouta-t-il en soulevant une masse noire informe. Avec ça, on devrait passer pour des adultes.

Katie ne bougea pas. Son instinct la sommait de ne pas y aller, pourtant l'obscurité derrière Row exerçait sur elle une terrible fascination. Row était capable d'enfreindre les règles sans s'attirer d'ennuis. Mais elle n'était pas aussi brave.

— Allons, Katie, l'encouragea Row en souriant. Tu sais bien que je ne me fais jamais prendre.

Elle recula, soudain transie de froid, en se rappelant ce moment vécu plus tôt dans l'après-midi, avec Jonathan Tear. Se pouvait-il que n'importe qui puisse lire dans son esprit, à présent ? Elle considéra Row avec méfiance, en se demandant s'il ne lui avait caché cette faculté durant toutes ces années.

— Je te connais, Rapunzel. Depuis quand avons-nous jamais eu besoin de magie pour lire chacun dans l'esprit de l'autre ?

C'était vrai. Parfois ils atteignaient tous deux un tel degré d'empathie qu'ils n'avaient plus du tout besoin de parler.

— De quoi as-tu peur ? insista Row en s'appuyant sur le rebord de sa fenêtre. De moi ?

Non, ce n'était pas de lui qu'elle avait peur, mais comme toujours, ce que Row proposait violait les règles établies avec un goût d'aventure sauvage, débridé. Si elle se faisait prendre à sortir la nuit après le couvre-feu, cette infraction remonterait jusqu'à William Tear. Et quelles mesures de rétorsion prendrait-il alors ?

— Qu'est-ce que tu fais ici ? Et Mia ? lui lança-t-elle avec défi.

Row lui répondit par un haussement d'épaules que Katie comprit aisément. Cette semaine, il couchait avec Mia Gillon, mais elle attendrait son bon vouloir, comme toutes ces femmes de la ville qui lui couraient après. Il avait le choix et ne s'en privait pas, pourtant aucune ne comptait vraiment. Katie trouvait cette idée réconfortante. Le cercle magique qui les entourait depuis l'enfance était solide, bien trop solide pour être rompu par une fille aussi insignifiante que Mia Gillon.

Row se pencha par l'ouverture en laissant pendre la cape devant elle.

— C'est ta dernière chance, Rapunzel.

D'un geste hésitant, elle la prit.

— Il faut que je m'habille.

— Je t'attendrai devant. Dépêche-toi.

Tremblante, Katie referma la fenêtre. Elle avait le ventre noué, comme toujours quand elle risquait de s'attirer des ennuis, et se sentait presque au bord de la nausée.

— Mais qu'est-ce que tu fabriques ? se murmura-t-elle en enfilant son pantalon en laine et sa chemise la plus chaude.

Katie songea de nouveau à Jonathan Tear, à son père, à sa mère, à Maman, aux livres qu'elle aimait… pour se raccrocher à quelque chose. Mais tout cela appartenait au jour, or c'était la nuit.

— Ce que je peux être bête, mais bête, chuchota-t-elle en enjambant le rebord de la fenêtre, qu'elle referma ensuite derrière elle en tressaillant quand les charnières grincèrent un peu.

Le verrou se tirant de l'intérieur, il restait un étroit interstice entre la fenêtre et le mur. Tant pis.

L'herbe était humide de rosée nocturne, qui transperçait déjà ses épais souliers en feutre. Comme de leur propre volonté, ses pieds la propulsèrent jusqu'au chemin qui passait devant la maison, où Row attendait en silence, couvert de ses cape et capuche. Quand il la prit par la main, Katie sentit un étrange frisson courir dans ses veines.

Ils remontèrent vite le chemin pour descendre ensuite vers l'extrémité sud de la ville. Le flanc de la colline était noyé dans une brume trouée de-ci de-là par la lumière d'un réverbère. C'était calme, et mieux que tout ce qu'elle avait vécu aujourd'hui, ce fut ce silence qui fit comprendre à Katie l'étrangeté de son âge, cette étape intermédiaire où elle se trouvait, au seuil de l'âge adulte. Tous les enfants étaient couchés, mais Row et elle, mi-enfants, mi-adultes, fonçaient dans les rues sans permission, tel des intrus dans un monde bleu nuit.

Peu après, la pente se mit à descendre pour de bon. Dans la brume, Katie avait perdu ses repères, mais Row semblait savoir où ils allaient, car la tirant par la main, il lui fit quitter la route pour s'immiscer entre des maisons. Katie ignorait comment il pouvait être si sûr de leur chemin ; elle ne voyait pas au-delà d'un mètre cinquante devant elle, et dans ses souliers trempés, ses orteils étaient tout engourdis. Au sortir des maisons, ils se retrouvèrent dans les bois, et Row contourna les arbres et les fourrés en entraînant toujours Katie à sa suite. À mesure qu'ils descendaient, la brume commença à se dissiper, et bientôt, elle retrouva ses repères. Ils étaient dans le Lower Bend, la dernière section de la ville avant que la pente rejoigne la forêt. C'était là que Row avait fait sa formation, à l'atelier de ferronnerie de Jenna Carver, et Katie comprit alors que c'était leur destination.

L'atelier de Jenna était un édifice en bois branlant, exposé au vent violent qui battait la pente orientale. Katie supposait que la porte serait verrouillée, car Jenna gardait en dépôt beaucoup d'objets de valeur, mais tout en montant les marches, Row sortit une clef.

— Où te l'es-tu procurée ?

— J'en ai fait un double.

Évidemment, se dit Katie. Quelle question idiote. Entre autres articles, Row et Jenna fabriquaient des serrures et des clefs. En général, les gens ne verrouillaient pas leurs portes, mais elles étaient toutes équipées de serrures. Une bizarrerie dont Katie se doutait qu'elle était liée à l'ère prétraversienne, comme tant d'autres. Car c'était toujours pareil : les adultes parlaient volontiers de l'histoire du monde et de la Traversée elle-même, tout en restant d'un flou exaspérant sur tout ce qui touchait à la géographie, mais la période d'une trentaine d'années qui précédait juste la Traversée était un trou noir, dans la conscience de la Ville. Ce qui les avait amenés ici, raisons ou événements, ils avaient décidé de l'enterrer.

Elle suivit Row dans l'atelier, puis attendit, frissonnante, qu'il ait allumé une lampe.

— J'espère que ça vaut le coup, Row. Je suis gelée.

— Oh oui, ça vaut le coup, répliqua-t-il en fouillant dans un tiroir du bureau de Jenna. Regarde-moi ça !

Il brandit une pierre précieuse dont les nombreuses facettes étincelèrent. Même à la faible lueur de la lampe, Katie reconnut sans mal le saphir de William Tear, celui qu'elle avait tenu dans son poing plus d'un an auparavant, pourtant elle le contempla comme si elle le voyait pour la première fois.

— Qu'est-ce que c'est ? demanda-t-elle avec ce malaise teinté de chagrin qu'elle éprouvait quand elle mentait à Row à propos de ce qu'elle faisait et des endroits où elle allait certains après-midi. Il y avait tellement de secrets, maintenant !

— C'est à William Tear, répondit Row. Il l'a donné à Jenna, il veut qu'elle sertisse la pierre dans un collier en argent. Je ne suis pas censé le savoir.

— Alors comment le sais-tu ?

— Je les ai entendus en causer par mégarde, répondit Row avec ce petit sourire en coin que Katie connaissait bien, mais qui lui parut cette fois presque monstrueux, tant elle était choquée de voir le saphir de William Tear dans la main de Row.

— Et c'est pour me montrer ça que tu m'as traînée dehors ?

— Ce n'est pas n'importe quelle pierre ! protesta Row. Tiens, prends-la.

Katie la prit. Elle ne ressentit aucune des sensations qu'elle se souvenait avoir éprouvées ce soir-là sur le banc ; seulement le contact froid de la pierre, dont les arêtes lui rentraient dans la paume. Row guettait avidement sa réaction.

— Tu ne la sens pas ? dit-il au bout d'un moment, l'air perplexe.

— Quoi donc ?

— La magie.

— La magie, répéta Katie d'une voix sarcastique.

— C'est de la magie pour de vrai, Katie ! Je la sens, moi, quand je tiens la pierre !

Katie lui jeta un regard dédaigneux, mais sous la tristesse que lui inspirait sa propre dissimulation, elle ressentit soudain une douleur plus profonde. L'enthousiasme de Row n'était pas feint ; cela faisait longtemps que Katie ne l'avait pas vu s'enflammer ainsi. Quand il tenait le joyau, il se passait quelque chose en lui… quelque chose de magique, comme il le disait. Or, pour Katie, il ne se passait rien. Pourquoi ? Elle serra le joyau plus fort dans son poing, en vain ; elle ne ressentit pas même cette sensation de picotement et de chaleur qu'elle se souvenait avoir eue sur le banc, avec Tear. Le joyau n'était qu'un morceau de pierre inerte dans sa main.

— Quel genre de magie ?

— Il me montre des choses ! répondit Row, les yeux brillant d'excitation. Le passé. La Traversée. Je sais ce qui est arrivé, Katie ! Je sais pourquoi ils ont gardé le secret !

Il s'interrompit, attendant qu'elle pose des questions, mais Katie s'en abstint. La colère bouillonnait en elle, une colère au goût acide, qu'elle reconnut comme étant celui de la jalousie.

— Reviens sur terre, Row, répliqua-t-elle en se détournant avec mépris.

— Je ne mens pas ! Je l'ai vu ! s'écria Row en la saisissant par le bras.

— Mais oui, c'est ça.

La honte d'avoir à mentir à son meilleur ami fut emportée par le torrent de sa rancœur. C'était elle qui avait promis, elle qui avait suivi William Tear, elle qui s'était tuée à la tâche pour suivre ses leçons, elle qui gardait maintenant les secrets de Jonathan Tear, en plus du reste. Or Row détestait William Tear. Alors pourquoi avait-il reçu ce don de vision ?

— Tu crois que je mens ? lui lança Row en la dévisageant, l'air à la fois blessé et en colère.

— Je crois que tu es le jouet d'une illusion.

Plissant les yeux, Row tendit la main, en silence, et Katie lui rendit le saphir, soulagée de voir qu'il le rangeait dans le tiroir. Alors que le tiroir se fermait, Katie y aperçut autre chose, le terne éclat d'un cercle d'argent non poli.

— Excuse-moi de t'avoir fait perdre ton temps, déclara Row avec raideur. Je vais te ramener chez toi.

Katie hocha la tête, tout aussi raidement. Elle aurait préféré s'éloigner de son côté, mais l'idée de retraverser la ville toute seule, dans le noir, lui fichait la frousse. Elle attendit en silence que Row éteigne la lampe, puis le suivit dehors.

Le vent s'était levé et sifflait à travers les pins. Passé les poutres du perron, Katie ne voyait qu'un monde noir.

La Ville s'est assombrie, pensa-t-elle, sans savoir ce que cela signifiait.

Row verrouilla la porte de l'atelier de Jenna, et dans chacun de ses mouvements, Katie sentit le fossé qui venait de se creuser entre eux, un fossé qui n'avait jamais existé jusque-là. Oui, ils se disputaient parfois, mais c'était sans importance, rien à voir avec ce qui venait de se passer. Absurdement, elle eut soudain envie de revenir en arrière, de lui dire qu'elle le croyait, mais sa fierté l'en empêcha. D'ailleurs, Row n'avait pas à jouer avec le saphir de William Tear, que diable ! Il n'était même pas censé connaître son existence, il l'avait dit lui-même.

Foutaises. Admets au moins que tu es jalouse.

Katie fit la grimace. Oui, elle pouvait l'admettre ; mais pas devant Row. Elle accéléra le pas, rattrapa Row, puis le dépassa, en soufflant de petites bouffées blanches dans l'air glacial. Mieux vaudrait ne pas lui reparler avant le matin, quand elle aurait retrouvé son calme. Pourquoi cette féroce jalousie ? Être Katie Rice la contentait amplement, elle n'avait nul besoin de magie, ni d'être l'un des enfants de la Traversée, avec leur étrange panoplie de dons. C'était Row qui n'arrivait pas à accepter les cartes que la vie lui avait distribuées, Row qui ne se calmerait pas tant qu'il n'aurait pas abattu toute la ville de William Tear…

Katie s'arrêta. Cette dernière pensée n'était pas à elle, mais à quelqu'un d'autre, comme s'il y avait un étranger dans sa tête. Pas Row, ni Tear, mais une troisième personne, une voix qu'elle n'avait encore jamais entendue.

Voilà que j'entends des voix, maintenant. Ma pauvre, la folie te guette.

Mais Katie n'y croyait pas. Elle se tourna pour regarder Row, pour vérifier si cette voix avait raison, si elle verrait l'esprit de destruction sur son visage.

La route derrière elle était déserte.

Katie tourna lentement en cercle. Elle était sur le bord du Lower Bend, à l'endroit précis où la route s'inclinait brusquement pour commencer à sinuer sur la colline vers le centre de la ville. Il y avait bien quelques réverbères de-ci de-là, mais ils faisaient paraître plus denses les flaques d'ombre derrière elle. De chaque côté, des bâtiments craquaient et gémissaient sous les assauts répétés du vent. Cette extrémité du Lower Bend était ce qui se rapprochait le plus d'une zone industrielle : il y avait la forge de M. Eddings, la minoterie d'Ellen Wycroft, l'atelier de céramiques, équipé de dix tours de potier et de deux fours, qui était ouvert à tous moyennant une inscription, et le magasin de fournitures pour arts et travaux de M. Levy, rempli de crayons, de toiles, de peintures artisanales et d'encadrements en chêne. De jour, c'étaient de bons bâtiments à l'air accueillant, mais là, ils semblaient la dominer d'un air menaçant, en craquant et grognant dans le noir. Comme tout devenait inquiétant, la nuit ! se dit Katie, mal à l'aise. Et Row, où était-il ? Est-ce qu'il lui jouait un mauvais tour ? Dans ce cas, elle le lui ferait regretter.

— Row ? lança-t-elle.

Le vent saisit sa voix pour l'emporter vers le bas de la rue, dans de sombres recoins où elle n'avait pas envie d'aller. Elle songea au cimetière, aux os dispersés par une créature qui se fichait pas mal de violer des sépultures et d'exhumer des cadavres. Son imagination, si foisonnante que Mme Warren lisait souvent ses rédactions à la classe, galopait, plus vive que jamais. Elle sentait des mouvements autour d'elle, derrière elle, dans chaque flaque d'ombre.

— Row ! s'écria-t-elle d'une voix qui se fêla.

Tant pis s'ils se faisaient prendre, maintenant ; en fait, elle serait même ravie qu'un adulte la raccompagne jusqu'à la Ville avec un bon sermon, suivi immanquablement des vives remontrances que sa mère lui ferait pour être sortie après le couvre-feu. Devant elle, le sentier à peine visible s'enfonçait dans des bois profonds. Oui, elle préférerait de loin se faire prendre plutôt que pénétrer dans ces bois toute seule.

— Row ! hurla-t-elle, mais cette fois encore le vent s'empara de sa voix pour la déchirer en lambeaux.

Personne n'habitait ici, en cette extrémité de la ville. La nuit, tous les bâtiments étaient fermés et déserts, et ce vide parut soudain terrible à Katie, comme s'il attendait de l'avaler pour se remplir. Jamais elle ne pardonnerait à Row de l'avoir laissée choir sans prévenir, jamais. Il l'avait dépassée subrepticement pour prendre l'un de ses raccourcis secrets à travers bois, et il devait être à présent à mi-chemin de chez lui. Certes ils appréciaient tous deux les histoires d'horreur, mais elles n'effrayaient pas Row autant que Katie. Il devait jubiler en pensant juste lui avoir joué un bon tour.

Ah oui ? Tu ne crois pas qu'il te connaît mieux que ça ?

Si. Row connaissait son imagination débordante, il savait pertinemment qu'elle redouterait de se retrouver seule dans le noir et dans le vent. Il l'avait fait sciemment. Certes Katie s'était mal conduite, à l'atelier de Jenna ; elle en avait conscience et avait l'intention de s'en excuser. Mais ce que Row avait fait était d'une malveillance délibérée.

Soudain elle entendit un bruit insolite.

Sous les gémissements aigus du vent, elle perçut le son furtif de quelque chose qui se déplaçait. Pas derrière elle, mais devant, après le moulin et l'atelier de céramiques. Sur cette pente exposée, le vent fouettait les arbres en faisant bruire et claquer leurs branches et leur feuillage au point qu'on aurait dit qu'ils parlaient. Mais ce n'était pas le langage secret des arbres qu'elle entendait. Lentement, maladroitement, résolument, les sons se rapprochaient. Katie entendit craquer une branche.

— Row ?

Sa voix franchit à peine ses lèvres, mais cette fois, elle s'en félicita. Peut-être n'avait-elle pas de dons particuliers, elle ne voyait pas dans le noir comme Gavin, ne bougeait pas comme Lear avec l'agilité silencieuse d'un animal, mais son intuition fonctionnait bien, très bien même, et ce qu'elle entendait était funeste. Ce n'était pas la malice de Row, qui ne manquait pas de charme à ses yeux, mais quelque chose de terrible. Katie songea avec regret à son couteau, qui était resté dans sa penderie, à côté d'une pile de vêtements. Sauf pour l'entraînement, ils n'étaient pas censés porter leurs couteaux sur eux, mais là, Katie aurait tout donné pour avoir une arme sous la main.

Elle se retourna et s'engagea sur le sentier forestier en rentrant la tête et en essayant de marcher en silence, décidée à ne pas regarder en arrière. Certes ce serait dur, de s'enfoncer dans les bois, mais elle s'en sortirait ; elle avait quinze ans, tout de même. Le sentier était plus long que le raccourci de Row, mais au moins Katie le connaissait ; elle ne se perdrait pas. Elle regagnerait la ville, se glisserait dans son lit, et la prochaine fois que Row viendrait frapper à sa fenêtre, elle ne lui ouvrirait pas.

Même dans le noir, elle avançait d'un bon pas, car malgré la densité des arbres, la lune brillait assez pour se glisser entre leurs branches et aider Katie à repérer son chemin. Malgré ses bonnes résolutions, elle ne pouvait s'empêcher de jeter des coups d'œil en arrière, mais il n'y avait rien. Ce qui se trouvait là-bas ne l'avait pas suivie jusqu'ici. Qu'était-ce ? À vrai dire, elle se refusait à creuser la question tant qu'elle ne serait pas bien au chaud dans son lit et que le soleil inonderait la Ville de sa lumière.

Après une courbe du sentier, Katie eut devant elle une large trouée dans les arbres ; elle ouvrait sur un grand champ plat où la clarté de la lune soulignait nettement les formes sombres et arrondies des pierres tombales. Le cimetière. Afin de ne pas risquer de contaminer les sources, la Ville avait toujours enterré ses morts au pied de la colline. William Tear encourageait la crémation, et pour une fois, lui et Row étaient du même avis, mais il y avait par ailleurs beaucoup de gens dont la foi religieuse exigeait qu'ils retournent à la terre, une fois morts. La dernière fois qu'on avait abordé le sujet en réunion, Paul Annescott avait rallié à son point de vue un grand nombre de chrétiens ; leur vote en faveur de la conservation du cimetière l'avait largement remporté. Soudain Katie leur en voulut farouchement. Le champ luisait lugubrement à la lueur de la lune, et comme si ça ne suffisait pas de mettre les gens à pourrir dans la terre, on leur dressait des pierres tombales pour fêter l'événement !

Une branche claqua derrière elle.

Katie se retourna d'un bond. Par un petit trou dans le feuillage, elle aperçut dans le lointain les faibles lumières du Lower Bend, mais la partie du sentier qu'elle venait de traverser était un long tapis d'ombre. Malgré son cœur qui battait la chamade, elle entendit encore ce bruit de branches qu'on écartait furtivement. Quelque chose avançait vers elle. Mais était-ce à droite ou à gauche ?

— Row ! hurla-t-elle, la gorge en feu, d'une voix rauque de frayeur. Si c'est toi, je vais te faire la peau !

Il n'y eut pas de réponse, seulement ces mêmes bruits trahissant une progression régulière, délibérée, et qui se rapprochaient. S'accroupissant, Katie se mit à fouiller fébrilement autour d'elle en tâtonnant dans la poussière, et elle trouva enfin ce qu'elle cherchait : un gros caillou, bien lourd, qu'elle pourrait manier. Il était lisse et rond, à part un bord tout déchiqueté ; peut-être étaient-ce les cristaux d'une géode en partie cassée. Katie se redressa en serrant la pierre dans sa main, alors elle se figea : quelque chose bougeait sur le sentier, à une dizaine de mètres, en masquant une flaque de clarté lunaire.

C'était gros, et haut comme un homme de grande taille. Katie distinguait à peine une silhouette, avec des épaules voûtées et une tête qui ressortait, mais la forme, la posture étaient étranges, comme si cette créature était tassée sur elle-même, presque accroupie. Désespérément, son esprit s'efforça de la convaincre une dernière fois que c'était Row qui se moquait d'elle, mais dans ses tripes, Katie savait qu'il n'en était rien. Elle huma dans l'air une odeur fétide, comme celle de légumes pourrissant dans la glacière.

La chose la considérait en silence, immobile, et dans ce silence, Katie sentit une menace, pas celle d'un loup ou d'une autre bête sauvage prête à bondir, mais quelque chose de bien pire : une menace douée de pensée. Katie fut soudain certaine que cette créature savait qui elle était et qu'elle était venue pour elle, tout spécialement.

Elle connaît mon nom, songea Katie, et cette fois, c'en fut trop. Elle se retourna et s'enfuit.

La chose était rapide. Elle faisait craquer les branches et fouettait l'air sur son passage, et sous ses propres halètements, Katie l'entendait non pas respirer comme elle, mais gronder, un son semblable à celui des moulins à vent qui tournaient devant l'école. Katie n'avait pas l'habitude de remonter la colline en courant. Elle sentait que la chose gagnait du terrain.

Comme elle traversait le site d'élagage en courant à toutes jambes, elle entendit un fracas de métal et de bois, quand la chose heurta l'un des postes d'abattage. Katie jeta un coup d'œil en arrière en espérant que la créature serait tombée. Mais elle était toujours derrière elle, plus proche, une ombre noire ramassée sur elle-même qui avançait en bondissant. La voûte des arbres s'éclaircit et Katie retint un cri en apercevant soudain de la chair blanche, l'éclair d'yeux qui la fixaient, des mains qui prenaient appui sur la terre pour se propulser, comme un animal sur ses pattes. Était-ce un homme ? Non, pas avec un dos aussi arqué. Et ce grondement sourd qui s'échappait de sa gorge n'avait rien d'humain.

Le mal, se dit Katie. Je sais à quoi ressemble le mal, et le voilà. Est-ce qu'il va me dévorer ? Est-ce là que tout finit ?

Alors les arbres se firent plus denses et se refermèrent sur elle. Son souffle lui râpait la gorge comme du papier de verre. Elle sauta par-dessus un tronc d'arbre tombé dont les branches la griffèrent au passage, mais elle ne le sentit guère. Elle gardait les yeux fixés sur le sentier, sachant qu'au moindre faux pas, elle serait perdue. Alors, le sentier qu'elle discernait à peine se fit soudain plus net devant elle, en traçant dans la nuit une longue rainure soulignée de bleu. Voilà qu'elle voyait parfaitement ! Si elle n'avait pas eu si peur, elle aurait exulté. Ainsi Gavin n'était pas le seul à avoir reçu ce don de vision nocturne durant la Traversée. Mais non, se ravisa-t-elle, si elle voyait mieux, c'était grâce à la lumière qui émanait de sa main droite, qui serrait toujours le caillou qu'elle avait ramassé. De petits rais de lumière bleue filtraient entre ses doigts, assez intenses pour illuminer le sentier.

Alors la chose gronda là, juste derrière son oreille gauche, et lui saisit la hanche. Katie se dégagea en poussant un cri perçant et elle courut pour émerger aussitôt de la lisière des arbres. Là-bas, scintillant au loin, c'était la Ville dans toute sa gloire, cette Ville que Katie trouvait si mortellement ennuyeuse avec son pesant esprit communautaire, et dont elle aurait voulu maintenant étreindre le cœur battant.

Risquant encore un coup d'œil derrière elle, Katie s'arrêta net, si soudainement qu'elle s'étala dans la poussière en s'égratignant le coude gauche.

Il n'y avait plus rien.

L'orée des bois était à environ trente mètres et Katie se trouvait juste en bas de la Grand-Route, là où les maisons commençaient et où les réverbères brillaient joyeusement dans le noir. Les arbres en bordure des bois bruissaient, mais ce n'était que le bruit naturel que Katie avait entendu toute sa vie, celui des feuilles et des branches agitées par le vent qui venait des plaines. Plus rien ne bougeait.

— Katie ?

Haletante, elle roula sur le sol en armant son bras pour lancer le caillou, même si elle était encore couchée sur le ventre. La lumière bleue s'était estompée, à présent. Avait-elle jamais existé ? Mais la seule lueur des réverbères lui suffit pour reconnaître Row, planté quelques mètres plus haut sur la Grand-Route, l'air parfaitement à l'aise.

— Katie, que t'est-il arrivé ?

En pleurant, Katie lui raconta. Row l'entourait de ses bras, mais il y avait quelque chose de distant dans cette étreinte, et tout en continuant son récit, Katie se rendit compte qu'elle n'y puisait aucun réconfort. Row se contentait de l'écouter en regardant ailleurs.

— … alors je suis sortie des bois et quand je me suis retournée, il n'y avait plus rien, la chose avait disparu…

— Je ne m'inquiéterais pas trop, à ta place, remarqua Row avec douceur.

— Quoi ?

Il se tourna vers elle, et Katie vit ses lèvres esquisser un sourire triomphal et cruel. Ce sourire, elle l'avait déjà vu maintes fois sur le visage de Row, mais jamais il ne lui avait été destiné. Cela lui fit si mal qu'elle se dégagea de ses bras et recula en le considérant d'un air ébahi.

— Il n'y a vraiment pas de quoi s'inquiéter, insista Row. En fait, Katie, je dirais que tu as sans doute été le jouet d'une illusion.

Stupéfaite, elle n'eut pas le temps de réagir, car Row lui avait déjà tourné le dos pour gravir la colline d'un bon pas.

Kelsea s'arracha au passé pour se retrouver piégée dans le noir. Un moment, elle ne put échapper à sa vision, et elle roula sur le sol, haletante. Alors elle reconnut le contact dur et froid des dalles de pierre, sous elle. Elle était toujours dans sa cellule, et elle en ressentit un soulagement intense. Quelle bénédiction de ne plus être là-bas, avec Katie, dans les bois.

Il n'y avait personne à l'extérieur des barreaux, ce qui était aussi un soulagement ; la Reine rouge était au courant de ses fugues, pourtant Kelsea n'aimait pas l'idée qu'on puisse l'observer. À travers le mur dans son dos, elle entendit son voisin s'agiter, comme s'il remuait des feuilles de papier et griffonnait dessus avec un crayon. Les autres cachots étaient silencieux. Kelsea estima qu'on devait être au milieu de la nuit.

Elle tenait quelque chose dans sa main, un objet dur et arrondi. Surprise, elle s'interrogea un instant sur ce que cela pouvait être, sans trouver de réponse. Elle avait droit à un traitement de faveur, maintenant ; Emily, la suivante, lui avait donné une bougie et quelques allumettes. Kelsea hésitait à les gaspiller, mais la curiosité l'emporta. Elle tâtonna autour d'elle et ses doigts trouvèrent la bougie, qu'elle réussit à allumer. La flamme était faible à cause des nombreux courants d'air qui traversaient les cachots, néanmoins sa clarté lui permit de voir ce qu'était cet objet, et elle le contempla longtemps, l'esprit en ébullition, en essayant de comprendre ce qu'il signifiait.

Elle tenait dans sa main une pierre lisse et ovale, striée de quartz bleu.

LIVRE II

6

Aisa

L'avenir ne peut divorcer du passé. Croyez-moi, je suis bien placée pour le savoir.

Les Dires de la Reine Glynn,
RECUEILLIS PAR LE PÈRE TYLER

— Diablesse. Il est temps de partir.

Aisa leva les yeux de ses sacoches et se redressa. Venner était sur le seuil, son visage austère encore assombri par l'inquiétude.

— Tu as tout ?

— Oui, monsieur.

— Eh bien, va dire au revoir à ta mère.

Andalie s'occupait de changer les draps dans la chambre de la Reine. Elle le faisait tous les deux jours, même si personne n'y dormait. Un moment, Aisa resta à l'observer depuis le seuil de la chambre sans qu'elle s'en doute. Certes sa mère lui manquerait, mais Aisa était destinée à aller de par le monde. Massue lui avait déjà dit qu'elle n'irait pas jusqu'à Demesne ; elle séjournerait dans l'Almont, avec le Général Hall, et là, elle jouirait d'une relative sécurité. Néanmoins, elle avait été surprise que sa mère l'autorise à partir. En elle, une petite voix agaçante lui demandait même si sa mère n'en avait pas envie.

— Maman, je m'en vais.

Sa mère tapait sur un oreiller. Elle le lâcha et contourna le lit à baldaquin, les bras ouverts. Comme toujours, elle gardait un air impassible, pourtant Aisa lut dans ses yeux un profond chagrin et elle en fut saisie. Sa mère n'avait pas eu cet air-là depuis qu'ils s'étaient enfuis de chez leur père.

— As-tu vu quelque chose, Maman ? demanda-t-elle. As-tu vu si nous ramènerions la Reine ?

— Non, trésor. Je l'ignore.

— Et à mon sujet ?

— Je vois beaucoup de choses à ton sujet, Aisa, répondit sa mère après un temps d'hésitation. Tu as grandi bien trop vite, mais je serais une mauvaise mère si je t'empêchais de suivre le chemin que tu as manifestement l'intention de prendre.

— Suis-je destinée à secourir la Reine ?

Sa mère eut un sourire teinté d'amertume.

— Tu es faite pour le combat, ma fille. Mais sois prudente. C'est un lieu dangereux que celui où tu te rends.

C'était une dérobade, et Aisa ne réussit pas à trouver un sens à ces réponses trop floues. Un court et fol instant, elle eut envie que sa mère les accompagne. Mais non, ce serait désastreux. Une femme douée de double vue comme elle se vendrait très cher à Mortmesne, Massue l'avait dit plus d'une fois.

— Andalie !

Venant du couloir, la voix tonitruante d'Elston les fit toutes deux tressaillir. Aisa saisit son couteau et elles se hâtèrent de le rejoindre. Elston leur fit signe.

— C'est ta petite. Elle a une crise.

Sa mère se mit à courir. Quand Aisa la rejoignit dans la salle d'audience, elle était penchée sur Glee, qui était plongée dans l'une de ses transes. Aisa avait vu tant de fois ce phénomène qu'elle s'y était habituée, et elle s'amusa presque de voir les réactions des hommes autour d'elle, qui s'étaient tous reculés loin de Glee, avec la même crainte superstitieuse.

— Poupée ? demanda Maman. Tu veux bien revenir parmi nous ?

Mais Glee secoua vigoureusement la tête et ses yeux écarquillés parcoururent la salle un moment avant de s'arrêter sur Massue, pour le fixer si longtemps et si intensément qu'il parut mal à l'aise. Pourtant il lui en fallait beaucoup.

— Vous cherchez un objet de prix, murmura Glee d'un ton songeur, comme si elle tentait de résoudre un problème dans sa tête. Mais vous ne le trouverez pas dans Demesne.

L'un des nouveaux gardes, dont Aisa ignorait le nom, se signa.

— Cherchez à Gin Reach, ajouta Glee à l'adresse de Massue.

— Poupée ! s'exclama sa mère en posant les mains sur les épaules de Glee. Poupée, est-ce que tu m'entends ?

— Gin Reach, répéta Glee. Mais impossible de savoir…

— Glee, réveille-toi !

— Emmène-la ailleurs avant qu'elle nous fiche tous la trouille, Lie, grommela Massue.

Sa mère prit Glee dans ses bras et l'emporta dans le couloir. Aisa pensa à les suivre, mais elle s'en abstint. Elle avait déjà fait ses adieux.

Ça y est, je suis prête à partir, songea-t-elle, émerveillée. Prête pour de bon.

Massue se tourna vers Arliss.

— Es-tu certain que nos informations sont fiables ?

— Mais oui ! répliqua Arliss, exaspéré. C'est vous-même qui avez choisi la fille !

— Et s'ils avaient transféré secrètement la Reine en un autre lieu ?

— Non. À moins que cela se soit passé durant les deux derniers jours.

— Va donc t'en enquérir.

Arliss se leva et prit la direction de son bureau.

— Passe par Levieux plutôt que par Galen ! lui lança Massue. Nous obtiendrons plus vite des réponses !

Arliss lui fit au revoir de la main. Aisa se demanda ce que Massue allait faire. Si les visions de Glee semblaient parfois vides, sans signification précise, Aisa n'avait jamais vu l'une de ses prédictions s'avérer fausse. Elle n'avait jamais entendu parler de Gin Reach.

— El ? Qu'en penses-tu ? s'enquit Massue.

Elston haussa les épaules.

— La petite a des visions, d'accord, mais je préférerais toujours des informations concrètes à de vagues allégations. Je suis pour que nous allions à Demesne, comme prévu.

— Je suis d'accord, acquiesça Massue. Nous ne devons pas laisser passer l'occasion.

Il se tourna vers le reste de l'assistance, et Aisa entendit alors résonner dans sa tête cette expression dérangeante de tueur d'enfants. Elle avait questionné sa mère à ce sujet, et Maman avait dit n'en rien savoir, mais Aisa avait vu passer dans ses yeux une autre vérité. Elle avait demandé à Coryn d'où venait Massue, et Coryn avait répondu qu'il l'ignorait. Il y avait là un secret, qu'Aisa était bien décidée à dénicher.

— Vous tous qui restez ici ! déclara Massue. Devin assure le commandement de la Garde ! Pour toutes les autres questions, vous devrez vous en remettre à Arliss ou à Andalie !

Aisa en resta bouche bée. Massue venait de confier à Maman un rôle de grande responsabilité ! À voir leur mine, plusieurs des gardes ne l'appréciaient guère, mais leurs marmonnements moururent sous l'œil sévère de Massue. En parcourant la salle du regard, Aisa remarqua Pen, qui était planté deux mètres derrière Massue. Il avait les yeux cernés, mais paraissait sobre. Il était armé et en habit de voyage, son épée sur la hanche.

— Faites en sorte que cet endroit soit prêt pour notre retour, dit Massue aux gardes. Nous allons ramener la Reine. Surtout qu'elle ne vous trouve pas en train de roupiller.

Malgré son ton assuré, Massue paraissait toujours inquiet. Dix minutes plus tard, quand Aisa alla chercher ses sacoches, il était toujours penché sur la table, à étudier une carte.

C'était grisant, d'arpenter la cité après la tombée de la nuit. Massue avait choisi les heures les plus creuses, quand les ivrognes sont allés se coucher et que les ouvriers les plus matinaux ne sont pas encore sortis. Les rues étaient presque désertes.

Pourtant le calme ne régnait pas en maître. À mesure qu'ils approchaient du Gut, Aisa perçut des cris et des fracas d'épées de plus en plus sonores.

— Qu'est-ce que c'est ? demanda Ewen, qui chevauchait juste à côté d'Aisa, à l'arrière de la troupe.

— Je ne sais pas.

— C'est la Crèche, dit Bradshaw, qui allait de l'autre côté d'Ewen.

Il avait rejoint la Garde à la dernière minute, car pour finir, même Massue avait été forcé d'admettre qu'un magicien pourrait s'avérer utile, dans un projet d'évasion. Quant à Ewen, Aisa ignorait encore pourquoi Massue avait décidé de l'emmener. Tous les trois, Aisa, Ewen et Bradshaw, existaient dans un étrange entre-deux, une zone floue, et Aisa se demandait quelle serait leur fonction durant cette expédition. Néanmoins, ils menaient la vie d'un Garde royal, la sûreté de la Reine étant pour eux la priorité absolue, même si tous les trois ne devaient servir au bout du compte que de boucliers humains.

— Qu'est-ce que c'est, la Crèche ? demanda Ewen.

— Les tunnels qui courent sous le Gut. Les Caden ont commencé à y faire un grand nettoyage.

Ewen restait visiblement perplexe, mais comment aurait-il pu savoir ce qu'était la Crèche ? Ils étaient assez près maintenant pour que les bruits de la bataille venant du Gut soient épouvantables. Aisa se demanda comment les gens qui vivaient là pouvaient le supporter, comment ils parvenaient à dormir.

— Pourquoi est-ce qu'ils opèrent de nuit ? demanda Ewen.

— Parce qu'à cette heure, ils ont plus de chance de cueillir la clientèle, répondit Bradshaw avec une moue de dégoût.

Aisa grimaça aussi. Son imagination lui dépeignait la Crèche avec une précision extraordinaire : les tunnels, les fuyards, les torches. Les capes rouges. C'était là, dans sa tête, un univers lié à son père, à cause des enfants qui se trouvaient piégés en bas, tous en danger.

— Aisa ?

Clignant des yeux, elle découvrit qu'elle avait arrêté son cheval. Ewen et Bradshaw étaient trois mètres plus loin, et ils lui faisaient signe de les rattraper.

— Aisa ? répéta Ewen.

Elle s'apprêtait à lui fournir des explications. Après tout, Ewen n'était pas non plus un vrai Garde de la Reine. Il savait ce que c'était, de faire partie de ce monde à moitié seulement. Mais non, elle ne pouvait lui imposer cela ; son imagination était plus limitée que la sienne, il ne pourrait saisir toute la laideur humaine qui rampait à quelques rues de là. Mais Aisa le pouvait, et elle sentait une drôle de chaleur monter en elle. Sur sa gauche, un homme hurla, on entendit des pas de course. Soudain, elle se rappela ce que Glee lui avait dit quelques jours plus tôt : Ils tournent au coin de la rue et tu saisis ta chance.

— Aisa ? Est-ce que ça va ?

Elle sourit. La Garde venait de tourner au coin de la rue. Sa chance était là, à portée de main, brillant dans la nuit de tout son éclat, et elle regretta seulement de ne pouvoir s'excuser auprès de Massue en personne ; lui expliquer que c'était ce qu'elle devait faire, tout simplement. Sa main rejoignit son couteau sur sa taille, et elle saisit le manche, envahie d'un élan irrépressible, d'une force titanesque. Non, elle n'était pas un Garde de la Reine, tout compte fait, car soudain, il y avait pour elle des choses plus importantes encore que la vie d'une femme. Elle avait eu envie de parcourir le monde pour abattre le mal à coups de couteau, et elle en rêvait depuis des mois. Mais elle savait que la racine de ses rêves remontait très loin en arrière, jusqu'à son enfance, jusqu'à son père. Oui, elle attendait cette chance depuis toujours.

— Dites au Capitaine que je regrette. Dites-lui que je n'avais pas le choix.

Ewen demeurait perplexe, mais Bradshaw lui demanda :

— Que vas-tu faire ?

— Ce que la Reine aurait fait.

Détournant la tête, Aisa retrouva le souvenir juste là, derrière ses yeux : les cages, les soldats, Glee et son petit visage stupéfait, effrayé, derrière les barreaux ; Maman, qui hurlait. Pour elles, c'était la fin du monde, alors la Reine était venue, elle avait libéré Glee de la cage. Mais des cages, il y en avait d'autres, partout dans le monde.

— Allons, fillette, tu ne peux pas entrer là-dedans ! protesta Bradshaw.

— Je ne suis plus une enfant, répliqua Aisa, et elle sut en le disant que c'était vrai, qu'elle avait enfin traversé cette mystérieuse frontière, dans son esprit. Dites au Capitaine que je m'occupe des affaires de la Reine.

Ewen resta un instant ébahi, mais il n'eut pas le temps de réagir. Ayant saisi sa chance, Aisa avait déjà disparu en s'enfonçant dans les ombres du Gut.

— Eh toi ! La fille !

Cette voix qui rompait brusquement le silence la fit tressaillir. C'était celle d'un homme parlant Tear, mais Kelsea ne voyait pas d'où elle provenait. Elle était assise par terre en tailleur, parfaitement immobile, pourtant son cerveau travaillait dur depuis une heure ou deux en s'efforçant de rassembler des informations éparses pour en faire une théorie plausible. Elle commençait tout juste à entrevoir une piste partant d'un lien entre William Tear et les saphirs, mais cette voix avait à nouveau dispersé ses pensées.

— Toi, la porte à côté !

C'était son voisin de cellule. Elle se rapprocha des barreaux.

— Quoi ?

— C'est toi, la Reine marquée ?

— Il paraît, oui.

— Mon geôlier m'a dit que ton armée était détruite. Un vrai massacre. Est-ce vrai ?

— Oui, répondit-elle en baissant la voix, car elle entendait à présent des pas descendre l'escalier au bout du couloir. Nous étions bien inférieurs en nombre.

— Il n'y a eu aucun survivant ?

Kelsea ne répondit pas car les pas se rapprochaient, et la lueur d'une torche apparut, une fois passé le coin. Elle avait supposé que c'était Lona, sa nouvelle geôlière, mais les pas s'arrêtèrent devant la cellule voisine, et une voix d'homme ordonna en Mort « Debout, toi. On te demande. »

Kelsea se pencha autant qu'elle put à travers les barreaux tandis que le garde déverrouillait la cellule de son voisin, mais elle ne vit presque rien, seulement le mur du fond et, l'instant d'après, le dos d'un homme au crâne chauve. Il s'engagea dans le couloir, suivi de son geôlier, et la lumière disparut.

Kelsea se retira au fond de sa cellule et se laissa glisser à terre. Elle envisagea d'allumer de nouveau sa bougie, puis rejeta l'idée. C'était toujours plus facile de réfléchir dans le noir.

Huit mois plus tôt, elle n'avait aucun pouvoir magique. C'était une jeune fille plutôt intelligente, bien éduquée, et ayant une conception bien tranchée du bien et du mal. Le saphir qui pendait à son cou depuis sa petite enfance n'était qu'un bijou. Elle était de sang royal, peut-être, mais n'avait rien d'extraordinaire. Sa vie était banale, et jamais elle ne s'était sentie dans la peau d'une Reine.

C'était durant le trajet jusqu'à New London qu'elle avait pour la première fois éprouvé autre chose. Tôt un matin, se souvenait-elle, peut-être le jour du faucon, ou un autre. Mais tout avait commencé à changer à partir de cet instant. Serait-ce parce qu'elle avait dix-neuf ans, l'âge d'accéder au trône ? Cette explication en valait bien une autre, pourtant elle sonnait faux. Les jeunes de dix-neuf ans étaient des écervelés, et William Tear devait le savoir.

C'est alors qu'ils furent réunis, se rappela soudain Kelsea. Les deux saphirs. Je les ai tenus dans mes mains, ensemble.

Et si c'était ça ? Comment savoir. D'où venait donc le deuxième saphir ? Dans la Ville de Katie, deux équipes avaient déjà poussé leurs explorations jusqu'aux contreforts du Fairwitch ; l'une de ces équipes avait sûrement trouvé du saphir dans les montagnes, là où les veines affleuraient à la surface. C'est facile de faire un collier, une fois qu'on a les pierres brutes. Row Finn était le meilleur orfèvre de la Ville, mais sûrement pas le seul.

Et alors, à quoi cela t'avance-t-il ? lui demanda son esprit d'un ton impérieux. Qu'as-tu retiré de toute cette histoire ?

Mais cette voix-là n'avait aucun poids, car pour la fille adoptive de Carlin Glynn, l'histoire comptait. Il y avait là un motif bien précis, et tôt ou tard, il se répéterait. Kelsea et Jonathan Tear avaient tous deux hérité de royaumes qui partaient à vau-l'eau, pour des raisons différentes, certes, mais…

Tu t'égares. Aussi loin que tu t'en souviennes, tu as toujours eu l'un des joyaux à ton cou. Alors pourquoi n'a-t-il eu aucun effet, durant tant d'années ?

Peut-être parce qu'il n'y avait rien à faire.

Ces mots-là sonnaient juste. Toutes ces années, elle était restée cachée dans le Reddick, dans la sécurité que procure l'anonymat. Beaucoup de gens la pourchassaient, mais aucun n'avait découvert la chaumière. Sinon, le joyau de Kelsea serait-il resté passif, comme endormi autour de son cou ? Alors que ce même joyau avait tué l'assassin qui l'avait surprise dans son bain ?

Il avait essayé de m'enlever mon collier, se rappela-t-elle, mais ce fait n'éclaircissait en rien la question. D'où venait un tel pouvoir ? Comment un saphir pouvait-il endosser le rôle d'un homme de main ? Kelsea avait donné les joyaux à la Reine rouge de sa propre volonté, mais la Reine rouge n'avait pas été en mesure de s'en servir, alors qu'elle s'y connaissait bien mieux en magie que Kelsea. Les joyaux avaient-ils un esprit propre ? S'il en était ainsi, pourquoi choisir Kelsea ? Les Raleigh avaient porté les joyaux durant des années, mais autant qu'elle le sache, jamais la moindre trace de magie venant d'eux ne s'était manifestée.

Soudain un bruit insolite interrompit le cours de ses pensées, venant du couloir sur sa gauche. Elle avait une bonne notion spatiale des cachots, à présent, et ce son-là n'était pas habituel : comme si quelque chose glissait en raclant le mur du couloir. Il n'y avait aucun autre bruit, pas même les litanies du voleur, au bout du couloir, et Kelsea se rendit compte que cela faisait des jours qu'elle ne l'avait plus entendu. La mort devait souvent frapper, dans ces cachots. Emily, la suivante de la Reine rouge, venait la voir au moins deux fois par jour… mais ces bruits-là ne correspondaient pas à ses visites.

Il y eut un autre raclement, doux cette fois, presque furtif, et indéniablement plus proche. Kelsea sentit un grand froid l'envahir ; sans réfléchir, elle tendit la main vers les provisions empilées près de son grabat pour chercher à tâtons le caillou. Katie avait cru que c'était du quartz bleu, mais après l'avoir longtemps examiné à la lueur de la bougie, Kelsea avait décidé que c'était un saphir, comme ceux de son collier, de cette même veine qui semblait courir à travers le soubassement rocheux du Tearling. On y accédait sans doute plus facilement dans le Fairwitch, mais elle était partout présente dans le sous-sol de la Ville, ancrant son royaume, et Kelsea avait reconnu sans mal la lueur bleue qui éclairait le sentier de Katie.

Mais elle eut beau chercher, elle ne réussit pas à trouver le caillou, seulement ses allumettes et les restes de son dernier repas. Elle se força à rester immobile. Venant du bas du couloir, elle entendit un pas, puis un autre. Discrets, comme ceux d'une personne marchant pieds nus, ou sur la pointe des pieds. Si ce quelqu'un avait eu une torche, Kelsea aurait déjà perçu sa lumière ; donc il avançait dans le noir. Sentant comme une main glacée se poser sur sa nuque, elle pensa à Brenna, la créature de Thorne, qui était capable de faire chuter la température d'une pièce par sa seule présence. Mais Brenna était loin, enfermée à double tour dans le Donjon, sous bonne garde. Les pas se dirigèrent droit vers sa cellule et Kelsea se figea, retenant son souffle, avec le fol espoir de se fondre si bien dans le décor qu'on ne la trouverait pas. Les barreaux de sa cellule résonnèrent doucement quand des doigts les effleurèrent. Elle n'y résista pas.

— Qui est là ? demanda-t-elle pour le regretter aussitôt, tant c'était angoissant, d'interpeller cette obscurité sans visage.

Elle songea à Katie appelant dans la nuit, et ferma les yeux.

— Ils ont cru qu'ils pourraient me priver de ma jolie… sans se douter que j'avais ma propre clef.

Le geôlier… elle l'avait oublié, celui-là. Quelle guigne. Recroquevillée contre le mur du fond, elle entendit cliqueter l'anneau où pendaient les clefs, et sentit son cœur battre dans sa poitrine.

— Comme si ma jolie pouvait appartenir à un autre que moi, ajouta le geôlier en jubilant d'avance.

À ces mots, la peur de Kelsea se mua soudain en colère, une belle et saine colère, bienvenue. De vagues souvenirs la ramenèrent au jour où elle avait taillé Arlen Thorne en pièces. Elle avait promis de ne plus jamais céder à ce penchant, mais voilà qu'elle était à deux doigts de le faire.

Le geôlier glissa la clef dans la serrure, alors Kelsea sentit les vestiges de sa peur disparaître. La fureur monta en elle et éclata dans sa poitrine, qui sembla s'enfler d'un coup jusqu'à faire deux fois sa taille. Ah, comme sa rage lui avait manqué ces dernières semaines ! Et voilà qu'elle se sentait de nouveau entière, de nouveau elle-même.

— Où est-elle ? chuchota le geôlier d'une voix suave, comme s'il jouait à cache-cache, un jeu cruel auquel il avait dû souvent jouer aux dépens d'autres prisonniers.

Comme il pénétrait plus avant dans la cellule, Kelsea se rendit compte qu'elle le voyait, vague silhouette soulignée d'une lueur bleue. C'était grâce au caillou, le saphir de Katie, qui brillait faiblement, dans le coin de la cellule. Kelsea n'eut pas le temps d'y réfléchir, car le geôlier se rapprochait.

— La voilà, murmura-t-il, et son regard alla un instant vers le coin où gisait la pierre luminescente, sans s'y arrêter.

— Tu ferais mieux de garder tes distances, dit Kelsea en parlant lentement.

C'était du bluff, pourtant les mots semblaient porter une certaine vérité. En elle, quelque chose gagnait en force, tel un bloc de rocher qui dévale une colline prend de la vitesse et de la puissance. Le geôlier sortit un poignard de sa ceinture, alors la rage de Kelsea n'eut plus de limite. Il devait peser vingt-cinq kilos de plus qu'elle, mais il lui fallait en outre la menacer d'une arme… Ce ne serait donc pas un combat à la loyale. Après avoir envisagé diverses parties de son corps, elle se fixa sur ses yeux, qu'elle distinguait grâce à la fine lueur bleue. Quel plaisir ce serait, de les lui arracher.

À peine eut-elle eu cette pensée que le geôlier chancela en se couvrant les yeux. Le poignard glissa de sa main et Kelsea s'en empara aussitôt. Comme le geôlier tombait à genoux en hurlant, elle fondit sur lui et le renversa, en se servant de tout son poids pour le faire basculer. Ce qui avait mis son adversaire hors d'état de nuire ne durerait peut-être pas, et l'urgence la poussa à l'enfourcher, malgré la répulsion qu'il lui inspirait, pour lui planter le couteau dans la gorge. Le geôlier grogna en se débattant, mais Kelsea le maintint fermement cloué au sol.

— Je n'appartiens à personne, murmura-t-elle en enfonçant le poignard jusqu'à la garde.

Au bout d'un moment qui lui parut interminable, le geôlier cessa enfin de se débattre. Quand elle sentit son corps devenir flasque, Kelsea se détendit.

La lueur émanant du caillou s'était évanouie, et pour Kelsea, ce fut comme si sa colère était partie avec elle. En cherchant sous le bord de son matelas, elle trouva ses allumettes. Elle mit plus longtemps à retrouver la bougie, car le corps-à-corps l'avait envoyée valser dans le coin le plus éloigné de la cellule. Quand Kelsea réussit enfin à l'allumer, elle se tint au-dessus du gisant. Elle n'éprouvait pas grand-chose, juste une vague déception qu'elle se rappelait avoir ressentie après avoir tué Thorne, et elle entendit alors la voix d'Andalie résonner dans un coin sombre de sa mémoire.

Voilà, je pense, d'où vient le mal en ce monde, Majesté : de ceux qui croient que tout leur est dû, sans se demander s'ils y ont droit.

D'où ce sentiment de déception. Kelsea aurait tant voulu éradiquer le mal pour de bon, mais elle en était incapable. Tout ce qu'elle pouvait faire, c'était supprimer des hommes comme le geôlier, comme Thorne, des instruments du mal, faibles et sans valeur. Tout véritable changement était hors de sa portée.

— Comment faire ? murmura-t-elle au cadavre. Comment faire pour accéder au monde meilleur ?

Elle demeura silencieuse, espérant contre toute attente que quelqu'un l'entendrait et lui répondrait.

William Tear lui-même, peut-être, doué d'un tel pouvoir que sa voix résonnerait à travers les grands vides jumeaux du temps et de la mort. Mais après réflexion, elle comprit que Tear lui avait déjà répondu, il y a longtemps. Il n'y avait aucun moyen rapide et sûr d'éradiquer le mal. On ne pouvait compter que sur le passage du temps, des générations qui enseigneraient à leurs enfants de tenir toute vie pour aussi précieuse que la leur. Tear avait su que c'était la réponse, mais malgré les efforts qu'il avait déployés en ce sens, il avait échoué.

Parce qu'ils ont oublié, lui répondit son esprit. Il leur a fallu moins d'une génération pour oublier tout ce qu'ils auraient dû apprendre et garder en mémoire.

Pourtant ce n'était pas tout à fait vrai. Car les parents, la génération de ceux qui avaient fait la Traversée, avaient délibérément caché leur passé à leurs enfants. Katie avait bien appris certaines choses de l'histoire du monde durant ses cours, mais la période brutale qui précédait juste la Traversée, avec les armes, la surveillance, la pauvreté, elle n'en avait eu aucun écho, comme tous les jeunes de son âge. La génération qui commençait à se rebeller contre le socialisme de Tear ne connaissait rien du revers de la médaille. Tear disposait de ce récit édifiant des derniers temps, pourtant il l'avait négligé, et la leçon qui aurait pu en être tirée s'était perdue.

Mais toi, tu t'en souviens, Kelsea, lui murmura Carlin. Peut-être même qu'à la fin, tu sauras tout.

Et qu'aurai-je à faire de ce savoir ?

Il n'y eut pas de réponse, seulement le visage du geôlier et son regard fixe. Ses cornées étaient d'un rouge foncé ; il avait essayé de s'arracher lui-même les yeux. Kelsea chercha le saphir brut et le trouva, toujours gisant dans le coin le plus éloigné de sa cellule.

— Qu'es-tu au juste ? lui demanda-t-elle.

Elle le ramassa, puis se figea sur place, le souffle coupé. La porte de sa cellule était grande ouverte, avec l'anneau de clefs du geôlier toujours accroché à la serrure.

Sa première impulsion fut de se ruer tout simplement hors de la cellule, mais Kelsea se força à rester immobile, le temps d'évaluer la situation. Elle avait une vague idée de l'agencement des cachots, mais aucune des espaces du palais au-delà. Jusqu'où pourrait-elle aller ?

Ne sois pas timorée. La porte est grande ouverte !

En songeant au Tearling, une violente nostalgie lui étreignit le cœur. Elle évitait généralement de penser à son royaume en images concrètes ; rien de tel pour devenir folle, enfermée dans cette sombre cellule. Mais là, fermant les yeux, elle vit la plaine d'Almont s'étendre devant elle sur des kilomètres, avec ses fermes, sa rivière, puis New London, sa cité perchée sur une colline. Bien différente de la ville de Tear, elle était elle aussi en perdition, mais il y avait encore du bon, là-bas. Quand les Mort avaient atteint New London et que la ville avait accueilli les derniers réfugiés à l'intérieur de ses murs, le Donjon était rempli à ras bord et il y avait encore deux mille sans abris. Ils ne pouvaient dormir dans les rues, tant il gelait la nuit. Arliss ne savait plus à quel saint se vouer, mais au dernier moment, les marchands étaient intervenus, la guilde des commerçants de New London, et ils avaient proposé de tous les héberger dans leurs foyers et leurs magasins. Son royaume avait certes des défauts, pourtant il méritait encore qu'on se batte pour lui, et puis Kelsea avait tellement envie de rentrer chez elle.

Mais agir selon ses désirs lui avait déjà attiré bien des ennuis par le passé. Le visage de Thorne surgit à nouveau devant elle ; parfois Kelsea avait l'impression qu'elle ne parviendrait jamais à lui échapper, et peut-être que c'était bien ainsi, car elle l'avait tué non pour le bien du royaume, mais pour satisfaire ses pulsions. Elle ne pouvait se permettre de commettre pareille erreur aujourd'hui. Morte, elle n'aiderait plus son royaume ; or, si elle était toujours en vie, c'était grâce au bon vouloir de la Reine rouge. Une tentative d'évasion détruirait cette fragile entente. Malgré son envie, Kelsea ne pouvait juste s'enfuir en comptant sur la chance. Pour son royaume, elle se devait de rester.

Il fallait au moins sortir le corps du geôlier de sa cellule. Mais après lui avoir jeté un coup d'œil, Kelsea comprit que c'était vain, car le sol autour du cadavre était inondé de sang. Non, on le découvrirait ici, dans sa cellule. Il n'y avait aucun moyen de le faire disparaître.

La porte est grande ouverte ! insista son esprit.

— Je vais juste faire un petit tour, murmura Kelsea, en se rendant compte avec horreur qu'elle parlait au geôlier, tout en contournant son cadavre pour gagner la sortie. Juste un petit tour, pour voir un peu.

Elle sortit de sa cellule sur la pointe des pieds. Le couloir sur sa droite était sombre, mais sur sa gauche, tout au bout, la vague lueur d'une torche vacillait, près de l'escalier. Autrement, la longue rangée de cellules était silencieuse, et elle ne percevait aucun mouvement. Le geôlier avait fait du bruit en mourant, mais les cris de souffrance faisaient ici partie du décor et personne ne semblait s'en être inquiété. Couvrant de sa main la flamme de sa bougie, Kelsea avança vers la lumière.

Un bref coup d'œil à la cellule vide de son voisin suffit à lui démontrer qu'ici, les privilèges de l'ancienneté semblaient en vigueur. Le chauve, comme elle l'avait surnommé, était manifestement là depuis longtemps : en plus d'une paillasse et de plusieurs seaux, il disposait d'un bureau et d'une chaise. Sur le bureau, il y avait une pile de papiers et un pot contenant des crayons et des plumes, ainsi qu'une dizaine de bougies. Les murs n'étaient pas nus, mais décorés de dessins.

Levant plus haut la bougie, Kelsea en resta saisie, car il ne s'agissait pas de dessins, mais de schémas. Les feuilles étaient couvertes de mesures et d'indications. Elles étaient trop loin des barreaux pour qu'elle puisse les déchiffrer, mais même de là où elle se trouvait, elle discerna plusieurs plans. Une haute tour de siège. Un engin à doubles parois muni en son centre d'un genre de verrou. Deux différents types d'arcs. Le bureau lui-même, qui se trouvait près des barreaux, était couvert d'un plan inachevé que Kelsea ne parvint pas à identifier. Elle tint la bougie aussi haut que possible et siffla entre ses dents quand un peu de cire brûlante goutta sur sa main, mais elle réussit à mieux distinguer le schéma punaisé sur le bureau : c'était celui d'un canon, identique à ceux qu'elle avait vu transporter par l'armée Mort. Comprenant ce qu'impliquaient tous ces dessins, elle en eut le souffle coupé : elle venait de découvrir que le chauve, son voisin de cellule, était en fait le concepteur d'armes de la Reine rouge.

Mais que diable faisait-il ici, en ces lieux de déchéance ? Le chauve parlait parfaitement le Tear. C'était vraisemblablement un esclave, l'un des esclaves les plus précieux dont disposait la Reine rouge. Alors pourquoi le gardait-elle dans les cachots du Palais ? Pourquoi l'exposer aux brutalités, aux rats, au risque de pneumonie qui menaçait dans ces lieux humides, remplis de courants d'air ? Un ingénieur doué comme celui-ci aurait dû jouir des conditions de vie les plus douillettes auxquelles un esclave des Mort puisse prétendre.

La cellule vide ne fournit aucune réponse à Kelsea. Elle demeura encore un moment devant les barreaux pour s'assurer que rien d'autre ne lui avait échappé, puis continua à descendre le couloir à pas feutrés.

Dans la cellule suivante, il n'y avait même pas de grabat. Une jeune femme de l'âge de Kelsea était roulée en boule à même le sol, endormie. Elle était nue, et même à la faible lueur de la bougie, Kelsea vit qu'elle tremblait. Ses bras étaient couverts de marques ressemblant à des perforations. La colère de Kelsea se ranima soudain au creux de son ventre, et elle se mit à invectiver la Reine rouge en esprit.

Comment peux-tu assumer ces horreurs ? Tu n'es pas idiote, tu sais distinguer le bien du mal. Comment peux-tu te supporter ?

Mais ce fut Carlin qui lui répondit.

Ne perds pas ton temps, Kelsea. Certaines personnes sont tout simplement détraquées.

Étonnamment, Kelsea s'aperçut qu'elle refusait de penser à la Reine rouge en ces termes. Certes elle n'appréciait pas cette femme, mais elle en était venue à la respecter. L'enfant Evelyn n'avait pas eu une vie facile.

Si tu cherches des excuses à la Reine rouge, tu aurais dû en chercher à Thorne… peut-être même à ton geôlier. Aucun d'eux n'a dû avoir une enfance heureuse.

Kelsea rejeta en bloc ces arguments. La mort du geôlier ne lui pesait pas. Le monde allait mieux sans lui. Quant à Thorne…

Une porte s'ouvrit en claquant en haut de l'escalier. Kelsea se figea sur place. Impossible de s'échapper, à présent, mais personne ne devait se douter combien elle avait été près de le faire. Elle risquait d'être punie pour avoir tué le geôlier, mais comment l'éviter ? Tandis qu'elle s'empressait de rejoindre sa cellule, la bougie s'éteignit et elle fit les derniers pas à tâtons dans le noir, pour se glisser à l'intérieur. La clef du geôlier était toujours enfoncée dans la serrure ; un moment, elle envisagea de la prendre, puis y renonça. L'intrusion du geôlier dans sa cellule ne ferait que renforcer sa version des faits, et Kelsea avait l'intuition que sa mort n'affecterait guère la Reine rouge.

Comme la lueur d'une torche se répandait dans le couloir, elle se replia au fond de sa cellule et n'y bougea plus. En contemplant le corps du geôlier, elle éprouva un intense soulagement, qui fit si bien écho à celui de Lily que Kelsea eut presque l'impression que le monde s'était enroulé sur lui-même. Qu'importe ce qui arriverait, au moins, elle n'aurait plus jamais affaire au geôlier, plus jamais.

La torche apparut, et elle reconnut la haute silhouette d'Emily, la suivante de la Reine rouge. Celle-ci embrassa la scène d'un bref coup d'œil, puis ficha la torche dans son support et se précipita dans la cellule.

— Le moment est mal choisi. Vraiment mal choisi, murmura-t-elle en Tear, puis elle considéra Kelsea avec une lueur d'impatience dans le regard. Vous n'êtes pas blessée ?

— Non, ça va.

— Bon, alors aidez-moi. Nous devons le sortir d'ici.

— Quoi ?

— Si la Reine rouge découvre que vous avez tué ce geôlier, elle renforcera votre sécurité. Nous ne pouvons nous le permettre. Pas alors que la date approche.

— Quelle date ?

— Aidez-moi ! souffla Emily. Ôtez votre robe.

— Il y a trop de sang.

— Nous pourrons nettoyer ensuite. Mais nous ne devons pas laisser de trace. Donnez-moi votre robe.

Après un bref instant d'hésitation, Kelsea ôta sa robe et la jeta à Emily, qui en enveloppa le cou du geôlier. Par réflexe, Kelsea se couvrit, avant de se rendre compte que la pudeur importait peu, dans ces circonstances. Elle laissa retomber ses mains et se contenta de rester immobile, frissonnante, en bottes et sous-vêtements. Emily retira la clef de la serrure, l'ôta de l'anneau, puis fourra l'anneau dans sa poche.

— Prenez-le par les jambes.

Kelsea obéit et aida Emily à soulever le cadavre. La suivante était bien plus forte qu'elle et portait plus que sa part. Kelsea la scruta, en pleine confusion. Était-il possible qu'elle soit restée loyale envers le Tearling ?

— Pas un bruit, murmura Emily. La cellule sur votre droite est vide, mais les autres sont occupées. Les prisonniers ne dorment peut-être pas tous.

— Et la lumière ? murmura Kelsea.

— J'ai cartographié ces cachots. Suivez-moi et ne faites aucun bruit.

D'autres questions surgirent dans la tête de Kelsea, mais elle les écarta et suivit Emily. Elles tournèrent à droite, et Kelsea constata qu'en effet, la cellule de ce côté-là était vide. La torche s'éteignit quand elles passèrent le coin, et elles finirent par avancer dans le noir complet. Kelsea sentait sous ses mains les jambes du geôlier encore tièdes, de sorte qu'une angoisse irrationnelle la saisit, plus forte à chaque pas : et s'il n'était pas mort, seulement endormi ? S'il lui saisissait les mains en lui murmurant *Ma jolie* ?

— Qui est là ? hurla un homme sur sa droite, si près qu'elle fit un écart vers la gauche en étouffant un cri, et faillit bien lâcher les jambes du geôlier.

Le front moite de sueur, elle entendit d'autres détenus tousser et pleurer dans leurs cellules, et son esprit évoqua le complexe de haute sécurité qu'elle avait vu à l'époque de Lily, avec ses labyrinthes de souffrance.

Nous n'avons rien appris, songea-t-elle encore. Nous avons tout oublié.

Devant elle, Emily se racla la gorge, indiquant à Kelsea de s'arrêter. Sentant l'autre extrémité du cadavre s'incliner vers le sol, elle suivit le mouvement et déposa ses jambes à terre. Il y eut un cliquetis métallique quand Emily posa l'anneau de clefs du geôlier sur son cadavre. Même sous la pression des événements, cette femme était d'un sang-froid étonnant, qui lui fit penser à Andalie. L'instant d'après, Emily la prit par le bras pour la ramener par le même chemin. Kelsea se demanda ce que Massue dirait s'il la voyait errer dans les cachots du Palais en sous-vêtements. Elle avait si froid qu'elle claquait des dents. Elle songea à la femme nue à l'autre bout du couloir, frissonnant sur la pierre nue. Il lui faudrait vite de nouveaux vêtements.

Comme elles passaient un dernier coin, Kelsea vit qu'elles avaient rejoint son couloir. Baissant les yeux, elle découvrit que ses mains et ses bras étaient couverts de sang poisseux. Mais le couloir était propre.

— Rentrez là-dedans, murmura Emily en la poussant dans sa cellule. Je vais vous rapporter de quoi vous laver et une nouvelle robe, dit-elle en montrant celle de Kelsea, imbibée de sang.

— Et après ?

— Ce sera comme s'il n'était jamais entré dans votre cellule, déclara Emily en lui montrant la clef. Il n'était pas censé l'avoir. Je vais la garder.

Kelsea hésita, tandis que la redoutable efficacité d'Andalie lui revenait en tête. Alors qu'Emily refermait la porte, Kelsea la bloqua en agrippant les barreaux.

— Qui êtes-vous ? Êtes-vous au service des Tear ?

— Non. Je travaille pour Massue.

Emily referma la porte en forçant Kelsea à lâcher prise, la verrouilla, et disparut au bout du couloir.

— Réveille-toi, espèce d'épave.

Javel émergea péniblement de sa torpeur pour revenir à la réalité. Ce fut un lent processus. Il lui fallut faire abstraction de diverses sensations toutes aussi désagréables : migraine, mal de dos, vide nauséeux dans son estomac. Les alcools Mort étaient bien plus forts que ceux qu'on buvait au Tearling. Il se rappelait vaguement avoir goûté celui que le barman lui avait servi, le bref moment d'oubli que l'alcool lui procurait toujours, et puis plus rien. Il sentit quelque chose d'humide sur sa joue : un filet de bave.

— Secoue-toi, bon sang !

Il reçut une claque sur la nuque, et son mal de tête redoubla, l'aveuglant presque. Il protesta en grognant, mais alors on le prit par les cheveux et on le força à se redresser, en le faisant hurler de douleur. Il se retrouva face à Dyer.

— Triple idiot. Nous sommes ici en mission secrète. Et voilà que je te retrouve ivre mort, maugréa Dyer, en le secouant à chaque mot comme un prunier.

L'esprit de Javel était comme embourbé. Que faisait-il dans une taverne ? Voilà des mois qu'il était resté sobre. Devrait-il vraiment repartir de zéro ?

Allie.

La mémoire lui revint par à-coups, avec une douloureuse netteté. C'était Allie qui l'avait mené ici. Allie, fardée et nippée comme une pute, devenue quelqu'un d'autre. Elle ne voulait plus entendre parler de lui. Ils étaient à Demesne depuis des mois, à la poursuite d'un fantôme. Si seulement Dyer pouvait s'en aller, qu'il puisse commander à boire, et vogue la galère ! Au moins, un verre allégerait le mal de tête qui menaçait de lui broyer le crâne.

— Qu'est-ce qui t'a pris, sale traître ?

— Allie, marmonna Javel. Ma femme… (mais pouvait-il encore l'appeler ainsi ?) elle était habillée comme une…

— Une putain ? lança Dyer en le considérant sans aménité.

— Oui, murmura Javel, reconnaissant de n'avoir pas eu à prononcer le mot lui-même.

— Par tous les saints, dit Dyer en le saisissant par le col, alors Javel se rendit compte qu'il avait passé la nuit sur un tabouret de bar, la tête posée sur le comptoir.

Ce n'était pas la première fois. Dire qu'il avait cru que cette période de sa vie était derrière lui ! À cet instant, on lui balança un broc d'eau au visage. Quand Javel rouvrit les yeux, il aperçut le tavernier derrière le bar, qui les observait de l'air indifférent de celui qui en a vu d'autres.

— Si j'ai bien compris, Garde des Portes, tu as trouvé ta femme dans un bordel Mort.

— Oui.

— Et alors ?

— Elle m'a dit qu'elle était satisfaite de son sort. Heureuse, même…, ajouta Javel en déglutissant, tant ce mot-là avait du mal à passer. Et qu'elle ne voulait plus entendre parler de moi.

— Bon Dieu, soupira Dyer en le traînant vers la sortie après avoir jeté quelques pièces sur le comptoir.

Le tavernier se contenta de hocher la tête et ramassa la monnaie. Dehors, l'éclat du soleil sembla lui fendre le crâne en deux. Javel saisit sa tête entre ses mains en gémissant.

— Ferme-la, parasite, lança Dyer en le poussant rudement pour le faire avancer.

Comme ils passaient devant la boutique de l'apothicaire, Javel eut envie de cracher sur la porte.

— Elle riait, dit-il à Dyer. Elle était heureuse.

Pourquoi se confiait-il à cet homme entre tous, un Garde de la Reine qui aurait aimé le voir se balancer au bout d'une corde pour trahison ? Mais qui d'autre aurait pu l'écouter ?

— Et ça te met en colère ?

— Pardi ! s'écria Javel. Il y a de quoi, non ? Tu voudrais peut-être que je saute de joie ?

Le prenant par le cou, Dyer le flanqua contre un mur. Juste avant que la douleur le submerge, Javel regretta de ne pas être mort.

— Puisque tu n'as pas un brin de cervelle, Garde des Portes, je m'en vais te l'expliquer. Ta femme a été trimballée dans une cage sur plus de deux cents kilomètres. Quand elle est arrivée dans cette cité, elle a été déshabillée, fouillée, exhibée nue sur une estrade pour être vendue aux enchères. Elle est peut-être restée là des heures durant, exposée à tous les regards, pendant que des inconnus débattaient de son prix, et que des enfants se moquaient d'elle, parce qu'elle était une Tear. Si elle a été achetée aussitôt par la maison de passe, comme le registre du commissaire-priseur le laisse penser, elle a dû se plier aux désirs des clients sans rechigner, sous la menace d'être battue, violée, ou privée de nourriture à la moindre incartade. Six années, ajouta Dyer, et sa voix se fit plus rude, plus profonde. Ça dure depuis six longues années, et toi, où étais-tu durant tout ce temps ? Tu t'es contenté de trimer pour gagner le jour de quoi boire la nuit.

— N'empêche, c'est ma femme.

Dyer le secoua durement en lui râpant la tête contre les briques.

— Ta femme se comporte comme il se doit. Il ne t'est donc jamais venu à l'esprit que faire semblant d'être content de son sort rend la vie moins pénible, en ce genre de circonstances ?

— Elle est enceinte ! gronda Javel. Elle va mettre au monde l'enfant d'un autre !

— Tu as vraiment un sacré toupet, Garde des Portes, commenta Dyer en le lâchant d'un air dégoûté. Ta femme a été livrée à Mortmesne alors que toi, tu restais au Tearling, en homme libre, et tu trouves que tu as le droit de lui demander des comptes sur la façon dont elle a survécu ?

— Je l'aime. C'est ma femme, répéta Javel d'une voix entrecoupée.

— On dirait qu'elle est passée à autre chose. Et crois-moi, tu ferais mieux d'en faire autant. Laisse-la, lui conseilla Dyer d'une voix un peu radoucie, même si son regard restait sévère. Dieu sait que cela m'échappe, mais la Reine a vu quelque chose en toi. Plus rien ne te retient ici, pourtant tu pourrais encore te rendre utile. À nous et à elle.

— Utile à Allie ?

— Mais non, crétin. À la Reine, répondit Dyer en secouant la tête. Le Capitaine arrivera dans quatre jours, et quand il sera là, nous ferons évader la Reine, au prix de notre vie, s'il le faut. Or nous avons besoin de renforts.

— Et qu'ai-je à voir là-dedans ?

Dyer brandit une lettre cachetée.

— Voici les derniers ordres du Capitaine. Il veut envoyer un messager à New London pour ramener d'autres gardes, mais il ne peut se séparer d'aucun de ses hommes. Ni Galen ni moi ne pouvons nous en charger. Nous aurons besoin de renforts dans les deux jours qui suivront son arrivée. Par conséquent, il nous faut un messager qui puisse galoper comme le vent, déclara Dyer en l'évaluant du regard. Je t'ai observé durant le trajet. Tu es bon cavalier, quand tu as la tête froide. Si tu pars demain matin tôt, tu pourrais y arriver.

Malgré sa migraine, Javel fronça les sourcils en calculant le temps dont il disposait. Il devrait rejoindre New London en moins de trois jours. C'était peu, certes, mais cela restait faisable.

— Tu devras te tenir loin des tavernes et autres bouges tout le long du chemin, cela va de soi, remarqua Dyer.

— Et Allie ?

— C'est à toi de voir, Garde des Portes. Tu peux servir la Reine, ou servir ta propre bêtise. Le Capitaine a mis ton sort entre mes mains, et je puis te laisser ici te noyer dans l'alcool jusqu'à ce que mort s'ensuive, si ça te va. Moi, ça m'est bien égal, conclut Dyer, puis, regardant par-dessus l'épaule de Javel, il plissa les yeux. Bon, nous avons assez traîné dans cette rue.

Suivant son regard, Javel découvrit que des gens se rassemblaient au croisement. Encore une émeute. Les rues de Demesne en étaient pleines. Les rebelles provoquaient un attroupement, les forces de sécurité intervenaient pour les disperser, et ça recommençait le lendemain. D'après Galen, la cité allait bientôt connaître une révolte générale.

Dyer remonta la rue pour s'éloigner de l'agitation, et Javel le suivit, en proie à un grand tumulte intérieur, entre sa gueule de bois, Allie et, dans un petit recoin de son esprit, les paroles de Dyer qui tournaient en boucle. Il les en tira pour les examiner comme une pierre précieuse extraite d'une mine à l'état brut.

Tu pourrais encore te rendre utile.

Il était utile, jadis. Avant de sombrer dans l'alcool, et bien avant qu'Arlen Thorne l'eut soudoyé en lui faisant miroiter des chimères, il y avait eu un Garde des Portes nommé Javel, quelconque mais compétent, content de bien faire son boulot et de rentrer chez lui pour retrouver sa femme à la fin de la journée.

Servir la Reine, ou servir ta propre bêtise.

Voilà des semaines qu'il n'avait pas songé à la reine, depuis qu'ils l'avaient vue passer dans un chariot.

Mais ses deux compagnons n'avaient pensé qu'à elle, et il s'en voulut de ne pas l'avoir compris plus tôt. La Reine aurait pu le faire pendre pour trahison, comme Bannaker et le prêtre de l'Arvath, ou même le supplicier, comme Thorne. Mais non. La mort eut été une grâce pour lui, seulement, elle ne pouvait le savoir. Et il était là, malheureux peut-être, mais en vie et libre, tandis que la Reine pourrissait dans un cachot Mort. Javel y réfléchit encore un moment, esquivant une charrette qui avançait cahin-caha sur le chemin, puis il s'empressa de rejoindre Dyer.

— Je partirai demain matin.

Dyer s'arrêta, et Javel, qui attendait une remarque acerbe, découvrit que le Garde de la Reine le considérait avec sincérité, peut-être pour la première fois. Au bout d'un long moment, Dyer sortit la lettre cachetée de sa poche et la tendit à Javel.

— Garde-la précieusement et ne la montre à personne tant que tu n'auras pas rejoint New London. Elle devrait te permettre de passer la Garde des Portes pour entrer dans l'Aile de la Reine. Présente-la à Devin, c'est lui qu'on a nommé responsable de l'aile.

Javel prit la lettre, la glissa dans la poche intérieure de sa chemise, et ils se remirent en route. Un chariot manqua de peu les éclabousser de boue en les dépassant. Le regard de Dyer était lointain, empreint de tristesse, et Javel devina qu'il songeait à la Reine. Lui penserait à Allie, cette nuit et bien d'autres, et ce serait forcément douloureux, mais elle n'était pas prisonnière.

— Allez-vous réussir ? demanda posément Javel.

— Je l'ignore, Garde des Portes, répondit Dyer en frappant du poing la paume de sa main. Mais Bon Dieu, si nous échouons…

Javel lui jeta un coup d'œil furtif, inquiet de la rage qu'il sentait couver en lui, prête à exploser à tout moment. Mais ce qu'il vit l'inquiéta encore plus. Dyer pleurait.

7

La Chute

Il est difficile de combattre l'adulation excessive vouée à la Reine Glynn, tant les historiens sont nombreux à la perpétuer, sans jamais critiquer ses décisions. Cependant l'auteur de cet ouvrage estime qu'elle commit plusieurs erreurs désastreuses. Si le Tearling nourrit le mythe de la souveraine infaillible, il n'en demeure pas moins que la Reine Glynn abandonna son royaume à un moment crucial pour le confier à Massue, qui l'abandonna également. Ces décisions eurent des conséquences catastrophiques, et tout historien digne de ce nom devrait admettre ce fait.

Une Histoire alternative du Tearling,
ETHAN GALLAGHER

— Je suis assaillie de toutes parts, remarqua la Reine rouge. Et chaque jour, la menace approche.

Elles se trouvaient sur le balcon le plus haut du Palais, bien au-dessus des autres tourelles, de sorte que Kelsea pouvait embrasser tout le paysage environnant sans que rien n'obstrue sa vision. Demesne s'étalait telle une grande tapisserie en rouge brique et gris de pierre, avec au-delà les Champs-Demesne, une immense prairie qui encerclait la cité. Mortmesne était un pays bien plus verdoyant que le Tearling : couvert de pinèdes, avec des champs cultivés également ponctués de bosquets et de haies, contrairement à la terre poussiéreuse de l'Almont. C'était vraiment un pays extraordinaire, et Kelsea ne pouvait que regretter l'amère histoire qui avait fait des Mort et des Tear des ennemis irréductibles. Quel terrible gâchis.

Vers l'ouest, Kelsea apercevait les pics jumeaux du mont Ellyre et du mont Willingham, dont les sommets neigeux étaient presque noyés dans la brume, en cette fin d'automne. Elle chercha à mieux distinguer la passe qui les séparait : le défilé d'Argive, et fut saisie d'une poignante nostalgie tant tout son être se tendait vers le Tearling, son pays bien-aimé.

— Mon armée n'arrive pas à stopper cette rébellion, poursuivit la Reine rouge, ramenant Kelsea à la triste réalité. Regardez en bas.

Suivant son geste, Kelsea vit un immense panache de fumée qui montait de la section nord de la cité.

— Qu'est-ce que c'est ?

— Mes arsenaux sont en flammes, répondit la Reine rouge d'une voix sans timbre. Ces rebelles parviennent toujours à déjouer la surveillance de mes soldats. Enfin, les rares soldats qui me restent fidèles. Ils sont chaque jour plus nombreux à déserter pour rejoindre ce fou de Tear.

— Levieux ?

— Vous le connaissez ?

— J'en ai entendu parler, répondit prudemment Kelsea.

— Pourquoi un Tear cherche-t-il ainsi à me nuire ?

Se tournant vers elle, Kelsea se rendit compte, médusée, que la Reine rouge parlait sérieusement.

— Vous avez envahi notre pays, fit-elle remarquer.

— Je me suis retirée.

— Cette fois, oui. La dernière fois, votre général chéri a laissé dans son sillage une traînée de viols et de massacres. Sans parler des dix-sept années durant lesquelles le Tearling a dû vous livrer des esclaves.

— De vulgaires pions sur l'échiquier, Glynn. Ça ne compte pas.

— Vous devez bien vous douter que les gens ne se considèrent pas comme tels, répliqua Kelsea, pour se demander aussitôt si la Reine rouge pouvait seulement en avoir conscience, ayant vécu depuis plus d'un siècle complètement déconnectée de son peuple, et le peu de compassion qu'elle lui avait inspiré s'évanouit. La souffrance infligée par le Recensement, puis le chargement des esclaves, les familles divisées, les époux séparés, les enfants arrachés à leurs parents, croyez-vous donc que l'on puisse l'oublier ? ajouta-t-elle.

— Mais oui, avec le temps, tout s'oublie.

— Non, ils n'oublieront pas.

— L'esclavage existe depuis la nuit des temps.

— Cela ne le justifie pas, au contraire. Nous devrions en avoir tiré la leçon. L'humanité doit évoluer vers plus de justice.

La Reine rouge la scruta un long moment, d'un air presque mélancolique.

— Qui vous a élevée, Glynn ?

— De braves gens, répondit Kelsea en sentant sa gorge se serrer, comme toujours quand elle songeait à Barty et Carlin.

Elle hésita à prononcer leurs noms, puis se rendit compte qu'il était vain de les garder secrets, puisque personne ne pouvait plus leur faire de mal.

— Bartholomew et Carlin Glynn, précisa-t-elle.

— La tutrice d'Elyssa. J'aurais dû m'en douter.

— Pourquoi ?

— À cause de cette morale rigide. D'ailleurs bien trop rigide pour Elyssa : ce fut pourquoi Dame Glynn tomba en disgrâce avant votre naissance, déclara la Reine rouge, puis elle secoua la tête. Il n'empêche, je vous envie.

— Ah bon ?

— Naturellement. Grâce à votre éducation, vous croyez en quelque chose.

— Et vous, vous ne croyez en rien ?

— Si, en moi-même.

Kelsea se rapprocha du bord du balcon. En contrebas, une troupe nombreuse de soldats sortit en déferlant des portes du Palais, pour foncer vers le brasier qui faisait rage au nord de Demesne. Était-ce l'œuvre du Fetch ? Et si oui, que cherchait-il ici ?

Personne n'avait relié Kelsea à la mort du geôlier. Il y avait eu du tapage quand on l'avait découvert, des pas précipités et de nombreuses allées et venues dans le couloir, mais on ne l'avait pas interrogée à ce propos. Manifestement, Strass n'était guère apprécié, car le tumulte provoqué par sa mort s'éteignit bientôt de lui-même, et la vie dans les cachots reprit son cours. Kelsea tournait et retournait l'étrange caillou dans sa main pour tenter de comprendre ce qui s'était passé. Quant au détenu d'à côté, le concepteur d'armes, il était retombé dans le silence.

— Pourquoi m'avez-vous fait venir ici ? demanda-t-elle à la Reine rouge.

— Parce que nous avons perdu tout contact avec la Cité Marche. Les trois derniers messagers que j'ai envoyés au bout de Cold Road ne sont pas revenus… Et vous, Glynn ? Avez-vous appris du nouveau à son sujet ? s'enquit La Reine rouge en la scrutant intensément, et Kelsea devina sans mal qu'elle songeait à Row Finn.

— Presque rien. Pas de quoi satisfaire votre curiosité, en tout cas.

— Pourquoi donc ?

— Parce que je ne puis influer sur le déroulement du passé. Pour l'instant, je n'ai vu de lui que le jeune garçon qu'il fut jadis.

— Et comment est-il ?

— Cruel, répondit Kelsea, en se retrouvant l'espace d'un instant avec Katie, perdue au cœur de la nuit, dans le quartier industriel de la Ville. Malveillant, ajouta-t-elle.

— Quoi d'autre ?

— Je ne suis pas très sûre…, commença Kelsea en fermant les yeux, revoyant les tombes éventrées du cimetière de la Ville.

Katie n'avait pas encore fait le rapprochement, mais elle ne connaissait pas son meilleur ami aussi bien que Kelsea.

— J'ai l'impression qu'il s'adonne à l'occultisme. Dans l'intention de réveiller les morts, ajouta-t-elle.

— Eh bien il a réussi depuis, répliqua amèrement la Reine rouge en désignant le nord-est. Chaque nouveau groupe de réfugiés arrive avec quelque horrible histoire. Ces enfants ne peuvent être détruits par l'épée. Seule la magie y parviendra.

— Que savez-vous de lui ?

— C'est un buveur de sang, répondit platement la Reine rouge. Je lui offrais des enfants prélevés sur la livraison en échange de son aide. Aucun n'est jamais revenu.

— Comment l'avez-vous rencontré ?

— J'étais en fuite.

— Vous fuyiez votre mère ?

C'était un élément que Kelsea avait extrait de son esprit. Il y avait là une grande forfaiture, même si elle n'avait pu en saisir avec netteté les circonstances exactes.

— Oui. Ainsi que les Cadarese, confirma la Reine rouge, et elle secoua la tête comme un chien qui s'ébroue. Bref, le Sombre m'a recueillie, et grâce à lui, je ne suis pas morte de faim dans le Fairwitch.

— Pourquoi ?

— Il croyait que je pourrais le libérer, répondit la Reine rouge avec un morne sourire. Mais il se trompait. Seule vous le pouviez, Glynn. Et vous l'avez fait.

— C'était pour sauver mon royaume.

— Temporairement, Glynn.

— Pourquoi m'avez-vous fait venir ici, en réalité ? Pour le plaisir de me tourmenter ?

— Non, répondit la Reine rouge en se radoucissant. J'avais besoin de parler à quelqu'un.

— Vous avez un royaume à votre disposition.

— Je ne peux me fier à personne.

— À moi non plus.

— Vous, au moins, vous n'êtes pas hypocrite, Glynn. Tous les gens de ce château cherchent à m'abattre.

— On a toujours comploté contre vous. C'est le lot de tout dictateur.

— Cela, je m'en fiche. C'est la fausseté que je ne supporte pas. Vous pouvez me mépriser, Glynn, mais vous ne cachez pas vos sentiments, et votre haine est franche et déclarée. Ces gens-là me sourient, mais par en dessous…

Sa voix devint rauque, et sa main se crispa sur la balustrade au point que les jointures de ses doigts blanchirent. D'après la légende Tear, la Reine rouge était née sans cœur, mais c'était bien loin de la vérité. Kelsea voyait se fissurer l'armure d'acier qu'elle s'était forgée et portait depuis des décennies. Elle eut envie de poser une main sur son épaule, mais se ravisa. Toute amitié était impossible entre cette femme et elle.

Pourquoi est-ce que je lui laisse autant de latitude ?

Parce que tu es entrée dans sa tête.

C'est juste, admit Kelsea en son for intérieur. Les saphirs engendraient une telle empathie qu'il était impossible de haïr quelqu'un après avoir parcouru la longue histoire de sa vie : en l'occurrence, la mère, belle et terrible, qui avait rejeté Evelyn Raleigh durant des années… jusqu'au moment où elle avait eu besoin d'une monnaie d'échange. Alors la jeune fille avait été jetée en pâture. Certes la Reine rouge avait pris de terribles décisions, mais dès sa naissance, la partie était faussée, et les cartes truquées en sa défaveur.

Toi aussi, tu as pris de terribles décisions, murmura sombrement Carlin. Qui es-tu pour juger ?

Kelsea ferma les yeux, assaillie par une foule d'images toutes odieuses : la populace hurlante sur la place publique de New London, ces visages déformés par la haine qui n'avaient plus rien d'humain et en devenaient monstrueux ; le sourire de Row Finn, planté devant la cheminée ; Arlen Thorne agonisant, avec sa face striée de plaies béantes ; enfin, sa propre main tenant un couteau, les doigts dégoulinant de sang.

— Qui vous a élevée ? demanda-t-elle soudain en rouvrant les yeux pour chasser les images.

— Vous ne le savez donc pas ?

— Je n'ai pas tout vu, admit Kelsea.

— J'avais une nurse, nommée Wright. C'était une femme très intelligente, mais assez effrayante. On aurait dit qu'elle s'était donnée pour tâche de m'élever à la dure pour mieux me préparer à la vie.

Comme Carlin, songea Kelsea, subjuguée. Elle avait aperçu cette femme par éclairs dans l'esprit de la Reine rouge : elle avait de longs cheveux noirs, pas du tout comme ceux de Carlin, pourtant il existait une ressemblance. Toutes deux avaient le regard perçant d'un faucon.

— Ma mère était ravie de m'avoir confiée à Wright. Elaine lui prenait tout son temps, commenta la Reine rouge.

— Qui était votre père ?

— Je l'ignore, répondit-elle, avant de lui lancer un coup d'œil incisif. Je n'ai jamais voulu le savoir. Et vous, avez-vous envie de savoir qui était le vôtre ?

Kelsea eut d'abord envie de répondre oui, puis non. En fait, elle n'en avait guère envie, sinon par curiosité intellectuelle. La réponse ne lui plairait sûrement pas, autrement Massue la lui aurait donnée.

— Qu'importe, Glynn. Je n'avais pas l'intention de vous en dire autant, mais cela fait longtemps que je n'ai pas eu quelqu'un à qui parler. Pas depuis Liriane.

— Votre voyante. Était-elle aussi douée qu'on le dit ?

— Bien davantage. Nous étions amies, du moins le croyais-je, dit la Reine rouge, l'air perplexe. De telles femmes sont difficiles à connaître, ce qui m'amène au sujet du jour. J'ai reçu de votre pape une offre des plus intéressantes.

— Sa Sainteté ? Si vous traitez avec cet homme, vous avez intérêt à avoir un couteau sous la main.

La Reine rouge sourit, mais ses yeux restèrent froids.

— À mon avis, votre royaume est en grand danger, Glynn. Le pape me demande des mercenaires, toute une légion de mon armée.

Kelsea se sentit vaciller. Il fallait qu'elle les prévienne, qu'elle avertisse Massue… mais du fond de son cachot, comment le pourrait-elle ?

— Dans quel but ? réussit-elle à demander au prix d'un grand effort.

— Qui sait ? En tout cas, il vous hait.

— Allez-vous lui fournir des soldats ?

— Peut-être. Tout dépend du marché.

— Quel marché ?

— D'après le pape, vous, Reine Kelsea, avez vous-même une voyante à votre service.

Qui avait parlé ? songea Kelsea, paniquée. Elle se détourna pour regarder au-delà de la balustrade. Trop tard. La Reine rouge avait vu sa réaction.

— C'est donc vrai ! s'exclama-t-elle avec un étonnement sincère. Et son enfant aurait aussi ce don ?

En Kelsea, quelque chose se rompit, ce fut plus fort qu'elle. Elle traversa le balcon, saisit la Reine rouge par les épaules et la souleva du sol en se demandant si elle aurait la force de la jeter par-dessus bord.

La Reine de pique ! s'écria désespérément son esprit pour la retenir, en vain.

— Prenez garde, gronda-t-elle. Ne touchez pas à elles, sinon…

— Attention, Glynn, l'interrompit la Reine rouge. Réfléchissez à ce que vous faites.

Kelsea se figea, sentant soudain l'air se raréfier, devenir comme électrique, et sa peau la tirer. Elle n'arrivait plus à respirer tant sa gorge était coincée.

— Reposez-moi, Glynn, lui dit la Reine rouge en lui tapotant la joue comme à une enfant. Reposez-moi, sinon je vous étrangle jusqu'à ce que mort s'ensuive.

Kelsea relâcha son emprise et la posa à terre. Sa gorge resta coincée encore une dizaine de secondes, et à la moue victorieuse de la Reine rouge, Kelsea devina que c'était délibéré, puis elle se dénoua. Tandis que Kelsea retrouvait péniblement son souffle, ses poumons aspirèrent une grande goulée d'air.

— Ça, vous avez du cran, je vous l'accorde, constata la Reine rouge, puis elle remarqua que sa robe en velours rouge était déchirée sous les bras. Vous savez, un jour j'ai fouetté une suivante qui avait gâché l'une de mes robes.

— Je ne suis pas l'une de vos domestiques, répartit Kelsea en s'appuyant sur le parapet, haletante.

La colonne de fumée qui montait de l'arsenal incendié était floue, et sa vision brouillée. Elle sentait un début de migraine lui serrer les tempes.

— Vous dévoilez trop votre jeu, lui lança la Reine rouge en la rejoignant. Je ne puis guère envoyer des soldats au Tearling en ce moment, ni au pape ni à personne. Je voulais seulement savoir si ces informations étaient fondées. Votre dame de chambre et sa plus jeune fille ! J'ai toujours pensé que le don de double vue était héréditaire, mais je n'ai encore jamais eu l'occasion de l'étudier.

— Vous pouvez toujours courir. Cette voyante-là tuerait son enfant plutôt que de la voir tomber entre vos mains.

— Vous avez des problèmes bien plus importants à régler, Glynn. D'après Benin, le Saint-Père se livre à un double jeu. Il a aussi fait des offres directes à mon armée, derrière mon dos.

— Que feraient vos soldats d'une voyante ?

— Mes soldats veulent leur part de butin. Et une voyante dont les dons sont reconnus se vendrait très cher sur le marché, assez pour rémunérer toute une légion. Je ne…, commença la Reine rouge, mais elle s'interrompit tant ces paroles lui coûtaient. Je ne contrôle plus mon armée, du moins pas complètement.

— Comme je vous plains.

— Riez si ça vous chante, Glynn, mais ce problème vous concernera également, si mes soldats désertent pour se vendre au plus offrant ou ravager le Tearling en bandes armées.

Kelsea tressaillit en songeant au Donjon, resté sans protection à présent que presque toute son armée avait succombé sur l'Almont. Le Général Hall ne devait disposer que d'une centaine d'hommes, qui ne pèserait pas lourd face à une légion Mort. Ces trois ans de sécurité qu'elle avait obtenus en marchandant pour son royaume, seraient-ils toujours d'actualité ? Si seulement elle pouvait contacter les siens ! Une petite lueur brilla au fond de sa mémoire, pour s'éteindre aussitôt.

— Vous n'avez vraiment rien d'utile à me fournir sur cette damnée créature, l'Orphelin ?

— Hélas non, toujours pas.

— Emily ! appela la Reine rouge.

Quand la suivante émergea de l'escalier situé au centre du balcon, ses yeux se posèrent fugitivement sur Kelsea, puis se détournèrent, et Kelsea demeura elle-même impassible. Depuis qu'elles avaient transporté le geôlier et nettoyé la cellule, Emily avait refusé de répondre à d'autres questions.

— J'en ai fini avec elle. Ramenez-la en bas, ordonna la Reine rouge d'un ton distant, qui sonna faux à l'oreille de Kelsea.

En lui jetant un dernier regard avant de descendre l'escalier, elle perçut de nouveau chez cette femme un profond désarroi et la sentit au bord du gouffre. Un sentiment qu'elle reconnut pour l'avoir souvent éprouvé lors de ces maudites semaines passées dans le Donjon, avant la destruction du Pont de New London.

Durant la descente vers les cachots, elle n'essaya pas de parler à Emily. Il y avait trop de monde dans les couloirs, trop de risque d'être entendue par des oreilles indiscrètes. Si près de la date, avait dit Emily… Y aurait-il donc un projet d'évasion en cours ? se demanda Kelsea pour la première fois, avec autant d'espoir que de crainte. Si le Saint-Père se préparait à assaillir le Donjon, Massue avait bien d'autres problèmes à résoudre. Kelsea mourait d'envie de confier un message à Emily afin d'avertir Massue ainsi qu'Andalie, qu'elle sache que Glee et elle n'étaient plus en sécurité. Comment diable le Saint-père avait-il su, pour Andalie ? Y aurait-il un autre traître dans l'Aile de la Reine ?

Je dois sortir d'ici à n'importe quel prix, se dit Kelsea. Mon royaume est sans défense.

Quand elles croisèrent la cellule voisine de la sienne, Kelsea jeta un coup d'œil à l'intérieur et vit le chauve qui travaillait dur à son bureau, à la lueur de la bougie, la tête penchée à moins de trois centimètres de la toile. Elle n'eut qu'un aperçu de son profil, assez toutefois pour lui révéler qu'il était bien plus jeune qu'elle ne l'avait pensé et qu'en fait, il avait le crâne rasé. Kelsea aurait voulu voir ses traits, mais il ne leur prêta aucune attention quand elles passèrent et demeura tête baissée.

Comme Emily refermait la porte de sa cellule, Kelsea lui saisit le bras et lui fit signe de se rapprocher, dans l'intention de lui parler d'Andalie, et de la prier de transmettre un message à Massue. Mais Emily recula en posant un doigt sur ses lèvres, et s'éloigna. Kelsea eut envie de crier tant elle était frustrée. Comme la lueur de la torche que portait Emily disparaissait, Kelsea alluma l'une de ses bougies et la posa soigneusement par terre, à côté des barreaux. C'était gaspiller de la cire, mais penser que Massue, Pen, Andalie et tous les autres continuaient allégrement leur vie dans le Donjon sans se douter de la menace qui planait sur leurs têtes… c'en était trop, et elle ne pouvait supporter de rester assise dans le noir.

Un buveur de sang.

Si la Reine rouge disait vrai (sans lui faire confiance pour autant, Kelsea se fiait au désespoir qu'elle avait perçu dans sa voix), alors elle-même avait lâché un cauchemar sur le monde. Ses mains lui parurent soudain trempées de sang poisseux.

— J'ai déjà commis un meurtre, murmura-t-elle.

Étrangement, ce ne fut pas à Thorne ni au geôlier qu'elle pensa, mais à Mhurn. Le tuer avait été un geste de pitié… du moins l'avait-elle pensé sur le moment. Le silence de sa cellule lui pesait tant qu'elle finit par s'agenouiller et se cramponna aux barreaux.

— Hé vous, à côté ! L'homme aux dessins !

Silence.

— Ça fait combien de temps que vous êtes là ?

Toujours rien. Comment l'obliger à répondre ? Kelsea réfléchit un moment, puis lança au hasard :

— J'ai vu vos canons sur le champ de bataille. Quel matériel extraordinaire.

— Vous les avez vus tirer ? demanda-t-il.

Kelsea songea à mentir, puis répondit :

— Non, ils ne s'en sont jamais servis contre nous.

L'homme eut un rire amer.

— Et pour cause. Ils n'ont jamais été capables de tirer un seul coup de canon. Mon schéma était valable, mais c'était aux chimistes de la Reine rouge de trouver un substitut à la poudre à canon, et ça n'a pas marché.

Dire qu'ils avaient dépensé tant de temps et d'énergie pour trouver comment saboter les canons ! Kelsea se serait giflée.

— Vous avez été joués, dit l'homme, puis, après un long silence, il ajouta : l'armée Tear a-t-elle réellement été anéantie ?

— Oui.

— Et le général ?

— Le général Bermond a été tué, répondit Kelsea.

En principe, elle aurait dû pleurer un soldat ayant eu de si longs états de service, mais elle en était incapable ; Bermond était un réactionnaire, et il l'avait bien souvent exaspérée.

— Son commandant en second est tout ce qu'il me reste de mon armée, déclara-t-elle. Pas même de quoi former un service de police municipale.

— Pas de chance. Il faut des générations pour reconstituer une bonne armée à partir de zéro.

— Nous avons trois ans.

Peut-être moins, lui fit remarquer son esprit. À l'idée du Saint-Père commandant une légion, elle se sentit brûler de l'intérieur. Même si le Saint-Père échouait, il y avait Row Finn et ses créatures, se profilant juste derrière.

— Trois ans, hein ? ricana son voisin. Je vous souhaite bien du plaisir.

Tout plutôt que de retomber dans le silence...

— Pourquoi êtes-vous ici ? demanda Kelsea, histoire d'entretenir la conversation. Vous êtes un esclave, c'est ça ?

— C'est ça.

— On m'a dit que la Reine rouge traitait en hommes libres certains esclaves sortant du lot. Vous êtes un ingénieur talentueux. Pourquoi êtes-vous au cachot ?

Il demeura un long moment silencieux. Le cœur serré, Kelsea agrippa de nouveau les barreaux, sentant la pierre lui rentrer dans les genoux.

— Je vous en prie, parlez-moi, l'implora-t-elle. Ce silence va finir par me rendre folle.

— La supplique d'une reine compte pour quelque chose, je suppose. Même une reine mise au cachot.

Une chaise racla le sol quand l'homme se leva de son bureau, et Kelsea entendit un bruit de papier froissé.

— Ils fouillent ma cellule une fois par semaine, au cas où je concevrais quelque chose de trop créatif. Mais quand ils m'ont amené ici, ils ont saisi tous mes dessins et tous mes plans. Pour l'instant, ceci leur a échappé. C'est à cause de ça que je me suis retrouvé ici. Regardez.

Juste après, une feuille froissée atterrit devant sa cellule. Kelsea s'étira pour la saisir, puis l'ouvrit et la lissa sur le sol de pierre. On aurait dit une sorte de réclame, mais quand Kelsea en rapprocha sa bougie, elle vit que c'était un pamphlet politique, calligraphié en Mort et en Tear dans de beaux caractères.

Peuple de Mortmesne !

En avez-vous assez d'être des esclaves ? Assez de travailler sans relâche pour satisfaire les caprices de quelques oisifs corrompus ? Assez de voir vos fils partir à la guerre et revenir les mains vides, quand ils en reviennent ? Souhaitez-vous améliorer votre sort ?

Rejoignez notre combat.

C'était bien trouvé, ce tract. Un langage simple et direct, mais qui devait toucher beaucoup de gens.

— Vous faites partie de la rébellion, murmura Kelsea.

— Non, je n'appartenais pas à la rébellion. Je réalisais ce genre de travaux pour eux, de temps en temps, afin de gagner quelques sous, répliqua son voisin d'une voix empreinte d'autodérision. Une façon bien commode de se rebeller sans prendre de risques.

— Pourtant vous voilà enfermé ici, remarqua Kelsea d'un air absent, tout en examinant le tract.

Le papier était ordinaire, du même grain que celui utilisé par Arliss pour son Acte de Régence. Mais quelque chose dans le corps du texte lui parut étrange. Kelsea rapprocha autant qu'elle l'osa la bougie de la feuille, en plissant les yeux pour examiner chaque lettre. Les deux *e* de Mortmesne semblaient parfaitement identiques, même forme, même taille. L'intensité de l'encre noire aussi était égale. Ses yeux passèrent d'un mot à un autre, d'une voyelle à une autre, d'une consonne à une autre, à l'affût du moindre défaut ou variation…

— Grand Dieu, souffla-t-elle.

Le tract n'avait pas été écrit à la main, mais imprimé.

Ewen n'avait jamais imaginé que le Tearling puisse être aussi vaste. Il avait grandi à New London et n'était jamais sorti de la cité. Pour lui, le royaume se limitait à la distance qui séparait la rivière Caddell de l'horizon. Mais quand la Garde de la Reine atteignit la fin de la Caddell, le pays continua. Puis la rivière Crithe aussi cessa d'être une rivière, pour se fondre dans l'herbe verte. Il y avait des montagnes dans le lointain, des montagnes qu'Ewen n'avait jamais vues, et qui se rapprochaient. Certes aller au secours de la Reine était une affaire sérieuse, Ewen le comprenait. Mais cette expédition avait aussi pour lui un fort goût d'aventure.

Ils avaient établi le campement dans un creux entre deux collines. Massue avait désigné Ewen pour monter la garde en surveillant l'ouest, au cas où quelqu'un approcherait. Ils avaient vu plusieurs grands groupes de gens, et par Coryn, Ewen savait que c'étaient des réfugiés quittant la cité pour regagner leurs foyers. S'il voyait quiconque approcher, il fallait tenir le visiteur importun éloigné du camp, car personne n'était censé savoir que Massue avait quitté New London. Ewen prenait sa tâche très au sérieux, pourtant il aurait aimé avoir du temps pour dessiner. Dans ses sacoches, il avait emporté du papier et des mines de plomb. Jamais il ne se serait douté qu'on verrait tant de paysages, en allant ainsi de colline en colline.

Au centre du camp, Massue était en réunion avec le Général Hall et l'homme venant de Mortmesne. Ewen n'avait pas été choisi pour assister à la réunion, mais il n'en était pas offensé. D'ailleurs il ignorait pourquoi Massue l'avait emmené, mais il était heureux d'en être ; cela l'empêchait de penser à Pa. Voilà deux mois que Pa était mort, et le lendemain matin, Ewen l'avait porté en terre avec ses trois frères. Il s'efforçait d'écarter le souvenir de cette journée, pourtant elle lui revenait souvent. Il avait pleuré, ce qui était normal ; Peter aussi avait pleuré. Mais Ewen n'aimait pas penser à Pa, couché là-bas dans le cercueil, avec juste une planche de chêne pour le protéger des profondeurs obscures en dessous.

— Ewen !

C'était le magicien, Bradshaw, qui montait la colline.

— Ils veulent qu'on redescende.

Ewen réunit sa cape et sa gamelle. Bradshaw attendit, et ils redescendirent au camp ensemble. Ewen aimait bien Bradshaw ; il savait faire disparaître et réapparaître des objets, et il devinait toujours ce qu'Ewen avait dans ses poches. Mais Bradshaw était aussi patient, toujours prêt à expliquer à Ewen les choses qu'il ne comprenait pas.

— Tu étais à la réunion ? lui demanda Ewen.

— Non. On m'a envoyé chasser un daim pour le dîner. Ma parole, ils s'imaginent que je sais aussi parler aux animaux.

— C'est le cas ? demanda Ewen, toujours prêt à s'émerveiller.

— Non, répondit Bradshaw d'un ton un peu sec, qui réduisit Ewen au silence.

Le campement bourdonnait d'activité. Il y avait douze Gardes de la Reine, huit soldats qui escortaient le Général Hall, ainsi que plusieurs hommes arrivés avec le gars qui venait de Mortmesne. Elston et Kibb cuisinaient le daim, et l'air sentait bon la viande rôtie. Les autres hommes encerclaient le feu tels des vautours affamés. Tandis que Bradshaw et lui faisaient le tour, Ewen entendit des bribes de conversation ; la Reine, la rébellion Mort, quelque chose au sujet d'un orphelin. Ewen ne connaissait pas d'orphelins parmi la Garde, même si maintenant que Pa était mort, il supposait en être devenu un. Un autre jour, il aurait interrogé Bradshaw, mais il préféra s'en abstenir.

— Eh, vous deux ! lança Massue d'un ton rogue. Venez !

Ewen et Bradshaw le suivirent jusqu'à la tente placée au centre du camp. À l'intérieur, la petite table pliante était couverte de cartes et entourée de chaises, à cause de la réunion qui venait de se tenir. Quand Massue s'assit, Ewen vit qu'il avait des cernes noirs sous les yeux. Normalement, il n'aurait pas osé deviner à quoi Massue pensait, mais là, il croyait le savoir. Durant la première nuit passée hors de New London, ils avaient chevauché sans relâche, et ce ne fut qu'à l'aube que Massue avait remarqué l'absence d'Aisa. Toute la Garde avait mal pris la nouvelle, mais pas autant que Venner, qui avait piqué une crise, comme Pa disait, en poussant d'affreux jurons et en envoyant valser tout le contenu de ses sacoches. Quant à Massue, il n'avait pas dit un mot, mais son silence était effrayant. Ewen avait craint qu'il ne leur en veuille, à lui-même ou à Bradshaw, puisqu'ils étaient les derniers à avoir vu Aisa. Mais personne ne dit rien, et peu à peu, Ewen s'était rendu compte qu'on ne lui en tiendrait pas rigueur.

— Nous n'avons pas de temps à perdre, déclara Massue. Asseyez-vous.

Ils obéirent.

— Levieux confirme que la Reine est toujours enfermée dans les cachots du Palais. Mais nous ne pourrons entrer dans Mortmesne par l'Argive. D'après le Général Hall, une légion Mort est restée à l'arrière pour tenir l'extrémité est du défilé. Dorénavant, ils comptent contrôler la circulation. Par conséquent, nous allons faire cap à l'est, en traversant les Border Hills.

Ewen n'y comprenait goutte, pourtant il imita Bradshaw et hocha la tête.

— Vous deux n'irez pas avec nous.

Bradshaw râla, mais Ewen se contenta d'attendre. Il espérait qu'on n'allait pas le renvoyer chez lui, car il aimait beaucoup vivre ainsi à l'extérieur. Dans le Donjon, il ne pouvait s'empêcher de songer à Pa, qui avait travaillé dans la geôle toute sa vie.

Massue fronça les sourcils.

— La petite d'Andalie n'a que trois ans, et je ne suis pas du genre à fonder une stratégie sur les rêves d'une enfant. Il n'en demeure pas moins que Glee a souvent raison.

— C'est vrai, elle a le don, avança Bradshaw.

— D'où mon dilemme. Levieux est certain que la Reine se trouve dans les cachots du Palais ; il l'y a vue lui-même et j'ai confiance en sa parole. Mais Glee dit que la Reine se trouve dans Gin Reach, et d'après Andalie, Glee a forcément raison. Alors que dois-je faire ?

— Où est-ce, Gin Reach ? demanda Bradshaw.

— C'est un petit village au sud de l'Almont, juste au nord des Terres Sèches, une étape pour les insensés qui comptent traverser le désert pour tenter de s'introduire dans Cadare sans payer les péages du Roi. Il doit y avoir là-bas deux cents âmes tout au plus, et je ne vois pas ce que la Reine irait y faire, cependant…

Massue laissa sa phrase en suspens.

— Vous devez parer à toute éventualité, termina Bradshaw.

— Oui. Aussi étrange que cela paraisse, je veux que vous deux vous rendiez à Gin Reach en mission d'observation. Regardez ce qui s'y passe et cherchez tout ce qui sort de l'ordinaire, déclara Massue, puis il fouilla dans ses sacoches et en sortit une bourse qu'il jeta à Bradshaw. Voilà de quoi vous assurer le gîte et le couvert pour trois semaines. Si vous n'avez rien remarqué d'insolite, vous reviendrez.

— Et si nous voyons quelque chose ?

— Alors ce sera à vous de juger. Notre priorité, c'est la Reine. Si nous parvenons à la récupérer, il nous faudra regagner le Donjon au plus vite, et nous n'aurons pas le temps de venir vous chercher dans les Terres Sèches. En cas de besoin, envoyez un message à ce campement. Plusieurs des gardes et presque tous les hommes de Hall vont y rester.

Ainsi ils allaient se retrouver tout seuls dans un petit village du désert… Cette mission ne disait rien qui vaille à Ewen. Bradshaw avait peut-être des pouvoirs magiques, mais aucun d'eux ne savait manier l'épée.

— Vous partirez ce soir, discrètement, après dîner, reprit Massue. Suivez le système d'irrigation qui part de la Crithe. Après une bonne nuit de cheval vers le sud, vous devriez arriver à Gin Reach.

— Comment le saurons-nous ? demanda Ewen.

— En vous renseignant, je suppose. Bradshaw s'en chargera. C'est lui le responsable.

Bradshaw parut s'en étonner, ainsi qu'Ewen. Car Aisa lui avait dit que Massue n'appréciait pas la magie, même si Ewen ne comprenait pas pourquoi. À ses yeux, tout ce qui sortait de l'ordinaire rendait le monde meilleur.

— Je vais te faire confiance, magicien, même si ceux de ton engeance ne m'inspirent rien de bon.

Bradshaw haussa les épaules.

— La Reine m'a rendu un fier service, Capitaine. Si je puis lui rendre la politesse, j'en serai content, déclara-t-il.

— Rompez.

Les deux hommes sortirent de la tente, aussi déconcertés l'un que l'autre. Peut-être Massue avait-il choisi Bradshaw pour ses talents de prestidigitateur ? Tout bien réfléchi, Ewen fut quasiment certain que le Capitaine pensait qu'il ne leur arriverait rien.

— Prépare-toi à partir, lui dit Bradshaw. Je vais m'occuper de l'eau et des provisions.

Ewen acquiesça et alla rejoindre son cheval. Au tapage qui monta du camp, il devina que le daim était enfin prêt, mais il avait perdu l'appétit. Certes

Mortmesne le terrifiait, ce royaume maudit que Pa évoquait dans ses contes de fées, pourtant il avait été fier qu'on l'ait choisi pour s'y rendre. Il savait qu'il n'était pas assez intelligent pour être un Garde de la Reine, et il avait été bien près de tirer sa révérence pour partir en chasse de Brenna, la sorcière. C'était une mission honorable. Mais cette mission-ci ne semblait pas réelle.

En approchant des chevaux, il vit une silhouette solitaire : Pen, assis face à l'est, sur l'un des rochers qui bordaient le corral. Plus d'une fois, Ewen avait entendu d'autres gardes dire que Pen était le favori de la Reine, et il avait remarqué qu'il ne semblait plus lui-même depuis que la Reine était partie. Jugeant préférable de ne pas le déranger, Ewen se contenta de fouiller dans le tas de selles et de sacoches pour retrouver les siennes, puis il les transporta jusqu'à son cheval. Il n'était pas bon cavalier ; quand il était jeune, il avait appris à monter avec ses frères, Peter et Arthur, mais ne les avait jamais égalés. Bradshaw non plus n'était pas doué, et durant cette expédition, tous deux étaient souvent restés à la traîne rattrapant vite leur retard lorsque les autres se reposaient. Et voilà qu'on les envoyait au loin, vers un lieu dont Ewen n'avait jamais entendu parler. Van, son cheval, le considérait presque comme s'il comprenait, et Ewen lui caressa le cou un long moment. Au moins, son cheval courrait moins de risque qu'à Demesne.

Quand il balança ses sacoches sur le dos de Van, sa cape grise tomba par terre. On leur avait interdit de mettre leurs capes durant ce trajet, mais Ewen l'avait quand même emportée. C'était ce qu'il possédait de plus précieux, même s'il comprenait qu'elle ne lui appartenait pas en propre. Se rapprochant du cheval de Massue, il plia la cape et en couvrit la selle.

— Ewen.

Pen lui faisait signe. Ewen toucha la cape une dernière fois, puis le rejoignit. En approchant, il vit que Pen avait les yeux rouges, comme s'il avait pleuré.

— Tu t'en vas à Gin Reach, déclara Pen, ce qu'Ewen confirma d'un hochement de tête. À mon avis, tu n'y trouveras pas grand-chose, et le Capitaine pense comme moi. Mais on ne sait jamais... Tu es un Garde de la Reine, à présent, reprit Pen après un long silence. Pour de vrai, tu comprends ? Tu dois protéger la Reine, à n'importe quel prix.

Sidéré, Ewen ne put que hocher la tête, et Pen lui donna une tape sur l'épaule.

— Fais-nous donc quelques dessins, pendant que tu seras là-bas. Et range-les précieusement dans ton carton. Lorsque nous serons tous rentrés au Donjon, nous les regarderons.

Ewen sourit. Pen était le premier à accorder quelque valeur à ses dessins.

— Bonne chance, Ewen.

— À toi aussi.

Tandis que Pen s'éloignait, Ewen s'efforça de récapituler ce qu'il venait de lui dire. Les Gardes de la Reine étaient censés protéger leur souveraine au risque de leur vie, cela, il le comprenait. Mais Pen avait semblé faire allusion à autre chose.

Bradshaw s'approchait du corral, un gros sac sur l'épaule. Ewen l'attendit, réfléchissant toujours aux paroles de Pen. Il y avait un mot pour ça... le mot dansa un instant sur les bords de son esprit avant qu'il le retrouve. Sacrifice. Voilà. Pour Pen, être un Garde de la Reine impliquait un total sacrifice, et vu son air, cela semblait le tourmenter terriblement. Après un instant d'hésitation, Ewen ôta sa cape grise de la selle de Massue pour la fourrer de nouveau dans sa sacoche.

Javel se réveilla en entendant crier.

C'était une voix de femme, et un moment, il en fut troublé, puis il se rappela qu'il se trouvait dans le Donjon. Il avait chevauché sans relâche pendant trois jours, s'arrêtant juste pour faire boire son cheval, et au moment où il avait remis la lettre de Massue à Devin, peu lui importait que le chef des gardes le croie ou non, tant il était soulagé d'être enfin arrivé.

Maintenant c'était un homme qui criait. Javel se redressa dans son lit et s'aperçut en se frottant la figure qu'il avait une barbe d'au moins quatre jours. Il avait dû dormir un bon bout de temps. À l'extérieur, la dispute faisait rage, et si les propos échangés restaient inintelligibles à cette distance, leur ton hargneux était perceptible. En soupirant, Javel enfila ses bottes.

Quand il sortit, il découvrit que le couloir était tout du long bordé de Gardes de la Reine. Leur chef, Devin, faisait face à une grande femme brune, juste devant la porte de sa chambre. Javel ne reconnut pas la femme, mais il remarqua que tous les autres gardes évitaient soigneusement de poser les yeux sur elle, en fixant le sol ou le plafond.

— Puisque je vous dis qu'ils arrivent ! s'écria la femme.

— Calmez-vous, Andalie ! Vous allez réveiller toute l'aile !

— Tant mieux ! Nous devons quitter les lieux sur-le-champ !

Devin jeta un coup d'œil aux hommes qui l'entouraient, et piqua un fard.

— Oseriez-vous me donner des ordres, maintenant ? s'indigna-t-il.

— Oui, espèce de grand couillon ! Obligez tout le monde à se lever !

— La ferme ! lança une voix qui résonna dans tout le couloir.

Un nouveau personnage entra en scène, sortant de l'une des pièces à sa droite, et celui-là, Javel le reconnut : c'était Arliss, l'un des plus gros bookmakers et trafiquants de New London. Tout homme qui fréquentait un tant soit peu les tavernes du Gut, et Javel ne s'en était pas privé, ne pouvait manquer de croiser Arliss, tel un gnome omniprésent qui faisait sa tournée pour empocher des gains considérables.

— J'espère que vous avez une bonne raison de me déranger, grommela Arliss. Je dois forcer à rentrer dans leurs foyers près de cent mille réfugiés qui rechignent à s'en aller ! En assurant leur approvisionnement, qui plus est !

— Nous devons partir, insista Andalie. Sans perdre un seul instant.

— Pour aller où ?

— N'importe où, répliqua-t-elle platement.

— Cette femme a fait un cauchemar, intervint Devin. Je vais tirer ça au clair, monsieur. N'y prêtez pas attention.

Mais son ton n'était plus aussi assuré, et lui aussi évitait de regarder Andalie dans les yeux. Même Javel sentait l'aura d'étrangeté qui entourait cette femme, dont le regard lointain semblait voir au-delà de ce monde. Tous les autres Gardes de la Reine se dandinaient sur place, mal à l'aise, en scrutant tour à tour Devin et Arliss.

— Andalie ? s'enquit Arliss.

— Les sbires du Saint-Père arrivent. Nous devons déguerpir au plus vite.

— Je vous avais prévenue, Andalie, intervint Devin en baissant la voix, car des portes s'ouvraient tout le long du couloir. Allez retrouver vos enfants.

— Non, répondit froidement Andalie. Massue vous a nommé commandant de la Garde, pas de ma personne.

— Et d'après vous, comment le Saint-Père parviendrait-il à s'introduire dans le Donjon ? Il n'a pas de soldats !

— Si, justement. Les Mort.

— Les Mort sont repartis.

— Non.

— Elle a raison ! s'exclama l'un des jeunes gardes. Andalie sait toujours tout ! Nous devons nous en aller !

Javel se rappelait vaguement de lui pour l'avoir vu au cours du long trajet de retour depuis l'Argive, qui s'était passé comme dans un rêve. Il portait un arc dans le dos et ne devait pas avoir plus d'une vingtaine d'années.

— Ferme-la, Wellmer ! rugit Devin.

Au même instant, un coup de tonnerre fit trembler le sol sous leurs pieds. Javel cria, comme tous ceux qui l'entouraient.

— Un bélier, marmonna Arliss. Trop tard.

— Va voir ce qui se passe en bas, ordonna Devin à l'un des gardes en lui saisissant le bras.

Javel suivit l'homme des yeux en s'imaginant la scène qui se déroulait à l'entrée du Donjon, tout en bas : les Gardes des Portes devaient s'efforcer de relever le pont-levis. Ils savaient comment repousser des envahisseurs, cela faisait partie de leur entraînement. Mais s'il y avait trop de gens sur le pont, il ne s'élèverait pas, et la grille, bien qu'en fer renforcé, ne tiendrait pas toujours contre un bélier en acier. Même les douves n'étaient pas assez profondes pour faire obstacle. Si Vil était toujours chef de la Garde des Portes, il serait en bas, calme et compétent comme toujours, s'occupant de diriger son équipe à mesure qu'elle murait les portes et s'efforçait de lever le pont. Pourtant, si les attaquants s'avéraient nombreux et bien équipés, chacun de ses hommes saurait vite qu'il ne s'agissait là que de mesures insuffisantes.

Arliss se tourna vers Devin.

— Et les issues secrètes de Massue ?

— Je ne les connais pas, répondit Devin d'un air confus. Il ne me les a jamais révélées.

— Andalie ?

Comme elle secouait la tête, un autre coup ébranla les murs autour d'eux, et Javel cligna des paupières quand des gravillons mêlés de poussière tombèrent du plafond dans ses yeux.

— Si les Mort nous envahissaient de nouveau, nous serions forcément au courant ! lui lança Devin d'un ton rogue.

— Ce n'est pas une invasion, répondit Andalie. C'est l'Arvath.

Javel sentit qu'on tirait sur sa jambe de pantalon et, baissant les yeux, il vit une petite fille qui le scrutait avec insistance. C'était encore presque un bébé, pourtant son regard était étrangement adulte. Javel essaya de l'ignorer, mais elle s'obstina à tirer sur son pantalon en levant vers lui son petit visage décidé, et il finit par se pencher :

— Qu'y a-t-il, petite ?

— Garde de la Porte, murmura l'enfant d'une voix qui ne correspondait pas non plus à son âge, sur un ton moqueur qui sembla familier à Javel.

— Oui ?

— Tu pourrais te rendre utile.

Javel frémit en rentrant les épaules, mais l'enfant avait déjà lâché sa jambe pour avancer en trottinant vers Andalie, qui la prit dans ses bras. Elles se fixèrent un long moment comme si elles se parlaient, et Javel frémit encore, un long frisson qui le traversa tout entier. Durant les derniers jours, il avait chevauché si dur qu'il n'y avait pas pensé, mais là, il aurait tout donné pour un verre de whisky. Ou mieux, une bouteille.

Des coups sourds résonnèrent en rythme sous leurs pieds, et Arliss secoua la tête.

— Les portes ne tiendront pas longtemps. Nous devons barricader l'aile.

— Oui, confirma Andalie d'un hochement de tête. Il nous faut des meubles. Les plus lourds possible.

Songeant à la grande armoire de sa chambre, Javel y retourna. Mais il s'arrêta sur le seuil, frappé par les quelques minables affaires jetées en tas au pied du lit. Il n'avait emporté que peu de choses à Mortmesne, préférant laisser leur maison comme elle était, afin qu'à son retour, Allie constate que rien n'avait changé. L'idée le fit sourire, d'un sourire morne. Son ancienne vie avait été effacée, balayée, et ses bagages en étaient le triste reflet.

Garde des Portes.

La voix de la petite, celle de Dyer, résonna dans sa tête.

— Je l'étais, répondit Javel, d'un air absent.

Oui, durant plus de dix ans, il avait été un Garde des Portes plutôt consciencieux, qui allait au travail tous les jours, un travail honorable, exigeant une certaine compétence... Mais un homme rongé par ses erreurs passées était incapable de s'en rendre compte. Se penchant sur ses bagages, Javel prit son épée et la contempla un long moment, avec l'impression de se trouver au bord d'un précipice.

Utile.

Il s'engagea dans le couloir et pénétra dans la grande salle qui abritait le trône vide de la Reine. Quand il tourna le coin, il vit que la Garde se préparait à barricader la grande porte à doubles battants avec des meubles, dont plusieurs étaient déjà réunis contre le mur du fond.

— Attendez ! s'écria Javel. Laissez-moi passer !

— Tu ne vas pas sortir d'ici, lui répondit Devin. Ils sont au moins deux cents. Sans compter les Mort.

— Je suis un Garde des Portes, répliqua Javel. Laissez-moi passer.

— Je t'aurai prévenu.

Devin frappa quatre coups à la porte, puis souleva la barre et l'ouvrit juste assez pour que Javel se glisse par l'ouverture.

— On ne pourra pas te faire rentrer ! lui lança-t-il.

— Tant pis ! marmonna Javel en accélérant le pas.

Ici, les coups étaient bien plus forts et faisaient trembler les murs. La poussière tombait du plafond telle une neige poudreuse, à la lueur des torches. Tandis que Javel descendait l'escalier, les chocs devinrent si violents que les vibrations du fer sur le bois le firent claquer des dents. Le Javel qui se réfugiait toujours dans les recoins sombres des tavernes eut envie de retourner en arrière pour remonter l'escalier en courant.

— Non, murmura-t-il pour mieux s'en convaincre. Je puis encore être utile.

Une fois au rez-de-chaussée, il se mit à courir dans le couloir principal en croisant plusieurs domestiques du Donjon qui le regardèrent d'un air éberlué.

— Monsieur, que se passe-t-il ? s'enquit une vieille femme.

— On nous assiège, répondit-il. Montez aux étages supérieurs et cachez-vous.

Elle s'enfuit sans demander son reste.

Après un dernier coup de coude, Javel découvrit la Garde des Portes, qui s'apprêtait à murer l'entrée. C'était une éventualité à laquelle ils étaient tous préparés, et il y avait une petite réserve prévue à cet effet juste à côté du corps de garde. Des hommes entraient et sortaient de la réserve en portant des piles de briques, et plusieurs autres montaient déjà une triple couche de briques et de mortier derrière la barricade. Javel fut soulagé d'en reconnaître deux parmi eux : Martin et Vil. En le voyant approcher, Vil se redressa, une truelle à la main.

— Javel ! que diable...

— Que se passe-t-il ? cria Javel par-dessus les coups de bélier qui retentissaient si fort que leur écho semblait le traverser tout entier.

— Ils sont sortis de nulle part ! hurla Vil en réponse. Nous avons abaissé la grille, mais nous n'avons pas eu le temps de remonter le pont-levis ! Les portes ne tiendront que si nous les doublons de murs !

Javel hocha la tête.

— Dis-moi ce que je peux faire, Vil !

— Je te croyais avec la Garde de la Reine ?

— Je suis Garde des Portes ! lui cria Javel. Donne-moi du travail !

Vil l'évalua un instant du regard, puis il dit :

— J'aurais besoin d'un autre gars pour préparer le mortier ! Gill est déjà dans la réserve. Vas-y !

Javel hocha la tête en souriant, car ce simple ordre fut pour lui comme une bénédiction. Il rengaina son épée, enjamba souplement Martin qui était accroupi, et alla travailler.

Aisa s'accroupit dans l'ombre d'un renfoncement, la main sur son couteau. Elle était sale, couverte de la poussière limoneuse des tunnels, et sentait sa propre odeur, mélange de sueur et de l'âcre humidité qui semblait régner ici bas. Son bras la lançait à cause d'une longue entaille qu'elle avait reçue la veille. Mais le chant du combat courait dans son sang.

Merritt se tenait derrière elle, et de l'autre côté du tunnel, dans un autre renfoncement, il y avait les frères Miller, à peine visibles à la faible lueur des torches. Daniel avait le cou bandé suite à une terrible brûlure : il avait surpris une femme qui faisait frire du poulet, et elle lui avait jeté dessus la poêle remplie d'huile bouillante pour ensuite tenté de s'enfuir avec les enfants dont elle avait la charge, deux garçons et trois filles, tous âgés de moins de dix ans. Ils avaient réussi à sauver les enfants en les emportant jusqu'à la grande aire d'attente du Gut. Mais la femme avait disparu dans les ténèbres. Un autre des souteneurs avait essayé de frapper Christopher à coups de pelle, et il avait fini la pelle enfoncée dans les côtes. Aisa ignorait si les frères Miller étaient ou non représentatifs des Caden, et peu lui importait. Elle comptait bien rejoindre leurs rangs, même au péril de sa vie.

Mais ce rêve était encore pour des années hors de sa portée. Le premier pas, celui auquel elle pouvait prétendre pour l'instant, c'était d'obtenir qu'ils la traitent comme tout un chacun, en outil pouvant leur être utile.

Se penchant dans la lumière, Christopher la désigna du doigt, et Merritt lui donna une petite poussée dans le dos.

— À toi de jouer, fille. Montre-nous encore ton savoir-faire.

Aisa fourra son couteau au creux de ses reins, sous son pantalon, en le couvrant du pan de sa chemise. Après une profonde inspiration, elle se lança dans le tunnel principal. C'était un large boyau d'environ cinq mètres de large sur cinq mètres de haut. De l'eau suintait des murs par des fissures en formant de grandes flaques sur le sol. Ils devaient se trouver non loin des douves du Donjon, peut-être même juste en dessous.

Devant, le tunnel se divisait en trois couloirs, qui s'enfonçaient chacun dans l'obscurité. Au bout de l'un de ces couloirs il y avait plusieurs hommes, un souteneur et ses clients, qui détenaient au moins une dizaine d'enfants. Aisa et les quatre Caden les pistaient depuis plus d'une journée dans ce labyrinthe souterrain. Les niveaux supérieurs étaient éclairés çà et là par des torches, mais en bas, il n'y avait aucune lumière, sinon celle qu'on apportait. Aisa eut beau lever sa torche, elle ne distingua rien, seulement les trois bouches noires des couloirs qui s'enfonçaient dans les ténèbres.

— Il y a quelqu'un ? lança-t-elle.

Seul le silence lui répondit, pourtant Aisa se sentait épiée. Elle avança en refermant un bras sur elle à la manière d'un enfant qui a froid. Depuis cinq jours qu'elle était descendue ici, elle avait vu beaucoup de gamins, vivants ou morts. James lui avait expliqué d'un ton prosaïque que certains souteneurs préféraient les tuer pour éviter qu'ils les compromettent et les ralentissent dans leur fuite.

— Mme Evans, vous m'entendez ? lança Aisa.

On avait arrêté cette Mme Evans trois jours plus tôt, et elle était détenue dans la Geôle de New

London. Elle s'était âprement défendue, et c'était elle qui avait donné à Aisa ce coup de couteau sur le bras. Mais elle semblait bien connue dans la Crèche, et personne ne savait qu'on l'avait arrêtée. Aisa avait déjà utilisé par deux fois ce stratagème avec succès en invoquant son nom.

— Mme Evans ? J'ai faim !

Elle sentit du mouvement devant elle, sans pouvoir dire de quel tunnel il venait. La peur l'envahit, mais l'adrénaline était plus forte, et il s'y mêlait autre chose, qui rendait plus fougueux encore le chant du combat courant dans ses veines. Car Aisa faisait œuvre utile, et son combat était légitime. Les Caden l'auraient-ils acceptée parmi eux s'ils n'avaient pas eu besoin d'une enfant comme appât, pour capturer les proies difficiles ? Elle l'ignorait, mais cela ne comptait plus. Elle aidait à sauver les faibles et à punir ceux qui devaient l'être. Cette puissante conviction lui permit de faire fi de sa peur et d'avancer encore de quelques pas.

La silhouette d'un homme émergea du tunnel situé à gauche. Son instinct lui cria de donner l'alerte, pourtant elle resta silencieuse, car la panique poussait ceux qu'ils pourchassaient à tuer les enfants.

— Mme Evans m'a laissée, dit-elle à l'homme en portant la voix pour que les Caden restés en arrière l'entendent.

Il sourit, et elle vit l'éclair blanc de ses dents dans la semi-pénombre. Mais pour le reste, elle ne distingua pas ses traits. Ce n'était qu'une grande silhouette sombre qui lui tendait la main.

C'était le moment le plus difficile, pour Aisa. Elle n'avait qu'une envie, trancher cette main tendue, mais il y avait au moins une dizaine d'enfants, plus loin dans ce tunnel. Il ne fallait pas risquer que cet homme donne l'alerte en criant.

Elle serra donc la main en grimaçant de dégoût au contact de la peau moite. L'homme lui prit sa torche et l'entraîna avec lui dans le tunnel. De sa main libre, Aisa saisit subrepticement le manche de son couteau. L'homme était bien plus grand qu'elle, et il faudrait l'égorger d'un geste vif et fluide. Les gens de la Crèche, adultes et enfants, sentaient d'instinct le danger, comme des animaux. D'après Merritt, c'était à force de vivre dans la pénombre, mais Aisa en doutait un peu, car elle-même était ainsi.

Après un coude, elle se retrouva dans une petite salle au plafond bas où l'homme à côté d'elle pouvait tout juste se tenir debout. La salle était éclairée par deux torches, mais en face, une autre issue ouvrait sur l'obscurité. Une ribambelle d'enfants étaient assis par terre en tailleur ; d'un bref coup d'œil, Aisa en dénombra quatorze. Le plus âgé ne devait pas avoir plus de onze ans. Cinq hommes étaient postés le long des murs, et Aisa remarqua que trois d'entre eux portaient des épées avant de s'arrêter net, ébahie, les yeux rivés sur le quatrième : c'était son père. Dès qu'il la vit, il se mit à crier.

— C'est un piège ! Fuyez !

Aisa tenta de dégager sa main, mais l'homme qui la tenait l'avait déjà empoignée pour la jeter contre le mur. Elle s'affala, à moitié étourdie, et sentit la douleur exploser dans sa poitrine quand l'homme la bourra de coups de pied dans les côtes.

Les enfants se mirent à hurler, et l'écho assourdissant de toutes ces voix résonna contre les parois du tunnel en lui blessant les oreilles. Les enfants se levèrent pour s'enfuir par l'autre issue. Les coups de pied cessèrent, et lorsque Aisa leva les yeux, elle vit le dernier des hommes disparaître derrière eux.

Papa, songea-t-elle confusément. Cela n'aurait pas dû la surprendre, de le trouver parmi cette clique de maquereaux et de clients.

Les quatre Caden surgirent dans la salle, l'épée à la main, et elle désigna l'autre issue en tentant de se redresser.

— Ça va, fille ? lui demanda Daniel.

— Ça va, souffla-t-elle. Allez-y !

Ils foncèrent par l'issue d'en face et Aisa s'efforça péniblement de se relever. Ses côtes la faisaient souffrir, ainsi qu'une profonde entaille à la tête, là où elle avait heurté le mur. En entendant des épées croiser le fer dans le tunnel au-delà, elle se redressa. Certes les Caden pouvaient se débrouiller sans elle, mais plus tard dans la nuit, ils se rappelleraient peut-être qu'elle n'était pas avec eux au moment de l'affrontement.

Papa, répétait son esprit, avec plus d'acuité. Elle ôta une torche de son support puis, jetant des coups d'œil autour d'elle, retrouva son couteau sur le sol de la salle. Les hurlements des enfants étaient assourdis à présent, de plus en plus distants. Tenant son couteau d'une main et la torche de l'autre, Aisa inspira profondément en sentant la douleur irradier dans ses côtes, puis fonça à leur suite.

De ce côté, le tunnel était plus étroit, et il se mit bientôt à remonter en sinuant. Devant elle,

Aisa entendit un homme crier, puis il n'y eut plus que le bruit de ses propres pas. L'étroitesse devint si oppressante qu'elle aurait tout donné pour inspirer une bonne goulée d'air frais. Elle pensait bientôt les rattraper, mais n'en était pas certaine. Sa tête lui faisait mal, et elle devait sans cesse essuyer le sang qui lui coulait dans les yeux.

Juste après un coude, elle s'arrêta net, car à ses pieds gisait un homme inanimé. Elle s'approcha prudemment, puis le fit rouler sur le dos avec ses pieds : c'était son père, et il respirait encore. Lui aussi avait reçu un coup sur la tête, sa tempe était meurtrie d'une vilaine ecchymose.

Aisa s'accroupit et posa la torche par terre en levant son couteau au cas où ce serait un piège. Mais son père demeurait immobile, et elle l'entendit respirer sous son épaisse barbe noire.

— Je pourrais te tuer, là, tout de suite, murmura-t-elle en brandissant son couteau devant ses yeux fermés. Je pourrais t'égorger, sans que personne n'y trouve rien à redire, puis j'expliquerais que c'était pour me défendre.

Et ce serait vrai, comprit-elle. Elle ne parvenait pas à imaginer ce qu'elle éprouverait à arpenter la terre en sachant que son père n'était plus de ce monde, qu'il n'était plus là à rôder autour d'elle et de sa famille telle une ombre malfaisante… ce serait la liberté, la vraie. Aisa n'avait encore jamais tué personne ; si elle devait commencer, autant que ce soit par lui.

Pourtant elle hésitait en serrant toujours son couteau tandis que ses genoux commençaient à lui faire mal, et que ses paumes devenaient moites de sueur.

— Pourquoi ? murmura-t-elle en voyant les paupières de son père se contracter nerveusement. Pourquoi a-t-il fallu que tu sois comme ça ?

Plus encore que de le tuer, elle avait envie d'avoir des réponses, de lui demander des comptes. Le tuer lui semblait une solution de facilité, alors qu'il était inconscient. Ce ne serait pas un châtiment digne de ce nom.

En entendant soudain des hurlements aigus résonner dans le couloir, elle tressaillit. Un moment, elle avait oublié ce pourquoi elle était là : les enfants. Moins d'un an plus tôt, un jour qu'elle était entrée dans la cuisine, elle avait vu son père fourrer sa main sous la robe de Glee, qui n'avait même pas trois ans.

— Trop facile, marmonna-t-elle. Vraiment trop facile.

Les Caden avaient des menottes, mais elle ignorait quand ils reviendraient. Avec son couteau, Aisa découpa les manches de la chemise de son père en prenant garde de ne pas le toucher, puis elle lui ligota les chevilles et les poignets. Tandis qu'elle resserrait les liens, son père remua en grognant, mais il resta les yeux fermés, et Aisa le contempla un long moment, en regrettant de ne pas être plus vieille, assez vieille pour avoir dépassé tout ça.

Il y eut du bruit venant du tunnel, et Aisa se redressa en levant son couteau. Mais le son se précisa en celui de nombreux pas marchant à une allure régulière, alors elle se détendit et rangea son couteau. Elle allait passer à la seconde phase de son travail, et elle était bien décidée à l'accomplir comme il fallait.

Le groupe d'enfants passa le coin, suivi par quatre Caden munis de torches. Christopher et James tenaient chacun un prisonnier qu'ils avaient dû tabasser, à voir leurs faces tuméfiées. Les enfants étaient effrayés ; beaucoup d'entre eux pleuraient, et ils regardaient avec crainte les quatre hommes en capes rouges.

— Écoutez-moi, dit Aisa en levant les mains. Ces hommes sont de braves gens. Ils sont ici pour vous aider, je vous le jure. Nous allons vous faire sortir des tunnels, ajouta-t-elle, avec toute la gentillesse dont elle était capable, car ils avaient déjà découvert que cette nouvelle alarmait les enfants plus que tout.

En effet, beaucoup d'entre eux avaient toujours vécu ici, en bas, et ils n'avaient aucune idée du monde qui se trouvait au-dessus.

— Nous allons vous donner à manger, poursuivit Aisa, et une lueur d'intérêt s'alluma dans leurs yeux.

— On va tomber malades si on monte là-haut, lança l'une des plus grandes filles. C'est ce que mon père m'a dit.

— Eh bien ton père t'a menti, lui répondit Aisa en jetant un coup d'œil au sien, qui gisait non loin de là, et dont la poitrine montait et s'abaissait à un rythme régulier, montrant qu'il était toujours inconscient. J'ai vécu en haut toute ma vie.

La petite parut encore réticente, pourtant elle garda le silence.

— Il va falloir nous suivre et rester groupés, leur conseilla Aisa. Si vous vous écartez, vous risquez de vous perdre dans le noir.

Durant les premiers jours, elle-même l'avait craint, mais Daniel marquait toujours les murs avec une craie spéciale que l'humidité ne pouvait dissoudre. Tant qu'ils ne tombaient pas à court de lumière, tout irait bien.

Penché sur son père, Christopher examinait ses liens.

— Il faudra que je t'apprenne à faire des nœuds, fille. S'il s'était réveillé, il se serait libéré en un rien de temps.

S'il s'était réveillé, je l'aurais tué, songea Aisa, pourtant elle n'en dit rien. Elle ne voulait pas inquiéter les enfants, mais surtout, elle ne voulait pas que les Caden sachent que c'était son père qui gisait là. Coryn lui avait dit que les Caden, tout comme la Garde, permettaient aux nouvelles recrues d'effacer leur passé en repartant à zéro. Mais elle ignorait quel était précisément son statut parmi eux, et puis cette tolérance inclurait-elle un passé aussi sordide que le sien ?

Christopher referma une paire de menottes sur les poignets de son père avant de le forcer à se lever. Ses yeux rougis errèrent un moment avant de se poser sur Aisa pour ne plus la quitter.

— Vas-y, à toi l'honneur, lui dit Daniel.

Croisant son regard, Aisa en fut glacée, car elle comprit qu'il était déjà au courant. En fait, ils le savaient tous. C'était à cause de cette satanée audience, quand elle avait révélé sa honte au monde entier. Merritt la regardait d'un air apitoyé tandis que James avait posé la main sur son épaule.

— Vas-y, lui murmura-t-il. Ça te fera du bien.

Aisa inspira profondément. Les visages des enfants l'apaisèrent en lui rappelant ce qui était en jeu ici, et sa propre honte passa au second plan. Elle n'eut même pas besoin de chercher ses mots tant elle les avait entendus durant la semaine écoulée.

— Au nom de sa Majesté, la Reine Kelsea Glynn, vous êtes en état d'arrestation pour proxénétisme aggravé, trafic d'enfants et maltraitance sur mineurs. Vous serez détenu dans la Geôle de New London et y resterez jusqu'à votre comparution devant un juge. Il ne vous sera fait aucun mal tant que vous ne tenterez pas de vous échapper.

— Allons-y, intervint brusquement Daniel. Emmenons-les là-haut. Toi, surveille les enfants, fille. Assure-toi qu'ils ne nous faussent pas compagnie.

Ils repartirent par où ils étaient venus, James et Christopher en tête, et Aisa, Meritt et Daniel fermant la marche. Aisa avait mal à son bras, et elle vit que la longue entaille, qui s'était fermée la veille, commençait à se boursoufler sous sa couture rouge. À mesure que l'adrénaline diminuait, la douleur se ravivait, mais Aisa la ravala du mieux qu'elle put et elle avança en tenant deux enfants par la main.

Au bout de plus d'une heure de remontée, ils arrivèrent à un grand croisement de six tunnels. Aisa reconnut cet endroit ; plus que trente minutes et ils regagneraient la surface. Une lumière bleutée filtrait d'en haut à travers plusieurs grilles, indiquant que l'aube pointait déjà. La lumière du soleil… y penser semblait presque irréel, tant on oubliait qu'il existait autre chose que la lueur ambrée des torches, à force d'être en bas.

Les enfants étaient fatigués ; un petit garçon qui ne devait pas avoir plus de cinq ans avait tendance à traîner des pieds, et Aisa dut le tirer un peu par la main pour l'obliger à garder l'allure. Tout le groupe avançait sans parler, et il n'y avait aucun bruit à part les pas trébuchants des petits qui résonnaient sur la pierre, et ce fut ce silence qui permit à Aisa d'entendre une voix d'homme, basse et pressante, quelque part derrière elle sur la droite.

— Seigneur, par pitié.

Aisa s'arrêta. L'acoustique de ces tunnels était étrange ; parfois elle entendait des voix lointaines assez nettement pour comprendre ce qu'elles disaient, d'autres fois elle ne comprenait pas les ordres murmurés par Daniel à trois mètres de distance. La voix qu'elle venait d'entendre était nette, sans écho ni déformation. Celui qui avait parlé devait être tout près.

— Qu'y a-t-il, fille ? demanda Merritt en se retournant pour l'attendre.

— Donnez-moi votre torche.

— Stop ! cria-t-il aux frères Miller, puis il tendit sa torche à Aisa.

En la tenant bien haut, elle revint sur ses pas pour examiner les murs. Le croisement était à moins de trente mètres derrière eux, or elle ne pensait pas que la voix fût aussi distante. Et s'il y avait une cache ? Ils en avaient découvert une, ingénieusement dissimulée sous la grille d'un caniveau. Six hommes et femmes en étaient sortis. Les Caden avaient été obligés de les tuer, mais pour Aisa, ce n'était pas une grande perte ; se voyant acculée, l'une des femmes avait pointé un poignard sur la gorge d'une toute petite fille. Heureusement, Daniel savait aussi bien lancer que manier le couteau, et la femme s'était effondrée, atteinte en pleine veine jugulaire, tandis que l'enfant s'en était sortie sans une égratignure. En avançant à petits pas, Aisa tâta la surface inégale du tunnel et découvrit avec stupeur une fissure dans la pierre, qui ne faisait pas plus de trente centimètres.

— Lumière ! s'écria-t-elle vers le haut du tunnel. Apportez plus de lumière !

Les Caden firent reculer les enfants et les prisonniers et ils la rejoignirent pour examiner la fente. Seul un homme très mince aurait pu s'y glisser, mais des enfants, sans aucun mal. Aisa eut l'impression, non pas d'entendre, mais de sentir un cœur battre de l'autre côté de la paroi rocheuse.

— Il y a quelqu'un là-dedans, assura-t-elle à Merritt.

— Peux-tu te faufiler à l'intérieur ?

Elle lui donna la torche. Son propre cœur battait la chamade, mais elle était contente qu'aucun des Caden n'ait protesté contre le fait de l'envoyer seule au-devant du danger, là où ils n'auraient pu la suivre.

Aisa se pencha pour se glisser par la fissure en pointant son couteau devant elle, de crainte que de l'autre côté, quelqu'un l'empoigne pour la mettre hors d'état de nuire, mais elle ne rencontra aucune résistance. Une fois entrée, elle tendit la main par la fente pour que Merritt puisse lui tendre la torche.

— Prends garde, fille ! lui lança Daniel.

Levant la torche, Aisa regarda autour d'elle. Elle se trouvait dans un espace très étroit, presque un tunnel.

Il y régnait une odeur si pestilentielle que ses yeux la piquaient. Les murs suintant d'humidité étaient couverts de moisi. Des détritus jonchaient le sol, et dans le coin le plus proche, Aisa vit ce qui ressemblait à des déjections. Elle sursauta quand un rat grassouillet lui passa sur le pied, et l'espace d'un instant, elle eut envie de déguerpir, fuir cet endroit et ces tunnels pour courir tout du long jusqu'au Donjon. Son bras lui faisait mal, son esprit lui faisait mal, et elle n'avait que douze ans.

Douleur. La voix n'était guère plus qu'un écho dans son esprit, mais elle la fit se redresser, car c'était celle de Massue. La douleur ne terrasse que les faibles.

Un tueur d'enfants, lui répliqua son esprit, mais cette pensée n'avait aucun effet ici. Ce qui se passait dans la Crèche était pire que le meurtre. Bien pire.

— Que les faibles, se murmura Aisa. Que les faibles.

Elle leva encore sa torche et avança vers le bout de cette longue enfilade, et quand la lumière en éclaira le fond, elle s'arrêta net, en levant instinctivement son couteau.

Deux hommes étaient assis par terre, adossés au mur, dont les vêtements en haillons ne lui révélèrent rien. L'un avait les yeux fermés ; il semblait endormi, mais Aisa devina d'instinct qu'il était mort. L'autre avait le regard dans le vague. Son visage hâve et creusé était maculé de boue, et il était d'une maigreur à faire peur. Il leva les yeux vers la lumière, les pupilles dilatées, et Aisa, le souffle coupé, reconnut alors en lui le Prêtre du Donjon, le Père Tyler.

— Fille, ça va là-dedans ? lança l'un des Caden de l'extérieur.

— Oui, ça va.

— Alors grouille-toi ! Ces enfants ont besoin de manger et nous de dormir.

Voyant que le prêtre s'apprêtait à parler, Aisa lui intima de se taire en posant un doigt sur ses lèvres. Son esprit avait retrouvé toute sa vivacité. Le Père Tyler, qui l'avait aidée à choisir des livres dans la bibliothèque de la Reine. Massue voulait qu'il revienne au Donjon, mais il n'avait pas été capable de le retrouver. Aux dernières nouvelles, l'Arvath avait mis sa tête à prix pour dix mille livres. Massue aussi avait offert une prime pour qu'on le retrouve, mais les deux sommes ne cessaient de fluctuer. Massue offrirait sûrement autant que l'Arvath, Aisa n'en doutait pas, mais les Caden en douteraient peut-être. Si elle disait aux Caden qu'il y avait dix mille livres là, à portée de main derrière cette paroi, aideraient-ils le Père Tyler à rejoindre le Donjon, en se fondant juste sur sa bonne foi ? Sûrement pas.

En faisant le moins de bruit possible, Aisa enfonça la main dans les poches de sa cape grise. Elle avait une demi-miche de pain juste un peu rassis et quelques fruits secs, qu'elle déposa aux pieds du Père Tyler. Il s'empara du pain et se mit à le dévorer. Elle sortit sa gamelle et la lui tendit aussi, puis, posant à nouveau un doigt sur ses lèvres, elle revint sur ses pas.

— Je me suis trompée ! lança-t-elle. Ce n'était qu'un nid de gros rats bien gras.

— Alors sors d'ici ! cria James d'un ton irrité. On en a marre.

Aisa fit signe au Père Tyler de demeurer où il était, puis elle ressortit dans le tunnel principal.

— Je m'excuse, marmonna-t-elle. J'avais cru entendre une voix.

— Mieux valait vérifier, répondit Daniel en haussant les épaules. Continuons.

Un moment, Aisa l'avait oublié, mais alors qu'elle ressortait, la voix de son père résonna dans le tunnel.

— Aisa, ma fille.

Elle leva les yeux en se détestant, car cette voix était encore celle de Dieu le père dans sa tête, impossible à ignorer.

— Quoi ?

— Tu ne vas quand même pas les laisser me faire ça, hein ?

— Ferme-la ! lui ordonna Christopher d'un ton rogue en le secouant comme une poupée de chiffons.

— C'est à ma fille que je m'adresse.

Aisa le scruta, écœurée. Ses cheveux étaient hirsutes, sa barbe trempée de sang, mais à part ces détails, il était comme d'habitude. Malgré les menottes, Aisa eut peur soudain, car elle reconnut le ton que prenait son père dans ces moments-là, enjôleur, plein d'onctuosité.

— Aisa ? Tu ne veux quand même pas me voir jeté en prison ?

Elle lui décocha un coup de poing en pleine figure.

— J'aimerais te voir au fond du trou, Papa. Mais la prison, ça me va. Tu ne verras plus jamais personne de notre famille. J'espère que tu crèveras tout seul, dans le noir, déclara-t-elle, puis elle revint à Christopher. Faites-moi une faveur, bâillonnez-le.

— Oui, fais-nous plaisir, approuva Merritt d'un ton dégoûté.

Autour d'eux, le groupe d'enfants regardait la scène les yeux ronds, et le petit garçon glissa à nouveau sa main dans celle d'Aisa en levant les yeux vers elle, tandis que Christopher enfonçait une boule de tissu dans la bouche de son père. Cela n'apporta aucun soulagement à Aisa ; elle ne put que rester là, pitoyablement, en regrettant de ne pas être la fille de quelqu'un d'autre et en luttant pour ne pas regarder en arrière, vers la fente dans le mur. Il lui faudrait redescendre ici, fausser compagnie aux Caden pour revenir avec de la nourriture… seule, ici, dans le noir. L'idée la terrifiait, mais elle ne voyait aucun moyen d'y couper ; il faudrait aussi ramener le prêtre au Donjon. Certes elle éprouvait un fort sentiment de loyauté envers ces Caden, qui l'avaient prise avec eux et mise au travail. Mais sa loyauté allait avant tout à Massue et à la Reine ; or ces deux grands personnages qui lui inspiraient tant d'estime souhaitaient ardemment le retour du Père Tyler.

Que suis-je ? se demanda-t-elle. Caden, ou Garde de la Reine ?

Elle l'ignorait, mais dans l'un ou l'autre cas, la tâche qu'elle choisirait serait dangereuse. Son bras la lançait avec insistance, et quand ils émergèrent à la surface, Aisa vit qu'il sortait du pus de sa blessure. Autour de la couture, la chair rouge et boursouflée la brûlait.

Ça s'est infecté, lui murmura son esprit, et son ventre se noua d'angoisse. Quand ils habitaient leur petite maison du Lower Bend, ils avaient une voisine, Mme Lime, qui s'était coupée avec un couteau à lame rouillée. Dans ce quartier pauvre, personne ne pouvait se permettre d'acheter des antibiotiques, et Mme Lime avait fini par disparaître du paysage. Sa maison était restée vide jusqu'à ce que des squatters l'investissent. Aisa avait toujours gardé ce mot en mémoire, qui sonna comme un glas dans son esprit.

Infection.

8

Les Terres Tear

Vite, mes tablettes, que j'y note ceci :
Sous des dehors souriants peut se cacher un scélérat.

Hamlet, William Shakespeare
(angleterre prétraversienne)

Durant ses moments d'égoïsme, Katie n'avait qu'une envie, c'était que les récoltes soient finies. Elle détestait la ferme, l'odeur de fumier, cette besogne éreintante de ramassage des légumes, tout ça pour avoir de quoi manger. Bref, elle détestait le travail manuel. Parfois elle aurait eu envie qu'un bon incendie ravage les champs.

Elle n'était pas seule à partager cet état d'esprit. Plus que jamais, des plaintes et des récriminations s'élevaient autour d'elle, presque toutes dirigées contre les gens qui se trouvaient au sommet de la colline : ceux qui étaient trop vieux ou trop malades pour travailler, ou encore les parents dont les enfants étaient trop petits pour qu'on les laisse à la maison. Ils étaient toujours dispensés de cette corvée, mais cette année, cela provoquait plus de rancœur que d'habitude.

Peut-être que Row a raison, pensa-t-elle un jour en fin d'après-midi, rompue, les mains couvertes d'ampoules à force de trimballer son lourd panier rempli d'épis de maïs tout le long du rang. Peut-être qu'aucun d'entre nous n'est assez dépourvu d'égoïsme pour vivre ici.

Cette année, Row et Katie n'avaient pas été désignés pour travailler en duo ; Row était associé à Gavin sur le carré de courges, éloigné de près de cinq kilomètres. Maman serait-elle intervenue en ce sens ? se demandait Katie, car dernièrement, elle avait l'impression que sa mère faisait tout pour l'éloigner de Row, qu'elle cherchait à les séparer l'un de l'autre.

Tu peux toujours courir, maman, maugréa Katie en plongeant entre les plants de maïs.

Certes son amitié avec Row était très différente de ce qu'elle avait été jadis ; Row n'avait jamais reconnu ce qu'il avait fait cette nuit-là, il prétendait qu'il avait simplement perdu sa trace dans le noir. Mais ils savaient tous deux qu'il n'en était rien, et cette certitude avait irrévocablement changé la nature de leur amitié. Ils ne semblaient plus liés l'un à l'autre par un cercle magique et inviolable, qui les isolait du monde extérieur. Ils étaient toujours amis, mais Katie n'était plus qu'une parmi beaucoup d'autres, et peut-être ne comptait-elle pas davantage pour lui que Gavin, Lear ou n'importe lequel d'entre eux. Parfois cela lui faisait mal, mais pas trop. Le souvenir de cette nuit-là dans les bois était trop fort.

— Tu as dit quelque chose ? demanda Jonathan.

— Non, rien.

Il replongea derrière les tiges de maïs. Katie ignorait pourquoi on les avait associés, mais cela aurait pu être pire. Jonathan travaillait dur et il ne disparaissait pas, comme Row le faisait si souvent quand venait le moment de porter les paniers pleins à l'entrepôt. Durant les premiers jours des récoltes, Katie avait guetté pour voir si Jonathan entrerait encore en transe puis, ne voyant rien venir, elle avait abandonné. Deux années avaient passé depuis ce jour dans la clairière, et elle avait tenu parole sans rien dire à personne, pas même à Row. D'ailleurs elle n'était pas certaine que Jonathan s'en souvienne. Il était entièrement absorbé par sa tâche, avec un air sérieux qui lui rappelait son père.

Plusieurs rangs au-dessus, quelqu'un monologuait en continu. Au bout d'un moment, Katie devina que c'était une prière. Encore un nouveau phénomène. Durant toute son enfance, elle n'avait jamais entendu quelqu'un prier en public ; il n'y avait aucune sanction contre ça, mais William Tear le désapprouvait, et sa désapprobation avait force de loi. À présent, Katie avait l'impression d'entendre constamment prier, et cela l'irritait passablement. Maman était résolument contre la religion, un point de vue qui avait aussi formé l'esprit de Katie. Elle ne voulait pas d'un père céleste invisible planant au-dessus de la Ville, un champion de l'irrationnel dictant ses volontés. Elle n'avait pas envie d'entendre prier à tous les coins de rue.

Jonathan s'était arrêté de cueillir et, la tête penchée, il écoutait aussi.

— … et que Dieu nous protège de tous les démons, esprits mauvais et voleurs d'enfants, que Dieu nous bénisse et nous garde…

— La ferme ! s'exclama Katie, plus fort qu'elle n'en avait l'intention, et sa voix résonna par-dessus les rangs de maïs, amenant le silence dans son sillage.

Jonathan la scruta en haussant les sourcils.

— Désolée, marmonna Katie. Je ne supporte pas ça.

— Ils ont peur, répondit Jonathan en effeuillant un épi.

— Tout le monde a peur. Mais nous ne sommes pas tous assez abrutis pour invoquer le nom de Jésus à tout bout de champ.

Jonathan secoua la tête, et Katie sentit le rouge lui monter aux joues. Cinq minutes de conversation avec Jonathan suffisaient pour démontrer, s'il en était besoin, combien il valait mieux qu'elle, quel être gentil, compréhensif et tolérant il était. Katie avait dix-sept ans, Jonathan dix-huit, mais elle avait toujours l'impression qu'il avait des années de plus, sinon des siècles.

— Tu ne trouves pas ça dangereux ? demanda-t-elle. Ces inepties religieuses qui jaillissent de toutes parts ?

— Je ne sais pas, répondit Jonathan. Mais j'aimerais savoir d'où elles viennent. Même mon père n'en trouve pas l'origine.

— Et Paul Annescott ? Ses réunions bibliques comptent de jour en jour plus de monde.

— Annescott est un idiot. Mais d'après mon père, ce n'est pas lui le vrai problème.

— Et ton père, ne peut-il pas y mettre un terme ?

— Pas pour l'instant. Pas tant que des enfants disparaissent. La peur est un terrain fertile pour la superstition.

Katie sentit son cœur se serrer, tout en sachant au fond qu'il avait raison. Ils avaient suivi les mêmes cours d'histoire. La religion exploitait toujours la détresse et le désarroi des gens. La Ville n'était pas encore en proie à la panique, mais cela ne tarderait guère. Deux semaines plus tôt, Yusuf Mansour, un gamin de sept ans, avait disparu du jardin public durant une partie de cache-cache. La Ville avait passé les bois au peigne fin jusqu'à la rivière, mais on n'avait pas retrouvé sa trace.

Katie avait tout de suite pensé à la créature qu'elle avait vue dans les bois, celle qui l'avait pourchassée jusqu'aux abords de la Ville. Elle n'avait jamais parlé de cette nuit-là à personne sauf à Row ; elle s'efforçait d'ailleurs de ne plus y penser. Durant une ou deux semaines, elle avait fait des cauchemars, mais avec le temps, ils s'étaient estompés. Les déprédations dans le cimetière avaient cessé depuis longtemps et ne s'étaient jamais reproduites. Katie faisait en sorte de ne jamais se retrouver seule en dehors de la ville à la nuit tombée. La plupart du temps, elle parvenait même à croire qu'elle avait tout imaginé. Mais quand Yusuf avait disparu du jardin public, Katie avait compris que le moment était sans doute venu de parler à quelqu'un de sa mésaventure, même si on la prenait pour une folle. Elle n'avait aucun droit de cacher cette information à la communauté par simple commodité. Sans doute n'était-elle pas un membre parfait de la Ville, mais cela du moins, elle le savait.

À qui le dire ? À sa mère ? Katie le redoutait, pour bien des raisons. Sa mère serait furieuse qu'elle soit sortie avec Row après le couvre-feu, mais surtout, c'était l'une des personnes les plus coriaces qu'elle connaisse. Jamais Maman n'aurait pris ses jambes à son cou ; elle aurait affronté cette chose au risque de sa vie pour la traîner jusqu'à la Ville en la bourrant de coups de pied et en lui hurlant dessus afin de la montrer à William Tear… Katie ne voulait pas que sa mère sache qu'elle s'était enfuie devant le danger.

Ensuite, elle avait envisagé d'en parler à William Tear en personne. Cela tiendrait du défi, de parvenir à le voir seul à seul, mais c'était faisable. Là encore, Katie avait renoncé. Tear l'avait choisie pour faire partie de la garde de la ville parmi des gens bien meilleurs, plus intelligents et plus grands qu'elle ! Avait-elle vraiment envie de lui avouer que c'était ainsi qu'elle lui avait prouvé sa reconnaissance, en gardant le silence durant deux années ? D'ailleurs Yusuf avait disparu depuis plus de deux semaines. Il semblait peu probable qu'il soit encore en vie.

Et Tear, qu'aurait-il fait ? demanda impérativement son esprit. Contre cette chose que tu as vue, qui aurait pu faire quoi que ce soit ?

Mais Katie méprisa la question. William Tear était William Tear. Aucun problème n'était pour lui insoluble.

— Qu'est-ce qui ne va pas ?

Levant les yeux, elle vit que Jonathan la scrutait avec ce regard qu'il avait, celui qui vous mettait à nu. De nouveau, il lui rappela son père. Derrière eux, le pénitent invisible s'était remis à psalmodier ses suppliques adressées à Dieu, et Katie lui aurait volontiers fracassé le crâne à coups de pelle.

— Qu'est-ce que tu as vu ? lui demanda Jonathan, alors Katie se mit à lui raconter, tout simplement, à voix basse, car elle ne voulait pas que le dévot l'entende.

Elle lui dit tout, même ce qui concernait Row, à la fin : ce côté cruel et vindicatif qu'il ne lui avait encore jamais manifesté. Cela lui fut douloureux, car encore maintenant, le souvenir de cette nuit-là lui glaçait le cœur, pourtant quand tout fut sorti, Katie sut qu'elle avait choisi la bonne personne. Elle ne connaissait pas bien Jonathan, mais elle se sentit mieux, presque réconfortée, comme si elle s'était défaite d'un fardeau trop lourd à porter, et qu'il l'avait chargé sur ses épaules sans même qu'elle ait à le lui demander.

— Ainsi Row Finn avait le saphir de mon père, dit Jonathan quand ce fut fini.

— Oui, confirma Katie, avec stupéfaction.

De tout ce qu'elle venait de lui révéler, le saphir était donc ce qui lui importait le plus ? Elle avait trahi Row, elle s'en rendait compte maintenant, mais toute cette histoire remontait à des années en arrière, et le saphir avait été rendu à William Tear il y a longtemps, après avoir été monté en collier. Depuis, elle l'avait vu maintes fois autour du cou de Tear. Pour elle, ce détail était sans conséquence.

— Eh bien non, tu n'es pas folle, finit par répondre Jonathan. Il y avait bien quelque chose dans les bois. Ta mère, mon père, Tante Maddy, cela fait des mois qu'ils le traquent.

— Quoi ? Quand ?

— Depuis presque deux ans. Ils partaient régulièrement faire des expéditions nocturnes. J'ai eu envie de les accompagner, mais Papa m'a dit que je devais rester avec Maman.

— Et ils ont trouvé quelque chose ?

— Non. Cette… chose, quelle qu'elle soit, rôdait toujours autour du cimetière, et quand les pillages de tombes ont cessé, elle aussi s'est arrêtée.

— Des pillages de tombes ?

Jonathan la regarda d'un air gentil teinté d'impatience.

— Évidemment. Tu n'as pas vraiment cru qu'il s'agissait de loups ?

— Non ! répliqua-t-elle, piquée au vif. Mais qui irait piller une tombe ? Et pourquoi ?

— Pour l'argent, répondit Jonathan. Les cadavres que nous avons retrouvés n'avaient plus de bijoux sur eux.

— Personne en ville n'irait piller une tombe.

— Tu en es sûre ? répondit Jonathan d'un sourire empreint de tristesse, et il lui prit la main.

Katie sursauta et elle essaya de se dégager, mais Jonathan la retint. Un moment ils se retrouvèrent dans cette clairière, deux ans auparavant, mais là, ce fut Katie, pas Jonathan, qui se retrouva en état de transe. Ses yeux fixaient sans les voir sa petite main nichée dans celle de Jonathan, car sa vision s'étendait bien au-delà, jusqu'à un terrain battu par les vents, où des pierres tombales s'élevaient çà et là. Des éclairs déchiraient le ciel, illuminant brièvement le cimetière, alors Katie vit un homme, occupé à creuser l'une des tombes. Mais il avait la tête baissée et elle ne put voir son visage.

D'un geste brutal, elle dégagea sa main de celle de Jonathan. Le lien entre eux se rompit avec une sorte de grésillement électrique qui lui fit pousser un cri. Sa main la picotait comme si elle s'était engourdie.

— Pourquoi as-tu fait ça ? exigea-t-elle.

— Cette ville est en danger.

— Je sais.

Pourtant elle se demanda soudain s'ils parlaient de la même chose. Elle pensait à la disparition de Yusuf, mais alors son esprit évoqua toutes les récriminations qu'elle avait entendues cette semaine, tout ce vitriol dirigé contre ceux qui avaient été dispensés de travailler aux récoltes, ainsi que ces idées qu'elle avait entendu Row proférer durant tant d'années : pourquoi traiter les gens en égaux alors qu'ils ne le sont pas ? Certains ont plus de valeur que d'autres. Évidemment, ce genre de pensées étaient considérées par la Ville comme des anathèmes, et Row prenait soin de ne jamais les exprimer là où William Tear risquait de les entendre. Mais ses idées gagnaient régulièrement du terrain. Parfois Katie avait l'impression qu'il existait deux communautés : celle qu'elle avait connue toute sa vie, où tous étaient égaux, et une deuxième, poussant en son sein, dans l'ombre de la Ville. Ce surgissement de ferveur religieuse, un phénomène que Katie n'avait encore jamais connu, semblait s'être logé dans cette deuxième ville en l'infestant comme un parasite.

— Je ne suis pas d'accord avec tout ce que dit mon père, remarqua Jonathan en continuant sa cueillette. Mais je crois en sa vision. Je crois que nous pourrions parvenir à un équilibre où chacun aurait des chances égales et une vie décente.

— Moi aussi, j'y crois, répondit Katie, puis elle se tut, surprise d'en être aussi convaincue.

Toutes ces discussions que Row et elle avaient eues en évoquant un autre genre de ville... C'était juste quelques années auparavant, cela semblait pourtant très loin, comme si Katie avait rejeté une ancienne peau en la laissant derrière elle.

— Mais nous n'y parviendrons jamais sans un engagement résolu, ajouta Jonathan. Les doctrines d'exceptionnalisme devront disparaître.

Katie rougit en pensant qu'il avait lu dans son esprit, mais peu après, elle prit conscience que la doctrine de Row n'était pas la seule du genre à se propager dans la Ville. Le mouvement religieux qui travaillait souterrainement regorgeait de gens qui se prétendaient meilleurs que les autres parce qu'ils étaient croyants. Même Gavin s'était mis à proférer ce genre d'inepties, en prenant soin lui aussi de le faire loin des oreilles de William Tear. Ceux qui avaient été sauvés (sauvés, un mot dont Katie s'était toujours méfié), avaient apparemment gagné le droit d'oublier qu'ils avaient jadis été des pécheurs eux aussi, comme si le baptême pouvait effacer le passé. Pourquoi William Tear n'y avait-il jamais mis bon ordre ? Certes il le désapprouvait, mais ne l'interdisait pas. Chaque fois que Katie croyait comprendre Tear un peu mieux, elle se rendait compte qu'il n'en était rien.

Au loin la cloche sonna, signalant la fin du travail pour la journée.

— Viens, lui dit Jonathan, et ils prirent chacun un panier de maïs.

Malgré son mal de reins, Katie ne se plaignit pas. Le premier jour des récoltes, elle s'était claqué un muscle, et Jonathan avait proposé de porter son panier pour elle, mais cela ne devait plus se produire.

Ils hissèrent leurs paniers jusqu'en bas de la rangée vers l'entrepôt, là où Bryan Bell attendait de les réceptionner. La queue qui se trouvait devant Bryan n'était qu'une parmi les vingt qui s'étaient formées à mesure que les ramasseurs affluaient des autres champs ; deux queues plus loin, Katie repéra Gavin et Row, l'air aussi maussades qu'elle, chacun portant un panier de courges terreuses.

Katie n'était jamais entrée dans l'immense entrepôt qui faisait plus de deux étages de haut. Mais elle savait par sa mère qu'il y avait à l'intérieur une sorte de canal, et que chaque matin, on le remplissait d'eau fraîche. Plus tard, Bryan et les autres contrôleurs compteraient toute la production, la débarrasseraient de la terre et des insectes, puis la partageraient. Une partie irait à chaque foyer de la ville, mais presque tous les légumes secs, tels que le maïs, seraient gardés en réserve, ou pour les semailles. L'espace de l'entrepôt était principalement occupé par des silos à grains construits dans l'atelier de menuiserie de Dawn Morrow, dont les couvercles hermétiquement scellés garantissaient une bonne conservation.

— Tu veux venir dîner chez nous ?

Un instant, Katie crut que Jonathan s'adressait à quelqu'un d'autre.

— Réveille-toi, Katie Rice. Est-ce que tu veux venir ?

— Pourquoi ?

— Pour dîner.

— Pourquoi ?

Jonathan lui fit un sourire qui se mua en grimace, quand il hissa son panier pour avancer de quelques pas.

— La politesse même, ironisa-t-il, mais Katie ne s'y laissa pas prendre.

— Pourquoi voudrais-tu m'inviter à dîner ? s'enquit-elle d'un air méfiant tout en hissant elle-même son panier.

— Pour manger.

— Ton père aurait-il quelque chose à me reprocher ?

— Je l'ignore. Pourquoi, il devrait ?

— Oh, lâche-moi, répliqua-t-elle, haletante, en reposant son panier. Toi non plus, tu n'es pas un modèle. Je sais que tu sèches les cours. Toute l'école est au courant.

— Oui, tu le sais. Mais tu ignores pourquoi.

— Eh bien… pourquoi ?

— Viens dîner et tu le sauras.

Elle fronça les sourcils, devinant une autre intention, sous cette invitation. Elle n'avait jamais entendu Jonathan inviter quelqu'un chez lui, pas même pour jouer, quand ils étaient plus jeunes. De nouveau, elle se rappela ce jour dans la clairière, les yeux de Jonathan fixés au loin, au-delà de nulle part.

Nous avons essayé, Katie. Nous avons fait de notre mieux.

— Apportez ça ici ! leur cria Bryan Bell, la faisant tressaillir.

Elle prit son panier et s'empressa de rejoindre la queue.

— Alors ? demanda Jonathan.

— À quelle heure ?

— 19 heures.

— D'accord.

Katie s'essuya le front, avec l'impression d'être couverte de crasse. Si elle allait dîner chez William Tear, il lui faudrait d'abord prendre un bain.

— À tout à l'heure, dit Jonathan.

Il déposa son panier sur le comptoir, attendit que Bell l'enregistre, puis s'éloigna. Katie resta là à le suivre du regard, songeant encore à ce jour dans la clairière.

Qu'avons-nous essayé ?

Et en quoi avons-nous échoué ?

Malgré la proximité de la maison des Tear, Katie s'y était rendue moins d'une dizaine de fois dans sa vie. À part sa mère et Tante Maddy, et parfois Evan Alcott, les gens étaient rarement invités chez les Tear ; lorsqu'il y avait une question à débattre, Tear se rendait généralement chez eux. Katie avait dans l'idée qu'il essayait de se conduire en homme normal, éviter d'avoir l'air d'un roi convoquant ses sujets en audience. Dans ce cas, c'était raté. Pour aller chez les Tear, les gens soignaient leur mise, plus que pour se rendre à n'importe quelle fête.

Katie avait pris un bain et peigné ses longs cheveux couleur d'ambre. Ce n'était pas une mince affaire, car elle ne les avait pas démêlés depuis son dernier bain et ils étaient pleins de nœuds, après deux jours passés à transpirer dans les champs. De peur que Tear, ou pire, Jonathan, aillent penser qu'elle faisait la coquette, Katie finit par les tordre en un chignon.

Elle avait craint un tir nourri de questions, quand elle apprendrait à sa mère qu'elle allait dîner chez leurs proches voisins, mais Maman s'était contentée de hausser les épaules et s'était remise à pétrir le pain. Pourquoi autant d'angoisse ? s'était demandé Katie. Après tout, elle avait dix-sept ans et n'avait plus à répondre à personne de ses allées et venues, même pas à sa mère. À dix-huit ans, elle commencerait à construire sa propre maison quelque part en ville, et à dix-neuf, elle y emménagerait. Row, qui fêterait ses vingt ans dans une semaine, avait décidé de rester chez sa mère bien après l'échéance habituelle ; d'ailleurs Katie voyait mal comment Mme Finn aurait pu s'assumer si Row avait quitté le domicile familial, mais il avait déjà conçu les plans de sa maison et mis de côté presque tout le bois de construction en le troquant contre différents objets et services. Il avait hâte de s'en aller, mais Katie était plus partagée. Elle n'avait pas envie de quitter sa mère, et en même temps, elle aimait l'idée d'être indépendante et autonome, sans avoir de comptes à rendre à personne.

La maison des Tear était presque à l'identique de celle de Katie : de plain-pied, avec en façade une véranda surélevée par rapport au sous-sol. Katie gravit les marches du perron, et la porte d'entrée s'ouvrit sur Lily. Elle aussi avait passé la journée dans les champs, mais elle avait mauvaise mine, et Katie se demanda si elle avait attrapé la mauvaise fièvre qui courait dans la ville.

— Katie, dit Lily d'un ton ravi, comme si elle lui apportait un cadeau.

— Mme Freeman, répondit poliment Katie.

Pour elle, Lily était depuis toujours Mme Tear, mais si elle faisait le moindre faux pas, Maman l'apprendrait à coup sûr.

— Entre.

Katie la suivit dans le salon des Tear, une petite pièce meublée de chaises en bois confortables qui devaient avoir été fabriquées par William Tear lui-même. Contre le mur est de la pièce trônait une large cheminée en brique où aucun feu ne brûlait, en ce début octobre. Deux portraits étaient accrochés au-dessus de la cheminée, et comme toujours durant ses rares visites chez les Tear, Katie s'arrêta pour les contempler.

L'un représentait William Tear. Il était peint par John Vinson, considéré comme le meilleur artiste en ville, pourtant ce n'était pas un portrait particulièrement réussi. Debout, à côté d'une petite bibliothèque, Tear fixait l'artiste des yeux, les épaules en arrière. La posture et le décor étaient bien rendus, mais Tear lui-même paraissait contrarié d'avoir à tenir la pose.

Quant à l'autre tableau, c'était un portrait de Lily. William Tear en était l'auteur, et même s'il n'avait pas les qualités techniques de M. Vinson, Katie trouvait qu'il avait beaucoup mieux saisi son modèle.

Lily se tenait debout dans un champ ensoleillé, en costume de chasse, enceinte jusqu'aux yeux. Elle jetait un regard en arrière, par-dessus son épaule, et semblait sur le point d'éclater de rire.

Au dire de Maman, Tear n'avait pas peint le portrait d'après nature, mais de mémoire. Il n'en était pas moins très vivant, et avait toujours exprimé pour Katie un vif sentiment de liberté. La Lily du portrait semblait heureuse, immensément heureuse, pourtant Tear n'avait pas omis les fines rides autour des yeux et de la bouche, des rides qui trahissaient une douleur longtemps enfouie, et la vie dure d'avant la Traversée. Katie n'avait aucune idée de ce que cette vie supposait, mais manifestement, Lily l'avait chèrement payée.

— C'était il y a dix-huit ans, remarqua Lily en rejoignant Katie devant le tableau. J'attendais Jonathan, et nous venions juste de sortir de la période de famine. L'avenir semblait nous tendre les bras.

— Que s'est-il passé ?

Lily lui jeta un regard incisif, et Katie se mordit la langue. Était-elle la seule à sentir qu'un mal pernicieux rôdait dans la Ville ?

Non. Jonathan le sait aussi.

Lily finit par se détendre et revint au portrait.

— Nous avons oublié. Nous avons oublié ce que nous aurions dû apprendre et tenir pour acquis, lui dit-elle.

Baissant les yeux, Katie vit que Lily se frottait l'intérieur de la main : il y avait une cicatrice sur la paume.

— Comment est-ce que…

— Allons dîner, l'interrompit Lily abruptement, et elle lui fit signe de la suivre.

Pendant le repas, Katie alla de surprise en surprise. Elle aurait cru que les Tear mangeaient mieux que toute autre famille en ville ; pourquoi, elle n'aurait su le dire, peut-être à cause d'une chose que Row lui avait dite un jour. Or leur dîner était aussi simple que ce qu'elle mangeait à la maison : du poulet rôti, des brocolis, une miche de pain aux cinq céréales. De l'eau, au lieu de bière ou de jus de fruit. Tear et Lily étaient assis à chaque bout de la table, Jonathan entre eux, et Katie s'assit face à lui. Quand elle recula la quatrième chaise, elle vit que le siège était couvert de poussière.

Katie avait toujours pensé que les Tear devaient parler de sujets graves et importants lors des repas, mais là aussi, ils l'étonnèrent. Car dans son genre, Lily était une vraie commère, bienveillante, mais commère tout de même. Melody Donovan était enceinte. Andrew Ellis avait terminé sa maison, mais il n'était pas doué comme charpentier, et les murs de la cuisine laissaient tellement entrer de courants d'air qu'il faudrait les abattre pour les reconstruire avant l'arrivée de l'hiver. Dennis Lynskey et Rosie Norris avaient décidé de se marier après les récoltes.

À chacune de ces annonces, William Tear hochait la tête, sans faire ou presque de commentaires. Pourtant en apprenant la malfaçon de la demeure d'Andrew Ellis, il secoua la tête, et Katie se rappela une chose qu'elle avait apprise l'an dernier : Ellis avait refusé l'aide des meilleurs maçons de la Ville. Il était déterminé à tout faire lui-même, et Katie avait respecté sa décision. À présent, elle se demandait si M. Ellis n'était pas tout bonnement idiot. Mais ce qui l'occupait surtout, c'était de savoir ce qu'elle faisait à cette table. Pourquoi diable Jonathan l'avait-il invitée ?

Quand Jonathan demanda à son père si l'on avait retrouvé trace de Yusuf Mansour, Tear secoua la tête d'un air las. L'ombre que Katie avait vue perchée sur son épaule, des années plus tôt, semblait plus prononcée que jamais, comme si lui-même commençait à s'effacer. Serait-il malade ? Elle écarta aussitôt cette idée. La Ville sans William Tear... c'était impensable. La fièvre se propageait généralement à tout un foyer ; si Lily était malade, Tear l'avait sans doute attrapée lui aussi.

— Où qu'il se trouve, Yusuf est bien caché, leur dit Tear.

— Croyez-vous qu'il soit mort ? demanda Lily.

— Non, répondit Tear.

Il allait en dire plus, mais il serra les mâchoires et demeura silencieux. La lumière déclinante du soleil qui filtrait par la fenêtre ouverte de la cuisine faisait luire la chaîne en argent qu'il avait autour du cou, et Katie se rappela autre chose, de cette nuit d'il y a longtemps. Tear avait dit que ses visions n'étaient souvent guère plus que des ombres. En allait-il de même pour celles de Jonathan ? Elle les compara tous deux, constatant quelques différences : la couleur des yeux, les joues roses que Jonathan tenait de Lily, contrastant avec le teint pâle de son père, mais il y avait beaucoup plus de ressemblances. Tous les deux étaient grands et dégingandés, mais plus encore, Jonathan avait le même regard sur le monde que son père, cette façon tranquille d'observer, puis de prendre le moment venu une décision, une décision qui serait inéluctablement la bonne.

Quel dommage que personne d'autre ne voit ce côté-là de Jonathan, se dit Lily. Il ne venait quasiment plus en cours, mais on le tenait toujours à distance. Si seulement les gens voulaient bien lui parler, il obtiendrait plus de respect. Pas autant que son père, peut-être, mais au moins autant qu'il le méritait. Ce sentiment d'une valeur cachée aux yeux du monde lui était familier, et peu après, Katie le reconnut pour l'avoir toujours éprouvé à l'égard de Row.

La conversation passa à l'expédition qui partirait pour les montagnes la semaine suivante. Il y avait eu jusqu'à présent deux expéditions afin de cartographier le vaste paysage qui s'étendait à l'extérieur de la Ville, et durant la deuxième, les explorateurs avaient découvert des montagnes bien plus grandes et imposantes que les reliefs qui se trouvaient à l'ouest. Selon Jen Devlin, qui avait conduit les deux expéditions précédentes, le massif montagneux du nord était vaste, avec des sommets qui semblaient infranchissables. Mais Jen rongeait son frein. Elle avait l'intention de tenter leur ascension.

— Ça paraît dangereux, remarqua Lily.

— Ça l'est, confirma Tear sombrement. Mais tu connais Jen. Elle a le goût du défi. Il y a pire, je suppose. La Ville a besoin de gens comme elle, que l'inconnu n'intimide pas.

Katie fronça les sourcils en réfléchissant. Elle-même, était-elle ainsi ? De mauvaise grâce, elle dut bien reconnaître qu'il n'en était rien. Elle n'aimait pas tout ce qui était vague, imprécis.

— J'ai pris ma décision, dit Jonathan, et Katie leva les yeux, surprise.

Il avait la fâcheuse habitude de deviner ses pensées, mais en fait, il s'adressait à son père.

— Ah bon ? demanda Tear.

Jonathan désigna Katie, qui tressaillit comme si on l'avait pincée. Ils la regardaient tous les trois à présent, et cela faisait beaucoup.

— Quelle décision ? avança-t-elle, les yeux baissés sur son assiette.

— Katie, tu ne t'es jamais demandé dans quel but je t'entraînais ? lui demanda Tear.

Katie se contenta d'acquiescer en silence. Elle n'avait jamais obtenu de réponse satisfaisante, mais les années passant, cette question avait semblé moins cruciale. Ils apprenaient à se battre parce qu'il fallait que certains sachent comment s'y prendre, et cet apprentissage était peu à peu devenu une fin en soi. Mais Tear attendait une réponse.

— Je me suis dit que nous étions censés former une sorte de police.

— Si seulement cela suffisait à résoudre nos problèmes, répliqua Tear.

— Pourquoi ?

— Les forces de police sont conçues pour protéger la collectivité, et non un seul individu.

Katie digéra cette déclaration, sans la comprendre pour autant. Elle ne pensait pas que les Tear faisaient exprès de parler par énigmes ; c'était juste leur façon d'être. Elle envisagea de feindre d'avoir compris, puis haussa les épaules.

— De qui s'agit-il ? s'enquit-elle.

— Jonathan.

Sidérée, Katie jeta un coup d'œil à Jonathan et découvrit qu'il l'observait, avec un certain amusement.

— Le protéger de quoi ? demanda-t-elle.

— C'est là le hic. Personne ne le sait, répondit Jonathan en jetant un regard ironique à son père, qui lui sourit en retour. La magie, c'est merveilleux, mais ça ne marche jamais quand on en a besoin.

Katie se renfrogna, vaguement déçue. À quoi bon une magie qui ne marche pas sur commande ?

— La mort rôde autour de Jonathan, déclara Tear, mais je ne peux pas voir ce qui le menace, ni lui non plus. Jonathan a besoin de protection. Il a besoin de gardes.

Katie se radossa dans sa chaise. Elle se demanda si Tear se moquait d'elle, mais il n'y avait pas une once d'humour dans ses yeux, et sous le sourire de Jonathan, elle sentit une sourde inquiétude. Jonathan était un champion de l'humour noir, mais même durant leurs brefs échanges, Katie avait remarqué qu'il en usait de manière défensive.

— Nous tous ? demanda-t-elle.

— C'est toi qui les choisiras.

— Moi ?

— Une garde a besoin d'un chef, Katie.

— Je croyais que c'était vous, notre chef.

Il y eut un silence durant lequel Tear consulta Lily du regard, mais Lily haussa les épaules et se servit un verre d'eau. Tear revint à Katie, et elle vit passer dans ses yeux un sombre désespoir, l'air d'un homme qui se sait condamné.

— Je m'en vais.

— Où ça ?

— Je quitte la Ville.

Katie en resta bouche bée, certaine que cette fois, il devait plaisanter. Mais Lily et Jonathan avaient tous deux baissé les yeux, et dans leur attitude, Katie sentit le fantôme de nombreuses controverses, toujours perdues.

— C'est une bonne communauté que la nôtre, poursuivit Tear. Je crois en elle. Mais le Vaisseau Blanc fut une terrible perte. Nous avons des guérisseurs et des sages-femmes qui font un travail remarquable, mais nous manquons de médecins. Or nous en avons besoin. Ainsi que de moyens médicaux.

— Pourquoi ?

— Nous allons bientôt manquer de diaphragmes, par exemple.

Katie rougit en évitant Jonathan des yeux. Le jour de ses quatorze ans, sa mère l'avait emmenée chez Mme Johnson, la sage-femme, comme toutes les jeunes filles de la ville, et Katie en était sortie avec un diaphragme accompagné d'une notice. Il ne lui était jamais venu à l'idée que ce genre d'articles pourrait un jour venir à manquer.

— J'avais compté que les médecins et chercheurs pourraient élaborer un substitut pour le contrôle des naissances, en utilisant la pharmacopée locale, par exemple, avant que notre réserve s'épuise. Mais nous n'avons ni docteurs, ni chimistes. Personne qui sache même comment pratiquer un avortement. Réfléchis-y un moment.

— Où pourriez-vous trouver des docteurs ?

— De l'autre côté de l'océan.

Katie secoua vivement la tête. Non, pas question. Tear ne devait surtout pas quitter la Ville maintenant, alors qu'il y courait tant de rumeurs et de mécontentement.

— Pourquoi ne pas y envoyer quelqu'un d'autre ? Faut-il absolument que ce soit vous ?

Tear et Lily échangèrent furtivement un regard.

— Oui. Il faut que ce soit moi.

— Pourquoi ?

Tear prit une profonde inspiration, puis se tourna vers Jonathan et Lily.

— Laissez-nous seuls un moment.

Ils se levèrent de table tous les deux et disparurent dans le salon, Lily refermant la porte derrière eux.

— Pour toi, la Traversée ne fut qu'une simple navigation à la voile sur l'océan, murmura Tear. Mais ce fut bien plus compliqué. Il faut que je me trouve à bord.

Katie ne comprenait toujours pas, mais elle se dit que cela expliquait au moins une chose : pourquoi, dans le grand atlas illustré de la bibliothèque, elle n'avait jamais réussi à trouver le Nouveau Monde, ni la Ville. D'après ce qu'elle savait, le Nouveau Monde aurait dû se trouver au milieu de l'océan Atlantique, or il n'y avait rien, seulement de petits archipels. Aucun des adultes ne voulait en parler, et Katie sut alors qu'elle avait eu raison : la Traversée était un secret jalousement gardé.

— Il y a longtemps, reprit Tear, j'ai commis une grave erreur de jugement, sans me douter combien elle serait lourde de conséquences.

— Laquelle ?

— Avoir mis tout le personnel médical sur le même vaisseau, répondit Tear en pâlissant encore, ce qui lui donna presque un visage spectral, à la lueur des bougies. J'ai cru que le danger nous menacerait avant la Traversée, pas après. Quand la tempête nous a frappés, j'ai compris. Mais il était trop tard. Nous avons tous regardé sombrer le Vaisseau Blanc. Je n'ai pas pu les sauver.

Katie hocha la tête. Tout le monde était au courant du naufrage du Vaisseau blanc.

— Et aujourd'hui, la Ville souffre de mon erreur, conclut Tear.

— Mais non, nous ne souffrons pas ! protesta Katie.

Toute sa vie, Mme Johnson l'avait soignée quand elle était malade ou blessée, avec une grande efficacité. Certes les gens mouraient parfois de maladie, mais c'étaient généralement des vieillards. Depuis l'Atterrage, la population de la Ville avait doublé.

— Nous en souffrons, répéta Tear en triturant nerveusement la nappe, et Katie se demanda s'il l'avait seulement entendue. J'ai échoué, et mon erreur est revenue me hanter.

— Que voulez-vous dire ? demanda Katie.

En temps normal, elle n'aurait pas osé prendre un ton aussi exigeant avec William Tear, mais en cet instant, il avait l'air d'un enfant rêvant tout éveillé. À vrai dire, elle aurait giflé n'importe qui d'autre.

— Lily est enceinte, déclara-t-il.

Katie le fixa avec stupeur. Pour elle, la mère de Jonathan était encore jeune, mais elle devait avoir au moins quarante ans, peut-être plus. C'était tard pour avoir un bébé, mais pas rédhibitoire. Beaucoup de femmes de la ville en avaient eu à cet âge.

— D'après Nyssa, elle en est à son troisième mois, poursuivit Tear. Pour l'instant, elle est en bonne forme, mais la grossesse sera difficile, et la naissance dangereuse... Elle risque de ne pas y survivre. Elle aura plus de chances, si nous avons un obstétricien.

Katie plissa les yeux. Ce n'était pas la Ville qui avait besoin d'un docteur, c'était Lily. Et voilà que William Tear, ce même William Tear qui leur avait toujours dit qu'il fallait privilégier la communauté par rapport à soi-même, allait partir en quête d'un médecin en abandonnant la Ville.

Égoïste, se dit-elle en le scrutant. T'en rends-tu seulement compte ? À qui mens-tu, à moi ou à toi-même ?

Tear ne répondit pas, mais il baissa les yeux, et Katie eut l'impression qu'il l'avait devinée, du moins en partie.

— Je sais ce que tu penses, lui dit-il. Tu penses que cela ne concerne que moi.

Katie eut envie de répondre oui, mais elle n'osa pas aller si loin.

— Cela t'échappe, Katie. Le Vaisseau Blanc me hante depuis presque vingt ans. Tu es jeune, mais assez intelligente, je le crois, pour comprendre le besoin qu'on éprouve de réparer un tort.

Non, Katie ne comprenait pas, mais étrangement, en cet instant, sa colère s'évanouit. Ce n'était pas rien, de voir une idole vaciller, pourtant les leçons de Tear n'en restaient pas moins vraies, et personne n'était en droit de juger de la peine d'autrui. Katie l'avait appris bien avant d'avoir assisté aux cours de Tear.

Il n'a pas besoin d'être parfait, décida-t-elle soudain. L'idée est parfaite, et l'idée dépasse l'homme.

— Ne partez pas, le supplia-t-elle une dernière fois. Pas maintenant, alors que la Ville est si faible.

— Je le dois.

— Les religieux… ça devient de pire en pire.

— Je le sais.

— Pourquoi ne pas les arrêter, alors ? Pourquoi n'y mettez-vous pas bon ordre ? laissa-t-elle échapper.

— Si je le faisais, je serais un dictateur, Katie. Je peux dissuader les gens de suivre cette voie, pas davantage.

Katie se tut, en proie à une fureur rentrée. Et s'il fallait à la Ville un dictateur, justement, quelqu'un qui intervienne énergiquement pour stopper ces dévoiements ? pensa-t-elle soudain, mais alors elle reconnut encore la voix de Row et baissa les yeux, en ravalant ces mots.

— Quand partirez-vous ?

— Le mois prochain, répondit Tear. Dès que les récoltes seront finies.

— Seul ?

— Non. Madeleine viendra avec moi. Je vais nommer ta mère responsable de la Ville.

— Alors laissez-moi vous accompagner.

— Non. Il faut que tu restes ici. Reste, et protège Jonathan.

Katie fronça les sourcils. Certes elle n'aimait pas penser Jonathan en danger, mais l'idée de plusieurs personnes en protégeant une seule semblait aller contre l'esprit même de la Ville.

— À toi de choisir tes collègues, lui dit Tear. Parmi celles et ceux qui suivent nos cours. Il en faudrait cinq ou six, tout au plus. Un plus grand nombre serait difficile à gérer.

— Quand commencerons-nous ?

— Sitôt après mon départ.

— Et ceux qui ne seront pas pris ? Comment garder le secret ?

Tear allait répondre, mais Jonathan l'interrompit ; il était revenu et se tenait sur le seuil.

— Pour ça, il est trop tard. Tout le monde l'apprendra fatalement. Un garde armé, c'est dur à cacher.

— Pourquoi moi ? demanda-t-elle en les scrutant tour à tour. Je suis la plus petite d'entre nous. Lear est plus intelligent. Virginia plus intrépide. Gavin est meilleur au maniement du couteau. Pourquoi moi ?

— Parce que j'ai confiance en toi, Katie, répondit simplement Jonathan. Voilà des années que je vous observe, et tu es celle qui ne varie pas au gré du vent. Tu n'as rien d'une girouette.

Ça, c'est nouveau, se dit Katie, car elle trouvait au contraire qu'elle changeait tout le temps d'avis, parfois pour les raisons les plus ridicules. Elle eut envie d'enlever ses illusions à Jonathan, mais Tear acquiesçait, et l'idée qu'ils la voient tellement différente qu'elle se voyait elle-même la réduisit au silence. Plus tard, elle penserait que c'était comme si elle avait su depuis le début qu'il y avait toujours eu quelque chose de plus vaste que juste neuf jeunes gens s'exerçant au combat rapproché dans une clairière. Ces trois dernières années n'avaient été qu'une préparation à la phase suivante.

S'avançant, Jonathan lui tendit la main au-dessus de la table, mais un moment, Katie ne put que fixer ce drôle de gars, ce camarade de classe atypique, cet être à part, cet étrange ami qui ne fréquentait personne et n'en avait pas envie. Par instants, elle sentait en lui la grandeur de William Tear, masquée, soigneusement dissimulée, parce que c'était dangereux, d'être un Tear, parce que dans les temps à venir, tous les Tear auraient une cible dans le dos…

Comment le sais-tu ?

La main de Jonathan se referma sur les siennes, et Katie cligna des yeux, l'esprit soudain empli d'une vision : Jonathan et elle, seuls dans un lieu sans lumière. Il lui lâcha la main et, Dieu merci, la vision s'effaça. Mais la sensation de sa main demeura, et Katie eut l'impression d'avoir été marquée au fer rouge.

Que m'est-il arrivé ?

Son esprit lui donna aussitôt la réponse, comme s'il l'avait puisée malgré elle dans des profondeurs qui échappaient à son contrôle. Elle était liée à Jonathan désormais, et elle comprit soudain qu'elle venait de s'engager dans quelque chose de bien plus important qu'un stage, ou même qu'une carrière. Une petite voix craintive lui souffla à l'oreille que c'était trop, qu'elle n'avait que dix-sept ans, mais Katie la combattit, furieuse. Elle avait su depuis le début que c'était une affaire sérieuse, même à quatorze ans, assise à côté de Tear sur le banc, dans la cour de derrière la maison. Elle avait promis de protéger la Ville, mais William Tear et la Ville avaient toujours été inextricablement liés. À présent, Tear partait, et tout ce qui resterait à la Ville, ce serait Jonathan, un inconnu.

Je suis un garde, pensa Katie. Jonathan rejetterait peut-être le titre, d'ailleurs il ne serait pas le seul, mais elle était un garde protégeant un prince. Elle songea aux rumeurs incessantes qui couraient partout : griefs, mesquineries, critiques ; à la superstition qui pénétrait dans la ville telle une brume malsaine et insidieuse. Le climat de confiance et de bienveillance qui avait bercé son enfance semblait s'être évaporé peu à peu, et à présent, il avait presque disparu.

— Tu as fait un bon choix, dit Tear à Jonathan. Si elle assure tes arrières aussi bien que sa mère a assuré les miennes, tu devrais être bien gardé.

Il sourit à Katie, mais elle ne parvint pas à lui rendre son sourire, car une terrible prémonition l'envahit soudain, une certitude inébranlable, qui lui étreignit le cœur.

— Katie ? Ça va ?

Elle hocha la tête en se forçant à sourire, mais non, ça n'allait pas. Elle savait, et Jonathan le savait aussi, car ses yeux étaient sombres quand il croisa son regard, de l'autre côté de la table.

William Tear ne reviendrait pas.

— Katie.

Elle leva les yeux de son livre. Elle était sortie pour aller lire au milieu des bois, dans un endroit calme que Row et elle avaient découvert étant enfants : une petite clairière entourée de chênes, sur la pente ouest. Mais elle n'avait pas vu Row depuis des lustres.

— Que lis-tu ? demanda-t-il.

Katie leva son livre pour lui montrer la couverture. Elle arrivait juste au cœur de l'intrigue, mais elle ne fut pas mécontente d'en sortir un moment, car l'œuvre de Stephen King lui faisait toujours froid dans le dos, même par une belle journée ensoleillée. Comme Row se laissait tomber à côté d'elle, Katie vit quelque chose étinceler sur sa gorge.

— Qu'est-ce que c'est ?

Row leva le pendentif, et elle vit que c'était un crucifix au bout d'une fine chaîne en argent. Cela lui valut un frisson d'angoisse ; ça faisait si longtemps que Row et elle n'avaient pas vraiment parlé. Row avait fini ses études, pourtant ils tombaient souvent l'un sur l'autre. Mais les jours où elle et lui passaient tout un week-end ensemble, loin des regards, étaient depuis longtemps révolus.

— À quoi ça rime ?

Row haussa les épaules.

— J'ai été sauvé.

— Tu te moques de moi.

— Pas du tout. Je suis un authentique croyant.

Katie leva vivement les yeux, puis elle se détendit en voyant une étincelle de malice briller dans son regard.

— Ça a dû prendre un bon bout de temps de te sauver, Row.

— Oh oui. J'ai dû confesser mes péchés.

— À qui ?

— À Frère Paul.

— Frère Paul ?

— Je fais partie de ses fidèles.

Elle le scruta pour voir s'il plaisantait, mais non, il était sérieux, et son soulagement s'envola. Frère Paul, c'était à coup sûr Paul Annescott, qui se considérait comme un éminent bibliste. Chaque semaine, il recevait des groupes de lecture chez lui, une démarche censée être intellectuelle, et non religieuse. Katie se demanda ce que William Tear en penserait s'il savait qu'il y avait en ville une active congrégation chrétienne… mais non, Tear avait dit qu'il n'interviendrait pas.

— Allons, Row, tu n'es pas plus chrétien que moi. À quoi ça rime ?

— J'ai été sauvé, répéta-t-il.

— Veux-tu dire par là que tu as arrêté de coucher avec la moitié de la ville ?

— J'ai renoncé à mes voies impures, répondit-il avec un drôle de sourire que Katie ne parvint pas à déchiffrer.

C'était comme s'il l'invitait à participer à une sorte de jeu dont elle ignorait les règles. À quand remontait la dernière fois où ils s'étaient retrouvés seuls, tous les deux ? Au moins six mois.

— Que veux-tu, Row ?

— Je pars la semaine prochaine.

Katie en resta un instant sans voix. Sa première pensée fut que Row partait avec Tear, mais non, jamais Tear ne l'aurait emmené. Peu après, elle comprit.

— Tu accompagnes l'expédition vers les montagnes ?

— Oui.

Katie hocha la tête, sentant croître son inquiétude. L'expédition de Jen Devlin était censée partir cette semaine, mais ils en avaient repoussé la date, maintenant que Tear partait lui aussi. En réunion la semaine passée, il avait annoncé ses projets de traverser l'océan et, comme c'était prévisible, la Ville avait vigoureusement protesté. Chacun semblait pressentir un désastre, mais toutes les suppliques ou invectives n'avaient pu amener Tear à changer d'avis.

— Tu n'as rien d'un explorateur, Row. Que vas-tu chercher là-bas ?

— J'ai envie de prendre le large.

Cela se comprenait. Plus Row se rapprochait du moment où il déménagerait, plus sa mère devenait empressée. Quand il travaillait à l'atelier, Mme Finn s'y pointait pour lui rapporter quelque chose, son déjeuner, son blouson, en prétendant qu'il l'avait oublié. Quand Row sortait avec des amis, on voyait parfois sa mère le suivre en douce, à bonne distance, en l'épiant jalousement. Maman disait que Mme Finn commençait à perdre la boule, et l'on pouvait comprendre que Row ait envie d'échapper à sa surveillance acharnée. L'expédition semblait être un bon choix, puisque Mme Finn ne pourrait s'embarquer dans ce genre de voyage. Tout était donc parfaitement plausible, mais Katie, qui connaissait bien Row, sentait dans sa réponse une grande fausseté qui cachait une tout autre raison. Elle eut envie de creuser pour l'extirper, de saisir Row par sa chemise pour exiger qu'il lui dise la vérité, mais elle n'obtiendrait sans doute rien de plus. Comme leur amitié s'était érodée durant les dernières années ! Elle n'avait plus aucune idée de ce que Row pensait, ni de ses réelles intentions. La sympathie naturelle qu'ils éprouvaient l'un pour l'autre quand ils étaient plus jeunes avait disparu, et aujourd'hui, Katie ne pouvait qu'imaginer ce qui se cachait derrière ce visage d'ange. L'espace d'un terrible moment, elle se demanda si elle avait jamais connu Row, ou si elle avait juste inventé ce garçon qu'elle croyait connaître par cœur. Elle n'était plus sûre de rien.

— Tu vas me manquer, Katie.

Levant les yeux, elle vit que Row l'observait, un petit sourire aux lèvres.

— Toi aussi, tu vas me manquer, Row, répondit-elle, sans en être convaincue.

Après le départ de Tear, elle commencerait à protéger Jonathan pour de bon, et même si elle n'avait encore jamais gardé personne, elle comprenait les problèmes de sécurité qu'engendrait l'incertitude. Le cours de ses pensées changea, et elle se retrouva soudain dans les bois, face à un monstre qui la scrutait à la lueur de la lune. L'incertitude était dangereuse, et Row lui-même était une sorte de joker imprévisible, un électron libre.

Que vaut vraiment une amitié d'enfance ? se demanda-t-elle, les yeux baissés. Quelle loyauté lui dois-je réellement ?

— Quand reviendras-tu ?

— D'après Jen, l'expédition durera deux mois, trois mois par mauvais temps. On a vu de la neige au sommet de ces montagnes, et c'était au printemps.

— Bon..., commença Katie avec gêne. Et dans cette gêne, elle sentit comme une porte qui se fermait sur tout ce qui avait précédé, toutes les fois où ils avaient échappé à la surveillance de leurs parents et décidé de s'enfuir, les forts qu'ils avaient construits dans les cours derrière leur maison, les soirs où Row l'avait aidée à faire ses devoirs de maths, en remontant jusqu'à ce jour contre le mur de leur école, quand Row avait caressé doucement son cuir chevelu douloureux, en gommant un peu de la cruauté qu'on lui avait infligée. Cette porte se ferma au fond de son esprit, avec un son creux que Katie entendit plus qu'elle ne le sentit, et quand elle cligna des yeux, elle découvrit qu'ils étaient pleins de larmes. Row lui ouvrit les bras et elle s'y blottit, chancelante, en s'efforçant de ne pas pleurer, puisque Row ne pleurait pas.

— Prends soin de toi, Row, lui dit-elle.

— Toi aussi, Rapunzel, répondit-il en enroulant ses doigts autour d'une de ses longues boucles.

Puis il lui tourna le dos et s'enfonça dans les bois en filant vers l'est, vers la ville.

Il ne s'est jamais excusé. Toutes ces années, il ne s'est jamais excusé de m'avoir laissée en plan là-bas, à la merci de cette chose...

À cette idée, Katie sentit monter en elle de la colère, mais elle la refréna. Elle aimait encore Row ; elle l'aimerait toujours, et tout le temps qu'il serait au loin, dans les montagnes, il lui manquerait.

Mais que va-t-il chercher là-bas ? lui lança son esprit, impérieux. Que va-t-il chercher dans les montagnes ? répéta-t-il en martelant la question sans relâche. Pourquoi part-il Katie ? Pourquoi...

— La ferme, murmura Katie, et elle reprit son livre.

Trois semaines passèrent, puis quatre, et William Tear ne revenait pas.

Katie savait que Tear était mort. Non, elle n'avait pas de don visionnaire, c'était bien plus simple. Elle le savait parce que Jonathan le savait. Il était toujours très renfermé, mais à présent, Katie avait appris à le deviner mieux que personne, à déchiffrer ses paroles, à extrapoler à partir du peu qu'il révélait. Durant la cinquième semaine, quand on frappa à la porte de Jonathan au milieu de la nuit, ce fut Katie qui répondit, parce qu'elle savait.

La femme qui se trouvait dehors était presque méconnaissable tant son visage était émacié. C'était Tante Maddy, au dernier stade de l'inanition. Quand Katie lui prit le bras, elle sentit sa peau brûlante sous ses doigts. Vite elle entraîna Tante Maddy à l'intérieur et referma la porte. Sa tante se mourait, c'était évident, mais la priorité absolue, c'était que personne ne l'apprenne.

Tante Maddy leur raconta son histoire d'une voix rauque, les mains jointes, des mains décharnées ainsi que tout son corps, dont tous les muscles avaient fondu. Il ne lui restait que la peau sur les os.

— Il n'a pas réussi, murmura-t-elle, sans regarder aucun d'entre eux, pourtant Katie sut qu'elle s'adressait à Lily. Tu te rappelles la dernière fois, il en était sorti complètement vidé. Peut-être parce qu'il était trop vieux, ou parce que c'était plus dur dans l'autre sens, je ne sais pas. Mais cette fois, j'ai vu qu'il n'y arriverait pas et qu'il risquait d'y perdre la vie. J'ai essayé de l'aider, je lui ai pris la main en pensant qu'il pourrait peut-être puiser un peu de mon énergie, et il l'a fait. Mais ça n'a pas marché. La porte n'a pas voulu s'ouvrir.

Katie n'y comprenait goutte, mais un bref coup d'œil lui apprit qu'elle était la seule dans ce cas. Jonathan et Lily avaient le même air résigné, les yeux baissés.

— À la fin, j'ai vu que ça le tuait. Il le savait aussi, parce qu'il m'a repoussée. Mais avant de mourir, il m'a donné ceci.

Elle plongea la main dans sa poche et en sortit le saphir Tear, pendant à sa jolie chaîne qui s'était emmêlée et dont l'argent s'était terni. Mais la pierre brillait plus que jamais.

— Il m'a dit de te le donner, dit Tante Maddy en le tendant à Jonathan. Voilà, c'est fait.

Jonathan posa le joyau sur la paume de sa main et le contempla un long moment. D'habitude Katie devinait ce qu'il pensait, mais là, elle n'en avait aucune idée. À un moment, Lily s'était levée pour quitter la pièce, et elle revint avec une assiette de pain et de fromage. Maddy ne fit que fixer la nourriture un moment, puis elle les regarda d'un air morne.

— C'est fini. Je le sais. J'ai réussi à revenir jusqu'ici parce que j'avais sa ration de nourriture, mais ce qu'il a tiré de moi a disparu à jamais. Chaque jour, je m'affaiblis un peu plus.

— Et son corps ? demanda Lily.

— J'ai dû le jeter par-dessus bord.

Lily se détourna sans mot dire. Jonathan contemplait toujours le saphir dans sa main. Katie avait envie de pleurer William Tear, mais elle ne le pouvait pas, car Tear lui-même avait déjà orienté ses pensées vers les questions qui primaient : à quel point Jonathan en serait-il affecté ? Que ferait la Ville quand elle découvrirait que Tear était mort ? Les autres n'étaient sans doute pas allés aussi loin dans leur réflexion, mais au fond d'elle, Katie en avait déjà saisi toutes les implications.

— Nous ne devons en parler à personne, déclara Tante Maddy, et Katie leva les yeux avec gratitude.

— Qu'est-ce que tu racontes ? demanda Lily. Nous ne pourrons garder le secret.

— Mais si, bien sûr que nous le pourrons, répliqua Tante Maddy, sa voix rauque mettant fin à tout argument. C'est la dernière chose dont la Ville a besoin en ce moment.

Katie acquiesça. William Tear avait toujours su mettre un frein aux pires impulsions qui agitaient la Ville. Sans lui, il n'y aurait plus rien pour faire obstacle à un Paul Annescott, ni endiguer tous ces autres courants avides d'influence. Certes tôt ou tard, les gens se douteraient que Tear était mort, mais cette incertitude même serait préférable aux faits.

— Comment garder un secret pareil ? demanda Lily. Que diront les gens quand ils verront que tu es revenue sans lui ?

— Ils ne le verront pas. Je n'en ai plus pour longtemps, dit Tante Maddy en se levant. Je m'en vais, maintenant, avant le lever du soleil.

— Non ! s'écria Lily, d'une voix qui se fêla.

— Lil, dit Tante Maddy en lui pressant l'épaule. Arrête.

— Mais où iras-tu ?

— Aucune importance. Ceci nous dépasse. Il en a toujours été ainsi, et tu le sais aussi bien que moi. Il m'a dit que tu avais toujours été l'une des nôtres, même au tout début, à Boston.

Tante Maddy s'engagea dans le couloir d'un pas chancelant.

— Elle a raison, Maman, dit posément Jonathan en retournant le saphir dans ses mains. Papa est mort, et cette ville est en pleine débâcle.

— Nous devons l'arrêter ! insista Lily.

Mais ni Katie ni Jonathan ne bougèrent, et quand Lily voulut se lever, Katie lui saisit le bras pour l'obliger à se rasseoir. Quelques secondes plus tard, la porte d'entrée se referma en cliquetant, et Lily se mit à sangloter. Katie avait envie de pleurer elle aussi, sur William Tear, sur Tante Maddy, et plus encore sur ce qu'ils avaient perdu, eux tous, la Ville tout entière. Mais face au stoïcisme de Jonathan, elle n'eut pas d'autre choix que de ravaler ses larmes en tournant ses pensées vers le futur immédiat.

Personne n'était prêt à entendre que William Tear était mort. Tear avait nommé sa mère responsable de la Ville, mais c'était une solution intérimaire ; Maman n'était pas faite pour maintenir l'unité de la Ville sur le long terme. Ce devrait être Jonathan, mais la Ville n'était pas prête non plus à l'accepter. Tante Maddy avait raison. La mort de Tear devait être cachée à tout prix. Katie était un garde, à présent, et elle en ferait son affaire, mais son esprit frondeur ne put s'empêcher de regretter que cette mission n'échoie pas à quelqu'un d'autre.

Elle aimait la Ville, et elle n'était pas douée pour raconter des mensonges.

Tu apprendras, murmura Tear dans sa tête, et Katie frissonna, comprenant la vérité contenue dans cette voix : désormais, elle travaillait pour un mort.

9

Fuite

Encore aujourd'hui, nous restons incapables de découvrir une preuve tangible des origines de la Reine rouge. Selon l'auteur de cet ouvrage, elle naquit dans l'un des petits villages du nord de Mortmesne, mais ce n'est qu'une supposition, car comment faire des recherches sur une femme dont on sait si peu de choses, et dont on ignore même le nom ?

Le Tearling, Nation militaire,
CALLOW LE MARTYR

Lorsque la Reine rouge s'éveilla, elle resta immobile un moment. Elle était certaine d'avoir entendu un drôle de bruit venant du mur du fond, une sorte de bruissement furtif. Une fois, durant un hiver particulièrement froid, le Palais s'était vu infesté de rats. On avait réglé le problème en les tuant avec des appâts empoisonnés, mais les rongeurs étaient peut-être revenus.

On dit pourtant qu'en cas de naufrage, les rats quittent le navire, songea la Reine rouge avec un sourire amer, car ses gens désertaient les lieux un peu plus chaque jour. Sa salle du trône n'avait pas été nettoyée depuis une semaine, car presque tout le personnel du Palais s'était enfui. La moitié de sa Garde restait introuvable. Ce n'était que grâce à la présence de Ghislain, son Capitaine, que la Reine osait dormir ; en ce moment même, il montait la garde devant la porte de sa chambre. Par-delà ses fenêtres, elle entendait au loin des bruits de bataille dans la cité. Demesne sombrait dans l'anarchie.

Ce drôle de son revint.

La Reine jura à voix basse et tendit la main pour prendre sa bougie. Elle dormait très peu la nuit, de toute façon ; c'était tellement plus facile de s'endormir à la lumière du jour. Au-delà de ses couvertures, la pièce était d'un froid glacial, remplie des courants d'air qui entraient par toutes les vitres cassées des fenêtres du Palais. Trois semaines plus tôt, le Roi de Cadare n'avait pas effectué sa livraison, pour la première fois depuis vingt ans. À cette idée, la Reine sentit bouillir son sang. Ce vieux salopard profitait de sa faiblesse, et voilà qu'elle se retrouvait avec un problème sur sa frontière sud, en plus du reste. Le verre, qui se vendait jusqu'à présent moins cher que la nourriture dans les rues de Demesne, était en passe de devenir un produit de luxe, et la Reine, qui avait eu la chambre la mieux isolée du royaume, frissonnait maintenant sous ses couvertures. La trésorerie du royaume n'avait plus de quoi réparer les huisseries. Le Palais était exposé à l'air de ce début d'hiver, et n'importe quelle vermine pouvait aussi s'immiscer à l'intérieur. La Reine trouva ses allumettes, se redressa, et alluma la bougie. Sa chambre était la même, avec ses murs et ses meubles tapissés de soie écarlate. Après l'incendie provoqué par la sombre chose l'été dernier, on avait dû remplacer presque tout le mobilier, mais ses ébénistes avaient travaillé admirablement et la pièce semblait presque identique. Où étaient-ils aujourd'hui ? Enfuis sans doute, pour rejoindre Levieux et sa bande de traîtres. Une guerre civile faisait rage dans Demesne, et certains jours, la Reine arrivait à se persuader qu'elle la gagnait. Mais la plupart du temps, elle savait qu'il n'en était rien.

La chute. Voilà donc à quoi ça ressemble, songea la Reine en s'emmitouflant dans sa robe de chambre. Quand elle était enfant, Wright, sa nurse, l'avait obligée à lire beaucoup d'ouvrages sur la chute de dictateurs de par le monde. Mais personne ne mentionnait combien l'expérience avait un effet soporifique, presque narcotique, comme un enfant qu'on berce pour l'endormir. Elle luttait contre un ennemi invisible, qui ne criait pas victoire, mais disparaissait dans la nuit. Sa cité était peu à peu annexée par Levieux et ses rebelles, et elle ne découvrait leurs incursions qu'après coup. La paralysie s'installait, car c'était facile, tellement facile, de rester là, barricadée, cramponnée à sa couronne et à son trône, jusqu'à ce que quelqu'un vienne les lui prendre.

Sur sa table de chevet, les deux saphirs Tear scintillaient un peu à la lueur de la bougie, et la Reine les contempla un long moment, en entendant la voix de la jeune fille résonner dans sa tête : Vous avez perdu.

Oui, elle avait perdu. La Reine rouge ignorait au juste ce que la fille lui avait fait, en tout cas, ça avait marché. Les saphirs n'étaient plus qu'un outil brisé, tout comme Ducarte. Quand elle était allée se coucher, Ducarte était au bout du couloir, enfermé avec plusieurs de ses généraux. Apparemment, il s'agissait d'un conseil de guerre, une réunion stratégique, mais la Reine savait qu'en réalité, cette pièce leur servait de planque. Ses généraux étaient traqués, car tout le monde savait à présent qu'elle leur avait versé une généreuse compensation en puisant dans le trésor. Si l'armée régulière s'emparait d'un ou de plusieurs membres du haut commandement, leur sort ne vaudrait guère mieux que le sien.

Encore ces frottements venant du mur du fond.

En soupirant, la Reine fourra les saphirs dans sa poche, puis elle avança vers l'autre bout de la pièce en marchant sur la pointe des pieds. Si c'était un rat, elle le tuerait. Il n'y avait aucun endroit où se cacher, à part sous le lit ou le divan. Enfant, elle avait l'habitude de tuer des rats pour passer le temps, quand elle était toute seule.

Evie !

Elle se boucha les oreilles pour chasser cette voix. Mais ces jours-ci, tout le pouvoir du monde ne lui donnait aucune maîtrise sur son propre esprit. La voix de sa mère était toujours là, harcelant, critiquant, cherchant à la prendre en faute. La jeune fille avait réveillé la Belle Reine, et elle ne voulait pas se rendormir. Le sol était glacial sous ses pieds et, cherchant des yeux ses pantoufles, elle les trouva sous son bureau. Elle avait déjà traversé la moitié de la pièce quand le bruissement revint, juste au-dessus de sa tête.

Evie !

Levant les yeux, la Reine rouge sentit son sang se figer.

Il y avait une petite fille sur le plafond, accrochée au bois de ses doigts crasseux, comme un insecte. Ses bras et ses jambes étaient d'une étrange pâleur, presque bleuâtre. Ses cheveux noirs pendaient sous elle, et elle était vêtue de haillons.

La Reine se força à inspirer profondément pour déverrouiller ses muscles. Elle recula vers le mur et la petite fille suivit en filant sur le plafond comme une araignée. Ce bruit, c'était celui de ses genoux frottant le bois. Elle atteignit la jointure du mur avec le plafond et se mit à descendre en rampant. De nouveau, la Reine pensa à une araignée, pas celles du sud de Mortmesne nichées dans leur toile, mais les araignées chasseresses des contreforts du Fairwitch, qui traquent longtemps leur proie à travers l'herbe et les rochers, puis fondent soudain sur elle à la vitesse de l'éclair.

Sans quitter la petite des yeux, la Reine retourna vers son bureau. Il y avait un couteau dans le tiroir du haut, même si elle doutait qu'il lui soit utile, en l'occurrence. Car cette créature appartenait à la sombre chose ; elle était faite de la même étrange matière, la Reine le devinait aux contours indistincts de sa silhouette, comme si cette enfant n'était pas vraiment réelle. Et la Reine, qui pouvait infliger à un homme cent manières de mourir, était incapable de trouver prise sur le corps de cette enfant. Si elle ne pouvait l'atteindre de son esprit, que faire d'une arme ? Pourtant un couteau, c'était mieux que rien, et elle fouilla dans le tiroir, écartant papiers, crayons et tampons, cherchant le bord tranchant de la lame. Elle essaya de se rappeler ses conversations avec la sombre chose, tant de temps en arrière, quand elles étaient alliées... ou plutôt, quand la créature la jugeait encore utile. Mais dans tout le riche enseignement qu'elle lui avait transmis, la sombre chose n'avait rien révélé sur sa propre histoire, ni sur l'étrange transformation qui l'avait faite ce qu'elle était.

Une fois en bas du mur, la petite fille se redressa. La Reine frémit en reconnaissant les hardes qu'elle portait : tout dépenaillé, c'était l'un des uniformes bleus qui habillaient jadis les esclaves achetés lors des enchères. Or cela faisait plus de quarante ans que Mortmesne n'en utilisait plus, il datait donc de bien avant la nomination de Broussard au poste de commissaire-priseur. Cette enfant avait dû faire partie d'un des plus anciens chargements livrés au Fairwitch, quand une Reine de Mortmesne beaucoup plus jeune pensait encore qu'elle pourrait amadouer la sombre chose, l'acheter avec des enfants sans foyer raflés dans les rues de la cité. Les yeux de la petite étaient sombres et vides, et lorsqu'elle parla, sa voix était rauque, comme si elle n'avait pas franchi ses lèvres depuis longtemps.

— Je ne veux pas y aller. Ne m'obligez pas à monter sur le chariot.

La Reine s'esquiva derrière le divan. Comme son esprit essayait encore de s'emparer de la petite, en douceur, elle découvrit qu'elle avait vu juste : sa chair était pareille à celle de la sombre chose, bourdonnante comme un essaim, sans réelle consistance, insaisissable. La Reine baissa les yeux sur sa bougie en se demandant si la fillette brûlerait… mais non. Rien de ce qui appartenait à la sombre chose ne serait jamais vulnérable aux flammes.

— Maman, je veux ma maman, dit la petite d'une voix plaintive. Où est-ce que nous allons ?

— Tu n'es pas un fantôme, tu n'es qu'un pion, l'un de ses jouets. C'est la sombre chose qui parle par ta bouche.

La façon dont la petite sauta par-dessus le divan rappela encore à la Reine une araignée chasseresse. Sa taille était trompeuse, car sa rapidité et ses réflexes n'étaient pas ceux d'une enfant. La Reine recula encore en se prenant les pieds dans le bas de sa robe de chambre, et la petite fonça sur elle d'un air affamé. La Reine se rappela soudain une longue nuit au-dehors dans le Fairwitch, tandis que la neige s'amoncelait sur les flancs désolés de la montagne, dans les hurlements du vent. La sombre chose l'avait enveloppée de feu pour la tenir au chaud, et la Reine avait découvert avec stupéfaction qu'elle avait beau se trouver au milieu des flammes, elle ne ressentait aucune douleur. Comme elle allait les toucher, la sombre chose lui avait saisi la main en la prévenant.

Ne te laisse pas abuser, ce n'est qu'un sursis. À la fin, nous brûlons tous.

Sa relation avec l'Orphelin n'était qu'une histoire de feu contenu, songea la Reine. Mais voilà que les flammes la menaçaient.

Elle s'enfuit vers la porte, suivie de près par la petite qu'elle entendait courir juste derrière elle. Alors qu'elle sortait, sa main fut saisie comme dans un étau, et elle hurla en sentant les dents de la fillette mordre la chair de son poignet. Sur le divan installé à côté de l'entrée de sa chambre, elle aperçut le cadavre de Ghislain, exsangue, couché sur des coussins trempés de sang.

Nous brûlons tous.

— Pas encore, gronda la Reine.

Balançant le bras, elle envoya la tête de la petite valdinguer contre la porte, et sentit ses dents lâcher prise. Puis elle courut dans le couloir jusqu'à la salle d'audience, pourchassée par la fillette qui avançait par petits bonds juste derrière elle. Devant, le couloir désert semblait n'avoir pas de fin.

Que faire ? se demanda la Reine en sentant la panique la gagner. Où sont-ils tous passés ?

Par une porte laissée ouverte sur sa gauche, elle vit plusieurs de ses généraux entassés contre le mur du fond, comme si on les avait jetés là, tels des pantins désarticulés. Le sol de la pièce était maculé de sang.

Je n'ai rien entendu, s'étonna la Reine, mais alors la petite attrapa la traîne de sa robe. Soudain rejetée en arrière, la Reine atterrit douloureusement en se cognant la tête. La petite lui sauta dessus en riant follement. La Reine la saisit à la gorge pour la dégager, mais la fillette était plus forte qu'un homme, et elle se libéra de son étreinte en se tortillant. Rassemblant toutes ses forces, la Reine la repoussa en la projetant contre le mur d'en face, mais aussitôt après, la petite repartit à l'attaque en montrant les dents d'un air féroce. Elle ne semblait pas même étourdie.

Je ne pourrai pas la vaincre. La Reine en prit conscience, car déjà, elle se voyait faiblir. Alors qu'elle pressait son poignet contre sa robe de chambre pour étancher le sang, elle sentit quelque chose de dur dans sa poche : les saphirs Tear.

— Je m'amuse bien avec vous, zézaya la petite, les yeux non plus mornes et sans vie, mais brillant d'une sombre jubilation, à la limite de la folie. Bien plus qu'avec les autres.

La Reine s'enfuit en courant dans le couloir, suivie de la petite qui riait de plus belle. Elle arriva à une porte intermédiaire qu'elle claqua derrière elle, puis se remit à courir, le souffle rauque. Dans son dos, elle entendit craquer le bois, mais elle était presque à la porte de la salle du trône, et cette porte-là était blindée, avec un verrou en bon acier Mort. Elle ne tiendrait pas toujours, mais elle lui accorderait un peu de répit, le temps de décider ce qu'elle devait faire. Suffocante, chancelante, elle passa la porte, la claqua derrière elle et tira le verrou.

Dans son dos, la Reine entendit comme des halètements frénétiques. Se tournant, elle découvrit un homme et une femme nus, enlacés sur son trône, en pleine étreinte.

— Sur mon trône..., murmura d'abord la Reine, interdite, puis elle hurla, oubliant sa peur, sa faiblesse, oubliant même l'enfant assoiffée de sang, et l'écho de sa voix résonna jusqu'aux quatre coins de la salle. Sur mon trône !

Quand la femme nue leva les yeux, la Reine vit que c'était Juliette, le front luisant de sueur. En usant de son esprit, elle s'empara d'elle et lui fit traverser la salle en la projetant contre le mur du fond où son corps se fracassa avant de retomber dans un dernier soubresaut.

Recroquevillé sur le trône, l'homme serrait les jambes en essayant de cacher son sexe qui débandait. Le spectacle était si pitoyable que la Reine se mit à rire. Ce devait être l'un des gardes du Palais, et il semblait tellement insignifiant que sa colère retomba. Normalement, la salle du trône aurait dû être gardée par un effectif au grand complet, même au milieu de la nuit. Mais c'était loin d'être le cas. La Reine ignora l'homme qui descendait du trône en rampant pour s'accroupir derrière, tout en la scrutant avec terreur. Se tournant vers le corps brisé de Juliette, elle ressentit un regret passager. Son aide ne valait pas grand-chose, mais c'était mieux que rien.

Un coup retentit contre la porte d'acier de la salle du trône. Effarée, la Reine regarda autour d'elle en quête d'une arme, pour se rendre compte aussitôt combien c'était futile; aucune épée n'aurait raison de la fillette. Même sa propre magie n'y suffisait pas. Elle sortit les saphirs de sa poche, avec l'espoir qu'ils réagiraient face au danger... mais non. Leur pouvoir lui échappait. Une seule personne savait comment les utiliser.

Il y eut un autre coup. Cette fois, le choc provoqua une longue fêlure sur la surface d'acier. La Reine sortit par la porte à deux battants dans le large corridor qui menait au Grand portail. Elle ne pourrait sortir par là, car une foule immense était rassemblée autour du Palais depuis des jours, une foule qui la mettrait en charpie à la moindre occasion. Mais il y avait d'autres issues pour sortir du Palais ; toujours prévoyante, elle s'était préparée en vue du moment où elle devrait s'enfuir, même si elle n'aurait jamais cru que ce jour advienne.

M'enfuir, murmura son esprit alors qu'elle courait et que ses pieds nus martelaient les dalles de pierre du couloir. M'enfuir. L'idée la révoltait, mais elle ne pouvait la rejeter. Elle fuyait bel et bien le siège de sa puissance, le Palais qu'elle avait édifié pierre par pierre. Sa construction lui avait pris plus de quinze ans, et elle avait accordé à l'architecte, un certain Klunder, une pension à vie pour son travail. Oui, le Palais était le siège de son gouvernement ; mais il était bien davantage : c'était le lieu qui lui avait permis d'oublier sa jeunesse, d'effacer son enfance dans le Tearling, de construire sa propre histoire à partir de rien. La chute était d'autant plus terrible. Surtout, elle était venue si vite que la Reine n'arrivait pas à y croire.

Devant elle, après le coude du couloir, un homme hurla, et elle entendit des bruits de lutte étouffés par l'épaisseur des murs de pierre. Ses pieds ralentirent machinalement, et elle se tourna pour regarder derrière elle. Le long couloir vide était nappé de pénombre, là où l'on avait laissé les torches s'éteindre. Alors elle entendit résonner un rire aigu et joyeux, encore distant, mais qui se rapprochait.

Je suis fichue, coincée des deux côtés.

La Reine se remit à courir, le souffle rauque, la gorge en feu. Mais en passant le coin, elle se figea.

À quelques mètres devant elle, Ducarte se débattait follement en se cognant contre les murs. Deux enfants, un garçon et une fille, étaient attachés à lui, enroulés autour de son corps comme des serpents, et Ducarte hurla quand les dents de la petite se plantèrent dans sa nuque. La Reine demeura sur place en essayant de comprendre ce qu'elle voyait : buvaient-ils le sang, ces enfants, ou dévoraient-ils les gens pour se nourrir ? Alors les rires revinrent, et la Reine fit volte-face. Il n'y avait rien encore, mais le son était très proche.

Ducarte s'effondra à genoux, et le garçonnet poussa le long grognement satisfait d'un animal abattant sa proie. La Reine ne pourrait échapper longtemps à ces enfants, ils étaient trop forts, et si les rapports venant du nord de Mortmesne étaient devenus de plus en plus étranges au fil du mois dernier, ils étaient très clairs sur un point : il y en avait beaucoup, de ces créatures, beaucoup trop pour qu'on puisse les repousser. La Reine avait besoin d'aide, or son seul et unique allié agonisait devant ses yeux.

Vous avez perdu.

Elle écarquilla les yeux. Elle avait cru être à bout de ressources, mais non. Il en restait une. Soudain galvanisée, elle sentit ses jambes retrouver leur énergie et, abandonnant Ducarte à son triste sort, elle tourna à droite pour dévaler l'escalier le plus proche vers les cachots.

L'homme de la cellule voisine avait plus de connaissances scientifiques qu'aucune des personnes que Kelsea avait pu rencontrer dans sa vie, Carlin y compris. Il s'appelait Simon, et était esclave depuis l'âge de seize ans. À son arrivée à Mortmesne, il avait été vendu et était passé d'un maître à l'autre pour effectuer des travaux pénibles, jusqu'à ce que son cinquième maître finisse par s'apercevoir que Simon était très doué pour fabriquer et réparer. Le sixième était un scientifique, un homme qui concevait des armes pour l'armée Mort. Ce maître-là, dont Simon parlait avec une sincère affection, l'avait aussi prêté à plusieurs hommes de science qui lui avaient tous appris quelque chose. Physique élémentaire, un peu de chimie, et même les propriétés des plantes, un domaine que Simon semblait connaître aussi bien que Barty. Il avait vite surpassé son nouveau maître et s'était mis à concevoir des armes offensives plus sophistiquées. De sorte qu'assez vite, il avait été repéré par la Reine.

— Et les passerelles ? demanda Kelsea. Ces plateformes que les Mort ont utilisées pour traverser la rivière. Étaient-elles votre œuvre ?

— Plutôt le résultat d'un effort collectif, répondit Simon. La conception m'en revient, mais j'ai eu besoin de l'aide d'un physicien pour comprendre les rapports entre poids, mesures et force de levier. Mes talents sont d'ordre mécaniques, pas théoriques.

— Pourtant vous avez fabriqué une presse d'imprimerie, avança Kelsea, toujours émerveillée par cette idée.

— C'est une simple presse, qui fonctionne manuellement. Mais elle sortira vingt pages par minute si elle fonctionne normalement. Le rendement par heure baisse, compte tenu du temps de chargement des plaques. Et il faut compter au moins cinq minutes pour que chaque page sèche correctement ; un jour, quelqu'un de plus doué que moi inventera une encre qui ne bavera pas.

— Vingt pages par minute, répéta doucement Kelsea.

À ses yeux, son voisin de cellule sembla soudain plus précieux que tous les joyaux de Cadare.

C'était le milieu de la nuit, mais elle était réveillée depuis plus de deux heures. Emily, la suivante, était assise à l'extérieur de sa cellule, pour monter la garde, probablement. C'était presque comme avoir Massue en personne, sauf qu'Emily s'était endormie en serrant son couteau dans sa main.

L'esprit de Kelsea n'avait cessé de creuser cette même piste, empruntée tant de fois : qu'étaient les saphirs, en réalité ? Pourquoi pouvait-elle les utiliser, quand la Reine rouge ne le pouvait pas ? Le fragment de saphir venant du monde de Katie était posé sur ses genoux, mais il restait inerte. Elle sentait une sorte de réponse là, toute proche, mais chaque fois qu'elle croyait la saisir, la réponse la narguait et se dérobait. Le cachot entamait sa faculté de réflexion et son esprit critique. Encore un ou deux mois en ces lieux, et ses pensées deviendraient troubles, ce serait comme avancer en pataugeant dans la boue. Elle décocha un coup de pied rageur aux barreaux en maudissant la Reine rouge, le Palais qui l'entourait, ce damné pays, qui tous conspiraient pour la tenir éloignée de ses foyers.

— Vous allez vous casser le pied, fit doucement observer Simon.

Kelsea recula en jurant à voix basse. Elle sentait couver une tempête, mais n'aurait su dire si cette tempête allait se déchaîner dans le présent, le futur ou le passé. La ville de William Tear se délitait. Kelsea contempla à nouveau le morceau de pierre posé sur ses genoux. Tout ce saphir qui abondait dans le sous-sol du Tearling, était-il de même nature ? D'ailleurs, quelle importance ? Tear avait compris son saphir et contrôlé son pouvoir tellement mieux que Kelsea, pourtant il n'avait pas été capable de sauver sa ville, ni son fils. D'ici quelques années, le garçon aux yeux noirs qui ne souhaitait que le meilleur pour tout le monde serait mort.

Comment Jonathan Tear est-il mort ?

Kelsea ignorait pourquoi, mais parfois elle sentait que tout tenait à cette question. Row Finn était le suspect tout désigné ; même si Katie ne parvenait pas à rassembler les pièces de ce puzzle, Kelsea le pourrait. Cadavres déterrés, argent volé, fascination de Row pour le joyau de Tear… Kelsea aurait parié son royaume que le deuxième collier Tear était sorti des mains d'orfèvre de Row, mais ce n'était pas tout. Dans l'ombre de la ville, Row préparait un mauvais coup. Katie n'avait pas envie d'y réfléchir, mais Kelsea le ferait.

Qui a tué Jonathan Tear ?

Perplexe, Kelsea scruta encore le morceau de saphir brut posé sur ses genoux. Elle aurait voulu parcourir la mémoire de Katie, se la repasser mentalement comme un film, mais saphirs ou pas, cela n'avait jamais été en son pouvoir. Elle ne pouvait qu'être aux aguets et attendre. Pourrait-elle obliger

Katie à tuer Row Finn avant qu'il ne soit trop tard ? Car Katie et Kelsea se fondaient parfois l'une dans l'autre d'une façon quasi organique, qui rappelait à Kelsea ces derniers moments désespérés avec Lily. Mais cette solution de facilité ne la satisfaisait pas. En ville, Row avait le vent en poupe, il surfait sur une vague de mécontentement et de peur, mais en était-il vraiment la cause ? Non, Kelsea ne le pensait pas. N'empêche, elle avait envie de tuer Row, juste par principe, mais elle reconnaissait très bien cette part d'elle-même : la Reine de pique, tournoyant sans cesse dans son esprit et cherchant sans relâche à s'y immiscer. Passé, présent, futur, qu'importe ; cette face-là de Kelsea serait ravie de parcourir le Nouveau Monde en rendant la justice armée d'une faux, un sombre sourire aux lèvres.

Non, se dit Kelsea.

— Vous êtes bien silencieuse, remarqua Simon. Vous ai-je endormie avec mes discours ?

— Nullement, répondit Kelsea, puis elle lui parla à voix basse. Simon, laissez-moi vous poser une question : si vous aviez l'occasion de remonter dans l'histoire pour corriger un terrible mal, le feriez-vous ?

— Ah, la vieille question.

— Ah bon ?

— Oui, et la réponse en est claire. Les physiciens la formulent en termes d'effet papillon.

— Qu'est-ce que c'est ? s'enquit Kelsea tout en se demandant pourquoi elle s'entêtait dans cette voie, alors que tuer Row ne résoudrait pas les troubles qui agitaient la Ville. L'histoire faisait de l'assassinat de Tear le nœud du problème, mais rien ne disait que tuer Row l'empêcherait. Elle aurait tant voulu tout voir, tout savoir, tout de suite.

— Je n'ai lu qu'un ouvrage sur le sujet, lui répondit Simon. L'effet papillon est un phénomène lié aux variations infinitésimales qui ont tendance à s'amplifier avec le temps. On ne joue jamais avec le cours de l'histoire, car le changement dont on pensait qu'il serait bénéfique est susceptible de provoquer tant de vagues imprévues qu'il risque d'aboutir à l'effet contraire. Les variables sont trop nombreuses pour qu'on puisse espérer en contrôler l'issue.

Kelsea y réfléchit un moment. Simon avait avancé un argument scientifique, mais il recouvrait aussi une question morale : avait-elle ou non le droit de jouer avec le futur ? Durant ses six mois de règne, elle avait pris de nombreuses décisions, certaines bonnes, d'autres désastreuses. Deux Kelsea se combattaient en elle : l'enfant élevée par Barty et Carlin dans une idée tranchée du bien et du mal, et la Reine de pique, qui en était venue à tout voir en nuances sombres et subtiles. La Reine de pique se fichait pas mal des questions morales.

— Vous ne m'avez pas répondu, Simon. Que feriez-vous ?

— Vous voulez savoir si je serais prêt à prendre le risque quand quelque chose de pire encore pourrait en résulter ?

— Oui. Est-ce un bon ou un mauvais pari ?

— D'après moi, l'issue dépendrait entièrement du hasard et des circonstances. Ce n'est un pari ni bon ni mauvais, mais terriblement dangereux, où l'on jette tout ce qu'on a en espérant une grande récompense qui peut ne pas se matérialiser, même si l'on réussit. Je suis un homme prudent, pas un joueur. Non, je ne crois pas que je prendrais le risque.

Kelsea se rassit sur les talons, hochant la tête. Elle comprenait l'argument. Même si quelqu'un réussissait à tuer Row Finn, un autre Row risquait de surgir pour prendre sa place. Le pouvoir était une lame à double tranchant ; il n'aidait pas Kelsea à bien agir ni à faire les bons choix, et quand il la poussait vers la mauvaise voie, ce qui en résultait était désastreux, ô combien… Elle ferma les yeux et revit la face ensanglantée d'Arlen Thorne.

— Cette conversation prend décidément un tour bien étrange, dit Simon. Pourrais-je savoir ce qui…

Mais alors un coup retentissant résonna dans les cachots. Emily se réveilla d'un bond ; Kelsea sentit qu'elle aussi, comme Massue, était gênée qu'on l'ait surprise alors qu'elle s'était assoupie. Elle brandit son couteau vers le bout du couloir.

— Ce sont eux ? demanda Kelsea.

Si Massue avait l'intention de la faire évader, comme l'avait dit Emily, cela expliquerait la présence de la suivante ici, au milieu de la nuit.

— Non. Ce sera pour plus tard, répondit Emily. Pas avant un jour ou deux.

Des coups répétés retentirent dans le couloir. On aurait dit un concert de casseroles, et l'acoustique des cachots rendait le son si assourdissant que Kelsea dut se boucher les oreilles.

— Qu'est-ce que c'est ? La foule ? demanda Simon de sa cellule.

Kelsea interrogea Emily du regard, qui secoua la tête. D'après la suivante, le Palais était à présent cerné par une populace choisie et triée sur le volet par Levieux. Massue et le Fetch, œuvrant ensemble… Kelsea devrait le voir pour le croire. L'écho s'estompait quand une femme apparut dans l'escalier puis remonta le couloir en courant.

Kelsea la prit d'abord pour une folle. La femme était en robe de chambre, hirsute, et elle tenait une torche juste au-dessus de sa tête. C'était un miracle que ses cheveux n'aient pas encore pris feu. Elle était à bout de souffle, avec le regard d'une bête traquée. Le bas de sa robe de chambre était taché de sang.

— Annoncez-vous ! s'écria Emily, qui fut aussitôt soulevée de terre et jetée comme une poupée de chiffon contre le mur, où elle s'effondra.

Quand la femme s'arrêta pile devant sa cellule, Kelsea n'en crut pas ses yeux. Personne n'aurait reconnu la Reine de Mortmesne en cette créature échevelée et hagarde.

— Vite, haleta la Reine rouge. Elle me poursuit.

S'agenouillant près du corps inerte d'Emily, elle fouilla ses poches.

— La clef, la clef, où est-elle ?

On entendit d'affreux crissements d'acier tordu résonner dans le couloir depuis la cage d'escalier, et la Reine rouge poussa un gémissement d'animal. N'ayant rien trouvé dans les poches d'Emily, elle resta un instant prostrée, puis l'idée lui vint. Elle ôta la chaîne pendue autour du cou de sa suivante et se redressa, tenant la clef d'argent dans sa main gauche.

— Qu'est-ce que c'est ? demanda Kelsea.

— On dirait une enfant, murmura la Reine rouge en déverrouillant la cellule de Kelsea et en ouvrant la porte en grand. Mais ce n'en est pas une.

Elle tendit sa main droite. Là, sur sa paume, il y avait les saphirs. Kelsea en resta bouche bée.

— Aidez-moi, murmura la Reine rouge. Aidez-moi, je vous en supplie.

Un rire aigrelet résonna dans le couloir, qui fit frémir la Reine rouge. En se penchant hors de sa cellule, Kelsea vit une petite silhouette, au pied de l'escalier. C'était une enfant, dont le menton était barbouillé de sang.

— Vous êtes drôlement forte pour jouer à cache-cache. Mais je vous ai retrouvée, na na nère, jubila la fillette de sa voix fluette.

— Qu'est-ce que c'est ? murmura Kelsea.

— Une de ses créatures. De grâce, dit la Reine rouge en saisissant la main de Kelsea, et elle pressa les saphirs dans sa paume. Ils sont à vous. Je vous les rends.

Kelsea se rendit compte alors avec stupeur que la Reine rouge parlait non pas en Mort, mais en Tear. Elle contempla les saphirs au creux de sa main. Depuis tant de mois elle se languissait d'eux, et du pouvoir qu'ils lui donnaient d'agir et de châtier. Mais maintenant qu'elle les avait dans la main, elle se sentait la même. Tout ce pouvoir qu'elle avait tiré des saphirs, cette capacité de canaliser sa colère en une force irrépressible, avait disparu. Pourtant il y avait autre chose : elle prit soudain conscience qu'elle pouvait à présent les distinguer l'un de l'autre. Les deux joyaux paraissaient identiques, mais ils étaient différents, totalement différents, et parlaient distinctement dans sa tête…

Elle n'avait pas le temps d'analyser cette différence. La fillette avançait en bondissant à quatre pattes, les lèvres retroussées, montrant les dents.

Terrorisée, la Reine rouge plongea derrière Kelsea en lui agrippant l'épaule. Que suis-je censée faire ? se dit Kelsea. Dans deux secondes, l'enfant les aurait rejointes…

Alors le temps ralentit.

Ce fut très clair. La petite fille qui arrivait à toute allure du couloir n'avança plus qu'à la lenteur des tortues de terre du Reddick, centimètre par centimètre.

Rien ne presse, s'émerveilla Kelsea. J'ai tout mon temps.

Elle contempla ses saphirs. Ils étaient différents, certes, mais reliés l'un à l'autre. L'un était celui de William Tear ; il lui parlait clairement, non en mots, mais en un flot d'images et d'idées belles et lumineuses. C'était le saphir qui avait permis à William Tear de maîtriser le temps, de leur faire tous traverser l'Atlantique et l'océan de Dieu pour les mener en lieu sûr. D'après Carlin, les colons de Tear avaient eu beaucoup de chance de débarquer sur le Nouveau Monde, c'était comme faire mouche en plein dans le mille sur une cible de fléchettes dans le noir complet. Mais la vérité était tout autre. En fait, William Tear avait su exactement où il allait. La chance n'y était pour rien car…

— Il est venu d'ici, murmura Kelsea, sentant tout le bien-fondé de cette idée.

Un morceau de saphir Tear s'était frayé un chemin dans l'ancien monde, et Kelsea voyait clairement sa trajectoire se dérouler dans sa tête : passant en douce d'un Tear à un autre Tear, parfois jusqu'aux confins de la terre, caché des puissants, protégé des faibles. Des siècles de Tear, combattant tous pour repousser les ténèbres, les tenir à distance. Le saphir de Tear influait sur le temps, il lui avait permis à elle de ralentir l'enfant, d'allonger le couloir presque à l'infini, de voir dans le passé.

Comment ai-je pu penser qu'ils étaient identiques ?

La différence creusait comme un gouffre dans son esprit. La voix de l'autre joyau était basse, insistante, chargée de mesquinerie, de jalousie et de désir, de duplicité, de colère et de violence. Ce saphir-là était aussi passé de main en main au fil des générations Raleigh, mais il n'avait jamais vraiment appartenu à aucun d'entre eux, pas même à Kelsea.

Row Finn ?

Oui, elle le croyait. Dès qu'il avait vu ce que pouvait faire le saphir Tear, il avait dû essayer d'en fabriquer un à lui. Mais il n'avait pas réussi, pas complètement, parce que ce joyau n'était pas indépendant. Kelsea sentait le lien entre les deux ; c'était le saphir Tear qui gouvernait, d'une façon qu'elle ne parvenait pas tout à fait à comprendre. Séparé de lui, le joyau de Row pouvait faire très peu, mais ensemble…

— Carlin, murmura Kelsea.

Carlin avait su : durant toute son enfance, Kelsea avait eu le saphir de Row autour du cou, c'était presque comme si les jours de sa jeunesse se reflétaient sur sa surface miroitante, tandis que sa tutrice avait caché l'existence même du saphir de Tear. Et le Fetch aussi l'avait su, car il avait délibérément gardé le saphir de Tear par-devers lui pendant toute la durée de la mise à l'épreuve qu'il avait imposée à Kelsea. Le saphir de Row était capable de petites choses ; en de brefs éclairs de mémoire, Kelsea revit le tueur Caden gisant sur le sol de sa salle de bains ; la vision du camp Mort s'étendant en contrebas ; la femme de l'Almont, hurlant alors qu'on lui prenait ses enfants. Oui, le saphir de Row lui avait inspiré des visions, et il lui avait permis de défendre sa propre vie. C'étaient certes des tours de magie bien utiles. Mais dès que les deux saphirs avaient reformé la paire…

Kelsea faillit s'étrangler, horrifiée, tandis qu'une foule d'images défilaient devant ses yeux : des soldats Mort décimés par centaines en un jaillissement de sang et d'os ; son propre corps couvert d'entailles ; le faciès déformé du Général Ducarte, dans les affres de l'agonie ; les coupures sanglantes sur les mains de Massue ; et pire que tout, Arlen Thorne, dont l'existence avait été encore plus dure que celle de la Reine rouge, mais qui ne méritait aucune pitié car…

Mais Kelsea ne parvint pas à se souvenir des raisons qui l'avaient poussée à supplicier Thorne. Elle se rappelait l'exécution, les ailes noires qui s'étaient déployées en elle, une noirceur si tentante qu'une Kelsea Glynn couronnée de fraîche date avait eu envie de se perdre en elle. Mais seule la folie l'attendait là, cette même folie que Finn et son engeance avaient toujours cherché à infliger au Tearling… avidité, dureté, manque total d'empathie, ainsi qu'une étroitesse d'esprit dont il ne finit plus par sortir qu'une seule voix, dans un vide où ce seul mot résonne : Moi, moi, moi.

Avec un cri de dégoût, Kelsea sépara le saphir de Finn de celui de Tear et le tint devant ses yeux, pensant, je ne veux rien de tout cela, je veux qu'on me rende mon être véritable…

Alors quelque chose se déchira en elle, comme si les muscles s'arrachaient des os, et soudain elle comprit. Si la Reine rouge ne pouvait utiliser les deux saphirs, ce n'était pas parce qu'ils appartenaient à Kelsea, mais parce qu'il n'y avait plus rien à en tirer. Kelsea les avait asséchés, épuisés. Cela faisait des mois que les deux côtés, Tear et Finn, bataillaient en elle. Un moment, Kelsea crut qu'elle allait littéralement éclater, se fendre par le milieu tant son désir était puissant de chasser Row, d'être de nouveau Kelsea Glynn…

Puis ce fut fini. L'écartèlement qui l'avait scindée en deux se referma et sembla se sceller de nouveau. Certes elle était encore en colère, mais c'était sa colère, celle qui l'avait toujours galvanisée, non pour punir, mais pour réparer, pour redresser les torts, et son soulagement fut si grand que Kelsea, rejetant la tête en arrière, poussa un cri de victoire qui résonna dans le couloir. Pour elle, ce cri fut bien plus qu'un simple son, de sorte qu'un moment, elle crut qu'il allait ébranler le Palais jusqu'en ses fondations et que tout l'édifice s'effondrerait autour d'eux.

Quand elle revint à elle, ce fut pour découvrir que la fillette avait couvert plus de la moitié de la distance. Le saphir de Row pendait toujours devant ses yeux, non pas sombre, mais étincelant, brillant de toutes ses facettes, comme pour mieux la tenter, l'inviter à le reprendre, juste pour essayer, juste pour voir…

Elle serra le joyau dans son poing pour masquer cette lumière et le fourra dans la main de la Reine rouge. Un vieux souvenir ressurgit : elle-même parlant avec le Fetch devant un feu de camp, du temps où elle ne savait rien et ne comprenait rien, pas même la réelle importance de ses propres mots.

— Quitte à mourir, autant mourir dignement, dit-elle alors. Gardez-le, Dame Écarlate.

La Reine rouge l'avait-elle entendue ? Elle demeurait figée à côté d'elle, les yeux écarquillés, presque fous. Seule une infime crispation dans ses doigts indiqua qu'elle avait reçu le collier et refermait lentement sa main dessus pour le serrer dans son poing.

Regardant autour d'elle, Kelsea découvrit qu'Emily, la suivante, gisait toujours inconsciente à leurs pieds, et qu'elle avait une grande meurtrissure bleuâtre sur la tempe. Elle ne pouvait lui être d'aucun secours, mais à côté de ses doigts inertes, il y avait un long poignard ouvragé. S'en saisissant, Kelsea découvrit qu'il était plus long que ceux qu'elle maniait d'habitude ; le couteau de Barty, qu'on lui avait confisqué il y a longtemps dans l'Almont, faisait bien cinq centimètres de moins. Mais c'était là une arme dont elle pourrait se servir.

— Elle est forte, l'avertit la Reine rouge en articulant avec peine. Plus forte qu'un homme.

— Alors vous devrez m'aider, répliqua Kelsea.

La Reine rouge se contenta de la scruter.

— M'aider ! Vous comprenez ? insista Kelsea.

— Avec ça ? s'enquit la Reine rouge en lui montrant le saphir de Finn.

— Non. Ôtez ça de ma vue.

La Reine rouge fit disparaître le saphir et Kelsea en fut soulagée.

— J'ai recours à la magie, mais elle est sans effet sur cette créature, admit la Reine rouge. Alors ?

— La bonne vieille force brutale. Vous m'aidez à la maintenir clouée au sol, et je lui enfonce ce poignard dans le cœur.

— Vous vous méprenez. Ces créatures n'ont rien à voir avec les monstres des romans prétraversiens.

— Vous avez une meilleure idée ?

La fillette n'était plus qu'à cinquante centimètres et elle se préparait à bondir. Kelsea resserra sa prise sur le poignard en murmurant une prière.

— Allons-y. Moi, j'y crois, aux romans…

Alors la fillette fut sur elles. Kelsea sentit son pouls se remettre à battre à vive allure et le temps perdre son élasticité pour reprendre son cours normal. Elle avait cru que la fillette l'attaquerait en premier, puisqu'elle était armée, mais l'enfant l'ignora pour bondir sur la Reine rouge en l'aplatissant au sol. La Reine rouge la repoussa, trop faiblement. Kelsea saisit la petite par les cheveux en la tirant en arrière, mais alors elle fut sidérée par sa force, car la petite ne lâcha pas la Reine rouge qui vint avec elle, toutes trois culbutant sur la pierre dure. Le poignard vola de la main de Kelsea en ricochant sur le sol derrière elle. Elle s'extirpa pour tenter de le récupérer tandis que la Reine rouge continuait à lutter avec la petite en jurant en Mort.

Le poignard avait rebondi contre les barreaux de la cellule voisine. Kelsea le saisit et découvrit alors Simon, accroupi juste derrière. Elle n'avait encore jamais pu le regarder de près, et la surprise fut telle que même dans le feu de l'action, elle en resta un instant figée.

C'était le Général Hall.

Impossible, elle avait laissé Hall à New London, et cet homme-là était emprisonné depuis longtemps... mais Kelsea n'alla pas plus loin dans ses réflexions, car un cri aigu retentit derrière elle. La fillette avait planté ses ongles dans la clavicule de la Reine rouge qui essayait en vain de la repousser, et elle s'apprêtait à lui mordre l'épaule. Kelsea courut tête baissée sur la fillette et la saisit à bras-le-corps pour la flanquer sur les dalles de pierre. L'enfant se redressa aussitôt, mais Kelsea était prête, et elle s'empara du bras gauche de la petite pour le clouer au sol en lui enfonçant un coude dans la gorge afin d'écarter ses dents redoutables.

— Aidez-moi ! cria-t-elle à la Reine rouge. Son autre bras !

La Reine rouge rampa pour la rejoindre. Elle était blessée, mais Kelsea ne s'y attarda pas. La petite se tortillait sous elle en ruant des quatre fers avec une force incroyable. Kelsea avait beau la maintenir au sol, elle faillit de nouveau lâcher le poignard.

— Tenez-la bien, hein ?

La Reine rouge hocha la tête, et peu après, Kelsea sentit la force sauvage de la petite diminuer.

— Je l'ai, souffla la Reine rouge, mais pas pour longtemps. Dépêchez-vous !

— Père ! hurla la petite. Père, aide-moi !

Elle est l'une de ses créatures, se dit Kelsea pour se donner du courage en se demandant encore comment diable Rowland Finn, ce jeune garçon charmant et égoïste, avait pu en arriver là. Ses mains tremblaient, mais elle assura sa prise sur le poignard en plantant l'un de ses genoux dans la cage thoracique de la petite pour l'empêcher de se débattre.

— Arrêtez, Majesté ! Ce n'est qu'une enfant ! s'écria Simon de sa cellule.

— Oh que non ! haleta Kelsea. Et une pensée incongrue lui vint en tête : Si Carlin me voyait ? Alors elle abattit le poignard, dont la lame pénétra aisément dans la poitrine de la fillette.

L'enfant hurla, un horrible cri d'agonie mi-humain, mi-animal. Elle s'arc-bouta si violemment que Kelsea et la Reine rouge furent rejetées en arrière. Kelsea se cogna la tête contre les barreaux de la cellule de Simon, avec un tel choc que ses dents s'entrechoquèrent. Mais avant même d'en ressentir la douleur, elle sombra dans le noir.

Le Général Hall avait toujours détesté ce plan. D'abord, il supposait de s'en remettre entièrement à Levieux, un personnage insaisissable qui ne lui inspirait rien de bon. Levieux assurait qu'il pourrait les guider à travers le Palais jusqu'aux cachots, et même jusqu'à la cellule de la Reine, mais il refusait de leur dire comment il connaissait le chemin. On ne pouvait même pas être certain qu'il s'agissait du vrai Levieux, puisque personne ne l'avait jamais vu. L'un de ses hommes était un Cadarese, et même si

Hall n'en avait encore jamais rencontré, il savait qu'ils n'étaient pas dignes de confiance. Pire, toute cette opération dépendait des réactions d'une foule, et même si Levieux prétendait avoir donné à ses gens des instructions on ne peut plus claires, Hall savait qu'une foule est impossible à contrôler. Les extrémités nord et ouest de Demesne étaient en flammes, plusieurs quartiers de la ville en proie à un incendie immaîtrisable ; d'ailleurs la brigade des pompiers avait disparu de la circulation. Une horde assaillait la porte nord de la cité, attirant le peu de forces de police dont Demesne disposait encore, mais quelle était l'identité de ces assaillants et d'où venaient-ils ? Levieux refusait aussi de le dire. Hall concevait ses opérations en ne laissant rien au hasard, par l'élimination progressive de tous les éléments et facteurs incertains. Ce plan-là était une folie, et ils n'auraient droit qu'à une tentative. C'était risquer trop gros pour secourir une seule femme, toute Reine qu'elle fût, mais Massue ne voulait rien entendre, il semblait sous l'emprise d'une illusion, d'une idée fixe : s'ils parvenaient à faire sortir la Reine de prison, tout irait pour le mieux. Personne ne pouvait l'en dissuader, et Hall, qui se targuait d'être réaliste, se préparait donc au désastre.

Pour l'instant, tout s'était déroulé sans accroc. Les portes du Palais étaient ouvertes et sans défense, signe que l'infiltrée de Massue avait au moins assuré sa part de travail. Il n'y avait en vue aucune force de sécurité, ce qui mettait Hall mal à l'aise. Cette femme ne pouvait quand même pas avoir soudoyé tous les Gardes des Portes ? La foule commanditée par Levieux avait déjà envahi le Palais, et Hall entendait résonner dans les étages supérieurs des bruits de verre brisé, de bois éclaté. Quant à leur petite bande, composée de Levieux et de quatre de ses gens, plus Hall et Blaser, et huit membres de la Garde rapprochée de la Reine, elle était partie en sens inverse pour s'engouffrer derrière Levieux dans un escalier et descendre plusieurs volées de marches vers les cachots. Mais ils n'avaient rencontré personne, aucune résistance. Oui, c'était vraiment trop facile, et Hall se méfiait.

Et puis il y avait cette odeur. Hall la connaissait bien, cette odeur, et son relent cuivré imprégnait l'air, indiquant que du sang avait coulé en abondance, tout récemment. Il n'y avait trace d'aucun cadavre, pourtant, à mesure qu'ils descendaient l'escalier, ils voyaient çà et là des flaques de sang, sur les paliers et l'entrée des couloirs.

L'infiltrée de Massue était censée les attendre au bas des marches pour leur ouvrir les portes des cachots, mais elle n'y était pas, et ils découvrirent alors que les grilles de fer de la double porte qui en gardait l'entrée semblaient avoir été enfoncées par un bélier. Les barreaux étaient tout tordus, et l'un des battants ne tenait plus que par une charnière.

— Comment a-t-on pu faire ça ? murmura Blaser.

— Préparons-nous au pire, répondit Massue.

Il avait à la main son arme fétiche, et son visage était d'une pâleur spectrale, à la faible lueur des torches. Si jamais il était arrivé malheur à la Reine, Hall craignait la façon dont Massue réagirait.

— Allons, finissons-en, dit le Capitaine.

Ils descendirent l'escalier sans un bruit, à part le grésillement de leurs torches. Hall avait craint que

Levieux et ses gens les encombrent, bien à tort, car ils étaient les plus discrets de la bande et se déplaçaient à pas feutrés.

— Monsieur, dit Kibb à voix basse. Il y a une traînée de sang, ici.

En effet, çà et là des éclaboussures de sang tachaient la pierre grise des contremarches. Malgré les vives inquiétudes que lui inspirait cette aventure, Hall n'avait jamais pensé que la Reine puisse être vraiment en danger. C'était une prisonnière de grande valeur, une précieuse monnaie d'échange, que la Reine rouge aurait peut-être malmenée par dépit, mais sans la tuer ni lui faire subir trop de sévices.

Mais à la vue du sang, Hall sentit son cœur se serrer. Durant les dernières semaines, il s'était repassé les propos houleux qu'il avait bien des fois tenus à la Reine. Il l'avait accusée de sacrifier des vies à sa soif de gloire. Il lui devait des excuses, mais n'avait pas eu l'occasion de les lui faire.

— Les traces de sang indiquent cette direction, marmonna Levieux, et Hall se rendit compte que même lui semblait à cran.

Or Levieux était quelqu'un de très flegmatique : Hall ne l'avait rencontré que deux fois, durant des réunions au Donjon, mais il ne l'avait encore jamais vu perdre son sang-froid. Hall sentit son malaise redoubler. Il avait su que ce plan était trop facile, que quelque chose allait forcément mal tourner.

Tout mais pas ça, de grâce, implora-t-il sans savoir à qui au juste il adressait sa prière.

Les rumeurs que Hall avait entendues circuler sur les cachots Mort n'étaient pas exagérées. Même un soldat habitué comme lui à vivre à la dure sentait le froid pénétrant le glacer jusqu'aux os. Dans beaucoup des cellules qu'ils croisaient, il n'y avait même pas le grabat rudimentaire qu'on trouvait dans les geôles de New London. Les torches accrochées aux murs s'étaient pour la plupart consumées depuis longtemps, et celles que portaient Levieux et Coryn étaient souvent la seule source de lumière, dans l'enfilade sombre des couloirs.

Pas de gardes, pas de geôliers, songea Hall. Que diable s'est-il passé ici ?

En tout cas, personne ne se souciait du sort des prisonniers, manifestement. Seuls certains d'entre eux avaient des couvertures, et beaucoup toussaient à se déchirer la poitrine, une sorte de toux symptomatique de pneumonie. À leur passage, certains suppliaient qu'on leur donne à boire en brandissant des seaux vides derrière les barreaux.

— Nous reviendrons vous libérer, leur disait Massue, mais même Hall percevait le malaise dans sa voix.

Ils s'étaient préparés à devoir combattre avec acharnement, jusqu'au dernier s'il le fallait, pour arriver jusqu'aux cachots et faire évader la Reine. Mais cela, aucun ne l'avait prévu. Dans une cellule, une femme enceinte près de son terme les supplia de la faire sortir. Derrière Hall, l'un des Gardes de la Reine jura tout bas. Tous les combats du monde semblaient préférables à cela, et Hall n'était pas le seul à éprouver cet écœurement. Après avoir arpenté plusieurs couloirs, Blaser fut pris de violents hoquets qu'il réprima à grand-peine.

— C'est encore loin ? s'enquit Massue auprès de Levieux.

— Deux coudes, puis il faudra descendre encore.

En approchant du deuxième coude, ils ralentirent tous, et Hall resserra sa prise sur son épée. Il venait de se dire qu'il aurait préféré livrer bataille, mais voilà qu'une vive appréhension lui picotait la peau. Devant eux, un escalier descendait dans la pénombre, et Hall sentait un air glacial monter d'en dessous. La traînée de sang continuait par là.

— Doucement, les prévint Levieux avant de commencer à descendre les marches en silence.

Dans l'étroite cage d'escalier, ils furent obligés de se mettre en file indienne, et Hall se posta derrière l'un des hommes de Levieux, un grand costaud bâti comme un ours. Il était oppressé par ces murs qui se refermaient sur eux de tous côtés et qui vibraient, car au-dessus, les gens de Levieux saccageaient les niveaux supérieurs du Palais en martelant le sol de leurs pas.

Au pied de l'escalier, la colonne s'arrêta. Tout le couloir était plongé dans l'obscurité, mais l'odeur de sang était encore plus tenace qu'ailleurs ; écœurante, elle vous montait au nez et à la gorge.

— Lumière, murmura Massue.

Coryn passa devant pour éclairer le couloir de sa torche, mais Hall ne voyait pas au-delà des larges épaules de son compagnon.

— Qu'est-ce que c'est que ça ? demanda Massue.

— Ne bougez pas, leur dit Levieux, pourtant Hall, incapable d'attendre plus longtemps, contourna le géant pour voir lui aussi.

Tout au bout du couloir, à une quinzaine de mètres, un corps gisait devant une cellule. La porte de la cellule était grande ouverte. Hall ne put identifier le corps, car il y avait deux silhouettes penchées dessus, si petites qu'au début, il les prit pour des vautours. Mais alors, l'une se retourna et Hall vit qu'il s'agissait d'un petit garçon.

— Reculez, vous autres ! cria Levieux. Morgan, Howell, Lear, arrivez !

Mais le couloir était trop étroit pour leur permettre de se croiser, les uns retournant vers l'escalier tandis que les hommes de Levieux avançaient. Massue ne recula pas, ni Hall, qui joua des coudes pour rejoindre le Capitaine.

— Que sont-ils au juste ? demanda Massue à Levieux.

— Le fléau du Nouveau Monde.

— Ce ne sont que des enfants, objecta Hall.

— Croyez-le, Général, jusqu'à ce qu'ils vous saignent à blanc.

Levieux leva son épée, car le petit garçon s'était redressé et il avançait vers eux.

— Qu'est-ce que c'est ? demanda Pen en haussant le ton. Qui donc est mort ici ?

— C'est sa cellule, répondit posément Levieux. Restez là.

Lui et ses quatre hommes avancèrent dans le couloir en laissant Massue et Hall plantés là. Blaser les avait rejoints, mais le reste du groupe était toujours accroupi près de la cage d'escalier.

— Le fléau, répéta Hall. S'agit-il des attaques qui ont eu lieu dans le Nord ?

Massue ne répondit pas, mais Hall avait déjà su rassembler les quelques informations dont il disposait : il avait entendu parler de la force destructrice qui sévissait dans le Reddick et le nord Almont ; s'il avait encore commandé une armée, on l'aurait peut-être envoyé là-bas pour contrôler la situation. En fait, cette force inconnue qui assaillait le Tearling progressait régulièrement vers le sud sans rencontrer d'obstacles. Il n'y avait pas de survivants ou presque. Les rares rumeurs que Hall avait entendues parlaient d'animaux doués d'une incroyable puissance. Mais des enfants ?

Avec un sifflement à vous glacer le sang, le petit garçon fonça en avant et s'abattit sur le Cadarese. Quant à l'autre, une petite fille, elle s'attaqua à Levieux en s'enroulant autour de sa jambe pour planter ses dents dans sa cuisse.

— Cinq hommes n'y suffiront pas, dit Massue en se précipitant, suivi de Hall et de Blaser.

— Non, restez en arrière ! cria Levieux.

En jurant, il dégagea sa jambe et rejeta la petite vers le géant, Morgan, qui s'en saisit et la maintint assez longtemps pour que Levieux la transperce au fil de l'épée. La petite hurla, un son strident ressemblant à celui du tocsin.

— Bon Dieu, marmonna Blaser.

Hall se tourna vers Massue pour voir s'il protesterait, mais non, Massue se contentait d'observer la scène d'un air impassible, comme si elle n'avait rien de choquant.

Toujours juché sur le Cadarese, le garçonnet réussit à le clouer au sol. Howell saisit alors l'enfant et le frappa contre les barreaux, assez fort pour l'étourdir. Il le prit par un bras, Alain par l'autre, et le Cadarese, un nommé Lear, éventra l'enfant de son couteau. Hall ne put en voir davantage ; quand l'enfant se mit à hurler, il se détourna en fermant les yeux.

— C'est réglé, dit Levieux un moment plus tard. Venez.

Massue avança dans le couloir, entouré de sa Garde. Hall suivit avec l'impression de vivre un cauchemar éveillé, et ce qu'il vit ensuite n'arrangea rien : les deux enfants gisaient sur le sol, mais plus loin dans le couloir, il y avait une autre fillette que Hall n'avait pas encore remarquée, avec un poignard enfoncé dans la poitrine. Juste devant la cellule ouverte gisait un quatrième cadavre, celui d'une grande femme blonde, et Hall comprit pourquoi, de loin, les enfants lui avaient fait penser à des vautours : son torse n'était plus qu'une bouillie sanglante, les côtes saillant cruellement à travers ce qui restait de chair.

— Kibby ? demanda Massue.

Kibb avait déjà disparu dans la cellule de la Reine, et sa voix résonna de l'intérieur.

— Rien. Il n'y a personne.

— Aucun signe ? Pas de message ?

— Non. Une paillasse, des bougies, des allumettes, deux seaux. C'est tout.

— Où est-elle passée ? s'enquit Pen d'un ton rageur.

Mais Hall avait à peine entendu cet échange. Il s'était figé sur place devant la cellule voisine. Passant la main à travers les barreaux, il fit un signe au prisonnier qui l'occupait, mais l'autre ne répondit pas à son geste. Il avait la tête rasée et était d'une maigreur à faire peur, pourtant son visage était celui de Hall, et il lui rendait son regard.

— Simon, murmura-t-il.

La voix de Coryn lui parvint alors comme de très loin. Il était penché sur la femme blonde.

— La nuque brisée, constata-t-il. Une mort instantanée, avant que ces monstres s'en repaissent.

— Emily, marmonna Massue en s'agenouillant à côté du cadavre. Tu as bien joué ton rôle, fille.

Simon tendit la main à travers les barreaux, et Hall la prit, en posant l'autre main sur la joue de son frère jumeau. Presque vingt ans qu'il ne l'avait pas vu, vingt années durant lesquelles il s'était efforcé de ne pas penser à lui. Et voilà que Simon était là, en os plus qu'en chair, certes, mais bien réel.

— Mais où est donc la Reine ? demanda Elston d'un ton si plaintif venant d'un grand gaillard comme lui qu'en d'autres circonstances, Hall aurait pu en rire.

Simon bougea les lèvres, mais rien n'en sortit. Hall se pencha.

— Quoi ?

— La Reine rouge. Elle l'a emmenée.

— Qu'avez-vous dit ? s'enquit Massue en écartant Hall d'un coup d'épaule, mais Hall resta cramponné à la main de son frère tout en se déplaçant sur le côté.

— La Reine s'est cogné la tête contre les barreaux, répondit Simon. La Reine rouge l'a prise dans ses bras et l'a emportée.

Le regard de Massue passa de Hall à Simon, remarquant leur ressemblance, mais il ne s'y attarda pas. Il y avait plus urgent.

— Où l'a-t-elle emmenée ?

Simon désigna la direction opposée de celle par laquelle ils étaient arrivés.

— Il y a combien de temps ?

— Je ne sais pas au juste. Des heures, je crois. Le temps n'existe pas, ici.

— Merde, merde, merde ! s'exclama Pen avec une rage qui fit tressaillir Hall, puis il leur tourna le dos, les épaules secouées de sanglots.

Revenant à Simon, Hall remarqua pour la première fois que les murs de sa cellule étaient couverts de dessins et de schémas. Les jumeaux restaient souvent assis de longues heures, tous les deux, à imaginer des machines et à dessiner des plans dans la poussière avec un bâton, tels des ingénieurs en herbe, songea-t-il en clignant des yeux pour chasser ses larmes. Mais Simon était toujours enfermé derrière des barreaux, et Hall se mit à regarder autour de lui en quête d'une clef.

— Où a-t-elle pu aller ? demanda Dyer à Levieux.

— Je n'en sais rien.

— Gin Reach.

Massue avait parlé d'une voix rauque, à peine audible, et Hall s'alarma en voyant que le sang s'était retiré de son visage.

— Elle est à Gin Reach. Andalie nous l'a dit, et je n'ai pas écouté, ajouta Massue.

— Aucun de nous ne l'a écoutée, lui rappela Elston en posant une main sur son épaule, mais Massue se dégagea, et soudain, Hall sentit que ça venait, que le Capitaine avait atteint son point limite.

Sa Garde le sentit venir aussi, car tout le groupe se mit à reculer en détournant la tête. Quant à Hall, il garda les yeux rivés sur le visage de son frère tandis que derrière lui jaillissait un long hurlement de rage et de chagrin.

10

Gin Reach

Les méchants ont un bonheur noir.

Les Misérables, Victor Hugo
(littérature française prétraversienne)

Mon palais est en flammes.

Kelsea se réveilla en sursaut d'une somnolence qui allait doucement vers le sommeil. Elles chevauchaient depuis presque une journée, et elle avait de nouveau des élancements dans la tête aussi violents que des coups de couteau, qui partaient du nœud de douleur à l'arrière du crâne. Tirant sur les rênes, elle s'aperçut que la Reine rouge regardait derrière elles, vers Demesne.

Le palais se détachait sur l'horizon au-dessus de la cité, et ses fenêtres crachaient des flammes. Tout le sommet du château, y compris le balcon sur lequel la Reine rouge et elle s'étaient entretenues en cette lointaine journée, était obscurci par un nuage de fumée noire.

— Les immortels ne fuient pas, murmura la Reine rouge, une formule qui sembla à Kelsea presque machinale, comme une sorte d'incantation souvent pratiquée.

Elles s'étaient échappées de Demesne par une écurie souterraine que Ducarte avait depuis longtemps ménagée pour elle, avait dit la Reine rouge. Les lieux étaient bien équipés en vêtements, eau, viande séchée et argent, mais à voir son expression, Kelsea avait deviné que son aînée n'avait jamais compté en avoir un jour besoin et qu'elle était sidérée de se retrouver là. Kelsea ne l'était pas moins. La Reine rouge, avec une issue de secours en cas de fuite ? Elle s'était demandé ce qui se serait passé, si cette information était devenue publique.

La Reine rouge avait déchiré leurs vêtements et réuni les cheveux de Kelsea en chignon. Elles avaient caché l'argent contre leur peau, puis la Reine rouge avait maculé le visage de Kelsea avec le sang qui coulait de la plaie de son poignet. Les raisons de ces préparatifs avaient échappé à Kelsea, jusqu'à ce qu'elles émergent du sous-sol d'un édifice abandonné, à quelque distance du Palais. De leur cachette souterraine, elles avaient bien entendu des bruits furieux de conflit, mais Kelsea ne s'était pas du tout attendue à ce qu'elle découvrit dans les rues.

Demesne était en plein chaos. Sur l'horizon, des feux faisaient rage en plusieurs points de la cité, qu'on n'avait pu maîtriser. Des foules déchaînées parcouraient les rues en scandant le nom de Levieux. Le quartier situé autour du Palais, l'un des plus riches de la ville, était une zone de guerre aux maisons barricadées, assaillies par des citoyens et des soldats Mort. Pourtant Kelsea n'éprouvait aucune peur tant c'était pour elle une sensation extraordinaire d'être au-dehors, à l'air libre. Elle avait presque oublié qu'il existait autre chose que l'air fétide des cachots, dans la faible lueur des torches. Même cette cité ravagée était pour elle un magnifique paysage.

Durant leur traversée de la ville, Kelsea avait envisagé à plusieurs reprises de livrer la Reine rouge, puis de se faire passer pour une esclave Tear. Les rues résonnaient de voix Tear, celles des esclaves devenus des rebelles, et les Mort ne s'intéresseraient sûrement pas à une Tear isolée alors qu'ils s'en prenaient aux nobles pour mettre fin à leur caste. Kelsea était tout à fait en droit d'abandonner la Reine rouge à son sort. Elles s'étaient mutuellement sauvé la vie et ne se devaient plus rien. Et puis le Tearling l'attirait irrésistiblement, distant mais soudain proche. Une fois qu'elle serait sortie de la cité, elle foncerait droit vers l'ouest et dans un peu plus d'une journée, elle aurait traversé la frontière.

Rentrer chez moi.

Certes c'était une folle idée. Demesne était une vaste cité, et Kelsea ignorait où elle se trouvait. Elle était forcée de se fier à la Reine rouge pour la diriger, et pour finir, elles s'étaient échappées de Demesne en soudoyant cinq soldats, à la porte sud de la cité. Une fois dehors, elles avaient renoncé à la route Mort pour entamer un trajet régulier vers le sud-ouest. Kelsea ignorait où la Reine rouge voulait aller, mais tant qu'elles avanceraient vers le Tearling, elle n'éprouverait pas le besoin de changer de route. Elle était surprise de ressentir un étrange sentiment de responsabilité envers sa compagne d'infortune. Cette femme était seule à présent, à la dérive dans un pays qui réclamait son sang à cor et à cri. Si elle se faisait prendre, le sort que les Mort lui réserveraient ne serait guère enviable, mais celui que les Tear lui infligeraient serait pire encore. Elle ne pourra toujours rester impunie, insistait son esprit, pourtant Kelsea n'avait pas envie de voir la Reine rouge en butte à des brutalités.

— La fille à mes côtés, ajouta la Reine rouge d'une voix distante tout en contemplant les ruines en flammes qu'elles avaient laissées derrière elles. La fille à mes côtés, et l'homme en gris à mes trousses.

— Ce que vous dites n'a ni queue ni tête. Est-ce une formule magique ? demanda Kelsea.

Comme la Reine rouge se tournait vers elle, Kelsea se sentit frémir malgré elle. Quelle que soit la nature de ce qui l'unissait au saphir Tear, dont Kelsea n'avait toujours aucune idée précise, il lui permettait encore de percevoir, cataloguer et analyser les petits tics et manies que les autres essayaient de cacher. Au fil de la journée, sa conviction s'était renforcée que la Reine rouge craquait par toutes les coutures. Une déséquilibrée, avait dit Thorne en parlant d'elle… Comment une telle personne réagirait-elle sous la pression d'une fuite éperdue ? Sous les airs affairés de la Reine rouge qui s'efforçait de les faire sortir de Demesne, Kelsea avait senti rôder le spectre de la folie.

— Je ne suis pas immortelle, dit la Reine rouge en lui manifestant ce mélange de ressentiment et d'obséquiosité qui mettait Kelsea mal à l'aise. Êtes-vous contente, Glynn ? Vous avez réussi à m'abattre.

— C'est vous-même qui avez causé votre chute ! répliqua Kelsea d'un ton cinglant. Tout ce pouvoir que vous déteniez ! Vous auriez pu accomplir de grandes choses et regardez le résultat !

— J'ai fait ce que je devais pour gouverner mon pays.

— Parlons-en. Je sais quelles furent vos façons de gouverner, Dame Écarlate. Esclaves torturés et violés… Je connais vos agissements, ainsi que vos penchants. Les gens entrent dans vos laboratoires pour ne plus jamais en sortir. Non par nécessité, mais par simple abus de pouvoir. Parce qu'à vos yeux, leur vie ne compte pas.

Le visage de la Reine rouge s'assombrit, et Kelsea sentit quelque chose lui ébouriffer les cheveux, alors qu'il n'y avait pas un souffle de vent.

— Prenez garde, dit-elle doucement. Vous ne devriez pas ouvrir cette boîte-là.

La Reine rouge la scruta un long moment, puis elle marmonna un juron et revint à la cité.

— Nous avons pris assez de distance, Dame Écarlate. Pourquoi ne pas nous séparer ? proposa Kelsea.

— Eh bien, faites comme bon vous semble, Glynn, répondit la Reine rouge. Mais je préférerais qu'on reste ensemble tant que nos chemins ne divergent pas. Deux femmes courent moins de risque qu'une seule.

C'était sans doute vrai, pourtant Kelsea sentit de la fausseté sous cet argument. Elles n'étaient pas des femmes ordinaires, et l'homme qui essaierait de voler ou d'attaquer l'une d'elles le regretterait à coup sûr. La Reine rouge avait peur de quelque chose. Des enfants de Finn, peut-être ? Pourtant depuis qu'elles avaient quitté le Palais, elles n'avaient plus revu ces horribles créatures. Qu'est-ce qui pouvait donc effrayer cette femme, à part Finn lui-même ? Quelques heures plus tôt, elles s'étaient arrêtées pour se reposer, boire et manger, mais son aînée avait interdit à Kelsea de faire du feu.

La Reine rouge se frottait le poignet. Dans l'écurie, Kelsea avait lavé et pansé la blessure. Les deux perforations étaient très profondes, et elles paraissaient déjà enflammées. Des marques de morsures.

— Quoi ? s'enquit la Reine rouge, qui avait surpris son regard.

Kelsea se détourna pour contempler le paysage. Elles avaient enfin laissé derrière elles les vastes étendues d'herbe coupée des champs Demesne et avançaient à présent à travers de hautes herbes traversées par endroits de zones humides. Il était plus facile de s'y dissimuler, mais ce n'était pas le meilleur des lieux où passer la nuit.

— Nous devrions continuer notre route, dit Kelsea. Où comptez-vous aller pour finir ?

— Les Terres Sèches. Il n'y a que là que je pourrai me cacher.

— Et Cadare ?

— Je ne puis me rendre en Cadare, répondit la Reine rouge sans autre explication.

— Eh bien, je pourrai rester avec vous jusqu'à la traversée de la frontière. Ensuite je rejoindrai ma cité.

— Très bien, répondit la Reine d'un ton indifférent, et Kelsea eut à nouveau l'étrange impression qu'elle se fichait de leur destination pourvu qu'elles demeurent ensemble.

De quoi a-t-elle peur ? se demanda-t-elle.

Durant les heures qui suivirent, elles chevauchèrent vers le sud-ouest. Quand le soleil toucha l'horizon, elles s'arrêtèrent pour se reposer, déjà en vue des Border Hills. À l'extrême sud, le pays n'était pas recouvert de pinèdes, seulement d'herbes et de broussailles avec çà et là de rares bosquets d'arbres. C'était un paysage plutôt lassant, pourtant Kelsea le contemplait avec fascination. À moins de soixante-dix kilomètres au nord, Hall avait pris position, et Ducarte avait chassé l'armée Tear du flanc de la colline en mettant feu à la forêt. Kelsea aurait aimé voir Ducarte croupir dans une prison Tear jusqu'à la fin de ses jours, pourtant elle reconnaissait l'admirable simplicité de cette stratégie : quand vous ne parvenez pas à débusquer votre adversaire de sa position, mettez-y le feu.

Au dîner, ce fut le même menu de viande séchée et de fruits. Les alentours regorgeaient de gibier, daims et lapins, mais la Reine rouge avait encore interdit à Kelsea de faire du feu.

— Row Finn… Avez-vous déjà essayé de le tuer ? lui demanda Kelsea.

— Oui. J'ai échoué. Il n'est pas tout à fait mortel, et son manque de consistance le rend insaisissable.

Confusément, Kelsea comprenait les paroles de la Reine rouge. Quand elle avait tué Arlen Thorne, elle avait pu voir jusqu'au cœur de son être, fait d'une matière sinon solide, du moins palpable et nimbée d'une lumière vénéneuse. Une Kelsea plus jeune, poussée à bout par toutes les choses qui échappaient à son contrôle, n'avait eu aucun mal à se saisir de lui.

— Savez-vous comment il est devenu ce qu'il est ?

— La sombre chose ? Oui, par bribes. Il avait l'habitude d'en parler, après…, commença la Reine rouge, mais elle s'interrompit en jetant à Kelsea un coup d'œil furtif. Il se vantait d'avoir survécu par la force de sa seule volonté. Et il m'apprenait des choses.

— Combien de temps êtes-vous restée là-haut, dans le Fairwitch ?

— Deux ans. Assez longtemps pour que tous ceux qui me connaissaient me croient morte, répondit-elle, et Kelsea vit passer un éclair de haine dans ses yeux. Mais cela, vous le savez, Glynn. Vous savez tout de moi.

— Non, pas tout. La vision que j'en ai n'est pas nette. C'est comme de feuilleter un livre à la va-vite. Pourquoi votre mère vous a-t-elle ainsi condamnée à l'exil ?

— C'est moi qui me suis enfuie.

— Pourquoi ?

— Ce n'est pas votre affaire.

Après un petit temps d'hésitation, Kelsea repartit à l'attaque.

— Est-ce Finn qui vous a appris la magie ?

— En partie. Assez pour que le moment venu, je sois capable de forger ma propre magie. Elle n'a pas suffi à éviter le désastre, conclut sombrement la Reine rouge, et Kelsea remarqua qu'elle frottait encore son poignet bandé en le massant du bout des doigts.

— Ça vous fait mal ?

La Reine rouge ne répondit pas.

Elles poursuivirent leur route vers le sud-ouest. Le temps fraîchit et bientôt, le pays devint sec. Les ruisseaux et les rivières disparurent, même les trous d'eau et les puits se raréfièrent. Dans un petit village des basses terres, elles firent halte, et Kelsea échangea de l'eau contre un peu d'or en marchandant en Mort, tandis que la Reine rouge demeurait silencieuse. Comme il serait facile de simplement disparaître pour filer droit vers New London, se disait Kelsea. Elle se savait meilleure cavalière, et avait même l'impression que la Reine rouge avait secrètement la phobie des chevaux. Depuis combien de temps cette femme n'avait-elle pas quitté Demesne ni voyagé nulle part sans cocher ? Une fois à l'extérieur du Palais, la Reine rouge avait commencé à perdre en substance, à n'être plus la sorcière de Mortmesne, mais une femme ordinaire, esseulée, égarée. Ce qui était au départ de petits signes, un manque de concentration, des tremblements dans la voix, s'était accentué à mesure qu'elles s'éloignaient de Demesne. La Reine rouge jetait sans arrêt des regards en arrière, et Kelsea n'aurait su dire si elle voyait vraiment quelque chose, ou si sa tendance à la paranoïa arrivait à son comble.

— Qu'y a-t-il ? finit-elle par demander quand la Reine rouge fit stopper son cheval pour la troisième fois de l'après-midi.

— Nous sommes suivies, répondit-elle avec une telle conviction que Kelsea en fut ébranlée.

— Laissez-moi y jeter un coup d'œil, proposa Kelsea en la voyant se frotter encore le poignet.

— Fichez-moi la paix ! s'exclama la Reine rouge en éloignant sa main, et Kelsea recula, effarée, car un instant, elle aurait juré voir les yeux de la Reine rouge briller d'une lueur rougeâtre.

— Vais-je devoir vous entraver ? demanda posément Kelsea.

— Non. J'en fais mon affaire. Je contrôle encore mon propre corps, à défaut du reste.

Kelsea avait des doutes, mais elle ne voyait aucun moyen d'intervenir. Même si elle réussissait à maîtriser la Reine rouge, où irait-elle avec une femme ligotée ? Elle ressentit encore l'envie pressante de couper tout lien avec elle pour s'enfuir au nord vers sa cité, son Donjon, sa vie. Mais de nouveau, quelque chose la retint.

Qu'est-ce qui me lie à elle ? se demanda Kelsea. Qu'est-ce qui nous tient attachées l'une à l'autre ? Elle avait parcouru l'esprit de cette femme en le fouillant sans ménagement, en violant son intimité. Et s'il y avait un prix à payer pour cette incursion, un prix qu'elle n'avait jamais envisagé ?

— Ne vous en faites pas pour moi, dit rudement la Reine rouge. Continuons.

Le troisième jour de leur voyage, elles gravirent les pentes douces des basses Border Hills, et Kelsea put enfin contempler son royaume en contrebas, avec la vaste plaine d'Almont qui s'étendait à perte de vue. Au lieu du plaisir qu'elle avait escompté, elle eut un serrement de cœur. Elle avait tant sacrifié pour cette terre, et quelque chose lui disait que ce n'était pas fini. Tout en regardant son pays imparfait, elle se surprit à serrer le saphir de William Tear dans sa main moite.

Dans l'après-midi, elles arrivèrent au bord des Terres Sèches, cent cinquante kilomètres d'un désert qui s'étirait jusqu'en pays Cadarese, de l'autre côté de la frontière. Il leur faudrait s'arrêter pour acheter des gourdes d'eau fraîche, des fourrures et des tentes ; Carlin avait dit un jour à Kelsea que les Terres Sèches étaient presque aussi froides que le Fairwitch en hiver. Au loin, Kelsea discernait plusieurs points sombres, des villages éparpillés, mais tout autour s'étendait un vaste paysage desséché, atone, inhospitalier. Même par-delà l'horizon, on n'en voyait pas la fin.

Loin à l'ouest, elle vit une tache dans le ciel, traversée d'éclairs. Les orages des Terres Sèches étaient légendaires, obéissant à un phénomène aussi redoutable qu'inexplicable : surgie d'on ne sait où, une pluie diluvienne s'abattait soudain, mais l'eau ne modifiait en rien l'aspect du paysage, qui restait aussi desséché qu'auparavant. Officiellement, les Terres Sèches faisaient partie du Tearling, pourtant ce désert lui semblait être un royaume à part, froid et solitaire.

— Que comptez-vous faire ? demanda-t-elle à la Reine rouge. Nous allons mourir en essayant de traverser ce pays aride.

La Reine rouge se tourna vers elle, les yeux remplis d'une folle désespérance. Elle agrippait encore son poignet.

— Il sait où je suis, déclara-t-elle posément. Je le sens. Il en enverra d'autres. Il faut que je m'éloigne.

— Eh bien, vous ne pourrez vous cacher dans le désert.

— Où voulez-vous en venir ?

— Pourquoi ne pas m'accompagner à New London ? proposa Kelsea. Je...

Elle retint juste à temps les mots qui allaient franchir ses lèvres. Je vous protégerai... Il n'en était pas question. Les Tear traiteraient la Reine rouge en criminelle de guerre, et ils seraient en droit de le faire.

— Il y aura bien une auberge dans l'un de ces avant-postes, finit-elle maladroitement. Nous avons assez d'argent pour au moins louer une chambre et prendre un bain.

— Oui. Un bain et un lit, ça ne serait pas de refus, acquiesça la Reine rouge en affichant un peu de son ancien sang-froid.

Mais ce n'était plus qu'une façade, prête à se lézarder à tout moment. Elle cligna des yeux, et cette fois, Kelsea n'eut plus de doute ; ses pupilles étaient teintées de rouge.

Le premier village où elles arrivèrent n'était guère plus qu'un hameau, aussi sinistre que le paysage environnant. Comme elles s'engageaient sur l'étroite piste poussiéreuse qui semblait être la grand-rue, Kelsea repéra un panneau battu des vents planté dans la terre sableuse :

Gin Reach

Les maisons n'étaient que de simples baraquements en rondins de bois, que personne n'avait pris la peine d'enjoliver. Seul un bâtiment avait des fenêtres vitrées et un joli auvent de couleur vive ; Kelsea ne fut guère surprise de constater que c'était la taverne du village. Elle eut l'impression que des yeux l'épiaient, mais quand elle leva la tête, elle vit que toutes les fenêtres de l'étage avaient leurs volets fermés. Le vent s'était levé et lui jetait du sable au visage. Tout le bourg semblait s'être barricadé en prévision de l'orage qui approchait.

L'auberge s'avéra être une grande bâtisse disposant de trois chambres. Le tenancier leur assura qu'il n'avait pour l'instant qu'un seul client ; elles auraient donc toute leur intimité, une remarque qu'il fit suivre d'un clin d'œil lubrique. La Reine rouge ne sembla pas s'en offusquer, elle déposa de l'argent sur le comptoir pour qu'on leur prépare deux bains chauds dans leur chambre. Après le luxe du Palais, Kelsea aurait cru que la Reine rouge s'adapterait mal à la simplicité d'une auberge de village. Mais elle semblait à l'aise, et sut réagir aux avances de l'aubergiste avec un tel sens de la repartie que Kelsea se demanda encore ce qu'avait dû être sa vie, et ce qu'elle avait manqué en infiltrant son esprit.

Quand elles se dévêtirent pour prendre leur bain, la Reine rouge ôta son bandage et Kelsea vit que les marques de morsures avaient disparu de son poignet. Son malaise redoubla ; les perforations qu'elle avait soignées étaient profondes, et puisqu'il ne s'agissait pas là d'une guérison naturelle, qu'était-ce au juste ? Tandis qu'elles prenaient leur bain, chacune se prélassant dans son tub, Kelsea observait la Reine rouge du coin de l'œil. Elle montrait peu de signes de fatigue ; à dire vrai, malgré le climat rigoureux qu'elles avaient enduré durant leur voyage, la Reine rouge semblait en pleine forme physique, plus forte qu'elle n'avait paru depuis qu'elles avaient quitté Demesne.

De quoi ai-je peur ? se demanda Kelsea alors qu'elles se couchaient. Elle n'aurait su le dire, mais sa peau la picotait, comme si un animal invisible attendait en tapinois, prêt à bondir. Elle se sentit de nouveau épiée, pourtant quand elle jeta un coup d'œil à la Reine rouge dans l'autre lit, elle vit qu'elle était couchée sur le flanc et lui tournait le dos. Kelsea s'efforça de rester éveillée, mais l'épuisement eut raison d'elle. Renonçant à monter la garde, elle souffla sa bougie. Un terrible orage menaçait le village, dont les coups de tonnerre secouaient le bâtiment jusqu'en ses fondations, et Kelsea glissa facilement dans un rêve où elle vit l'Argive, avec la file de cages avançant vers la frontière toute proche. Si Kelsea et sa Garde étaient intervenues un jour plus tard, la caravane aurait disparu, engloutie dans Mortmesne.

C'était le moment ou jamais, songeait-elle dans un demi-sommeil, un moment dans le temps, tout comme la mort de Jonathan Tear. Si j'avais manqué ce moment, que serait-il arrivé ? Où en serions-nous maintenant ?

Mais le rêve de l'Argive se mua doucement en un autre, où elle se retrouva sur l'échafaud, avec devant elle Arlen Thorne, tombé à genoux. Tout autour d'eux, une foule hurlante grondait et vociférait. Thorne leva vers elle sa face ensanglantée, et Kelsea vit qu'il approchait de la fin.

Je regrette ! voulut-elle crier, mais alors une main lui saisit la cheville. Baissant les yeux, elle vit Mhurn à ses pieds, la tête renversée en arrière, exhibant la large entaille rouge qu'elle avait ouverte dans sa gorge, tel un affreux sourire. Comme la main de Mhurn remontait vers son genou, Kelsea n'eut pas d'autre choix que de sauter de l'échafaud dans la foule hurlante en contrebas. Au dernier moment, avant de toucher terre, elle se rendit compte qu'ils avaient tous les visages de Mhurn et de Thorne et qu'ils la guettaient. Alors elle se réveilla en sursaut.

Une femme se tenait au-dessus d'elle dans le noir. Avant que Kelsea puisse crier, elle plaqua une main sur sa bouche. Cette femme-là était forte, elle la clouait sans peine sur le lit en pesant sur ses épaules.

Je me suis trompée, songea amèrement Kelsea. Qu'importe ce que la Reine rouge était devenue, elle n'aurait jamais dû la quitter des yeux, comme Massue n'aurait jamais quitté des yeux un ennemi déclaré. Elle s'était laissée endormir par la camaraderie et l'intérêt mutuel qui les liait, en oubliant qu'il y avait plus d'un siècle de haine accumulé entre Mortmesne et le Tearling, entre le rouge et le noir.

La Reine rouge se pencha en approchant son visage du sien, et Kelsea entendit son souffle à son oreille, elle crut presque sentir ses dents prêtes à mordre dans sa gorge.

— Tu vas souffrir, chienne, maugréa la Reine rouge dans l'obscurité. Tu vas souffrir pour ce que tu as fait à mon maître.

Alors Kelsea se figea, comprenant soudain. Ce n'était pas la Reine rouge…

— Brenna, murmura-t-elle.

Ewen n'était pas à l'aise dans des endroits nouveaux pour lui. Il avait vécu toute sa vie à New London, pourtant il s'était perdu plusieurs fois dans des quartiers de la ville qui lui étaient inconnus. Pa disait qu'il n'avait aucun sens de l'orientation. Mais après deux semaines passées à Gin Reach, Ewen trouvait que Pa aurait été satisfait. Il connaissait par cœur les quatre rues du bourg, et savait même qui habitait dans certaines de ses maisons.

À leur arrivée, Bradshaw et lui avaient provoqué des remous ; Bradshaw disait que c'était parce qu'ils avaient de l'argent à dépenser, ce qui avait laissé Ewen songeur, car Gin Reach avait très peu de choses à offrir. Une fois par semaine, un type à la mine revêche engageait un chariot bâché dans la grand-rue pour l'arrêter devant la taverne. Pendant que le tavernier et son aide déchargeaient les bouteilles et les tonneaux du chariot, les habitants sortaient de leurs maisons pour acheter au type revêche de la nourriture, des vêtements ou d'autres articles tels que du papier, du tissu, des médicaments. La ville disposait d'un petit carré de terrain cultivable derrière la rangée sud des maisons, protégé du désert par une clôture et de la toile goudronnée, et les gens avaient surtout comme monnaie d'échange les produits qu'ils y faisaient pousser : betteraves, poireaux, pommes de terre, autant de légumes ayant besoin de peu de lumière. Bref, les seuls endroits où dépenser de l'argent à Gin Reach, c'était la taverne et l'auberge.

Quand Ewen vit la sorcière, il faillit bien ne pas la reconnaître. La femme dont il se souvenait était d'une pâleur cadavérique, sans âge, avec des yeux qui vous transperçaient comme des poignards. On pouvait tout aussi bien lui donner vingt ans que cinquante. Mais celle qu'il voyait maintenant avait le teint rose et semblait à la fleur de l'âge.

Ses cheveux, autrefois presque blancs, étaient d'un beau blond doré. Certes elle avait beaucoup changé, mais il reconnut quand même la sorcière sous cette belle apparence, en la femme plantée sur le seuil de l'auberge. Elle ne le vit pas, car dès qu'il la découvrit, Ewen plongea pour se mettre à couvert dans un étroit passage entre deux maisons.

Cette nuit-là, Bradshaw et lui discutèrent longuement de ce qu'ils devaient faire. D'après Bradshaw, les pouvoirs de Brenna étaient tels qu'elle pouvait d'un seul regard neutraliser des hommes même très forts. Aucun d'eux n'était très chaud à l'idée de la capturer, même à deux contre une. Mais Bradshaw insistait pour qu'on mette Massue au courant : l'un devrait donc demeurer sur place, à Gin Reach, tandis que l'autre porterait le message.

Ewen n'avait guère envie de rester ici. Ce jour-là, tandis qu'il la suivait depuis l'auberge, il avait eu à tout instant l'impression que Brenna allait se retourner pour le transpercer de son regard. Il n'avait pas osé la suivre alors qu'elle s'aventurait dans le désert, car il n'y avait aucun endroit où se cacher. Et puis Ewen connaissait la réputation des Terres Sèches : d'après Pa, le désert aimait montrer des choses imaginaires qu'on appelait des mirages, pour attirer les gens et les conduire à leur perte. Ils mouraient de soif en poursuivant ces images qui n'existaient que dans leurs têtes. Ewen attendit donc patiemment devant l'auberge jusqu'au retour de Brenna au coucher du soleil, et quand elle eut disparu à l'intérieur, il s'empressa de rejoindre le sous-sol qu'il partageait avec Bradshaw en se sentant dans la peau d'une souris qui vient d'échapper à une chouette. Non, il n'avait pas du tout envie de rester ici à surveiller Brenna du coin de l'œil.

Mais l'autre option était pire encore. Ils étaient à Gin Reach depuis deux semaines, et le Général Hall avait sûrement été contraint de changer de position. Si le régiment n'était plus où ils l'avaient laissé dans l'Almont sud, disait Bradshaw, alors le messager devrait faire le trajet jusqu'à Mortmesne pour prendre contact avec Massue.

Mortmesne ! Ce pays du diable, ce lieu de noirceur et de cruauté. Certes rester seul à Gin Reach ne tentait guère Ewen, mais devoir se rendre dans le royaume du mal encore moins. Bradshaw insistait en prétendant que Mortmesne n'était pas si terrible que ça, mais Ewen n'avait aucune envie d'aller le vérifier par lui-même. La seule idée de ce voyage lui retournait l'estomac.

— Il faut bien que l'un de nous y aille, insista Bradshaw. Et si ce doit être moi, tu devras te montrer extrêmement prudent ici, Ewen. La sorcière ne doit pas te repérer, sinon tu es cuit. Compris ?

Ewen acquiesça à contrecœur. Une fois Bradshaw parti, Ewen était donc devenu un espion. Ce n'était pas une tâche facile, car chaque jour, il devait inventer un nouveau moyen de surveiller l'auberge, non seulement pour que Brenna ne le remarque pas, mais aussi pour éviter que les villageois se mettent à jaser. Il allait souvent à la taverne, qui se trouvait juste un peu plus bas dans la même rue que l'auberge et offrait un bon point de vue sur sa façade. Mais ce stratagème n'était pas simple non plus, car Ewen ne buvait pas.

Il y a longtemps, Pa l'avait mis en garde en lui disant que boire de l'alcool, même de la bière, ne lui apporterait que des ennuis, et il le lui avait formellement défendu. D'ailleurs, cela ne privait pas Ewen, qui avait un Noël goûté du whisky, et lui avait trouvé un goût de vinaigre. Mais cette interdiction posait problème, maintenant qu'Ewen passait ses journées à la taverne. C'était une habitude d'ivrogne, même lui le savait. Il avait bien songé à commander un bock de bière pour le faire durer en le sirotant lentement, mais pour finir, il y avait renoncé. Pa était mort, ce qui rendait ses recommandations d'autant plus inflexibles. Ewen ne pouvait se résoudre à les enfreindre.

Il raconta au tavernier qu'il attendait l'arrivée en ville d'un ami, et après une petite discussion, ils convinrent qu'Ewen boierait de l'eau en la payant au prix de la bière. Ewen craignait que le tavernier divulgue leur étrange arrangement, mais c'était un homme taciturne qui ne parlait que pour prendre les commandes et faire payer les clients. Cela ne le gênait nullement d'avoir Ewen assis au bout du bar, buvant verre d'eau après verre d'eau, et se levant juste pour aller se soulager aux toilettes puantes situées au fond de la taverne. Mais Ewen s'ennuyait ferme dans son rôle d'espion, aussi le deuxième jour, il apporta des crayons et du papier et se mit à dessiner les gens qui fréquentaient le bar, ainsi que la rue et les passants. Il savait que ses esquisses n'étaient pas très bonnes, pourtant le tavernier au moins sembla les apprécier ; après avoir feint quelque temps une complète indifférence, il demanda même à Ewen s'il pourrait dessiner lui aussi, et donc Ewen lui donna une feuille de papier ainsi qu'un morceau de mine de plomb. Quelqu'un avait-il jamais dessiné Gin Reach jusqu'à ce jour ? Le paysage alentour était morne au possible, et il n'y avait guère de sources d'inspiration, ici. Et donc Ewen dessinait les gens, les bâtisses, le ciel, sans jamais quitter longtemps des yeux la porte de l'auberge.

À deux reprises, Brenna sortit de l'auberge pour remonter la grand-rue, puis aux abords de la ville elle s'enfonça dans le désert. Elle semblait marcher presque sans but, mais pas tout à fait, et le troisième jour, Ewen avait commencé à se demander au juste ce qui la retenait ici, pourquoi elle ne continuait pas sa route comme les autres voyageurs, qui faisaient juste étape à Gin Reach pour s'équiper avant de tenter la traversée des Terres Sèches. Brenna n'entrait jamais dans aucun des rares commerces, et elle n'achetait rien, pas même des réserves de nourriture. À vrai dire, à part ses étranges excursions dans le désert, elle ne quittait pas l'auberge. Cela, Ewen croyait en comprendre la raison ; débarrassée de sa pâleur repoussante, Brenna était une femme plutôt jolie, et quand elle arpentait la grand-rue, les hommes se retournaient sur son passage. Elle conservait son air sévère, aussi personne n'essayait d'engager la conversation ni n'osait la suivre. Mais elle attirait l'attention, et Ewen sentait que c'était bien contre son gré. Elle était sur ses gardes et attendait manifestement quelque chose. Ewen ne pouvait la surveiller que durant la journée, et il n'avait aucune idée de ce qu'elle faisait la nuit, tandis qu'il dormait.

Le quatrième jour après le départ de Bradshaw, deux nouveaux voyageurs arrivèrent à l'auberge encapuchonnés et enveloppés de lourdes capes. Il n'y avait là rien de suspect, car beaucoup de visiteurs de passage tenaient à la discrétion et n'appréciaient pas qu'on se mêle de leurs affaires. Comme Brenna n'était pas sortie à leur rencontre, Ewen ne leur prêta plus attention et revint à son dessin.

Cette nuit-là, personne ne parvint à trouver le sommeil. Un orage s'amoncelait au-dessus du désert, un orage qui ne ressemblait à aucun de ceux qu'Ewen avait vus jusque-là. Des éclairs traversaient le ciel d'un bout à l'autre de l'horizon, et le tonnerre grondait si fort que tous les édifices en tremblaient. Ewen, qui avait peur du tonnerre, savait que par une nuit pareille, il ne réussirait jamais à dormir, tout seul dans la chambre en sous-sol. Il veilla tard à la taverne, et apparemment, les habitants avaient eu la même idée, car l'endroit était bondé. Le tavernier était si occupé que lorsqu'Ewen eut fini son verre, il posa une pleine cruche d'eau sur le bar devant lui et s'éloigna en hâte sans le faire payer.

La salle étant trop bruyante pour qu'Ewen prenne plaisir à dessiner, il restait accoudé au bar en regardant à travers la vitre qui donnait sur la rue. Les éclairs ne cessaient de sillonner le ciel, illuminant toute la rue d'un bleu électrique. Malgré le tonnerre, il sentait ses paupières s'alourdir. Il était près de minuit, et il n'avait veillé aussi tard que trois fois dans sa vie, à Noël, avant d'aller travailler comme geôlier au Donjon. Il se demanda si le tavernier lui permettrait de s'endormir ici, la tête posée sur le bar. Les craquements du tonnerre faisaient un bruit de fin du monde, pourtant Ewen n'était pas aussi effrayé qu'il l'aurait cru. Qui aurait imaginé qu'il quitterait un jour New London pour traverser la moitié du Nouveau Monde, puis qu'il serait capable de se débrouiller tout seul dans une ville étrangère ? Il aurait bien aimé pouvoir le raconter à Pa, mais Pa était…

Ewen se redressa soudain. Le temps d'un éclair, malgré la lumière d'une lampe placée près de la vitre qui gênait sa vue, il avait cru voir une silhouette enveloppée d'une cape qui transportait quelque chose hors de l'auberge.

Quittant son tabouret, Ewen alla se poster devant la vitre. Il ne distinguait presque rien tant il faisait sombre au-dehors. Mais alors un éclair déchira le ciel, et il découvrit qu'un chariot était garé devant l'auberge, chargé à l'arrière d'un gros ballot.

Oubliant ses feuilles et ses mines de plomb qui étaient posées sur le bar, Ewen sortit et fut aussitôt trempé jusqu'aux os. L'orage était si violent qu'il n'entendait plus aucun bruit venant de la taverne derrière lui. Il voulut s'approcher du chariot, mais à peine se fut-il avancé hors de l'auvent de la taverne qu'un éclair illumina la silhouette postée devant l'auberge. Ewen s'empressa de reculer en se blottissant dans l'ombre. Un instant il n'y eut à nouveau que ténèbres, puis l'éclair lui montra le profil de la sorcière, sous la capuche. Elle tournait la tête de chaque côté en humant l'air comme un chien qui a flairé une piste. Ewen se renfonça tant qu'il put contre le mur, en priant pour que ces yeux bleu pâle ne puissent le voir…

Au bout d'un temps qui lui parut infini, Brenna quitta le seuil de l'auberge et descendit le perron.

L'éclair suivant révéla qu'elle avait un deuxième ballot jeté en travers de son épaule, et Ewen se rendit compte avec horreur que ce ballot avait la taille d'un homme. Il n'avait pas vu ce que Brenna avait infligé à Will dans le Donjon, mais il avait entendu les rumeurs qui circulaient dans les quartiers des gardes. D'après Elston, après que Brenna en eut fini avec Will, il n'en restait plus qu'une bouillie sanglante.

Brenna grimpa à l'avant sur le siège du chariot et prit les rênes. Elle part, se dit Ewen, et sa première réaction fut un immense soulagement. La sorcière mijotait sûrement quelque mauvais coup ; peut-être même avait-elle tué quelqu'un. Mais elle quittait Gin Reach, et ensuite, ce ne serait plus son problème. Quand Bradshaw reviendrait, ils pourraient quitter cet horrible bourg au bord de nulle part pour rentrer à New London ; Ewen retrouverait ses frères, et son ancienne vie.

Mais alors son cœur se serra. Non, ce n'était pas aussi simple. Massue lui avait dit de repérer tout ce qui sortirait de l'ordinaire, et une sorcière transportant ce qui ressemblait à des corps au milieu de la nuit, ce n'était pas ordinaire. En outre, Brenna était une prisonnière évadée, et Ewen était avant toute chose un geôlier. Oui, Pa avait fait de lui un geôlier, il avait choisi Ewen alors que ses frères étaient plus intelligents et plus courageux que lui, et Ewen n'avait jamais laissé un prisonnier s'échapper.

Il regarda derrière lui à travers la vitre de la taverne, mais à l'intérieur, tout le monde buvait et bavardait. Et s'il demandait de l'aide au tavernier ? Non, jamais celui-ci ne voudrait quitter son bar. Si seulement Bradshaw était encore là pour lui dire ce qu'il devait faire ! Le temps pressait. Un autre éclair lui montra que le chariot s'éloignait déjà. Il vérifia qu'il avait bien son couteau à sa ceinture. Pas d'épée ; Massue ne lui avait jamais permis d'en porter. D'ailleurs Ewen n'aurait su qu'en faire, lui qui était déjà si maladroit au maniement du couteau, comme l'avait remarqué Venner.

Je ne suis pas un vrai Garde de la Reine, songea-t-il de nouveau. Or même les vrais Gardes de la Reine avaient peur de Brenna, et il était seul, et aucune aide n'arriverait à temps.

— J'y vais, murmura Ewen dans la pluie. D'accord, Pa ?

Il se détacha du mur et remonta la rue en suivant le chariot.

Quand Kelsea se réveilla dans le noir, elle se rendit compte qu'elle avait les mains liées derrière le dos, puis qu'elle était trempée. Elle se trouvait couchée sur un chariot en train de rouler, et un moment elle se demanda, stupéfaite, si elle était encore en route pour Mortmesne, si ces derniers mois n'avaient été qu'un rêve très profond. Mais alors un éclair déchira l'obscurité, et elle découvrit, soulagée, que c'était un autre chariot, plus petit. Il y avait un gros ballot à côté d'elle, et un nouvel éclair lui révéla des yeux noirs sous une capuche : la Reine rouge.

Brenna.

En se tortillant, Kelsea réussit à voir la silhouette enveloppée d'une cape qui conduisait le chariot. Elle se rappelait avoir entendu la voix de Brenna dans le noir, puis plus rien. Il y avait une traînée de sang sur le front de la Reine rouge ; avaient-elles toutes les deux été assommées ? Kelsea avait reçu trop de coups sur la tête ces derniers temps, pourtant ce n'était pas une commotion qu'elle craignait. Comment diable Brenna s'était-elle évadée du Donjon ? En tout cas cette femme n'était pas à Gin Reach par hasard. Elle était venue pour Kelsea, tout comme elle serait venue pour toute personne ayant fait du mal à Arlen Thorne. Kelsea se tortilla en vain pour tenter de vérifier si elle portait toujours le saphir Tear. Pourrait-il lui venir en aide dans ces circonstances ? Brenna avait une réputation de sorcière, mais on ne savait au juste en quoi consistaient ses pouvoirs.

Comme le chariot s'arrêtait, Kelsea ferma les yeux en poussant du coude la Reine rouge pour lui signifier de faire de même. En tout cas, Brenna avait une force incroyable ; elle sortit Kelsea du chariot en la soulevant comme une plume et la lâcha par terre en la faisant rouler hors de la cape. Kelsea plissa les yeux pour essayer de déterminer où elles se trouvaient, mais malgré les éclairs qui illuminaient le ciel par intermittence, elle ne distinguait presque rien à travers la pluie diluvienne. Le sol sous sa joue crissait comme du sable. Elles devaient être dans le désert.

Brenna la saisit à bras-le-corps pour la transporter à quelque distance du chariot. Kelsea essaya de demeurer inerte, mais Brenna la chatouilla et elle ne put réprimer un petit tressaillement.

— Ne fais pas semblant de dormir, Vraie Reine, marmonna Brenna. Je sais que tu es revenue à toi depuis un bon moment.

— Qu'avez-vous l'intention de faire ? demanda Kelsea.

Brenna ne répondit pas, mais durant le bref éclair qui suivit, Kelsea eut le temps de la voir sourire d'un air cruel, qui n'augurait rien de bon. Elle semblait aussi différente, plus jeune. Encore quelques pas, et Kelsea ne sentit plus la pluie crépiter sur sa peau ; elles étaient entrées dans une sorte d'abri. Brenna la lâcha sans ménagement sur des dalles en pierre, et Kelsea poussa un gémissement quand elle atterrit sur un coude.

— Tu ne perds rien pour attendre, petite reine. Je reviens.

Kelsea grinça des dents en essayant de se redresser. Avec les mains ligotées derrière le dos, elle ne réussit qu'à se tortiller pitoyablement par terre. Désespérée, elle baissa les yeux et découvrit le saphir, qui pointait hors de sa chemise. Mais ce n'était pas le bon, pas celui dont elle aurait eu besoin, en tout cas. Le saphir de Tear ne servait pas à infliger des blessures. Celui de Finn l'aurait aidée en l'occurrence, mais elle l'avait rendu à la Reine rouge. Pourquoi ? Elle s'en souvenait à peine, et pour toute réponse, seul le visage d'Arlen Thorne lui vint à l'esprit.

Peu après, Brenna revint en raclant des pieds sur les dalles de pierre. Avec un bruit sourd, la Reine rouge atterrit à côté de Kelsea en poussant un cri, puis Brenna s'éloigna.

— Qui est-ce ? murmura la Reine rouge.

— Brenna. La sorcière d'Arlen Thorne.

— Pour une sorcière, c'en est une. J'ai été incapable de la trouver.

Kelsea acquiesça. Brenna était comme Row Finn ; elle n'avait jamais existé nettement dans l'esprit de Kelsea. Tant d'enfants étaient nés après la Traversée avec des singularités qui s'étaient transmises de façon imprévisible jusqu'au Tearling d'aujourd'hui. La magie était présente partout dans ce pays, si l'on prenait la peine de regarder, et beaucoup de cette magie semblait remonter à cet unique moment où les vaisseaux avaient glissé par la trouée sur l'horizon. Mais la Traversée était-elle vraiment à l'origine de cette magie, ou était-ce le saphir de Tear, ce saphir qui abondait dans le sous-sol du Tearling ?

Qu'est-ce qu'il nous a fait ? se demanda Kelsea. Que nous a-t-il fait à tous ?

Une allumette s'enflamma, et elle vit la silhouette de Brenna accroupie au-dessus d'un tas de branchages. Elles se trouvaient dans une sorte de bâtisse en pierre sans fenêtres. Kelsea entendait la pluie crépiter sur le toit en bois. L'endroit semblait abandonné depuis longtemps, et il ne restait que des morceaux de meubles cassés, entassés dans un coin.

Brenna se redressa en tapant dans ses mains pour en ôter la cendre, et Kelsea vit qu'elle avait eu raison : Brenna avait changé d'aspect. Ses cheveux blancs étaient maintenant d'un blond doré, et ses joues vivement colorées.

— Vous n'êtes plus albinos ? demanda Kelsea.

— Je ne l'ai jamais été. Les gens se fient trop aux apparences.

— Alors qu'êtes-vous ? demanda la Reine rouge.

Kelsea devina qu'elle cherchait à gagner du temps, mais à quoi bon ? Même si Massue et Pen avaient réussi on ne sait comment à retrouver leur trace depuis Demesne, ils ne découvriraient jamais cet endroit. Brenna n'avait pas choisi par hasard cette masure abandonnée en plein désert.

— Reine Mort ! Mon maître parlait souvent de toi, dit Brenna en jetant un coup d'œil aux flammes qui projetaient des ombres dansantes sur les murs. Attendons que le feu prenne vraiment. Nous y verrons mieux et ce sera beaucoup plus amusant.

— Qu'êtes-vous au juste ? demanda Kelsea en imitant la Reine rouge, car finalement, gagner du temps, c'était mieux que rien.

— Je suis un outil. Un outil utile à mon maître.

— Quel genre d'outil ?

— Ne compte pas détourner mon attention, chienne. Mais je vais te répondre, car cela fait partie du spectacle.

Brenna prononça ce dernier mot avec une délectation qui fit frissonner Kelsea.

— Avant même que je sache marcher, ceux qui nous élevaient dans la Crèche ont compris que j'avais un curieux talent, poursuivit Brenna. J'absorbais la souffrance. Pas la souffrance physique, mais celle de l'esprit, et du cœur. Je pouvais m'emparer des pires souvenirs d'un homme, des choses les plus terribles qu'il ait infligées ou subies, et les absorber en moi. Pour une heure, mes clients se voyaient délivrés de leurs tourments.

— Ils devaient payer un bon prix.

— Ça oui, confirma Brenna en s'accroupissant pour vérifier les liens de Kelsea. Mais le soulagement n'était que temporaire. Une fois l'heure finie, ils retrouvaient leurs souffrances.

— Et Thorne dans tout ça ? demanda Kelsea, alors Brenna la gifla à tour de bras et Kelsea se cogna face contre terre, sentant le goût du sang dans sa bouche.

— Ne prononce pas son nom. J'ai vu ce que tu lui as fait…, commença Brenna, mais soudain elle se tut et parut songeuse, comme si elle avait la tête ailleurs.

Elle était presque belle, avec ses traits bien dessinés et ses yeux d'un bleu profond.

— Que faisiez-vous pour votre maître ? reprit Kelsea.

— Je prenais sa souffrance, et je la gardais, répondit Brenna. Je ne lui rendais jamais sa douleur. La vie se retirait de moi, cela me vidait, me prenait ma jeunesse au point que j'en devenais toute pâle, mais je gardais sa douleur en moi afin qu'il puisse faire ce qu'il fallait pour assurer notre sécurité.

Kelsea ferma les yeux. Elle avait méjugé Thorne en le prenant pour un pur sociopathe, ce qu'il n'était pas. Au moment de son agonie, il avait ressenti une douleur bien plus intense que celle due aux blessures infligées par Kelsea. Car Brenna n'était plus en mesure de l'aider.

— Alors vous êtes une sorte de canal ? remarqua la Reine rouge en Tear. Un conduit qui aide à évacuer la douleur ?

— Parfois, répondit Brenna avec un sourire si farouche que Kelsea en frémit encore. Mais j'ai d'autres talents. Mon maître en a rarement eu besoin, pourtant j'ai l'impression qu'ici même, nous allons en faire bon usage.

Empoignant la Reine rouge par les cheveux, elle la mit en position assise. La Reine rouge grogna de douleur, mais ne hurla pas, décevant sûrement en cela les attentes de Brenna.

— Chienne de Mort, mon maître parlait souvent de toi. Tu as essayé de le tromper et tu as cru que tu pourrais t'en tirer comme ça. Tu seras une bonne démonstration.

— De quoi ?

Brenna s'accroupit face à elle et plongea ses yeux dans les siens. La Reine rouge essaya de détourner le regard, mais elle en fut incapable. Peu à peu, elle se figea, les yeux rivés sur quelque chose que Kelsea ne voyait pas, comme hébétée d'horreur.

— Je possède la douleur, remarqua Brenna avec désinvolture, sans quitter la Reine rouge des yeux. Je la manipule. Je puis l'enlever si je le veux. Mais je puis aussi l'accentuer.

La Reine rouge se mit à pousser des cris aigus, ressemblant aux couinements d'un cochon qu'on égorge en le faisant saigner, et Kelsea eut beau fermer les yeux, elle fut forcée de les entendre.

— Pense à ce que tu as fait de pire, pense à ce qui t'est arrivé de pire, murmura Brenna. Je puis te le faire revivre, encore et encore.

Les cris cessèrent. La Reine rouge avait les yeux révulsés, le visage luisant de sueur, la bave aux lèvres. Tout son corps tremblait.

— Arrêtez ! s'écria Kelsea. Vous n'avez aucune raison de vous en prendre à elle !

— Elle a trompé mon maître, répliqua posément Brenna. C'est une raison suffisante, mais ce n'est pas la seule. Je veux que tu regardes ce qui t'attend, chienne Tear. Ce spectacle t'est destiné.

— Mère ! hurla la Reine rouge.

— Je crois qu'on peut la libérer, maintenant, remarqua Brenna en se redressant et, sortant un couteau, elle se pencha pour couper les liens de la Reine rouge. Elle n'ira nulle part, et le spectacle n'en sera que meilleur.

— Mère, je regrette ! hurla la Reine rouge, les joues baignées de larmes. Je vous en prie, Mère, non ! Je serai une bonne fille, je vous le promets ! Ne me vendez pas.

Elle porta ses mains à son visage et ses ongles creusèrent sur ses joues de longues balafres dont le sang jaillit. Kelsea roula sur le flanc, prise de haut-le-cœur.

— Et toi, as-tu de mauvais souvenirs, Kelsea Glynn ? lui demanda doucement Brenna. Des regrets ? Quelque chose que tu tentes désespérément de fuir ?

Kelsea se tortilla pour tenter d'échapper à ces paroles, mais Brenna fut sur elle et la força à lever la tête en la prenant par les cheveux.

— Je le trouverai. Crois-moi, je le trouverai, et cela t'arrivera encore et encore, jusqu'à ce que tu ne connaisses plus rien d'autre.

Kelsea ferma les yeux, décidée à ne pas croiser son regard. Mais Brenna la flanqua sur le dos, et peu après, Kelsea sentit le contact de ses ongles sur ses paupières.

— Ouvre les yeux, murmura Brenna. Ouvre-les, ou je te les arrache.

Non loin de là, la Reine rouge sanglotait et suppliait toujours sa mère invisible. C'était insupportable, mais l'idée de devenir aveugle l'était encore davantage. Kelsea ouvrit les yeux. Le visage de Brenna était juste au-dessus du sien.

— Où est-ce ? murmura Brenna, alors Kelsea se rendit compte avec horreur qu'elle la sentait à l'intérieur de son esprit, fouillant, cherchant. Où est donc cette chose, la pire de toutes ?

Est-ce là ce que j'ai fait ? se demanda Kelsea, épouvantée. Brenna fouaillait son esprit avec une brutalité de vandale. Kelsea essaya de rompre le lien, de détacher son regard du sien, mais elle ne put ni détourner les yeux ni les fermer.

Est-ce là ce que j'ai infligé à d'autres ? songea-t-elle.

— Il faut drôlement creuser, marmonna Brenna, et Kelsea se rendit compte, terrifiée, qu'elle approchait d'une poche enfouie au plus profond de son esprit : les souvenirs de Lily, la vie de Lily avant la Traversée, la peur constante ponctuée par saccades de violences et de viols.

La terrible vie de Lily, que Kelsea avait été contrainte de vivre elle aussi.

— Ah, murmura Brenna avec délice. Je te vois maintenant.

Kelsea s'arc-bouta tant qu'elle put, mais elle ne réussit pas à la détacher d'elle. Tout près, elle entendit la Reine rouge s'étrangler.

— Qu'avons-nous là ? demanda Brenna d'un ton taquin en la chatouillant.

Kelsea se tortilla, sans pouvoir détourner le regard.

Elle sentait les souvenirs de Lily émerger de leur trou noir, comme soumis à une force d'attraction irrésistible. Greg Mayhew, le commandant Langer, l'immonde Parker, bientôt ils l'auraient tous rejointe et alors…

— Laissez-la tranquille.

Brenna sursauta. Le fil dans la tête de Kelsea se rompit, et elle gémit de gratitude tandis que les souvenirs de Lily retombaient dans les ténèbres de son esprit, là où était leur place. Ses yeux secs la brûlaient ; elle dut cligner des paupières pour distinguer la silhouette plantée sur le seuil. Alors elle découvrit la dernière personne au monde qu'elle aurait cru y trouver : Ewen, le geôlier du Donjon.

— Ewen, va-t'en vite ! lui cria Kelsea.

Ewen avait un couteau, mais il écarquillait les yeux comme un enfant qui a peur du noir. Kelsea ne supporterait pas qu'il meure ici, non, pas Ewen, pas alors que tant d'autres étaient morts par sa faute…

— Oui, fiche le camp, mon garçon, gronda Brenna. Tu n'as rien à faire ici.

— C'est la Reine du Tearling, répliqua Ewen d'une voix tremblante, et je suis un Garde de la Reine. Laissez-la tranquille.

— Garde de la Reine, répéta Brenna avec dérision. Tu n'es qu'un jouet pour eux, une sorte de mascotte. Tu n'as même pas d'épée.

Ces mots portèrent visiblement un coup à Ewen qui blêmit encore, et il prit une grande goulée d'air. Pourtant il brandit son couteau et avança encore d'un pas dans la pièce.

— Ewen, ne la regarde pas ! s'écria Kelsea.

Des sortes de râles venaient de sa gauche, et quand elle se tourna, elle vit que la Reine rouge s'étranglait de ses propres mains. Au prix d'un immense effort,

Kelsea roula sur le ventre et se mit à ramper en se tortillant vers elle.

— Evelyn !

Les yeux fixés au loin, la Reine rouge ôta ses mains de sa gorge. De ses doigts crochus, elle creusa une grande balafre sur sa cuisse droite.

— Evelyn, réveille-toi !

— Mère ? murmura la Reine rouge, qui tendit alors les mains vers Kelsea.

D'un sursaut, Kelsea se rejeta en arrière, mais elle vit avec horreur la Reine rouge ramper vers elle, tendant toujours devant elle ses mains qui ne saisissaient que du vide.

— Mère, gémit-elle en pleurant. Je regrette de m'être enfuie.

Brenna avait acculé Ewen dans un coin et elle avançait sur lui, lentement, avec un grand sourire, en cachant son couteau derrière son dos.

— Discutons un peu, mon garçon. Approche, regarde-moi.

— Non ! s'écria Kelsea, mais alors elle comprit avec désespoir que Ewen était déjà pris, car il fixait Brenna de ses grands yeux, bouche bée.

Sentant qu'on lui effleurait la cheville, Kelsea baissa les yeux et poussa un hurlement ; la Reine rouge lui caressait le pied, les lèvres retroussées en un rictus sanglant.

— Mère ?

Sanglotant, Kelsea s'éloigna en rampant vers Ewen, avec l'envie désespérée de le détacher de Brenna. Elle progressait en s'appuyant sur son bon coude et en faisant glisser ses pieds sur le sol un à la fois, criant le nom d'Ewen, tout en se rendant compte qu'elle se mouvait trop lentement, qu'elle ne les rejoindrait jamais à temps… Alors la voix d'Ewen résonna contre les murs de pierre, et Kelsea leva les yeux, sidérée.

— Je vois que vous cachez un couteau derrière votre dos.

Le sourire de Brenna s'éteignit. Elle scruta Ewen un long moment, les yeux agrandis par la concentration, en grinçant des dents.

— Lâchez ce couteau, ordonna Ewen.

La rage déforma les traits de Brenna, et il émana d'elle une telle colère que Kelsea la sentit depuis l'autre côté de la pièce, comme une onde de chaleur. Ewen avança, brandissant lui-même son couteau, et Brenna écarquilla les yeux de stupeur.

— Comment peux-tu…, murmura-t-elle. Non, ce n'est pas possible…

— Lâchez ce couteau, répéta Ewen d'un ton impératif, et Kelsea ne put que le contempler, médusée, en se demandant si elle rêvait, car il faisait presque deux fois la taille de Brenna, alors qu'un instant plus tôt, Kelsea était certaine qu'elle le dépassait.

Brenna recula devant lui, vers le feu. Elle essaya sauvagement de lui porter un coup de couteau, mais Ewen se tint juste hors de sa portée.

— Lâchez ça.

— Non !

— Lâchez-le, répéta Ewen, l'air fermé comme un mur, à la fois patient et borné, et Kelsea eut soudain une vague idée de ce qui se jouait ici : Brenna avait choisi une mauvaise cible.

Il n'y avait rien en Ewen à quoi s'accrocher pour lui imprimer sa marque particulière de souffrance, aucune prise, car Ewen était différent.

— Où est-ce ? s'écria Brenna sans quitter Ewen des yeux.

Elle chercha encore à le frapper de son couteau, mais cette fois, elle perdit l'équilibre et tomba en avant. Ewen s'apprêtait à la rattraper, quand elle lui entailla le bras, puis recula dans le feu.

— Sors-la des flammes ! s'écria Kelsea en se tortillant par terre comme une forcenée.

Ewen essaya de tirer Brenna hors du feu et il poussa un cri quand les flammes lui brûlèrent la main. Les hurlements de Brenna résonnèrent dans la petite bâtisse en pierre jusqu'à ce qu'Ewen réussisse enfin à la tirer à lui, mais son épaisse robe avait pris feu et il n'y avait rien pour étouffer les flammes. Ewen se pencha sur elle, impuissant, tandis qu'une odeur écœurante emplissait l'air.

— Fais-la rouler par terre ! lui cria Kelsea, et Ewen s'exécuta en faisant rouler Brenna de son pied pour tenter d'étouffer les flammes, mais Kelsea comprit qu'il était trop tard.

Brenna avait cessé de hurler.

— Glynn.

Baissant les yeux, elle découvrit la Reine rouge couchée près d'elle. À travers ses yeux mi-clos, Kelsea vit une lueur rougeâtre filtrer entre ses paupières. Quelque chose s'éveilla en elle, un instinct atavique la prévenant du danger.

— Est-ce que ça va ? lui demanda-t-elle pourtant.

— Non, répondit la Reine rouge en désignant son corps meurtri et ensanglanté. Mais au moins, je suis revenue à moi.

— Majesté ? demanda Ewen d'une voix brisée. Majesté, j'ai fait ce que j'ai pu, mais je crois qu'elle est…

— Oui, Ewen. Approche. Il faut que tu coupes mes liens.

Ewen se redressa et s'empressa de la rejoindre. Kelsea se coucha comme elle put sur le flanc et il commença à couper ses entraves, puis elle se frotta les poignets et sentit ses épaules endolories se dénouer tandis qu'elle s'étirait avec délice.

— Écoute-moi bien, Ewen, ordonna-t-elle. Elle m'aurait tuée. Elle aurait pris plaisir à me torturer, puis elle m'aurait tuée. Et toi aussi, elle t'aurait tué, si elle avait pu te saisir. Tu n'es pas responsable de sa mort. Tu as demandé à une prisonnière évadée de rendre son arme et elle a refusé.

Ewen hocha la tête, pourtant son visage s'était rembruni, et Kelsea se dit que cette ombre ne se dissiperait pas facilement.

— Comment t'es-tu retrouvé ici, Ewen ?

— C'est le Capitaine, Majesté. Il m'a envoyé ici. Avec Bradshaw.

— Le magicien ? Il est là ?

— Non, madame. Il est allé chercher le Capitaine, il y a plusieurs jours. Il n'y a que moi.

Kelsea traversa la pièce pour se pencher sur le corps calciné de Brenna, avec un fort sentiment de culpabilité. Elle avait méprisé cette femme, alors qu'en fin de compte, la rancœur de Brenna était légitime. Cela faisait des semaines que Kelsea se confrontait à cette vérité : exécuter Thorne avait été une terrible erreur, et ce qu'elle lui avait fait endurer pire encore que ce qu'elle croyait.

— Ewen, marmonna-t-elle. Il y a des capes dans le chariot, dehors. Rapporte-les nous.

Ewen s'empressa d'obéir, tout content qu'on lui confie une tâche facile. Kelsea inspira profondément et le regretta aussitôt, tant l'air puait la chair calcinée.

— Glynn, murmura à nouveau la Reine rouge.

Kelsea revint s'accroupir à côté d'elle en ramassant au passage le couteau de Brenna.

— Quand nous aurons regagné la cité, nous soignerons vos blessures, lui dit-elle.

— Inutile. Regardez.

Kelsea découvrit alors que les profondes entailles sur les cuisses de la Reine rouge se refermaient déjà, comme par miracle.

Ewen revint presque au pas de course avec les capes, et Kelsea lui ordonna de les jeter sur le corps de Brenna. Elle avait l'intention d'incinérer ce qu'il en restait, mais il était préférable qu'Ewen ne le voie pas.

— Glynn, dit encore la Reine rouge d'une voix rauque. Dites à ce garçon de sortir.

Kelsea fit un signe de tête à Ewen, qui n'hésita qu'un bref instant avant de quitter la masure en fermant la porte derrière lui. Elle revint à Evelyn et vit encore un éclair rouge luire dans ses yeux.

— Je suis en train de changer, déclara posément Evelyn. Je me transforme en autre chose. Je ne suis plus maîtresse de moi-même. Quelque chose dans mon sang me dit de vous tuer, et j'ai envie de l'écouter.

Kelsea recula.

— Me nourrir de chair humaine, je pourrais m'y faire. Après tout, c'est ainsi que j'ai vécu durant tout mon règne, remarqua Evelyn en souriant sombrement. Mais être contrôlée par quelqu'un d'autre, sans jamais diriger mon propre destin… j'ai vécu cela il y a longtemps. Je ne puis me résoudre à le revivre.

— Que vous est-il arrivé ?

Evelyn tendit une main, et Kelsea vit le saphir de Finn posé sur sa paume.

— Voulez-vous le voir, Glynn ? En échange, vous devrez me faire une faveur.

Une faveur. Ces mots résonnèrent dans la tête de Kelsea et elle revit Mhurn, son visage tourné vers elle alors qu'elle lui tranchait la gorge. Soudain elle eut peur, plus encore qu'au moment où elle s'était réveillée pour découvrir Brenna penchée au-dessus d'elle, dans le noir.

— Je n'ai pas voulu vous tuer jusqu'à présent. Pourquoi le ferais-je maintenant ?

— C'est différent, Glynn. Maintenant, je vous le demande.

Kelsea ferma les yeux. Elle sentit qu'on lui touchait la main ; Evelyn y glissa le saphir de Finn, puis referma la main de Kelsea et la pressa.

— Je sais ce que vous craignez, murmura-t-elle. Vous craignez de devenir comme moi.

C'était faux. Certes Kelsea n'avait pas envie de devenir comme la Reine rouge, mais ce n'était pas ce qui l'empêchait de dormir la nuit. Ce qu'elle craignait par-dessus tout, c'était de devenir comme sa mère.

— Vous avez raison de le craindre. Mais la mort a mille visages. Et il y a toute la différence du monde entre tuer quelqu'un de sang-froid et abréger ses souffrances… Glynn, je vous en prie.

Kelsea contempla le saphir de Finn. Elle ne le voulait pas, mais elle ne pouvait pas non plus juste s'en débarrasser. Si elle était une Tear, comme Finn et le Fetch l'avaient prétendu, alors cela faisait très longtemps que sa famille conservait ces saphirs en les gardant comme des instruments de puissance dangereux.

— Je ne puis mettre fin à mes jours, Glynn. Quelque chose en moi s'y refuse obstinément. Mais vous, vous le pourriez, je crois, sans que cela vous porte préjudice. Car vous devenez ce que vous avez envie d'être.

À ces mots, Kelsea tressaillit. Elle revit Mhurn, souriant tandis que Coryn glissait l'aiguille dans son bras. Sur le moment, Kelsea avait cru que c'était de la pitié, mais qu'était-ce en réalité ? Evelyn était couchée devant elle, avec son corps dont les contours étaient soulignés de lumière rouge. La Reine rouge s'effaçait, pour laisser place à autre chose…

— Je n'en ai plus pour longtemps, Glynn. Regardez.

Kelsea faillit alors reculer d'horreur. L'esprit de la femme, qui l'avait combattue si durement auparavant, était à présent grand ouvert, tel une immense métropole peuplée de pensées, d'idées, de souvenirs, de regrets. Sons, images, sensations, tout cela submergea Kelsea en déferlant sur elle avec tant de force qu'elle crut qu'elle allait se noyer.

Tout au fond, il y avait la mère, piégée dans un vaste réseau de sentiments contradictoires : amour, haine, jalousie, désir, regret, chagrin. Pour la Belle Reine, la jeune Evelyn n'était qu'un pion, tout comme Evelyn considérerait les autres durant son règne mortifère, un cercle vicieux qui semblait à Kelsea presque inéluctable. C'était une idée tellement triste qu'elle faillit arrêter là, se retirer de l'esprit de la Reine rouge. Mais elle ne le fit pas, car l'histoire était chose fascinante qui valait bien toutes ces souffrances, ne serait-ce que pour en découvrir la fin.

Evelyn avait quatorze ans quand le roi Cadarese avait proposé au Tearling une alliance, un marché compliqué comprenant des chevaux, du bois de charpente, des pierreries et de l'or. Les négociations, longues et alambiquées, avaient traîné des mois. Pour finir, les ambassadeurs étaient épuisés, et la cour Tear lasse de divertir la délégation Cadarese, toujours plus exigeante, composée en majorité d'hommes aux mains baladeuses. Tout le Donjon avait poussé un soupir de soulagement quand les deux délégations étaient enfin parvenues à un accord, et afin de sceller le marché par un geste montrant sa bonne volonté, la Belle Reine avait jeté dans le lot Evelyn, la bâtarde de la cour, en cadeau offert au roi Cadarese.

Evelyn avait l'habitude d'être traitée sans égards : remarques sournoises, éloges que les autres décernaient à Elaine, sa jolie sœur, la légitime, tandis qu'en Evelyn, les courtisans ne semblaient voir que des défauts. Elle était même habituée au manque d'intérêt de sa mère, qui oscillait entre indifférence et irritation. Mais cette dernière trahison… Evelyn n'y était pas préparée. Il y avait eu une scène, dont les images demeuraient floues pour Kelsea, peut-être parce que cette scène existait aussi pour Evelyn comme dans un brouillard, avec force hurlements, larmes, récriminations, pour finir par des supplications dont Evelyn ne se souvenait que vaguement à travers un sombre voile d'humiliation. Car sa mère était restée sourde à ses prières. Evelyn était donc partie avec la délégation Cadarese, et la dernière image qu'elle avait eue du Donjon était presque identique à celle qu'avait eue Kelsea : de l'autre bout du Pont de New London, consumée de chagrin, impuissante et entourée d'hommes qui ne lui inspiraient que méfiance, elle avait contemplé sa cité pour la dernière fois. Mais quand la délégation s'était éloignée et que New London avait disparu de sa vue, son chagrin s'était mué en rage.

La délégation Cadarese n'était jamais rentrée au pays. La troisième nuit, tout enivrés de bière et de rêves grandioses à l'idée des récompenses qu'ils recevraient du Roi pour avoir accompli leur mission, les ambassadeurs allèrent se coucher sans s'occuper d'attacher ni de faire garder l'étrange laideron qu'ils emmenaient chez eux. La toute jeune fille avait été si renfermée durant le trajet qu'ils l'avaient quasiment oubliée. Ils avaient pratiquement bu le tonnelet de bière offert à leur départ par le Tearling, et pour la plupart, ils réagirent à peine quand la petite Evelyn s'approcha d'eux à pas de loup, un couteau à la main, pour les égorger.

Evelyn saisit la main de Kelsea.

— Je n'en ai plus pour longtemps, murmura-t-elle. Par pitié. Tout est froid. Et mon cœur…

Écoutant, Kelsea découvrit qu'en effet, son cœur battait de façon désordonnée, comme une horloge dont le mécanisme est sur le point de s'arrêter. Mais l'histoire était loin d'être finie et il restait tant à voir ! Un seul Cadarese s'était réveillé pour de bon, et à la vue de l'enfant couverte de sang, aux lèvres retroussées et aux yeux luisant de haine, il s'était enfui vers le sud en s'enfonçant dans les Terres Sèches, pour ne plus jamais reparaître. L'incident avait ruiné l'alliance Cadarese, même si l'on avait étouffé l'affaire et que très peu de gens savaient ce qui s'était réellement passé ; selon la croyance populaire, les négociations avaient échoué, tout simplement. Kelsea s'émerveilla encore de la façon dont Evelyn avait involontairement servi son propre avenir, car si les Tear et les Cadarese avaient construit une alliance durable, Mortmesne ne se serait jamais élevée à la position de domination dont elle avait joui. Le meurtre des ambassadeurs, un meurtre dont le roi Cadarese crut jusqu'à la fin qu'il avait été commis par les Tear, avait aigri les relations entre les deux pays pour des années à venir. Quand une jeune sorcière émergea de nulle part et se mit à semer la dévastation sur ce qui était alors la Nouvelle Europe, il n'existait aucune unité, et donc aucun effort conjugué pour l'arrêter. Mais cela adviendrait des années plus tard. Après avoir tué les ambassadeurs Cadarese, Evelyn avait fui vers le nord et…

— De grâce, répéta la Reine rouge.

— Ne pouvez-vous donc en finir vous-même ? demanda Kelsea, au désespoir.

— J'ai déjà essayé. L'abandon, le renoncement, cela va à l'encontre de l'essence même de mon être.

Mon corps aussi se rebelle, il ne veut pas admettre qu'il n'y a plus d'avenir.

Kelsea la crut, tant l'angoisse dans les yeux d'Evelyn était criante. Si elle en avait eu le choix, Evelyn aurait mis fin à ses jours, pour contrôler sa mort comme elle avait voulu contrôler sa vie. Faiblement, Kelsea vit combien cela devait lui coûter de confier sa mort aux mains d'une étrangère.

— Je n'ai pas envie de le faire, répondit-elle, avec une conviction qui la surprit elle-même.

Evelyn sourit tristement.

— On ne fait pas toujours ce qu'on veut, comme disait souvent ma mère. C'est là que notre histoire se termine. S'il vous plaît.

Aidez-moi, supplia Kelsea, sans savoir à qui elle s'adressait. Barty ? Carlin ? Massue ? Tear ? La Reine de pique, cette chose qui était en elle quand elle avait tué Thorne, car elle comprenait maintenant qu'il s'agissait d'un meurtre, cette chose avait disparu. Mais il n'y avait rien pour la remplacer. Juste Kelsea. Elle avait voulu redevenir elle-même, et comprenait seulement maintenant combien ce désir lui coûterait cher. Elle pouvait sentir le cœur d'Evelyn, aussi vulnérable que s'il était entre ses mains.

— Bientôt il s'arrêtera de battre, murmura Evelyn. Et j'ai si peur qu'il commence à battre pour quelqu'un d'autre.

Kelsea hésita, car en elle, un esprit malicieux voulait désespérément voir la fin de l'histoire de la Reine rouge. Row Finn était là, tout près, et Kelsea avait tant besoin d'en savoir plus…

— Je vous en prie, répéta Evelyn. Je suis à bout.

En effet. Kelsea sentait les battements de cœur s'espacer. Les fantômes de Mhurn et de Thorne semblaient entrer et sortir de son champ de vision, mais étrangement, Kelsea ne les craignait pas. Katie aussi était là, revendiquant sa place dans son esprit. Elle sentait le temps se réduire, alors, elle brandit le couteau au-dessus de la poitrine d'Evelyn en le saisissant à deux mains pour ne pas risquer de manquer son coup. Comme pour Mhurn, elle n'aurait pas le courage de recommencer.

— Il vous craint, vous savez, murmura Evelyn en désignant le saphir de Finn, qui pendait à présent de la main de Kelsea, ses sombres facettes miroitant à la lueur du feu. Finissons-en.

Kelsea la scruta, mais Evelyn avait déjà fermé les yeux.

— Je suis prête, petite. Allons, un peu de cran.

Kelsea inspira profondément. Mhurn et Thorne lui apparurent de nouveau, mais Evelyn avait raison ; il y avait toutes sortes de morts.

— Une faveur, murmura-t-elle en clignant des yeux pour chasser ses larmes.

— Oui. Une faveur, confirma Evelyn en esquissant l'ombre d'un sourire.

Rassemblant tout ce qu'elle avait en elle de force et de courage, Kelsea abattit le couteau.

LIVRE III

11

Le Pays Tear

La résurgence du christinanisme fondamentaliste fut un rude coup porté à la Ville de William Tear, un coup que Jonathan Tear sut identifier, mais qu'il ne put contrer. Quoi de plus dangereux en effet pour un idéal égalitaire que le concept de peuple élu ? La division provoquée par le précoce activisme de l'Église de Dieu exacerba encore les nombreuses failles idéologiques qui déjà minaient souterrainement le paysage. À l'instant critique, les gens étaient prêts à se retourner les uns contre les autres, et la chute de la Ville fut très rapide, à tel point que l'auteur de cet ouvrage se demande si toutes les communautés de ce type ne sont pas vouées à l'échec. Certes notre espèce est capable d'altruisme, mais ce n'est pas une qualité que nous pratiquons volontiers, ni pour laquelle nous sommes doués.

Retour sur la Traversée, Ellen Alcott

Durant les deux ans qui avaient suivi la mort de William Tear, Katie Rice avait beaucoup appris. Elle ne lâchait pas Jonathan d'une semelle, et Jonathan savait des choses. Mais surtout, Katie avait parfois l'impression d'exister dans le cœur caché de la Ville, un noyau où tous ses secrets étaient enfouis ; autant de secrets qu'elle connaissait et que, pour certains, elle eut préféré ignorer.

Par exemple, elle savait que quand Lily Tear était dans les affres de l'accouchement, Jonathan et Mme Johnson, la sage-femme, avaient essayé de pratiquer une césarienne. Ce fut une scène horrible, et Lily était morte en hurlant. Katie entendrait ces cris jusqu'à la fin de ses jours, mais ce n'était pas le pire. Au dernier moment, elle avait vu ce qui avait traversé l'esprit de Jonathan comme une flèche de désespérance, avec une telle netteté que c'était presque comme s'il l'avait écrit : Nous échouons.

Cela, Katie ne le comprenait pas. La mort de Lily n'était pas imputable à Jonathan ; s'il y avait un coupable, c'était plutôt son père, qui n'avait pas réussi à ramener des médecins, ni même à l'origine à garantir la sécurité du Vaisseau Blanc durant la Traversée. Mais cela, Katie ne le croyait pas non plus, car le souvenir du visage anxieux de Tear se dressait alors devant elle. Il s'était déjà puni lui-même. Non, Jonathan n'y était pour rien, pourtant Katie savait qu'il s'accusait de la mort de sa mère. Aucun homme n'est une île, dit-on, mais Jonathan était au minimum un ishtme, relié aux autres par une très étroite bande de terre, et Katie n'essayait pas de le décharger de sa culpabilité. Il ne désirait aucun réconfort, et seul le temps pourrait l'en guérir. Katie le connaissait assez bien pour le comprendre.

Deux enfants de plus avaient disparu sans laisser de trace : Annie Bellam, alors qu'elle revenait à pied de la laiterie, et Jill McIntyre, qui jouait à cache-cache près de la cour de l'école. Par Jonathan, Katie savait aussi que les déprédations du cimetière avaient recommencé : quinze tombes avaient été éventrées durant les quatorze derniers mois, toutes contenant des enfants. Dans son ensemble, la Ville n'était pas au courant ; Katie avait elle-même comblé plusieurs de ces tombes en rajoutant de la terre et en la tassant avant de la recouvrir de feuilles. Mais suite à la disparition de la fille des McIntyre, les dévots qui s'étaient donné le nom de Christers avaient honteusement exploité ce drame. Paul Annescott, autrement dit Frère Paul, prétendait que les disparitions étaient la manifestation d'un jugement, une punition divine infligée à la Ville pour son manque de foi. Katie n'en fut pas autrement surprise, mais ce qui la stupéfia, ce fut le nombre de gens qui furent sensibles à ce discours. C'était précisément ce qu'elle redoutait : avec la disparition de William Tear, il n'y avait aucune voix assez puissante pour endiguer l'afflux grandissant de rhétorique religieuse confinant à l'hystérie. Certes Maman et Jonathan y travaillaient. Sans égaler son père dans ce domaine, Jonathan savait être bon orateur, et il s'exprimait d'une voix posée, celle d'un homme qui ne désire que le bien commun. Mais cela ne suffisait pas. Huit mois plus tôt, une centaine de personnes avait commencé la construction d'une église au sud de la ville, un petit bâtiment en bardeau, et à présent que l'église était terminée, Annescott y tenait des sermons chaque matin. Il avait abandonné son métier d'apiculteur, et personne n'osait s'opposer à lui, pas même Jonathan. Oui, Katie avait beaucoup appris, mais elle ignorait comment remédier à ce qui clochait dans la Ville. Elle espérait que Jonathan le savait, mais rien n'était moins sûr, et elle avait l'impression désagréable que les autres membres de sa Garde étaient eux aussi en proie au doute.

C'était Gavin le plus pénible. Il se plaignait constamment des quarts que Katie lui assignait, et qui gênaient selon lui ses devoirs envers l'église. Si elle avait su qu'il tournerait dévot, elle ne l'aurait jamais choisi, mais elle ne pouvait s'en défaire, car c'était encore lui qui maniait le mieux le couteau au sein du groupe. En outre Morgan et Lear l'admiraient presque autant que Jonathan ; peut-être davantage, lui soufflait son esprit, ce qui la faisait frémir, car à son avis, rien de bon n'en sortirait. Cela influençait à leur tour Alain et Howell, qui suivaient toujours l'opinion majoritaire. Quant à Virginia, elle demeurait la fidèle alliée de Katie, ce qui ne faisait que renforcer son sentiment d'échec : la seule loyauté qu'elle ait su conserver était celle de l'unique femme du groupe. Était-ce un point de vue sexiste ? En tout cas, elle était certaine que William Tear aurait été déçu. Tôt ou tard, elle le savait, Gavin lui disputerait le commandement de la garde de Jonathan, et elle ne voyait pas du tout comment relever un tel défi. Certes Jonathan lui-même l'appuierait, mais Katie n'aurait pas dû avoir besoin de son soutien, et cela ne ferait que confirmer son manque d'autorité. Le problème tournait sans cesse dans sa tête, mais elle ne voyait aucune solution qui n'impose pas d'exclure Gavin de la Garde.

Comme de bien entendu, tous ces remous n'avaient pas filtré à l'extérieur de leur cercle. Pour la Ville, ils étaient tous les sept des amis de Jonathan, qui en avait toujours au moins un auprès de lui. La nuit, un membre de la Garde dormait sur le lit de camp qu'on avait installé dans le salon de Jonathan. Ces quarts de nuit suscitaient beaucoup de râleries, la plupart des membres jugeant Katie trop alarmiste. Mais elle n'en avait cure. S'il n'y avait pas encore de signe de la violence que William Tear avait pressentie, elle ne doutait pas de sa venue, et elle était bien décidée à la repérer de loin. Elle avait fait une promesse à Tear, une promesse devenue plus cruciale encore, maintenant qu'il était mort. Certains jours, tout le groupe, elle y compris, lui faisait penser à une bande de gamins jouant à être des adultes, mais elle n'avait pas le choix. Il n'y avait personne d'autre.

Elle savait que Row Finn avait participé à deux expéditions avec l'équipe de montagnards de Jen Devlin, et qu'un mois auparavant, il était reparti sur une troisième. En tant qu'amie de Row, elle savait aussi que ce n'était pas l'exploration en elle-même qui l'intéressait. C'était Jonathan qui lui avait appris ce que Row cherchait là-bas, dans les montagnes : du saphir, ce même saphir qui pendait au cou de Jonathan. On en trouvait couramment de-ci de-là des fragments, car des gisements semblaient abonder dans le soubassement rocheux de la Ville. Pourtant dans les montagnes, le saphir était bien plus facile à extraire en quantité. Mais qu'est-ce que Row voulait en faire ? Elle le connaissait assez pour savoir que s'il y avait quelque chose de précieux quelque part, il voudrait sans nul doute se l'accaparer, et donc, durant les deux dernières années, elle s'était surprise à éprouver pour son ancien ami d'enfance bien plus que du regret : de la suspicion.

Quand Row n'était pas au loin à explorer les montagnes, il allait chaque jour à l'église. Il y était populaire, si populaire que parfois Paul Annescott le laissait donner lui-même des sermons. Katie avait écouté une ou deux fois, même si elle n'avait pu le faire que depuis un bosquet de chênes de l'autre côté de la route, car les sermons de Row étaient si appréciés que l'assistance débordait sur le parvis et du fond de la nef. En se rongeant les ongles, Katie écoutait la voix de Row lui parvenir à travers la foule massée autour de l'église : il parlait de peuple élu, de gens qui étaient meilleurs que d'autres et méritaient mieux. Il avait une voix de prêcheur, admettait Katie à contrecœur, profonde et vibrant d'une émotion dont elle soupçonnait que ce n'était que du chiqué. Il y avait aussi un arrière-fond de brutalité dans les sermons de Row, mais Katie n'était pas certaine que les autres le percevaient ; après tout, elle l'avait jadis connu mieux que personne. C'était un comédien-né ; restait à savoir ce qui, du garçon, s'était perpétué dans l'homme. Par Gavin, Katie savait que l'église considérait les expéditions de Row dans les montagnes comme une sorte de pèlerinage, une errance de quarante jours dans la nature sauvage à défaut de désert, et cela aussi la mettait mal à l'aise. Row devait sûrement apprécier le parallèle avec le Christ ; il s'était toujours senti floué d'un manque de reconnaissance au sein de la Ville. Que Row cherche à abuser son église n'inspirait à Katie aucun regret, mais l'idée de tant de gens crédules dont les volontés se pliaient à celle d'un seul homme lui semblait par essence dangereuse.

Pour qui ? Pour Jonathan ?

Comment savoir ? À certains égards, Jonathan constituait le plus grand de tous ces mystères. Katie se demandait souvent pourquoi il avait besoin d'une garde alors qu'il savait et voyait tellement plus de choses que le reste d'entre eux. C'était parfois comme si cette garde ne servait qu'à faire illusion. Mais aux yeux de qui ? Il lui arrivait même de se demander si William Tear avait vraiment eu un projet bien défini, ou s'il avait juste rassemblé et entraîné ces jeunes gens sur un coup de tête. Katie était capable de tuer un homme à mains nues, mais à quoi bon, tant qu'elle ne verrait pas l'ennemi à combattre ?

— Qu'est-ce qui ne tourne pas rond dans cette ville ? demanda-t-elle à Jonathan d'un ton impérieux, un jour qu'ils se rendaient ensemble à la bibliothèque.

Les gens qui les croisaient les saluaient en souriant, mais Katie sentait un grand vide derrière ces sourires de façade, qui s'effaçaient sûrement juste après leur passage. L'esprit de la Ville s'était embrouillé, et tant que Katie n'aurait pas trouvé l'autre bout du fil, il n'y aurait aucun moyen de le démêler.

— Ils ont oublié, répondit Jonathan. Ils ont oublié la toute première leçon de la Traversée.

— À savoir ?

Katie détestait quand Jonathan parlait de la Traversée. Sur ce sujet, il en savait tellement plus que n'importe quel jeune de leur âge, pourtant il ne dispensait ces informations que par bribes, avec une parcimonie exaspérante.

— Nous prenons soin les uns des autres, déclara-t-il, puis il secoua la tête et ajouta, même les premiers membres de l'Horizon bleu semblent l'avoir oublié.

— Pas Maman ! protesta Katie.

— Pour le bien que cela lui fait.

— Que veux-tu dire ?

Sans prévenir, Jonathan lui prit la main. Katie voulut la retirer, mais elle se ravisa. La main de Jonathan était tiède et son contact agréable. Après tout, elle s'en fichait pas mal si les gens les voyaient se tenant par la main. De toute façon, la moitié de la Ville croyait qu'ils couchaient ensemble ; c'était même un sujet de plaisanterie parmi la garde.

— La mort de mon père l'a brisée, Katie. Je regrette de le dire, mais ta mère ne vivait que pour lui, et sans lui, elle n'a rien qui la pousse à continuer.

Katie allait encore protester quand une petite voix intérieure l'en dissuada, une voix qui lui interdisait de nier même une vérité difficile à accepter. Avec le temps, cette voix devenait plus forte ; Katie ne l'appréciait pas toujours, mais elle était souvent utile, surtout dans une ville où, face à tant de problèmes et d'incertitudes, il fallait faire preuve de pragmatisme. En effet, Maman n'était pas bien, depuis le départ de William Tear. Elle continuait à assumer le quotidien, mais Katie ne la voyait pour ainsi dire jamais sourire, et cela faisait des mois qu'elle ne l'avait pas entendu rire. Oui, Maman était brisée, et elle n'était pas la seule. Le départ de Tear avait déchiré les entrailles de la Ville, et au fil du temps, comme il ne revenait pas, Katie avait vu sa communauté ressembler de plus en plus à une meute de loups se disputant une carcasse. Lors de la dernière réunion, Todd Perry avait appelé à un vote qui autorise les gens à porter un couteau sur eux en ville. Jonathan, Katie et Virginia s'y étant opposés, la motion avait été refusée avec une marge étroite. Pourtant il fallait bien l'admettre : le vent ne soufflait pas de leur côté.

— Il m'arrive de les détester, remarqua posément Jonathan. Ce n'est pas ce que mon père aurait ressenti, mais cela m'arrive. Alors je me dis, grand bien leur fasse, s'ils veulent se promener armés, construire des barrières et permettre à une église de leur dicter leur conduite. Qu'ils la construisent donc, leur ville, avec leurs esprits bornés. Un jour, ils seront dans la merde jusqu'au cou et ils s'en rendront compte. Tant pis pour eux. Ce n'est pas mon problème.

Un moment, Katie fut trop choquée pour répondre, car Jonathan n'avait encore jamais exprimé de telles idées. Avec sa Garde, il était l'éternel optimiste ; il n'y avait rien qui ne puisse être résolu, et Katie fut alarmée de l'entendre tenir de tels propos. Elle avait promis à William Tear qu'elle protégerait Jonathan, et elle avait toujours supposé qu'une telle protection impliquerait de recourir aux armes s'il le fallait. Mais voilà qu'elle se demandait si Tear n'avait pas songé à ce moment précis. Le souvenir la submergea : elle se revit assise à côté de William Tear dans la cour derrière la maison, cinq ans plus tôt, serrant le saphir dans son poing. Tear avait-il su, même alors ?

— Tu as raison, dit-elle. Ce n'est pas ce que ton père aurait éprouvé.

— Je ne suis pas mon père.

— Peu importe, Jonathan. Tu es tout ce qu'il nous reste.

— Je ne veux pas de ça ! protesta-t-il en lui lâchant la main.

Ils se trouvaient devant la bibliothèque à présent, et au ton mordant de sa voix, plusieurs enfants qui étaient assis sur le banc levèrent les yeux, alléchés à la perspective d'une dispute.

— Dommage, répondit Katie.

Elle avait de la peine pour Jonathan, et certaines nuits, couchée sur son lit étroit, elle pensait même éprouver un sentiment plus fort, mais l'heure n'était pas à la compassion. Une garde était comme un mur de pierre, et la bonne pierre tient bon. Elle se fend en deux plutôt que de céder un pouce de terrain. Katie baissa la voix, consciente des enfants qui écoutaient : ils n'en perdaient pas une miette, et s'empresseraient de tout rapporter à leurs parents.

— Personne n'a envie de se battre, Jonathan. Mais s'il le faut, et que c'est pour une bonne cause, on accepte le combat.

— Et si nous sommes condamnés à le perdre, ce combat ?

— Ça, tu n'en sais rien.

— Ah oui ? répliqua-t-il.

Sa main avait glissé vers sa poitrine, et Katie sut qu'il agrippait le saphir caché sous sa chemise. Ce geste désespéré révélait une telle dépendance que Katie, soudain furieuse, écarta vivement sa main. Elle se sentit alors très hypocrite, car profondément, elle comprenait la haine de Jonathan, son mépris envers ces gens qui étaient trop stupides pour ne pas comprendre que leur avenir se jouait là, qu'il était sur le fil du rasoir, présageant un monde de violence et de conflits armés où régnerait l'injustice, où il y aurait des riches et des pauvres, des gens achetés et vendus…

Comment sais-tu cela ?

Je l'ignore, mais je le sais.

C'était vrai. C'était comme si quelqu'un d'autre était dans sa tête, le sachant pour elle. Cette prise de conscience lui étreignit le cœur, mais elle la rejeta pour se concentrer sur Jonathan.

— Tu ne sais rien, lui souffla-t-elle à voix basse, d'un ton hargneux. La magie et les visions, j'en ai rien à foutre. L'avenir n'est pas fixé à l'avance. Nous pouvons le changer à tout moment.

Jonathan la contempla un long moment, alors, de façon tout à fait inattendue, il sourit.

— Tu te moques de moi ?

— Non. Je me souviens juste d'une chose que mon père m'a dite avant son départ.

— Quoi ?

— Il m'a dit que j'avais choisi la bonne personne. Que c'était toi qui nous soutiendrais le mieux dans l'épreuve.

Un moment, Katie en resta coite. Sa colère s'évanouit et elle fut soudain émue, bouleversée même, de découvrir après toutes ces années qu'aux yeux de

William Tear, elle était à la hauteur de la tâche qu'il lui avait confiée. C'est elle qu'il avait choisie pour protéger son fils.

— La crise est passée, marmonna Jonathan, puis il secoua la tête d'un air contrit. Mais pas pour longtemps. Tu ne crois peut-être pas en mes visions, mais je sais quand des ennuis se profilent, et j'en vois de gros se masser à l'horizon.

C'est vrai, il le sait, admit Katie à regret, mais elle chassa cette idée et lui reprit la main pour l'entraîner vers la bibliothèque.

— Ce n'est pas pour aujourd'hui, Cassandre. Allez, grouille-toi.

Trois jours plus tard, Row Finn revint en ville, seul.

Très amaigri, en haillons, le sac à dos tout déchiré, il avançait d'un pas chancelant et semblait en plein délire. En voyant Ben Markham et Elisa Wu, qui pêchaient sur les berges de la Caddell, il s'effondra.

L'histoire traversa la Ville comme du vif-argent. Selon Mme Finn, qui tenait jalousement son fils à l'écart des visiteurs, l'expédition s'était perdue dans les hautes montagnes et ses membres avaient tous succombé, l'un après l'autre, morts de froid et de faim. Row avait résisté un peu plus, et par miracle, il avait trouvé un étroit sentier qui l'avait mené en bas d'un col. Il avait survécu durant le trajet de retour en mangeant les racines et les baies qu'il avait pu trouver dans la grande forêt.

La Ville crut à son histoire. Pas Katie.

Elle n'avait pas encore vu Row, mais elle en avait déjà beaucoup entendu. Son église faisait corps autour de lui, bien décidée à le remplumer. D'après Virginia, qui était allée voir Row deux jours plus tôt, la maison débordait de nourriture, de plats cuisinés et de soupes.

— De femmes aussi, ajouta Virginia d'un air maussade. Incroyable le nombre de femelles dans cette église qui se pressent en foule pour voir Row Finn dans son lit.

Pour pleurer les autres membres de l'expédition, la Ville connut un rare moment de communion sincère. Jen Devlin en particulier était une perte immense. Il y eut donc une cérémonie en hommage aux onze défunts, durant laquelle Katie, l'œil sec, observa non pas les différentes personnes qui parlèrent en mémoire des morts, mais la maison Finn, bien visible deux rues plus bas, sur la colline. Elle avait une envie folle de questionner Row, mais elle ne voulait pas le faire en public, car la conversation risquait de tourner à l'aigre. Malgré elle, Katie ne pouvait s'empêcher de soupçonner son ami d'enfance.

Il lui fallut attendre plus d'une semaine pour le trouver seul. L'église de Row était partie pour deux jours en une sorte de retraite spirituelle dans les plaines, et sa mère était allée jouer aux cartes chez des amis. L'aventure de Row avait fait de Mme Finn une invitée très demandée, et Katie l'appréciait encore moins depuis qu'elle la voyait, toute frétillante, jouir de sa brève popularité. En la voyant suivre béatement un groupe de femmes qui ne l'avaient jamais fréquentée jusque-là, Katie avait eu envie de la secouer pour la réveiller.

Elle ne prit pas la peine de frapper avant d'entrer chez les Finn. Quand elle pénétra dans la chambre de Row, elle le trouva couché sur le flanc, les yeux fermés. Sa maigreur accentuait encore la beauté de ses traits, qui semblaient comme sculptés dans le marbre. Katie ne put s'empêcher de se demander ce que Row serait devenu s'il n'avait eu ce visage d'ange.

— Je sais que tu fais semblant, Row.

Il ouvrit aussitôt les yeux et lui sourit.

— Tu le sais toujours, hein, Katie ?

— Tu te caches de tes visiteurs ? demanda-t-elle en avançant l'une des chaises qui étaient placées autour du lit.

— Ils m'épuisent.

Katie considéra la pièce remplie de bouquets de fleurs et de friandises faites maison.

— Je suppose que c'est le prix à payer quand on est le nouveau messie, hein ? ironisa-t-elle.

— Je ne suis pas le messie, répliqua Row en souriant toujours aimablement, mais dans ses yeux, elle vit pétiller la même malice qu'autrefois. Juste un homme pieux.

— Pourquoi ne pas me raconter ce qui t'est arrivé là-bas ?

— Cette histoire a déjà fait le tour de la ville.

— En effet, dit-elle en lui adressant un sourire figé. Mais j'aimerais entendre ta version des faits.

— Tu ne me fais pas confiance, Katie ?

— Ne te joue pas de moi, Row. Qu'est-il arrivé ?

Il lui raconta essentiellement la même histoire que celle qu'elle avait déjà entendue : l'expédition perdue dans les montagnes, et ses membres mourant lentement de faim et de froid. Lui avait survécu en rationnant sa nourriture et en se blottissant contre les deux chevaux jusqu'à ce qu'eux meurent aussi. Il n'y avait que deux points de son récit où Katie sentit que Row truquait la vérité : le rationnement, et le sentier qu'il avait découvert pour redescendre de la montagne. Mais elle ne réussit pas à le faire dévier de sa version des faits, finit par y renoncer et se radossa, frustrée.

— Est-ce que je t'ai manqué, Katie ?

Katie cligna des yeux. Oui, il lui avait manqué, même si elle en prenait seulement conscience maintenant. La vie était plus palpitante, avec Row dans les parages ; tout le reste avait peut-être changé, mais pas ça. D'un autre côté, la Ville semblait plus sûre et plus tranquille, en l'absence de Row.

— Toi, tu m'as manqué, Katie.

— Pourquoi ?

— Parce que tu me connais. C'est sûrement une bonne chose que tout le monde me croit bon, mais à la longue, ça devient lassant.

— Je savais bien que tes airs de dévotion, c'était du bluff.

— Frère Paul est mourant.

Katie fut surprise de cet abrupt changement de sujet.

— Qu'est-ce qu'il a ?

— Un cancer, d'après M. Miller. Il ne devrait pas passer l'année, et d'ici là, peut-être cherchera-t-il à abréger ses souffrances.

— A-t-il le droit de mettre fin à ses jours ? Je croyais que c'était un péché.

— Peut-être, mais pour la plupart des gens, la foi est quelque chose d'assez souple.

— Je l'avais remarqué.

— Ce n'est pas forcément mauvais, Katie. Les gens qui ont la foi sont faciles à convaincre, faciles à diriger, faciles à écarter. Quand Frère Paul approchera de sa fin, c'est à moi qu'il confiera l'église.

— Qu'est-ce que tu veux que ça me fasse ? demanda Katie, pourtant elle frémit intérieurement en pensant à l'église bondée qu'elle avait vue lors des derniers sermons de Row, cette foule qui débordait sur le parvis.

Combien étaient-ils ? songea-t-elle. Trois cents ? Quatre cents ?

— Tu pourrais m'aider, Katie.

— Non.

— Réfléchis un peu. Dieu a rendu ces gens malléables. Ils croiront tout ce qui sortira de la bouche de Frère Paul.

— Ou de la tienne.

— Ou de la mienne. Cela pourrait nous être si utile !

— Pour quoi faire, Row ?

Il lui prit la main. Jusqu'à présent, elle avait eu affaire au nouveau Row, charmant et fourbe, mais elle vit soudain qu'il était sincère. C'était pire, d'une certaine manière. Elle aurait préféré que ce soit son ennemi qui lui tienne ce langage plutôt que son ami d'enfance. Elle eut envie de dégager sa main, mais alors elle se figea en voyant Row sortir une chaîne d'argent de sous sa chemise. Un saphir étincela dans la lumière d'après-midi.

— Où te l'es-tu procuré ? C'est à Jonathan !

— Non, c'est le mien. Je l'ai fait moi-même.

— Comment ?

— Tu as toujours cru que William Tear était parfait, dit Row en ricanant. Mais il ne l'était pas.

Ce n'était pas une réponse, pourtant Katie sentit dans la déclaration de Row un habile mélange de vérité et de mensonge, et elle devina qu'il y avait bien une réponse là, si seulement elle parvenait à décrypter ce qu'il voulait dire.

— Il marche pour moi, tout comme il marche pour Jonathan, lui dit Row en parlant du saphir. Je vois des choses. Je sais des choses. Je sais que le grand homme est mort.

Katie bondit de sa chaise en la renversant et se pencha pour le saisir par les épaules et le flanquer contre la tête de lit.

— Tu as intérêt à la fermer, Row.

— Réfléchis un peu, Katie, répéta-t-il sans se démonter. Tear n'est plus. La Ville dont nous parlions toujours, cette Ville que des gens intelligents comme nous dirigerions, et où le reste de la population suivrait. Nous pourrions enfin la fonder.

Katie eut envie de protester en disant que jamais de telles idées ne lui avaient traversé l'esprit, mais si, elle se le rappelait maintenant. Elle avait nourri tant de pensées pernicieuses, quand elle était jeune. Cela faisait mal, de s'en souvenir. Row ôta ses mains de ses épaules, et Katie se rendit compte avec un temps de retard qu'il était bien plus fort qu'avant, malgré son état d'inanition. Elle vit ses yeux briller de malice... mais cette fois, ce n'était pas la malice inoffensive du temps de leur jeunesse. Il glissa la chaîne d'argent et le saphir sous sa chemise.

— Et ceux qui ne croient pas, les gens qui n'appartiennent pas à ton église ? Tu penses qu'ils n'y verront rien à redire ? objecta Katie.

— Ils ne seront plus là, déclara-t-il platement.

Cette réponse la glaça, car elle y sentit de la violence, telle une vaste ombre naissante dont elle percevait à peine les contours.

— Et moi, Row ?

— Ah, Rapunzel. Toi, il ne t'arrivera rien. Je ne le permettrai pas, répondit-il avec ce petit sourire en coin, celui du Row de jadis, et un instant, Katie baissa sa garde, tous ses soupçons soudain submergés par un fort sentiment de nostalgie.

Ils avaient été si proches, autrefois, tous les deux !

— Qu'en dis-tu, Katie ?

Malgré tout, un moment, elle fut tentée de dire oui, car encore aujourd'hui, la vision de Row gardait sur elle son emprise : ce lieu qu'ils avaient évoqué durant des années, une véritable méritocratie, sans aucune des idées ambiguës de Tear pour l'entraver. Row et elle l'avaient planifiée, cette Ville idéale, ils l'avaient construite comme un château à l'intérieur de leurs têtes.

Mais je suis devenue quelqu'un de différent, se dit-elle. Tout le ressentiment que j'éprouvais, il ne m'habite plus. Je puis m'en libérer.

Le pouvait-elle vraiment ? Ce mépris qu'elle éprouvait pour les gens de la Ville, ces idiots qui avaient si peu confiance en eux-mêmes qu'il leur fallait croire en un Dieu invisible et omniprésent, qui s'immisçait jusque dans leurs chambres à coucher pour les surveiller, ce mépris la submergea soudain, et la vision de Row se déploya devant elle : une ville où ces imbéciles seraient privés de leurs droits de représentation, où leur folie serait mise en quarantaine afin qu'elle ne nuise à personne. Comme ce serait merveilleux de vivre dans une ville où les esprits faibles seraient punis, où les gens comme Row et Jonathan…

Jonathan ? Imbécile toi-même ! Tu crois vraiment qu'il y aurait de la place pour Jonathan Tear dans le paradis de Row ? gronda sa petite voix intérieure.

Alors la réalité lui revint brutalement. Katie ignorait comment Row comptait mettre en œuvre son projet grandiose, mais elle connaissait Row. Il avait toujours détesté les Tear, détesté l'idéal qu'ils représentaient plus que les gens eux-mêmes. Jonathan n'était pas William Tear, d'accord, mais il était bien trop dangereux pour être admis dans le royaume de Row.

Katie se leva de sa chaise, sentant un chagrin longtemps enfoui lui étreindre le cœur. Des années plus tôt, elle avait su qu'un jour il lui faudrait choisir. Ce jour était venu.

— Je ne puis te rejoindre, Row, lui dit-elle. Je sers Jonathan Tear.

L'espace d'un instant, le visage de Row se crispa, puis sa fausse bonhommie réapparut.

— Ah oui, la fameuse force combattante.

Katie en resta bouche bée.

— Tu croyais vraiment que je ne le découvrirais pas, Katie ? Il n'y a pas de secret pour moi, dans cette ville. J'ai toujours su que Tear était un mystificateur, mais pas toi, hein ?

— Non ! s'écria-t-elle, indignée. C'était pour Jonathan ! Pour protéger Jonathan !

Row lui sourit avec indulgence, comme un adulte à une enfant trop naïve.

— C'est ce que Tear t'a raconté, bien sûr. Mais réfléchis un peu, Katie. Sous l'apparence d'une garde, Tear a entraîné et formé une force de police. Une force de police secrète, qui plus est, qui n'a de compte à rendre qu'à son fils. Quelle sorte d'utopie a besoin d'une police secrète ?

— Tu crois que je ne sais pas que tu es jaloux de Jonathan ? lui rétorqua-t-elle, et elle eut le plaisir de voir Row se rembrunir. Tu as toujours été jaloux de lui ! Tu as toujours voulu ce qu'il avait !

— Et toi ?

— Je sers les Tear, répéta obstinément Katie. Je sers Jonathan.

Rejetant la tête en arrière, Row éclata de rire.

— Tu vois, Katie ? Toi aussi, tu es une bigote !

Katie le prit encore par les épaules et l'arracha presque du lit. En cet instant, elle le détesta, le détesta vraiment, car elle sentait déjà ses paroles s'immiscer dans son esprit, la faisant fléchir, la faisant douter. Mais elle le relâcha vite et recula. Jonathan était là, toujours présent dans son esprit, et cela ne lui apporterait rien de bon qu'elle cherche querelle au fils chéri des Christers.

Row s'étira, puis il se leva. Il ne portait rien sur lui ; Katie s'efforça de détourner les yeux avant que le drap ne tombe, mais la brève vision qu'elle eut de sa nudité la brûla de l'intérieur. Alors elle eut honte. C'était son plus vieil ami, que leur était-il arrivé ? Quand tout avait-il changé à ce point ?

— Comment s'en sort-il, ton messie aux pieds d'argile, Katie ?

— Ne t'approche pas de Jonathan.

— Je n'en ai pas besoin, Katie, répliqua Row en souriant… d'un sourire qui n'avait plus rien de charmeur, plutôt quelque chose de reptilien.

Comme elle se détournait, tout son corps se contracta soudain quand Row glissa une main entre ses jambes.

— Regarde tout ton saoul, Katie. Ne te gêne pas.

— Je n'en ai pas envie.

— Ce doit être épuisant de se dévouer corps et âme à un William Tear de seconde zone. Pourquoi ne pas échanger ?

Katie serra les poings. Sous l'excitation qui lui chauffait le ventre, elle sentit monter une vague de colère démentielle. Comment pouvait-il la croire assez idiote pour la traiter comme l'une des centaines de femmes en ville qui avaient succombé à ses charmes ? Peut-être n'étaient-ils plus amis, mais elle méritait mieux que ça, non ?

— Le paradis de Tear s'écroulera sous les pieds de Jonathan, Katie, je le sais. Et au milieu des décombres, vers qui les gens se tourneront-ils alors, sinon vers Dieu ?

Soudain elle prit la fuite, tête baissée, maladroite, et se cogna l'épaule contre le cadre de la porte.

— Réfléchis un peu, Katie ! lui lança Row. Tu es sur un vaisseau en train de sombrer ! Viens sur le mien, et tu verras comme nous irons loin !

Katie s'engagea dans le couloir, les larmes aux yeux. En descendant les marches, elle tomba sur

Mme Finn et plusieurs autres femmes, mais elle ne parvint pas à échanger des politesses, ne put que jouer des coudes pour les dépasser en marmonnant des excuses, pressant le pas. Une fois en bas du perron, elle se mit à courir éperdument.

Madame.

C'était la voix de Massue. C'était bon de l'entendre, car même ici, aux confins du monde, elle aurait aimé le revoir une dernière fois.

— Je sais que vous m'entendez, madame. Vous voulez bien vous réveiller ?

Non, Kelsea ne voulait pas se réveiller. Elle sentait le saphir de William Tear sur sa poitrine. C'était pour elle comme un compagnon de route, complice de ses étranges voyages… Pourtant elle commençait à penser qu'elle n'avait jamais eu besoin de lui pour voir dans le passé, car voici qu'ils étaient tous avec elle : Tear, Jonathan, Lily, Katie, Dorian… même Row Finn.

— Madame, si vous ne vous réveillez pas, je vais vous baptiser d'eau fraîche.

Ouvrant les yeux, elle vit Massue assis à son chevet, une bougie à la main. Autour de lui, il faisait sombre.

— Lazarus ? C'est vous ? dit-elle en se redressant vivement.

— Avec une carrure pareille, qui voulez-vous que ce soit ? lança Coryn en émergeant de la pénombre.

Kelsea tendit la main à Massue, mais il ne la prit pas. Ils restèrent à se scruter durant un long moment.

— Bon ben, je vous laisse, marmonna Coryn. Je suis content de voir que vous allez bien, madame.

Quand il ouvrit la porte, Kelsea aperçut un couloir éclairé par des torches. Puis la porte se referma, et Massue et elle se regardèrent encore en chiens de faïence. Soudain, douloureusement, le souvenir de ce jour sur le pont ressurgit. Entre eux, ce gouffre immense semblait encore s'être creusé. Elle lisait de la méfiance dans ses yeux, et cela faisait plus mal que de la colère.

— Où sommes-nous ?

— Dans la maison d'une femme qui était loyale envers votre mère. Lady Chilton. À environ une journée de cheval au nord de Gin Reach, dans l'Almont sud. Depuis que nous vous avons retrouvée, il y a trois jours, vous êtes restée plongée dans l'une de vos fugues.

— Trois jours !

— Oui, cette fugue-là fut longue, madame, et bien inquiétante pour la Garde. Nous devrions laisser Pen entrer sans trop tarder, sinon il va se mettre à ronger les meubles.

Massue sourit, mais ce sourire n'éclaira pas ses yeux.

— Vous ne m'avez pas pardonné, Lazarus. Vous m'en voulez toujours.

Il demeura silencieux.

— Que vouliez-vous que je fasse ?

— Nous mettre au courant, bon sang ! Je serais parti avec vous.

— Justement, Lazarus. J'étais persuadée que j'allais y rester. Pourquoi aurais-je demandé à quelqu'un de me suivre dans la mort ?

— Parce que c'est mon boulot ! rugit-il d'une voix à faire trembler les murs de la petite pièce. J'ai fait le serment de vous protéger ! Ce n'était pas à vous d'en décider, mais à moi !

— J'avais besoin que vous restiez, Lazarus. Pour assurer mes arrières. Diriger le royaume. En qui d'autre aurais-je pu mettre ma confiance pour assumer cette charge ?

À ces mots, la colère de Massue sembla se dissiper. Il baissa les yeux en rougissant.

— Vous avez fait le mauvais choix, madame. J'ai échoué.

— Que voulez-vous dire ?

— Le Donjon est assiégé.

— Par qui ?

— L'Arvath, avec une légion Mort. Nos gens se terrent à l'intérieur, mais ils ne tiendront pas toujours. New London est aux mains d'une bande de canailles commanditée elle aussi par l'Arvath.

Kelsea crispa si fort ses mains sur le bord de la couverture que ses jointures blanchirent, mais elle espéra que Massue ne le remarquerait pas. Le Saint-Père dans le Donjon, assis sur son trône ! Toute la cité, tout le royaume, à la merci du dieu venimeux d'Anders… Après l'effarement, une colère noire monta en elle, mais pour l'heure, il fallait d'abord apaiser les scrupules de Massue.

— C'est autant ma faute que la vôtre, Lazarus, lui dit-elle avec douceur. Certains jours, je me demande si je n'aurais pas dû laisser les cages rouler jusqu'à Mortmesne.

— Non, madame, vous avez tenté de réparer une injustice. Si cela a mal tourné, ce n'est pas votre faute.

Cet échange lui fit songer à Simon, et à la longue conversation qu'ils avaient eue dans les cachots. Quel que soit le domaine, physique ou histoire, les bonnes intentions finissent si souvent mal. Kelsea chassa cette idée, car elle eut l'impression que c'était le premier pas sur la voie de la paralysie, l'incapacité de prendre une quelconque décision par peur de conséquences imprévisibles.

— Mais moi, j'ai déserté, madame, poursuivit Massue. Nous sommes tous partis pour vous libérer, en laissant le royaume sans défense, à la merci du Saint-Père.

— Vous ne pouviez réussir sur les deux tableaux, Lazarus. On ne peut assumer de porter la cape grise et répondre en même temps à une exigence supérieure. J'ai sans doute eu tort de vous demander d'être à la fois Garde de la Reine et Régent. J'aurais dû penser que les deux fonctions entreraient forcément en conflit.

— Inutile de m'épargner, madame. Je ne suis pas en sucre.

— Ce qui est fait est fait, Lazarus. Nous avons tous deux échoué, mais à quoi bon s'appesantir sur le passé ? C'est vous-même qui me l'avez dit un jour. Nous devons maintenant songer exclusivement à l'avenir, déclara-t-elle, puis elle lui tendit à nouveau la main. Alors disons que nous nous pardonnons l'un l'autre, afin de pouvoir aller de l'avant, d'accord ?

Un long moment, Massue resta les yeux fixés sur sa main, et Kelsea attendit, se sentant à nouveau comme au bord d'un précipice. Le visage de la Reine rouge émergea brièvement dans son esprit, puis disparut. Pour aller d'un bord à l'autre de ce précipice, le voyage avait été long, mais quelque chose disait à Kelsea qu'il n'était pas fini, et comment pourrait-elle continuer sans Massue ? Garde, voix du doute, voix de sa conscience… elle avait besoin de tous ces aspects de sa personnalité. Quand Massue lui prit enfin la main, sa gorge se serra.

— La mort nous attend peut-être au tournant, mais autant aller à sa rencontre en s'en donnant à cœur joie… Vous vous rappelez, Lazarus ? lui dit-elle.

— Oui, madame, je m'en souviens, confirma-t-il, puis il détourna les yeux en clignant des paupières, et Kelsea en profita pour étirer ses épaules et ses bras, encore tout endoloris d'avoir été longtemps ligotés par Brenna.

Les nouvelles concernant le Saint-Père bouillonnaient dans sa poitrine. Elle aurait aimé retourner en arrière pour réparer ses erreurs, mais les racines de ce problème-là étaient bien plus profondes, elles remontaient jusqu'aux premiers temps de la colonie, avant même la fondation du Tearling, quand tout avait commencé à aller de travers.

Tear était capable de traverser le temps, pensa-t-elle avec défi. Or certaines fois, au plus profond de ses fugues, Kelsea avait senti qu'elle aussi ne faisait pas que voir, mais qu'elle voyageait dans le temps, comme si elle se trouvait vraiment là-bas, dans le monde de Lily, dans celui de Katie. Mais cette faculté, elle ne la contrôlait pas. Il lui manquait encore quelque chose.

— Massue, il y avait un homme dans la cellule à côté de la mienne, un ingénieur.

— Simon, madame. Oui, il est avec nous.

Kelsea sourit, soulagée d'apprendre enfin une bonne nouvelle. Qu'est-ce qu'une presse d'imprimerie pourrait bien apporter au Tearling en ces circonstances ? N'empêche, elle était contente que Simon ait pu être libéré.

— Où est-il ?

— En bas. Hall a un peu de mal à se concentrer, ces derniers temps.

— Il a retrouvé son jumeau, répondit Kelsea en hochant la tête.

— Pourquoi voulez-vous le voir ?

Elle lui parla de la presse à imprimer, s'attendant de sa part à une remarque acerbe sur l'inutilité des livres et de la lecture. Mais il l'écouta posément.

— Ce serait précieux, madame, remarqua-t-il quand elle eut fini.

— Tiens donc ! Voilà qui ne vous ressemble guère, Lazarus.

Il tiqua un peu, puis se mit à bredouiller.

— J'ai… un peu lu, ces derniers temps.

— Qu'avez-vous lu ?

— Certains de vos livres, madame. J'en ai lu neuf en tout. Ce sont de bonnes histoires, poursuivit Massue en s'empourprant un peu, tandis que Kelsea le scrutait, sincèrement surprise. Elles nous apprennent à éprouver ce que d'autres ressentent.

— C'est ce qu'on appelle l'empathie. Carlin disait toujours que la grande valeur de la fiction, c'est de nous faire pénétrer dans la tête de gens qui nous sont inconnus. Et ma bibliothèque, Lazarus ?

— Toujours dans l'Aile de la Reine, madame, et donc assiégée elle aussi.

Kelsea serra les poings. Imaginer le Saint-Père touchant à ses livres bien aimés lui donna presque envie de vomir.

— Bref, je comprends la valeur d'une telle presse, reprit Massue en se raclant la gorge. Si jamais nous nous sortons de ce mauvais pas, Arliss et moi aiderons Simon à acquérir ce dont il aura besoin pour la fabriquer.

Kelsea sourit, émue.

— Vous m'avez manqué, Lazarus. Plus encore que la lumière du soleil.

— Vous a-t-on fait du mal, madame ?

Elle grimaça en songeant au geôlier et aux coups qu'elle avait reçus. Mais alors elle eut honte et revit tous les détenus qui croupissaient dans ces cachots infâmes, sans jouir comme elle d'un statut privilégié.

J'ai quand même trinqué moi aussi, insista-t-elle.

Peut-être. Mais que cela ne te rende pas aveugle aux souffrances d'autrui. Il y a bien plus malheureux que toi.

— Rien de grave ni de définitif, Lazarus, finit-elle par répondre. Ce sera bientôt derrière moi.

Autour d'elle les flammes des bougies faisaient danser des ombres sur le mur. L'écho de conversations lui parvint, venant de très loin.

— Vous disiez que c'est ici la demeure de Lady Chilton ? Je ne la connais pas.

Massue soupira, et Kelsea vit qu'il choisissait ses mots avec soin.

— Elle… n'est pas bien, madame. C'est un arrangement qui ne va pas sans risque.

— Aurait-elle l'esprit dérangé ?

— C'est peu dire, madame.

— Alors pourquoi sommes-nous ici ?

— Parce que nous avions besoin d'un endroit où attendre la fin de votre fugue, et Lady Chilton a bien voulu nous accueillir. Nous ne pouvions rester dans cette maudite ville-frontière ; nous attirions trop l'attention. Cette maison est assez vaste pour abriter tous ceux que nous avons ramenés avec nous, et il y a des provisions plus qu'il n'en faut. Lady Chilton s'était bien préparée au siège, lors de l'invasion Mort. Mais si nous sommes ici, c'est surtout parce qu'elle a une grande dette envers moi.

— Quel genre de dette ?

— Je lui ai jadis sauvé la vie. Elle se le rappelle encore.

— Qu'est-ce qui cloche chez elle ?

— Sa maladie ne nous concerne pas, madame. Elle a promis de demeurer dans les étages supérieurs, loin de vous. J'espère pouvoir partir d'ici demain.

Kelsea était toujours mal à l'aise, mais elle n'avait rien de mieux à proposer. Elle se rendit compte alors qu'elle portait toujours les vêtements sales et dépenaillés qu'elle avait dans le désert.

— Il me faudrait une nouvelle tenue.

— Lady Chilton vous a prêté une robe, dit Massue en désignant l'armoire.

Songer au désert rappela à Kelsea cette nuit cauchemardesque.

— Et Ewen, est-il ici ? demanda-t-elle.

— Oui, madame. Nous l'avons rejoint à Gin Reach, et lui aussi nous a raconté une bien étrange histoire.

— Étrange, mais vraie.

— Il se torture l'esprit, convaincu de ne pas être un vrai Garde de la Reine, mais une mascotte... C'est le mot qu'il utilise, allez savoir pourquoi. Je l'avais envoyé à Gin Reach uniquement par précaution. Jamais je n'aurais pensé que quelque chose puisse lui arriver là-bas.

— Il m'a sauvé la vie, Lazarus. Et peut-être plus que la vie.

Fermant les yeux, elle revit le visage de Brenna, tout près du sien, creusant dans son esprit et dans celui de Lily, enfoui sous le sien.

Nous étions là toutes les deux, prit-elle soudain conscience. Toutes les deux en même temps, Lily et moi. Comment est-ce possible ?

— Eh bien, je le dirai au reste de la Garde, madame. Si Ewen s'est conduit en héros, il aura droit à leur respect et plus encore.

— Il fut héroïque en effet, confirma-t-elle, puis elle écarta les couvertures. Jetez-moi donc cette robe.

Quelques minutes plus tard, ils sortirent et Massue la conduisit dans un long corridor éclairé par des torches. Les murs étaient bâtis non pas en pierre grise comme le Donjon, mais en gros blocs couleur sable, comme abrasés par le vent et le temps. Il soufflait un fort courant d'air qui la fit frissonner.

— Ces bâtiments sont bien mal isolés, commenta Massue. On aurait dû les rénover depuis au moins dix ans, mais Lady Chilton les a laissés se dégrader.

— Était-elle venue à mon couronnement ? Comment se fait-il que...

Mais elle s'interrompit, car Elston et Kibb surgirent soudain du coude que faisait le couloir un peu plus bas, suivis de la moitié de la Garde. Kelsea n'eut pas le temps de les accueillir que Elston lui broyait déjà la main.

— Vous allez bien, madame ?

— Très bien, El.

— J'ai prié pour vous, madame, lui dit Dyer, et il sourit quand elle lui donna une petite tape sur la joue.

Certes les voir lui faisait plaisir, mais cela n'allait pas sans un certain malaise. Massue, Elston, Kibb, Coryn, Galen, Dyer, Cae… il n'y avait que des visages heureux autour d'elle, heureux et aimés, des gens qui lui avaient manqué, pourtant à sa joie de les retrouver se mêlait une impression funeste, tenue à distance, mais bien réelle. Le siège du Donjon faisait d'eux tous des exilés, des gens sans foyer.

— Souffrez-vous, madame ? J'ai ma trousse de secours, proposa Coryn.

— Non, non, je vais bien, répondit-elle en échangeant une poignée de mains avec Kibb et Galen, puis, regardant autour d'elle, elle constata qu'un visage manquait, qui brillait par son absence. Et Pen, où est-il ?

— Je l'ai envoyé explorer les alentours à cheval, madame, répondit Elston. En fait, il n'y a pas de danger, car nous sommes sur la plaine, et toute menace peut être repérée à des lieues de distance. Mais il nous rendait tous fous, à force de se languir d'amour…

— Reprends-toi ! gronda Massue, et Kelsea sentit le rouge lui monter aux joues.

— Mille excuses, madame, murmura Elston, mais en voyant ses yeux pétiller de malice, Kelsea secoua la tête et lui donna une petite tape sur l'épaule.

— Qui d'autre est là, avec nous ? demanda-t-elle.

— Hall et ses hommes sont en bas. Levieux aussi, et il réclame une entrevue avec vous dès que vous aurez un moment.

— Levieux ?

— Il s'est rendu utile, madame, il nous a aidés à nous introduire dans le Palais, s'empressa de répondre Massue en lui décochant un regard lui intimant de remettre le sujet à plus tard.

Kelsea se rendit compte que quand elle songeait au Fetch, elle ne voyait plus l'homme, seulement Gavin, le garçon. Qu'est-ce que cela signifiait ? Soudain elle tressaillit, car plus loin, au-delà d'Elston, elle fut certaine d'avoir aperçu une bref instant quelqu'un qui l'observait du bout du couloir.

— Madame ?

— J'ai cru voir quelqu'un là-bas, dit-elle à Massue.

— Vous n'êtes pas tout à fait remise, madame.

Kelsea acquiesça, mais plus elle y pensait, plus elle était certaine d'avoir aperçu une femme, en longue robe noire et voile sombre.

L'esprit dérangé, pensa-t-elle, en proie à un malaise insidieux.

— Nous partirons dans la matinée, déclara-t-elle.

— Madame ?

— Vous avez dit que le Donjon était assiégé, Lazarus. Nous ne pouvons nous contenter de rester planqués là, alors que le royaume est en danger. Quel genre de reine serais-je ?

— Ha ha ! s'exclama Dyer en s'adressant à Coryn. Tu me dois dix livres !

— Nous avions deviné que vous nous tiendriez ce langage, madame. Restait juste à savoir combien de temps il vous faudrait. Je vous ferai juste remarquer que vous n'avez pas d'armée, et que le Saint-Père, lui, a tout un bataillon de mercenaires Mort à sa solde. Le seul prodige que vous pourrez accomplir en rentrant à New London, c'est vous faire tuer.

Kelsea s'efforça d'écouter ce conseil, d'être la reine sage et réfléchie qu'elle aurait dû devenir. Mais elle était incapable de rester ici à attendre, à l'écart de tout. Comment réparer quoi que ce soit ?

— Madame.

Se retournant, elle découvrit Pen, qui arrivait du fond du corridor.

— Pen !

Elle voulut courir à sa rencontre, mais Massue la retint par le poignet.

— Restez là, madame.

— Quoi ?

— Les choses ont changé, déclara Massue, puis il se tourna vers le reste de la Garde. Vous tous, retournez à vos postes ! Vous verrez la Reine au dîner !

Ses gardes se dispersèrent, et Kelsea ne put s'empêcher de remarquer qu'ils semblaient soudain pressés de s'éloigner.

Pen les rejoignit, s'inclina.

— Madame. C'est un plaisir de vous retrouver en bonne forme.

Elle le scruta, troublée. Cet homme froid n'était pas le Pen qu'elle connaissait. Alors elle se rappela la scène sur le pont, et comprit. Pen lui en voulait, bien sûr, tout comme Massue. Elle les avait tous abandonnés, fuyant loin de sa Garde pour se jeter dans les bras de l'ennemi. Durant son séjour en prison, elle s'était efforcée de ne pas penser à Pen, mais il était présent dans un coin de sa tête, ruminant toujours cette trahison. Eh bien, elle essaierait de se faire pardonner. Elle…

— Pen ne sera plus votre garde du corps, madame, déclara Massue sans ambages.

— Quoi ?

— À partir de ce soir, Elston le remplacera à ce poste.

Kelsea se tourna vers Pen, qui baissa les yeux.

— Que s'est-il passé ? s'enquit-elle d'un ton exigeant.

— Je vous accorde quelques minutes en tête à tête, pas davantage, répondit Massue en s'adressant à Pen. Ensuite, vous ne serez plus jamais seuls tous les deux.

Pen acquiesça, mais Kelsea s'en prit alors à Massue.

— Vous ne déciderez pas d'affectation au sein de ma Garde sans me consulter, Lazarus ! Je n'ai pas demandé à changer de garde du corps. Ce n'est pas à vous d'en décider.

— Non, madame, intervint Pen. C'est moi qui en ai décidé ainsi.

Elle en resta un instant bouche bée.

— Quelques minutes, répéta Massue, puis il se retira en retournant vers la chambre de Kelsea.

Pen attendit qu'il fut entré à l'intérieur avant de relever les yeux pour la regarder, et elle tressaillit presque devant son attitude purement professionnelle.

— Vous ne voulez plus de moi, Pen ?

— Je suis un garde, madame. C'est ce que j'ai toujours désiré être, depuis que le Capitaine m'a trouvé, déclara-t-il, puis il haussa les épaules en souriant et, l'espace d'un instant, la glace se rompit, il redevint l'ancien Pen, celui qu'elle connaissait. Je vous aime, madame. Je crois que je vous ai aimée depuis que vous m'avez demandé si vous pouviez m'aider à monter cette sacrée tente. Mais pendant votre absence, j'ai découvert que je ne pouvais vous aimer et être en même temps Garde de la Reine.

Kelsea acquiesça presque machinalement. Car elle n'aimait pas Pen, n'est-ce pas ? Comment s'y retrouver ? Le sexe les avait soudés, et ce qui les unissait s'était mué en un lien bien plus fort que prévu. Il y eut un mouvement par-delà l'épaule de Pen, et Kelsea crut encore apercevoir fugitivement une silhouette sombre au bout du couloir. Elle revint à Pen. Certes sa fierté était blessée. Pourtant si elle cédait à cette impulsion, elle perdrait non seulement un amant, mais aussi un ami. Serrant les mâchoires, elle fit de son mieux pour cacher sa déception.

— Avez-vous l'intention de rester au sein de la Garde ? demanda-t-elle.

— Oui, madame. Mais je ne vous serai plus attaché comme garde personnel. Et vous devrez me traiter comme les autres, sinon je ne pourrai rester.

Elle en convint en hochant lentement la tête, sentant un sentiment diffus la gagner, qui ressemblait fort à du chagrin. Ils n'avaient pas eu beaucoup de nuits à eux, mais c'étaient des moments délicieux, entre amour et amitié, une oasis de douceur dans le désert âpre où sa vie était enclose depuis qu'elle avait quitté la chaumière. Ce Pen-là lui manquerait terriblement. Pourtant, enfoui dans la peine, il y avait un grain de respect pour lui, qui croissait à chaque seconde.

Nous sommes pareils, pensa-t-elle en scrutant son visage. Soudain sa cité lui apparut en pensée, sur les flancs de colline en flammes, et elle se rendit compte que cette œuvre, la grande œuvre de sa vie, surpassait tout ce qu'elle désirerait jamais pour elle-même. Il y aurait sans doute d'autres hommes, mais aucun d'eux n'y ferait obstacle. Elle ne le permettrait pas.

En inspirant profondément, elle lui tendit la main. Pen sourit et la regarda au fond des yeux, sans plus de réserve. Pour la dernière fois, se dit Kelsea. Ils parleraient, riraient ensemble, se mèneraient la vie dure, comme elle le faisait avec tous les autres membres de sa Garde… mais jamais plus ce ne serait comme ça. Ils se serrèrent la main, et Pen, la gorge nouée, retint la sienne un moment avant de la relâcher. Quand il releva les yeux, l'homme avait disparu, et Pen le garde la considérait d'un œil critique.

— Vous n'avez pas l'air bien, madame.

— Je viens seulement de me réveiller, répondit-elle.

Pourtant il avait raison. Elle avait été tirée de sa fugue par Massue, mais dans son esprit, la voix de Katie continuait à l'interpeller avec insistance.

— Il paraît que Levieux est ici ? Je dois le voir.

Oui, elle avait besoin de lui parler, de lui extorquer de gré ou de force ce qui était arrivé à Jonathan Tear. Inutile d'attendre patiemment que la vision de Katie le lui révèle, alors qu'elle pouvait soutirer toute l'histoire à l'un des protagonistes du drame.

— Vous allez devoir attendre, madame.

Massue était réapparu derrière elle, avec Elston à sa suite. Kelsea avait du mal à se repérer en ces lieux ; il y avait quelque chose d'étrange dans ces couloirs, comme si les proportions en étaient faussées.

— Levieux est parti il y a plusieurs heures, et il a dit qu'il ne reviendrait que tard dans la nuit. Mais le dîner est servi en bas. Pen, vas-y.

Kelsea le suivit du regard avec un dernier serrement de cœur, puis elle revint à Massue et Elston en serrant les lèvres.

Au travail ! s'exhorta-t-elle.

— Ça bouge dans ce couloir, monsieur, marmonna Elston. Je ne cesse d'apercevoir des ombres fuyantes dans les coins.

D'un air inquiet, Massue regarda par-dessus son épaule.

— Je n'ai pas confiance en la maîtresse de maison, déclara-t-il. Plus tôt nous partirons d'ici, mieux cela vaudra.

— Cela vous convient-il, madame, que je devienne votre garde du corps ? s'enquit Elston, et malgré sa tristesse, Kelsea lui sourit en hochant la tête.

— Eh bien allons dîner, dit-elle, puis elle les suivit dans le couloir.

Kelsea se réveilla dans le noir. L'espace d'un instant, elle ne sut pas où elle se trouvait. Ma parole, ces jours-ci, je dors chaque nuit dans un nouvel endroit, se dit-elle, mais alors une torche grésilla dans son support et elle se rappela qu'elle était chez Lady Chilton, dans la chambre que Massue lui avait attribuée. Elston était à son poste, juste devant l'entrée.

Il y avait quelque chose dans la pièce.

Kelsea avait entendu un mouvement presque imperceptible derrière elle, près de la porte, guère plus qu'un frémissement dans l'air. Elle voulut rouler sur le flanc, mais alors elle découvrit que ses muscles étaient comme tétanisés. En fait, elle n'avait pas envie de voir. Malgré elle, l'image de la petite fille avide de sang qu'elle avait vue dans le cachot surgit dans son esprit, et tout son corps se hérissa. Elle pourrait crier à l'aide ; Elston était là, tout près. Mais l'enfant était d'une extrême rapidité.

Il y eut encore une sorte de frottement, ressemblant à celui du cuir sur le sol. C'était peut-être juste un bruit de pas, mais l'imagination de Kelsea évoqua autre chose : l'enfant à un mètre d'elle, prête à bondir.

Ne fais pas comme avec Brenna, lui intima son esprit, et Kelsea se ressaisit soudain. Non, cette fois, elle ne se laisserait pas surprendre, réduite à l'impuissance, terrassée sur son lit par Brenna. Elle s'efforça de dénouer tous ses muscles en se préparant à bouger. Son couteau était sous son oreiller, dans son fourreau ; il n'y avait aucun moyen de s'en emparer sans alerter son agresseur quel qu'il soit. Mais elle se dit qu'elle pourrait s'en saisir une fraction de seconde après avoir commencé à bouger.

Il y eut encore un infime bruit de pas, tout près. Se ramassant, Kelsea fit une roulade en direction du son et bascula du lit pour se jeter sur la silhouette sombre de son agresseur, qui tomba en arrière en poussant un cri aigu, comme le couinement d'une souris. Kelsea sortit son couteau de son fourreau et lui grimpa dessus, cherchant son cou. Alors elle recula, horrifiée.

Cette créature n'avait pas de visage.

L'instant d'après, Kelsea se rendit compte que c'était ridicule. Elle avait été trompée par la lueur du feu, et par son imagination débordante. Ce n'était pas un monstre, juste une femme en longue robe noire, avec un voile en dentelle qui lui recouvrait toute la tête. La femme essaya de se dégager en reculant, mais Kelsea l'enfourcha et la cloua à terre.

— Lady Chilton, je présume, dit-elle, haletante, tout en cherchant à lui ôter son voile. Que me voulez-vous donc, à m'épier et à me suivre ainsi comme une ombre ?

Elle trouva enfin le bord du voile et tira d'un coup sec sur la dentelle qui se déchira, révélant le visage de la femme à la lumière. Alors ce fut au tour de Kelsea de reculer d'un bond, effarée, le souffle coupé.

Le visage sous le voile était celui de sa mère.

12

La Maîtresse des lieux

L'enfer ? L'enfer est une fable pour les crédules, car existe-t-il pire châtiment que celui que l'on s'inflige à soi-même ? Nous nous consumons tant durant cette vie qu'il ne reste plus rien à brûler.

Recueil des sermons du Père Tyler,
ARCHIVES DE L'ARVATH

— C'est Massue qui a eu cette idée, déclara la femme, comme si cela suffisait à tout expliquer.

Elles étaient assises sur deux fauteuils à haut dossier, devant l'âtre vide. Il faisait froid dans la chambre, mais Kelsea avait pris les superstitions de la Reine rouge au sérieux, et elle refusait d'allumer du feu. Elle ne comprenait pas quel jeu jouait Row Finn, pas encore, mais si vraiment il était libre, elle ne pouvait être pour lui qu'une menace, désormais.

La lumière des torches était diffuse, pourtant Kelsea scrutait sa mère en espérant trouver un défaut dans son apparence, quelque chose indiquant que tout cela n'était qu'une supercherie. En vain. Certes la femme devant elle était plus âgée que celle du portrait qui se trouvait au Donjon, avec de fines rides aux coins des yeux et des lèvres, et une tenue de deuil qui la vieillissait encore. Mais c'était indéniablement Elyssa Raleigh.

— Quelle idée ?

— Eh bien, celle de me faire sortir subrepticement du Donjon, répondit Elyssa avec un petit rire cristallin. Il y avait tellement de gens qui essayaient de me tuer, c'en était presque palpitant.

Kelsea regarda désespérément vers la porte. Elle avait ordonné à Elston d'aller chercher Massue au pas de course, mais c'était à travers la porte close, et elle craignait maintenant qu'Elston ait mal compris son ordre. Quand Massue serait là, elle risquait fort de l'étrangler. Tous ces reproches qu'il lui avait faits de garder trop de choses pour elle… Et dire que tout ce temps, il lui avait caché un tel secret.

— Carroll et Massue étaient les meilleurs de mes gardes, les plus intelligents…, commença Elyssa, puis elle s'interrompit un instant, avec une petite moue de tristesse. Massue m'a dit que Carroll était mort.

— Oui, répondit Kelsea machinalement, puis elle prit conscience qu'en fait, elle n'avait jamais vu la dépouille de Carroll.

Et s'il était vivant lui aussi, planqué quelque part ? Et Barty, et Carlin ? Étaient-ils morts ? Comment pourrait-elle faire confiance à Massue désormais ? Elle en arrivait à douter de tout. Durant des années, Kelsea avait tant attendu de la femme qui était assise devant elle : amour, approbation, justifications, puis, plus tard, une occasion de lui cracher sa rancœur au visage. Le moment était venu, et voilà que Kelsea ne savait plus ce qu'elle voulait, à part être ailleurs qu'ici. Elle s'était habituée à détester sa mère, s'en était même plutôt bien accomodée. Ce brusque changement de donne remettait tout en cause, et elle s'en serait bien passée.

— En fait, c'était leur idée à tous les deux, mais c'est Massue qui m'a fait sortir clandestinement du Donjon, reprit Elyssa. Il connaît tellement de cachettes et de passages secrets. Il m'a escortée jusqu'ici… C'est une vie bien morne, si loin de la capitale. Massue me rend visite quand il le peut, et j'ai ma petite affaire, mais…

— Quelle petite affaire ? s'enquit vivement Kelsea.

— Ma maison de couture. Je suis l'une des stylistes les plus recherchées du royaume, répondit fièrement Elyssa. Mais comme je suis obligée de rester ici, je dois envoyer quelqu'un prendre les mesures et les commandes pour les robes de ces dames, ajouta-t-elle d'un air dépité.

Une foule de remarques acerbes lui vinrent aux lèvres, pourtant Kelsea se retint. Elle ferait savoir à cette femme tout le mal qu'elle pensait d'elle, mais pas avant d'avoir recueilli toute l'histoire.

— Je suis si contente de te voir ! s'exclama Elyssa en posant une main sur son bras, et à son contact, Kelsea se crispa, mais Elyssa ne parut pas le remarquer, tant elle la détaillait du regard. Et tu es si jolie !

Pour Kelsea, cette remarque qui se voulait un compliment fut comme une gifle. Toutes ces journées passées à la fenêtre de la chaumière à guetter la venue de sa mère… elle était tellement convaincue qu'Elyssa serait sage et bonne, qu'elle la féliciterait d'avoir tant appris et si bien travaillé, contrairement à Carlin. Même si Kelsea était jolie, ce n'était pas ces éloges-là qu'elle désirait, car toute jeune déjà, elle savait à quel point la beauté physique compte peu. Un moment, elle envisagea de révéler à Elyssa que cette beauté n'était pas sienne, mais elle se ravisa.

— Je croyais qu'on avait retrouvé votre cadavre, remarqua-t-elle d'une voix rauque.

— En effet, répondit Massue derrière elle, ce qui la fit sursauter.

Il s'était glissé furtivement dans la pièce tandis qu'elles parlaient, et lorsque sa silhouette massive eut émergé de la pénombre, il posa une main sur l'épaule d'Elyssa.

— Comment êtes-vous entrée ici ? demanda-t-il.

— Ces lieux regorgent de passages secrets. C'est vous qui m'avez appris à en profiter.

— Alors, ce cadavre ? insista Kelsea.

— C'était en effet la dépouille de la Reine, allongée sur son lit, la gorge tranchée, convint Massue, puis il s'interrompit et se contenta de la contempler un long moment.

— Lazarus. Ne me dites pas que c'était un sosie ?

— Si, assez ressemblant pour tromper tout le reste de la Garde.

— Où avez-vous trouvé cette femme ?

— C'est Carroll qui l'a trouvée. Dans le Gut, exerçant son métier.

Kelsea le fixa, avec l'impression d'avoir devant elle un parfait inconnu.

— C'était vraiment très futé de leur part, intervint Elyssa, d'avoir cette idée, puis de trouver quelqu'un qui me ressemble trait pour trait. Quel dommage qu'on ait dû la supprimer, même si ce n'était qu'une putain.

Kelsea se contint à grand-peine de frapper. La femme assise dans l'autre fauteuil n'en valait pas la peine. Mais Massue…

— Vous avez fait ça, Lazarus ?

— Je suis un Garde de la Reine, madame. Ma priorité, c'est de la protéger.

Elle lui lança un regard noir, pourtant ses paroles avaient trouvé un écho en elle. Il y avait donc deux faces bien distinctes dans cette déclaration : une bonne et son revers. Tout comme elle, Massue avait une tâche à accomplir. Parfois Kelsea se sentait prête à tout pour relever son pays en voie d'effondrement ; mais il y avait un degré dans l'abjection qu'elle ne voulait pas franchir… n'était-ce pas le cas ici ?

— Chaque jour amenait une nouvelle tentative d'assassinat, madame. Dont certaines incroyablement ingénieuses, sans doute fomentées par Demesne. Carroll et moi-même savions que tôt ou tard, quelqu'un réussirait à passer notre défense. Nous ne pouvions nous contenter de rester les bras ballants en attendant que cela arrive.

— Et telle fut votre solution ?

— Oui. C'était cela, ou abandonner la Reine à son triste sort.

— Et le royaume que vous avez laissé derrière vous ? À mon oncle, qui plus est ?

— La sécurité de la Reine primait, madame, répondit obstinément Massue. Tout le reste était secondaire.

— M'auriez-vous aussi trouvé un sosie ?

— Non, madame. Je savais que vous ne le permettriez pas.

— Et comment ! confirma-t-elle avec hargne. Que de beaux principes, vraiment !

— Vous me connaissez tel que je suis aujourd'hui, madame. Vous ne me connaissiez pas, il y a vingt ans. J'étais quelqu'un d'autre, à l'époque. Sorti de la Crèche il n'y a pas si longtemps.

— Ça oui ! intervint Elyssa en tapotant la main de Kelsea avant qu'elle ait pu la dégager. Encore à moitié sauvage, disait Carroll, et il n'avait pas tort. Toujours à chercher la bagarre ou à bouder dans son coin quand il n'obtenait pas ce qu'il voulait.

Écœurée, Kelsea ôta sa main du bras du fauteuil. Malgré leur différence d'âge, sa mère lui semblait si infantile… mais Kelsea ne la laisserait pas s'en tirer à si bon compte. Infantile ou pas, elle lui devait des réponses.

— Pourquoi m'avez-vous abandonnée ?

— Je n'avais pas le choix, répondit Elyssa en jetant un coup d'œil furtif à Massue. Tu étais en danger.

— Vous mentez.

— Pourquoi parler du passé ? se plaignit sa mère. Tout était tellement laid !

— Laid, murmura Kelsea.

Massue lui jeta un regard implorant, mais elle l'ignora, dégoûtée. Allait-il vraiment intercéder en faveur de cette femme, encore aujourd'hui ?

— Lazarus, laissez-nous seules.

— Madame…

— Allez attendre dehors et refermez la porte derrière vous.

Il la scruta encore un bon moment d'un air inquiet, puis s'en alla. Kelsea revint à sa mère. Elyssa devait avoir perçu un peu de son aigreur, car elle gigotait sur son fauteuil et évitait de croiser son regard.

— Vous leur avez tous fait promettre de ne pas me parler du chargement.

— Oui.

— Pourquoi ? Dans quel but ? dit Kelsea en entendant sa propre voix monter d'un cran.

— J'ai cru que je pourrais y remédier, répondit posément sa mère. Que ce serait une solution provisoire et que nous en trouverions une autre, bien avant votre retour au Donjon. Massue est si intelligent, j'étais sûre que lui et Thorne arrangeraient les choses…

— Thorne, arranger les choses ? Foutaises !

— Je préférerais que vous ne juriez pas. C'est si laid.

Encore ce mot. Si sa mère cherchait à la mettre en colère, elle ne s'y prendrait pas autrement. Pour elle, le bon valait-il quelque chose, au regard du beau ? L'esprit de sa mère lui fit penser à un étang gelé, que des idées pouvaient effleurer sans jamais y pénétrer. Kelsea voulait qu'elle lui rende compte de son égoïsme, de ses mauvaises décisions, de ses crimes. Mais comment exiger cela d'une telle femme ?

— J'espérais que tu n'aurais jamais besoin de l'apprendre, poursuivit sa mère. D'ailleurs cela n'a pas si mal tourné ! Nous avons préservé la paix durant dix-sept années !

— Vous n'avez pas préservé la paix, vous l'avez achetée en vendant des gens que vous étiez censée protéger. Vos sujets.

Kelsea sentit qu'elle ne tiendrait plus longtemps. La colère bouillonnait en elle, prête à éclater.

— Des miséreux ! protesta Elyssa. De toute façon, le royaume n'aurait pas pu les nourrir ! Au moins à Mortmesne, ils seraient nourris et soignés, c'est ce que Thorne disait…

— Et pourquoi douter des paroles d'un Arlen Thorne, hein ?

L'envie de gifler sa mère fut si forte que Kelsea dut fourrer ses mains sous ses cuisses et les y laisser en attendant que ça lui passe.

C'est ma mère, pensa-t-elle. L'idée lui était insupportable. Comme elle aurait aimé être la fille de Carlin, ou de n'importe qui d'autre. Elle devait à cette femme la moitié de son être… mais seulement la moitié. Kelsea se raccrocha à cette idée comme à une planche de salut. Oubliant sa colère, elle se pencha en avant.

— Qui est mon père ?

— Cela n'a plus d'importance, répondit Elyssa, l'air soudain anxieuse.

— Je sais que toute votre Garde vous est passée dessus, et je m'en fiche pas mal. Mais je veux un nom.

— Peut-être que je l'ignore.

— Non, vous le connaissez. Et Lazarus aussi.

— Alors il n'a pas voulu le dire ? remarqua Elyssa, tout sourire. Mon garde loyal et fidèle.

Kelsea fit la grimace.

— Lazarus n'appartient à personne.

— Mais si, jadis il était à moi…, dit-elle, et soudain son regard se fit vague. Je l'ai chassé.

— Je ne veux pas en entendre parler.

— Pourquoi parler du passé ? répéta Elyssa. C'était il y a si longtemps. J'ai appris que la Reine rouge était enfin morte. Est-ce vrai ?

Kelsea ferma les yeux, les rouvrit.

— Vous ne réussirez pas à faire dévier la conversation. Mon père. Répondez.

— Qu'importe ! Il est mort !

— Raison de plus pour me le dire.

En la voyant détourner encore les yeux, Kelsea sentit un affreux soupçon lui traverser l'esprit. Durant toutes ses ruminations au sujet de l'identité de son père, il y avait une possibilité qu'elle n'avait jamais envisagée, parce qu'elle ne le pouvait pas. Massue le lui aurait dit, forcément.

Oh que non, répliqua son esprit avec une pointe de suffisance. C'est un Garde de la Reine jusqu'au bout des ongles.

— L'un de mes gardes, répondit enfin Elyssa. Une brève liaison. Il n'a pas compté !

— Son nom.

— Il était si triste quand il est venu nous rejoindre ! Il avait beau être un gars de la campagne, c'était un bon escrimeur. Carroll voulait le faire entrer dans la Garde et j'ai juste eu envie de le réconforter, je n'avais pas l'intention de…

— Qui ?

— Mhurn. Je ne sais si tu l'as jamais rencontré…

— Si, je l'ai rencontré, répondit Kelsea d'un ton égal, avec un calme suspect, mais sa mère n'était pas femme à remarquer ce genre de choses. Le savait-il ? Savait-il qu'il était mon père ?

— Non, je ne crois pas. Il n'a jamais posé la question.

Kelsea en fut un peu soulagée. On aurait dit que son esprit s'était dédoublé en deux moitiés avançant en parallèle, l'une fonctionnant normalement, l'autre comme paralysée par le souvenir du sang jaillissant sur sa main et du visage souriant de Mhurn, les yeux embrumés par la morphine.

J'ai tué mon père, pensa-t-elle.

— Carroll a donc engagé Mhurn dans la Garde, babillait Elyssa. Il avait perdu son épouse et sa fille à cause des Mort et c'était un homme brisé, dit-elle avec un rare accent de sincérité. Je n'ai jamais su y résister.

Kelsea hocha la tête en conservant un sourire affable.

— Je vous en prie, continuez, insista-t-elle tandis que cette phrase résonnait dans sa tête : j'ai tué mon père.

— Quand Massue l'a découvert, il s'est mis en rage, mais il n'en avait pas le droit, tu sais, nous avions rompu depuis longtemps. Pourtant il m'arrive de me demander s'il ne t'a pas emmenée loin de moi pour me punir…

— C'est Lazarus qui m'a emmenée ?

— Oui, lui et Carroll. Ils l'ont fait derrière mon dos ! dit Elyssa en faisant la moue. Moi, je ne t'aurais jamais abandonnée.

Kelsea se radossa tandis que, grâce au ciel, Mhurn passait à l'arrière-plan. Enfin une réponse à la question qui l'avait tourmentée depuis ce jour sur l'esplanade du Donjon : pourquoi une femme aussi égoïste que sa mère abandonnerait-elle son enfant par souci de sa sécurité ? Kelsea avait fait toutes sortes de suppositions à ce sujet, et la réponse la plus évidente lui avait échappé : en fait, sa mère ne l'avait pas abandonnée. D'autres avaient pris la décision pour elle.

Mais pourquoi ?

— Au début tu m'as beaucoup manqué, dit Elyssa d'un air rêveur, comme si elle décrivait un événement survenu à quelqu'un d'autre. Tu étais un bébé adorable, oh, toutes ces risettes que tu me faisais ! Mais ce fut une sage décision, en fin de compte. Autrement, nous aurions dû te trouver un sosie à toi aussi ! s'exclama-t-elle.

Alors, en l'entendant glousser, Kelsea explosa. Elle bondit de son fauteuil, le renversa, saisit sa mère par les épaules et se mit à la secouer. Mais ce n'était pas assez. Elle avait envie de la gifler, de l'obliger à reconnaître ses fautes et à faire amende honorable, d'une manière ou d'une autre.

— Madame, murmura Massue.

Kelsea s'arrêta net. Il avait surgi dans la pièce et se tenait à peu de distance, mains levées, prêt à intervenir.

— Quoi, Lazarus ?

Kelsea voyait la gorge de sa mère, offerte à ses mains toutes proches... D'accord, Elyssa n'était pas le mal incarné, pas plus que Thorne, que le geôlier, ou même que le jeune Row Finn. N'empêche, comme elle avait envie de l'étrangler à mains nues...

— Ne faites pas ça, madame.

— Vous ne pourriez pas m'en empêcher.

— Peut-être, mais je devrais essayer. Et elle... elle n'en vaut pas la peine.

Kelsea considéra sa mère, qui s'était recroquevillée sur son siège et la fixait avec stupeur, comme si elle ne voyait pas du tout ce qu'elle avait pu faire de mal. Une Elyssa beaucoup plus jeune avait-elle eu cet air-là, quand les tentatives d'assassinat sur sa personne avaient commencé, tandis que les chargements roulaient chaque mois sous ses fenêtres ? L'air d'une femme incapable de comprendre pourquoi elle n'était pas aimée du monde entier...

— Ne faites pas ça, madame, répéta Massue d'un ton implorant, et Kelsea comprit alors qu'il avait raison, même si ce n'était pas pour les motifs auxquels il croyait.

Kelsea aurait beau faire, elle n'obtiendrait pas ce qu'elle désirait. Oui, elle avait soif de vengeance, mais à quoi bon déverser sa fureur sur cette femme-enfant, incapable de comprendre l'étendue de ses fautes ? Non, elle n'obtiendrait rien qui puisse la soulager : aucune explication, aucune responsabilité. Aucune catharsis.

Personne que je puisse haïr, songea-t-elle.

Dans un roman, cette idée aurait pu être libératrice, peut-être même aurait-elle guéri certains de ses tourments. Dans la réalité, jamais elle ne s'était sentie aussi esseulée. Ses bras retombèrent, soudain sans force, et elle recula.

— Voilà qui est réglé, dit Elyssa en retrouvant son insouciance. Alors c'est fini, le passé est derrière nous ?

— Oui, c'est fini, répondit Kelsea d'une voix qui lui sembla étrangement creuse.

Elyssa se leva de son fauteuil, bras tendus, et Kelsea se rendit compte avec horreur que sa mère avait l'intention de la serrer dans ses bras. Elle recula en chancelant sur les dalles inégales.

— Qu'y a-t-il ? demanda sa mère d'un air surpris, et même un peu blessé. Il n'y a plus de secrets entre nous, désormais. Nous pouvons enfin apprendre à mieux nous connaître.

— Non.

— Pourquoi ? Tu es ma fille. Je n'ai pas été une mère idéale, je l'admets, mais tu es une adulte, à présent. Nous pouvons sûrement laisser le passé derrière nous.

— Non, nous ne le pouvons pas, répondit Kelsea en pesant bien chaque mot qu'elle allait prononcer, car elle n'avait pas l'intention de reparler un jour à cette femme. Vous êtes égoïste, négligente et stupide. Vous n'auriez jamais dû avoir le sort d'autrui entre vos mains. Je remercie le ciel d'avoir été élevée par Barty et Carlin, loin de votre influence.

Sa mère en resta bouche bée. Elle allait protester, mais Kelsea se détourna. Elyssa essaya de la suivre, alors Massue s'avança pour lui barrer le passage.

— Où est votre porte ? demanda-t-il.

— Quelle porte ?

— Celle par laquelle vous êtes entrée ici, dit-il patiemment.

— Elle est là, indiqua Elyssa en tapant sur le mur, et une porte s'ouvrit dans la pierre, sur un rectangle noir.

Encore un passage secret. Décidément, tous les bâtiments du royaume semblent en être truffés, se dit Kelsea.

— Partez, ordonna Massue.

— Mais elle ne comprend pas ! Elle…

— La Reine a parlé.

— C'est moi la Reine ! protesta Elyssa d'un air outragé.

— Non. Vous avez troqué votre couronne contre votre sécurité, il y a longtemps. Allez-vous partir ? Ou dois-je vous raccompagner ?

— Vous étiez mon meilleur garde, Massue ! s'exclama-t-elle, presque au bord des larmes. Qu'est-il arrivé ?

Massue serra les mâchoires. Sans ajouter un mot, il lui fit franchir le seuil et referma la porte derrière elle. Durant une longue minute, il y eut des coups frappés de l'autre côté, puis ce fut le silence.

— Les autres membres de la Garde sont-ils au courant ? demanda Kelsea à Massue.

— Seul Carroll l'était. Il me chargeait toujours des basses besognes, celles que les autres auraient refusées. Je pense souvent que c'est pour ça qu'il m'a recruté, à l'origine.

— Elle risque de revenir par le couloir pour se montrer à toute la Garde.

— Non, elle ne le fera pas.

— Pourquoi ?

— Parce que je lui ai dit que je la tuerais, si jamais elle le faisait.

— Et parliez-vous sérieusement ?

— Je l'ignore.

Kelsea s'assit sur son lit. Elle avait envie de s'allonger, se rendormir et oublier tout ça. Mais si Massue et elle n'avaient pas cette conversation maintenant, l'occasion ne se présenterait plus. Kelsea n'en aurait pas le cran, ils retomberaient dans la facilité, et malgré quelques différents de-ci de-là, leur relation d'amitié serait à nouveau cet étang calme qu'aucun d'eux ne souhaitait troubler.

— J'ai tué mon père, dit-elle à Massue. Je l'ignorais, mais je l'ai tué quand même.

— Oui, madame.

— Pourquoi ne pas me l'avoir dit ?

— Si vous n'aviez pas eu pitié de Mhurn en mettant fin à ses tourments, nous aurions dû le faire. C'était la bonne décision. Il était brisé, et sur le moment, il semblait peu probable que vous appreniez jamais qui il était. Aucun de nous ne vous en aurait jamais parlé, surtout pas après ça.

— Vous auriez dû me le dire.

— Dans quel but ?

Kelsea ne sut que répondre. Elle en avait tué beaucoup d'autres... était-ce si différent ? Les liens du sang comptaient-ils tellement ? Elle venait de rompre avec la femme qui l'avait mise au monde, et elle avait eu raison de le faire. Cette scène lui inspirerait sûrement après coup des sentiments mitigés, mais pas au point de regretter sa décision. Les liens du sang ne faisaient pas d'Elyssa une bonne mère, ni de Mhurn un bon père ; il l'avait poignardée dans le dos. Kelsea se sentait bien plus proche de Barty et de Carlin, ou même de Massue, que de ses parents.

— Ils n'ont que l'importance que je veux leur donner, murmura-t-elle.

Quelqu'un lui avait tenu ces propos, un jour. Massue ? La Reine rouge ? Elle ne s'en souvenait pas. Les liens du sang comptent pour les animaux, mais les humains auraient dû évoluer pour s'en dégager.

Les circonstances de la naissance ne comptent pas. Ce qui importe vraiment, c'est la gentillesse et l'humanité.

Cette voix-là, elle la reconnut : William Tear, parlant à Lily durant l'une des pires nuits de sa vie. Si c'était vrai, alors à cette épreuve Tear, les deux parents de Kelsea avaient échoué.

— Et maintenant, Lazarus, qu'allons-nous faire ? Dois-je rester en exil, tout comme elle, en me cachant ici au milieu de nulle part tandis que les choses ne feront qu'empirer ?

— Je ne sais pas, madame. Nous ne pourrons demeurer longtemps ici, mais je ne sais où aller. New London est aux mains du Saint-Père et des Mort. Or vous n'avez que soixante-quinze soldats, cantonnés en bas. Ce serait du suicide d'y retourner.

Kelsea acquiesça. À l'occasion, elle n'hésitait pas à se jeter dans la gueule du loup ; d'ailleurs, un acte irréfléchi avait servi de fondement à son règne alors qu'impuissante, elle risquait à tout moment de se faire tuer. Mais il semblait tout aussi irresponsable de rester passive par souci de sa propre sécurité, alors que son royaume était en flammes. C'était vraiment le style de sa mère.

— Avons-nous fait tout ce chemin pour échouer, Lazarus ?

— Parfois c'est ainsi que les choses se terminent, madame.

Mais Kelsea n'y croyait pas. Peut-être était-ce d'avoir lu tant de livres où l'intrigue était savamment nouée et chaque action fondée. Ils avaient trop combattu ensemble à travers les épreuves pour renoncer maintenant. Il existait forcément une possibilité, même si elle lui échappait encore. Son esprit agité fouillait le passé, les strates successives de l'histoire Tear qu'elle avait parcourue au prix de tant de souffrances. La mort de Jonathan Tear approchait… cette terrible tragédie aurait-elle pu être évitée ? Et cela aurait-il sauvé le Tear ? Peut-être Katie se serait-elle résolue à tuer Row Finn. Mais quand bien même, les problèmes de la Ville ne dépendaient pas d'un seul homme, et tuer un dictateur en herbe laissait un trône vide ouvert à toutes les menaces. Kelsea pressentait qu'il y avait une solution quelque part dans le passé, mais elle restait floue, indistincte.

Comment Jonathan Tear était-il mort ?

Katie ne le lui avait pas encore dévoilé, mais Kelsea ne pouvait plus attendre que les souvenirs de Katie se déplient. Elle leva les yeux vers Massue, qui l'observait toujours d'un œil inquiet.

— Où est le Fetch ?

Ils le trouvèrent sur le balcon du deuxième étage, avec Hall et plusieurs de ses soldats. Le soleil surgirait bientôt à l'horizon, mais l'air matinal était frais et vif ; l'hiver était arrivé pour de bon. La demeure de Lady Chilton était entourée de broussailles et d'herbes folles couvertes de cristaux de givre qui étincelaient dans le matin ivoire.

Lorsque Kelsea et ses gardes sortirent sur le balcon, Hall et Blaser s'inclinèrent. Elle fut contente de les voir tous les deux, même si elle dut en arrivant couper court aux propos balbutiants de Hall, qui ressemblaient à des excuses. En traversant la maison, ils étaient passés par une galerie qui donnait sur le vestibule, où une petite centaine de soldats dormait à même le sol en pierre, tout ce qui restait de l'armée de Hall. L'idée qu'il puisse lui faire des excuses lui était intolérable.

Du balcon, le Fetch et ses quatre hommes scrutaient l'est à travers des lunettes d'approche. À leur vue, Kelsea se figea sur place : Howell, Morgan, Alain, Lear et Gavin, cinq garçons de la Ville, devenus adultes et tous damnés, apparemment.

Kelsea se tourna vers sa Garde.

— Laissez-nous seuls un moment.

— Pas question ! lança Elston.

— Elston, intervint posément Massue. On y va.

Elston jeta un regard meurtrier au Fetch, mais il suivit Massue en retournant vers les portes vitrées qui ouvraient sur le balcon. Pen et Dyer les accompagnèrent. En voyant que Pen ne montrait aucune réticence à la laisser, Kelsea eut un petit pincement au cœur qu'elle mit vite de côté. Elle apprendrait à vivre avec l'indifférence de Pen. Il y avait des questions plus importantes à régler. Sur un signal du Fetch, ses quatre hommes suivirent le mouvement, et Morgan donna un coup de chapeau imaginaire à Kelsea tout en passant.

Une fois la porte refermée, elle se tourna vers le Fetch. Elle ne l'avait pas revu depuis très longtemps, du moins lui semblait-il, et il était plus séduisant que jamais, pourtant elle découvrit avec surprise que son emprise sur elle avait diminué. Elle avait beau avoir l'homme devant ses yeux, elle ne pouvait s'empêcher de voir le garçon, Gavin : arrogant, irréfléchi, une proie facile pour Row Finn. Voir ainsi en lui le garçon qu'il avait été amoindrissait l'homme, et si Kelsea en éprouva d'abord de la déception, elle se mua vite en soulagement.

— Vous avez l'air en bonne forme, Reine Tear, pour une ancienne détenue, remarqua-t-il.

— Oui, je vais bien.

— Et la Reine Mort, qu'est-elle devenue ?

— Je l'ai tuée.

Le Fetch eut un petit rire amusé.

— Vous ne me croyez pas.

— Si, je vous crois. C'est de moi-même que je ris.

— Pourquoi ?

— Jadis, j'ai cru que c'était pour cela que vous étiez ici : pour nous débarrasser de la Reine Mort une bonne fois pour toutes. Voilà que c'est fait, et nous ne sommes pas plus avancés pour autant. Le Tearling échoue toujours.

— Vous n'êtes pas étranger à cet échec, Gavin.

Il resta un instant sans voix.

— Je savais que vous finiriez par me démasquer, dit-il enfin. Row le savait aussi.

— Que veut-il ?

— Ce qu'il a toujours voulu : une couronne.

— Quelle couronne ?

— La couronne Tear. C'est Row qui la fabriqua, en argent et saphir, mais ce n'était pas une pièce d'orfèvrerie comme les autres. Row disait qu'elle lui permettrait de réparer le passé.

— Réparer le passé, répéta Kelsea, soudain en alerte.

Voilà des mois qu'elle essayait de découvrir un moyen de réparer le passé.

— Comment ?

— Je l'ignore. Il a toujours pensé qu'il avait été spolié, que le hasard lui avait volé quelque chose. Il était trop intelligent pour n'être que le fils de Sarah Finn.

— Où est cette couronne ?

— Quelque part dans New London. Cela fait des mois que je la cherche, en vain. Le prêtre l'a volée à l'Arvath quand il s'est enfui…

— Le Père Tyler ?

— Oui, mais nous n'arrivons pas à le retrouver. J'ai suivi sa trace jusque dans la Crèche, mais ensuite, je l'ai perdue.

Kelsea hocha la tête, le cœur serré de savoir le vieux prêtre coincé dans ces infâmes bas-fonds. Massue serait peut-être capable de le retrouver, mais elle ne pouvait lui demander d'y retourner. La veille au soir, il lui avait parlé de ses projets concernant la Crèche pendant le dîner, et même si elle se réjouissait qu'il ait pris ses paroles à cœur, elle s'était demandé pourquoi il avait engagé des Caden pour assumer une telle mission. Elle en comprenait maintenant la raison : comme ces lieux devaient être épouvantables pour que Massue redoute autant d'y retourner ? Kelsea l'entendait déjà se moquer avec sarcasme de ces histoires de couronne et de magie. Mais pour elle, réparer le passé était presque comme un mantra qu'elle se récitait sans relâche. Elle revint au Fetch.

— Est-ce vous qui avez tué Jonathan Tear ?

— Non.

— Row et vous étiez amis.

La question lui fit cligner des yeux d'un air alarmé.

— Oui. Nous l'étions, confirma-t-il. Du moins le croyais-je.

— Pourquoi haïssait-il tant le Tear ?

— Row a toujours dit que sa naissance était une erreur grossière.

— Ce qui signifie ?

— Je l'ignore. Mais d'après lui, la couronne corrigerait cette erreur…, dit le Fetch, puis il se détourna et sa voix se fêla. Nous voulions juste reconstruire une société bien structurée, comme celle d'avant la Traversée…

— Qu'est-ce que vous racontez ? éclata Kelsea. Le monde d'avant la Traversée était bien pire que le nôtre !

— Oui, mais nous l'ignorions ! répondit le Fetch en la regardant d'un air presque implorant. On ne nous en avait jamais parlé. Nous ne savions que ce que Row en disait : que ce monde-là valait bien mieux que le nôtre, que les gens y étaient récompensés au mérite, et que leur train de vie augmentait en fonction de leur niveau d'intelligence et de leur efficacité. Un avenir plus radieux, voilà ce qu'il nous faisait miroiter…

Kelsea serra les poings. Dire qu'elle avait cru être amoureuse de cet homme ! Cet épisode semblait à présent appartenir à la vie de quelqu'un d'autre. Le jeune Gavin éclipsait tout en l'assombrissant. Si en cet instant, le Fetch lui avait déclaré un amour éternel, elle lui aurait craché au visage.

— Pourquoi au nom du ciel ne m'avez-vous pas raconté tout cela plus tôt ? s'indigna-t-elle. Qu'espériez-vous gagner en me cachant tant de choses ?

— Vous me prêtez plus d'intention que je n'en avais, Reine Tear. La réponse est simple : j'avais honte. À votre avis, est-il facile de se mettre à nu devant une étrangère en lui déballant ses pires méfaits ?

— Non, convint-elle après réflexion. Mais je n'aurais pas pour autant fait passer ma fierté avant le bien du royaume.

— Quel bien ? Ces événements datent de trois cents ans. Quelle importance peuvent-ils avoir aujourd'hui ?

— Le passé compte toujours, idiot, gronda Kelsea. Une dernière fois, qui a tué Jonathan Tear ?

— Oh, c'est Row qui l'a tué, répondit le Fetch avec lassitude. Il les a tous tués, Dorian, Virginia, Evan Alcott, tous ceux qui lui posaient problème. Il a même tué Mme Ziv, la bibliothécaire, mais c'était trop tard ; elle avait déjà réussi à mettre en lieu sûr presque tous les livres de la bibliothèque.

— Il n'a pas tué tant de gens tout seul.

— Essayez-vous d'ajouter encore à ma honte, Reine Tear ? interrogea le Fetch en la toisant froidement. Ce qui est fait est fait. J'ai assez pleuré sur le passé.

— Que s'est-il passé après la mort de Jonathan ?

— J'ai aidé Katie à s'enfuir. C'est la seule bonne action que j'aie jamais faite, car Row comptait aussi se débarrasser d'elle. Mais elle était enceinte, elle me l'a dit, et je n'ai pas été capable de l'assumer ; c'eut été un trop grand péché…

— Non, pas ça ! répliqua vivement Kelsea ; le mot péché avait le don de l'exaspérer, et elle était malade à l'idée que pour lui, Katie n'avait mérité de rester en vie que parce qu'elle portait un enfant. Qui était le père ? Jonathan ?

— Elle n'a pas voulu me le dire, répondit le Fetch, puis il se détourna, mais Kelsea eut le temps d'apercevoir dans ses yeux la marque d'une ancienne blessure, et elle se rappela soudain que jadis, il avait invité Katie à l'accompagner à une fête. Il l'avait admirée, peut-être plus encore, assez pour l'aider à s'enfuir… mais pas assez pour aider Jonathan.

— Elle a disparu, reprit le Fetch, en emportant la couronne de Row avec elle. Quand Row l'a découvert, il est devenu fou, et j'ai cru qu'il allait tous nous tuer, mais alors, il avait déjà commencé à s'effacer. Katie nous avait maudits, et il nous a fallu des mois pour nous rendre compte que quelque chose n'allait pas.

— Elle ne vous a pas assez punis.

Le Fetch devint rouge de colère, et un instant, Kelsea crut qu'il allait la frapper. Mais peu après, son poing retomba, et il s'appuya sur la rambarde du balcon d'un air abattu.

— Dites ce que vous voulez, Reine Tear. Quand vous aurez vécu des siècles, quand tous ceux que vous aimiez seront morts autour de vous et que le monde sera plein d'étrangers, vous comprendrez peut-être.

Kelsea ne se sentait guère encline à l'empathie. Elle se retourna pour embrasser du regard le paysage, clignant des yeux vers le nord avec l'envie futile de voir New London. Mais quelle New London ? Celle de Katie, ou la sienne ? Les deux villes étaient en état de siège, et Kelsea ressentit soudain un regret poignant pour les rêves envolés de William Tear. Il avait tant œuvré pour son monde meilleur… comme eux tous, Lily, Dorian, Jonathan, tous ceux qui étaient montés à bord des vaisseaux. Ils avaient vaillamment combattu, avaient eu faim et étaient morts pour certains à la poursuite du plus vieux rêve de l'humanité, mais ils n'avaient pas su que la vision de Tear était faillible. Trop facile. L'utopie n'était pas l'ardoise vierge que Tear avait imaginée, mais une évolution. L'humanité devrait travailler pour cette société, travailler dur, sans jamais se départir de sa vigilance contre les erreurs du passé. Cela prendrait des générations ; d'innombrables générations peut-être, mais…

— Nous pourrions y arriver, murmura Kelsea. Et même si nous n'y parvenons pas, nous devrions toujours tendre vers elle et nous en rapprocher.

— De quoi donc, Reine Tear ?

Kelsea leva les yeux, sans le voir, sachant soudain ce qu'elle devait faire. Elle ignorait si le passé pouvait être changé, si les erreurs de William Tear pourraient jamais être réparées. Mais ne pas essayer semblait de toutes les voies la plus irresponsable, et maintenant, Kelsea voyait qu'elle aussi s'était laissée prendre par la vision de Tear, tout comme Lily, tout comme les autres. Le plus vieux rêve de l'humanité… sa seule possibilité méritait qu'on meure pour elle. Elle agrippa le saphir de Tear sous sa chemise, sentit le monde meilleur de Tear, datant de centaines d'années plus tôt, et pourtant si proche qu'elle pouvait presque le toucher. Et qui pourrait dire entre le présent ou le passé lequel était le plus réel ? Juste avant de se retourner pour appeler Massue, Kelsea se rendit compte que ça n'avait pas d'importance.

Elle vivait dans les deux dimensions.

Deux heures plus tard, Kelsea monta à cheval, entourée de sa Garde, ainsi que de Hall et de ses soldats ; Massue était assis devant elle sur la selle, et Kelsea avait les bras liés autour de lui avec des cordes épaisses. C'était l'idée de Massue, et elle était judicieuse, car à tout moment, Kelsea risquait de plonger dans l'une de ses fugues. Si les membres de sa Garde trouvèrent étrange de la voir ainsi ligotée, ils n'en montrèrent rien ; Coryn l'avait attachée, et Kibb avait parachevé la chose par des nœuds savants. Autre avantage, elle ne pourrait désormais changer d'avis et rebrousser chemin. Kelsea n'était pas une athée convaincue ; elle trouvait trop de réconfort dans l'idée de l'inévitable.

— À quelle vitesse pouvons-nous chevaucher ? demanda-t-elle à Massue.

— Plus vite, maintenant que vous ne nous ralentissez plus, madame, répondit Massue, réduisant ainsi Kelsea au silence.

Non loin de là, sur son étalon gris, le Général Hall chevauchait à côté de son frère Simon, et derrière eux suivaient les tristes vestiges de l'armée Tear. Le Fetch et ses hommes étaient là aussi ; Hall et le Fetch semblaient avoir trouvé un terrain d'entente, et Kelsea les avait vus discuter durant les préparatifs de l'expédition. Quant à elle, Kelsea avait l'impression d'être une championne de l'imposture ; elle savait pertinemment que la seule raison pour laquelle Hall et presque toute la Garde avaient adhéré à cette action venait du fait qu'ils la croyaient capable de relever la situation, d'une manière ou d'une autre, pour équilibrer les chances.

En suis-je vraiment capable ? se demanda Kelsea. Et comment m'y prendre ?

Elle l'ignorait. Le saphir Tear était autour de son cou, celui de Row fourré au fond de sa sacoche, à côté du fragment de roche qu'elle avait rapporté du passé. Mais à quoi bon ? Massue lui avait dit un jour qu'elle s'en serait mieux sortie sans ses saphirs, et Kelsea se demandait s'il n'avait pas raison. Quelque part à New London, il y avait une couronne, une couronne qui pourrait l'aider, mais ce n'était peut-être qu'un fol espoir. Il y avait de fortes chances pour qu'elle les mène tout droit à l'abattoir.

Mais je ne puis rester sur place sans rien tenter, se dit-elle en sentant sa résolution s'affermir. Elle leva les yeux vers les fenêtres de la demeure de sa mère, avec leurs vitres étincelantes qui reflétaient le désert sans rien révéler. À l'idée de laisser la femme en noir derrière elle, Kelsea ne ressentait que du soulagement. Elle ne voulait pas demeurer ici alors que New London brûlait. Quitte à mourir, autant mourir dignement.

— Allons-y, lança soudain Massue, et il fit tourner son cheval.

À ce brusque mouvement, Kelsea eut un haut-le-cœur. Ayant les mains liées, elle n'avait aucune maîtrise sur l'animal, et pressentait que le trajet n'aurait rien d'agréable. Mais il n'y avait pas moyen d'y couper. L'esprit de Katie était là à nouveau, tapissant celui de Kelsea en l'éclipsant presque. C'était comme durant sa dernière nuit au Donjon, quand l'esprit de Lily l'avait tirée constamment en arrière, malgré elle. Katie et Kelsea étaient peu à peu allées l'une vers l'autre, comme deux sphères dont les orbites se rapprochaient, et Kelsea avait l'impression que l'éclipse ne tarderait plus guère.

— En route pour New London ! cria Massue à tous les soldats rassemblés. Nous ne nous arrêterons pas, sauf à mon ordre ou à celui de la Reine ! Si tout va bien, nous devrions arriver demain soir !

Si tout va bien, songea Kelsea avec angoisse. Ils se dirigèrent vers le nord-ouest, et même à cette distance, elle eut l'impression d'entendre des hurlements.

Je vous en prie, Tear, aidez-nous, supplia-t-elle en silence. Elle retint même son souffle un instant, espérant une réponse, mais rien ne vint. William Tear ne pouvait les aider. Ils étaient seuls.

13

Le Pays Tear

L'idée est là, mais confuse encore.
La fourberie ne montre sa face qu'une fois son œuvre accomplie.

Othello, William Shakespeare
(littérature anglaise prétraversienne)

La Ville avait changé.

Katie n'aurait su décrire en quoi précisément. Mais elle le sentait chaque fois qu'elle fréquentait les lieux publics. Les rues étaient vides et froides, bien différentes de celles qu'elle avait connues dans sa jeunesse. Les gens se claquemuraient. C'était le règne du chacun chez soi, du chacun pour soi : des signes de dégradation apparaissaient çà et là sur les maisons de ceux qui n'étaient pas en mesure de les entretenir ; ils ne pouvaient plus compter sur l'aide de personne. La Ville était comme un arbre rongé de l'intérieur par un étrange parasite.

Une nuit, quarante familles étaient parties subrepticement. Quand on s'en rendit compte, le groupe était déjà loin sur la plaine et il avançait régulièrement en direction du sud. Jonathan avait voulu les rejoindre pour leur parler, mais Katie l'en avait dissuadé. Aucune de ces familles n'appartenait à l'église de Row, et au moins la moitié d'entre elles avaient subi des actes de malveillance durant l'année écoulée. Si Jonathan parvenait à les convaincre de rentrer, les persécutions reprendraient : cailloux lancés sur les fenêtres, animaux de compagnie tués au cœur de la nuit. Deux semaines plus tôt, une bande avait coincé Mme Ziv et l'avait bastonnée, pour la forcer à fermer la bibliothèque.

Katie aurait pu choisir elle aussi de quitter la ville, si ses responsabilités avaient été moins lourdes. Mais là où Jonathan demeurait, elle demeurait aussi. Il n'empêche, le départ de ces quarante familles était une grande perte, car elles comptaient parmi elles deux des meilleurs charpentiers de la Ville, plusieurs personnes qui travaillaient à la laiterie et surtout, ce qui chagrinait le plus Katie, M. Lynn, qui s'occupait de la tonte des brebis, puis du filage. Sans lui, la qualité de la laine allait sûrement se dégrader.

L'étroitesse d'esprit et la religion faisant bon ménage, il y avait certainement plus d'un coupable, pourtant Katie ne pouvait s'empêcher de regarder vers le nord, vers le clocher de la petite église sise en bordure de la ville. Depuis un an que Row avait pris en main la paroisse, ses sermons avaient peu à peu gagné en sévérité et en violence, imprégnant l'esprit de ses fidèles. Le Dieu de Row était un gendarme à l'affût, qui surveillait d'un œil strict le comportement de chacun. Qu'une telle mentalité soit contraire à l'idée même de la Ville ne semblait plus troubler personne, à part Katie et Jonathan. Les gens se rendaient à l'église sitôt leur travail fini, et elle ne désemplissait pas, que Row y prenne ou non la parole. Katie aurait aimé blâmer l'idée même de religion, mais elle ne pouvait s'abuser à ce point. Une église était bonne ou mauvaise selon la philosophie qu'on y prêchait en chaire. Toute sa rage allait maintenant aux disciples de Row. Comment pouvaient-ils s'y laisser prendre ? Ils avaient dû jadis valoir mieux que ça, sinon William Tear n'aurait pas décidé de les emmener sur la Traversée. D'après Maman, il avait choisi ses compagnons avec le plus grand soin. Mais dans l'état actuel des choses, tout était changé en profondeur, de sorte que Katie n'aurait su prédire les réactions d'aucun des habitants de la Ville, hormis Jonathan et Row, assez étrangement.

Elle avait commencé à suivre Row en flânant presque, comme une sorte d'exercice. Il mijotait un mauvais coup, mais elle avait beau s'en douter, elle ne parvenait pas à le coincer. Il allait tous les jours à l'église, où il donnait matin et soir des sermons à tous ceux qui voulaient l'écouter. À peine en sortait-il que les femmes se pressaient autour de lui comme des mouches, et il en changeait chaque nuit, en restant toutefois très prudent : elles n'arrivaient jamais avant minuit ou une heure du matin, quand tout le monde ou presque dormait depuis longtemps. Katie avait envisagé un bref instant de dévoiler ces liaisons, mais elle s'en était abstenue, un peu honteuse même d'y avoir pensé. Elle était attirée par Row (en fait, ce jour où elle l'avait rejoint dans sa chambre peu après son retour de la fatale expédition restait gravé dans son esprit), et elle se doutait bien que ses propres sentiments n'étaient pas dénués d'une certaine jalousie. Or la vie privée devait être sauvegardée, même quand il s'y mêlait autant d'hypocrisie. Si elle voulait prendre Row en défaut, ce devrait être pour un acte public, un problème qui affectait toute la Ville.

Entre deux sermons, Row se rendait à l'atelier de ferronnerie de Jenna Carver, et au fil des jours, cette régularité finit par intriguer Katie. En questionnant discrètement l'entourage de Row, elle avait découvert que son église pourvoyait à tous ses besoins : les paroissiens entretenaient sa maison, et les femmes s'étaient une fois battues bec et ongles pour savoir laquelle apporterait à Row son souper. Il n'avait donc plus besoin d'exercer un travail pour gagner son pain quotidien. Pourtant, chaque jour sans faute, il se rendait chez Jenna et y restait cinq ou six heures. Un après-midi que Katie avait trouvé un prétexte pour aller fouiner par là-bas, elle découvrit les fenêtres tapissées d'un papier opaque qui masquait la vue.

Décidément, il ne mijote rien de bon, songea-t-elle en rentrant chez elle. Elle se rappelait encore cette nuit lointaine où Row l'avait emmenée jusqu'à la ferronnerie pour lui montrer le collier de Tear. C'était il y a longtemps. Qu'y fabriquait-il aujourd'hui ? Il fallait qu'elle le sache.

Le lendemain, elle attendit à l'extérieur de l'atelier, cachée derrière le moulin d'Ellen Wycroft. Row était reparti pour donner son sermon vespéral, mais Katie dut attendre encore l'heure du dîner pour que Jenna Carver quitte elle aussi les lieux. Le soleil s'était déjà couché, l'automne s'acheminait vite vers l'hiver. Vendredi soir, la Ville tiendrait son festival d'automne, dernière festivité avant que vienne le moment de tout boucler en prévision des neiges à venir. Katie aimait beaucoup ce festival quand elle était jeune, mais depuis la mort de William Tear, il était devenu chaque année plus sinistre, les gens affichant une gaieté forcée tout en s'épiant les uns les autres, à l'affût du moindre faux pas ou débordement. Mais Jonathan ne pouvait omettre d'y assister, aussi Katie devait-elle s'y rendre. Ces jours-ci, elle le quittait rarement des yeux. En ce moment même, Virginia et Gavin dînaient avec lui. Pourtant malgré cet arrangement, elle n'avait pas l'esprit tranquille.

La porte d'entrée de chez Jenna était verrouillée. Dans la rue, Katie ne vit personne. Depuis que Row et elle étaient venus ici plusieurs années auparavant, quelques rares maisons s'étaient construites sur le Lower Bend, mais leurs habitants étaient en train de dîner, et leurs portes fermées. La moitié des réverbères de la rue n'étaient pas allumés. Quelques rues plus loin, Katie entendit un chien aboyer, des aboiements stridents et répétés. Personne ne prit la peine de le faire taire ; tous les égards dont les gens faisaient preuve les uns envers les autres durant l'enfance de Katie avaient depuis longtemps disparu.

Après avoir vérifié que la rue était bien déserte, elle sortit son couteau et se pencha sur la serrure. William Tear n'apprécierait pas ce qu'elle faisait, dans une ville qui s'était fondée sur le respect de la vie privée, se dit-elle, mais alors elle se rendit compte que c'était absurde. C'était Tear qui leur avait appris à crocheter des serrures, construire des barricades, manier le couteau, combattre au corps-à-corps, résister aux interrogatoires… Jadis, la bibliothèque était le seul bâtiment fermé à clef la nuit, après le retour de Mme Ziv en ses foyers. Mais depuis la mort de Tear, les gens s'étaient mis à verrouiller leurs portes, et même, à ajouter des verrous supplémentaires. Pour la plupart, c'étaient des chaînes et des cadenas grossiers, mais celui qui fermait l'atelier de Jenna était en bon métal, conçu pour recevoir une clef.

Une police secrète, chuchota dans sa tête la voix de Row. Une police secrète, qui n'a de comptes à rendre qu'à Jonathan.

Le couteau glissa de sa main. Katie poussa un juron, écarta de ses yeux une mèche de cheveux moite, et s'y remit. Au bout d'à peine cinq minutes, la porte céda avec un déclic. Jenna était douée pour la ferronnerie, mais pas pour la serrurerie. Tear l'aurait déploré.

Katie s'introduisit dans l'atelier obscur et referma la porte derrière elle. Grattant une allumette, elle repéra une lampe sur un établi non loin de là et l'alluma. Parcourant des yeux un établi, elle trouva un petit coin en bois qu'elle glissa sous la porte pour la coincer. Si Jenna, ou pire, Row, revenait inopinément, elle pourrait casser le carreau de la fenêtre du fond et s'enfuir.

Elle n'était pas revenue depuis cette nuit funeste cinq ans plus tôt, mais un coup d'œil rapide lui montra que tout était resté à peu près à l'identique. Les établis étaient toujours couverts d'ouvrages en cours. Jenna fabriquait des bijoux à partir de rien, mais elle savait aussi à merveille réparer les pièces apportées durant la Traversée, un don profitable. Katie leva haut sa lampe tout en examinant la longue table qui servait d'établi à Row. Elle vit plusieurs déchets d'argent, mais pas de saphir. Le tiroir où se trouvait jadis le saphir de Tear était vide, hormis un petit racloir.

J'aurais dû le surveiller depuis longtemps, se reprocha Katie avec colère. Qu'a-t-il pu fabriquer dans l'ombre tandis que nous nous contentions de jouer au couteau ?

Pourtant une autre voix intérieure la reprit. Serait-ce la ville où elle voulait vivre : une communauté qui maintenait ses citoyens sous surveillance constante au nom de la sécurité ? Tear avait dit quelque chose à ce propos une fois… Oui, il y a longtemps, quand Lear avait posé une question sur le devoir incombant à chaque gouvernement de veiller à la sécurité de ses citoyens. Fermant les yeux, Katie se retrouva soudain là-bas : dans le salon de Tear, âgée de quinze ou seize ans, avec un bon feu brûlant dans l'âtre, et la question de Lear suspendue dans l'air.

« En l'occurrence, la sécurité est une illusion, Lear, avait répondu Tear. Une population mécontente saura subvertir l'État le plus sécurisé qui soit. Mais même s'il était possible d'obtenir la sécurité par la force, demande-toi ceci, Lear : la sécurité compte-t-elle à ce point ? Vaut-elle qu'on sape systématiquement chacun des principes sur lesquels une nation libre s'est fondée ? Quel genre de nation auras-tu alors ? »

Soudain Katie retint son souffle. Alors qu'elle passait la main sur la surface de l'établi de Row sans plus y croire, convaincue que quoiqu'il se trouve ici, elle ne réussirait pas à le trouver, ses doigts venaient de sentir plusieurs légers renflements, non pas rêches mais poncés, et trop symétriques pour être de simples nœuds dans le bois. Rapprochant la lampe, elle examina la chose de plus près : c'était en fait une sorte de rebord très fin. Elle essaya de glisser les doigts dessous, puis creusa avec son couteau, mais rien n'y faisait, l'arête était trop fine. Katie réfléchit un instant, puis elle posa les doigts sur l'endroit précis et appuya. Avec un déclic métallique, une partie de la table se souleva, révélant un compartiment secret où se trouvait un coffret en bois d'un rouge luisant.

Du merisier, songea Katie. Il n'y avait pas de merisiers en ville, mais Martin Karczmar en avait trouvé quelques-uns durant ses explorations sur l'autre berge de la rivière ; les merises qu'il avait rapportées étaient très prisées dans la Ville, et les rameaux très recherchés par les ébénistes. Pour obtenir un bois aussi épais, il avait fallu abattre un arbre entier.

Elle retira le coffret du compartiment secret. Le bois avait été si bien poli qu'il était presque aussi lisse que du fer. Le coffret était fermé par un loquet, heureusement sans serrure. Katie ouvrit le loquet, souleva le couvercle, puis resta un instant sidérée.

Nichée dans le coffret, il y avait une couronne. Elle était apparemment en argent massif, incrustée de pierres bleues ressemblant beaucoup au saphir de William Tear. C'était une pièce d'orfèvrerie magnifique. Katie la leva à la lumière pour mieux l'admirer, mais son esprit s'évadait déjà de l'atelier de Jenna. Pourquoi Row avait-il fabriqué cette merveille en secret ? Quel besoin avait-il d'une couronne ?

Ne te fais pas plus bête que tu n'es, lui murmura son esprit. Il n'y a qu'une réponse à cette question.

Alors elle entendit racler le loquet de la porte et faillit bien laisser tomber le coffret, qu'elle serra ensuite contre sa poitrine. La poignée tourna, mais le coin qu'elle avait glissé sous la porte résista.

Le visiteur impromptu frappa à la porte.

En silence, Katie posa le coffret sur l'établi et avança vers la porte sur la pointe des pieds tout en dégainant son couteau. Il y avait un risque qu'un rai de lumière filtre sous la porte, mais Jenna pouvait aussi bien avoir oublié d'éteindre une lampe en partant. Katie s'appuya contre la porte et y colla son oreille. Elle n'entendit rien, mais sentit que le visiteur était toujours là, juste derrière.

Est-ce toi, Row ? songea-t-elle en silence. Il semblait toujours tout deviner. Savait-il qu'une intruse avait osé toucher à son nouveau jouet ?

Tenant son couteau bien en main, elle se pencha et se mit à retirer le coin de dessous la porte, le plus discrètement possible. Son cœur battait tant la chamade qu'elle voyait presque flou, et sa main qui tenait le couteau était moite de sueur.

Comme nos corps nous trahissent, pensa-t-elle amèrement. Cela n'avait rien à voir avec leurs séances d'entraînement. Elle réussit à retirer tout doucement le coin et se releva lentement en sentant claquer l'un de ses genoux. Elle posait une main sur la poignée dans l'intention d'ouvrir la porte, quand elle se retrouva soudain incapable de franchir ce pas-là. Que comptait-elle faire exactement ? Tuer quelqu'un d'un coup de couteau ? Et si c'était Row ? En serait-elle capable ? Katie demeura un long moment figée sur place, incapable de bouger d'un pouce.

Les pas s'éloignèrent, puis elle entendit un bruit de bottes descendant lourdement les marches de l'atelier. Alors elle s'affaissa contre la porte, le cœur battant, soulagée, et essuya son front moite d'un revers de main. Pour être certaine que le visiteur ne reviendrait pas, elle attendit encore quelques secondes, puis se rua vers l'établi. Il ne fallait plus traîner. Le sermon de Row finirait bientôt. Il risquait à tout instant de revenir.

Katie rangea la couronne dans son coffret et referma le loquet, puis elle contempla la surface rouge et luisante du bois, l'esprit toujours en alerte. Ce n'était qu'une couronne, pas une arme ; même si de toute évidence, Row nourrissait secrètement le rêve de devenir Roi de la Ville, la couronne ne l'aiderait pas à le réaliser. Katie pouvait la laisser ici, ranger le coffret dans son compartiment, et personne n'en saurait rien. Pourtant son instinct l'incitait à voir plus loin que l'objet lui-même. Pourquoi la couronne était-elle si sophistiquée, et surtout incrustée de tant de saphirs ? Qu'est-ce que Row espérait obtenir d'elle ?

Le vol était l'un des actes les plus répréhensibles qui soit, allant à l'encontre des principes fondamentaux de la Ville. Katie n'avait jamais rien volé de sa vie, et elle sentait que c'était là aussi un passage à l'acte dangereux.

Nous pensions que Tear était parfait, mais il ne l'était pas, songea-t-elle sombrement en contemplant la surface polie du coffret. Il nous a abandonnés, au moment où nous avions le plus besoin de lui. Si l'on ne pouvait plus avoir confiance en les paroles de Tear, alors à qui se fier ?

À toi-même.

L'idée semblait dangereusement hérétique, pire encore que le vol. Mais aucune autre réponse ne lui vint. Katie prit le coffret, le glissa sous son grand pull et fourra le bas du pull dans son pantalon, dont elle resserra la taille en tirant sur le cordon. Puis elle éteignit la lampe et se glissa au-dehors. Après avoir vérifié d'un coup d'œil que Row n'était pas dans les parages, elle avança. À peine eut-elle passé le coin de la rue qu'elle entoura le coffret de son bras et se mit à courir. Elle était encore en proie à la peur, une sacrée peur même, mais une sorte de jubilation montait aussi en elle, et de petits éclats de rire lui échappèrent tandis qu'elle disparaissait dans les bois pour rejoindre le cœur de la ville.

Le festival d'automne de cette année avait la même allure que d'habitude : des banderoles décoraient les arbres du centre-ville, et les chemins alentour étaient éclairés de lanternes en papier. Les artisans montaient des stands sur la place, exposant les articles qu'ils avaient envie de troquer. Mais quelques détails dénotaient. L'atmosphère manquait d'entrain. Les badauds se promenaient d'un stand à l'autre et la bière coulait à flots, pourtant on voyait çà et là, un peu partout, de petits groupes de gens qui discutaient et jetaient alentour des regards furtifs. Les artisans eux-mêmes, qui apportaient généralement de petits objets pour les distribuer aux enfants, ne donnaient rien pour rien.

Katie s'aperçut qu'elle était incapable de se détendre. Elle avait l'impression d'entendre partout chuchoter. Gavin, Virginia et elle-même circulaient entre les échoppes, formant instinctivement un triangle autour de Jonathan, et elle sentait que les gens les fixaient en détournant le regard sitôt qu'elle les observait. Tu glisses sur le chemin de la paranoïa, se disait-elle, pourtant elle était certaine que ces impressions n'étaient pas dues qu'à son imagination. Tous les sourires adressés à Jonathan avaient quelque chose de faux.

Quelqu'un lui tendit une chope de bière, mais Katie la posa sur une table. Ce n'était pas seulement parce que sa mère l'avait mise en garde contre les effets de l'alcool. Katie sentait quelque chose couver, comme l'atmosphère chargée d'électricité avant qu'un gros orage éclate, venant du sud. Où qu'elle porte le regard, elle voyait les yeux, les dents, la peau des gens luire d'un étrange éclat, comme si elle-même avait la fièvre. La musique avait commencé, et l'on dansait sur un vaste espace dégagé au centre du terrain communal, mais les danseurs aussi paraissaient afficher une gaieté forcée, masquant quelque chose de putride.

— Katie !

Elle tressaillit quand quelqu'un la prit par la taille. Sa main allait déjà au couteau qu'elle cachait sous sa chemise lorsqu'elle se rendit compte que ce n'était que Brian Lord.

— Viens danser avec moi, Katie !

— Non, répondit-elle en se dégageant.

Soudain elle eut l'impression que tous les regards convergeaient sur elle, mais l'instant d'après, les gens avaient déjà détourné les yeux. Brian s'éclipsa, et elle continua à avancer à travers la foule, cherchant un endroit où s'asseoir.

— Katie.

C'était Row, juste derrière elle. Il jeta un coup d'œil à Jonathan avec un bref signe de tête, puis l'ignora délibérément et revint à Katie.

— Que veux-tu, Row ?

— Pourquoi pas une danse, tout simplement ?

Katie jeta un regard en coin à Jonathan, mais il s'était déjà éloigné avec Gavin et Virginia vers un stand exposant des articles en cuir : bottes et ceintures.

— Il ne craint rien, Katie, lui murmura Row à l'oreille. Il n'a pas besoin de ta protection. Pourquoi ne pas t'accorder un peu de distraction ? Ça ne regarde personne.

Il l'entraîna en la prenant par la main et Katie le suivit, passant devant l'échoppe de pain d'épice que tenait Mme Harris pour pénétrer dans les bois au-delà. Les arbres se refermèrent sur eux et Katie eut un moment d'inquiétude. Il faisait si sombre ici. Puis elle se rappela qu'elle avait son couteau sur elle. Row essayait toujours de l'entraîner plus profondément dans les bois, mais elle s'arrêta et dégagea sa main.

— Que veux-tu ? répéta-t-elle.

— Tu as volé quelque chose, Katie.

— Ah oui ? Et quoi donc ?

Il posa une main sur sa taille, et elle tressaillit.

— Où est-elle ?

— Je ne vois pas de quoi tu parles, répondit-elle en essayant de masquer ses pensées.

Elle avait enterré la couronne dans les bois derrière le jardin public, à plus d'un mètre de profondeur sous les racines d'un arbre mort. Personne ne la trouverait jamais à moins de savoir où chercher, mais Row était capable de pénétrer ses pensées. Il l'avait déjà fait. Une branche craqua sous ses pieds quand il se rapprocha pour la dominer de toute sa hauteur dans le noir. Elle songea à cette autre nuit, il y a si longtemps, et un long frisson la parcourut. Comment deux enfants en escapade nocturne dans les bois en étaient-ils arrivés là ? Quand la pourriture s'était-elle installée ? Row avait toujours la main posée sur sa taille, et Katie l'ôta en repoussant ses doigts.

— Ne joue pas avec moi, Row. Je ne suis pas l'une de tes bigotes de pacotille.

— Non, mais tu t'es laissée berner comme nous tous. Par Tear.

— Tu ne vas pas recommencer !

— Réfléchis, Katie. Pourquoi garder tant de secrets ? Pourquoi nous cacher à ce point le passé ?

Émergeant d'une flaque d'ombre, il lui saisit le bras, et Katie vit que son visage était pâle, ses yeux fiévreux, presque rouges à la lueur de la lune. Durant un moment de terreur pure, il lui rappela la créature qu'elle avait vue dans les bois cette nuit-là, et elle recula en chancelant, s'affalant presque contre un arbre tout proche. Mais quand elle releva les yeux, ce n'était que Row.

— Je sais pourquoi il a caché le passé, Katie. Il ne voulait pas que nous sachions qu'il existait une autre voie possible. Celle de la méritocratie, où l'on récompense les plus doués, les plus efficaces, et où l'on punit les paresseux, les incapables.

— Ça marche peut-être avec ton troupeau de fidèles, Row, mais pas avec moi. Je n'ai pas besoin de ton interprétation de l'histoire. J'ai beaucoup lu, Row, et j'ai la mienne. Ton paradis est un cauchemar.

— Seulement pour les faibles, Katie, répliqua Row d'un air enjôleur. Les faibles sont des pions. Mais toi et moi, nous pourrions aller si loin.

Alors il la plaqua contre un tronc d'arbre en cherchant rudement à la déshabiller, et Katie découvrit qu'elle n'avait pas envie de l'arrêter. Elle avait un peu bu, mais l'alcool n'était pas en cause. Elle se rappelait cette nuit-là, des années plus tôt, quand Row était venu sous sa fenêtre pour l'entraîner dans le monde nocturne. Elle n'avait pas su alors pourquoi elle l'avait suivi, et ne le savait pas davantage maintenant… à part qu'elle n'était pas censée le faire. Peut-être que c'était juste ça. Elle n'aimait pas Row, pensait même le détester, en un lieu obscur où l'amour et la haine étaient comme frère et sœur. Mais la haine était un puissant aphrodisiaque, et Katie laboura le dos de Row de ses ongles.

Quand il la pénétra, elle jouit, sans même s'y attendre. L'écorce de l'arbre lui meurtrissait le dos mais elle s'en fichait, car la douleur semblait accompagner tout le reste. Row la baisait en la prenant comme dans les scènes de certains livres qu'elle avait lus, et le plaisir était si intense que Katie se mordait la main pour s'empêcher de hurler. À cent mètres à peine, le festival battait son plein. Elle essaya bien de penser à Jonathan, mais il était si loin, tout là-bas, dans l'univers brillamment éclairé au-delà des arbres. Row lui mangeait le cou, les seins, il lui mordait les mamelons presque jusqu'au sang, mais la douleur nourrissait la chose avide en elle, celle qui voulait que cela dure toujours, qu'ils n'aient plus jamais à regagner la Ville, où ils n'étaient plus que des ennemis. Elle allait avoir son troisième orgasme quand Row se raidit soudain, s'enfonça encore en elle, resta sans bouger un long moment en frémissant, puis s'effondra, haletant, sur son épaule.

— Il n'est pas trop tard, Katie, murmura-t-il. Nous pourrions devenir des rois.

Revenant peu à peu à elle, Katie le scruta tout en sentant la faille qu'il avait ouverte se resceller. Elle avait vingt ans, Jonathan presque vingt et un, Row en avait vingt-deux. Elle ne pouvait plus se chercher des excuses, ni leur en trouver.

— Des rois, répéta-t-elle en le repoussant, avec un tressaillement quand il se retira d'elle. Je remarque que tu n'as fabriqué qu'une couronne, Row. M'était-elle destinée ?

— Katie…

— Non, cela va de soi. Tu n'es pas du genre à partager, alors ne me raconte pas d'histoires. Mais cette ville n'est pas à toi, Row. Elle appartient aux Tear.

Row se mit à rire. Katie eut soudain l'impression qu'il lui manquait un élément d'information essentiel, vital même. Pour la énième fois, elle se demanda pourquoi William Tear n'avait pas tué Row il y a longtemps. Il avait sûrement dû voir venir ce moment.

— Je te donne une dernière chance, Katie. Rejoins mon bord.

— Quel bord ?

Row ne dit rien. Alors un hurlement éclata. Katie se retourna d'un bond, mais elle ne voyait rien à travers les arbres, seulement les lumières du festival. D'autres hurlements résonnèrent depuis le terrain communal brillamment éclairé. Katie se mit à courir, mais c'était comme si elle pataugeait dans la boue. Derrière elle, Row se mit à rire d'un drôle de rire qui lui glaça le sang. Elle aperçut à travers les arbres les silhouettes mouvantes et colorées des gens qui s'enfuyaient du festival en hurlant, et se mit à courir tout en dégainant son couteau. Tant pis si les gens me voient le couteau à la main. Tant mieux même, se dit-elle, il est temps qu'ils sachent qu'il existe en cette ville une force supérieure à Row et à sa triste bande, même si Jonathan risque de le payer plus tard.

Quand elle eut dépassé la tente de Mme Harris, elle s'arrêta net. Le terrain communal était désert, mais sous les lumières vives, les couleurs des tentes et des étals chatoyaient, et elle vit alors que le sol était jonché de débris de poteries. Peu après, elle comprit : c'étaient les chopes de bière en terre cuite, que les gens avaient lâchées dans leur fuite, et dont les tessons jonchaient les pavés. Regardant sur sa droite, elle cessa soudain de respirer.

Deux corps gisaient au centre de la place, dans une mare de sang. Katie s'approcha et se baissa pour retourner l'un des corps, alors elle retint un cri d'horreur en découvrant le visage de Virginia, les yeux fixes, grands ouverts, la mâchoire flasque. On l'avait égorgée. Un filet de sang coulait sur son menton. Sans réfléchir, guidée par un sentiment de terrible fatalité, Katie retourna le deuxième corps.

C'était sa mère.

Étrangement, elle fut soulagée qu'elle ait les yeux fermés. Malgré son cou et sa chemise ensanglantés, elle paraissait paisible, comme Katie l'avait toujours vue dans son sommeil. Mais sa léthargie ne dura qu'un instant, car une angoisse terrible lui étreignit le cœur et elle se remit en mouvement, prise de panique.

Jonathan !

Elle le chercha frénétiquement des yeux en regardant autour d'elle, mais ne vit pas trace de lui, ni de Gavin... Gavin, qui était de garde tandis que Katie prenait un peu de repos et de détente dans les bois. Il y eut un bruit de tessons écrasés derrière elle et Katie fit volte-face, certaine que c'était Row, venu pour elle. Car ces crimes étaient l'œuvre de Row, de ses complices, et ils ne pouvaient laisser Katie en vie après avoir tué sa mère, car elle les tuerait tous...

Mais ce n'était pas Row, seulement un renardeau sorti des bois, alléché par les restes de nourriture qui jonchaient le sol.

Katie revint aux deux corps devant elle, l'esprit comme scindé en deux, assez engourdi pour tenir ses sentiments à distance, et assez vif pour analyser la situation. Quelqu'un avait tué au couteau Virginia et Maman, mais ce n'était pas Row. Qui était-ce ? Virginia gardait Jonathan avec Gavin... Où était Gavin ? Personne ne pouvait le vaincre au couteau. Katie scruta le terrain alentour en se sentant observée. Row était sûrement là, quelque part. Peut-être la guettait-il depuis les bois, en rigolant tout bas d'avoir su si facilement attirer cette pauvre gourde hors de ces lieux pour...

— Où es-tu ? hurla Katie.

Mais sur le terrain désert où les lanternes se balançaient dans la brise de fin d'automne, il n'y avait personne.

D'un coup de pied, elle enfonça facilement la porte de chez Row car c'était une vieille masure, construite juste après la Traversée, et la porte s'affala dans le vestibule avec fracas. Katie fonça à l'intérieur en brandissant son couteau.

Dans l'entrée il y avait un grand portrait de Row, peint par sa mère. Il avait dans les huit ou neuf ans, et le tableau n'était pas particulièrement bon, mais sa mère avait décoré le cadre en y collant des brins de houx et des fleurs séchées. Katie était passée devant ce portrait des centaines de fois en le remarquant à peine, sans tenir compte le moins du monde de ce que pouvait signifier cette décoration florale d'un goût douteux, dont émanait encore une vague senteur douceâtre.

Elle trouva Mme Finn dans le salon, assise dans sa chaise à bascule, contemplant la cheminée. Il faisait froid dans la maison, car aucun feu ne brûlait dans l'âtre, et ce simple fait inquiéta Katie sans raison précise. Quand elle entra dans la pièce, ce fut tout juste si Mme Finn daigna lever les yeux.

— Fiche le camp, putain Tear.

Katie se figea, confondue. Elle n'avait jamais apprécié la mère de Row, mais elles avaient toujours été en bons termes ; en fait, Katie lui avait caché le mépris qu'elle lui inspirait bien mieux que Row. Pourtant le ton de Mme Finn était aussi acerbe que ses paroles.

— Où est-il ?

— C'est lui qui commande, maintenant, répliqua Mme Finn. Nous n'avons plus à supporter votre engeance.

— De quelle engeance parlez-vous ? demanda Katie en parcourant la pièce du regard.

De toute évidence, Row n'était pas là, et elle ne voyait aucun indice qui puisse l'éclairer. Katie se demanda si elle devrait arracher des informations à Mme Finn sous la contrainte. En serait-elle capable ? Peut-être pas, mais le venin qui sortait de la bouche de cette mégère lui rendrait la tâche plus facile. Maman est morte. L'esprit de Katie se barricadait contre cette pensée. Cette horrible femme était en vie, et elle trouvait encore le moyen de justifier la conduite de son fils.

— Vous tous qui vous croyez tellement mieux que nous, répondit Mme Finn avec hargne. Vous avez dédaigné mon garçon, intelligent et courageux comme il est, pour cette espèce de freluquet sans envergure. Tous ces livres, à quoi vous ont-ils servi, hein ? C'est mon garçon qui a la main sur cette ville, maintenant.

— Alors vous aussi, vous êtes jalouse de Jonathan, remarqua Katie en palpant son couteau. Comme Row.

— Jonathan Tear est un imposteur ! s'insurgea Mme Finn. Il n'est pas comme son père, et ça n'a rien d'étonnant ! Sa salope de mère a tout gâché !

Choquée, Katie en resta un instant saisie. De tous les souvenirs qu'elle avait de la mère de Jonathan, ce fut le portrait accroché dans le salon chez les Tear qui lui revint : Lily, un arc à la main, l'air heureux, avec ses longs cheveux retenus par une couronne de fleurs. Même si elle le connaissait pour l'avoir rencontré dans des livres, Katie n'avait jamais entendu le mot salope prononcé à haute voix, et la haine qu'il contenait la fit frémir.

— Tu étais l'amie de Row. Je m'en souviens, et lui aussi s'en souvient. Ils n'ont eu qu'à claquer des doigts, et tu l'as laissé tomber.

— Où est Jonathan ? lui lança Katie d'un ton impérieux. Et elle se demanda soudain pourquoi elle n'avait pas été emmenée, mais la réponse s'imposa aussitôt : Row voulait récupérer sa couronne, et il espérait que Katie le conduirait là où elle l'avait cachée. Elle ne comprenait pas le monde où évoluaient Row et les Tear, ce monde de joyaux, de magie et de choses invisibles, mais elle savait d'instinct que la couronne n'apporterait rien de bon, et elle décida sur l'instant que plus jamais elle ne s'en approcherait. Cet objet resterait à pourrir dans la terre.

— Mon garçon n'a plus besoin de toi, dit Mme Finn en souriant d'un air mauvais. Il a lui-même ses propres dons. William Tear ne peut plus lui faire de mal.

Katie s'efforça de comprendre le sens de cette dernière phrase. Autant qu'elle le sache, Tear n'avait jamais accordé la moindre attention à Row ; d'ailleurs cette indifférence, et le sentiment qu'avait Row de n'avoir jamais été reconnu à sa juste valeur, était à l'origine de tout. Row avait toujours pensé qu'il méritait mieux. Mais William Tear n'avait pas distingué Row, ni fait son éloge, même quand c'eut été justifié, au regard de son intelligence et de ses capacités. Tear l'avait si bien ignoré que cela devait être délibéré… Voilà qu'un horrible soupçon germa soudain dans l'esprit de Katie. Elle scruta Mme Finn tout en regrettant que ses pensées se soient engagées dans cette voie, car elle n'avait pas envie d'une réponse à cette question, elle ne voulait pas savoir…

— J'ai lu toute la matinée, déclara Mme Finn.

Alors, comme elle tendait la main vers la table, Katie bondit en avant, tendue à l'extrême, certaine que Mme Finn devait avoir un couteau en réserve. Mais Mme Finn se contenta de prendre un livre relié en cuir, avec une croix dorée sur la couverture.

— Connais-tu l'histoire de Caïn, jeune fille ?

— Caïn ? répéta Katie, l'esprit vide.

Certes elle avait lu la Bible, afin de mieux saisir les propos que Row tenait en chaire. Mais en l'occurrence, ce nom ne lui évoquait rien.

— Caïn. Le fils ignoré et supplanté sans qu'il ait commis aucune faute. La volonté de Dieu, poursuivit Mme Finn en souriant de nouveau d'un air non plus mauvais, mais extatique. J'ai lu maintes fois l'histoire de Caïn et Abel. Nous avions un dieu en cette ville, injuste et corrompu, mais il n'est plus. Mon fils aura droit à la place qui lui revient.

— Votre mari…

— Mon mari est mort quatre ans avant la Traversée ! riposta Mme Finn. Nous étions venus ici pour fonder un monde meilleur, et comment a-t-il commencé ? En la choisissant elle ! Avant même que le premier bateau touche terre, tout le monde le savait ! s'excita Mme Finn en agrippant les bras de son fauteuil, d'une voix de plus en plus stridente. J'étais enceinte de quatre mois et il m'a quittée pour une Américaine !

Katie recula en résistant à l'envie de se boucher les oreilles. Mme Finn ne lui dirait jamais où se trouvait Row. Mais si elle restait là, Mme Finn continuerait à parler, et Katie n'avait pas envie d'en entendre davantage. Elle se revit toute jeune, assise sur un banc avec William Tear, dans le soleil déclinant. Si elle l'avait su, alors, aurait-elle quand même accepté ?

— Je connais ma Bible, marmonna Mme Finn avec une sombre satisfaction. Nous sommes des gens pieux, dans cette maison. Caïn s'est relevé.

Katie allait dire quelque chose sans trop savoir quoi, peut-être que Caïn et tous ses descendants avaient été maudits à jamais pour cet acte inexpiable, quand elle sentit soudain un frisson dans sa nuque. Se retournant d'un bond, elle vit Gavin, posté derrière elle, le poing levé. Le coup à la tempe la fit valser sur le côté et elle se cogna la tête contre le mur. Alors elle n'eut plus à se soucier d'aucun d'entre eux… ni William Tear, ni sa mère, ni Jonathan, personne.

Quand Katie se réveilla, elle était transie de froid. Elle se trouvait dans un espace où régnait un noir complet. Ses narines la piquaient, cela sentait le moisi et la terre humide, tout autour d'elle. Tendant la main, elle rencontra le contact d'une peau tiède à côté d'elle.

— Katie.

— Jonathan, souffla-t-elle, et son soulagement fut tel qu'un instant, le fait d'être enfermée ne lui sembla plus qu'un léger désagrément.

Jonathan n'était pas porté aux embrassades, mais Katie s'en fichait et elle l'attira contre elle pour le serrer dans ses bras, dans le noir. Maman, Virginia, Tear, Lily, Tante Maddy… ils étaient tous morts. Il ne restait plus qu'eux deux.

— Es-tu blessé ? demanda-t-elle.

— Pas encore.

La réponse la fit frémir, mais Katie ne s'y attarda pas et se mit à explorer à tâtons ce qui l'entourait. Des dalles de pierre, des murs de pierre, tout cela couvert d'une fine couche de matière humide ressemblant à de la mousse. Un genre de cave. En ville, toutes les maisons en avaient une, mais elles étaient en bois, pas en pierre. Au-dessus de sa tête, au loin, Katie entendit quelque chose qu'elle prit d'abord pour le souffle du vent, pour se rendre compte peu après que c'était des chants.

— Nous sommes sous l'église, murmura-t-elle.

— En effet, confirma Jonathan.

C'était en réalité l'écho d'une nombreuse chorale, mais le son était très distant. Ils se trouvaient donc sous terre, à une grande profondeur, trop enfouis pour qu'on puisse les entendre, même s'ils unissaient leurs deux voix pour appeler, et cette prise de conscience lui donna la chair de poule. C'était forcément Row qui avait construit cette salle souterraine. Mais dans quel but ?

— Il doit y avoir une porte.

— Pas la peine. Elle est cadenassée.

— Je sais forcer un cadenas.

— Pas celui-ci. Ton ami est un bon serrurier, répondit Jonathan en soupirant, avec un brin d'humour noir.

— Ce n'est pas mon ami, répliqua-t-elle d'un ton hargneux en avançant dans l'obscurité tout en tâtant le mur.

Sa main finit par rencontrer le cadre de la porte, puis la porte, d'un bois si épais que même quand elle tapait dessus des deux poings jusqu'à en avoir mal aux mains, elle ne récoltait qu'un son sourd.

Elle recula, enjamba Jonathan, et s'affala contre le mur.

— Est-ce qu'elles sont mortes ? demanda Jonathan. Virginia et ta mère ?

— Oui, répondit Katie, alors elle refoula un sanglot en se mordant la lèvre jusqu'au sang, car si elle commençait à pleurer, elle ne s'arrêterait plus.

— Gavin, répondit Jonathan, avec étonnement. Je le savais pour Row, mais Gavin… je n'y avais jamais pensé…

Pourquoi ? eut envie de lui hurler Katie. Pourquoi ne l'as-tu pas deviné ? Toi qui sais toujours tout, pourquoi n'as-tu rien vu venir cette fois-ci ?

Elle inspira profondément pour essayer de se calmer. On ne gagne rien en cédant à la panique, leur avait toujours enseigné William Tear, et un Tear, même imaginaire, avait un effet apaisant. Gavin était un traître, et il y avait de fortes chances pour que le reste de la Garde ait aussi changé de bord. Personne ne chercherait à les retrouver. S'il y avait une issue, ils devraient la trouver de l'intérieur de cette salle. Au-dessus de leurs têtes, les chants allèrent crescendo, puis moururent.

— Qu'est-ce que Row veut de nous ? demanda-t-elle.

— Il veut le saphir de mon père.

— Dans ce cas, pourquoi ne s'en empare-t-il pas ?

— Impossible, répondit Jonathan, puis il se tut.

Katie sentit qu'il préparait sa réponse avec circonspection. Était-ce bien le moment de faire encore des cachotteries ? se dit Katie avec une sourde colère, qui retomba aussitôt. Les Tear étaient ce qu'ils étaient. Elle savait à quoi s'attendre en s'engageant ce jour-là dans la clairière, quand Jonathan lui avait saisi la main en disant des choses qui n'avaient ni queue ni tête. Elle n'avait aucun droit de se plaindre qu'ils en soient arrivés là.

— Je ne comprends pas tout, au sujet de mon saphir, reprit Jonathan. Mon père non plus, même s'il en savait beaucoup plus que moi à ce sujet. Row a toujours voulu se l'approprier, mais il ne peut le prendre de force. Je dois le lui céder de mon plein gré, et cela aussi il le sait.

— Qu'arriverait-il s'il le prenait de force ?

— Un châtiment.

— C'est-à-dire ?

— Donne-moi ta main.

Katie tendit la main et Jonathan la prit, puis il la referma sur quelque chose de froid. Elle n'avait pas tenu le saphir Tear depuis de nombreuses années, pourtant elle se rappelait encore son contact : froid, certes, mais vivant, respirant presque sous ses doigts.

— Ils sont tous là, murmura Jonathan, en enveloppant sa main dans la sienne. Les Tear. Je ne sais même pas jusqu'où la lignée remonte ; je n'ai fait que gratter la surface. Ce joyau a un esprit à lui, mais ce sont leurs esprits, à tous. Mon père est là, et un jour, j'y serai aussi… nous tous, ensemble.

Katie ferma les yeux et un instant, elle retint son souffle, avec l'envie désespérée de voir ce que Jonathan voyait, de savoir ce qu'il savait, d'évoluer à travers ce monde secret, invisible. Mais elle n'était pas une Tear, elle ne l'avait jamais été. Elle ne verrait jamais de ce monde-là que ce que Jonathan lui en dirait, et même si cette pensée lui inspirait du regret, il s'y mêlait aussi du soulagement. Jonathan avait passé sa vie à être tourmenté par des visions ; la magie Tear avait un prix à payer, même si peu s'en rendaient compte. Lily oui, certainement, et peut-être Maman. Mais elle sentait que Row ne devait pas s'en douter. L'ombre d'une idée dansa dans son esprit, puis s'éloigna.

Que faire ? se demanda-t-elle. Elle pourrait peut-être se battre contre Row. Mais pourrait-elle le tuer ? Elle songea à la chose qui l'avait pourchassée à travers bois, avec ses membres blanchâtres et ses yeux rouges, une chose que Row avait créée sans doute possible, en opérant dans l'ombre tandis que le reste de la Ville dormait. Pourrait-elle tuer cette créature ? Elle n'avait pas de couteau ; on le lui avait enlevé pendant qu'elle était inconsciente. D'ailleurs, tout cela formait un fouillis inextricable, trop dense pour s'y tailler un chemin à coups de couteau.

— Row est puissant, mais pas infaillible, poursuivit Jonathan. Il joue avec des choses qui échappent à sa compréhension, et même s'il ne s'en rend pas compte, cela le rend vulnérable.

Katie acquiesça, car sans que ce soit précis dans son esprit, elle comprenait le sens général de ces propos : Row était soigneux, mais pas prudent. Il avait toujours désiré plus que ce qui était à sa portée, et l'une des toutes premières leçons que Katie avait apprise sur le terrain d'entraînement de Tear, c'était que cette tendance vous met à découvert et vous rend effectivement vulnérable, même si vous n'en êtes pas conscient. C'était toujours plus facile de voir ce genre de choses quand on se trouvait à l'extérieur du cercle. Si seulement elle avait pu être en dehors de ce cercle-là, en mesure d'évaluer la situation avec autant de lucidité et de distance qu'alors.

Katie.

Elle sursauta. Quelque chose venait de remuer dans son esprit, avec une intention marquée qui ne dépendait pas d'elle, une voix inconnue, qui n'était pas la sienne.

— Quoi ? demanda Jonathan.

Elle secoua la tête. En haut, les chants avaient repris. Son cerveau était comme scindé en deux. Jonathan savait-il qui était le père de Row ? Dans le cas contraire, elle ne pourrait lui en parler. Elle n'avait jamais compris ce qu'elle ressentait pour cet étrange jeune homme, mais quoi qu'il en soit, elle n'avait pas à lui révéler une telle chose sur William Tear, au risque de miner ce que Jonathan croyait savoir. Cela n'avait jamais été son rôle.

Il y eut un bruit de chaîne à l'extérieur de la porte, puis Katie entendit le déclic du cadenas qui s'ouvrait. La lueur d'une torche inonda les lieux, et elle découvrit alors qu'ils se trouvaient dans une longue pièce étroite, d'environ six mètres sur trois. Les murs de pierre étaient suintants d'humidité.

Qui a construit cet endroit ? se demanda Katie. Et quand ?

Gavin entra, suivi de quatre hommes : Lear, Morgan, Howell et Alain. Katie les observa froidement, en regrettant de n'avoir pas son couteau sur elle, ne serait-ce que durant cinq secondes. Elle n'aurait pu vaincre Gavin, mais les quatre autres auraient été des proies faciles.

— Nous avons apporté de l'eau, déclara Gavin, tandis que Lear et Howell posaient un seau par terre.

Gavin semblait avoir lu dans ses pensées, car lui avait son couteau à la main, et tout en se déplaçant dans la pièce, il ne quittait pas Katie des yeux.

— Combien de temps allons-nous rester ici ? demanda Katie d'un ton rogue.

— Plus très longtemps, je pense. Row s'occupera de vous dès qu'il le pourra.

— N'ai-je donc pas été assez gentil avec toi, Gav ? Mon père ne t'a donc pas accordé assez d'importance ? demanda Jonathan, et Katie ne put retenir un sourire en entendant son ton persifleur.

— Ce n'est pas la question ! répliqua Gavin. Ce qui est en jeu, c'est la ville que nous désirons !

Jonathan secoua la tête d'un air dégoûté, et Katie vit Gavin tressaillir. Il avait un si grand besoin de plaire, Gavin, même à ceux qu'il avait honteusement trahis. C'était là une grande faiblesse de caractère, et Katie le scruta avec tant de mépris qu'il tressaillit encore.

— Quel genre de ville ? lui lança-t-elle. Une ville où vous serez aux ordres de Row ? Ça, il a bien su vous manipuler.

— Ce sont mes propres choix ! protesta Gavin. Aucun de nous ne peut décider quoi que ce soit dans une ville tenue par les Tear !

— Alors c'est ce qu'il vous a raconté, ironisa Jonathan. Que nous faisions obstacle à la démocratie ?

— Toi en particulier !

Katie avait envie de contredire Gavin, de lui dire de la fermer, mais elle ne le pouvait pas. Car l'espace d'un instant, elle vit Jonathan par les yeux de Gavin, les yeux de Row, et l'honnêteté l'obligea à reconnaître une vérité aussi gênante qu'irréfutable. Ils se trompaient, tous autant qu'ils étaient, mais en ce point précis, ils avaient raison. Comment prétendre que nous sommes égaux quand les Tear se détachent du lot dans tout leur éclat et leur criante différence ? se dit-elle. Comment quelqu'un, n'importe qui, pourrait-il bâtir une société juste dans la ville de William Tear ?

Juste après, elle chassa cette pensée, horrifiée.

— Et vous quatre ? demanda-t-elle en s'adressant à Howell et aux autres.

Aucun d'eux ne soutint son regard, à part Lear.

— Nous avons promis de protéger la ville, dit-il. Il nous faut une orientation claire, une voie dégagée. Sans nous encombrer de poids morts.

— Des poids morts. Et qu'est-ce que Row compte faire de nous ?

Lear jeta un regard piteux aux quatre autres, et Katie devina avec angoisse qu'ils n'en savaient rien.

— Je vois. Vous êtes tous d'utiles conseillers, tant qu'on ne vous demande pas votre avis.

— Ferme-la, Katie ! rugit Gavin, et il lança un coup de pied dans le seau posé par terre, manquant le renverser.

L'eau gicla sur le côté en éclaboussant les pieds de Jonathan.

— Voilà pourquoi je ne t'ai pas choisi, Gavin, murmura Jonathan. Tu as un vide en toi, et tu le remplis avec n'importe quoi.

Gavin brandit son couteau, mais Lear lui saisit le bras.

— Nous étions juste censés apporter de l'eau, s'empressa-t-il de dire.

Gavin les fixa un long moment avec rage, Jonathan et elle, puis il rengaina son couteau et s'avança vers la sortie.

— Allons-y. Ce n'est plus notre problème.

Katie serra les dents. L'instant d'avant, elle s'était dit que Gavin était trop stupide pour mériter sa colère. Mais devant le rejet qu'exprimaient ces paroles, l'idée qu'il pût se laver les mains de ce qui pourrait leur arriver juste parce qu'il en décidait ainsi, Katie laissa libre cours à sa fureur.

— Ne compte pas te débarrasser de moi aussi facilement, Gavin Murphy ! lui cria-t-elle, tandis que le groupe d'hommes sortait de la pièce. Tu es un traître, et quand je sortirai d'ici, je te traiterai comme tel ! Même Row ne pourra te protéger de moi !

La porte claqua derrière eux, mais Katie eut le temps d'apercevoir le visage de Gavin, soudain pâle de terreur. Elle lui adressa un sourire féroce en lui montrant les dents, alors le cadenas se referma sur un claquement sec et la lumière disparut.

— Quel courage, remarqua sèchement Jonathan. Mais c'est une promesse qui sera plutôt difficile à tenir.

— Je m'en fiche. Il a peur de Row. Autant qu'il ait aussi peur de moi.

— Gavin a peur de tout. Cela le rend incroyablement facile à manipuler. Cette peur régnait sur l'Ère prétraversienne ; mon père en parlait souvent. Des pays entiers fermaient leurs frontières et construisaient des murs pour se garder de menaces fantômes. Peux-tu imaginer ça ?

— Oh oui, répondit Katie.

Il n'avait fallu que vingt brèves années pour faire de la belle ville de Tear une épave. Row avait juste eu besoin pour cela d'une église et, paradoxalement, d'un manque de foi. Tout était crédible désormais. Elle appuya sa tête contre le mur et ferma les yeux. Ainsi il était plus facile de supporter l'obscurité complète.

— Comment ton père a-t-il réussi à les vaincre ?

— Il n'a pas réussi. Il a essayé, mais à la fin, il n'a pas eu d'autre choix que de s'enfuir. On a donné à cet épisode le nom glorieux de la Traversée, mais en réalité, ce fut une retraite. Cela aussi a échoué, conclut-il avec un accent si triste qu'il transperça le cœur de Katie.

Elle chercha à lui prendre la main dans le noir et noua ses doigts aux siens.

— Arrête, chiffe molle.

— J'arrête, dit Jonathan d'une voix soudain raffermie, comme s'il venait de prendre une décision. J'ai besoin que tu fasses quelque chose pour moi.

— Quoi donc ?

Il y eut un cliquetis métallique dans le noir, puis Katie tressaillit en sentant quelque chose glisser sur son cou et une lourde pierre précieuse tomber au bout de sa chaîne pour se poser sur sa clavicule.

— Que fais-tu ?

— Je te le donne.

— Pourquoi ?

— Parce que depuis toujours, tu es plus coriace que moi, répondit Jonathan avec une certaine amertume. Tu mettras plus longtemps à céder.

— Aucun de nous ne cédera.

— Moi si, répliqua Jonathan en lui pressant la main. Nous n'avons guère le choix. C'est mieux que rien.

Katie fit la grimace. Les Tear avaient toujours été pragmatiques. Mais elle aurait voulu quelque chose de mieux qu'un compromis : un remède miracle, le Saint Graal de l'art de gouverner. Où était-elle, cette perfection ? Si seulement elle la trouvait, elle serait prête à lui vouer sa vie. Alors elle entendit dans sa tête la voix moqueuse de Jonathan.

Que de belles paroles, quand on est au fond du trou.

Katie fronça les sourcils, puis se radossa en reposant sa tête. Le moment était venu d'attendre, s'éclaircir les idées, se préparer à l'autre moment, celui où son plus proche et plus vieil ami franchirait le seuil, un couteau à la main, pour la tuer.

Le temps dériva. Au fil des heures, des jours peut-être... Elle dormait contre l'épaule de Jonathan, ou bien c'était lui qui s'appuyait contre elle. Parfois elle se réveillait dans le noir sans se rappeler où elle était, alors elle sentait la main de Jonathan dans la sienne et se disait : qu'importe le lieu où nous sommes, dans un cachot, une clairière, en ville, ou à l'extérieur. Nous sommes ensemble, tous les deux, unis dans le même but. Et cela les rendait mille fois plus proches qu'ils nc l'avaient jamais été, si proches que quand Jonathan glissa la main sous la chemise de Katie et qu'elle se blottit sur ses genoux, cela sembla couler de source, depuis un lieu qu'ils avaient déjà exploré ; non pas l'amour, mais quelque chose de mille fois plus puissant, et quand Jonathan la pénétra en lui renversant la tête en arrière pour exposer sa gorge, Katie hurla presque de plaisir, et lorsque le saphir sur sa gorge se mit à luire, illuminant leurs deux visages, elle vit que Jonathan n'était pas tout à fait lui-même, que lui aussi était sous l'emprise de quelque chose, alors elle oublia le reste tandis que son esprit balbutiait, puis s'enflammait, songeant encore et encore, maintenant nous sommes ensemble, maintenant nous ne faisons plus qu'un…

Lorsque ce fut fini, ils s'assoupirent. Jonathan ne dit rien, Katie non plus, mais aucun d'eux ne dormait vraiment. Ils attendaient… se préparaient, chacun à leur façon, à cet ultime instant : le déclic du cadenas, et la porte qui s'ouvrirait.

14

Le Grand Jeu

Lorsqu'advint l'invasion de New London, elle fut bien différente de ce que l'on avait imaginé. Plus d'un millier de soldats Mort entrèrent dans la cité sans défense, pillant et brûlant tout sur leur passage, puis cinq cents d'entre eux allèrent assiéger le Donjon. Ainsi qu'il fut révélé plus tard, le Saint-Père les avait engagés à grands frais en les faisant venir dans le plus grand secret, mais comme il arrive souvent lorsque l'on fait appel à des mercenaires, l'issue ne fut pas celle qu'on avait recherchée. Les Mort se sentaient floués, et ils vinrent non seulement par appât du gain, mais en ayant soif de sang et de vengeance. On ne peut qu'estimer le carnage, car parmi les rares survivants susceptibles d'en rendre compte, aucun n'était capable d'écrire…

Le Tearling, Nation militaire,
CALLOW LE MARTYR

En contemplant sa cité d'en bas, Kelsea eut la curieuse impression de se dédoubler. C'était New London, un endroit qu'elle connaissait bien. Les maisons agglutinées sur les collines, la forteresse grise du Donjon, la tour blanche de l'Arvath, toutes ces choses lui étaient familières. Mais en même temps, elle ne pouvait s'empêcher de voir la cité par les yeux de Katie, comme un immense gâchis, un potentiel incroyable rongé par une horrible maladie. C'était pire de constater ce que New London était devenue, quand on savait ce qu'elle devait être à l'origine.

Le côté ouest de la cité était en flammes. Même de là où elle se trouvait, au pied de la pente sud-ouest, Kelsea entendait les cris des gens qui fuyaient l'incendie, mais le problème ne se limitait pas à cela. Les Mort étaient lâchés sur sa cité. Il n'y avait pas de muraille du côté ouest, et c'était facile de gravir la colline jusqu'au Lower Bend, le quartier d'en bas. Mais Kelsea ne savait par où commencer. Elle était entourée d'hommes en armes : Hall, avec ce qui restait de son armée, ainsi que sa Garde. Mais c'était loin d'être suffisant. Elle ne pourrait reprendre sa cité par la force.

— Majesté, marmonna Massue d'un ton pressant.

Elle se tourna vers le sud, vers le grand nuage de poussière qui les avait suivis la veille, toute la journée. Au début, ce n'était guère qu'une légère déformation de l'air à l'horizon, mais durant les dernières heures, elle s'était transformée en une large bande brumeuse étendue sur le Bas Almont. Les membres de sa Garde n'avaient cessé de jeter derrière eux des regards inquiets, mais ils n'avaient pas le temps de s'arrêter. Kelsea se tourna vers le Fetch et vit qu'il l'observait d'un air hagard, désespéré.

— Est-ce qu'il vient pour vous ? lui demanda-t-elle.

— Non, Reine Tear. Pour vous.

— Qu'est-ce que vous marmonnez ? demanda Elston. Parlez clairement. Qu'est-ce que c'est que ça ?

— L'Orphelin.

— L'Orphelin est un conte pour enfants, protesta Dyer.

— Silence, Dyer, dit Kelsea, puis elle s'interrompit, soudain frappée par une pensée, et vint s'accroupir à côté du Fetch. Qu'est-il réellement arrivé à Row ? Après la mort de Jonathan ?

— Il a été maudit. Ce ne fut qu'après la mort de Jonathan que nous l'avons découvert : Katie avait hérité de sa magie, et alors, même Row n'a pas osé la toucher. Elle s'est enfuie, mais pas avant de tous nous maudire, ajouta le Fetch en désignant les quatre hommes qui l'entouraient, et qui confirmèrent en hochant tristement la tête, puis il revint au nuage de poussière derrière lui. Elle nous a maudits en nous traitant de traîtres, et nous le payons, encore et encore.

— Et Row ?

— J'ignore ce que Katie lui a fait. Row a commencé à s'effacer, puis il a tout bonnement disparu. En proie à des factions hostiles qui se sont entre-déchirées, la Ville s'est effondrée ; la moitié de la population est partie vers l'est à travers les plaines. Vingt ans plus tard seulement, nous avons découvert que Row n'était pas mort, mais qu'il vivait dans le Fairwitch.

— Et c'est moi qui l'ai libéré, murmura Kelsea.

Elle n'avait plus besoin de lunette d'approche pour les voir à présent : une horde de petites silhouettes sombres courant à quatre pattes à travers les plaines en avançant vers le nord. Était-ce elle qui les avait attirés vers sa cité, ou y venaient-ils de toute façon ? Cela n'avait plus guère d'importance. Elle n'avait aucune solution pour contrer cette marée d'enfants sanguinaires… en tout cas pas dans le présent. Elle ne comprenait pas ce que Row était devenu, mais il semblait impossible de le vaincre, ici et maintenant. Ce problème, comme tant d'autres, avait ses racines dans le passé, et il était trop tard pour y remédier.

— Madame, répéta Massue. Nous devons bouger. Maintenant.

Kelsea hocha la tête, puis elle regarda à nouveau vers le haut de la colline. Il fallait parer au plus pressé et donc pouvoir pénétrer dans le Donjon, mais sa cité était en proie au chaos et à la violence… pour changer. Décidément, Kelsea se retrouvait toujours au même point.

Elle sortit de sa poche le saphir de Row. Les facettes bleues étincelèrent dans la lumière mourante, et Kelsea eut encore l'impression désagréable qu'avec une sorte de malignité, le joyau la mettait au défi de l'enfiler à son cou.

Ai-je jamais eu le choix ? se demanda-t-elle. Carlin m'a élevée dans le rejet absolu du recours à la force, mais ce monde est régi par la force. Il est trop tard pour envisager autre chose.

Elle se tourna vers sa Garde, qui était regroupée autour d'elle sur le flanc de la colline. Le Général Hall et son frère jumeau étaient présents aussi, tandis que la troupe de soldats attendait tout en bas de la pente. Même Ewen était là, tant il avait insisté pour les suivre jusqu'à la cité. Bradshaw avait dû le prendre en croupe sur son cheval, mais Kelsea n'était sûre de rien au sujet de ce trajet, dont une grande partie s'était déroulée pour elle dans l'esprit nébuleux de Katie. Pourtant elle regrettait maintenant qu'Ewen les ait accompagnés. Elle aurait préféré qu'il reste en arrière, en sécurité. Sa Garde, son pays… si seulement elle pouvait tous les prendre dans ses bras pour les emmener loin et les mettre en lieu sûr ! En les cachant dans le passé, ou dans l'avenir, peut-être. N'importe où, pourvu que ce fût loin du présent. Elle laissa pendre le collier au bout de ses doigts en observant les reflets changeants de la lumière sur la chaîne.

La force, songea-t-elle. La force est ce qu'il reste quand toutes les autres possibilités ont été épuisées. Même Carlin aurait dû le savoir.

— Nous allons monter au Donjon, leur dit-elle. Je sais que votre premier instinct est de me protéger…

— Nous y voilà, marmonna Dyer.

— Mais faites-moi une faveur et protégez-vous les uns les autres. Compris, Dyer ?

— Oh que oui, madame ! C'est pour ça que j'ai prêté serment : protéger mes collègues tandis que je laisserai la Reine se débrouiller toute seule.

Elle le fusilla du regard, mais sa colère ne tint pas longtemps et elle secoua la tête avant de continuer.

— Malgré les petits malins qui feraient mieux de se taire, j'insiste. J'ignore ce qui va se passer quand je vais mettre ce collier, dit-elle en leur montrant le saphir. Impossible de le prévoir. Il se peut que… que je ne sois plus moi-même. Que je devienne…

La Reine de Pique.

— Je veux que vous tous, vous restiez hors de mon chemin, reprit-elle, la gorge nouée. D'accord ?

Aucun ne soutint son regard, à part Massue, qui haussa les sourcils d'un air éloquent.

— Je ne plaisante pas, conclut-elle.

— Bon, alors, on y va ? demanda Elston. Ou est-ce qu'on attend que ces choses déboulent ici pour nous baiser la gueule ?

Jetant un coup d'œil derrière elle, Kelsea vit que la marée d'enfants avait presque atteint le pied de la colline. Après une profonde inspiration, elle enfila le deuxième collier, et lorsqu'il se posa entre ses seins, elle ressentit alors un horrible réconfort, celui qu'on éprouve lorsqu'on rentre chez soi, même quand la maison n'est plus qu'une ruine.

— Allons-y, leur dit-elle, et elle se mit à gravir la colline, sans attendre de voir s'ils la suivraient.

Maintenant, souffla Aisa, et le Père Tyler hocha la tête.

Ensemble, ils poussèrent sur la plaque métallique au-dessus de leurs têtes pour la soulever et la faire glisser sur le côté. Elle était lourde, pourtant Aisa réussit à la faire jouer un peu. Des hommes forts y seraient parvenus sans problème. Mais le Père Tyler était plus frêle que jamais, et Aisa était dévorée par la fièvre. La douleur coulait à travers son bras blessé comme du métal en fusion. Ils eurent beau pousser jusqu'à en avoir mal au dos, la plaque s'écarta juste un peu, révélant un mince croissant de ciel bleu nuit.

— C'est déjà ça, marmonna Aisa. On fait une petite pause, et puis on s'y remet...

Elle s'interrompit soudain, écoutant.

— Ce sont eux ? murmura le Père Tyler, mais Aisa posa une main sur son poignet pour le faire taire.

Elle avait cru entendre quelque chose dans le tunnel en dessous, un raclement de botte sur la pierre.

— Encore, haleta-t-elle. Vite.

Tous les deux saisirent le bord de la plaque et poussèrent. Des étincelles dansèrent devant les yeux d'Aisa, mais le trou était à demi découvert, à présent. La clarté des étoiles illuminait les bords de l'échelle sur laquelle ils étaient perchés, et un moment, Aisa se sentit vaciller comme si elle allait tomber, non pas dans le tunnel dont elle venait d'émerger, mais dans les ténèbres les plus noires qu'elle eût jamais connues.

— Je puis arriver à me glisser dehors, murmura le Père Tyler.

Il monta encore un ou deux barreaux, se tortilla à travers l'ouverture en demi-lune, puis se hissa et en sortit. La sacoche en cuir usé qu'il portait sur lui cogna contre le haut de l'échelle avec un tintement qui fit tressaillir Aisa, car ce son n'avait pas dû échapper à ceux qui se trouvaient dans les tunnels en dessous.

Quelques jours plus tôt, Aisa avait faussé compagnie aux Caden pour disparaître par une profonde crevasse du tunnel principal tandis qu'ils marchaient devant. Cela n'avait pas été une décision facile, car elle éprouvait une grande loyauté à l'égard de ces quatre hommes. Mais sa loyauté envers la Reine était plus forte, et elle savait que la Reine aurait voulu que le Père Tyler rentre sain et sauf au Donjon. Elle avait pensé qu'il serait relativement simple et rapide d'aller chercher le Père Tyler pour l'extraire de son recoin et l'escorter en douce jusqu'au Donjon, puis revenir en bas sans que personne n'en sache rien. Elle pourrait prétendre qu'elle s'était perdue dans les tunnels durant un jour ou deux. Simple comme bonjour.

Elle avait juste oublié que les Caden étaient loin d'être bêtes.

Avec le recul, elle avait compris qu'ils avaient dû se douter de quelque chose dès l'instant où elle avait découvert le Père Tyler. Elle s'était sentie mal à l'aise de le laisser en bas, et son inquiétude ne leur avait pas échappé. Quand elle s'était esquivée, ils n'avaient pas continué à avancer dans le tunnel comme elle l'avait cru, mais ils avaient attendu en se cachant de voir où elle irait et ce qu'elle ferait. Ce n'était que ce matin qu'elle avait deviné qu'on les traquait à travers les tunnels, et il était trop tard pour changer de plan. Ils étaient au sud du Gut, une zone du labyrinthe que Aisa ne connaissait pas assez pour bien y naviguer. Leur meilleur espoir, semblait-il, c'était de monter et d'en sortir, mais cela aussi présentait des dangers, et ils avaient été contraints d'attendre la nuit.

À peine sorti, le Père Tyler se mit à pousser sur l'épaisse plaque de fer. D'en haut, sa prise était meilleure, et à lui tout seul, il fut capable de l'écarter pour dégager le trou.

— Viens, petite, dit-il en lui tendant ses mains par l'ouverture. Hisse-toi.

Aisa obéit. D'habitude, elle n'appréciait guère qu'on la traite en enfant, mais venant du vieux prêtre, cela ne la contrariait pas. Elle saisit ses mains tendues et elle pliait les genoux pour se donner de l'élan quand quelqu'un lui saisit la cheville, lui arrachant un cri.

— Où comptes-tu aller, fille ?

Tout en décochant des coups de pied frénétiques, Aisa regarda vers le bas et reconnut Daniel, dont le visage blanc de craie se détachait sur la pénombre. Ses coups de pied ne servaient à rien, car il lui serrait la cheville comme dans un étau. Elle eut juste envie de laisser tomber. Cela faisait des jours que la mort rôdait autour d'elle. Seul son souci pour le prêtre lui donna la force de repousser ce sinistre spectre.

— On a joué franco avec toi, fille, et voilà comment tu nous en remercies ? lui lança Daniel avec hargne. En cherchant à toucher une prime pour toi toute seule.

— Je ne veux pas de prime, haleta-t-elle.

Elle vit avec effroi le visage de Daniel se rapprocher tandis qu'il grimpait sur l'échelle. De son autre main, il lui broya le genou jusqu'à ce qu'elle crie.

— Nous appartenons à une guilde, petite tricheuse. Personne ne spolie la guilde en gardant l'argent pour soi.

— Mensonge ! protesta-t-elle. Vous l'avez bien fait, vous ! On me l'a raconté ! Lady Cross ! Vous l'avez laissée partir, vous avez gardé l'argent pour vous, et la guilde vous a expulsés !

Daniel en resta un instant bouche bée, alors le Père Tyler se pencha et lui balança un grand coup de sacoche qui l'atteignit en pleine face. Il tomba de l'échelle en hurlant.

— Viens, petite ! s'écria le Père Tyler. Dépêche-toi !

Aisa prit ses mains tendues et le laissa la hisser hors du trou. Elle se rendit tout de suite compte qu'elle avait mal estimé leur position ; ils n'étaient pas dans le Gut, mais sur le bord du Lower Bend. Ici, elle pourrait se repérer facilement, mais ils se trouvaient au moins à un kilomètre et demi de l'esplanade du Donjon. C'était trop loin. Elle était à peine capable de marcher, encore moins de courir, avec son bras infecté qui la brûlait horriblement.

De l'ouverture monta une bordée d'injures, puis le bruit de bottes sur les barreaux de l'échelle.

— Petite, il faut partir !

Le Père Tyler la saisit par son bras valide et l'entraîna. Aisa cligna des yeux, à demi aveuglée par la douleur et la fièvre, alors elle entendit l'écho d'une voix profonde dans sa tête. La voix d'un père, qui n'était pas son père.

— La douleur, murmura-t-elle au prêtre en couvrant ses yeux blessés par les fenêtres brillamment éclairées qu'ils croisaient en une suite sans fin. La douleur me terrasse…

Ses jambes s'entremêlèrent et elle s'effondra. L'instant d'après, elle sentit à peine quand le prêtre la souleva, puis il se mit à courir en la portant dans ses bras. À chaque pas, Aisa avait l'impression que sa tête allait éclater, mais le Père Tyler devait savoir où il allait, car il s'engagea dans une ruelle, puis dans une autre en contournant prudemment le bord du Gut pour se diriger vers le centre de la cité.

Javel avait faim. Il sentait la faim lui tenailler l'estomac, un genre de tourment qui lui donnait presque la nausée. Parfois la douleur s'atténuait et il l'oubliait complètement, mais il suffisait d'une odeur de nourriture, et la faim ressurgissait. On avait déjà commencé à rationner les provisions, et qu'importe le travail fourni, les Gardes des Portes n'avaient droit qu'à deux petits repas par jour. Le Donjon disposait de réserves relativement importantes datant de l'invasion Mort, et en cas de besoin, ils pourraient tenir encore longtemps. Mais l'état de siège exige des restrictions.

De longue lutte, ils avaient enfin réussi à fermer les portes du Donjon en les renforçant par des traverses. Lors d'une action d'éclat, Vil avait mené une petite troupe en bas du mur sur le pont-levis, pour construire un mur de briques sur le pont tandis que les Mort dormaient, de sorte qu'à leur réveil, le mortier qui avait durci constituait un véritable obstacle. Mais hier, les Mort avaient abattu le mur et ils s'étaient attaqués aux portes. Les renforcements en bois faiblissaient peu à peu, pourtant Vil ne semblait pas s'en inquiéter. Fidèle à lui-même, il agissait en héros se souciant uniquement des autres, en l'occurrence les gens d'en haut, les femmes et les enfants piégés dans le Donjon. Si Vil avait l'étoffe d'un héros, Javel, quant à lui, avait peur.

Vil emmenait parfois deux ou trois Gardes des Portes sur les balcons des étages supérieurs, d'où ils avaient vue sur la cité. Le spectacle n'avait rien d'attrayant. Les Mort grouillaient sur l'esplanade en dessous ainsi que sur le pont-levis, et il semblait y en avoir autant dans la cité elle-même, incendiant les habitations après les avoir pillées, et pire encore… Oui, bien pire. Javel n'avait pas envie de regarder, mais il ne pouvait s'en empêcher, car de ce point de vue privilégié, tout lui parvenait avec une terrible netteté, en particulier les cris montant de l'esplanade. Aujourd'hui, grâce au ciel, la visibilité était obscurcie par une sorte de brume venant de la fumée des feux qui brûlaient à l'ouest de la cité.

— Si seulement cet incendie continuait à progresser par là, remarqua Martin. Ils ont du pétrole en bas, et aucun moyen de s'en débarrasser.

— Le feu serait aussi mauvais pour nous, dit Vil. Il y a trop de bois, ici. Le pont est en bois.

Javel garda le silence. L'idée d'être cerné et piégé par le feu était trop horrible pour être envisagée. Il se demanda, peut-être pour la centième fois, pourquoi il n'était pas né courageux comme ceux qui l'entouraient. Le visage d'Alice passa devant lui, et il ferma les yeux, comme s'il pouvait ainsi échapper à son regard de mépris.

— Le Saint-Père s'est-il montré aujourd'hui ? demanda Vil.

— Pas encore, répondit Martin. Mais il viendra. Ce sont ses troupes. La Reine devrait l'accuser de trahison.

— Quelle Reine ? Y a-t-il une Reine ici ?

— Je voulais seulement dire…

— Je sais ce que tu voulais dire, l'interrompit Vil avec lassitude. Ça suffit. Descendons. Nous avons besoin de repos.

Mais quand ils arrivèrent au rez-de-chaussée, une âpre dispute se déroulait devant les Portes, opposant tous ses collègues à un groupe de Gardes de la Reine accompagnés d'une femme que Javel reconnut sans peine : Andalie, la sorcière de la Reine. Elle tenait par la main une toute petite fille, celle qui avait déjà parlé à Javel. Il frémit en les voyant.

— Que se passe-t-il ? demanda Vil d'un ton impérieux. Pourquoi n'êtes-vous pas à vos postes ?

— C'est cette femme, monsieur, répondit Ethan. Elle insiste pour que nous ouvrions les portes.

— C'est absurde, remarqua Vil en se tournant vers Andalie, visiblement mal à l'aise.

— La Reine arrive, répliqua-t-elle. Ouvrez les portes.

L'un des Gardes de la Reine s'avança. C'était l'archer que Javel avait déjà remarqué, et malgré son extrême jeunesse, il avait une posture si combative que Vil recula d'un pas.

— Massue a confié le commandement à Andalie ! déclara-t-il. Ouvrez les portes !

Il poussa Vil, qui tomba à la renverse. Marco et Jeremy dégainèrent leurs épées, mais ils se retrouvèrent face à plus de vingt Gardes de la Reine, tous armés jusqu'aux dents. Javel resta un long moment à considérer les hommes devant lui, sans les voir. Car il contemplait en pensée une grande femme montée sur un cheval, une femme marquée par les épreuves, avec une couronne sur la tête. Dans son esprit, il entendit les hurlements des femmes et des enfants.

Il faudrait un homme drôlement courageux pour ouvrir les portes, murmura la voix de Dyer.

Es-tu courageux, Javel ? lui demanda Allie, d'un ton ni persiflant ni aimable, juste sceptique. Enfin, ce fut la voix de la Reine, entendue il y a longtemps dans le Donjon :

N'as-tu pas envie de le découvrir ?

Si, répondit Javel.

Sans attendre, il se tourna vers les portes derrière lui et s'attaqua frénétiquement aux renforcements en les arrachant planche par planche. On le saisit par les épaules pour le tirer en arrière, mais peu après, on le relâcha, et il se rendit compte avec gratitude que d'autres mains l'aidaient à présent, nombreuses, pour abattre l'énorme tas de planches, tandis qu'apparaissait lentement le chêne épais des Portes du Donjon.

L'Arvath fut le premier édifice à tomber.

Il s'écroula vite, si vite que Kelsea se sentit presque flouée. Elle aurait voulu voir la demeure du Saint-Père s'effriter progressivement, voir la pierre blanche se fissurer, puis tomber en morceaux, comme la neige chute des arbres par gros paquets à la première fonte de printemps. Mais la chute fut très rapide ; à peine eut-elle dirigé son esprit sur la flèche blanche qu'elle se lézarda et que des failles parcoururent sa circonférence, si larges que Kelsea les vit, même à cette distance. La croix étincelante fichée à la cime tomba la première, et en moins d'une dizaine de secondes, tout l'édifice s'était effondré dans une tornade de poussière.

Malgré ce léger sentiment de frustration, ce fut quand même très jouissif. Comme elle avait dû se refréner durant les derniers mois en étouffant une bonne partie de sa personnalité sous le contrôle rigide qu'elle s'était imposé afin de survivre dans le cachot ! Elle s'en rendait compte maintenant. Là-bas, tout était peint en teintes grisâtres, et il n'y avait aucun intérêt à laisser exploser sa colère, à la laisser s'ébattre à son aise. Avait-elle manqué devenir folle ? L'aurait-elle seulement remarqué, si elle avait franchi la limite pour sombrer dans la démence ? Peut-être pas. Peut-être n'aurait-ce été que la suite logique de tout le reste.

Qu'importe. À présent, elle était libre.

Confusément, elle sentait les membres de sa Garde autour d'elle tandis qu'elle les menait à travers la cité. Ils couraient tous, car les enfants de Row Finn les suivaient de près, et leur créateur n'était pas loin. Kelsea sentait toute l'attention de Row centrée sur elle, parfois même le poids de son regard. Son escorte s'arrêtait par moments pour lancer des flèches dans la rue derrière eux, mais Kelsea savait que les enfants de Row étaient trop vifs pour qu'elles atteignent leurs cibles.

Comme ils traversaient la Grand-Place, Kelsea sentait les gens s'écarter de son chemin plutôt qu'elle ne les voyait. Ils ne comptaient pas. Leurs problèmes étaient si petits : problèmes de couple, d'argent, d'alcool, qu'elle effleurait à peine en les croisant.

Ils feraient mieux de dégager, songeait-elle farouchement, comme si sa présence en ces lieux venait conclure une controverse dont elle était sortie vainqueur. Ils feraient mieux de dégager. Je suis la Reine de Pique.

Aux abords du Gut, ils traversèrent un quartier d'habitations qui descendait en pente douce vers une vallée nichée entre deux collines. Jadis, il y avait là un amphithéâtre où les utopiens de William Tear se réunissaient pour débattre collectivement et prendre des décisions par un vote populaire, mettant ainsi la démocratie à l'œuvre… Enfin, pas vraiment. Car derrière, il y avait Tear, un Tear omniprésent, et une fois cette force motrice disparue, la Ville était restée béante, réduite au plus petit dénominateur commun. Un vide où l'autorité risquait de tomber dans n'importe quelles mains. En traversant le Gut, Kelsea sentit la Crèche en dessous, une immense fourmilière de salles et de tunnels, construite Dieu sait quand. Et si c'était par Row lui-même ? Qui sait ce qu'il avait pu perpétrer dans l'ombre ?

Si seulement je pouvais empêcher ça, pensa-t-elle, une idée familière devenue presque une idée fixe. Si seulement quelqu'un avait pu l'empêcher par le passé ! Tandis qu'ils laissaient le Gut derrière eux, Kelsea sentit une faille immense courir à travers la terre, semblable à celle qu'elle avait ouverte en détruisant le Pont de New London, des mois plus tôt. La rue trembla sous elle, mais elle ne s'attarda pas pour en observer les effets, car en étant l'artisan, elle les connaissait, aussi sûrement que Simon connaissait le fonctionnement de ses nombreuses machineries. La faille se propagerait en profondeur à travers ce dédale de tunnels où battait le cœur noir de New London. Les étais s'effondreraient, les fondations s'enfonceraient, les rues elles-mêmes s'abîmeraient dans la faille qu'elle avait provoquée. Cela prendrait peut-être des heures, ou des jours, mais pour finir, le Gut, la Crèche, ne seraient plus qu'un site archéologique, composé de multiples strates de bois et de pierre superposées, et un jour, dans un futur lointain, quelqu'un y ferait des fouilles.

— Madame, non ! s'écria Massue. Pensez à Aisa !

Kelsea haussa les épaules, contrariée par son intervention. Que valait une vie face à la masse de souffrances accumulée sous ces rues ? Peut-être qu'avec assez de temps, la cité tout entière s'effondrerait, elle aussi, pour disparaître sous terre et rejoindre les autres vestiges. Oui, ce serait judicieux. Car comment reconstruire quoi que ce soit sur des fondations pourries ? Autant tout rayer de la carte pour recommencer sur des bases saines.

Ça, c'est du Row tout craché.

C'était la voix de Katie, mais Kelsea la chassa aussi d'un haussement d'épaules. L'heure était venue non pas de reconstruire, mais de punir. En bas du Grand Boulevard, où les gens s'éparpillaient à son approche, elle croisa le regard d'une femme plantée devant la boutique d'un chapelier, et la femme se mit à hurler.

Que voient-ils ? se demanda Kelsea, intriguée. Comme elle se tournait dans l'intention de questionner Massue à ce propos, elle constata qu'il avait disparu. Six mètres derrière elle, Elston luttait avec plusieurs hommes en uniforme noir de l'armée Mort.

Des Mort ? songea-t-elle, perplexe. Ici ?

Dirigeant son attention sur les soldats Mort, elle les vit presque aussitôt s'effondrer en une masse ensanglantée. Son escorte l'entourait toujours, mais visiblement, ils s'ingéniaient tous à l'éviter du regard. Personne n'avait jamais aimé la Reine de Pique… ni Massue, ni ses gardes, ni personne. Le saphir vibrait sur sa peau, et voilà qu'à présent, elle sentait Row Finn à l'intérieur de sa tête, Row Finn et sa longue existence, en une suite sans fin d'expériences accumulées, sans qu'elle ait le temps de s'attarder sur aucune en particulier, pourtant elle vit :

Ses doigts potelés jouant aux osselets sur un plancher de bois.

Sa bonne à rien de mère assise à la table, pleurant à la lueur des bougies, et le violent mépris presque mêlé de haine qu'elle lui inspirait.

William Tear planté sur la route, le fixant de loin d'un air chagrin et méfiant.

Avec Jonathan Tear sur la route, alors qu'ils n'avaient pas plus de dix ou onze ans, le cœur brûlant de l'envie d'être reconnu, distingué entre tous, d'être comme Jonathan l'enfant chéri de la Ville.

Jen Devlin couchée sous lui, les yeux exorbités et le teint virant au violet tandis qu'il l'étranglait en observant son agonie sans plaisir ni déplaisir, pensant seulement que c'était sa faute à elle, qu'elle avait eu tort de lui faire confiance, d'avoir cru en ses bonnes intentions…

Contemplant le tas de saphirs bruts dans sa main, sans savoir au juste qu'en faire, ni ce qu'il venait d'accomplir, seulement que c'était enfin quelque chose qui lui appartenait.

Tout cela, Kelsea le ressentit à travers Row à la première personne, comme si elle était lui et non plus elle.

Ils dépassèrent le haut du boulevard pour arriver sur l'esplanade du Donjon. Là, les Mort étaient plus nombreux, éparpillés sur la pelouse et encerclant le Donjon. Le pont-levis était baissé et la voie semblait déjà libre, pourtant des Mort en grand nombre transportaient un bélier, et plusieurs d'entre eux essayaient d'escalader la muraille extérieure du Donjon pour atteindre les balcons du troisième étage.

— Où est le Capitaine ? cria Coryn derrière elle.

— Disparu ! répondit Elston. Il était avec nous sur le Boulevard et puis je ne sais pas où il est passé !

Fi de Massue et de tous les autres ! se dit Kelsea en secouant la tête. Elle avait du travail, car elle venait de repérer quelque chose sur la pelouse en dessous : une tente blanche surmontée d'une croix. Si Sa Sainteté s'était échappée de l'Arvath, tant mieux. Kelsea tendit son esprit vers Row Finn, cherchant le feu, ce feu qu'il avait toujours maîtrisé, et quand elle le trouva, elle vit avec un frisson de plaisir la tente blanche s'enflammer et se soulever dans un concert de hurlements qui résonnèrent à travers la toile. Puis ce fut au tour des hommes agrippés aux murailles : ils basculèrent dans les douves et disparurent sous l'eau dont la surface se teinta de rouge sang. Ceux qui se trouvaient devant les portes avaient du pétrole, elle le devina, et comprit qu'ils s'apprêtaient à mettre le feu à la façade de son Donjon. Alors elle leur tordit les entrailles et jubila quand le sang jaillit sur la pelouse et qu'ils s'effondrèrent sur place.

— Madame ! Le Capitaine !

La voix d'Elston. Encore ! Contrariée, Kelsea se retourna et vit qu'il désignait la colline, vers l'entrée du boulevard. Cette vue fit vibrer une corde dans sa mémoire, si fort que ce fut presque une impression de déjà-vu et elle frissonna, revenant un peu à elle-même.

Peuple du Tearling !

Quand était-ce ?

À l'entrée de l'esplanade, Massue se battait contre quatre hommes en capes rouges. C'était décidément un jour pour les souvenirs. L'espace d'un instant, Kelsea se demanda s'ils n'étaient pas de retour sur les berges de la Caddell, luttant pour leurs vies. À côté de Massue, une petite silhouette se battait aussi, qui semblait minuscule, comparée à son imposante stature. La capuche du petit guerrier tomba, et elle vit alors que c'était Aisa, la fille d'Andalie, qui s'efforçait de repousser deux Caden avec son couteau. Son visage luisait de fièvre, et son bras gauche pendait, inerte, contre son flanc. Mais la lutte n'était pas égale ; l'un des Caden saisit la petite et lui brisa le cou sur son bras.

Derrière elle, Kelsea entendit un long hurlement venant du Donjon : c'était Andalie, mais qu'importe. Elle n'avait pas non plus le temps de s'en soucier. Une troisième silhouette dévalait la colline vers Kelsea et sa Garde, alors la déferlante de violence qui l'habitait se calma un moment quand elle reconnut le Père Tyler. Un sentiment d'irréalité la submergea à nouveau, cette sensation d'être dans un demi-rêve qu'elle avait déjà éprouvée par instants, depuis qu'elle s'était réveillée dans la maison de sa mère.

Le Père Tyler avait l'air d'un épouvantail, avec ses vêtements en loques qui pendaient sur son corps amaigri. Massue couvrait sa retraite en tenant les quatre Caden à distance. Dyer et Kibb l'avaient rejoint pour l'aider, mais c'était superflu ; elle pourrait facilement s'en charger. Elle ne craignait plus les Caden, ni personne.

— Faites-la rentrer ! cria Massue, puis il laissa Dyer et Kibb s'occuper des Caden et descendit la colline en courant pour les faire avancer en les poussant comme un troupeau.

Rentrer, mais où ça ? se demanda Kelsea, alors, comme elle se tournait vers le Donjon, elle vit que les portes s'étaient ouvertes, comme par miracle. Des cadavres Mort gisaient épars autour du pont-levis et en bas de l'esplanade. Ô Merveille, se dit Kelsea. Est-ce moi qui ai fait cela ? Non, bien sûr. C'est la Reine de Pique.

— Courez, madame ! lui cria Elston en la saisissant par le bras et en lui désignant le sommet de la colline.

Suivant son regard, Kelsea sentit la peur l'envahir pour la première fois de la journée. À l'entrée du Grand Boulevard, une horde d'enfants se pressait en se bousculant pour avancer. Comme la petite fille dans le cachot, ils se déplaçaient à quatre pattes, et la haute silhouette de Row Finn plantée sur ses deux jambes se distinguait au milieu d'eux. Le teint blafard, les yeux luisants, il n'affichait plus son beau visage. Mais Kelsea n'avait pas le pouvoir de l'arrêter. Elle sentait le mur qui les entourait, lui et ses enfants, le genre de bouclier que la Reine rouge avait brandi pour défendre son armée, sous les murailles de New London.

— Venez, madame ! cria encore Elston, et Kelsea le laissa l'entraîner en bas de l'esplanade.

À présent, elle courait avec un bloc compact de gardes autour d'elle, sans plus voir ce que devenaient Dyer, Kibb ou les Caden.

— Majesté, lui dit le Père Tyler en haletant.

Jamais elle n'avait vu un homme dans un tel état de délabrement, si usé par la maladie, si près de s'effondrer.

Il lui tendit une épaisse lanière, et Kelsea vit qu'il portait encore sa vieille sacoche. Qu'attendait-il donc ? Qu'elle la porte pour lui ?

L'ancienne Kelsea l'aurait fait, remarqua la voix acerbe de Carlin dans sa tête, et Kelsea prit la sacoche en fronçant les sourcils.

— Dieu soit loué, dit le Père Tyler, les joues baignées de larmes. Dieu soit loué.

Elle en fut déconcertée, mais ne put s'y attarder car ils traversaient le pont-levis à présent, puis ils franchirent les Portes. Massue les rattrapa, et dès qu'ils furent passés, il se mit à crier des ordres tout en entraînant Kelsea et en lui faisant contourner plusieurs tas de briques cassées. Beaucoup de visages passèrent devant ses yeux : Andalie, livide, les yeux agrandis d'horreur, serrant Glee dans ses bras, Devin, et même Javel, en uniforme de Garde des Portes. Mais son escorte la pressait déjà d'avancer dans le vestibule. Derrière eux, Kelsea entendait les enfants de Row se rapprocher en poussant des cris aigus qui semblaient résonner autant à l'intérieur qu'à l'extérieur de sa tête. Jetant un coup d'œil en arrière, elle vit, écœurée, qu'ils grouillaient déjà dans le couloir, courant sur les murs et le plafond après avoir grimpé par-dessus les Portes, en se déplaçant tels des insectes. La sacoche du Père Tyler qui rebondissait contre sa jambe lui cognait le genou.

— Ici, dit Massue en ouvrant en grand l'une des nombreuses portes du couloir principal. Enfermons-nous là-dedans.

Il poussa Kelsea à l'intérieur et elle fut soulagée de voir Pen, Elston, Ewen, Coryn et Galen les suivre dans la pièce. Massue claqua la porte derrière eux.

— Tenez-la ! cria-t-il, et aussitôt, Elston et Coryn s'y appuyèrent de toutes leurs forces en calant leurs épaules contre le bois, qui commençait à trembler.

Pen se posta devant Kelsea, l'épée à la main. Elle s'affala à terre en clignant des yeux, et la sacoche du Père Tyler atterrit avec un choc sourd à côté d'elle.

— Mon Dieu, Lazarus, murmura-t-elle. J'ai échoué.

— Voilà qui ne vous ressemble pas, madame, grogna Massue en poussant lui-même contre la masse de ceux qui soutenaient la porte. Ce n'est pas le moment de pleurnicher.

Et que suis-je censée faire d'autre ? eut-elle envie de demander. Massue avait bien choisi la pièce, car la porte était en chêne massif, mais elle ne tiendrait pas toujours. Disparue, la Reine de Pique… il ne restait plus que Kelsea, qui était loin d'être aussi résistante. Un grand choc secoua la porte, et un gémissement de bois blessé résonna dans la pièce. Aussi impuissante que désœuvrée, Kelsea ouvrit la sacoche du Père Tyler et découvrit alors qu'elle contenait deux objets : une vieille Bible usée ainsi qu'un coffret rouge.

— Poussez, garçons ! criait Massue. Tenez bon, pour la Reine !

Un autre coup résonna contre la porte, mais Kelsea l'entendit à peine. Médusée, elle contemplait la surface polie du bois de merisier. Elle avait déjà vu ce coffret, dans les mains de Katie. Il était presque aussi ancien que le Tearling, et voici qu'il réapparaissait. Soulevant le loquet, elle l'ouvrit, et contempla la couronne à l'intérieur, intacte dans sa perfection, telle que Katie l'avait vue.

Il voulait être roi, pensa-t-elle. C'est ce qu'il a toujours désiré. Oh, comme j'aurais aimé le présenter à la Reine de Pique…

BOUM !

Un autre coup secoua le cadre de la porte, Coryn vola en arrière, et plusieurs des gardes gémirent sous l'impact.

Revenue à elle-même, Kelsea prit la couronne en ignorant la voix impérieuse qui semblait remonter de ses doigts jusqu'à son cerveau…

Ne t'en avise pas !

… et elle la posa sur sa tête. Par-delà les murs de pierre, elle entendit Row Finn hurler de rage.

Kelsea avait cru que la couronne serait lourde, car elle semblait l'être dans le coffret, mais sur sa tête, elle était légère comme l'air ; elle sentit son pouvoir la traverser tel un courant descendant tout droit jusque dans sa poitrine, avec un plaisir si intense qu'elle ferma les yeux. Et quand elle les rouvrit.

Elle se retrouva dans la chaumière.

Mais les lieux étaient déserts. Kelsea avait toujours su dire, même en se réveillant, si Barty et Carlin étaient ou non à la maison. Là, elle sentait leur absence. Rien ne bougeait dans les pièces alentour. Même les grains de poussière qui scintillaient dans la lumière bougeaient à peine, sans qu'aucun mouvement ni souffle d'air ne vienne les perturber.

Elle se tenait au milieu de la bibliothèque de Carlin. Elle avait l'impression d'être plus jeune, sept ou huit années de moins, dans l'insouciance des jours heureux : ces matins où elle avait l'habitude de venir se blottir dans son coin favori, celui que Barty lui avait aménagé pour lire, juste sous les rayons de soleil filtrant par la fenêtre, le coin de Kelsea, comme ils l'appelaient. Mais non, le coin de Kelsea n'était pas là. Il n'y avait aucun meuble dans la pièce, à part les étagères de la bibliothèque. Les livres de Carlin l'entouraient de toutes parts… non pas vieux et usés comme tant d'entre eux l'étaient dans sa jeunesse. Ces livres-là semblaient flambant neufs. Instinctivement, Kelsea tendit la main pour en prendre un, car cela faisait si longtemps qu'elle n'avait pas eu de livre en mains ! C'était *L'œil le plus bleu*, de Toni Morrison. Mais quand elle l'ouvrit, elle vit que les pages étaient vierges.

Déconcertée, elle en prit un autre au hasard, *La Foire des ténèbres*, de Ray Bradbury, et le feuilleta. Rien que des pages vides.

— Carlin ! appela-t-elle, mais il n'y eut aucune réponse, seulement la langueur de la chaumière déserte, un dimanche après-midi de son enfance.

Elle aimait bien les moments où Carlin n'était pas là, quand il y avait juste Barty et elle, aucun d'eux ne se sentait surveillé ni n'avait à craindre de reproches. Mais à la vue des livres vierges, le calme familier de la chaumière se transmua en cauchemar.

Elle sortit le Shakespeare de Carlin, une somme d'écrits beaucoup trop dense pour être effacée, mais les pages du recueil étaient également vierges. En proie à la panique, Kelsea sortit un livre après l'autre, pour constater le même phénomène. Cette bibliothèque n'était qu'un faux décor. Et les livres, privés de mots, des objets sans valeur.

— Carlin ! hurla-t-elle.

— Elle n'est pas là.

Se retournant, Kelsea découvrit William Tear, debout derrière elle. Sa présence semblait aller de soi, comme cela se passe dans les rêves. Seuls les livres vierges choquaient et dénotaient, trop effrayants pour être véridiques.

— Pourquoi toutes les pages sont-elles blanches ? demanda-t-elle.

— Je serais tenté de dire que c'est parce que le futur est encore incertain, répondit Tear en ramassant certains des livres pour les ranger sur les étagères. Mais je n'en suis pas sûr. Je n'ai jamais essayé de jouer avec le passé.

— Pourquoi ? demanda Kelsea d'un ton exigeant. L'ère prétraversienne… vous auriez pu y retourner et la changer, non ? Frewell, l'Emergency Powers Act…

— Il semblait plus facile de contrôler le futur en changeant le présent. Le passé est difficile à manier sans risque.

Ses paroles trouvèrent un écho dans la mémoire de Kelsea. Quelqu'un d'autre lui avait tenu à peu près ces propos… en lui parlant de papillons… cela semblait remonter à des décennies.

— Vous pensez donc que je n'ai pas le droit de toucher au passé ? demanda-t-elle.

— Je n'ai pas dit ça. Mais tu devrais te préparer à ce que la décision te coûte.

— Je suis prête, répondit Kelsea, sans en être bien certaine. Il n'y a pas d'autre possibilité. Le Tearling est en plein naufrage.

— Le Tearling, murmura-t-il d'un air songeur. Je leur avais dit de ne pas appeler les choses d'après mon nom.

— Ils n'ont pas écouté… Pourquoi sommes-nous ici ? s'enquit Kelsea en regardant autour d'elle la bibliothèque, la chaumière déserte.

— Pour parler, enfant. J'avais l'habitude moi aussi de converser avec mes ancêtres, quoique pas en ces lieux. Nous allions à Southport, sur la promenade où j'ai grandi. Cela me faisait peur, de voir la promenade si déserte… mais alors, j'étais plus jeune que toi.

— Savez-vous qui je suis ? demanda Kelsea.

— Je sais que tu es de mon sang, autrement, je ne serais pas ici. Mais es-tu Tear, ou Finn ?

Kelsea y réfléchit un long moment.

— Je l'ignore, admit-elle à contrecœur. Et j'ai bien l'impression que personne n'en sait rien. Pourquoi avez-vous rejeté Row Finn ?

— Sa mère était censée garder le secret.

— Pourquoi ne pas le lui avoir dit à lui ?

— Je n'ai appris que Sarah était enceinte qu'après l'Atterrage. Je ne pouvais rester avec elle, dès lors que j'ai su que Lily était plus qu'une simple vision. Sarah a exigé que je choisisse. J'ai choisi Lily, et j'ai ainsi perdu mon fils.

— Mais Row le savait.

— Oui. Sarah était une faible femme, sans caractère, et Row un manipulateur consommé. Elle n'a jamais su lui cacher quoi que ce soit bien longtemps.

— Vous étiez fier de lui.

Tear fronça les sourcils d'un air troublé.

— J'étais fier de ses capacités. Mais je pressentais un désastre.

— Nous sommes en plein désastre, le pressa Kelsea. Ne pouvez-vous nous aider ?

— Comment t'appelles-tu, enfant ?

— Kelsea Glynn.

— Glynn… je ne connais pas ce nom. À ce que je vois, tu as beaucoup d'histoires à raconter, et j'aimerais savoir ce qu'est devenue notre ville. Mais j'ai l'impression que ton temps est compté. Viens.

Il la fit sortir de la bibliothèque et ils gagnèrent le petit vestibule à l'entrée de la chaumière. Partout, Kelsea voyait des objets dont elle se souvenait : les chandeliers en argent de Carlin ; le vase qu'elle-même avait ébréché à l'âge de douze ans ; le meuble en bois fabriqué par Barty pour y ranger leurs bottes. Mais il n'y avait pas de bougies dans le chandelier, pas de bottes dans les casiers, et le vase était intact.

Ouvrant la porte d'entrée, Tear lui fit signe de le suivre. Kelsea s'attendait à voir le même carré de terre battue qui s'était toujours trouvé devant la chaumière, mais lorsqu'elle sortit, le souffle lui manqua, et elle se boucha les oreilles.

Ils étaient dans un tunnel où des vents cinglants soufflaient en hurlant dans toutes les directions. Les tunnels issus de la mémoire de Lily lui revinrent à l'esprit, avec ces voitures qui filaient à toute allure et ces sons assourdissants, mais ce tunnel-là était vide. Au lieu des murs en béton de l'époque de Lily, il offrait au contraire une large perspective où les gens et les lieux défilaient constamment, toujours en mouvement. Sa vision semblait s'étendre sur des kilomètres.

— Qu'est-ce que c'est ?

— Le temps, répondit Tear à côté d'elle. Passé, présent, futur.

— Dans quel sens ? demanda-t-elle en regardant de droite à gauche, car elle n'arrivait pas à distinguer les scènes qui se déroulaient devant elle.

— Ils ne font qu'un, répondit Tear. Le passé contrôle le futur. N'est-ce pas la raison de ta présence ici ?

Le regard de Kelsea s'arrêta sur une scène, et elle s'engagea dans le tunnel pour la regarder de plus près : une petite pièce au plancher de bois et aux murs de pierre. Un groupe d'hommes, qui s'ingéniaient de toutes leurs forces à maintenir la porte fermée, et derrière eux, par terre, une femme assise, jambes croisées, yeux clos, sa tête penchée ceinte d'une couronne. Tandis que Kelsea regardait, une fissure apparut sur la porte, et le bois commença à éclater.

— Tu as très peu de temps, répéta Tear. Tu pourrais retourner là-bas. Ou choisir autre chose.

Mais Kelsea feuilletait déjà les scènes qui défilaient devant elle, plus vite qu'elle n'avait jamais lu aucun livre.

Tout ce temps !

Oui, mais c'était le temps de Kelsea, car dans le nombre apparemment infini de scènes qui se succédaient, il n'y avait rien qu'elle ne reconnut. Elle vit le chargement roulant à travers l'Almont, neuf longues cages sinuant vers Mortmesne. Elle vit le Vaisseau Blanc sombrant dans les affres de cette terrible tempête… Grand Dieu, si seulement elle avait pu empêcher ça ! Elle vit le Président Frewell planté derrière un podium ; un William Tear beaucoup plus jeune, sautant d'un avion ; Lily en larmes, tandis que sa sœur cadette était emmenée de force par quatre hommes en uniforme noir… et ainsi de suite… À présent, c'étaient des scènes de plus en plus éloignées, remontant à une époque reculée où il n'y avait ni voitures, ni électricité, pas même de livres. Le vide mugissant de ce monde-là l'effraya; toute l'humanité ou presque y était condamnée à lutter sans merci pour sa survie. Non, elle n'avait pas envie de retourner là-bas.

Elle orienta son attention vers le futur, mais ce qu'elle y trouva était encore plus terrifiant. Elle mourrait dans le Donjon, dévorée par les enfants de Row. Ces créatures tourmenteraient sans relâche l'humanité, jusqu'au jour où elles seraient enfin éradiquées, quand quelqu'un inventerait un produit à leur inoculer. La vision de Kelsea s'élargit, et elle vit le Tearling, sur des centaines d'années, un royaume despotique qui s'était construit sur son propre héritage et avait étendu sa domination jusqu'à en faire un empire : le monde entier sous contrôle Tear. Ce nouveau Tearling ne valait pas mieux que Mortmesne. Ivre de pouvoir, il était conduit par un sentiment de supériorité si affirmé que cette suprématie lui semblait naturelle, allant de soi. C'était, hélas, un enchaînement parfaitement logique.

— Hâte-toi de choisir, l'exhorta Tear d'un ton flegmatique.

Revenant en arrière, Kelsea découvrit que les enfants de Row submergeaient ceux de sa Garde; les lames ne résistaient pas à leur vivacité. L'un d'eux réussit à grimper sur Massue et à lui mordre l'épaule. Comme déchirée de l'intérieur, Kelsea étouffa un gémissement. Puis ce fut le tour de Pen, dont la fine lame ne put arrêter les créatures grouillant autour de ses chevilles, qui finirent par l'abattre. En quelques secondes, la femme à la tête penchée se retrouva sans protection, et les enfants s'agglutinèrent autour d'elle comme un essaim.

— Même ici, le temps ne résiste pas toujours, lui dit Tear. Choisis.

Sortant de son engourdissement, Kelsea se repassa les scènes en accéléré et trouva enfin celle qu'elle cherchait : Katie et Jonathan, assis dans la cave humide et sans lumière. Pourtant Kelsea pouvait les voir, tous deux endormis, Jonathan la tête posée sur l'épaule de Katie.

— Voilà, dit Kelsea à Tear. Voilà ce que je choisis.

Elle leva le saphir de Finn. La Reine de Pique rôdait là-bas, tout près, mais Kelsea ne la craignait plus. Les choses que Kelsea ne pouvait faire et qui devaient être accomplies étaient de son ressort. Toutes deux étaient nées en colère.

Chez moi, songea-t-elle.

— Tu en es sûre ? lui demanda Tear.

— Oui.

— Alors bonne chance, enfant, dit-il en lui tapant sur l'épaule. Un jour, peut-être, quand ton temps sera fini, nous nous retrouverons. Je constate que tu as une histoire à raconter, et j'aimerais bien l'entendre.

Les yeux de Kelsea se remplirent de larmes. Elle se tourna pour le remercier, mais Tear avait disparu.

15

Le Tearling

Dans le noir de la cellule, Katie se réveilla en sursaut du rêve le plus étrange de sa vie.

Elle parlait avec la mère de Jonathan, toutes les deux enveloppées de brume, non pas la brume blanche qui recouvrait la Ville quand l'automne y rampait en descendant des montagnes, mais un épais voile gris foncé, insondable, où il était impossible de s'orienter, ni de distinguer la moindre issue.

— J'ai besoin de ton aide, lui dit Lily, et Katie acquiesça, car ce n'était qu'un rêve, après tout.

Elle aurait dû avoir peur, car Lily était morte depuis trois ans. Mais non. Elle avait toujours aimé Lily de son vivant, et elle ne pouvait croire que son fantôme lui veuille du mal.

Pourtant cette version de Lily n'avait rien de rassurant. Par moments, elle clignait des yeux, et Katie apercevait autre chose sous la surface, quelque chose de terrible. Cette Lily-là n'était pas gentille ni compréhensive, mais vengeresse... pourtant Katie ne pensait pas que c'était d'elle que Lily voulait se venger. Elle avait l'impression qu'à tout instant, Lily allait rejeter sa peau pour révéler un être totalement différent, une forme noire tapie derrière son visage, comme s'il n'était qu'un masque.

— Quelle sorte d'aide ? demanda Katie.

Elle n'écoutait qu'à moitié, car une partie de son esprit était toujours dans la cellule, à guetter le cliquetis d'une clef dans la serrure, puis l'apparition de Row sur le seuil, venu pour leur régler leur compte. Oh, elle promettrait n'importe quoi à Lily pourvu qu'elle les sorte d'ici et qu'elle puisse rejoindre Jonathan. Katie scrutait son visage en quête d'indices, mais elle n'y voyait qu'une sorte de patience implacable. Soudain elle remarqua autre chose : Lily portait une couronne, un cercle d'argent serti de pierreries bleues. La couronne de Row ! Alors Katie se détendit, car c'était la preuve irréfutable qu'il ne s'agissait que d'un rêve inoffensif. La couronne de Row ne pouvait être ici, sur la tête de Lily. Katie l'avait enfouie dans les bois où elle resterait pour l'éternité, sans jamais nuire à personne.

— J'ai besoin d'être ici, dit Lily. J'ai besoin que tu me permettes d'être ici.

Katie fronça les sourcils, mais elle acquiesça. Alors, en une sorte de transe, elle sentit la voix de Lily dériver sur elle. Un moment, tout devint confus, comme si elle parlait non à Lily mais à William Tear, puis le monde se remit en place, et elle cligna des paupières à la soudaine lumière qui lui blessait les yeux. Dire qu'elle avait passé des heures à guetter le déclic du loquet et qu'elle l'avait manqué. Gavin et ses quatre sbires se tenaient au-dessus d'elle, munis chacun d'une torche et d'un couteau. Ils étaient trop nombreux pour que Katie s'attaque à eux, même si elle avait eu elle-même un couteau.

— Lève-toi. Il veut te voir, lui ordonna Gavin d'un ton neutre, et comme il se penchait pour la prendre par le bras, Katie se dégagea.

— Ne me touche pas, traître.

— Je ne suis pas un traître. J'aide à sauver cette ville.

Elle grinça des dents. Comment pouvait-il être aussi aveugle, aussi stupide ? Katie elle-même ne savait pas au juste ce dont la Ville avait besoin, mais en tout cas, cela ne viendrait pas de Row, qui ne servait que ses propres intérêts. En voyant avec quel aplomb et quelle suffisance Gavin se comportait, Katie eut bien envie de lui filer une beigne, mais alors qu'elle serrait le poing, elle sentit sa main se rouvrir, comme de sa propre volonté. Quelque chose remua dans son esprit, puis se calma.

Est-ce que j'ai rêvé ? se demanda Katie, déconcertée. Tout cela n'est-il qu'un rêve ?

— Viens, dit Gavin. Suis Lear.

Katie obéit, en se demandant pourquoi on ne lui liait pas les mains. Oui, il y avait eu un rêve, elle s'en souvenait à présent, mais impossible de se rappeler ce que c'était. Alors qu'elle montait l'escalier, un escalier beaucoup plus long que tous ceux qu'elle avait jamais vus dans la Ville, elle sentit quelque chose de lourd rebondir sur sa clavicule. Le saphir de Tear, bien sûr, toujours fourré sous sa chemise. Jonathan le lui avait donné, durant ce long interlude dans le noir qui ressemblait à un songe. Rêvait-elle en ce moment même ? Si seulement elle pouvait se réveiller dans son petit lit, avec son livre sur sa table de chevet et Maman dans la pièce à côté. Si seulement cela pouvait se terminer ainsi.

Elle jeta un coup d'œil à Jonathan. Il était pâle, mais calme et posé. La lueur des torches vacilla un instant, et son visage prit alors l'aspect d'une tête de mort, avec ses pommettes soulignées de gris. Katie en fut saisie, mais elle ne broncha pas, et sentit la main de Jonathan se nouer à la sienne, dans la pénombre.

— Nous avons essayé, Katie, murmura-t-il d'une voix presque inaudible. Nous avons fait de notre mieux.

Elle se tourna pour le dévisager, mais Jonathan regardait droit devant lui, centré sur le futur, sans remarquer combien ses paroles l'avaient touchée en plein cœur en la ramenant dans la clairière, quinze ans plus tôt, le jour où Jonathan et elle étaient restés seuls après le départ des autres. Si seulement elle pouvait y retourner ! Il y avait tant de choses qu'ils auraient dû gérer autrement, à commencer par Row. Katie aurait pu l'étrangler dans les bois et enterrer son cadavre sans que personne ne le sache.

Tear ne l'aurait pas voulu.

Tear est mort. Pourquoi devrait-il encore nous contraindre ?

Il n'y eut pas de réponse, juste une sensation de mouvement dans les profondeurs de son esprit, un glissement de pensées qui n'étaient pas à elle. L'espace d'un instant, une pensée émergea dont un seul mot se détacha… le mot Pique… puis fut engloutie.

Une fois en haut des marches, ils se retrouvèrent dans un long couloir humide éclairé par des torches. Katie jeta un coup d'œil en arrière, mais elle ne vit que l'entrée de l'escalier, tel un grand trou béant sur des ténèbres.

Combien de gens ? se demanda-t-elle soudain. Row n'a pas construit ces cachots uniquement pour Jonathan et moi. Mon Dieu, combien de gens a-t-il détenu en ces lieux ?

Comme ils approchaient du bout du couloir, une longue ombre se profila sur le seuil et Katie se tendit. Si elle parvenait à s'emparer du couteau d'Alain ? C'était le meilleur combattant de leur ancien groupe. Gavin la tuerait aussitôt d'un coup de couteau, mais en l'espace de quelques secondes, peut-être aurait-elle le temps de planter une lame dans le cœur de Row ? Cela vaudrait le coup d'essayer, quitte à passer de vie à trépas.

Mais ce n'était pas Row. La longueur de l'ombre l'avait trompée. La silhouette qui franchit le seuil était celle d'un petit garçon d'un mètre trente tout au plus, et Katie dut le scruter un long moment avant de reconnaître en lui Yusuf Mansour.

— Qu'est-ce que vous lui avez fait, espèce de salauds ? cracha-t-elle à Gavin.

Gavin détourna les yeux, alors Katie se rendit compte, écœurée, qu'il l'ignorait lui-même. Le Yusuf que Katie connaissait était un gentil gamin, doué pour le calcul, et désireux de plaire. La créature qui se trouvait devant elle avait bien son visage, mais la ressemblance s'arrêtait là. Sa peau était d'une pâleur surnaturelle, et ses yeux noirs enfoncés dans leurs orbites, impénétrables. Il ne lui sourit pas, ni ne montra par aucune expression qu'il l'avait reconnue, mais se contenta de considérer le groupe, et tandis qu'ils avançaient vers la porte, Katie vit avec angoisse que les yeux de l'enfant étaient fixés sur Jonathan.

La dernière chose dont elle se souvint fut l'instant où elle franchit le seuil.

Rowland Finn avait imaginé ce moment tant de fois dans sa tête qu'il s'attendait presque à être déçu lorsqu'il adviendrait. Voici qu'ils étaient devant lui, et son cœur brûlait toujours du même sentiment d'injustice à la vue de Jonathan Tear, le fils chéri, qui n'avait rien apporté à la Ville. Quant à Katie, elle avait la tête penchée, comme il sied à quelqu'un qui a, plus que n'importe qui, des raisons de se repentir…

Mais alors, Katie leva les yeux, et Row se sentit vaciller intérieurement, tandis que sa nuque le picotait. Depuis des années, il était persuadé qu'en cet instant précis, Katie regretterait de ne pas l'avoir suivi. Or, si son corps avait bien la posture du regret et de la soumission, son visage dénotait complètement. Elle le considérait d'un air hébété, comme si, sous l'effet d'un choc, elle ne semblait pas savoir où elle se trouvait.

Row se tourna vers Gavin, qui se tenait à sa disposition, avec un empressement pathétique. Contrairement à Katie, il jouait son rôle à la perfection, comme une marionnette dont il suffit de tirer un fil pour qu'elle vous obéisse au doigt et à l'œil.

— Qu'est-ce qu'elle a ? Est-elle droguée ? A-t-elle été battue ?

— Non, répondit Gavin. Nous ne l'avons pas touchée.

Sans s'y attarder, Row se tourna vers Jonathan.

— Toi ! Où est le saphir de William Tear ?

Quand Jonathan leva les yeux, Row y lut de la pitié, ce qui le hérissa. Jonathan Tear ne devrait pas éprouver de la pitié pour moi, pas alors que j'ai gagné, s'insurgea-t-il.

— Tu vas me le donner, dit-il à Jonathan. Personne ne résiste à la souffrance, même pas un Tear.

À ces mots, Katie remua un peu, et Row vit passer quelque chose, sous son hébétude de droguée, comme un frémissement fugace. Il sentit une vague inquiétude poindre en lui. Katie semblait comme en transe… or elle n'avait jamais eu ni transe, ni aucun don. Row revint à Tear.

— Donne-le-moi.

— Non, répondit Tear avec une sorte de lassitude. Puisque tu vas me tuer, autant ne pas traîner. Tu ne l'auras pas.

Row fronça les sourcils. Le hic, c'était qu'il n'osait pas s'emparer du joyau. Son propre saphir fonctionnait, mais de façon sporadique, inconstante, bien loin du pouvoir qu'il avait ressenti en tenant le joyau de Tear. Pourtant il ne lui était jamais venu à l'esprit de tuer Jonathan pour le prendre, tout simplement. Ce n'était sûrement pas aussi facile… rien ne l'était jamais, et sous cette intuition, il y avait une conviction plus profonde : toute magie qui peut être obtenue par la force n'a pas grande valeur. Row lui-même avait acquis son pouvoir de haute lutte, après l'avoir affûté durant des années.

Il claqua des doigts à l'adresse de Yusuf, et le garçonnet fonça en avant avec un rictus bestial qui fit frémir Row. Pourtant il ne put s'empêcher de ressentir une sorte de fierté paternelle. Cet enfant, qui n'en était plus un, était sa création. Il en avait deux autres en cours d'élaboration, au fond des catacombes qu'il avait creusées sous l'église, mais ces trois-là n'étaient rien comparés à tous ceux qu'il pourrait engendrer.

Il avait espéré que la vue de Yusuf chasserait la pitié du visage de Tear, mais là encore, il fut déçu. Jonathan se contenta de scruter l'enfant un long moment.

— Voici donc ce que tu fabriquais dans l'ombre. Même mon père ne pensait pas que tu tomberais si bas.

Row serra les poings. Encore maintenant, après toutes ces années, il détestait l'idée que William Tear ait pu parler de lui derrière son dos, au sein même de la famille d'où il avait été injustement exclu. Tear, Lily, Jonathan, Katie, cette salope de Rice, tous étaient à l'intérieur du cercle, et lui dehors.

Il revint à Katie, qui semblait toujours dans un état quasi catatonique. Elle lui avait volé sa couronne et savait où elle se trouvait, mais Row pensait qu'il n'obtiendrait pas cette information sans combat. Il serait donc doublement utile de torturer Jonathan sous ses yeux… Sauf que Katie avait les yeux dans le vague, à tel point qu'il se demanda si elle était seulement en état de comprendre que Jonathan allait être torturé.

Ce n'était pas supposé se passer ainsi, bon sang ! songea-t-il encore. Elle devrait pleurer ! Ils devraient tous les deux avoir peur !

Il claqua des doigts à la face de Katie, mais elle l'ignora pour se tourner vers Jonathan, qui prit la main qu'elle lui tendait. La jalousie fut comme un chat perché sur Row, lui labourant le dos de ses griffes. Il n'aimait pas la façon dont Katie et Jonathan se regardaient en communiquant sans parler. Jadis, c'était lui-même et Katie, que ce lien unissait. Dans une ville qui l'avait oublié, seule Katie l'avait estimé à sa juste valeur. Les voir se regarder ainsi lui devint vite insupportable.

— Sépare-les, ordonna-t-il à Lear, qui saisit Katie et l'éloigna de force.

Katie releva la tête, alors Row recula d'un pas. Dans son visage empourpré, ses yeux luirent tels deux fentes d'un vert vif. L'instant d'après, elle bondit à travers la pièce et sauta sur Jonathan.

Interdit, Row resta sans réagir. Il avait ordonné à Gavin de la tenir particulièrement à l'œil, en supposant que si elle s'attaquait à quelqu'un, ce serait à lui. Et voilà qu'elle s'en prenait à Tear, juchée sur son dos. Lear, Gavin et les autres restaient figés sur place, bouche bée, tandis que Katie grinçait des dents en resserrant ses bras autour du cou de Tear, qui suffoquait sans même chercher à la repousser. Enfin, Row se rendit compte de ce qui se passait et il bondit en avant, trop tard. On entendit claquer le cou de Tear avec un son qui résonna dans le vide de l'église. Katie le relâcha, et le corps de Jonathan s'effondra, inerte, sur le sol, les yeux fixes, grands ouverts.

— Que Dieu nous vienne en aide ! s'écria Gavin.

Row eut envie de lui clouer le bec, car seul un idiot comme Gavin croyait encore en Dieu en un moment pareil, mais il se retint. Il aurait peut-être besoin de lui, maintenant. Quant à Katie, elle contemplait le corps de Tear, et en l'observant, Row eut l'impression de ne l'avoir jamais vue.

— Katie ? fit-il.

Comme elle relevait la tête, Alain se mit à hurler. Katie avait la bouche grande ouverte, comme si elle-même hurlait, sauf qu'aucun son n'en sortait, et Row vit cette bouche s'élargir encore et encore, comme si elle allait avaler sa tête. Les yeux et le nez de Katie partirent en arrière pour se retrouver sur le sommet de son crâne, puis passer derrière. Cette bouche béante devint un trou noir, et Row, figé d'horreur, vit une main en sortir, puis un bras.

Alain se rua hors de la pièce en poussant des hurlements, suivi aussitôt d'Howell et de Morgan. Quant à Gavin, il s'était réfugié dans le coin de la chaire, les bras repliés sur le corps, et il regardait d'un œil hagard Katie se transformer. Une épaule avait émergé du trou au contour mouvant, puis ce fut une tête, et en apercevant le visage, Row hurla lui aussi. Les morts ne lui faisaient pas peur. Il manipulait des cadavres depuis des années. Non, les morts ne l'effrayaient pas, mais ce n'était pas un cadavre.

C'était un fantôme.

Comme un serpent qui mue change de peau, Lily Freeman était sortie du corps de Katie en rejetant sa dépouille, qui gisait en tas par terre. Lily était nue, et sa peau striée de noir, comme maculée de terre. Ses longs cheveux noirs étaient lâchés. Ce n'était pas la femme mûre que Row avait connue, mais quelqu'un de beaucoup plus jeune. Il avait déjà vu cette Lily-là, sur le portrait accroché dans le salon des Tear. Plusieurs fois, Row s'était introduit chez eux pour explorer la maison quand il n'y avait personne, et le portrait de Lily l'avait toujours frappé, même s'il n'aurait su dire pourquoi. Row ne faisait pas grand cas de sa propre mère, pourtant il avait toujours éprouvé la même colère qu'elle, en voyant la Lily du tableau et son air de contentement ; cette femme avait tout gâché en volant aux Finn ce qui leur était dû.

Horrifié, Row vit qu'elle portait sa couronne en argent sertie de saphirs. Il était prêt à commettre un meurtre pour la récupérer, et même à torturer Katie, si nécessaire, mais il ne pourrait l'arracher de la tête d'un fantôme, pas plus qu'il n'aurait pu s'emparer de force du joyau qui pendait au cou de Jonathan. Inaccessible, la couronne aurait pu tout aussi bien être sur la lune.

Comme la femme se tournait pour le regarder, Row hurla encore. Car si elle avait bien les traits de Lily, ses yeux n'étaient que deux pupilles dilatées d'un noir de jais, et ses lèvres retroussées en un rictus étaient également noires, comme soulignées de suie.

— Tu avais raison, Row, murmura-t-elle. Il n'y a pas place ici pour des gens sortant du lot.

Pire encore, cette répugnante apparition avait parlé avec la voix de Katie. Elle fit un brusque mouvement en avant et Row s'écarta en vacillant pour se glisser derrière l'un des dix bancs alignés du côté droit de l'église.

— Pas de gens exceptionnels, continua Lily d'une voix éraillée. Pas de peuple élu ni de traitement de faveur. Juste nous tous, ensemble.

Une ombre fonça dans la lumière : Yusuf, grondant, toutes griffes dehors, et Row ressentit un farouche élan de soulagement, car même si certaines choses lui échappaient encore chez l'enfant, il savait qu'il était capable de…

Lily fit face à Yusuf et grogna, un son qui n'avait rien d'humain. Yusuf tressaillit puis, comme foudroyé, il s'effondra dans de violents soubresauts. Dans le coin, Gavin poussa un long gémissement en se cachant la tête dans les mains. Quant à Lear, il s'était effondré sur l'un des bancs.

— Nous étions si bons amis, murmura l'apparition d'une voix rappelant le raclement d'une carcasse d'animal traînée sur la pierre. Pourquoi t'enfuis-tu ?

Lui tournant le dos, Row fonça au bout de la rangée de bancs, mais quand il jeta un coup d'œil derrière lui, elle était là, à l'autre extrémité de la même rangée, encore plus proche qu'avant. Elle lui sourit, et il vit qu'elle avait des aiguilles en guise de dents.

— Katie… Lily ?

— Katie, Lily ? répéta-t-elle avec un rire moqueur en le singeant, alors elle leva le bras, et Row vit qu'elle brandissait une grande pique, à la pointe ensanglantée.

Il s'enfuit alors vers la sortie baignée de la lumière bénie du soleil, pensant, Mon Dieu, faites-moi sortir d'ici, je vous en prie, et je serai pour de bon celui qu'on croit que je suis, Frère Row, Père Row, tout ce que vous voudrez pourvu que…

Il n'était plus qu'à un mètre cinquante quand les portes se fermèrent soudain en claquant, et il s'y heurta de plein fouet, rebondit en arrière, tomba sur le sol. Du sang coula dans son œil gauche, et un voile noir obscurcit sa vision.

Comment est-ce possible ? se révolta son esprit. Nous avions si bien préparé notre coup. Ils filaient doux. Tout marchait comme prévu ! Comment est-ce possible ?

Tout près, il entendit des pas traînants se rapprocher, alors il ferma les yeux. Cela faisait longtemps qu'il n'y avait pas pensé, mais quand il était enfant, la nuit, il avait peur des monstres tapis dans sa chambre, et s'il fermait les paupières assez longtemps, ils finissaient toujours par s'éloigner. Il aurait tout donné pour se retrouver là-bas, blotti dans son lit à l'âge de cinq ans !

Des doigts griffus lui saisirent les épaules, l'obligeant à se lever. Quand il rouvrit les paupières, les pupilles noires le fixaient, et lorsque la créature parla, il huma dans son haleine l'odeur des cryptes qu'un Row de treize ans avait éventrées en quête de trésor, sans savoir encore ce qu'il avait en tête, mais déjà résolu à faire ce qu'il faudrait, même alors...

— Je défends ce pays, Rowland Finn. Personne n'a envie de savoir comment je m'y prends, mais je le défends.

Row se mit à hurler.

Katie se réveilla peu à peu, avec l'impression de s'être lentement délivrée d'un rêve énigmatique.

Elle était allongée par terre au milieu de l'église, juste face à la chaire du haut de laquelle Row avait donné tant de sermons au fil des ans. Sentant un contact froid sur sa poitrine, elle se rappela qu'elle avait le saphir de Jonathan autour du cou.

Levant la tête, elle vit un corps gisant à deux mètres d'elle. On aurait dit Jonathan, mais ce n'était pas possible, puisqu'ils venaient tout juste d'arriver ensemble en haut de l'interminable escalier. Elle se mit péniblement à genoux, avança vers lui en rampant presque, et le retourna.

C'était bien Jonathan, les yeux vides et fixes.

Katie en fut à peine surprise. Dans un recoin de son esprit, elle savait que cela finirait fatalement ainsi, car William Tear le lui avait dit... mais cela n'atténua en rien son chagrin.

Il y eut un son étranglé, venant du fond de l'église. Jetant des coups d'œil autour d'elle, Katie repéra

Gavin, accroupi dans un coin, qui la fixait d'un air stupéfié.

— Que lui avez-vous fait ? lui lança-t-elle avec une hargne mêlée de sanglots.

— Ce n'est pas moi ! Je le jure ! protesta Gavin d'un ton plaintif.

Elle se redressa, et comme elle avançait sur lui, Gavin se recroquevilla encore dans son coin.

— Je t'en prie, Katie. Je regrette ! Pardon ! gémit-il, en proie à la panique.

Un moment, elle hésita, penchée sur lui. Comme ce serait bon de le tuer, comme ce serait agréable et légitime… Mais la présence du cadavre de Jonathan qui gisait derrière elle la retint.

Se retournant, elle vit que les portes de l'église étaient grandes ouvertes sur la clarté d'une belle journée d'été qui illuminait l'allée centrale. Du dehors lui parvinrent les cris lointains d'enfants qui jouaient dans le parc. Rien de tout cela ne s'accordait à ce qu'elle voyait ici, à l'intérieur : le corps de Jonathan, Gavin recroquevillé dans son coin.

Nous avons monté l'escalier, songea-t-elle, et ensuite ?

À l'autre bout de l'allée, près des portes, elle vit, étalée par terre, une flaque de ce qui ressemblait à de l'huile. Mais quand elle se fut rapprochée, l'odeur lui frappa les narines. Des myriades de mouches et de moucherons bourdonnaient autour de la mare de sang. Juste à côté, il y avait un objet luisant ;

s'approchant encore, elle vit que c'était un joyau bleu monté sur un collier d'argent.

— Où est Row ? lança-t-elle à Gavin, qui éclata en sanglots.

Folle de rage, elle le rejoignit et le gifla.

— Il est trop tard pour chialer, espèce de petit merdeux. Que sommes-nous censés faire ?

— Je ne sais pas.

Dégoûtée, elle le laissa et ramassa le collier de Row. La chaîne était toute poisseuse de sang, mais elle la nettoya avec la manche de sa chemise, machinalement, en serrant le saphir dans sa main. Row n'aurait jamais dû l'avoir, il se l'était procuré frauduleusement. Ses yeux revinrent au cadavre de Jonathan et elle sentit des larmes couler sur ses joues. Ce n'était pas seulement sur lui qu'elle pleurait, mais sur la Ville et cet immense gâchis. Elle se pencha sur le corps de Jonathan et écarta les cheveux de son front. Toutes ces années passées à le protéger de tout mal, pour en arriver là. Pourtant, profondément, elle était troublée, car sous l'apparence de ce qu'elle constatait ici : Row disparu, Jonathan gisant mort, elle sentait une tout autre issue. Non, ce n'était pas ainsi que l'histoire finissait. Oui, Jonathan était mort, mais elle n'avait jamais vu son corps. Elle s'était enfuie en laissant Row et Gavin au sort qu'on réservait à ceux qui avaient trahi la Ville… mais alors même qu'elle essayait d'y voir plus clair, cette deuxième vision partit en fumée. Elle ne s'était pas enfuie ; elle était encore ici, et le sentiment de responsabilité l'enveloppa soudain comme un manteau.

— Gavin. Debout.

Il leva vers elle un regard craintif. Il n'a que vingt ans, songea Katie. Cet âge qui lui avait paru jadis si éloigné se révélait maintenant insupportablement jeune. Un bref instant, elle faillit presque ressentir de la pitié pour Gavin, et même pour Row, qui était aussi jeune et stupide qu'eux tous. Mais elle n'y céda pas.

— Debout.

Gavin se redressa à contrecœur et Katie se rendit compte qu'il avait d'elle une peur bleue.

— Tu as aidé à détruire cette ville, Gavin.

Les yeux de Gavin voletèrent malgré lui vers le corps de Jonathan, et Katie hocha la tête en devinant ses pensées.

— Pas de place pour les Tear, as-tu dit. Mais je ne suis pas une Tear, ni toi non plus. Pas plus que Lear, Howell, Morgan ou Alan. Vous avez aidé Row à causer la ruine de notre Ville. Dorénavant, vous m'aiderez à la réparer. Compris ?

Gavin acquiesça frénétiquement en portant la main à son front et un instant, Katie crut qu'il allait se signer. Mais sa main retomba, et il resta indécis, comme s'il attendait…

Des ordres, songea Katie avec mépris. Oui, Gavin avait toujours eu besoin que quelqu'un lui dicte sa conduite. Elle termina de nettoyer le collier de Row en crachant dessus pour faire partir le sang séché avec sa salive et le polit jusqu'à ce que le saphir retrouve tout son éclat. Un instant, elle envisagea de le passer à son cou, mais y renonça, sans bien savoir pourquoi ; une sorte de peur instinctive, enfouie en elle il y a longtemps, qui recommandait la prudence et parlait de fantômes…

Après réflexion, elle glissa le saphir dans sa poche. Durant les longues années qui suivraient, Caitlyn Tear penserait souvent à ce collier, et il lui arriverait de le sortir pour le contempler. Une ou deux fois, elle envisagerait même de le mettre à son cou.

Mais elle ne le ferait jamais.

Kelsea se réveilla dans une pièce inondée de soleil.

Ce n'était pas sa chambre du Donjon ; elle n'avait encore jamais vu cet endroit. C'était une pièce aux murs peints en blanc, petite mais bien rangée, avec un bureau, une chaise et deux étagères remplies de livres. La lumière provenait d'une grande fenêtre située au-dessus du bureau. En se tortillant un peu, Kelsea devina qu'elle était couchée dans un lit d'une place.

Ma chambre.

L'idée surgit de nulle part, d'un recoin de son esprit encore endormi.

Kelsea se redressa sur son séant et s'apprêta à se lever. Draps, couvertures, plancher… tout dans cette pièce lui semblait d'une incroyable propreté, elle qui était habituée au Donjon, où chacun avait mieux à faire que nettoyer les traces de boue laissées par les bottes. Qui prenait soin de cet endroit aussi méticuleusement ?

Moi, songea Kelsea. L'idée surgit, dans un éclair de mémoire où elle se revit balayant le sol avec un vieux balai.

Que s'est-il passé ? se demanda-t-elle. Comment cela s'est-il terminé ?

— Kelsea ! Le petit déjeuner est servi ! cria une voix de femme, qui la fit sursauter.

Le son était étouffé, comme si elle appelait d'un étage plus bas.

Maman.

Kelsea se leva du lit, et l'impression de se trouver en un lieu familier gagna du terrain, à mesure que sa sensation d'étrangeté s'atténuait. C'était sa chambre, depuis qu'elle était petite. Avec là-bas la porte de sa penderie, qui était remplie du genre de vêtements qu'elle affectionnait : quelques jolies robes pour les grandes occasions, mais surtout des pantalons et des pulls confortables. C'était son bureau, ses livres. Elle s'attarda devant les étagères, parcourant les titres du regard. Elle en reconnut certains, et quand elle les ouvrit, elle constata avec soulagement que les pages étaient couvertes de lettres : Tolkien, Faulkner, Christie, Morrison, Atwood, Wolfe... mais les éditions étaient différentes et ils étaient en bon état. Visiblement, on en prenait soin.

— Kelsea !

La voix semblait plus proche, et elle jeta un regard paniqué vers la porte close, tandis qu'un grand blanc s'ouvrait dans son esprit.

Je m'appelle Kelsea, se dit-elle pour se rassurer. Au moins, mon nom n'a pas changé.

Elle s'empressa d'aller prendre un pantalon et un pull dans la penderie. Le sol était jonché de cartons vides, et cela lui revint avec un temps de retard. Mais oui ! Elle devait se préparer à déménager… pour aller où ? Dans son esprit tortueux, cette vie-ci se dérobait à son regard. Oui, elle était censée emballer ses vêtements dans des cartons, mais elle avait tardé à le faire, car elle aimait avoir ses affaires à portée de main.

Une fois habillée, Kelsea ouvrit prudemment la porte de sa chambre, comme si des dragons la guettaient de l'autre côté. Elle découvrit un petit couloir avec plusieurs portes fermées puis, devant elle, un escalier. Sur le mur en haut des marches, un miroir en pied était accroché, tout simple, juste une glace avec un cadre en bois. Une odeur d'œufs au plat lui vint aux narines.

— Kelsea Raleigh, vas-tu descendre, oui ou non ? Tu vas être en retard à ton travail !

— Raleigh, murmura-t-elle.

C'était normal. Ici, pas de Glynn, de Barty ni de Carlin, car elle n'avait jamais eu de famille adoptive. Durant toute son enfance, elle avait grandi dans cette maison ; d'ailleurs elle en avait assez, que sa mère la réveille tous les matins et soit toujours au courant de ses faits et gestes. Elle avait beau l'aimer, sa mère la rendait folle. Un endroit à moi : Kelsea en mourait d'envie, et voilà pourquoi elle déménageait.

Elle avança vers l'escalier en ayant toujours l'impression d'être dans un rêve, mais en s'apercevant dans le miroir, elle s'arrêta net.

C'est moi.

Posant une main sur la surface lisse du miroir, elle se scruta d'un œil avide : une jeune fille de dix-neuf ans, avec un visage rond et des yeux verts, l'air plutôt avenant. Un pas en arrière, et elle se découvrit robuste, bien portante. Cette jeune femme-là n'était pas jolie, plutôt quelconque... non, elle n'avait plus rien de commun avec Lily. Pourtant Kelsea aurait pu la contempler sans se lasser durant une éternité.

C'est moi. C'est mon visage.

— Kelsea !

Après un dernier coup d'œil à son reflet, elle rejoignit l'escalier.

Le bas de l'escalier donnait directement sur une salle à manger. Le couvert était mis : au lieu d'une vaisselle rustique en grès, c'étaient de jolies tasses et soucoupes en porcelaine bleue et blanche.

— Ah, te voilà enfin !

Se retournant, elle vit Elyssa Raleigh, debout dans une kitchenette attenante à la salle à manger. Elle tenait d'une main une spatule, de l'autre une assiette, et semblait exténuée.

— Tiens, ton petit déjeuner ! lui dit-elle en lui fourrant l'assiette dans la main. Je n'ai pas le temps, ce matin ! Je dois aller chez Mme Clement. Sa fille se marie, et elle a choisi un modèle de robe d'un ridicule...

Kelsea prit l'assiette en sentant une autre pièce d'information s'intégrer au puzzle : sa mère était couturière.

— Dépêche-toi un peu ! Toi aussi, tu vas être en retard ! dit sa mère en la poussant vers la table, et Kelsea s'assit.

Elle était là sans être là, dérivant telle une barque sans attache. Personne n'aurait reconnu la Reine Elyssa… car il n'y avait pas de Reine Elyssa, il n'y en avait jamais eu. Kelsea n'avait pas le moindre appétit ; elle ne pouvait que regarder sa mère qui s'affairait dans la cuisine en disparaissant de temps à autre par une porte ouverte dont Kelsea savait qu'elle menait au cellier.

Une couturière, lui murmura son esprit. Cela, Kelsea pouvait l'accepter, mais elle sentait tout le reste, le monde au-delà de cette maison, planer au-dessus d'elle comme un vaste inconnu. Qui était son père ?

— Bon, il faut que je me sauve, lui dit sa mère. Fais-moi un bisou.

Kelsea leva les yeux vers elle, sidérée. Comme si j'allais embrasser ce monstre d'égoïsme…, songea-t-elle avec colère, mais soudain, complètement perdue, elle sentit un gouffre s'ouvrir en elle, entre le monde qu'elle avait toujours connu et cette cuisine. Oui, la Reine Elyssa avait causé la ruine du Tearling, mais cette femme n'était pas la Reine Elyssa. Peut-être était-elle également un peu vaine et superficielle ; Kelsea sentait que c'était depuis longtemps un point de friction, entre elles. Mais elle n'avait entraîné aucun royaume à sa perte.

— Kelsea ? demanda sa mère en fronçant les sourcils, et Kelsea devina que ses réticences avaient dû transparaître sur son visage. Je sais que tu as hâte de déménager, Kel. Moi aussi, à ton âge, j'avais soif d'indépendance. Mais tu vas me manquer. Alors, puis-je avoir droit à un petit bisou ?

Kelsea la scruta en essayant, sinon de repousser le passé, du moins de conclure une trêve avec lui. Elle n'avait jamais été quelqu'un d'indulgent ; entre la colère et le ressentiment, il n'y avait qu'un pas. Mais elle avait toujours eu soif de justice, et son besoin d'équité lui disait que sa mère ne représentait un danger pour personne. Pouvait-elle la tenir responsable de cette autre vie, alors que dans celle-ci, Elyssa ne s'occupait que de couture ?

Avec raideur, en se forçant, Kelsea se leva pour embrasser sa mère. Sa mère, qu'elle connaissait si bien… et pourtant si peu. En l'étreignant, elle huma une odeur légèrement citronnée.

— Passe une bonne journée, trésor, lui dit Elyssa avant de quitter la cuisine en hâte, laissant Kelsea devant son assiette pleine.

L'horloge accrochée au-dessus de l'évier sonna 9 heures. Or elle devait être au travail à 9 h 30.

— Mais où est-ce que je travaille ? demanda-t-elle au vide qui l'entourait.

Impossible de s'en souvenir. Pourtant elle connaissait le trajet.

Une fois dans la rue, Kelsea éprouva le besoin de s'arrêter un instant pour faire une pause.

D'abord, les maisons. Elles étaient si… coquettes, repeintes de frais et regroupées sur le flanc de la colline au-dessus, telle une forêt non pas d'arbres, mais de coupoles blanches et de pignons. Aucune barrière ni clôture ne les enfermait. Dans les jardins, il y avait de-ci de-là de grands chênes majestueux et des parterres de fleurs, mais l'espace était commun et partagé. Et il y avait aussi quelque chose que Kelsea n'avait vu qu'à travers les yeux de Lily, dans les quartiers faussement accueillants du New Canaan prétraversien : des boîtes aux lettres, une devant chaque maison.

Sidérée, presque étourdie, Kelsea descendit l'allée de leur maison jusqu'à la rue en passant devant leur propre boîte aux lettres, jaune vif, avec le numéro 413 peint en rouge. La rue était animée, il y passait des charrettes tirées par des chevaux, et les piétons les longeaient en marchant d'un air pressé ; manifestement, eux aussi se rendaient à leur travail. Tout semblait propre et prospère, mais cela lui fit de nouveau penser à New Canaan. Tout ce qu'elle voyait était bel et bon, mais était-ce réel ?

Sans réfléchir, elle tourna à droite et remonta la rue d'un pas vif comme les autres passants, suivant le trajet qu'elle prenait chaque matin pour aller travailler, mais ses yeux furetaient de toutes parts, en quête de réponses. C'était comme si quelque chose d'essentiel lui échappait, quelque chose de si élémentaire que son esprit refusait de l'admettre…

Elle avait parcouru plus de sept cents mètres quand enfin l'idée se fit jour dans son esprit. Elle avait croisé toutes sortes de gens dans cette rue : ouvriers en bleus de travail chargés d'outils, hommes et femmes bien habillés, sans doute des employés de bureau, livreurs transportant dans leurs chariots toutes sortes de denrées dans des sacs en toile de jute… mais nulle part elle n'avait vu luire la moindre arme ni armure. Il n'y avait pas d'épées, pas de couteaux… Pas d'acier.

Qu'avons-nous fait ?

Guidée par ses pieds qui l'entraînaient comme doués d'une volonté propre, Kelsea suivit la route jusqu'au bout, puis tourna à gauche sur une large voie qu'elle reconnut comme étant le Grand Boulevard. Il était bordé par les mêmes boutiques aux auvents colorés : modistes, chapeliers, pharmaciens, chausseurs, épiciers… mais là encore, quelque chose dénotait, une différence si fondamentale qu'au début, Kelsea ne put l'identifier. Elle continua à avancer machinalement, la tête ailleurs. Jetant un coup d'œil sur sa droite, elle s'arrêta net.

Cette vitrine-là était remplie de livres.

Quelqu'un la bouscula, et un instant, Kelsea perdit l'équilibre, mais un homme la rattrapa par le bras.

— Excusez-moi, lui jeta-t-il par-dessus son épaule en s'éloignant en hâte. Je suis en retard !

Kelsea hocha la tête, un peu hébétée, puis revint à la vitrine.

Les livres étaient disposés avec élégance sur plusieurs supports formant comme une pyramide. Kelsea en reconnut certains, mais il y en avait beaucoup d'autres dont elle n'avait jamais entendu parler, et qu'elle n'avait jamais vus sur les étagères de Carlin. Or, au-dessus du présentoir, un panneau indiquait simplement : Classiques.

Kelsea recula d'un pas en s'efforçant d'éviter le flux des gens qui allaient au travail, et elle repéra alors une enseigne suspendue sous l'auvent qui recouvrait la boutique, avec le mot *Librairie* écrit en joli lettrage.

La boutique était fermée et encore assombrie. Kelsea essaya de scruter à l'intérieur à travers la porte vitrée, mais elle discerna très peu de choses, car la vitre était en verre trempé, conçu pour bloquer la lumière. Elle avait vu ce verre à Mortmesne, dans les appartements de la Reine rouge, mais il n'y en avait jamais eu dans le Tearling. Kelsea retourna contempler les livres exposés en vitrine. En fait, c'était sa librairie préférée, celle où elle aimait venir flâner le samedi après-midi. D'ailleurs presque tous les livres qui se trouvaient à la maison avaient été achetés ici.

Une horloge sonna à quelques rues de là. Bon sang, il était déjà 9 h 30. Elle serait en retard au travail, et malgré la fascination qu'exerçait sur elle cet endroit, un vieux réflexe instinctif la remit en marche, car en temps normal, elle n'était jamais en retard. Elle remonta le boulevard à la hâte en coinçant contre elle sa sacoche pour qu'elle ne rebondisse pas contre sa hanche, comme elle l'avait toujours fait depuis qu'elle avait eu son bac à l'âge de dix-sept ans…

— Grands Dieux, murmura-t-elle.

Elle se trouvait à présent au milieu du Grand Boulevard, avec en contrebas plus d'un kilomètre et demi de route. Elle était venue ici même, le premier jour où Massue et elle étaient arrivés à la cité, et elle se rappelait maintenant comme le Donjon les dominait, titanesque, avec sa longue ombre projetée sur le boulevard.

Sauf qu'il n'y avait pas de Donjon.

Kelsea scruta la route un long moment avant de vraiment en prendre la mesure. Là où aurait dû se trouver l'ombre du Donjon, il n'y avait rien, juste les contours lointains d'autres bâtiments, à l'endroit où le boulevard passait le sommet de la colline. Alors Kelsea tourna la tête vers la droite, cherchant machinalement l'autre immense édifice qui dominait les toits de New London. L'Arvath non plus n'était pas là.

Elle contempla longtemps l'horizon dégagé.

— Carlin, tu vois ça ? murmura-t-elle, et un sentiment diffus vint le lui confirmer. Oui, Carlin le voyait.

Kelsea reprit sa marche en essayant d'imaginer ce que cela signifiait. Pas de Donjon, pas d'Arvath... Mais alors, qui dirigeait cette ville ? Elle eut beau se creuser la cervelle, rien ne vint. Il lui faudrait remplir tous ces blancs peu à peu, au fil de ses découvertes.

— D'accord, marmonna-t-elle.

Ses pas lui firent quitter le boulevard pour l'emmener sur la droite, dans une ruelle qui aurait dû se trouver à la lisière du Gut. Mais un seul coup d'œil lui suffit pour constater que le Gut aussi avait changé. Le dédale de maisons décrépites et de cheminées fumantes était maintenant un quartier commerçant prospère. Il y avait des plaques de cuivre à l'extérieur des portes, indiquant les divers cabinets et services : comptables, dentistes, médecin, avocats.

Qu'avons-nous fait ? lui répéta son esprit, avec à présent la voix de Katie, exigeant des réponses, une vision d'ensemble de ce monde-ci. Mais Kelsea avait la conviction qu'en la demeure, il lui fallait être très circonspecte. Après tout, Demesne avait aussi l'apparence d'une cité agréable et prospère, vue de loin.

Voilà, je suis arrivée.

Levant les yeux, Kelsea contempla l'immeuble en brique de plusieurs étages. Chaque niveau avait beaucoup de fenêtres, une abondance de vitrages qui lui semblait toujours aussi insolite, et on accédait à l'entrée du bâtiment par de larges marches, conçues pour de nombreux visiteurs. Baissant les yeux, elle découvrit un autre panneau, fixé au sol par des boulons :

Bibliothèque municipale de New London

Longtemps, elle contempla ce panneau, jusqu'à ce que l'horloge sonne un quart d'heure de plus. Cette fois, elle était en retard pour de bon. Elle monta les marches en pierre, ouvrit une porte vitrée, et se retrouva dans une grande salle sombre et fraîche, dont les fenêtres devaient également être en verre trempé pour protéger les lieux de la chaleur. Partout il y avait des rayons et des rayons de livres… C'était sans doute ce qu'elle avait vu de plus extraordinaire aujourd'hui, pourtant sa capacité d'émerveillement s'était épuisée. Elle aimait cette bibliothèque, mais c'était aussi son lieu de travail.

Après avoir dépassé le bureau d'accueil désert, car la bibliothèque n'ouvrait qu'à 10 heures, elle descendit dans le labyrinthe de bureaux situé au sous-sol. Ses collègues la saluèrent à son passage et Kelsea leur répondit ; elle connaissait chacun par son nom, mais n'avait pas envie de leur parler. Elle voulait juste aller s'asseoir à son bureau et soudain, cela lui revint : une tache colossale l'attendait, car un vieux monsieur fortuné était mort en léguant tous ses livres à la bibliothèque, et il fallait tout nettoyer et classer. Une occupation qu'elle trouvait plutôt apaisante.

— Kelsea !

Se retournant, elle tomba sur Carlin, debout derrière elle. Je rêve encore, se dit-elle perplexe, en constatant que Carlin portait la même paire de lunettes qu'à la chaumière, mais l'expression de vif reproche sur son visage lui était par trop familière.

— Vous êtes en retard, lui dit Carlin d'un ton peu amène, sous-entendant qu'il eut mieux valu pour Kelsea être morte.

— Veuillez m'en excuser.

— Eh bien, c'est la première fois. Mais que ce soit la dernière. Compris ?

— Compris.

Carlin disparut dans le bureau le plus proche en refermant la porte derrière elle, et Kelsea ne fut guère surprise de voir sur cette porte une plaque indiquant : Carlin Glynn, Bibliothécaire en chef. Elle continua d'avancer dans le couloir d'un pas hésitant, songeuse. Serais-je devenue folle ? Et si c'était juste une autre fugue, une autre réalité se déroulant quelque part en marge du Tearling que je connais ?

Et si ce n'était pas du tout ça ?

Elle fit halte au milieu du couloir, arrêtée par cette pensée. Serait-ce possible ? Toutes les trois, Kelsea, Lily et Katie, auraient-elles réussi à saisir passé, présent et futur pour les rassembler en ces lieux ?

Le rêve le plus vieux de l'humanité, songea Kelsea, et dans les profondeurs de son esprit, elle entendit la voix de Tear, William Tear, qui avait vu ces lieux dans des visions, bien avant que quiconque sache même que le Tearling pouvait devenir réalité.

Pas d'armes, pas de surveillance, pas de drogues, pas de dettes, et la cupidité n'a de prise sur rien ni sur personne.

Serait-ce ici ? L'idée semblait impossible à Kelsea, pour qui même de petites victoires avaient toujours un prix à payer. En admettant que le monde devant ses yeux ne fût pas un rêve, mais une réalité, il y avait forcément un revers de la médaille, quelque chose qui dévaloriserait tout ce qu'elle avait vu. Tout cela avait fatalement un coût.

Elle arriva devant son bureau, « Kelsea Raleigh, assistante-bibliothécaire », et lorsqu'elle ouvrit la porte, elle trouva le mur du fond couvert de livres du haut en bas : vieux, neufs, toutes sortes de livres. Alors Kelsea se détendit pour la première fois. Elle avait vu plus de livres aujourd'hui que durant toute sa vie dans le Tearling, et un monde où tant de livres étaient accessibles à tous ne devait pas être si mal. Pourtant, un petit pincement funeste d'appréhension la poussa à extraire un volume usé de l'une des piles pour l'ouvrir en grand. En voyant les pages couvertes de mots, elle poussa un soupir de soulagement. Tout ce qu'elle avait vu autour d'elle aujourd'hui disait qu'elle avait réussi à accomplir pour son petit royaume plus qu'elle aurait jamais osé l'espérer. Même Carlin aurait été fière, si seulement elle l'avait su, mais Kelsea n'avait plus besoin de son approbation. Le Tearling était sauf, et Kelsea pouvait s'estimer satisfaite. Un moment, elle se laissa aller à goûter à ce contentement.

À mesure que Kelsea découvrait le nouveau Tearling, elle l'appréciait de plus en plus. Peut-être n'était-ce pas le rêve inaccessible de William Tear, car il y avait encore de subtils degrés quant au niveau de vie des gens, et la nature humaine rendait les conflits personnels inévitables, mais la communauté était extraordinairement ouverte, sans rien de la corruption qui avait rongé le Tearling ou ses pays voisins. Apparemment, il n'y avait pas de trafic de drogues, d'êtres humains, ni d'aucune autre sorte. Si quelqu'un désirait porter une arme, aucune loi ne s'y opposait, mais Kelsea n'avait pas même vu un couteau, à part dans les boucheries, et la violence semblait se limiter à quelques bagarres occasionnelles, entre fêtards qui avaient bu un coup de trop.

Décidément les livres étaient partout, et six journaux différents paraissaient pour la seule cité. Il n'y avait pas de sans-logis. Certains étaient plus aisés que d'autres, les médecins en particulier, mais chacun était nourri, logé, blanchi, soigné. D'ailleurs Kelsea n'entendait personne ronchonner ni récriminer, choses si courantes durant les dernières années de la Ville. Cette base minimale garantie à chacun était au cœur du rêve de William Tear, c'était ce principe moteur qui les avait tous poussés à embarquer sur les vaisseaux, et ici, il ronronnait au sein même de la communauté, comme un élément incontesté, allant de soi.

New London n'était pas la seule cité dans ce cas ; le prototype de William Tear avait fait des petits, et l'on trouvait à travers tout le Nouveau Monde des villes gouvernées avec souplesse par un parlement qui se réunissait peu souvent. Il n'y avait pas de Mortmesne, pas de Cadare. Ici, une Evelyn Raleigh n'aurait jamais pu devenir la Reine rouge.

Les jours qui suivirent, Kelsea visita le Parlement, qui était situé non loin de l'ancien site de l'Arvath, puis l'Université de New London, où elle avait obtenu il n'y a pas si longtemps son diplôme et, pour finir, le plus étonnant : le musée Tear, qui comptait deux salles d'exposition ouvertes au public et se trouvait non loin du vieux quartier des entrepôts. Là, Kelsea écouta un guide conter avec enthousiasme aux visiteurs l'histoire de la Traversée ; il leur parla de William Tear, qui avait guidé son peuple sur l'océan, de Jonathan Tear, assassiné par un certain Row Finn, lui-même exécuté ensuite par les gardes de Jonathan Tear, ce qui avait mis un terme à la rébellion qu'il avait fomentée.

Kelsea n'écoutait qu'à moitié. Sur le mur de la première salle, une série de portraits était accrochée, dont elle reconnut la plupart : William Tear gardant la pose bien à contrecœur, l'air contraint et forcé ; Lily avec son arc, regardant en arrière alors que le futur était encore grand ouvert devant elle ; et Jonathan Tear, impassible, mais pas tout à fait, car on décelait une lueur d'inquiétude dans ses yeux noirs. Seul le dernier portrait était nouveau pour Kelsea, et elle se retira un peu du groupe pour le contempler longtemps, pendant que le guide continuait ses commentaires en un flot ininterrompu.

— Caitlyn Tear, qui fut la première et l'unique Reine du Tearling ! Elle gouverna durant une très longue période, jusqu'à l'âge de soixante-dix-sept ans.

Le portrait n'était pas celui que Kelsea avait vu dans le Donjon, et il ne lui ressemblait en rien. Cette Caitlyn Tear était plus âgée, marquée, la bouche crispée. Elle avait toujours de longs cheveux brillants, lâchés dans le dos, mais ne portait pas de couronne. Une femme sévère, qui ne devait pas avoir le rire facile, songea Kelsea.

— La Reine Caitlyn aida à rédiger la constitution Tear, et beaucoup de nos lois actuelles datent de son règne. Il lui fallut plus de cinquante ans pour concevoir, puis construire le parlement Tear, et à l'âge de soixante-dix-sept ans, elle finit par remettre son autorité au Parlement et renonça au trône. Depuis, le Tearling n'a plus jamais connu de monarque !

Kelsea accueillit tranquillement ces informations ; certes ce n'était pas la fin qu'elle avait prévue, mais avec le recul, elle semblait tout à fait logique. Une constitution et un parlement… le mariage de ce qu'il y avait de mieux dans l'Angleterre et l'Amérique prétraversiennes. Katie l'ignorait peut-être, mais Lear devait le savoir, lui qui était étudiant en histoire. Gavin, Howell, Lear, Alain et Morgan… Katie avait dû recourir à leurs talents respectifs. Et cette idée plut à Kelsea : ces cinq-là avaient passé les soixante années suivantes à racheter leurs crimes, condamnés non pas à errer pour l'éternité, mais à consacrer une seule et unique vie à réparer leurs fautes. Cela semblait juste.

— Ses joyaux sont toujours ici ! claironna le guide en indiquant une vitrine qui faisait la longueur de la salle.

En regardant par-dessus son épaule, Kelsea vit les deux pendentifs, couchés sur un tapis de velours violet. Une impression d'irréalité la submergea, et elle dut s'agripper au bord de la vitrine un moment avant de reculer.

Une fois la visite terminée, Kelsea suivit le guide hors de la salle en jetant des coups d'œil inquiets vers les saphirs qui étincelaient à la lumière du soleil, mais c'était trop tard. Quelque part en elle, une alarme s'était déclenchée, celle qu'elle avait ressentie ce premier matin dans la bibliothèque. Durant sa longue histoire avec ces joyaux, ils avaient toujours été à double tranchant, et même s'ils ne lui appartenaient plus, ils lui rappelaient avec insistance que rien n'était facile. Il y avait toujours un prix à payer, et pour la première fois depuis bien des jours, Kelsea songea à Massue, à sa Garde. Existaient-ils quelque part ? Certains n'étaient peut-être même pas nés ; elle avait capté assez du discours de Simon sur l'effet papillon pour le comprendre. Mais puisque Carlin existait, peut-être que certains de ses gardes existaient aussi. Massue, Pen, Elston, Coryn et Kibb… elle aurait donné n'importe quoi pour les revoir.

Pourrait-elle seulement les retrouver ? Quand elle sortit en clignant des yeux au soleil et contempla l'horizon ouvert de la cité, Kelsea se sentit découragée. Cette New London était si vaste, et il n'y avait rien qui ressemblât de près ou de loin à une Garde royale. Ici, on n'accordait aucune valeur au maniement de l'épée. Ses gardes étaient sans doute fondus dans la masse, sans rien qui les distingue du commun des mortels.

Néanmoins, comment pourrait-elle ne pas essayer ? Une chose extraordinaire était advenue, un schisme dans le continuum temporel du monde, et Kelsea prit soudain conscience de ce qui lui manquait, profondément : elle aurait tant voulu parler avec l'un de ceux qui étaient là-bas, avec elle. Puisqu'elle se souvenait encore du passé, d'autres devaient sûrement s'en souvenir aussi. Ils ne croiraient peut-être pas ce qu'elle leur dirait sur Katie, Row et tout le reste, mais ils pourraient au moins parler du Donjon, de l'ancien temps, du monde qu'ils avaient tous connu.

Deux jours plus tard, elle vit Pen.

Elle était chez l'épicier pour acheter du raisin, même si c'était un peu tôt pour la saison, quand elle le vit passer devant la vitrine. Avec un coup au cœur, elle se précipita dans la rue en criant son nom.

Il ne se retourna pas. Il portait un sac à dos en cuir en bandoulière, et Kelsea suivit le sac à travers la foule en l'appelant, mais il ne semblait pas l'entendre, au point qu'elle se demanda encore si elle était folle, si tout ceci n'était qu'un interminable rêve, plus criant de vérité que n'importe quel autre. Elle finit par le rattraper et lui saisit l'épaule.

— Pen !

Il se retourna et la considéra en semblant ne pas du tout la reconnaître.

— Pardon ? Vous devez faire erreur. Je m'appelle Andrew. Vous avez dû me confondre avec quelqu'un d'autre.

Kelsea le scruta. Non, pas d'erreur, c'était bien Pen, dans les moindres détails.

— Je vous souhaite une bonne journée, lui dit-il en lui tapotant l'épaule, puis il lui tourna le dos et s'éloigna.

Kelsea le suivit. Elle n'était pas assez idiote pour l'aborder de nouveau, mais pas question de le laisser disparaître, alors qu'elle l'avait retrouvé. En gardant ses distances, elle le fila à travers plusieurs rues, et il finit par bifurquer pour gagner une maisonnette en pierre située en retrait. Comme il montait le perron, la porte s'ouvrit, et une jolie jeune femme blonde apparut sur le seuil, avec un bébé calé sur la hanche. Pen l'embrassa, ils rentrèrent et fermèrent la porte.

Le cœur en berne, Kelsea resta un long moment à fixer la maison de Pen. Jamais elle ne s'était sentie aussi seule de toute sa vie, pas même à la chaumière, avec Barty et Carlin. Au moins, Barty l'aimait. Peut-être Carlin aussi, à sa façon. Mais pour Pen, elle était une parfaite inconnue. Et voilà qu'une horrible pensée la traversa : s'il en était ainsi de toute sa Garde ? Si les gens qui l'avaient aimée, avaient combattu à ses côtés, veillé sur elle la voyaient tous comme une étrangère ? Elle avait toujours dit à Massue qu'elle était prête à tout sacrifier pour son royaume, mais c'était là un prix à payer qu'elle n'avait jamais envisagé : une complète solitude.

Enfin, elle s'obligea à s'éloigner de la maison de Pen pour rentrer chez elle. Ces temps derniers, elle avait été très occupée à préparer son déménagement pour s'installer dans un petit appartement près de la bibliothèque. Ce serait son premier endroit à elle, et elle s'en était fait une joie à l'avance… mais voilà que cet enthousiasme retombait et qu'elle le trouvait soudain dérisoire, fallacieux, aussi trompeur qu'un mirage. Un moment, elle regretta même de ne pas être morte dans le Donjon ; au moins, elle les aurait tous eus autour d'elle. Ils auraient été ensemble.

Elle se rendit encore deux fois au musée Tear, pour contempler les deux saphirs dans leur vitrine. Malgré la vitre, ses doigts la démangeaient de s'en saisir, prendre les joyaux et tout rechanger, quitte à causer la ruine du royaume, pourvu qu'elle retrouve sa vie d'antan, avec sa famille autour d'elle…

Elle ne retourna pas une quatrième fois au Musée, mais qu'importe. Le mal était fait.

Au cours des semaines suivantes, sans intention précise, Kelsea se mit à demander à ses collègues de travail s'ils avaient jamais rencontré un certain Christian. Contrairement à ce qu'elle aurait cru, ce n'était pas un prénom courant ; les églises étaient peu nombreuses à New London, et ce prénom semblait passablement démodé, même parmi les pratiquants. Pourquoi se mettre ainsi en quête de Massue ? Même si elle le trouvait, l'horrible scène qui l'avait confrontée à Pen se répéterait sans doute. Pourtant il fallait qu'elle sache. Impossible d'en rester là.

Il s'avéra que même en cette nouvelle New London, Massue avait une silhouette bien reconnaissable. Après de rapides investigations, Kelsea découvrit qu'un certain Christian McAvoy était le chef de la police locale. Il mesurait plus d'un mètre quatre-vingt-dix, et on le considérait généralement comme un excellent officier de police, sévère mais juste. Mieux valait ne jamais lui mentir, car il vous perçait immanquablement à jour.

Durant deux semaines, Kelsea lambina. Certes elle avait envie de le voir, mais le redoutait aussi. Enfin, elle se décida.

À la pause déjeuner, elle prit un fiacre pour traverser la ville. Elle n'aborderait pas Massue et se contenterait de le voir. Cela lui ferait du bien, de savoir qu'il existait vraiment, que lui, comme Pen, menait ici une existence heureuse, un peu grâce à elle. Kelsea n'avait pas envie de perturber sa vie.

Mais le moment venu, quand il sortit du commissariat et regarda à travers elle comme si elle n'existait pas, Kelsea sut qu'elle avait commis une terrible erreur. Elle se trouvait de l'autre côté de la rue, sur les marches du bâtiment situé juste en face du commissariat. Les jambes flageolantes, elle s'effondra et enfouit sa tête dans ses mains, tandis que Massue s'éloignait dans la rue d'un pas vif.

Je me souviens d'eux tous. Je me souviens d'eux tous, mais ils ne se souviennent pas de moi et jamais ils ne s'en souviendront.

L'idée était si désespérante que Kelsea se mit à pleurer. Elle avait conclu un marché et accompli de grandes choses, qui comptaient bien plus que la vie d'une seule personne. Son royaume jouissait maintenant d'une économie florissante, ainsi que d'une complète liberté d'information et de circulation. Le Tearling avait des lois, des lois codifiées, et un système judiciaire pour les appliquer. L'Église était séparée de l'État. Le royaume était doté non seulement de librairies, mais d'écoles et d'universités. Chaque travailleur gagnait correctement sa vie. Les gens élevaient leurs enfants sans jamais lever la main sur eux. C'était un bon pays, et Kelsea avait dû effectivement tout lui sacrifier. Elle se revit soudain hurlant au Fetch qu'il avait mérité son sort : voir tous ceux qu'il connaissait et aimait mourir autour de lui. Elle n'avait pas su, pas compris. Sanglotant de plus belle, éperdue de chagrin, elle ne sentit pas qu'on posait doucement une main sur son dos.

— Ça ne va pas, mon enfant ?

Kelsea essuya ses larmes, leva les yeux, et découvrit le Père Tyler.

— Ne vous en faites pas, la rassura-t-il en se méprenant sur son air effaré. La maison de Dieu est ouverte à tous, surtout à ceux qui sont dans la peine.

— La maison de Dieu, murmura Kelsea.

Elle n'avait même pas remarqué la petite croix, sur le toit de l'édifice derrière elle. C'était bien le Père Tyler, mais si elle reconnaissait ses traits, il ne ressemblait guère à celui de l'Arvath, émacié, timide, craintif même. Ce Père-là n'avait rien d'un ascète.

— Aimeriez-vous entrer ? lui proposa-t-il. Ne serait-ce que quelques minutes, pour vous protéger un peu du soleil ?

Kelsea en avait envie, mais ce serait plus qu'elle ne pourrait supporter. Car le Père Tyler la traitait aussi en étrangère…

— La maison de Dieu n'est pas pour moi, Père, répondit-elle avec lassitude. Je ne suis pas croyante.

— Et moi je ne suis pas Père, lui répondit-il en souriant. Je suis juste frère. Frère Tyler. Ceci est mon église.

— Comment s'appelle votre église ?

— Elle n'a pas de nom, répondit-il. Les paroissiens viennent quand bon leur semble. Je donne des sermons les dimanches. Parfois nous sortons et faisons de bonnes œuvres.

— Grand bien vous fasse, lui répondit-elle, peu charitablement.

Elle aurait tout donné pour voir le Père Tyler, mais elle n'avait droit qu'à Frère Tyler, un homme de Dieu souriant qui ne la connaissait ni d'Ève ni d'Adam.

— Qui pleurez-vous ? demanda-t-il.

— Peu importe.

— Mais si, voyons, dit-il.

Il s'assit à côté d'elle en entourant ses genoux de ses bras. Manifestement, ce Tyler-là ne souffrait plus d'arthrite. Le Tearling ne manquait plus de médecins. Il y avait même un hôpital en centre-ville.

— Avez-vous perdu un proche, un être cher ?

Un petit rire échappa à Kelsea, car d'une certaine façon, c'était pire que de perdre quelqu'un. Autour d'elle, tout le monde vaquait à ses occupations, heureux et insouciant, tandis qu'elle était tombée dans l'oubli. Comment imaginer plus grande solitude ?

— Dites-moi, Père, dit-elle, incapable de l'appeler Frère, avez-vous déjà rencontré quelqu'un qui avait perdu sa vie entière ?

— Oui, mais jamais quelqu'un d'aussi jeune que vous. Ce qui en fait une tragédie.

— Que voulez-vous dire ?

— Quel âge avez-vous, mon enfant ? Dix-huit, dix-neuf ans ?

— Dix-neuf.

— Eh bien, voilà. Vous êtes une jeune femme en bonne santé… car vous l'êtes, n'est-ce pas ?

Kelsea acquiesça.

— Une jeune femme en bonne santé, avec sa vie devant elle, et pourtant vous êtes assise là, à pleurer sur le passé.

Ma vie, je l'ai déjà vécue, eut envie de rétorquer Kelsea, mais elle s'en abstint. Elle n'avait accablé ni Pen ni Massue d'un passé qu'ils ne pouvaient connaître ; elle n'en chargerait pas non plus le Père Tyler.

— Le passé est partout présent, il donne sa couleur au monde, lui dit-elle. Un homme de Dieu comme vous, historien de surcroît, doit sûrement le savoir.

— Comment savez-vous que je m'intéresse à l'histoire ?

— Une intuition, répondit sombrement Kelsea.

Elle n'était guère d'humeur à jouer au plus fin en faisant mine de ne pas connaître un homme qu'elle avait tant fréquenté.

— Il faut que j'y aille, Père, dit-elle en remettant son sac sur l'épaule.

— Juste un moment, mon enfant, dit-il en l'enveloppant d'un regard bienveillant. Vous dites avoir tout perdu.

— Oui.

— Alors regardez autour de vous, ajouta-t-il en déployant son bras. Vous devriez sûrement trouver quelque chose de nouveau qui vous tienne à cœur.

Kelsea cligna des yeux, effarée par tant d'optimisme. Exiger d'elle une telle faculté de récupération et d'adaptation, c'était trop lui demander.

— C'est un bon conseil, Père, finit-elle par répondre. Mais il vaut pour quelqu'un d'autre. Je vous remercie de m'avoir permis de me reposer ici un moment.

— Je vous en prie, mon enfant. Vous êtes la bienvenue. Revenez quand vous voudrez, dit-il en désignant le bâtiment derrière lui.

— Merci.

Mais Kelsea savait qu'elle ne reviendrait pas, et elle ne regarda pas en arrière en descendant les marches de l'église. Elle était toujours en proie à une sorte de vertige, comme si le sol n'était pas stable sous ses pieds et pouvait se dérober à tout moment.

Toutes ces choses disparues… où sont-elles passées ? Sont-elles toujours là, quelque part ?

Elle n'aurait pas dû venir au commissariat, alors qu'elle savait d'avance que cela ne lui apporterait que du chagrin. Même Massue était perdu pour elle, à présent.

Vous trouverez sûrement quelque chose de nouveau qui vous tienne à cœur.

Mais quoi ? Elle avait déjà achevé la grande œuvre de sa vie. Elle avait sauvé le Tearling, et désormais, elle n'était plus reine, juste une jeune femme quelconque. Il n'y avait plus d'actions d'éclat à accomplir. Que pourrait-elle bien faire en tant que Kelsea Raleigh ? Oui, elle aimait son emploi à la bibliothèque ; elle aimait son petit appartement. Cela suffirait-il à la combler ? Comment sa vie pourrait-elle ne pas lui paraître vide et vaine, après avoir vu des royaumes se faire et se défaire ?

Il y a aussi de bons côtés, lui fit sèchement remarquer en son esprit une voix que Kelsea reconnut comme étant celle d'Andalie. Personne ne cherche plus à vous tuer, n'est-ce pas ? Et vous-même, vous n'avez tué personne. Vous n'avez été cruelle envers personne.

C'était vrai. La Reine de Pique, cette ombre vengeresse qui avait assombri le règne de Kelsea dès son accession au trône, avait disparu, enfouie dans un lointain passé. Kelsea sentait son absence comme une écharde qu'on lui aurait retirée, et elle avait l'intime conviction que la Reine de Pique ne viendrait plus jamais la troubler.

Oui, c'était toujours ça de gagné… pourtant Kelsea ne se fiait pas à son propre jugement. Le passé restait encore en travers de sa route, tel un obstacle lui masquant l'avenir.

Au croisement du Grand Boulevard, nommé en ce monde-ci l'avenue de la Reine Caitlyn, Kelsea descendit du fiacre et regagna lentement la bibliothèque. Regardant l'heure à sa montre, elle fut soulagée de constater qu'il lui restait du temps. Elle n'avait pas été en retard depuis ce premier matin, et grâce au ciel, Carlin avait cessé de vérifier l'heure à sa montre quand Kelsea franchissait le seuil. Décidément, Carlin n'avait pas changé le moins du monde ; Kelsea désirait toujours ardemment son approbation, mais elle savait qu'il lui faudrait la gagner pied à pied, tout comme autrefois. Sentant ses yeux la piquer de nouveau, elle accéléra le pas. Mais les paroles du Père Tyler résonnaient dans sa tête.

Vous avez la vie devant vous.

Au diable cette idée. Lâcher un passé irrécupérable pour tenter de saisir un futur… cela exigeait du courage, bien plus qu'elle n'en avait. Le passé faisait trop partie d'elle.

Vous avez du cran, Petite Reine, murmura Arliss dans sa tête.

C'était vrai ; elle avait toujours eu du cran. Mais voilà ce qu'il lui aurait fallu : une bonne commotion cérébrale, qui la rende amnésique. Comment tout oublier et repartir à zéro ici, dans cette vie normale ?

Elle remonta l'allée menant à la bibliothèque en se rendant compte qu'elle pleurait de nouveau. Et je n'ai même pas de mouchoir, constata-t-elle pitoyablement après avoir fouillé dans son sac.

Mais le pire était à venir : Carlin était assise dans l'un des fauteuils disposés sur le perron de la bibliothèque. Elle aimait prendre son déjeuner dehors quand le temps le permettait, et donc, le reste de l'équipe évitait généralement de l'y croiser. Kelsea accéléra le pas pour la dépasser le plus rapidement possible.

— Kelsea?

En maudissant le ciel, Kelsea se retourna.

— Que vous est-il arrivé ? demanda Carlin.

— Rien, répondit Kelsea en baissant la tête.

Et si c'était vrai ? songea-t-elle soudain. En fait, il ne s'était rien passé, sinon à l'intérieur de sa tête... pourrait-elle jamais l'accepter ? Elle essuya ses larmes, puis tressaillit en sentant la main de Carlin sur son épaule.

De tous les étranges moments que Kelsea avait traversés durant les dernières semaines, ce fut peut-être le plus troublant. Il n'y avait jamais eu de tendresse en Carlin ; elle n'acceptait aucun contact physique, sauf pour punir. Et voilà que la main sur l'épaule de Kelsea était douce, et quand elle leva les yeux, elle vit que le visage austère de Carlin la considérait avec bienveillance. Stupéfaite, Kelsea se rendit compte soudain que dans ce nouveau Tearling, tout pouvait être différent. Même Carlin Glynn pouvait changer, devenir quelqu'un d'autre.

— Kelsea ?

Ravalant ses larmes, Kelsea inspira profondément et redressa les épaules. Elle n'était pas une reine, mais une jeune fille normale, une bonne citoyenne du Tearling… son royaume, réunifié, qui n'avait plus besoin d'être sauvé.

— Kelsea, mais d'où venez-vous ?

REMERCIEMENTS

Celui qui doute de l'utilité des éditeurs dans la préparation d'un ouvrage à la publication n'en a jamais connu de bon. Ce livre fut de loin le travail d'écriture le plus difficile et exigeant que j'aie jamais accompli, et il m'est arrivé plusieurs fois d'avoir envie de jeter l'éponge et renoncer pour de bon à l'écriture. Mon amie et éditrice Maya Ziv m'a soutenue tout au long du processus chaotique qui transforme un mauvais premier jet en un livre dont je puisse être fière, et s'il reste des défauts dans la dernière mouture, ils sont dus à mon imagination défectueuse. Maya m'a aussi fait couper quelques gros mots !

En plus d'une grande éditrice, j'ai également la chance d'avoir un agent extraordinaire. Merci, Dorian Karchmar, d'avoir toujours cru que le Tearling méritait beaucoup de travail, et pas mal de déboires. J'ai eu plusieurs Massue pour veiller sur moi ; j'apprécie le fait que vous m'ayez protégée, personnellement et professionnellement, tandis que j'écrivais ces livres. Tous les autres membres de William Morris Endeavor se sont montrés d'une incroyable gentillesse envers moi ; merci à Jamie Carr, Laura Bonner,

Simone Blaser, Ashley Fix, Michelle Feehan, et Cathryn Summerhayes.

Merci à tous ceux de HarperCollins, en particulier à Jonathan Burnham, de m'avoir accordé le délai supplémentaire dont j'avais besoin pour terminer ce livre en beauté. Merci aussi à Emily Griffin, à la magicienne Miranda Ottewell, à Heather Drucker, Amanda Ainsworth, Katie O'Callaghan, Virginia Stanley et Erin Wicks, pour toute l'aide que vous m'avez apportée au fil des ans, ainsi que pour la grande tolérance dont vous avez fait preuve envers mes… petits travers.

Merci à tous ces gens adorables de Transworld Publishers, en particulier à Simon Taylor, Sophie Christopher et Leanne Oliver, pour leur gentillesse envers l'Américaine un peu fruste qu'ils ont accueillie parmi eux.

La famille et les amis ont été incroyablement compréhensifs envers le Mr. Hyde que je me révèle être sous la pression du délai à respecter. Merci à mon mari, Shane, de m'avoir aidée à conserver ma santé mentale – et de ne pas avoir perdu la tienne ! dans ces moments difficiles. Merci, Papa, de ne m'avoir jamais dit de m'établir dans une vie stable et cesser d'étudier la littérature. Et surtout, merci, Christian et Katie, d'être vous.

Comme toujours, je suis profondément reconnaissante envers les librairies et magasins indépendants de par le monde d'avoir aimé et soutenu ces livres, mais j'aimerais crier un vivat particulier à Copperfield's Books, à Petaluma, et aux fantastiques employés Amber Reed et Ray Lawrason, qui m'aident à choisir de bons livres.

Enfin, un dernier mot à l'adresse des lecteurs.

Le Tearling n'est pas un monde facile, je sais. Étant anticonformiste, j'ai voulu que ce royaume soit l'écho de la vie, où les réponses à nos questions ne nous sont pas fournies bien emballées, dans une jolie présentation, mais doivent se gagner à travers l'expérience, les déceptions, parfois même dans les larmes (et pas seulement celles de Kelsea, croyez-moi). Il arrive qu'on n'obtienne pas de réponses du tout. À tous les lecteurs qui se sont cramponnés à ce récit, en comprenant, et parfois même en appréciant, le fait que le Tearling est un monde qui se révèle petit à petit, dont l'histoire se perd et se rattrape de manière souvent déconcertante, merci d'avoir eu confiance en l'idée et tenu bon. J'espère que votre patience a fini par trouver sa récompense.

Et maintenant, tous en route pour rendre le monde meilleur.

Du même auteur :

LA REINE DU TEARLING, JC Lattès, 2016.
L'INVASION DU TEARLING, JC Lattès, 2017.

PAPIER À BASE DE FIBRES CERTIFIÉES

Le Livre de Poche s'engage pour l'environnement en réduisant l'empreinte carbone de ses livres. Celle de cet exemplaire est de :
550 g éq. CO_2
Rendez-vous sur www.livredepoche-durable.fr

Composition réalisée par Belle Page

Achevé d'imprimer en décembre 2019 en France par
Laballery
N° d'impression : 911497
Dépôt légal 1re publication : octobre 2018
Édition 03 – décembre 2019
Librairie Générale Française
21, rue du Montparnasse – 75298 Paris Cedex 06

58/0946/0